鎖

乃南アサ

新潮社

鎖

CONTENTS

装幀　平野甲賀・新潮社装幀室

鎖

プロローグ

I

二人の男は、ある意味で対照的に見えた。ブラインド・カーテンを通して、春の陽射しが柔らかく射し込む応接間で、彼らはかなり辛抱強く沈黙を守り続けている。

向かって右側の男は、五十歳前後というところだろうか、この応接間に通されてソファーに腰を下ろしてから、その姿勢すら一度も変えていなかった。背もたれにゆったりと身体を預けて、わずかにせり出している腹の前で手を組んだまま、彼は首だけを時折動かし、大した装飾も施されていない室内を、静かな表情で見回していた。髪の大半が白くなっている彼が顔を動かすと、午後の陽を受けて、金縁の眼鏡が微妙な光を放った。

白髪の下の面長の顔立ちと眼鏡の金のフレームとはよく調和していて、その全身から受ける印象、スーツやネクタイの趣味からも、彼がそれなりの社会的地位につき、ある程度以上の教養を身につけた男であることが察せられた。この窮屈な空間での沈黙の時さえ、男はそれなりに楽しんでいるように見えた。そういう時の過ごし方に慣れている、彼の人生のテンポそのものが、ゆったりとした大河のような流れなのかも知れないと思わせるほど、男は思索する多くのテーマを持ち、何事に関しても結論など求めていないかのようにふるまっていた。

だが、男が首をめぐらして窓の方を眺めるとき、その印象は大きく変わった。男には左耳の下から首筋にかけて、こちらがどきりとする程の、鮮やかな赤紫の痣《あざ》があったからだ。それは、真っ白いワイシャツのカラーの下に消えていたが、男の風貌とは不釣り合いな毒々しさを感じさせた。その痣は、男の肉体の、果たしてどこまで広がっているものなのか、彼の人生とは、その痣を抜きにしては語れないものなのだろうか、だとしたら、どこかに壮絶な、毒々しい部分があるのに違いない――つい、そんな想像までしたくなるほどに、それは大きく、生々しく、男に貼り付いていた。まるで、痣そのものが生きていて、男に寄生しているような、そんな印象を与える痣だった。男の穏やかさ、物静かな態度は、あたかもその痣を飼い慣らすために、否応なく身につけたものなのかも知れないとさえ思わせる。それほど、その男にとって、痣は大きな特徴になっていた。

一方、左側の男は痣の男に比べていかにも落ち着きがなく、片時としてじっとしない。ソファーに背をもたせて足を組んだかと思えば、すぐにその足をほどき、前屈みになって今度は両手を組み合わせ、首を左右に曲げ、次には腕組みをして背を伸ばすという具合だ。痣の男に比べると幾分若く、四十歳前後というところだろうか。鼻の下には髭を蓄え、長めの髪はオールバックにしていて、地味なスーツに身を包んでいるものの、どうも固いサラリーマンという雰囲気ではない。むしろ、マスコミか広告関係、または不動産、デザイン設計関係といったところだろうか。細面で目元は涼やか、それなりに整った顔立ちをしているが、眉は太く濃く、ことに右側の頬に、幾つかの大きな黒子《ほくろ》が飛んでいるのが印象的だった。

彼らがどういう関係にあるのか、上司と部下か、または親戚筋の者なのかは判然としない。とにかく二人の雰囲気は、あまりにも違って見えた。

その一方で、男たちにはまた共通点もあった。彼らは等しく、出された茶に手をつけようともせず、そして、さっきからかなりの時間、沈黙を守り続けているのだ。この支店の次長の地位にある木下は、二人をこの部屋に案内した当初は、彼らの背景を探りたい気持ちもあって、それなりに話しかけたりもしてみたのだが、その都度、二人のうちのどちらかから返ってきた言葉はいずれも極めて短く、また曖《あい》昧《まい》なものばかりで、話の接ぎ穂にもなりはしなかった。結局、木下に出来ることは静寂に包まれた室内で、冷めた茶ののっているテーブルを挟んで、彼らに対してかなり不躾《ぶしつけ》とも思える視線を投げかける程度のことだった。それでも男たちは、そんな視線などまるで感じていないかのように、木下のことをほとんど無視し続けている。

「すみませんね、お待たせして」

それなりに限られた空間で、こうも無視され続けることが不快でないはずがない。奇妙な緊張感にも、この長い静寂にも耐えきれなくなって、木下は小さな咳払いをした後、再び口を開いた。職業柄、人の品定めには多少なりとも長《た》けているつもりだ。オールバックはともかく、痣の男はこういう場所に、ある程度慣れているように見えた。ごく一般のサラリーマンなどだったら、銀行の個室に通されたりすれば、もう少し好奇心を露わにするか、または緊張した面もちになるものなのだ。つまり、痣の男は多額の金を扱うのに慣れているということになる。持ち金にせよ、借金にせよ、少なくとも金の話をすることに慣れているのに違いない。

「月末ですし、何しろ連休前なものですから、一番忙しい時期でして」

「そうでしょう」

痣の男が当然というように答えた。表情を変えず、こちらを見ようともしない。それでも木下は愛想笑いを浮かべたまま、わずかに身を乗り出した。

「連休は、何かご予定でも」

だが、返ってきた答えは「いや」という、いかにも素っ気ないものだった。結局、木下は、また口を噤《つぐ》まなければならなかった。まあ、彼らに愛想を振りまいたところで何らかのメリットがあるとも思えなかったし、その必要もないことかも知れない。第一、こうとりつく島がないのでは、どうすることもできなかった。多額の金の扱いに慣れている男であれば、今後の付き合いの可能性だって考えられないわけではないが、だからといってこちらから、何も必要以上に愛想を振りまく義務があるわけでもない。おまけに相手の素性も定かではないのだから。

「荻須《おぎす》、ですか」

ところが、木下が諦めをつけたところで、今度は痣の男が口を開いた。

「――は」

何を言われているのか分からずに、木下は半ばぽかんとなって男を見た。相変わらず姿勢を動かさない彼は、金縁眼鏡の奥の目を木下の背後の壁に向け、小さく顎《あご》をしゃくるようにして、「あの絵です」と言う。木下は、初めて気付いたように身体を捻って背後を振り返った。素っ気ない応接間だが、そこにはこの関東相和銀行のカレンダーと、一枚の油絵の額が掛かっている。

「この絵でございますか」

「荻須高徳の作品ではないですか」

「さあ――申し訳ございません。私には、ちょっと――」

不調法でして、と照れた笑いを浮かべながら、木下は何度か上体を捻って、痣の男と背後の絵とを見比べた。

それはグレーを基調とした、どこかの街の一角を描いた絵だった。石造りの古い建物が左右から迫り、その間を細い石畳が真っ直ぐに伸びている構図の風景画だ。路地の向こう、つまりキャンバスの中央辺りにも建物があって、その建物の屋根越しには微《かす》かに広がる家並みがのぞまれる。

この部屋の壁に、明らかに日本の風景ではない絵が飾られていることぐらいは、木下も気付いていた。だが木下自身は、取引先の応接間にある絵ならいざ知らず、自分の勤め先にあるたった一枚の絵などに関心を持ったことは一度もない。この支店に来てからの二年あまり、応接間は数え切れないほどに使用し、その都度、様々な客と向かい合ってきてはいるが、そんな時に頭の中を駆け巡るのは、常に相手の懐具合と様々な数字、そして上司の顔色くらいのものだった。

「穏やかな空の色だ。この奥行きと、構図の向こうに広がる空間、そして骨太でありながら、繊細なこの色調が、荻須ですね」

痣の男は、木下の反応などお構いなしといった様子で呟き続けた。隣に腰掛けているオールバックが、わずかに怪訝《けげん》そうな表情になり、そんな男を観察している。何だ、この二人は、さほど親しい間柄ではないのかと思いながら、木下は話の内容など記憶にとどめないまま、なるほど、なるほどと相づちを打った。

「お詳しいんですね」

出来るだけ愛想の良い笑みを浮かべて痣の男を見れば、だが、彼は自分が喋りすぎたことを後悔しているような表情で「いいや」と答え、再び口を噤んでしまう。何ともやりにくい相手だった。自分がいかにも無粋で、無能に見える質問をしてしまった気がして、木下の中には重苦しい緊張感に加えて、不快感が広がった。そして、またもや静寂が室内を支配した。

「随分、待たせるな」

数分後、今度はオールバックの男が手元の時計に目を落としながら口を開いた。木下もつられたように自分の腕時計に目を落とした。彼らをここに通してから、既に三十五分が経過している。オールバックは背筋を伸ばし、いかにも苛立った様子で鼻から荒々しく息を吐き出している。痣の男が、たしなめるように隣を見た。二人の男は互いに視線を合わせると、無言のまま、再び前を向いた。

様子を見てまいりましょうかと言えないことはない。だが、木下はそれをしなかった。月末のこの時期に、こんなアクシデントが発生すれば、職場が余計に混乱することぐらいは十分すぎるほどに承知している。何も、わざと時間をかけているわけではないのだ。

「まだ、かかるのかな」

オールバックが再び苛立ったように呟く。彼が口を動かす度に、鼻の下の髭が細かく震えた。痣の男は無言のままで、木下にわずかに非難がましい視線を寄越した。

「もう、じきだと思いますので」

根拠もない言い訳を口にしながら、木下は内心で舌打ちしたい気分だった。こんな、招かれざる客のために振りまく愛想など、持ち合わせてはいないのだ。すっかり予定を狂わされて、苛立っているのはこちらの方だ。本音を言うならば、こんな連中のことなど「知ったことか」と放り出しておきたいとさえ思う。どうせ、客になる相手ではない。木下たちにとっての上客とは、すなわち平身低頭して額に汗など滲《にじ》ませながら、融資を申し込みに来る連中に他ならない。こちらがへりくだる必要もなく、感謝されながら儲けさせてもらえるのは、血圧を二十でも三十でもつり上げながら、必死の思いですがってくる、そんな連中だ。間違っても、大口の預金を解約するような、そんな連中に愛想を振りまく義理はなかった。

さらに十分ほども経過した頃、ようやくノックの音が響いた。アイボリーホワイトの扉の向こうから、両手に紙袋を提げた預金課長の姿が現れて、室内の空気はようやく動いた。

「申し訳ありません、お待たせしました」

預金課長は、木下に目顔で頷きながら、厳かとも思える声でそう言うと、いそいそと部屋に入ってきた。その途端、これまで見事な程に姿勢を変えなかった痣の男がソファーから背を離し、大きく身体を捻って預金課長の方を振り返った。そして、彼の動きを寸分でも見逃すまいとするかのように注意深く見つめている。

「全て束になっておりますが、お確かめになりますか」

木下の隣に腰を下ろした預金課長は、三つの茶碗が載っているテーブルの上に二つの紙袋を載せると、一杯に詰め込まれている茶色い紙包みの一つを取り出した。

「この束の一つが、一千万です。その束が二十個。十個ずつ、入っております」

「どうする」

オールバックが、わずかに青ざめて見える表情で囁《ささや》くような声を出した。いや、喉《のど》がはりついている のかも知れない。そわそわと落ち着きがなかっただけのことはある。すっかり舞い上がっている様子が ありありと見て取れた。

「束の数だけ確かめよう。中まで開いてみることは、ないだろう。こちらを信用しよう」

痣の男が静かに答えた。それを聞くと、預金課長は、十センチ程度の厚さの紙包みを袋から取り出し、テーブルの上に並べ始めた。たかだか二十個の紙包みなど、瞬く間に並べ終わる。その短い間、二人の客が食い入るように彼の手元を見つめているのが分かった。嫌な感じだ。本当に。別段、自分の金というわけではないのだが、こうもごっそりと現金で持って行かれると、何となく損をした気分になる。

全ての包みを並べ終えたところで、痣の男は目だけでその包みを数え、程なくして「確かに」と頷いた。それを合図のように、オールバックが、足元に置いてあった空のボストンバッグを膝の上に載せ、包みを手早くしまい始める。

「一つにまとめられますか。かなり重くなりますが」

預金課長が、いかにも如才ない様子で言う。無用の笑みまで浮かべて。人が好いにもほどがある。だが、オールバックは顔を上げようともせず、せっせと手を動かし続けている。

「紙袋よりは安全でしょう」

代わって痣の男が答えた。木下は、年下の連れのすることを黙って見守っている男を改めて観察した。本当は何者なのか、一体どういう素性の人間なのだろうか。こんな大金を、しかも現金で持ち帰ろうとするなんて。まさか、そのまま他行に口座を開くつもりではないだろうな。または、証券会社の新しい金融商品にでも手を出すか、それとも保険に切り換えるか——だが、それを尋ねる筋合いはなかったし、聞いたところで、相手が答えるとも思えなかった。

一分もかけずに全ての紙包みをボストンバッグにしまい終えると、オールバックはバッグのファスナーを閉め、隣の男に小さく頷いた。ざっと衣擦れの音がして、二人は同時に腰を上げた。立ってみると、痣の男は意外に長身で、むしろ、オールバックの方が小柄だった。近くで見て初めて気付いたのだが、彼らは揃って髪の生え際に、うっすらと汗を浮かせていた。やはり、それなりに緊張していたのだろうかと、その時になって初めて木下は考えた。または、室内の気温が高いせいかも知れない。実際、来客に応対する時でなければワイシャツ一枚で仕事をしている行員だって少なくはない。省エネと口を酸っぱくして言われた結果、行内の空調は、一昔前よりもずい分高い温度で調節されるようになっていた。

応接間を出ると、預金課長の先導に従って、男たちは明るい廊下を抜け、カウンターの脇にある、外側からではIDカードと暗証番号なしに通過することの出来ないドアを通り抜けた。木下は、この建物から男たちが一歩でも外に出るまでは、何らかの事故が発生した場合、自分が責任を問われると思うから、彼らの後ろについて行った。

ドアを抜ければ、そこは一般の客が訪れるカウンター・フロアーになっている。行儀良く長椅子が並び、片隅には観葉植物に見せかけた偽物の鉢植えと、音を出さないままのテレビがNHKの番組を映し出している天井の高い空間は、終業間際の混雑でごった返していた。毎度のことながら、この混雑する時間帯で一日が終わるのであれば、どんなに楽だろうと思う。だが三時以降の、客のいなくなった店内こそが、木下たちにとっての戦いの時間だった。ことに明日は二十四日の金曜日だ。月末、週末はただでさえ忙しくなるのに、一般企業の給料日が一日繰り上がって、その忙しさに拍車をかけるということだった。

――それが、よりによってこんな日に。

迷惑なことこの上ない。お陰で、自分たちがこれからどんな思いをしなければならなくなるか、こんな連中には想像もつかないに違いないのだ。木下は、店の出口に向かう二人の男の後ろから、その落着き払った背中を半ば睨《にら》み付けていた。

――一千万や二千万のはした金じゃないんだぞ。

二億という現金は、一万円札の束にすると、ちょうど二十キロ程度の重さになる。それだけの札が詰め込まれたボストンバッグは、オールバックの男がストラップを使って肩から斜めにかけていた。その隣を、痣の男はひょろりとした背を揺らして大股に歩いていく。やがて二人は、こちらを振り返りもせず、預金課長の挨拶にも応えないまま、店の入り口のガラスのドアを通過して、外の雑踏の中へ消えていった。

「予定が狂ったな。おい、補充分は大丈夫なんだろうね」

男たちの姿が完全に見えなくなったところで、木下は我に返ったように預金課長を見た。あんな連中にまで、いかにも愛想の良い笑みを浮かべていた課長は、心底驚いたような表情になって、慌てたように「手配しました」と答えた。

「まったく。招かれざる客っていうのは、ああいう連中のことを言うんだな」

「何せ、二億ですからね」

「そうだ。二億だ、二億」

数分後、店内にオルゴールが鳴り響き、男たちの消えていったドアにシャッターが降り始めた。柔らかい春の陽射しが、木下の視界から消えていった。

2

全身がすうすうと薄ら寒い。誰か、毛布でもかけてくれないだろうか。それに、何だか妙に窮屈だ。どうせなら、手足を十分に伸ばして、心地良い温もりの中で過ごしたいのに、第一、頬に当たる感触が、ざらざらとしていて、不快というほどのものでもないが、あまり良い感じがしない——決して身に覚えがないわけではないけれど、こういう場所で眠ってしまうと——後から——そういえば、子どもの頃によく笑われた。昼寝をしてしまって、顔に畳の痕がついて——畳？

深い沼に引きずり込まれそうな感覚のまま、辛うじて覚醒したわずかな脳味噌だけを働かせ、自分のものとも思えないほど重く感じる指先を、どうにか動かしてみた。畳だ。確かに、畳の上にいる。もう少ししっかりと確かめたくて、腕を動かそうとしたが、そこまでは脳味噌が働いてくれないのか、思ったような動き方をしてはくれなかった。

——誰か。毛布持ってきて。

指先だけを微かに動かしながら、心の中で呟いてみる。畳の部屋で寝ているということは、実家に戻ってきているのに違いないと、ごく単純に考えたからだ。だとすれば、声を出せば必ず誰かに聞こえるはずだ。母でも、妹でも——だが、いつの間に家になど帰ってきていたのだろう。

眠いというのとは違っていた。意識が勝手に肉体から抜け落ちようとする感じだ。いけない、また闇が広がろうとしている。心地良いのか不快なのかが判然としない。

——その顔見てると、気分が悪くなるんだよ。

霞《かすみ》がかかったような頭に、ふいにそんな声が蘇《よみがえ》った。

「ちょっと。それ、どういう意味ですか」

「頭、ないのか。考えれば分かるだろうが。言ったまんま。あんたの顔を見てると、俺、気分が悪くなるんだ」

「頭くらい、あります。ですから、どういうおつもりで、そういうことを仰《おっしゃ》るのか、聞いてるんですけど」

「つもりもなにも、あるかよ。ほら、また。そうやって、目、つり上げてさ。何でもかんでも感情的になる」

「——そういうことを言われて感情的にならない人なんて、そうはいないと思いますが」

「そうかね。そりゃあ、あんたが脳味噌じゃなくて、どっか他の場所で物事を考えてるからなんじゃないのか？　普通、俺らの仲間だったら――」

「へえ。お仲間にも、そういうこと仰ってるんですか。道理で皆から嫌がられるわけだわ」

「何だとっ。誰が嫌がられてるっていうんだ。いくら女だからってぴーちくぱーちく、好い加減なこと言うな！」

――お情けで使ってもらってるくせに！

たった今、その言葉を叩き付けられたかのような衝撃が、薄れかけていた意識を辛うじて引きずり戻す。腹の底から、ふつふつと怒りが蘇ってきた。言うに事欠いて、気分が悪くなるなんて。ぴーちくぱーちくだって。その上、お情けで使ってもらってる？　一体、どういう言い草なのだ。言って良いことと悪いことがある。いくら階級が上だからって、相手が女だからって、ああいう言い方をされて、おとなしく黙っているわけにいかない。冗談ではない。

――結構よ。だったら私は私で結果を出すから。

頭はまるで働いていないのに、蘇ってきた怒りばかりが、重くだるい体内をゆるゆると移動している気がした。それにしても頭が重い。第一、目を開けることさえ出来ないままだ。瞼が重くて、とても自分一人の力では押し上げられそうにないのだ。

まあ、良いではないかと、まるで他人の言葉のような思いがふと浮かんだ。実家に戻ってきたときくらい、ゆっくり休んだって罰は当たらない。それにこのところ、本当に忙しかった。休みもなく、睡眠時間も極端に少なくて、疲れがたまりにたまっていたことは間違いがない。

――多分、寝ぼけているのだ。もしかすると深酒をして、余計に記憶が曖昧になっているのかも知れない。仕事は――もう終わったのだったろうか。だが、まあ、どうせ無理矢理起き出したところで、またあの男と顔を突き合わせなければならないのだとしたら、真っ平だ。たっぷり休むのだって、悪くはないような気がする。――もしかすると、久しぶりの休みだったかも知れない。そんな話を聞いていたたろうか――だが、まあ、せっかくこうして畳の上で休んでいられるのだから、休める時に休めば良いか――。

それにしても、やはり肌寒い。本当に誰か、毛布の一枚もかけてくれないものだろうか。耳の底には、まだあの男の声がこびりついている。抜け目のない切れ長の目が、冷ややかにこちらを見つめているのも覚えている。

――押しつけられたのは私の方だって、言ってやればよかった。

ああ、嫌になる。自分よりも下の年代にも、まだあんな男がいるなんて。本当に。こうなったら思い切り眠ってやる――後のことなど知ったことか――それにしても、肌寒い。とにかく、毛布が欲しかった。半分以上、薄れていく意識の中で、何度か声を出そうとしてみたが、とてもそんな力は出なかった。

第一章

Ⅰ

四人は、それぞれ布団の中に横たわっていた。仲良く枕を並べ、顔の上まで布団を掛けて並んでいるその姿は、周囲の喧噪にも気付かないくらいに、昏々《こんこん》と眠っているのではないかと考えたくなるほど穏やかで、ひどく密《ひそ》やかにも見えた。だが、それがいかにも見せかけのものであることは、室内に立ちこめている匂いと、彼らが身を横たえている布団の色が物語っていた。掛け布団の白さに比べて、彼らの横たわる敷布団の方は、いずれもどす黒く染まっており、さらに、その色は畳にまで染み出していたし、布団からはみ出ている彼らの髪さえ、束になって固まっていた。さらに、室内の至る所に血しぶきが飛んでいて、この部屋こそが凶行の現場であったことを物語っている。

「これじゃあ、下手に近付けないですね」

家具らしい家具の何も置かれていない、十畳ほどある和室の入り口に立ち尽くしたまま、音道貴子《おとみちたかこ》は大きく生唾を飲み込んだ。ストッキングの足が、ひんやりとした廊下を感じている。ほとんど素足に近いこんな状態で、血しぶきを避けながら畳を踏まなければならないのかと思うと、それだけで顔が歪《ゆが》むような気がした。

「心中じゃ、ないのかな」

隣に立っていた八十田《やそた》も、うめくような声を出した。見上げると、長身の彼は手袋をした手で握ったハンカチを鼻に押し当てたまま、眉をひそめて横たわる人々を見下ろしている。ハンカチで鼻を押さえているのは、貴子も同様だった。腐臭とまではいかないが、それでも室内にはいかにも不吉な、人の胃袋を突き上げさせる匂いが立ちこめている。ただの生臭い血の匂いとは異なる、いわゆる死臭だ。眠っている彼らの肉体は、既に確実に崩壊が進んでいる。

この家の玄関に足を踏み入れたときから、その異様な匂いは貴子の全身にまとわりついていた。何かを考え、判断するよりも先に、ほとんど本能的に「ただごとではない」と感じさせるその匂いは、決して馴染み深いものではない。だが、それが明らかにある終結を意味するものだということぐらいは、ある程度の経験から容易に感じられた。この仕事をしている限り、無縁ではいられない、否応なしに嗅《か》がされることになる匂いだ。どれほど華やかな人生を送ろうと、たとえ歴史に名を刻もうと、人は死んで肉の塊になれば、ほどなくしてこんな匂いを放ち始める。誰にも看取られなかった者、速やかに次の手だてを講じてもらえなかった者の、それは最後に待ち受けている運命だ。

「通報者は」

八十田が振り返るのと同時に、貴子も少し離れた位置に立っている地域課の警察官を見た。すっかり青ざめているらしい若い制服警察官は、かすれた声で、わずかに言葉を詰まらせながら「隣の家の主婦です」と答えた。

「第一発見者と、向こうの部屋で待ってもらってますが」

「第一発見者は」

「この家に手伝いに来ているという女性です」

「一緒にしてるのか?」

「何しろ、二人ともひどく動揺してまして、手を握りあって離れないんです。特に発見者の方がひどく泣きじゃくってますんで」

無理もない話だ。誰だって、突然こんな状況に直面したら、取り乱すに決まっている。いわゆる変死体と呼ばれる、不自然死を遂げた人の死体は、最終的に死因に事件性が認められなかったとしても——つまり病死や自殺の場合であったとしても——見る者に想像を絶する衝撃を与える。生きて、呼吸をして、その五体を自由に動かしていた一つのエネルギーが、抜け殻だけを残して消え去ったという、そのことだけでも、十分すぎるくらいに人を打ちのめす。

「この家の中は、とにかくまずいだろう。車の中か、隣の家ででも待ってもらってくれ。所轄からは誰が来るって」

「係長と、それから高桑課長も来るそうです」

「課長じきじきね」

「そりゃあ、まあ、そうでしょう」

八十田を振り返り、それだけ言うと、貴子は思い切って、恐る恐る畳に足を踏み出した。ここまで来て、ホトケの状況を観察しないわけにはいかない。やらなければ後でドヤされるのが落ちだ。さもなければ、意味ありげな視線と共に、やんわりと嫌味を言われるか。やっぱり、女の子には無理かね。気味、悪いもんなあ。汚いもんなんか、見たかあ、ないよな——それにしても、どうしてこういうときに限って、所轄の連中や自分のチームの他のメンバーよりも先に到着してしまったのだろう。お陰でまたしばらくの間、食欲がなくなる。

つま先立ちに近い状態でそろそろと歩き、ほんの一、二歩で、一番手前の布団に近付くと、そっと身を屈めて、貴子は足もとの布団の端をつまみ上げた。覚悟を決めてゆっくりとめくり上げる。案の定、外からは汚れていないように見えた掛け布団も、その裏側には大きなどす黒いしみが出来ていた。布団からはみ出していた血液のこびりついた短い髪の毛に続いて、やがて血染めの枕にのった人の横顔が現れてきた。

——これは。

一見して尋常な死体ではなかった。顔には、目と口の両方に大きな粘着テープを貼られている。これではホトケの性別も年齢も分からなかった。だが、はがすのは鑑識待ちだ。さらに布団をはいでいくと、やがて血に染まった頸部が現れ、さらに普段着姿の上半身が現れてきた。貴子は可能な限り身を屈めて、その頸部に顔を近付けた。既に固まっている血に包まれて、確かにぱっくりと皮膚が裂け、口を開けている。

「凶器は刃物、みたいですね。刺したか、切ったか――」

粘着テープは、ホトケの胸の辺りにも巡らされており、二の腕と共に、身体を何周もしている。さらに、まるで祈るような格好で身体の前に折り曲げられている肘から先にも粘着テープがぐるぐる巻きになっていた。

「随分、念入りだな」

貴子の横に屈んだ八十田が、やはり布団の縁を摑んで、残りを一気に引っ張った。

下半身からは、血液はあまり流出していないようだったが、代わって排泄物が布団を汚していた。貴子はさらにハンカチを強く鼻に押し当てた。腰を捻るようにして、横向きの姿勢で横たわっているホトケの下半身は、黒っぽいズボン姿だったが、やはり膝の辺りに粘着テープが貼られている。そこまで観察した段階で、ホトケはまずまちがいなく男性であると思われた。だが、鑑識が到着するまでは、勝手に粘着テープをはがすわけにいかない。はがしても良いと言われたって、はがしたくはなかったが。

八十田が手前から二人目の人物に掛けられている布団をはがす間、貴子は今度は部屋の奥に回り込んで、三人目、四人目も同様に観察できるようにした。二人目の人物は、パーマをかけた髪や花柄ブラウスにスカートという服装から、今度は女性と思われた。さらに三人目と四人目も同様に、全身が粘着テープでがんじがらめになっている。だが、奥の二人は服装が違っていた。どちらも和服姿で共に袴をつけており、特に一番奥のホトケは、長い髪を後ろで一つに結わえて、まるで巫女《みこ》のような姿で血の海に沈んでいたのだ。

「――何をしてる人たちなんですかね。今どき、こういう格好っていうのは」

貴子が呟く間も、八十田は相変わらずのしかめ面のままで、うめき声にしか聞こえない返事をする。そう言えば、実は彼が血に弱いことを、貴子は思い出していた。ちょっとした傷害の現場で目にするような、少量の出血ならまだ何とかなるのだが、酔っ払いが頭を割られた場合の出血程度になると、すぐに青ざめてしまうのだ。「男の面子《メンツ》」が大好きな彼のことだから、貴子と組んでいる以上、必死でこらえているのは確かだが、それでも見ていればすぐに分かってしまうくらいに、彼は血に怯える。

「――凶器らしいもの、見あたるかい」

八十田は今や貧血寸前のような顔になって、ホトケから顔を背けている。貴子だって、八十田ほどではないにしても、血を見るのは好きではない。第一、これだけ大量の血の海を目の前にして、平静でいられる人間などいるはずがなかった。それでも、八十田が卒倒しそうなときに、自分も一緒になって気分を悪くしているわけにはいかないと思うから、何とか踏ん張っているだけのことだ。

「こういうときは、おっちゃんに限るな」

褒められているのか嫌味で言われているのか分からない台詞を聞きながら、口元をハンカチで押さえたまま、貴子はとにかくホトケの身体の周囲を見回した。

考えてみれば不思議な気がする。少なくとも数日前まで、日々の営みの中で、様々な思いを抱いて生きてきたはずの人たちが、今はただの物体となって、こうして赤の他人の目に触れているのだ。既に彼らの体内では、確実に腐敗が始まっているのに違いないが、それでも外見からすれば、今すぐに目を開いて「誰。何してるの」などと言い出したとしても不思議ではないような気さえする。だが、そんな甘い想像すら、彼らから発せられている匂いが打ち消す。そんなことがあるはずがない、取り返しのつかないことが起きた、全ては戻らないのだと、無言の彼らが告げてくる。

「――この辺には、凶器らしいものは見あたりません。全員が手にまでテープを巻かれてるんですから、無理心中とも考えにくいんじゃないですか」

現場の状況を把握したら、報告、保存範囲の決定などは地域課の警察官に任せて、貴子たちは、まず目撃者や第一発見者、事件関係者などからの聞き込みに回らなければならない。貴子の所属する機動捜査隊とは、重要事件の発生、または認知の直後において、初期捜査活動に従事することを職務とする。初期捜査活動、いわゆる初動捜査とは、重要事件の発生を認知したときからおおむね現場観察終了の間までに現場で行う捜査活動のことだ。

「もう、いいや。とにかく、出よう」

八十田が、ひょろ長い背を揺らすようにしながら立ち上がった。こちらを振り返りもせず、逃げるように部屋を出ていくので、貴子も慌てて後を追った。こんな血の海に、四人のホトケと一緒に取り残されるなんて真っ平だ。こんなことなら、先に昼食を済ませておけば良かった。いや、食事前だから、まだ助かったのだろうか。

「――たまらんな」

ホトケの並んでいる部屋から真っ直ぐ伸びている廊下を通って玄関の外に出ると、一足先に靴を引っかけて出ていた八十田が、大きく深呼吸をしていた。

「ったく、勘弁してもらいてえよ」

彼が顔を歪めながら呟くのを、貴子も深呼吸をしながら眺めていた。何度飲み下しても、胃が迫《せ》り上がってこようとする。それでも、額に滲んでいた汗を、心地良い風が乾かし、青空にのどかな風情の雲が浮かんでいるのを見上げると、少しずつ気持ちが落ち着いてきた。現実。あの死体も。この青空も。そんなものかも知れない。

「こう陽気が良くなってくると、腐敗がすすむのも早いからな。嫌だなあ、これからの季節」

「でも、ざっと見た感じじゃ、あの四体に関しては、まだ腐敗してるようには見えなかったわ」

「だが、とにかく昨日や今日って感じじゃない。あれだけの匂いがこもってるんだぜ。硬直だって、解けてただろう」

「知らない。触らなかったもの」

「何だよ、おっちゃんが触ってくれてると思ったのに」

桜の季節はとうに終わっていたが、代わって街の至る所にハナミズキやツツジの花が見られる頃だった。いよいよゴールデンウィークに突入して、民間の企業の中には最大で十一連休になるところもあるという。一年でもっとも爽やかな、心躍る季節の、しかも週末の昼下がりだというのに、柔らかい緑の匂いを含んだ風が運んできたのは、だが、同業者のサイレンの音だった。

「じゃあ、死斑の状態は。見たかい」

「八十田さんが、見てると思ったんだけど」

少しばかりとぼけて言うと、八十田は再び顔を歪めて唸るような声を出す。

「――まあ、いいよな。地域課の誰かが見たんだろうし、もうすぐ鑑識も来るんだし」

「下手にひっくり返したり出来るような状態でも、なかったものね」

貴子は、八十田に向かって目元だけで微笑《ほほえ》んだ。まるで共犯者のような、お互いの小心さを認めあう笑み。やがて、勇んだ表情で現れた所轄署の刑事課長に続いて、貴子たちのチームの藤代主任と富田も到着した。制服の警察官は既に犯行現場となった家の周囲に現場保存用のテープを張り巡らし、水色のビニールシートを広げている。ゆらゆらと揺れる黄色いテープの外には野次馬が集まっていて、付近には物々しさと同様に、奇妙な興奮が広がり始めていた。

「いっぺんにあれだけ死んでるってのは、初めて見た。あの部屋が殺しの現場と見て、いいだろうな」

この二月から貴子のチームに異動してきた主任の藤代警部補が、家から出てくると苦々しい顔で言った。体格に比べて顔が小さく、貧相で尖《とが》った顎をしている藤代主任は、奥まった目と大きな口の持ち主だった。とにかく酒が好きで、しかもいったん酔うとしつこくなることから、貴子は密かに彼を「ウツボ」と名付けている。何だかんだと言いながら、狭いところで人と固まっていたいところも、何となくウツボにそっくりだからだ。

「凶器、なかったよな」

「見あたりませんでした。首の傷が、致命傷でしょうか」

貴子とウツボが話している間に、ふと見ると、富田と八十田とは揃って道の外れまで行き、煙草をくわえていた。二人とも、血に酔ったのだろうと、ウツボが苦笑した。

「——マルガイにあっては、男二人、女二人の、合計四人。全員の死亡が確認されております。どうぞ」

〈警視庁了解。マルガイは合計四人、全員死亡ということ。事件性については、どうなっていますか、どうぞ〉

「ええ、機捜隊及び高桑課長が臨場した結果、マルガイ全員から大量の出血が認められ、また粘着テープで目、口、手足などをふさがれている状況であり、近くに凶器と思われるものも発見されないことから、事件性ありと思料されます。どうぞ」

〈警視庁了解。男女二人ずつのマルガイは、全員が目、口、手足を縛られ、失血死している模様。それで間違いありませんか、どうぞ〉

「その通りです。どうぞ」

〈警視庁了解。訴え人、目撃者等については、どうなっていますか、どうぞ〉

「両人とも身柄確保しています。これから機捜隊によって事情聴取の模様。どうぞ」

地域課の警察官が車載無線を使って本部に報告している声が聞こえてくる。

「現場指揮者には、高桑課長がなる。とにかく、通報者と第一発見者にあたろう」

ウツボが我に返ったように言った。周囲からは次々にサイレンの音が響いてくる。所轄署である武蔵村山署の刑事課員のみならず、手すきの警察官たちも、半分は怖いもの見たさで集まってくるのだろう。やがて鑑識が到着して、この一帯には何十人もの制服が溢れ、物々しさと同時に奇妙な賑やかさが広がる。それが、事件の現場というものだ。煙草を吸い終えた八十田と共に、貴子は警察の車両で待機してもらっていた通報者のもとに向かった。貴子が落ち着かせ、気持ちを静め、八十田がまだ混乱が続いているに違いない相手から順序立てて話を聞く。いつの間にか、そんな役割分担も相談の必要もなく出来上がっていた。

その日の午後五時過ぎ、武蔵村山署から、警視庁刑事部長を発信者とする至急電報が、警視庁の全署に届いた。

「『武蔵村山市大南六丁目大量殺人事件』の発生と特別捜査本部の設置について」と題された電報には、貴子たちが昼間見てきた現場の概要が記され、発見の経緯、捜査要綱などが続いている。そして、特別捜査員の召集という項目には、第八方面管区内の各署及び第三機動捜査隊の各分駐所から、指定捜査員を派遣することが指示されていた。大下係長は、迷うことなく貴子を指名した。視界の隅で、八十田がわずかに表情を歪めたのが分かった。ほっとしている？　まさか。では、悔しがっているのだろうか。

「今回は、八十田には我慢してもらおう。あの辺は住宅地だし、自動車工場で働いてる人間も多い。亭主が夜勤だったりすりゃあ、夜更けに聞き込みするには、音道がいた方がいいだろう」

係長の説明に、八十田は素直に頷いている。そして貴子に、「頑張れや」と言った。笑顔で頷きながら、貴子は複雑な心境だった。

確かに、本部事件に配属されたときの高揚感と緊張感とは、その後いくら人間の暗部を見せつけられ、過酷な日々を過ごさなければならないと分かっていても魅力的だ。だが、今回に限っては、貴子はさして嬉しいとも思えなかった。

「九時だとさ。召集時間が」

八十田が、半ば恨めしげに貴子を見る。そんな膨れ面を見るとき、貴子は、階級は自分より上の巡査部長で、身体もずっと大きな仕事仲間が、実は自分よりも年下の、ついこの間まで二十代の男だったことを思い出す。男という生き物は、いったいいつから少年でなくなるのだろう。少年どころか、青年の面影すら残さずに中年になっている男は、いつから全てを捨てているのだろうか。たとえば富田などは、貴子と同年なのに、腹は出始め、生え際は後退を始め、日々、上司の機嫌をとることに汲々《きゅうきゅう》とするばかりで、酔えば女房子どもの愚痴を言う、要するに、どこから見ても、もう見事な中年男だ。

「また、目立っちゃうんだろうな。いいよなあ、新鮮で」

そんな顔しないで。私だって、出来ることなら代わってあげたい。本部捜査に駆り出されれば、また当分の間、生活は不規則になるし、明日の予定も立てられなくなり、そして、初めて組まされる相方に神経をすり減らさなければならない。その上——今日の約束もふいになるということだった。いや、召集は九時だから、無理をすれば会えないこともない。

——これから捜査会議っていうときに？

いくら何でも、それは躊躇《ためら》われた。そんな暇があったら、ストッキングや栄養補給のためのサプリメントでも買いだめしておく方がずっと賢明だ。何しろ、本部捜査が始まったら、睡眠不足は必至、疲れもストレスもたまるに決まっている。食生活だって、いつにも増して乱れることだろう。

「まだ時間、あるだろう。一杯やっていかないか」

同じ職場の仲間は、早くも一日の締めくくりに「お清め」の支度を始めていた。ただでさえ酒好きのウツボは、何かと理由をつけては結局、毎日のように宴会を開きたがる。今日はそれに、変死体発見の「お清め」という名目がついているだけのことだ。

「そうそう。一杯引っかけてから行きゃあ、いいよ」

富田もいそいそと立ち働きながら言う。腹の中ではどう思っているのか知らないが、彼はウツボに誘われる度、つまりほとんど毎晩、それは嬉しそうに甲斐甲斐《かいがい》しく酒席の世話を焼き、ウツボが喜びそうなことを喋りながら、この上もなく楽しそうにしている。そんな様子を見る度に、貴子はご苦労なことだと思う。上司の引き立てが欲しい、少しでも出世の道筋を立てたいと思うと、そういうことになるらしい。

「私は、準備もありますので」

だが、貴子にはウツボに限らず、上司にゴマをする気持ちは毛頭なかった。どういう知恵を絞ったら、あんな風に背筋が寒くなるほどのお世辞やおべっかが口に出来るのかが、どうにも理解できないからだ。

「すみません。しばらく留守になりますが」

最後に、愛想笑いと共に答えると、今日ばかりは誰もとがめ立てする表情は見せず、口々に激励の言葉をかけてくれた。貴子は馬鹿丁寧に頭を下げ、いそいそと帰り支度を始めた。

分駐所の入っている建物を出ると、すぐに携帯電話を取り出す。記憶させている番号の一つを選び出し、貴子は小さな電話機を耳にあてながら歩いた。だが案の定、留守番メッセージが流れる。仕事中なのだろうから、当然だ。

「音道です。ごめんなさい。仕事が入ったもので、今日の約束はキャンセルさせて下さい。出来たら、自宅の方へでもメッセージを残しておいて下さい。今夜は帰りが遅くなると思うけど、こちらからも、また連絡するようにします」

早口でメッセージを入れ、電話を切る。本人が出なかったことが、残念なようでもあり、少し気楽なようでもあった。二週間ぶりに会えるはずだったのに、それがキャンセルになったときの相手の反応をじかに知るのが怖かったからだ。

――まさか、これくらいのことで別れたりは、しないでしょう。

お互い子どもではない。少しくらい会えないからといって、それで関係があやしくなるとは考えたくなかった。夜中でも構わなければ、帰宅してから電話すれば良い。疲れて帰宅してから、彼の声を聞けると思えば、それはそれで励みにもなるというものだった。

2

その日、午後十時半を回った頃、警視庁武蔵村山署の玄関前は、真昼のような照明に照らされた。脚立が円陣を組み、ライトやカメラを抱えた報道陣が一斉に取り囲む中を、仲間と共に進む。こんなとき、貴子は少しばかりくすぐったいような、半ば晴れがましい気分になる。

「現段階で、どの程度まで分かってるんですか」

「犯人の目星は、ついてるんですかっ」

「凶器は何です、凶器！」

「被害者の身元は、全員分かってるんですか」

「集団自殺の可能性は、ないんですか」

この後、記者会見を開くと言ってあるはずなのに、それを待ちきれないかのように声をかけてくるマスコミの連中を、こうして完璧に無視する時ほど気持ちの良いものはなかった。あなた方には関係ない、勝手に群がってきて、辺りかまわず砂埃を舞い上げるような真似ばかりする連中に、話すことなんかありゃしないわと腹の中で呟きながら、貴子は真っ直ぐに顔を上げ、顎を引いて足早に目映い照明から逃れ出た。途端に、ひんやりとした夜気が全身を包み、同時に一瞬のヒーロー気分は夢のように消え去って、現実が重くのしかかってくる。新しい仕事は、今始まったばかりだった。

「いくつですか」

ふいに、隣を歩く男が話しかけてきた。急な質問に思わず男を見ると、彼もちらりとこちらを見て、目元だけで微笑んでいる。そう悪い印象を与える顔ではなかった。面長で肌の色は浅黒く、目鼻立ちも整っている方だし、全体に清潔感が漂っている。七三に分けた髪も、嫌味にならない程度に、きっちりと整えられていた。

「女性に、こんな質問の仕方は失礼だったかな。じゃあ、僕は三十二です。それよりも、上？　下？」

つい数分前に、新しい相方として紹介された本庁捜査一課に所属している星野というその男は、切れ長の目をわずかに細め、意外に人なつこい様子で、なおも語りかけてくる。貴子と組むことになったとき、彼は、いかにも身軽そうな身のこなしで自分から歩み寄ってくると、その鋭い目で真っ直ぐに貴子を見つめ、「よろしく」と言った。目つきの鋭さはともかくとして、それだけでも、貴子は「悪くない」と思った。これまで、相手から歩み寄ってきて挨拶されたことなど、ほとんど一度もなかったからだ。

「上です。そんなに、ものすごくではないけれど」

「へえ、そうですか。意外だな。でも、聞いておいてよかった。変に年下みたいな話し方をしたら失礼になるところだった」

星野は警部補のはずだった。つまり、階級からすれば貴子よりも上ということになる。それでも、取りあえず自分との年齢差のことまで気遣うのだから、ある程度、無神経な人間でないことは確かだ。この人となら、それなりにうまくやっていかれるかも知れない。やっていかれますように――少なくともこれから当分の間は、否も応もなく行動を共にする相手に好感を持てるということほど、ありがたいことはない。

「それにしても、こういう事件て続くものだけど、いっぺんにこれだけホトケが出ると、一度でたくさんって感じだな」

「私、現場を見てるんです。今日、最初に臨場したので」

貴子の答えに、星野は「へえ」と大きく目を見開いた。その驚いた表情に、貴子は小さくため息をついて見せた。

「それなりに、現場は見てきているつもりですが、あんなのは初めてでした」

先ほどの捜査会議で、現場の様子は写真で紹介されている。改めてスクリーンに映し出されたその写真を見ただけで、貴子は再び胃袋がせり上がってきそうな気分になった。あの部屋の匂いが鮮明に蘇り、血を吸って束になったまま固まった髪の毛などがまざまざと思い浮かんだ。あの光景を見たのは、今日の昼過ぎだった。なのに、もう遠い昔の出来事のように思える。あまりにも非日常的な光景は、まるで幻のように、普段の時間の流れに沿った記憶とは違う場所に染みつくのかも知れない。

「僕も一家心中っていうのは扱ったことがありますが、こんなのは初めてだ」

「一課は、何年目ですか？」

「僕？　三年、いや、もう四年目になるのかな」

星野の所属している警視庁刑事部捜査一課の第三強行犯捜査第七係は、殺人事件を専門に担当する部署だ。警視庁捜査一課に殺人事件を担当する係は七つあり、一つの係について係長以下十人程の捜査員がいて、それぞれが警視庁管内で殺人事件が発生する度に、所轄の警察署に赴いて捜査活動にあたる。

新しいヤマが発生し、新しい捜査本部が設置される度に、捜査一課の係員たちは所轄署に赴き、容疑者がすぐに逮捕されない場合は、そのまま捜査本部に加わる。そして、最初の捜査会議の段階で、普段のチームとは無関係に二人一組の班が組まれる。今回、その相方となったのが貴子というわけだ。

「まあ、胡散臭《うさんくさ》い商売ですよね。人の弱みにつけ込んで、好い加減なこと言って稼ぐんだから」

歩きながら、再び星野が話し始める。

「逆恨みされて、当然でしょう。口から出任せばっかり言って、ずい分色んな人の人生、弄《もてあそ》んできたんじゃないのかな」

だが、逆恨みの末の犯行にしては、少しばかり状況が違うような気がした。殺意を抱くほどの憎しみを抱いた人間が、果たしてああいう殺害方法をとるものかどうか、そのことを捜査会議の前から、貴子は考え始めていた。布団に寝かせて、祈るような格好までさせて。

「怨恨か、どうか——」

「音道さんは？　デカになって、何年ですか」

星野が再び話題を変えてきた。貴子は考えを中断して、急いで自分の経歴を数えた。

「刑事になってからは——」

「機捜の前は、どこだったんです」

「本庁にもいましたし——」

「刑事の前は」

「交通でした」

「ああ、ミニパトね」

「卒配の後は。でも――」

「ずっと交通にいた方が、気楽だったんじゃないんですか？　僕だって、卒配後のPBはともかく、PCは意外に気に入ってたもんな。車の運転ね、嫌いじゃないんです」

いわゆるPBとは、交番のこと、PCとはパトカーのことを言う。それにしても星野という男は、少しばかりせっかちなようだ。人に質問をしておきながら、きちんと返事を聞こうとしない。話題の飛び方も唐突な部分がある。あまり落ち着きのない性格なのかも知れなかった。だとしたら、彼と行動する上で、貴子はブレーキ役と舵取《かじと》り役に回る必要がある。舵取りはともかく、ブレーキ役の方にはある程度、自信があった。何しろ日頃コンビを組んでいる八十田が、普段はおっとりと見えていて、一度興奮すると手がつけられなくなるからだ。その彼と、ごく自然に行動できるようになるまでだって、貴子なりに努力してきていた。コンビを組む以上、星野とも可能な限り良好な関係を築きたい。

「まさか、自分がデカになろうとは思ってなかったよなあ」

「そうですか？」

「音道さん、思ってました？　自分がデカになるなんて」

改めて尋ねられると、貴子もつい首を傾げたくなる。実際は成り行きの部分の方が多いとも思う。警察官になることは自分で希望したが、その後、刑事になろうとは、確かに最初の頃の貴子は考えてもいなかった。

「僕はね、そりゃあ、ガキの頃から刑事ドラマなんか、見てましたからね。ちょっと格好いいかなあとは思ってましたけど、自分がやりたいとは思わなかった」

確かに、一見してデカのタイプではないと、貴子は妙に納得しながら隣を歩く星野をちらちらと観察していた。知らない人が見たら、普通のサラリーマン、それも商社とか金融とか、そんな印象を受けるかも知れない。数字で割り切れる、結果や結論の出やすい仕事を選びそうな男にも見えた。つまり、刑事とは正反対の仕事だ。

「特に今回みたいなヤマだと、本当に嫌になりますよ。まあ、音道さんなんか現場まで見ちゃったっていうんだから、それよりはましだけど」

ひょっとすると星野という男は相当なお坊ちゃんか、または出世志向の強い官僚タイプなのかも知れない。それに、初対面の相手に少し喋りすぎのような気もした。それが緊張のなせる業なのか、それとも単に話し好きなのか。とにかく当分の間は、相手の出方を見ていようと考えながら、貴子は当たり障りのない相づちを打ち続けた。

東京の北西部に位置する武蔵村山市は、すぐ西に米軍横田基地が控え、自動車会社の工場やテストコースなどが広々とした敷地を確保している、工業地帯と住宅地、それに農地が混在している土地だった。すぐ北には狭山丘陵が迫り、多摩湖や狭山湖があって、その辺りはもう埼玉になる。巨大な団地群があるかと思えば、小さな町工場が連なり、学校などの施設は一カ所に集められていて、茶畑なども点在しているという具合で、東京とは思えないような長閑《のどか》さも随所に残している。市内には鉄道も高速道路も通っておらず、主要な幹線道路といえば青梅《おうめ》街道と新青梅街道くらいのもので、住宅地を歩いていても、夜の闇はことさらに深く感じられ、見上げれば、星の瞬きもはっきり見ることが出来た。

深夜に差し掛かってはいるが、土曜日ということもあるし、まだまだ町中が眠る時刻とも思えなかった。むしろ、日中は留守だった家を訪ねるには、少しばかり遅いものの、好都合ともいえる。今夜は時計の針が日曜日に突入するまで現場周辺の聞き込みを続け、深夜一時半から、二回目の捜査会議が開かれることになっていた。

事件は、特別捜査本部の設置と共に、「武蔵村山市における占い師一家皆殺し事件」とカイミョウをつけられていた。現場は市内大南六丁目の住宅地に位置する一軒家。殺害の現場と断定された一階奥の和室に横たわっていた四人は、貴子が見た通り、いずれも粘着テープで手足を拘束され、さらに目隠しもされている姿で発見されたと捜査会議で報告された。

　四人は、いずれも首筋を鋭利な刃物で切りつけられた結果の失血死と見られたが、その後の司法解剖の結果から、四人のうちの一人には、重大な心臓疾患があったことが分かった。つまり、その男に関しては、病死の疑いもあるということらしい。それでも、他の三人と同様、頸部を刺されていることは間違いがない。死後経過時間は三十六時間から四十八時間だという。つまり、死亡推定時刻は、一昨日、つまり二十三日木曜日の昼前後から夕方六時頃の間とみられる。

　発見者の供述により、ホトケの身元はすぐに明らかになった。四人のうちの二人は、その家の住人である御子貝春男四十二歳と睦子四十六歳であり、表に看板や表札などは出していなかったものの、霊感占いや除霊などを生業《なりわい》としている夫婦だったという。残る二人は、内田敏司と郁子という、やはり夫婦で、御子貝家を足繁く訪ねていた、いわゆる信者だったという。彼らを最初に発見し、隣家に駆け込んだ通報者の新見知美も、御子貝夫婦の信奉者の一人であり、毎週土日だけ家事を手伝う為に通っていた。

　心臓を病んでいたのは、五十四歳の内田敏司だった。親族の証言からも、彼は以前から心臓を病んでおり、夫婦はそのことで深く悩んでいたことが分かった。医者にもかかってはいたが、手術をしても完治するのは難しいと言われて、敏司よりも一歳下の郁子が、ありとあらゆる占い師などを頼るようになったらしい。御子貝家に通い始めたのは三カ月ほど前からで、事件当日も、夫を伴って御子貝家を訪れ、病気平癒の為の祈禱《きとう》を頼みにいったらしかった。夫婦には娘が一人いるが、既に嫁いでおり、両親の不在に気付かないまま、日々を過ごしていたということだった。

「音道さん、占いは好きですか」

「好きでも嫌いでもありません。雑誌なんかに出ていれば目を通すけれど、すぐに忘れるっていう程度です」

　星野は、ちらりとこちらを見て「珍しいですね」と目元を細める。

「女の人は皆、占いが好きなんだと思ってた」

「確かに、好きな人は多いですけれどね」

「音道さんは、そうでもない、と。じゃあ、占いに夢中になる人の気持ちは、分からないですね」

何を言わせようとしているのか、よく分からない。返答次第では、与える印象が変わるかも知れないと思うと、用心深くならざるを得なかった。どう答えようかと思案している間に、だが星野は、「僕もです」と言った。

「そんなものに夢中になるから、余計に人生が分からなくなるんです。何でもかんでも運のせいにして、他力本願になって。挙げ句の果てには自分の思うようにならないと、相手を逆恨みするようにもなる」

「――今度のホシは、占いの客だと思ってらっしゃるんですか」

「今の段階で思い込むのが危険なことくらいは分かってますが。でも、まあ、そんなところじゃないですか」

星野の横顔は落ち着いて見えた。では、どうして客まで殺害されなければならなかったのかという疑問が、再び貴子の中で頭をもたげた。それも、目と口をふさがれ、全身に粘着テープを巻かれて。それに、殺し方がホシの冷静さを物語っている気がする。全員が同様に首をかき切られているということは、あらかじめ抵抗できない状態にして、順番に殺していったと考えるのが妥当だ。

――冷酷。落ち着き。計画性。

逆恨みならば、滅多刺しにされているなどの方が可能性として高いと思うのだ。その上、きちんと布団に寝かされて、顔まで布団をかけてあることを考えあわせると、どうも単なる怨恨という感じがしない。それに、中に一人病死の疑いのある者がいることも気にかかる。彼ら四人の死亡推定時刻は、ほとんど変わりがないという。周囲の人間が殺されるのを目撃していて、もともと悪かった心臓が発作を起こしたのか。それとも、発作を起こして苦しみだし、それが煩わしかったからひと思いに殺したのか――。

「いずれにせよ、あの犯行は一人じゃ無理でしょう。複数犯によるとすれば、それだけ目立つもんな。

まあ、収穫待ちですね」

少し先を行く二人連れの後ろ姿が、小さな路地を曲がった。貴子たちと同様に、捜査本部から出てきた仲間だ。彼らは彼らで、聞き込み捜査の為に、自分たちに割り振られた地域に向かって、この闇を進んでいく。まばらにしか立っていない街灯を頼りに住宅地図のコピーを眺めながら、貴子もまた、星野と並んで、数メートル先の角を右に折れた。これから何日間、通うことになるか分からない道だ。しかも、日頃は車を利用することの多い機捜の貴子にとっては、また足の疲れる毎日が始まるということでもあった。

「独身、ですよね」

また星野が唐突な質問を寄越す。貴子は、前を向いたまま「ええ」と答えた。それから少しの間、黙って歩いていたが、思い出したように「バツイチですけど」と付け加える。普段は、あまりそんな話まではしないのだが、何となくこの相方に対しては、言っておいた方が良いような気がした。

「へえ、そうなんだ。僕もです」

ところが、隣からはそんな答えが返ってきた。ぽつぽつと離れて立っている、頼りない街灯の明かりを頼りに、貴子は何気なく星野と顔を見合わせた。そして、どちらからともなく、薄く微笑んだ。

3

警視庁武蔵村山署は、新青梅街道に面して建っている。平日ならば、さほどの渋滞も見られない片側二車線の道路は奥多摩へとつながっているせいか、ゴールデンウィークに入ってからは終日混雑していた。午前中は奥多摩方面が渋滞気味だったが、今は上りの新宿方面が混雑して、数珠繋ぎになっているる車の間を、時折オートバイがすり抜けていく。思い思いに一日を過ごした人たちを待ち受けているのは、後は休息と夕食、そして風呂くらいのものだろう。

そんな人々を、貴子は署の窓から眺めていた。やっかみ半分と分かっていながら、ご苦労なことだと思う。休みの度に、わざわざ疲れるために、ああして車に乗り込んで、渋滞に身を浸して、あの人たちは幸せなのだろうか。だが、まあ、いつ捕まるとも知れない殺人犯を追いかけている自分よりは、幸せなのかも知れない。本当は貴子だって休みたい。

「ぼけっとしちゃって」

背後から声がした。振り返るまでもなく相方の声だ。貴子は、視線の片隅で星野の姿を捉えながら、やはり外を眺めていた。

「連休も、もう終わりだなと思って」

「俺らには無縁だけどね。まあ、これで今までつかまらなかった参考人が、つかまりやすくなるかな」

「案外、こんな風に普通の休日を楽しんでるのかしら」

「誰。ホシ?」

星野の言葉に、貴子は初めて彼を振り返り、わずかに眉を上下させて応えた。星野は、自分も「さあ」と言うように肩をすくめて、貴子に歩み寄る。そして、窓ガラスに額をこすりつけるようにして外を眺めた。

「そうかも知れないな。妻子持ちなら、家族サービスに一生懸命かも知れないし、女と一緒なら、優雅に楽しんでるかも知れない。どうか捕まりませんようにって、どっかにお祈りにでも行ってるかも知れないし」

いずれにせよ、いくら何でも心底楽しい連休を過ごしてはいないはずだと呟く星野の横顔を眺めながら、貴子はつい昨夜のことを思い出していた。昨夜、貴子は初めて星野と二人で酒を飲んだ。捜査本部で他の仲間と飲むのが嫌だというわけではないが、たまには違う環境で息抜きもしたいではないかと言われて、付き合うことにしたのだ。その時に、星野の結婚生活が二年半で破れたこと、妻に引き取られているが、男の子が一人いることなどを聞かされた。そして彼は、貴子に子どもがいないことを知ると、「どうして」と言った。

「産んどきゃあ、よかったじゃないか。可愛いのに」

どこかに同情的な色彩を含んだ表情で言われて、貴子は腹の底で、何を勝手なことを言っているのだと思い、鼻の一つも鳴らしたい気分になっていた。子どもを産んでいたら、今頃は立派な母子家庭になっていた。または、子どものためにと我慢して、愛情の冷めた家庭を形だけでも守ろうとしているか。そうなったら可哀想なのは子どもではないか。第一、可愛いのなら、星野だって子どもと一緒に暮らせば良いではないか。離婚の原因は聞いていないが、別れた妻がどんな思いで子どもと暮らしているかも考えずにそんなことを言っているとしたら、星野という男もやはり身勝手だと思った。ところが彼は、こうも言った。

「まあ、仕方がなかったのかな。僕なりに努力はしたつもりなんだけど、普通のサラリーマンみたいなわけにはいかないし、所詮、僕らの仕事は理解されにくいしね。普通の女性には我慢できなかったのかも知れない。そういう点では、同じ職場に女性がいるっていうのは、気分的にも何となくほっとして、ありがたいよ。女性の中にも同じ思いをしてる人がいるって思うだけでも」

バーボンの水割りを飲みながら、口元に静かな笑みを浮かべて呟く星野を、貴子は何となく不思議な気分で眺めていた記憶がある。保守的なのか、それともガチガチの石頭というわけでもないのか。こんな風に褒められたのも初めてなら、こういう刑事もいるのかという発見も、ある意味で新鮮ではあった。

確かに、彼と組んでからというもの、貴子はまだ一度も、女だからという理由だけで不愉快な思いをしたことがない。星野は、貴子に対してごく自然に接してくれていたし、他の刑事に多いような、不愉快になる言動や仕草もなかった。ある程度は覚悟していた貴子にとって、それは半ば肩透かしを食らったような気分でもあった。だが、考えてみれば当然の話だ。こういう男性が出てこない方が、これまで不自然だったのに違いない。それでも、女なら子どもを産んでおいて当然という言い草も、同じ相手の口から出たことは確かだ。

——一貫性がない。話題によっては、どういう反応が返ってくるか分からない。

つまり、まだまだ油断は出来ないということだ。ゆったりとしたジャズを聞きながら、ほの暗い店でバーボンを傾けるなんて、仕事仲間とはほとんど初めての経験かも知れないと思いながら、貴子は昨夜、さり気なく星野という男を観察し、そんなことを考えていた。

「ごくろうさん」

数分後、いつもの挨拶で始まった捜査会議は、一日の報告から始まる。だが、星野と貴子の班は、今日は何の収穫もなかった。実際、四人もの人が殺害されている事件だというのに、事件発生から二週間近くたった今日でも、手がかりらしい手がかりは皆無に近い。現場には凶器も残されていなかったし、鑑識の結果からもこれといった収穫がない上、有力な手がかりも、目撃者も見つからないままなのだ。少しばかり怪しげな占い師が殺害された事件ということで、当初は怨恨の線から容易に容疑者が割り出せると思っていた捜査陣にとって、手がかりとなりそうな指紋一つも割り出せないということは、大きな誤算だった。

「じゃあ、始めるか。まずは、参考人関係から」

守島キャップの声がマイクを通して聞こえてきた。星野の直属の上司でもある捜査一課係長である守島は、捜査本部が設置された場合には、捜査員を直接指揮する役目を負う。比較的高い、よく通る声の持ち主であるキャップは、ひとたび仕事を離れれば、相当なカラオケ好きだという話だった。だが、こういうヤマに取りかかってしまうと、当分はカラオケどころの騒ぎではなくなる。

「ええ、今日、自分たちの班はまず、例の不審な男女を見かけたという、マルガイ宅のはす向かいの住人、吉野浩子の話を再度聴取いたしました——」

今回のヤマに関して、特別捜査本部は設置当初からの捜査要綱として、

・発生日時（四月二十三日正午から午後六時までの間）ころ、現場付近で不審な音声を感知した者及

び不審者を目撃した者の発見
・被害者方出入り者及び被害者の交遊関係者などの中から容疑者の割り出し
・現場付近に土地鑑を有する素行不良者、前歴者などの中から容疑者の割り出し
・現場鑑識活動の徹底による証拠資料（特に凶器）の収集
などを挙げていた。屋内、しかも閑静な住宅地の個人宅で起きた犯罪であり、その上、一般の家庭とは異なる、ある種秘密めいた商売をしていた家ということで、御子貝家と関係のあった人物を全て割り出すのは、相当に時間がかかるものと思われた。

「――つまり、とにかく男の方が若かったことは間違いないと思うが、正確に何歳ぐらいだったか、また人着《ニンチャク》などは、相変わらずはっきり思い出せない、と、そういうことだな」

守島キャップは、捜査本部の設置されている講堂正面の、雛壇《ひなだん》の方を振り向きながら、確認するように言った。雛壇には、所轄署の刑事課長、現場の指揮官である管理官の他に、捜査には直接関わってこないまでも、マスコミへの広報や捜査員たちの食事の部分でサポートを続けている、武蔵村山署の他の課のお偉方も数人顔を出していた。捜査本部長である刑事部長や武蔵村山署の署長などは、毎日は顔を出さない。

「家を出るところを目撃されているんなら、他にもその二人を目撃している人物がいても不思議じゃないんだがな。または、不審車両などに気付いた人はいないのかな」

捜査一課長が口を開いた。それを受けるようにして、守島キャップが現場の聞き込みに回っている捜査員からの報告を受け始めた。貴子は、それらの報告を自分もメモに取る一方で、キャップの脇にあるホワイトボードを眺めていた。

ホトケの司法解剖の結果や、郵便受けにたまっていた新聞の日付などから、犯行当日と断定された四月二十三日、御子貝家を訪れた人物は、これまで分かっている限りで九人が判明している。

それぞれAからIまでのアルファベットを付されており、氏名や身元の分かっている人物については、

その下に説明が書かれている。A、Bは、言うまでもなく御子貝夫妻と共に死体で発見された内田敏司と郁子夫妻だった。御子貝家に残されていた占い客の予約ノートの記録や近所の目撃者の証言から、彼らが午前十一時半前後に御子貝家を訪れたことが分かっている。

次いで、CとDについては、内田夫妻よりも早い時間に御子貝家を訪れた、やはり御子貝睦子の占いの客だった。Eは宅配便の業者で、その日の午前中に荷物を届けに来た。この三人からそれぞれ聞いたところによれば、御子貝夫妻には、これといって変わった様子もなかったという。

F、Gも客だが、この二人はそれぞれ午後二時と三時半に御子貝家を訪ねたものの、チャイムを鳴らしても応答がなく、その上普段は施錠されていない玄関にも鍵がかかっていたため、諦めて帰ってしまったという。これまでに、予約を受けておきながら突然留守になっていたことなどなかったのだそうで、二人ともおかしいとは思ったらしいが、それ以上は深く考えなかった。

四人の死亡推定時刻から考えても、御子貝家に予約を入れておいたF、G二人の客が、一時間半という間をあけて玄関のチャイムを鳴らしていた、ちょうどその頃に、四人は殺害されていたということになる。

そこで問題になるのが、残るHとIという二人の人物だった。この二人は、午後七時を過ぎた頃に連れだって御子貝家を出てきたところを近所の人に目撃されている。彼らは前述の客のように、御子貝家を訪ねたものの、チャイムを鳴らしても留守で家に入れなかったというのではなく、間違いなく家から出てきたということだった。

翌々日、ホトケの第一発見者が御子貝家を訪ねたときにも、玄関は施錠されていた。元々は御子貝睦子の占いの客で、睦子の霊感に感動し、数年前から半ば弟子か信者のようになっていたという新見知美は、特に客の多い土日に御子貝家に手伝いに通っていた。いくらチャイムを鳴らしても応答がないことに不審を抱いた彼女は、庭に隠してあった合い鍵の在処《ありか》を知っていたため、鍵を開けて家に入ったと証言している。つまり、HとIという二人組は、きちんと施錠をした上で御子貝家を後にしたことになる。

捜査本部では、この二人を最重要参考人として、身元の割り出しに全力を上げていた。だが、男女の二人連れだったということだけは分かっているものの、占い客の予約ノートにも名前は記されておらず、辺りが暗くなり始めていたこともあって、それ以上のことは分かっていない。

「すると、新しい目撃者は、今日のところも発見に至っていないと。そういうことだな。さらに、新たに御子貝家を訪れた人も出てきていない、と」

守島キャップは、わずかに疲れが見えてきた顔で捜査員たちを見回し、再び雛壇の方を振り返る。今日の捜査でも、それ以上のことは分からなかったという報告は、捜査本部の空気を重くした。

「鑑捜査の方は、どうなってる」

貴子の斜め前に座っていた捜査員が弾かれたように立ち上がった。貴子も、思わず背筋を伸ばして顔を上げた。現在、星野と貴子の班が受け持っているのも、前の捜査員と同様の鑑捜査だった。

「我々は、今日も御子貝家およびその近所を定期的に通過する車両について調べました。それによりますと――」

鑑とは犯行現場を観察した場合に、その状況から、犯人と現場となった土地との間に密接な関係があったと判断されるか、あるいは、被害者や犯行場所そのものとつながりがあったと判断されるかによって、土地鑑、敷鑑のどちらかに分類し、捜査方針の一つの指標となるものをいう。

犯人が犯行地の地理事情に通じている可能性を考えて、そのつながりを捜査資料として犯人を発見する捜査方法が土地鑑捜査である。こういう作業に取りかかる場合は、犯行現場の状況や目撃者の証言などから、犯人の侵入、逃走の経路が、地元をよく知っている者が選ぶものであると判断されたり、あるいは被害者の方が、特定の場所を定期的に通行したりする場合が多い。つまり、犯人と被害者の間には、特別な因果関係はなく、むしろ犯人は犯行地そのものに関係していたと判断される場合ということだ。

今回の事件の場合、御子貝家は看板などは出していなかったものの、近所の住人は、夫が勤めに出るなどしているわけでもなく、妻が巫女のような服装で過ごしていることに気付いており、陰で「拝み屋」と呼んでいた。その噂は、かなりの範囲まで広がっていたことから、土地にゆかりのある何者かが、御子貝家の噂を聞きつけて、犯行場所として選んだ可能性も考えられた。

一方の敷鑑捜査とは、被害者個人と犯人との関係、相互のつながりを捜査資料として犯人を発見する捜査方法になる。この敷鑑を判断する材料としては、現場の状況から、犯人は侵入口や逃走口、鍵の特殊な開け方を知っているらしいと判断できる場合、建物の周囲をうろついた形跡がなく、建物の間取りや構造なども知っていたと思われる場合がある。そういう現場の場合は、犯人が土地というよりも、その建物や、その家の住人と密接な関係にあったと推察される。

さらに犯行の模様からも敷鑑の判断材料は浮かび上がってくる。家の中の状況や遺留品などから見えてくるものもある。つまり、敷鑑捜査の対象となる人物とは、

・親戚関係
・親交があって相手をよく知っている
・被害者とは直接面識はないが、その家族か同居人などと面識や交際がある
・犯人が一方的に被害者または家族の誰かを知っている
・家屋の構造、生活状況などを直接または間接に知っている

などなどといったことになる。つまり、可能性は無限に広がっていくということだ。それでも、現場に残されている指紋、掌紋を始めとするさまざまな証拠資料などから、徐々に間口を狭めていくのだ。

今回の場合、犯人は御子貝夫妻を標的にしているか、または内田夫妻を狙ったか、あるいはわざわざ四人同時にいるところを狙ったかが、未《いま》だに判然としていない。ただ、死体の発見状況から、何らかの目的の為に四人の手足を拘束しているところ、かねてから心臓に疾患のあった内田敏司が極度の緊張かショックのために発作を起こして、ことによるとそのまま絶命してしまい、それならばついでにと、残る三人も殺害してしまったという可能性が考えられる。

通常、被害者の手足を拘束してあるような場合は、金目的の強盗殺人が考えられる。だが、犯行現場

となった御子貝家には、それほど物色されたような状況もなく、現在のところは金品なども手つかずの状態で残されていた。怨恨による犯罪ならば、大抵の犯人は興奮しており、見境もなく刃物を振り回したり、最近では銃器を使用したりするものだが、現場の雰囲気は、それとはまるで異なっていた。

「とにかく、一日も早いマルヒ逮捕を信じて、根気よく捜査を続けて欲しい」

結局、昨夜も聞いた一言で、その日の捜査会議も締めくくられた。徐々に疲労の色の濃くなってきている捜査員たちは、ゆっくりと席を立ち始める。貴子は、ちらりと相方を見た。少し飲んで帰ろうと言われるか、それとももう少し捜査を続けるかは、相方の判断次第だ。取りあえず、相手は上役、警部補だった。

「現場に、行ってみよう」

ところが星野は、ぴかぴか光る革ベルトの四角い腕時計に目を落とした後で、そう言った。

「ちょうど、ホシが家を出た頃だ」

刑事たちの間には「現場百ぺん」という言葉が言い習わされている。全てのヒントは現場にある、捜査に行き詰まったらスタート地点へ戻れという意味だ。今回、星野は死体の発見現場を見ていない。もちろん、貴子も説明しているし、会議の段階で、現場やホトケのスライド写真は見ているから、大凡《おおよそ》のことは分かっているに違いなかったが、それでも直接に現場を見るのとは、まるで印象が異なる。そのことを彼は考えているらしかった。貴子は急いで守島キャップに許可を取りに行き、御子貝家の鍵を借り受けてくると、星野と並んで署を出た。

「ホシは、相当に返り血を浴びてるはずですよね。その服を着たまま逃げたりすれば、すぐに見つかるだろうし――」

「計画的なら、着替えくらい用意してたかも知れないさ」

新青梅街道は、まだ渋滞が続いていた。郊外型レストランの前には帰宅前に空腹を満たそうとする車の列が出来ていて、心なしか、大型連休のクライマックスらしい、落ち着きのなさが感じられる。

「だとしたら、せめて、脱いだ服や凶器を捨てていてくれれば、いいんでしょうけど」

「そっちはそっちで調べてるだろうさ。だけど、期待は出来ないんじゃないかな。あれだけ証拠を残していないホシだから、洋服一枚くらい見つかったたって、それがホシの手がかりになるとは考えられないかも知れないしな」

「何か、大きなことを見落としてたり、してないかしら」

現場に急行した時のことを思い出しながら小さく呟くと、星野は「あれ」と細い目をわずかに見開いて、皮肉っぽく眉を上下させた。

「もう、弱音？　まだ半月もたってないんだよ。音を上げるには、ちょっと早いんじゃないのかな」

「音なんか、上げてないですよ。ただ、ホシの動機が、まるで読めてこないから――」

「最近は、そういうの増えてきたよな。そう思うでしょう？　殺したいから殺すとか、ことによると、もっと好い加減な。動機も何もなくても、殺す時代になってきてますよ。これからは検挙率だって下がるかも知れないよ」

よけいに世間の風当たりが強くなるよなと、星野はため息混じりに呟いた。街道をそれて、微かに夕暮れの気配の残っている町は、もうすっかり見慣れたものだった。

4

細く開けた窓から、初夏を思わせる夜風が忍び込み、レースのカーテンを微かに揺らす。貴子は窓辺に置いた椅子に腰掛けたまま、片手でそのカーテンの揺らぎを弄んでいた。左手は電話の子機を握っている。そのコードレスの電話機を通して、昂一《こういち》のため息が聞こえてきた。

「何だ――じゃあ、当分は無理、か」

貴子はわずかに口を尖らせながら、「まだ、分からないけど」と、自分も憂鬱《ゆううつ》な声で答えた。

「急転直下、明日になったらすべて解決、なんていうことも、ないとは限らないもの。そうすれば、行かれるかな」

「本当に？」

「まあ——ないだろうけど。ホシが自首でもしてこない限りはね」

再び、何だ、という声に次いで、受話器の向こうで微かにグラスの氷が鳴る音がした。彼はバーボンを飲みながら、貴子からの電話を待っていたと言っていた。何杯目かのグラスが空こうとしているのだろう。時刻は既に午前一時を回っている。

二人で計画していたツーリングの予定は来週だった。五月の末になったら二人で少し北へ行ってみようかと話し合って、貴子の勤務予定を照らし合わせながら決めたのに、本部捜査に駆り出されて、すべてが駄目になってしまった。それどころか、事件発生以来、昴一に会うことさえ出来ない日がもう三週間以上も続いている。あの日が二週間ぶりに会えるはずの日だったのだから、都合五週間にもなる。こんなに会わずにいるのは、この半年あまりの間で初めてのことだった。

「機捜にいる方が、まだ楽なんだな。あれはあれで、きついだろうと思ってたけど」

昴一の言葉に、貴子は思わず微笑んだ。組織とは無縁な彼が、貴子の影響で最近は機捜などという言葉を自然に使う。

「俺は、ニュースより新しい情報をダイレクトに聞けるんだから、ちょっとは面白いけどさ。本部に召集されてからこっち、全然、休めてないんだもんなあ」

「捜査が長引けば、そのうち一日くらいは休ませてもらえるだろうけど。とにかく被害者の数が多いし、マスコミも騒いでるじゃない？　こっちとしても必死にならざるを得ないのよ」

「まあ、そうだろうな。で、後からたっぷり休めるなんていうことは？」

「本部から外れたら、また機捜に戻るだけだもの」

「ひでえな。公務員だろう？　有給休暇とか、ちゃんとあるはずだろうが」

「あることは、あるけど。いつも、たっぷり残ったままになってる」

「上は上で、ちゃっかり、たっぷり休んでんだろうになあ」

「でも、少なくとも、今度の本部に関係してる人たちは、上も下も、今のところ必死よ」

「本当かね。でも、まあ、下っ端こき使ってふんぞり返ってるだけなら、疲れやしねえよな。どうせ、することっていったら記者会見程度なんだろう」

実は昂一が、あまり警察を好きでないことを、貴子はよく承知している。バイク乗りの常として、交通警察に一度ならず苦い思いをさせられていることが最大の原因に違いないが、自由を好み、束縛を嫌う彼は、警察組織のような窮屈な縦割り社会は、何よりも性に合わないものだと決めつけている節があった。その上、彼は制服が嫌いなのだそうだ。しかも四十、五十を過ぎた大の男が制服に身を固めて嬉しそうに張り切っているのを見ると、それだけで「ぞっとする」のだと言っていたことがある。つき合い始めた当時、貴子の職業を知った上で、平気でそんなことを言い放つ相手に、貴子はしばし呆気に取られ、そして、思わず苦笑してしまった。少なくとも、職場では絶対に聞かれない台詞だと思った。

「まあ、役割分担だもの、しょうがないわ。上には上の苦労があるんでしょう」

「それが上司ってもんなんだから、当たり前さ。高い給料もらってんだ」

こういう相手だからこそ、貴子は意外にスムーズに、職場の出来事を口にすることが出来た。説教臭く、「それが社会だ」「それが大人というものだ」などと言う相手に、愚痴を聞かせるわけにはいかない。貴子が少しでも不愉快な思いをしたと口にすると、昂一は貴子以上に怒り、貴子が名前を出す誰彼となく「クソみたいな野郎だ」「脳味噌がスポンジなんだ」などと評するから、貴子の胸のつかえはすっかり取れてしまう。

「だから、来週は一人で行って、ね？」

「一人でなあ。つまらないな」

「前は一人で走る方が好きだって言ってたくせに」

「そりゃあ、そういう時もあったけどさ、今は別だ。それにしても、可哀想だな、貴子」

「――そう？」

「可哀想だ。毎日、毎日、夜中までこき使われて。ツーリングも行かれなくて」

「そうよね。私、結構、可哀想よね」

「でも、偉いよ。文句言わないもんな」

「褒めてくれる？」

「よしよし、いい子だ、いい子だ」

受話器の向こうからチュッと唇の音がした。本当に額にでもキスされた気分で、貴子はカーテンを弄んでいた手で思わず自分の額を撫で、そして、一人で微笑んだ。

「音だけじゃ、つまんない」

つい、自分の声がひそめられ、甘えを含んだのが分かった。

「俺だって、つまんないさ。傍にいたら、マッサージでも何でもしてやるのに」

「じゃあ、これから来てくれる？」

「よし。飲酒運転でぶっ飛ばして行こうか」

「捕まらない自信があるんなら、どうぞ」

受話器を通して、氷の音と昂一の軽やかな笑い声が聞こえてくる。男の笑い声はいいものだ。二人の間のわずかな空気をふるわせ、凝り固まりそうな心をほぐす。

「本当よ。昂一にくっついて眠りたい」

「じゃあ、行くか。捕まったら、愛するデカが呼んでるんですって答えよう。俺のサービスこそ、事件解決の鍵なんですってさ」

昂一なら本当に言いかねないと思う。それが面白かった。白バイ隊員に捕まりながら、酒臭い息で貴子の名前を口にする昂一、おまけに呼び止めたのが別れた夫だったら、どうだろう。そんな場面を勝手に想像して、貴子は、つい笑ってしまった。

「あ、笑ってる場合か？」

「だって。捕まえた方も驚くだろうなと思って」

「それなら目をつぶってくれるかな」

「無理だと思うわ」

浴室の前の脱衣場から、ピー、ピーというアラーム音が聞こえてくる。

「やっと洗濯が終わったみたい」

「よし。じゃあ、さっさと干して、とっとと寝ろ」

「え、来てくれないの？」

「俺から免許証を奪いたいの？」

「分かった。私より免許証の方が大切なんだ。おやすみ」

電話を切る直前の、昂一の「浮気するなよ」という声が耳に残った。馬鹿ね、と心の中で呟き、弾みをつけて立ち上がる。今夜のうちに洗濯物を干しておかなければ、下着もストッキングも、ハンカチの類も足りなくなりそうだったから、これでも必死で起きている。だが、昂一のお陰で気持ちはずいぶんほぐれたようだ。

——お礼言うの、忘れた。遅くまで付き合ってくれてって。

昂一は、普段から早起きだ。朝陽を受けながら仕事に取り組むのが好きなのだと言っていた。きっと明日は寝不足になるだろう。ぼんやりして、怪我などしなければ良いがと思う。

肩書きは家具デザイナーということになるらしいが、昂一は自分のことを「椅子職人」と表現している。知り合った当時、貴子は、おそらく大工のような仕事なのだろうと勝手に想像していた。ところが実際には、彼は依頼人の注文を受け、実際に使用する人や使用される空間を聞いた上で、椅子そのもののデザインから始めて素材選びを行い、そこから作品を作るという仕事をしていた。日頃、何気なく使っている椅子にも、そんなデザイナーが関わっていることに貴子は軽いカルチャー・ショックを受け、自分とは無縁の、まったく未知の世界に属している彼に興味を抱いた。たまたまツーリングの途中で、同じ場所で休息し、ちょっとした工具の貸し借りをしたことがきっかけで、こんな出会いになることがあるなんて、その時まで貴子は信じていなかった。

その昂一が、昨年のクリスマスに贈ってくれたのが、さっきまで腰掛けていた椅子だった。貴子のためだけに作られた、シンプルで華奢《きゃしゃ》な印象の、それでいて意外にしっかりとした重い椅子だ。一見、何の変哲もない木製の肘当てつきの椅子なのだが、座面の傾斜が良いのか、それとも背もたれの角度のお陰か、とにかくその椅子は、貴子の身体を知り尽くしているのではないかと思うくらいに、ぴったりとよく馴染み、座り疲れるということがなかった。

――今度、会ったときに言おう。椅子と、昂一に感謝してるって。ううん、次に話すときには。

今度の恋で、貴子は以前と違う自分をずい分発見していると思う。それは、羽場昂一という男の性格によるものかも知れないし、年齢のなせる業かも知れないが、少なくとも、二十代の頃よりもずっと素直で、ずっと自然な気がするのだ。昂一自身が、思ったことは何でも口にするタイプで、会って話していても、電話でも、さっきのように必ず貴子を慰めたり褒めたりするから――いい女だ。格好良いよ。この尻が好きだな――貴子もそれに呼応するかのように、昔なら恥ずかしくて上手に言えなかったようなことを、意外にストレートに言うようになった。あなたのお陰。傍にいて。もっと抱いて――。

別れた夫にも、そんなことを言えていたら、と思わなくもない。この頃では一人の生活もすっかり板についていて、その風通しの良さも満更でもないと思えるようになり、自分が結婚していた記憶さえ、かなり昔の、ちょっと大がかりな失恋のように思えるようになった。それでも離婚以来、久しぶりに訪れた恋は、逆にあの頃を思い出させることにもなった。比べるというのではない。ただ「そう言えば」と思うのだ。

たとえば別れた夫とは、結婚前だって、こんな深夜に電話で長話をしたことなど一度もなかった。携帯電話などない時代で、おまけに二人とも寮生活だったから、そういうものだと思っていた。同じ組織に属していただけに、互いの仕事を理解は出来たが、その一方で好奇心を抱くということもなかった。貴子の都合に合わせて休みを調節してもらったこともなければ、髭の伸びた顎に触れたことも、マッサージをしてもらったことも、裸のままベッドでコーヒーを飲んだこともなかった。

そうやって考えると、単に一人の男との付き合い方でさえ、こんなにも未経験のことが多かったのかと驚かされる。それなりの痛手も被り、代償も大きかったとは思うが、離婚して良かったのだという気になる。だから今、貴子は代わり映えのない毎日も、以前ほどのストレスをため込まずに過ごすことが出来ている。

それにしても、本当に捜査は行き詰まっていた。未だに容疑者の輪郭さえ見えてこないではないか。捜査員たちは、深夜、互いにそう旨いとも感じられない酒を酌み交わしながら、この頃では、迷宮入りの可能性さえ囁き合うようになった。事件発生から、まだ一カ月も過ぎていないのだし、無論、そんなことがあってたまるかという意味で言っているのだが、それでも徒労に終わる日々が積み重なるにつれ、刑事たちの頭の片隅に「お宮」というひと言が見え隠れし始めていることは、間違いがない。

——そんなに当たる霊感だったら、自分たちのことも感じてたんじゃないの？　せめて何かの手がかりくらい、残しておけたんじゃない。そうじゃなかったら、その霊感で、誰かの夢枕にでも立ってみてくれればいいのに。

いつの間にか被害者である霊感占い師に語りかけている。とにかく、計画的な犯罪だったことは間違いがないのだ。鑑識の結果、現場には指紋をふき取られた形跡のある場所が、ほとんど見つかっていない。つまり、犯人は最初から手袋をはめるなどして、十分に警戒してあの家に侵入したことになる。

——犯行の目的。金銭？　でも、手つかずで残されてた。怨恨？　それにしては手口が冷静すぎる。痴情のもつれ？　関係のない夫婦まで巻き込むことは考えにくい。

通り魔とは違うのだから、目的もなく他人の家に入り込んで、人を殺したりするはずがない。しかも、あのような形で。八十田と共に現場に駆けつけた日のことが思い出された。大量の血痕さえ除けば、いかにも静かな現場だった。明らかに他人の家、見知らぬ人のプライベートな生活の場に勝手に上がり込んでいる、そんな印象があった。

これだけ洗濯物をため込んだ後は、小物掛けの使用法にも工夫がいる。二つしかない小物掛けの、限られたピンチの数ですべてを干し終えるための常套手段として、貴子は薄手のキャミソールは二枚ずつ、ブラジャーは二つ折にして一つのピンチで留めていった。濃いブラウン系のストッキングばかりがふらふらと揺れる、もう一方の小物掛けは、まるで浜に打ち上げられた昆布でも干している光景だ。

——透明人間じゃないんだから。何を見落としてるの。私たちには、何が見えてないんだろう。貴子たちに見えていなくとも、せめて指揮をとる上司たちには見えていて欲しいものだ。そうすれば、貴子たちは言われた通りに動くことが出来る。今のままでは、身動きが取れなくなるのは時間の問題。そうなれば、また同じ道をぐるぐると繰り返して歩くことになる。

やっと洗濯物を干し終えてベッドに倒れ込むまで、貴子はそんなことを考えていた。せめて眠りにつく前くらいは昂一のことを考えたいと思ったのに、頭を切り換える間もなく、すぐに何も分からなくなった。

5

「どうなっちゃうんですかね、この家」

翌日、またもや犯行現場にやってきた貴子は、ため息をつきながら、四人の遺体が並んでいたのとは別の部屋で、何かの手がかりは摑めないものかと押入の中を覗き込んでいた。「さあねえ」という、星野のくぐもった返事が聞こえてくる。彼は彼で、同じ部屋に置かれている洋服ダンスを調べている。

「誰も住まないことは、確かだろうな。そのうちに取り壊されて更地になって、ほとぼりが冷めた頃に、何も知らない誰かが安値で買い取る、と。掘り出し物だとか何とか言われて、大喜びでさ」

「それも、気の毒な話ですよね」

「そんなことも、ないんじゃないか。安すぎると思ったら、調べる人は調べるだろうし、そんなの関係ないと思う人には、少しでも安く買えりゃあ、有り難いんだから」

「地鎮祭とか、ちゃんとしないと」

「意外に古くさいこと言うね。あんなのだって、気休めなんじゃないの？　結局は、ここの夫婦の商売と同じでさ」

自分が古くさいかどうかは分からないが、星野の言葉は、いかにも彼らしいと思った。貴子は、洋服ダンスを覗き込んでいる彼をちらりと振り返り、あなたなら買うのかもね、と心の中で呟いた。ついでに地鎮祭なしで家でも建てて、毎日、幽霊と暮らせば良い。貴子だって、心の底から幽霊など信じているとは言い難いが、あの四人の遺体を見ていたら、この土地に彼らの思いの染みついていないはずがないと思う。こうして手がかりを探しにこの家に来ることだって、出来れば避けたいくらいなのだ。だが、星野という男は、決して鈍感ではないはずなのに、そういう点については、極めてドライというか、割り切った考え方の持ち主らしかった。

死んだら終わり。煙みたいにすっと消えて、何もかもが無になるだけのこと。それが、星野の考え方だった。だから毎朝、捜査本部を後にする前に、刑事たちが四人の犠牲者に向かって黙禱を捧げるのも、単なる儀礼的なものに過ぎないと、彼は考えているに違いなかった。上司たちは、「一日も早くホトケさんたちを成仏させてやるために」などと繰り返して捜査員の気持ちを引き締めようとするが、こと星野に関しては、そんな言葉は蛙の面に小便、彼が日々、大した文句も言わずに捜査活動に明け暮れているのは、単に「それが仕事だから」であり、正義感とか、死者の霊のためなどという考え方ではない。

――きっと、容疑者についても同じ感覚なんだわ。

この三週間ほど、毎日一緒に行動してきて、貴子なりに少しずつ星野のことが分かってきたつもりだった。彼は、事実と目に見えるもの以外は信じない。与えられた以上の仕事はしない。そして、無駄なエネルギーは消費しない。喜怒哀楽も含めて。彼は、被害者に関しても容疑者についても、その人間性については何の興味も抱いてはいないらしい。「どうして」という思いが、彼の中にはほとんど浮かぶことがないように見えた。

「あ、これなんか新品だ。値札がついたまんまになってるよ。へえ」

そんな星野と組んでいて唯一、有り難いのは、彼が自分なりの捜査の手法に固執せず、むしろ、貴子の希望をいつもすんなりと聞き入れてくれるということだった。どこへ行きたい、誰の話をもう一度聞きたいと言えば、彼はやや薄めの眉をわずかに上下させるだけで、すぐに「じゃあ、行こう」と答える。今日も、現場をもう一度見たいと言ったら、彼は躊躇《ためら》う素振りも見せずに「そうしよう」と頷いた。最初の頃こそ、貴子は自分が大切にされているのかと思ったが、それは間違いだったようだ。彼には、自分から動こうとする意欲が欠如している。それだけのエネルギーを消費することを嫌っている、そう見えてならない。

――それでも、試験に受かれば警部補。

貴子にしてみれば、窮屈な思いもせずにいられるのだから有り難いには違いないのだが、深く考えると不愉快になりそうな気もする。だったら深く考えないこと。こういう人もいる。

「家を壊したり更地にするのって、誰の手によって、ですかね」

貴子の呟きに、星野の「さあ」という声が返ってくる。まめなことは、まめなのだ。決して貴子を無視するようなことはない。

「最終的には、春男の息子たちがやることになるんじゃないのかな。税金払って、ここを更地にする費用くらい出したって、まだ遺産は余るはずだろう?」

この家の主であった御子貝夫妻は、互いに再婚同士だったが、二人の間には子どもがない。だが、春男には前妻との間に息子が三人いた。彼らはいずれも幼い頃に自分たちを捨てていった実父の死を知っても、涙を流すこともせず、遺体を引き取ることには揃って難色を示したという。一方、睦子の方には前夫との間にも子どもはおらず、親戚らしい親戚もいないらしいことから、やはり遺体の引き取り手は見つからなかった。結局、遺体の第一発見者であり、彼らの熱心な信奉者でもあった新見知美を始めとする信者の数人が、彼らの遺体を引き取り、荼毘《だび》に付した。同時に殺害されていた内田敏司夫妻が、娘の号泣と共に引き取られていったのと、それは、いかにも対照的な結末だった。最後に救われたのは、果たしてどちらの夫婦だったのか。

「遺体の引き取りは断って、遺産は相続するんですか」

「そりゃあ、そうだよ。今の世の中、どこに相続を断る人間がいると思う？　彼らが放棄なんかしたら、国庫に納まるだけなんだし、何もしてくれなかった親父だからこそ、それくらいもらったって当然だと思うんじゃないかな」

確かに、御子貝夫妻には複数の銀行にある程度の預金があって、その合計額は三千五百万を越えていた。

「兄弟三人で山分けしたとしても、手取りで一人一千万にはなるんだし、それだけもらえるんなら、家の解体費くらい出すさ」

ズボンの折り目もきっちり入っている濃紺のスーツを着こなして、まるで乱れることのない七三の髪の彼が、こんな畳の薄暗い部屋で洋服ダンスを覗き込む姿は、どこか滑稽にさえ見えた。だが彼は、あくまでも冷静に言葉を続けた。

「その他に多少の証券類もあったわけだし、叩き売りしたとしたって、外のベンツとか、この土地の代金も入るわけだろう？　宝石とか時計とか、こういう家財道具だって、殺人現場にあったなんて言わなきゃ分かりゃしないんだから、結構な値段で売れるかも知れないし、第一、負債はまったくないんだから、相続放棄なんてあり得ないよ。まあ、たとえば向こうの部屋のタンスなんかは、血が飛んでるけど、でも総桐だから、削れば一番高く売れるかも知れない。こういう、新品同様の衣類だって売れるだろうしさ」

何も知らずに売りつけられる人が気の毒だと言いかけて、貴子はつい口を噤んだ。星野がタンスからハンガーに掛かったままのスーツを取り出して、値踏みするように熱心に眺めていたからだ。サイズさえ合えば、彼が欲しいと言い出しそうな気がした。別に、殺された時に着ていたわけではないのだから構わないではないかと、そんなことを言う姿さえ容易に想像することが出来る。

——変な男。

共に行動していて不快になることはないのに、どうにもしっくりと来ない。何を考えているのか分からない。

「なかなか、いいセンスしてると思わないか？　スーツなんか滅多に着ることもなかったんだろうに、どうして買ったのかな」

返答のしようがなかった。少しの間、黙って星野を眺めていたが、彼の洋服の好みなど知っても仕方がないと、貴子は静かに押入の襖を閉め、自分は他の部屋に移動することにした。

確かに、御子貝夫妻の生活が、かなり豊かであったらしいことは、どの部屋を見ても容易に察することが出来た。家具や調度の類も、夫妻が身につけていたらしい時計や装身具なども、すべて高級な、それどころか少しばかり嫌味なほどに成金趣味の物ばかりだったし、庭先のガレージには星野の言葉通り、最高級のベンツが納まっている。だが、家屋敷そのものは敷地も四十坪弱、少しばかり古びた二階建てで、ところどころ壊れかけている垣根に囲まれて手入れのされていない狭い庭が望めるという具合で、ガレージのベンツに目が留まったとしても、来客か、または一点豪華主義の家なのかと思う程度の印象しか受けない。中に、それほど贅沢《ぜいたく》な品物が溢れているとは想像できない家だと思う。

さらに、御子貝夫妻の日頃の暮らしぶりといえば、近所の住人の話を聞いても、さほど華やかな印象もなく、むしろこの家の中を知らない人々から見れば、夫も定職に就いていなかったし、妻が何だか怪しげな霊感占いなどで細々と生活を支えているばかりの、何とも頼りない暮らしぶりの家だという印象を抱いていたらしい。

事実、彼らは滅多に外出することもなく、旅行などで長期に家を空けたことも一度もなく、ひたすら悩みを抱える客を待ち受けるばかりの毎日だったという。ことに巫女役だった睦子の方は、近所付き合いなども一切せず、昼日中から薄暗い部屋に閉じこもって、客とは御簾《みす》を隔てた祭壇に向かい、祈禱まがいの祝詞《のりと》をあげる日々だったから、買い物に出る姿さえ、この数年は誰に見られることも少なかった。その為、御子貝睦子に対する印象は、隣近所では非常に稀薄で、ただ服装で覚えられているという程度だった。一方、家事の類はすべて請け負っていたらしい御子貝春男については、もう少し多くの印象を聞くことが出来たけれど——無口な方でしたね。お出かけになるときには、いつも御主人がベンツを運転なさって。ゴミ出しも、洗濯物を干したりなさるのも御主人でしたもの——それでも近所付き合いそのものはほとんどないに等しかったから、大きな収穫は得られていない。彼らがどんな性格で、どんな生活をしており、日頃どういう人たちと付き合いがあったかということなどは、すべて、新見知美を始めとする、信者たちから聞き出すより他にないほどだった。

貴子は、四人の遺体が発見された部屋よりもさらに奥にある八畳間に足を踏み入れた。御子貝睦子が祈禱に使っていた部屋だ。

この部屋だけは、他に比べてやはりある種異様な雰囲気があった。寺の本堂のような印象もあるのだが、壁も天井も、全体が煤《すす》で黒ずみ、片隅に祭壇らしきものが設けられている以外は、家具らしいものは一切置かれていない。そして、祭壇のある畳一畳分ほどのスペースだけが一段、高くなっていて、日頃、睦子が座っていたと思われる場所には、相撲取りが使うような厚くて大きな座布団が敷かれ、ちょうど、その座布団の後ろの辺りに、二枚の御簾が下がっていた。

白木で出来ている祭壇の上は、とにかく雑然としていた。まず中央に大きな御幣《ごへい》が立てられている。

その両脇に活けられていた榊《さかき》は、今やすっかり乾いて完璧なドライフラワー状態になっている。祭壇の奥正面には鏡に剣、水晶玉があるのだが、手前には、数珠や木魚が置かれている。端には蠟燭《ろうそく》、線香、香炉も並んでいて、さらに、それらの隙間を埋めるように、太鼓、錫杖《しゃくじょう》に三鈷《さんこ》、五鈷鈴《ごこれい》といったものまでが、極めて雑然と置かれている。宗教のことはほとんど分からない貴子の目から見ても、どうにも無節操な印象は否めない。この祭壇に向かって、睦子は巫女姿で何ごとかの呪文を唱え、祈禱を行っていたというのだから、胡散臭いこと、この上もないと思う。それでも、そんな睦子を有り難がっていた人が後を絶たなかったというのだから、分からないものだ。

睦子がここに座って霊感を得ようとするとき、夫の春男は御簾脇に恭《うやうや》しく座っていたという。そして、睦子がご託宣を行うときには、「まいられましょう」という、これもまた意味の分からない声をかけた。信者の多くは、その声と同時にその場にひれ伏し、頭上から睦子の言葉を聞いた。睦子の声は、時には睦子自身のものであり、時には、まるで別人のものに聞こえた。明らかに別人格が乗り移っているとしか思えないことも少なくなかったというのだ。時には、睦子はのたうち回るように苦しみ出し、また別の時にはこの世のものとも思えない声で泣き、笑い叫ぶこともあった。そんな時には、春男が睦子に駆け寄って、「あなたはどなたです」などと尋ね、暴れようとするときには取り押さえていたという。時には断末魔のような叫び声を上げることもあったため、声が隣近所に聞こえることを憚ってか、部屋は多くの場合、昼間でも雨戸を閉め切っていた。

考えてみれば、疲れる仕事だ。たとえ詐欺まがいの商売だったとしても、客の求めに応じて、それなりの演技を求められる。毎回、同じ手は通用しないだろうし、現に、睦子が知るはずもない人間の声を、この場で睦子の口から聞いたという客もいるのだから、あながち詐欺とばかりは言えなかったのかも知れない。人の悩みや苦しみばかりを来る日も来る日も聞かされて、それなりに相手を安心させた上で帰さなければならない仕事。ストレスもたまるに違いないし、気鬱にもなるだろう。貴子なら一週間と耐えられない日々だったと思う。だが、彼らは、そんな生活を、少なくとも十五年以上は続けていたという。旅に出ることもなく、家具や調度の類には多少の贅沢をしたとしても、あとはひたすら、この家にこもって。

——そこまでして貯めたお金が三千五百万。

顧客たちから聞き出したところでは、御子貝睦子による除霊や占いの料金システムは、明確には決まっていなかった。いわゆる「お布施」のような形で、客の方が金額を決め、それを支払っていたのだそうだ。

聞き込みの結果では、下は一万円から、上は一回の占いで五十万、百万と支払っている客もいた。つまり、それだけの効果を期待して、または期待した効果が得られたからこそ、多額の「お布施」を支払っていたということになる。まず、祈禱を頼み、金を払う。願い事がかなった場合には、嬉しさのあまり、再び礼をする客もいた。病気が治った、仕事が成功した、縁談がまとまった——中には、殺したいほど恨んでいた相手を病死させたなどというものさえあるそうだ。つまり、睦子に念じ殺してもらったということらしい。少なくとも、その客は声をひそめてその事実を打ち明けたとき、はっきりと祈禱の成果だと言ったらしい。そういう場合は事件として立件出来ないものなのかと、貴子たちは捜査会議後に酒を飲みながら話し合ったものだ——などといった類だが、その報酬として支払われた額は、その客の懐具合と、あとは得られた成果への感謝の度合いによって、様々だった。ちなみに、恨んでいた相手を念じ殺してもらったという客は二十代の女性で、謝礼は五十万だったという。五十万で殺してもらえるのなら、証拠も残らない分、殺し屋よりも安全だ。

このような家を訪れる人間、しかも一度でも望むような結果、またはせめて何らかの変化が得られた人間は、何かあると必ず再び、睦子を頼って来るに違いない。正確なことを知る者はいないが、看板を掲げての商売ではないから、最初はごく少数から、やがて人づてに信者を増やしていったに違いない彼らは、これまでの十五年あまり、延べにすれば一体どれほどの人に貼り付いている様々なものを拭い取ってきたのだろうか。

御子貝家には、過去五年分の顧客名簿と、この二年ほどの予約ノートが残されていた。それ以前ものが見つかっていないのは、信者の数が少なかったせいか、または意図的に処分したものと思われる。さらに、「お布施」による収支に関する資料は、一切残されていないところを見ると、税務対策のために、それなりの工夫を凝らしていたとも考えられた。何しろ、宗教法人等の認可は一切受けていない、単なる町の「拝み屋」なのだ。誰かが不審を抱き、税務署に一報すれば簡単に調べられてしまうだろう。その辺りのことは、十分に警戒していたはずだった。

名簿には、優に二千人以上の氏名が書き込まれていた。現在、他の班がそのすべての人間に聞き込みを行っている最中だから、まだ正確な数字は把握出来ていないものの、彼らの多くは二度、三度と繰り返して御子貝夫妻の力を借りに、この家を訪ねている。飛び抜けて高い「お布施」を支払っていた少数の顧客を除いて、一人平均二、三万円程度を支払っていたと仮定しても、五、六千万円の二倍から三倍の金額が、この五年の間に御子貝家に入っていた計算になる。それだけで二億近い金額だ。その上、五十万、百万という「お布施」をぽんと支払う人間もいれば、毎週のように通ってきていた熱心な信者もいるのだから、やはり、三千五百万という預金は少ないのではないかという意見が、捜査会議でも再三にわたって出されていた。だが、かなりの時間をかけて現場検証しても、この家から、多額の現金や金の地金などの、いわゆる隠し資産は発見されていなかった。

6

現在のところ捜査本部では、共に殺されていた内田夫妻は単なる巻き添えを食っただけで、御子貝夫妻、主に睦子への怨恨の線と、金品目的の線の両方から容疑者特定のための捜査をすすめている。内田夫妻に関しては、簡単に身辺捜査をした段階でも、彼らに恨みを抱くような人間は見つからなかったし、第一、彼らが「拝み屋」のようなところに通っていることを知る人もいなかった。つまり、やはり標的は御子貝夫妻ということになる。だが、貴子を始め多くの捜査員たちは、断定は危険だと承知していながらも、怨恨の線は薄いのではないかと考えている。あの、発見時の死体の状況が、そう思わせた。犯人は、あくまでも冷静に、そして首に致命傷を負わせることで、手早く確実に犯行を成し遂げているのだ。

——目的を絞っていた。この家にあった、何か一つのものだけを狙っていた。

犯人は、おそらく御子貝家の事情にある程度通じており、事前に盗み出すものを絞り込んでいた。そして、その目的だけを狙って、この家に入り込んだのではないか。内田夫妻がいたことは予想外だったかも知れないが、結果としては犯人には有利に働いた。つまり、まず無関係の内田夫妻を目の前で殺害して見せ、自分たちの脅しが冗談などではないことを十分に思い知らせた上で、御子貝夫妻から、その「何か」の在処を聞き出したのではないかと、貴子は想像している。

——畳を無理にひっくり返した形跡もなければ、天井板を動かした形跡もない。もちろん、祭壇にも。つまり、夫婦が自分たちから、その「何か」の在処を白状したのだ。それにしても、何故《なぜ》、こんなにも手がかりがないのか、それが不思議だった。

いや、むしろ手がかりだらけだと言う方が良い。日頃から、人の出入りの多い家だったことが災いした。家の中には正体不明の指紋が溢れかえっていたし、衣服の繊維や埃、毛髪の類なども、かなりの数が採取されている。煙草の吸い殻だけでも数種類、折れた割り箸や、この家にはいないはずの動物の毛も何種類か発見されたし、何かの金属片や、草などまで採取されている。御子貝夫妻は、商売の忙しさも手伝ったのか、または週末には新見知美がやってくることを見越してか、明らかにしばらくの間、部屋の掃除をしていなかった。だが、肝心の死体を巻いていた粘着テープなどには、何の指紋も残ってはいないのだ。結局、溢れるばかりの資料を分類し、一つ一つを根気よく当たっていくより仕方がない。そちらの担当に回された捜査員たちは、今も必死で顧客名簿を当たり、採取された指紋を照らし合わせているに違いない。

——その気になれば、時計だって宝石だって盗めたはずなのに。

それらには目もくれないほどの、何か。誰かの重大な秘密にまつわるものか、または、大粒のダイヤモンドでもあったのだろうか。一体、誰がそんな情報を持っていたのだろう。結局、何度訪れても、ヒントの一つも見つからない。この分では、今日も収穫はゼロだろうかと考えながら、貴子は最後に台所に行ってみた。

六畳ほどの台所は、薄暗く、ひんやりとしていた。夫婦二人の生活には大きすぎると思われる食器棚が壁の一面を天井近くまで埋め尽くしており、食事に利用することもあったのか、六人掛けのテーブルには、事件発生当日の朝刊がそのままに置かれている。使いかけの調味料、栓抜き、散らばった菜箸に、洗われていない食器——それらを何気なく眺め、それから流し台の横にある大型冷蔵庫に目をとめた。子どもの頃からの癖だろうか、冷蔵庫を見ると、つい開けたくなる。よその家の冷蔵庫は、なおさらだ。見とがめる人もいない今、別に構わないだろうと思いながらアイボリーホワイトのドアを開けたその途端、思わず顔をしかめたくなる悪臭が噴き出してきた。庫内が暗く見える程に詰め込まれた食品が、腐り始めているのだ。現在、警察関係者がやってくる以外は、まったくの無人になるこの家は、万一の場合を考えて、捜査員が家を出る際には電気のブレーカーを落としている。その為に、冷蔵庫もただの箱になり果てたということだろう。

——一体、これを誰が処分するんだろう。

冷蔵庫は粗大ゴミ。だが、中身のほとんどは生ゴミだ。誰かがきちんと分別するのか、それとも、業者が一緒くたにして運び出してしまうのか——。

自分たち以外にも、嫌な役回りになる人間がいるのだ、などと考えながら、ついでに引き出し式のフリーザーも開けてみた。やはり、こちらからも悪臭がする。作られていたはずの氷はすべて溶けて、氷がストックされていたはずの容器は水浸しだし、他の冷凍食品の類も、溶け出した水分に浮かんでいるような状態だ。

貴子も、自宅の冷蔵庫の中で正体の分からなくなった食品を発見することがある。だが、ここまでひどい状態になったことは、さすがになかった。一体、どれほどの贅沢な食材がゴミになったのだろうか。――食い意地の張った人だったら、これだけで成仏できないかも知れない。

中には作り置きをしておいた料理もあるようだ。誰の手によるものか。夫の春男か、または手伝いに来ていた女性だろうか。そんなことを考えながら、何気なく冷凍保存容器のいくつかを眺めるうち、そのうちの一つを見て、「おや」と思った。見覚えがある。確か、貴子の実家でも使っていた容器だ。我が家にあったものと同じ品が、こんな家にもあったかと思うと、何となく奇妙な気持ちになった。ありふれた白い無地の容器ではないのだ。水玉模様が飛んでいて、チョウチョの絵まで入っている、幼い子どもがお弁当箱にも使えそうな――。

突然、頭の中で何かが閃いた。改めて腰を屈め、もう一度、その容器をじっくりと見てから、貴子は大急ぎでバッグから刑事手帳を取り出した。警察手帳とは別に支給されている、新書本大の手帳をぱらぱらとめくっている間に、背後から足音が近付いてきた。

「いないと思ったら、こんなところに――ひどい匂いだな。何、してるの」

「この家の夫婦が口座を開いていた銀行って――ああ、ありました」

事件発生から間もなく、御子貝夫妻がどちらかの名義で開いている銀行口座に関しては、既に調べがついている。貴子は、その一つ一つを眺め、改めて冷蔵庫のフリーザーを覗き込んだ。

「臭っせえ！　閉めろよ！」

「ねえ、星野さん。このマークって」

手袋の手をフリーザーに伸ばしかけ、その前に、流しの脇に干されたままになっている布巾の一枚を引っ張って、貴子は水浸しの冷凍保存容器を、その布巾で挟んでから持ち上げた。星野も、手袋をしたままの手の甲で鼻を押さえながら近付いてくる。

「これ、関東相和銀行の粗品です」

「何で、分かるの」

「私の実家にも同じ容器があって——ああ、ほら、ここにマークが入ってます」

可愛い絵柄の邪魔にならないように、そこには確かに関東相和銀行のシンボルマークのようなものが入っていた。すぐ耳元で、星野の「本当だ」という声が聞こえた。

「御子貝夫妻は、あそこの銀行には口座は開いてないはずなんです。今、確かめました。普通、取引していない銀行の粗品があると思います？　ポケットティッシュならともかく、こんな容器」

言いながら、自分が少しずつ興奮してくるのが分かった。二人で鼻を押さえながら、薄暗い台所で向き合っている、この奇妙な図にさえ、笑い出したいような気分になってくる。星野の目がいつになく真剣そうになったのは、貴子にも見て取れた。思った通り、彼は馬鹿ではない。鼻を押さえたままの声で、

「分かった」と答えると、貴子を見て目顔で頷く。

「取引の可能性、だな。他にもあるかも知れない。探そう」

言うが早いか、星野はもう流しの上の戸棚を開け始めた。貴子も一緒になって、食器棚の引き出しなどを調べることにした。一つでも十分だと思うが、他にも関東相和銀行の粗品が見つかれば確信は深まる。または、他の銀行からの粗品だって見つかる可能性があった。つまり、御子貝夫妻はその銀行にも口座を作っていた可能性があるということだ。やはり、見落としがあった。そして今、それを発見したかも知れないと思うと、急に血の巡りが良くなったような気さえする。今夜の捜査会議が楽しみだ。久しぶりに、重苦しい会議から解放されるかも知れない。

台所をくまなく探した結果、関東相和銀行のマークの入った粗品は、ラップが二本に湯飲み茶碗、さらに未使用の「お掃除セット」なるものに、「靴磨きセット」までも見つかった。間違いない。この家の主は確実に、関東相和銀行にも口座を持っていたはずだ。それも、上得意だった可能性が高い。だが、その通帳が発見されていないということは、つまり、それが殺人犯の目的だったとも考えられるという

ことだ。

「報告しましょう。それで、その足で――」

貴子は勇んで星野を見た。ところが、さっきは一瞬、貴子と同様の興奮に見舞われたように見えた彼は、その細い目をすっと外して、「いや」と答えた。

「報告は、しない」

「――どうしてですか？　だって、こんな手がかりだって、馬鹿に出来ないじゃないですか」

「勿論、馬鹿になんか出来ないさ。大発見かも知れない」

星野は澄ました表情のまま、廊下にあるブレーカーを落とし、そのまま玄関に向かう。雨戸は閉め切っているから、家の中は夜のような闇に沈んだ。わずかに取り戻したかに見えた家そのものの息吹が再び封じ込められ、既に形を失ったものたちの気配だけが、ここぞとばかり漂い始める気がしてくる。貴子は、自分も慌てて星野の後を追った。彼は靴を履いたところで、くるりと振り返った。

「空振りだったら、皆をがっかりさせるだけだ。本当に大きな手がかりだったら――」

背後から覆い被さってきそうな重苦しい空気を振り払いたい思いと闘いながら、貴子は自分の視線よりも低い位置にある星野の目を見つめた。

「他人に分けてやることはない」

彼は、貴子の視線をすんなりと受け止めて、さらりと言った。そして、「さあ、行こう」と言うなり背中を向ける。へえ、そういうこと。やっぱりね。そういうタイプ。貴子は、パンプスに足を滑り込ませながら、一足先に午後の陽射しの中に出た相方の後ろ姿を見つめていた。

「やっぱり、女性は違うね」

戸締まりを済ませて歩き始めるなり、星野はいかにも明るい口調で話し始めた。

「冷蔵庫の中に目をつけるなんて、さすがだよ」

彼が、笑いながらこちらを向いているのが分かる。貴子はうつむいたまま、取りあえず笑顔を作り、それから顔を上げた。あからさまに不快な顔は出来ない。批判できる立場でもない。

「音道さんと組んで、ラッキーだったな」

「そうですか？」

そうとも、と笑う星野は、いつになく機嫌が良さそうだ。

「もともとね、僕は子どもの頃から、割と運の強いたちなんだ。だから、神頼みなんか必要ないって思ってきたのかも知れないくらいにね」

彼は、何を思ってそんなに表情を輝かせているのだろうか。ホシの尻尾が摑めそうだから？　いや、違う。目と鼻の先に手柄がぶら下がっていると思うから。胸の底で、複雑な思いが混ざり合った。勿論、大きな手がかりであって欲しいのだ。現在の膠着《こうちゃく》状態が、少しでも動き出してくれれば嬉しいと思う。だが同時に、それが隣を歩くこの男の手柄になると思うと、面白くない。

「音道さんにだって、プラスの評価につながることだ。それに何も、ずっと秘密主義でいこうなんていうんじゃない。結果をきちんと報告すればいいだけのことだ」

空振りだったら知らん顔、ビンゴだったら他の捜査員たちが入り込む余地のないところまで調べた上で会議に上げる。その時には、貴子はこの男の、いわば同類になる。そんなことに付き合わされるのは嫌だった。機捜で仕事をしている時も、八十田が時折、自分たちの手柄は自分たちで大切にするべきだなどと言うことがあるが、そんなとき貴子は、決まって今と似た心持ちになった。誰の手柄だって良いではないか、何故、そんなことにこだわるのだと言いたかった。

「女の人には、そういう感覚が稀薄なのかも知れないけどさ」

無言で歩く貴子に向かって、星野はいつになく感情のこもらない声で言った。

「こういう部分が、大切なんだ」

「――何のために、ですか」

出来るだけ、棘のない口調で言ったつもりだった。星野は、細い目をさらに細めて、貴子を試すような表情のまま「もちろん」と眉を動かす。男の眉毛がこんなに動くものだとは思わなかった。

「組織で生きていくために」

だったら、お好きなように。こういう相方と組むことになったのだから、仕方がない。せめて、貴子まで出し抜かずにいてくれることを祈るより他に出来ることもなさそうだ。貴子は、自分も真似をして、軽く眉を上下させただけで、星野から視線を外してしまった。不愉快になりそうなことは、考えないこと。今はとにかく、自分の見つけた小さなヒントが、事件解決の手がかりにさえなってくれれば、後はどうでも良いと思うことにした。

7

関東相和銀行立川支店に着いたのは、午後四時過ぎのことだった。建物の横手にある鉄製の通用口の前に立ち、インターホンを押して警備員を呼ぶ星野は、自信に満ちて見えた。

警備員は星野の提示した警察手帳を認めると、すぐに緊張した面もちで中に引っ込み、一分とたたない間に、今度はいかにも銀行マンらしい、白いワイシャツ姿の男が現れた。星野と良い勝負の七三分け。違うところといったら、面長と丸顔という点くらいだ。

「預金課長を呼んでまいりますので、こちらで少々、お待ちいただけますか」

星野が顧客の情報について訊きたいことがあるとだけ言うと、丸顔の銀行マンは貴子たちを扉の内側に招き入れただけで、そそくさと去っていく。貴子と星野とは、およそ銀行というイメージとはかけ離れた、古びて薄暗い狭い廊下で待たされることになった。本来なら、利用者で混雑しているはずの空間は、既にシャッターで遮られている。

「預金課長の箕口でございますが」

やがて、小太りで血色の良い四十代くらいの男が、上着の襟を直しながらやってきた。いかにも誠意に満ちた表情で、彼はもういそいそと上着の内ポケットから名刺入れを出している。

「当行のお客様について、何か」

人の通らない階段の下まで移動すると、揉み手でもしそうな勢いの箕口に、星野は四月下旬に起こった殺人事件の話をした。途端に箕口は、脂ぎった額の下の太い眉をひそめて「ああ、ああ」と大きく頷いた。

「あの事件のことですか。四人も亡くなられたっていう。へえ、あれですか。何だか宗教か何かやっていらしたとかいう、あれですよね」

「その被害者の預金口座が、こちらに開かれていることが分かったんですが、今現在、どうなってるかを教えていただきたいんです」

星野の言葉に、箕口は、今度は心持ち顎を引き、大袈裟《おおげさ》なくらいに口を開けて驚いた表情になった。

「預金口座、で、ございますか？　あの、当行に？」

箕口の視線が数秒間、宙をさまよう。そんなに驚くことだろうか、と貴子は不審を抱いた。関東相和銀行ともあろうものが、どういう顧客を抱えていたからといって、そう驚くにはあたらないという気がする。それに、殺人事件に関わることは滅多になくとも、口座名義人が死亡することは、別に珍しいことでも何でもない。

「氏名は御子貝春男、または御子貝睦子。口座を開いているのがこちらの支店かどうかは分かりません」

「それは、お調べしてみませんと――」

「ですから、調べて下さい」

箕口は一瞬、口を噤み、思い出したように頬の肉だけを引きつらせて営業的な笑みを浮かべると、「少々お待ち下さい」と言うなり、くるりときびすを返した。それから急に思い直したように、再び振り返る。

「ここでは何ですから、あの、こちらへ」

髪の生え際が大分後退してきている預金課長は明らかに慌てた様子で、広い額を光らせながら貴子たちを案内し始める。この銀行のイメージカラーは爽やかなグリーンの濃淡で、街で見かける看板の文字もシンボルマークも、その色彩で統一されている。店内もその色を効果的に取り入れていたと記憶しているが、客が足を踏み入れない従業員用のスペースは、単なる古びたビルの色合いでしかなかった。貴子たちは案内されるままに灰色の階段を上り、二階にもあった鉄の扉を抜けた。そこには、見慣れた銀行の風景が広がっていた。やはりアクセントとしてグリーンを配している空間は、低めのカウンターがあって椅子も置かれているから、定期預金などのカウンター・フロアーに違いない。貴子たちが案内されたのは、メインの照明を落とされ、ひっそりと静まり返ったフロアーの片隅、アイボリーホワイトの簡単な仕切りで作られた場所だった。やはりグリーンの椅子が四脚、白くて低いテーブルを挟んでいる。テーブルの上には、ガラスの小さな灰皿がのっていた。

「こちらで、お待ち下さい」

立ち去る箕口を見送り、貴子は星野と並んで、そのグリーンの椅子に腰を下ろした。スチールパイプで骨が組まれ、座面と背もたれには多少のクッションのきいている布が張られた椅子だ。

——平凡だけど、事務的すぎない。

つい、昂一のことを思い出す。彼ならば、こういう場所にはどんな椅子を置きたいと思うのだろうか。

「営業時間が過ぎてもエアコンが効いてるんだな」

星野が辺りを見回しながら小声で呟いた。

「まだ、従業員は働いてますから」

貴子は手帳を用意しながら、自分も狭い空間を見回す。天井の片隅から蜘蛛《くも》の巣が下がっていた。意外に手入れが行き届いていないらしい。それにしても、自分たちがこんな場所に来ているということを、捜査本部の誰も知らないと思うと、どうにも後ろめたい気がしてならない。必要なら、いつでも携帯電話で連絡できる状態にありながら、敢えてそれをしないというのが、どうにも居心地が悪い。

「ガイシャの生年月日、教えませんでしたけど」

「珍しい名字だから、すぐに分かるさ」

少し離れたカウンターの内側には、働いている行員たちの姿があった。女子行員は淡い色の制服を着て、男子行員たちはダークスーツ姿で、それぞれが机に向かっている。時折、電話が鳴った。さらに、はっきりとした声で誰かの名前を呼び、離れた場所から用件を伝えているところなどは、客のいる営業時間中には見られない光景だ。

五分が過ぎ、十分が過ぎた。整理券をとって順番を待っているわけでもなく、オンラインで調べれば何秒もかからない作業のはずなのに、待たせ過ぎなのではないかという気がしてくる。まさか、貴子たちの身元を確かめているのではないだろうか、本当に例の事件に関わっているのか、確認をとっているのではないかと、頭の中を様々な考えがよぎった。だから嫌なのだ。三十そこその若造と、見た目は彼より若く見えるかも知れない貴子とでは、刑事らしい迫力にはやや欠ける。それを訝《いぶか》った銀行員の口から、自分たちの身内が勝手に行動していると知らされたら、本部ではどう思うことだろう。面白くないに決まっている。よほどの収穫が得られない限りは、きつい言葉を浴びせかけられる可能性だってある。責任は星野にあるにしても。

我ながら小心なことだと思う。だが、こういう秘密めいた行動自体が、貴子は嫌いだった。思わずため息を洩らすと、隣から「苛つくなよ」という声をかけられた。

「慌てたって、しょうがない。役所と銀行は待たされることになってるんだから」

「そうですけど——」

「音道さんて、意外と短気だね」

つい隣を見ると、星野は例の細い目で、じっとこちらを見ている。貴子は黙ってそのまま視線を逸らしてしまった。そう思うなら、どうぞ。あなたにどう思われたって、興味なんかないから。

――どうでもいいけど、好きにはなれそうにない。

結論は急ぐまいと思ってきたが、もう大分前から、心の底で見え隠れしていた思いが、かなり明確な形を持って浮かび上がってきた。どうでもいいけど。本当に。早く、機捜に戻りたい。

「お待たせいたしました」
十五、六分も待たされた挙げ句、今度は違う男が現れた。体つきは貧相だが、やたらと頭が大きい。上半分が黒いフレームの眼鏡をかけて、濃いひげ剃りあとの中に色の悪い薄い唇がある男は、中腰の姿勢のまま名刺を取り出し、星野と貴子とに一枚ずつ差し出した。関東相和銀行立川支店次長　木下和己。隣から星野が素早く自分の名刺を差し出す。
「例の、占い師の一家ですか、あの事件のことでお調べと伺いましたんですが、実は、あちら様と当行とは、これまで一度も、お取引いただいたという記録は残っておりませんのですが」

向かいの椅子に浅く腰を下ろし、木下という男はさっそく話し始めた。貴子たちから受け取った名刺をババぬきで最後に残ったトランプのように両手で持ち、名刺と貴子たちとを見比べるような風情だ。

「そんなはずがないんです」

星野の横顔は落ち着いていた。半分ははったりだ。だが、そんなことは、おくびにも出ていないと思う。

「捜査の結果、お宅の銀行の名前が浮上してきているわけですからね」

「そう仰られましても、御子貝春男様でも、ええ、睦子様ですか、どちらのお名前でも、当行で口座を開かれた記録はございません。こう申しては失礼かと思いますが、何かのお間違えではないかと思うんですが」

物腰は柔らかいが、譲らない口調だ。だが、貴子の中には確信があった。銀行の粗品については、母などがよくぼやいていたことを覚えていたからだ。本当に、しっかりしてる。どれだけ長い付き合いだって、ちょっと定期を解約でもしようものなら、それっきり知らん顔して、こっちから言わない限りは粗品一つ出しやしないんだもの。

「口座番号か何か、そういうものでも分かっていれば、お調べのしようもあるんですが」

「それが分からないから伺っているんです」

「お分かりにならないで、どうして当行に口座を開かれておいでだと？　お身内かどなたかが、そう仰られたんでしょうか」

口ぶりはあくまでも馬鹿丁寧だし、物腰も柔らかい。だが、それは絵に描いたような慇懃《いんぎん》無礼というものだ。隣から大袈裟なため息が聞こえた。

「捜査上の秘密ですから、他言されては困るんですが」

星野が一瞬、背筋を伸ばし、それから身を乗り出した。つられたように、貴子の正面にいる木下も、わずかに身を乗り出してくる。

「ご存じの通り、かなり悲惨な事件だったわけですがね、検証の結果、通帳が盗まれている可能性があるんです」

「盗まれて、ですか。当行の？」

木下の表情がわずかに動いた。

「いいですか、事件が起きたのは先月の二十三日です。それは、確かなんです。ですから先月二十三日の——特に午後以降、彼らの口座から現金が引き出されていたら、それは間違いなく、名義人本人ではなく、彼らから通帳を奪った、ひょっとすると殺人犯によるものと考えられるんですよ」

一瞬の沈黙の後、木下は、強張《こわば》りかけた顔に、無理に笑みを浮かべたように見えた。彼は無言のまま、背広の内ポケットから煙草を取り出して、近頃は滅多に見かけない、使い捨てではないライターで火をつける。こういう時、煙草は恰好の小道具になる。時間稼ぎ。その場しのぎ。気分転換。だが、星野は畳みかけるように再び口を開いた。

「いいですか、御子貝さんの家には、お宅の粗品があったんです。大事に大事にね、とってありましたよ。私は、銀行のことには詳しくないんですが、関東相銀さんでは、口座を開いてもいない客にも粗品を配るんですか」

「そんなことを仰られても——粗品ですか、さあ、それは——」

「それも、ポケットティッシュなんかじゃない。冷凍食品を保存する容器に、それからラップもあったし、布巾もあったな。湯飲み茶碗も」

木下がせわしなく煙草をふかす。何故、積極的に協力しようとしないのか、貴子にはそれが理解できなかった。普通に考えれば、すぐにでも改めて調べ直してくれそうなものではないか。そう出来ない、何か理由でもあるのだろうか。

「確かに、そういう粗品もお配りはしておりますですよ。ですが、さて、困りましたですね。本当に、そういうお名前様での口座は、過去に一度も開かれていないんです」

星野が明らかに苛立ち始めているのが伝わってきた。貴子は、何とか違う方向から、相手の話を引き出せないものかと考え始めた。相手は銀行だ。イメージダウンにつながることや不利益になりそうなことには、絶対に口を噤んでいると思った方が良い。

「何しろ、当行のコンピューターにデータが残っておりませんのでね。お客様のプライバシーの問題がありますので、直接、お見せすることは出来ませんが、これはもう、正真正銘の、本当のことなんです」

「生年月日を言いますから、もう一度、調べ直してください」

だが木下は、いかにも気の毒そうな、それでいて、まったく誠意の伝わってこない表情で、再び頭を下げる。

「間違い、ございません。何も警察の方に嘘なんかつくわけがないじゃないですか。とにかく何度お調べしましても、出てこないんです。現に、お待ちいただいております間に、私どもの方でも二度、確認いたしましたのでね」

「捜査にご協力いただけないわけですか」

「とんでも、とんでもございません。ですから何度も申します通り、本当に、見つからないんです。いや、困りましたね。当行でも、どちらのお客様に粗品をお渡ししているかどうかまでは、記録しておりませんしね」

このまま引き下がるのは、何とも不本意だと思った。この男からは、どう見ても、本当のことを言っているという雰囲気が伝わってこない。嘘臭い笑顔が、さらに胡散臭さをまき散らしている。第一、「本当に」という言葉を繰り返しすぎるという気がした。そんなに念を押さなければならないなんて、本当ではないと勘繰りたくもなる。貴子は思い切って、初めて「では」と口を開いた。木下が、まるで植木が口を開いたかのように驚いた顔になった。

「たとえば、架空名義で口座を開いていたかどうか、ということになると、いかがですか」

木下は、こちらが表情から何かを読み取るよりも早く「と、申しますと」と言葉を被せてくる。

「架空名義などというものは、ご存じの通り、認められておりません。当行は――」

「それは、今現在の話ですね。以前は確かに、あったんじゃないですか？　そういう口座が、今、まったく残っていないと言えますか？」

うろ覚えだが、そういう話を以前、聞いたことがあるような気がする。マル優制度が一般に適用されていた頃まで、架空名義や無記名で銀行口座を開いていた人間が数多くいるというような話だ。いわば裏の預金になるわけだが、それを増やすことが、銀行員の成績評価につながる時代があったという。

「仰る通りです」

木下は初めて、大袈裟な表情を拭い去った。

「確かに、そういう時代もございました。ですが、そんなことがまかり通っておりましたのは昭和五十年代頃までですしね、そちらになりますと、正直なところ、うちのような支店では、お調べのしようがないんです」

「では、本店に伺えばいいですか？　本店の、どの部署でしょう。総務で分かりますか？」

「それなら、お調べのしようもあるかも知れません。ですが、いわゆる架空名義と申しますのは、住民票のないお名前ということですから。せめて、そのお名前でも分かりませんと、そう簡単には――」

「本店でも、ですか？」

必要以上に驚いて見せる。木下も初めて困惑した表情を見せた。そして、これ以上は支店レベルでは分からないという意味の言葉ばかりを繰り返す。さっきまでの慇懃無礼さはかなぐり捨てて、彼は、まるで腹を割って本音を語るように、身体の前で両手を組み合わせ、困惑した笑みを浮かべた。

「正直に申しますとね、当行といたしましても――万に一つの話ではございますが――現在もそのような口座があったといたしましたら、早急にご解約いただきたいくらいの、いわば、お荷物なんです。ご存じの通り最近は以前にも増して、大蔵省などからのお達しも厳しくなっておりますのでね。いくらお客様のご希望とは申しましても、お叱りを受けますのは当行になりますので」

「では、やはり万に一つの話ですが、もしも、その架空名義の口座から、口座を開いた本人ではない人間が預金を引き出していたとしたら、どうなりますか」

木下はエラの張った大きな顔をわずかに傾げて見せ、「さて」と言う。

「もともと銀行には、預金を引き出されるお客様の身元を確認する義務はございませんので。その上、架空名義ということになりますと、最初からそんなお名前の御本人様がおいでにならないわけですから、確認しようにも、しようがないということになりますし――」

「つまり、引き出しに来た人間には、誰でもお金を渡してしまうわけですか？」

「まあ、誰でもということは――。最近では多額のお取引の場合は、御本人様かどうか確認させていただく場合も、確かにございますですよ。トラブルはなるべく避けたいという点では変わりませんので」

「ですが、架空名義の口座の場合は、そちらにとってもお荷物になるわけですよね？　でしたら、意外にあっさりと、引き出させることもあるんじゃないんですか？　通帳とか口座番号を見ただけで、それが架空名義かどうか分かるようなシステムがありますか？」

　木下は相変わらず首を傾げたままで「さあ」と言っている。そして、自分がこの支店にきてからは、一度も架空名義に関する話は聞いていないのだと、いかにも言い訳としかとれない言葉を続けた。支店のことなど、聞いてはいない。昨日今日、銀行マンになったわけでもないだろうに、都合が悪くなると「さあ」なのかと、貴子の中で苛立ちが膨らんだ。

「本当に、分からないんです。これ以上、お調べになりたいんでしたら、本店の方にお問い合わせいただけませんでしょうかねえ」

　年の頃は五十前後か。田舎臭い顔立ちに、白いワイシャツはどうにも不釣り合いだ。だが彼は、長年、銀行という世界だけを歩んできた人間に違いなかった。これ以上、立ち向かうには、貴子たちには知識がなさ過ぎた。相手は一歩も譲る気配がないではないか。

「たとえば、ここの支店のことで結構なんですが、先月の二十三日以降、大口の預金を下ろしに来た人物を洗い出すことは可能ですか」

　今度は星野が口を開いた。

「大口と申しますと、どの程度の金額になりますか」

「――一千万以上ということになると、どうです」

「その程度の金額を移動させるお客様は数え切れませんですねえ」

「個人でもですか」

「せめて、どこの支店でお作りになった口座か分かれば、多少なりともお調べのしようがあるかと思いますが。一千万程度のお金は、常に激しく移動しておりますので」

「では、五千万ではどうです」

　食い下がる星野を横目で眺めながら、貴子は、心の中で舌打ちをした。意外に間の抜けた質問をする。

そんな絞り込み方は時間の無駄だ。要は、相手がこちらに協力するつもりがないということだ。攻め方を変えなければ、無理だ。だが、星野は言葉を続けた。

「個人の口座から、それだけの金額をぽんと引き下ろす人なんて、そうはいないんじゃないですか」

「ですが、たとえいらしたとしましても、プライバシーの問題になりますので」

一瞬の誠実さはすでになりをひそめ、木下という男の表情には、再び営業用の愛想笑いが貼り付いていた。「申し訳ございませんが」と頭を下げながら、腹の中ではまったく別の言葉を呟いている、そんな男に見えた。その後もしばらく押し問答を試みたが、結局、引き下がらなければならなかったのは貴子たちだった。

「お力になれませんで。また、ご用がございましたら何なりと」

嫌味としか受け取れない挨拶をされて、しおしおと引き下がるのは屈辱だった。再び人気のないフロアーを抜け、鉄の扉を通って階段を下りる。その背後には、いつの間にかぴたりと警備員がついていた。

馬鹿じゃないの。刑事がこんな場所で何をすると思ってるの。腹立ち紛れに、真面目くさった顔つきの、まるで警察官もどきの制服を睨《にら》み付けてから、貴子は星野に続いて外に出た。振り返る間もなく、扉はすぐに閉じられ、木下の姿はとうに消えていた。

「すごいな、音道さん、結構、食い下がるじゃない」

歩き出すなり、星野が話しかけてくる。貴子は小さくため息をつき、肩をすくめた。

「結果が出せなきゃ、仕方がありませんね」

ここはやはり本部に報告して、他の捜査方法を考えるべきだと言おうとしたのに、その前に星野は、「見込み違いだったね」と言った。貴子は目をむいて星野を見つめた。

「まだ分からないと思います。さっきの次長が正直に言っているとは限らないし、もしも架空名義の口座があったとしたら——」

「ないさ」

「――どうして、分かるんですか」

　思わず立ち止まりそうだった。涼しい顔で歩いていく星野に追いつくことさえ忘れそうになっている貴子に、星野は、架空名義の口座など、彼らは開いていないはずだと言った。苛立ちが募る。どうして、そんなに簡単に決めつけることが出来るのだろうか。確かめてみなければ、分からないではないか。

「聞いただろう？　銀行が架空名義を認めてたのは昭和五十年代までだったって。つまり、もう二十年以上も昔の話なんだ。その頃には、ガイシャたちは今の商売なんて始めてもいなかった。それどころか、結婚もしていなかったはずじゃないか」

「でも、だったら、粗品はどう解釈すればいいんですか。さっきの次長が言う通り、一度も取引していないとしたら――」

「そう気にすることでも、ないんじゃないか？　あそこの家に出入りしてる誰かが持ってきたのかも知れないしさ、まあ、下手に報告なんか入れなくて、良かったよ」

　力が抜けそうになる。何なのよ、この男。どうしてそんなに簡単に、結論を下すことが出来るの？　馬鹿みたいに、さっきの慇懃無礼な男の言葉を鵜呑《うの》みにするつもりなのだろうか。そんなに単純で、刑事が務まるものか。同時に、猛烈な腹立たしさがこみ上げてきた。こんな相方でも、見限れないのが貴子の立場だった。おまけに相手は警部補だ。立場が逆なら、とにかく動けと言えるのだが、貴子に逆らうことは出来ない。

「でも私は――」

「焦ることないって。また他でポイント稼げばいいからさ。とにかく、音道さんの目の付け所は悪くない。頑張ったよ」

　冗談ではなかった。何も手柄が立てたくて言っているわけではない。頑張る前から引き下がっているのではないか。納得できない。頭が悪い男ではないのに、星野は何故、こんなにもあっさりと引き下がれてしまうのだろうか。本当に昭和五十年代以降、架空名義口座を開かせていないと、あんなに簡単な説明で納得してしまってるのだろうか、相手は銀行ではないか、一筋縄でいかない相手だということくらい、百も承知のはずではないのか。馬鹿じゃないの。やる気はあるの。だが貴子は、その言葉をすべて、喉元《のどもと》で呑み込んだ。年下の気にくわない相手とはいえ、相手は警部補だった。いまいましい。

——今度は、まともな相手と組めたと思ったのに。

刑事は誰も仲間意識が強い。たとえ、貴子が独断で捜査本部に報告を入れ、結果としてそれが正しい選択だったとしても、相方を裏切ったことが分かれば、周囲が貴子を見る目は一層、厳しいものになることは必定だ。また、いつ顔を合わせるかも知れない男たちは、決して貴子と組みたがらなくなるだろう。ただでさえ目立つ上に、「裏切り者」などというレッテルを貼られたのではたまらなかった。

——それで、事件の解決が遅れたとしても。

何とも理屈に合わない話だと思う。やっと見つけられたと思った細い手がかりの糸は、手繰り寄せる以前に、もう手からすり抜けていこうとしていた。

第二章

I

捜査本部には重苦しい空気が澱《よど》んでいた。白々とした蛍光灯の明かりが、身じろぎ一つしない男たちの疲れた姿を照らし出し、雛壇に並ぶ管理職たちの渋面も、青白く浮かび上がらせている。彼らは揃いも揃って、紺色の制服の前で腕組みをし、眉間に皺《しわ》を寄せていた。

「結果を出そうよ、結果を！」

水を打ったような静寂をうち破ったのは、マイクを通して聞こえてきた守島キャップの声だった。高く張りのある声は苛立ちを隠そうともせず、荒々しいため息までもマイクにのせて、それは四角い部屋全体に響きわたった。

「四人もの人間が殺されてるんだぞ。首を切られて！　まさか、かまいたちでもあるまいし、誰かがやらなけりゃ、そんなことになるわけがない、これは、どこから見ても正真正銘の殺人事件なんだ！　凶器はないから心中の可能性はない、盗《と》られたものはないから物盗りの線はない、評判の悪い連中じゃないから怨恨の線はない、じゃあ、何なんだ！　物証がないから殺しじゃないのか？　目撃者がいないから、人間の仕業じゃないのか！」

マイクがキーンと鳴った。四週間も捜査本部に詰めっぱなしの状態で、疲労と苛立ちがピークに達していることは確かだ。だが、それはキャップだけではない。毎日、方々を歩き回っている捜査員だって同じ気持ちのはずだった。再び重苦しい静寂。捜査は完璧に泥沼にはまっていた。膠着状態などといえるものでさえない。明らかに方向性自体を失っている。

「柳沼主任」

たっぷりと間を置いた後、再びキャップの声が響いた。がたん、と椅子を移動させる音がして、捜査員たちの頭の隙間から猫背気味の大きな背中が立ち上がった。うつむきがちの頭はかなり白髪が混ざっている。

「なあ、どうなんだい」

守島キャップは、幾分、冷静さを取り戻した声で、それでもマイクを通して名指しした主任に語りかけている。

「あんた、まさか、完全犯罪なんてものをホシにプレゼントするつもりじゃ、ないんだろう?」

耳を澄ませてみたが、名指しされた主任の声は、何も聞こえてこなかった。まるで授業中に指された子どものように、ごま塩頭はただうなだれている。

「これだけの犠牲者が出てて、これだけの日数を費やして、それで手がかり一つ摑めないなんていうことが、あるとは思えんだろうが、ええ?」

貴子は、自分が立たされているような気分になり、思わず固唾《かたず》を呑んでうつむきがちに、柳沼と呼ばれた主任の後ろ姿ばかりを見つめていた。ベテラン刑事のはずなのに、こんな風に百人以上の捜査員の前で立たされるなんて、何という屈辱だろうか。

「あんたほどのベテランがいて、こういうことがあるかい」

「——申し訳、ありません」

「詰めが甘いんじゃないのか!　毎日毎日、何を追いかけて歩いてるんだっ!」

「——はい」

「あんたが先頭に立って、見本を示してくれなきゃ、困るじゃないかっ」

守島キャップの声は、重苦しく張りつめた空気を震わせた。最後に、低い声で「頼みますよ」と言われ、柳沼主任の背中は再び人の頭の中に埋もれた。

「何度も言うが、もっと執念を燃やしてくれよ！　誰かが何か探してくるだろうじゃなくて、自分たちで道筋を作り出せよ。ナメクジみたいに、同じところをなぞって歩いてるだけじゃ駄目なんだよ。何のために動いてるか、何を見落としてるか、頭を使って結果を出せよ！」

返事の代わりに、室内の空気がわずかに動いた。それは、捜査員たちのうめきのようでもあり、苛立ちのため息のようでもあった。

険悪な雰囲気に終始した捜査会議が終わっても、室内に人の声は広がらなかった。がたがたと椅子の音ばかりが響いて、暗く硬い表情の捜査員たちは、書きかけの報告書に向かい、または数人ずつ連れだって、無言のまま出口に向かう。時刻は午後十時半過ぎ。貴子のすぐ傍を通った刑事たちが「厳しいなあ」と囁きあう声が耳に届いた。こんな時間まで働いて、最後に雷を落とされるなんて。本当に、今度の本部は嫌だった。こんなことなら、わがままを言ってでも八十田に任せていれば良かったと思う。

「一杯やっていかないか」

のろのろと帰り支度をしていると、星野が話しかけてきた。

「ここで、ですか？」

それなら、少しくらい付き合おうかと思ったのだが、星野は、ちらりと周囲を見回して、いや、と言うように肩をすくめた。

「今夜ここに残っていたい奴なんて、そういないさ。それに、たまには手の込んだものも食べたいじゃないか」

だったらやめておくと断りたい気持ちが働いたが、空腹なことは間違いがなかったし、貴子も星野に尋ねたいことがあった。なぜ未《いま》だに関東相和銀行の件を報告しないのか、報告しないのなら、なぜもっと突っ込んだ捜査をしないのか。ここまで手がかりが見つからない現在、どんな些細《ささい》なことにもこだわるべきではないのかと言いたかった。小さく頷くと、星野は満足そうな表情で貴子の肩に手を置いてくる。

「お、いい雰囲気だねえ」

その時、ちょうどすれ違った、刑事の一人が声をかけてきた。

「飲みに行くの？　俺も行こうかな」

「いや、ちょっと二人で話があるんで」

ところが星野は躊躇《ためら》うこともなくそう答えた。

「何、会議の後も二人でミーティングってか」

「まあ、そんなところです。また今度」

星野が快活な声で応じる。三十代の後半に見える刑事は、半ば胡散臭《うさんくさ》そうな顔つきになって、改めてこちらを見ている。貴子は、妙な誤解を受けたくない思いと、申し訳なさとで、精一杯、困った笑みを浮かべて見せた。すると、その刑事は、口の端をにやりと歪《ゆが》めて、「気をつけなよ」と言った。

「何せ、こいつは手が早いんだから。仕事は大してやらねえけど、そっちは一生懸命だもんな。お陰でカミさんにも逃げられたくらいでさ」

それは、単なる冷やかしとは思えない、明らかに軽蔑を含んだ口調だった。ちょうど、その背後を通り過ぎる刑事もまた、興味半分の視線を送ってきた。彼は、一度も貴子は見なかった。その冷ややかな視線は、確かに星野を捉えていたと思う。

歩み去る刑事を見送りながら、貴子は、またもや「なるほど」と思っていた。星野という男は、そういう評価を受けているわけか。道理で以前、本部事件に関わったときとは周囲の雰囲気が違うと思っていた。捜査員たちは、貴子が警戒していたほどには、冷ややかに無視するような態度を示さない代わりに、何となく遠巻きに様子を窺っているような雰囲気があったのだ。それは、単に貴子が女だからというわけではなく、星野の方に問題があるということなのかも知れなかった。

「一緒に飲んでもよかったんじゃないですか?」

以前にも二人で来たことのあるバーに入ると、貴子はおしぼりで顔を拭いている星野に尋ねた。

「冗談じゃないよ。あの人と飲んだって、何の得にもなりゃしない。第一、飲むのは日本酒か酎ハイだしね、こんな店は似合わないの」

彼は、おしぼりを放り出しながら、椅子に背をもたせかけ、いかにもうんざりした様子でため息をついて見せる。

「余計なことばっかりぺらぺら喋るし。音道さんは女でよかったよ。見ただろう? 自分が断られたからって憎まれ口を叩く。男同士の嫉妬《しっと》って奴は、本当に始末に負えないんだから」

おしぼりで思い切り顔を拭けるだけ、男の方が得だわと思いながら、貴子は、じっくりと星野を観察するつもりになっていた。仕事帰りに一杯やるのに、損得などを考える男。

「まいるよな。足の引っ張り合いでさ」

彼は、貴子に相談もせずに適当に料理を注文し、運ばれてきた生ビールで乾杯の真似事をすると、いつもの切れ長の視線を周囲に投げかけて、いかにも「やれやれ」といった様子を見せる。

「だから関東相銀の件も、報告しないままなんですか」

貴子が聞いても、彼は表情一つ変えるでもなく、また眉を動かす。

「あいつらだって同じさ。皆、手持ちの札は出したがらない。頭一つ、抜きんでようと思ったら、当然だろう」

「私は、事件の早期解決の方が大切なんじゃないかと思うんですが」

星野はビールを一口飲み、初めて貴子の方を見た。貴子はその小さな瞳をじっと覗き込んだ。

「皆がそんなことをやってたら、犯人の検挙なんておぼつかなくなる気がするんです。これだけ行き詰まっている以上、どんな手がかりだって大切にした方がいいんじゃないかと」

出来るだけ、穏和な口調で話しているつもりだった。貴子だって、相方と険悪な雰囲気になど、なりたくはない。

「一課はプロ中のプロの集団だと思っていました。それが、皆で手持ちの札は出さないなんて言ってたら――」

「プロ中のプロさ。だから、札の出し方も心得てるんだ。音道さんの言うことは間違ってないけど、何ていうか――青臭いよ」

「そうでしょうか」

「いいかい？　さっきの柳沼って主任を見たろう？　いくらこの仕事が好きで、使命感に燃えてたとしたって、身を粉にして、馬鹿正直に働いたってだ、下っ端のままで終われば、いずれああいう目に遭うんだよ。俺らみたいな若い連中の見てる前で、あんな風に立たされて罵倒されてみろよ、面目丸つぶれ、いい笑いものじゃないか」

「あれは、みんなの気持ちを引き締めるために、わざと、じゃないですか」

「何で、あの人がそんな目に遭わなきゃならないわけさ。長い付き合いだから、上の方の気持ちも汲める人だから？　冗談じゃない。捜査方針を立てて、俺らを配置につけてる連中は、自分たちのことは棚に上げて、八つ当たりしてるだけだ」

　そうは思わなかった。苛立ちが募っていることは確かだ。だが、こうも収穫のない毎日を送っていて、捜査本部全体が緊張感を失いかけていることも間違いがないと思う。その緊張感を取り戻し、もう一度、気持ちを引き締めさせるために、守島キャップはベテラン中のベテランに、ある意味で恥をかいてもらったのではないだろうか。

「所詮、使われる一方の人生に待ち受けてるものっていうのが、あれなんだって。音道さんは、いいよ。女性だし、いざとなればこれからだって、まったく違う人生を選択する余地は、男よりはあるもんな。だけど、俺たちは組織で勝ち残っていかなきゃならないんだ。この不景気な世の中で、そうそう今よりもいい職場なんて、見つかるとも思えないしね」

貴子だって、違う人生を選択するつもりは、今のところはない。そんなことよりも、この男は、事件を早期に解決するつもりなど、ありはしないのだろうか。貴子は、自信満々の表情で、運ばれてきた料理を食べ始めた相方を見つめていた。

「じゃあ、関東相銀の件は――」

「あれは、見込み薄だって言ったろう」

「どうして、そう言い切れるんですか?」

「だって――」

言いかけて星野は、料理に手をつけていない貴子に「食べないの」と促す。いけない。ムキにならないようにしなくては。貴子は、素直に料理を取り皿に移した。空腹な上にビールを飲んだから、猛然と食欲が湧いている。こんな長丁場を乗り切るには、とにかく食べられるときに食べて、寝られるときに寝ることだけだ。

「頼もしいね」

少しの間、無言で料理を頬張っていると、星野が言った。食べっぷりのことを言われたのかと、思わず握っていたフォークを宙に浮かせたまま前を見ると、彼はまた、薄い笑みを浮かべている。

「そういう、ムキになるところもあるんだね」

「私は別に――」

「最初から思ってたことだけど、音道さんて、魅力的だよね。離婚した奴の気が知れない」

一瞬、どんな顔をすれば良いのか分からなかった。チーズと何かのソースにまみれたソーセージをゆっくりと噛みしめながら、貴子は、こういう言葉を聞いただけで、本当に鳥肌が立つこともあるのだと、不思議なことに感心していた。帰ったら、絶対に昂一に電話をして、たとえ彼を叩き起こしてでも、この男の話を聞いてもらおう。そうでなければ気が済まないと思った。

2

右腕に何かの感触が当たった。その瞬間に目覚めたが、甘い眠りの誘惑が、気付かなかったふりをさせようとする。

「お父さん、電話」

だが、その誘惑に身を任せる寸前に、今度は小さな囁《ささや》きが聞こえた。我ながら呆れるほどの潔《いさぎよ》さで目を開き、同時に身体を起こす。すぐ脇に娘がいることは分かっていながら、もう、滝沢の目は半分ほど開けられた襖を見つめていた。畜生、まだ酔いが残っていやがる。立ち上がろうとして、足下がふらついているのに気がついた。

「電話、持ってきてるから」

ところが、腰を浮かしかけたところで、また娘が言った。そうだった。子機って奴があるんだ。滝沢は布団の上に座り直し、娘から電話の子機を受け取る。

「お休みのところ、すみませんが、自由が丘署まで急行願います」

「自由が丘って、目黒区の」

我ながらぞっとするようながらがら声だった。だが、滝沢のそんな声は聞き慣れているに違いない電話の主は「はい」と、極めて事務的に答える。

「七歳になる女の子の行方が分からなくなっています」

子ども、か。滝沢は手短に電話を切ると、眠るときも外したことのない腕時計を覗き込んだ。午前一時四十分。二時間程度しか眠れなかった。慌ただしく洗面所に向かい、勢い良く水を流して顔を洗う。洗いっぱなしで脂気のない髪を息子の整髪料で整えて、準備完了。

「お父さん、お酒臭いよ」

「しょうがないよ」

「いつ電話がかかってくるか分からないんだから、そんなにお酒なんか飲まなきゃいいのに」

靴下とワイシャツを差し出しながら、娘がわずかに唇を尖《とが》らせながら言った。「まあな」と気のない返事をしながら、滝沢は、そんなことを気にしていたら、ずっと飲めないではないかと、腹の中で呟く。そんなことになったら、あっという間にストレスでパンクしちまう。

「今度は、何?」

「子ども」

「いくつ」

「七歳」

「誘拐かな」

ワイシャツの裾をズボンにたくしこみながら、滝沢はしかめ面になって娘を見た。娘も、ちらりと肩をすくめて見せる。冗談でも、そんなことは言われたくない。

「お前、まだ起きてたのか」

「そろそろ寝ようかと思ってたところ」

「謙は」

「もう寝てる」

「お前も、早く寝なさい。もう、いいから」

「ハンカチは？　綺麗なのに替えていってよ。お財布。定期。鍵。手帳」

「ああ、ああ、持ってる」

高校生の娘に、女房か母親のようなことを言われながら、滝沢は素直に背広のポケットを確認する。姉娘が親の反対を押し切って結婚して以来、この次女が、今や家のことをすべて取り仕切っている。

「ああ、紺のスーツな、クリーニングから返ってきてるかな」

「一人で返ってきたりしやしないわよ。取りにいかなきゃ」

「じゃあ明日、行ってきてくれよ」

「嫌だなあ」

横目で見ると、すっかり背が伸びて娘らしくなった次女は、唇を突き出したまま「分かったわよ」と言う。口では文句ばかり言うが、なかなかよくやってくれている。口に出したことはなかったが、長女がいなくなってからというもの、滝沢はこの末娘の存在がことさらに有り難く思えていた。手早く身支度を整えて玄関に向かう途中、背後から「携帯、携帯」という声が追いかけてくる。

「充電するのを忘れなくなったと思ったら、今度は持ってくの忘れるんだから」

「戸締まり、ちゃんとな」

「分かってるって。いってらっしゃい」

背後で扉の閉じられる音を聞き、滝沢は闇に沈む町を歩き始めた。大あくびをすると、自分でも酒臭いのが分かる。まったく、やってられねえ。こんな風に、真夜中に突然呼び出しを食らう毎日が続くようでは、そのうち身体をこわすに違いない。電話の心配などせずに、朝まで死んだように眠りたいものだ。だが、仕方がなかった。滝沢が現在の部署に所属している限り、こういう日々が続くのだ。

町はひっそりと静まり返っていたが、ひとたび幹線道路まで出れば、真夜中だというのに、意外に車の往来が激しかった。それも、トラックやタクシーだけでなく、ごく普通の乗用車も多く見受けられる。都市生活者のリズムに合わせて、終夜営業の店が増えてきたから、時間に関係なく、人々は食事や買い物に動き回っている。夜くらい、ちゃんと家で寝ていろよと思う。暗い時間に動き回るなんて、泥棒と警察官くらいのものだったのに。何も好き好んでお天道様から目をそむけるな。都心に向かう車の列には、タクシーの空車が目立った。その一つを停めて乗り込むときには、思わず「うんしょ」と声が出た。

「福田世偉羅《せいら》ちゃん、七歳。母親が午前零時過ぎに帰宅したところ、自宅からいなくなっていることに気付いたということです。認知は一一〇番通報によるもので、方面内には手配済みです」

自由が丘署に着いたのは午前二時半過ぎだった。吉村管理官を始めとして、既にチームの半数近くの人間が集まっていた。そのうちの三人とは、ついさっきまで一緒に飲んでいた。酔いが残っているのは、滝沢だけではないはずだ。その三人と、それぞれに労《いたわ》りあうような視線を交わしながら、滝沢は狭い会議室で、所轄署の刑事からの説明を聞いた。

「世偉羅ちゃんは身長一メートル二十二センチ、体重二十七・五キロ。髪は多少茶色がかっており、肩までの長さ。母親が外出する前の服装は、グリーンの地に白い横文字の入ったトレーナーとジーパン」

自宅からいなくなっているということは、侵入者が連れ去ったか、または子どもが自分の意志で出ていったかのどちらかだ。

「現場には、柴田係長と安江くんに行ってもらった。報告は随時入るはずだが、これまでのところ、母親に思い当たるところはないらしい。ただし、その母親はかなり酒に酔っていて、さらに興奮もし、取り乱してもいるとかで、何を聞き出そうにも、なかなか進展していないそうだ。今現在、脅迫電話などはかかってきていない」

「父親は、いないんですか」

捜査員の一人が尋ねた。少女の父親は、コンピューターソフトの会社に勤めているが、現在はアメリカに出張中だそうだと管理官は答える。

七歳の子どもを一人残して、母親は一体、何をしていたのかと思う。亭主の留守を良いことに、羽根を伸ばしていたのかも知れないが、これで万が一のことでもあれば、それこそ取り返しがつかない。

「自宅はオートロックのマンションだから、建物自体に入るのは、さほど困難とは思えんが、時間が時間だけに、特に目立つ。その辺にも十分に注意して欲しい」

つまり、子どもが何ものかによって連れ去られた場合には、犯人がどこかから見張っている可能性があるということだ。特に子どもの行方が分からなくなった場合、滝沢たちは常に最悪の事態である誘拐を想定し、人質になった子どもの生命をもっとも重視して行動しなければならない。

昨年の異動で、滝沢は警視庁刑事部捜査一課の、この特殊班に配属を命じられた。特殊班とは、凶悪事件を捜査する捜査一課の中でも、とくに人質立てこもり事件や誘拐、企業恐喝、爆発、ハイジャック、列車事故や航空機事故などを取り扱う部署である。この歳になって、やっと警部補試験に合格して、やれやれと喜んでいた矢先の、それは手放しでは喜べない異動だった。

ことの発端は一年半ほど前、当時、滝沢のいた所轄署管内で、別れた亭主が女房のアパートに押し掛けた上に刃物を振り回し、騒ぎを起こしたことにある。そのような事件の場合も、当然のことながら人質立てこもり事件になるわけだから、特殊班が対処に当たるのだが、たまたま、それまでのつなぎとして現場に急行した滝沢は、ふいにアパートの窓から顔を出した男と目が合ってしまった。「何だ、てめえは！」と言われ、その場でおめおめと身を隠すわけにもいかなくなって、結局、滝沢は「よう」などと言いながら、男の説得に当たることになった。とにかく、男が興奮の極みにいたことは一目で分かったし、片方の手は包丁を振り回し、もう片方の手では別れた女房の首を羽交い締めにしているという具合で、一刻の猶予もならないと判断したからだ。

結論から言えば、所詮は肝っ玉の小さな男の、自棄《やけ》が招いた陳腐なドラマだった。滝沢は男を懸命になだめ、落ち着かせ、楽しい時代もあったんだろうとか、子どもに今の姿を見られたらどうするとか、どこかで聞いたような台詞を繰り返したに過ぎない。そんな台詞の何が男の琴線に触れたのか、または単に勢いをつけるために飲んできた酒が切れたせいか、男は急に肩を落とし、がっくりとうなだれた。その隙を狙って、羽交い締めにされていた女は男を突き飛ばし、自力でアパートから逃げ出してきた。

——あんたが、そんなだから、ついていかれなくなったんじゃないのっ！

数分後、連行される男に向かって、女が吐いた捨て台詞は、今も滝沢の耳の底に残っている。それは、まるで滝沢自身が女房から叩き付けられたかのように、胸に響いた。

滝沢の女房も三人もの子どもを残して、家を出ていった。いつも自分の帰りを待っているとばかり思っていた女房が、いつの間にか滝沢のまったく知らないところで、他の男に心を奪われ、これまで築き上げてきた何もかも、子どもたちまでも捨て去ることがあろうとは、露ほども考えていなかった。表情を強張らせ、涙を浮かべている子どもたちから、女房が残していった置き手紙を差し出されたときの衝撃は、何年が過ぎても容易に癒えるというものではない。

下手をすれば、自分もこんなことになっていたかも知れない、刑事などでなかったら、女房が逃げた先に乗り込んでいって、何をしていたか分からない。あの事件を通して感じたことといえば、それだった。とにかく、ものの一時間程度で、あっさりと解決できたことで、半ば拍子抜けする思いもしたし、ほっと安心もした。そのことが、後々になって特殊班に呼ばれるきっかけになろうとは、考えてもみなかった。

警視庁の特殊班は昭和三十八年三月に発生し、四十年に容疑者が逮捕された「吉展《よしのぶ》ちゃん誘拐事件」を機に、昭和四十一年に設置された。ことに営利誘拐事件の場合は、犯人が人質を殺害する危険性が高いことから、一分一秒でも早く捜査を立ち上げ、隠密裡《おんみつり》に、しかも迅速に動く必要がある。そのための機動力と必要な設備を有している、それが特殊班である。

実は滝沢は、刑事になって間もない頃にも、この特殊班にいたことがある。だが、ある人質立てこもり事件が解決した際に、新聞に容疑者と共に写真が載ってしまった。人混みに紛れて小さく写っていただけだが、何かの犯罪を企てているものが、どこでチェックしているか分からないとの配慮から、いわゆる「面が割れた」捜査員は、特殊班から外れることが多い。あくまでも極秘で動かなければならない必要性の高い職場である以上、細心の注意を払っての配慮である。

特殊班の仕事は、通常の捜査とは異なり、独特の勘と経験を要するものだ。ノウハウは教えられて学ぶことも出来るが、たとえば立てこもり事件などの場合には、犯人との間合いのはかり方、説得の方法によって、人の生命を左右する。度胸がなければ、犯人との間合いも詰められない。それだけに、一度は経験があるとはいえ、二十数年ぶりに特殊班に呼び戻されるなどということは、まさしく異例だった。

「夜明けを待って、一斉に聞き込み開始だな」

無線車両や資機材、変装用具などの手配を済ませ、その一方では子どもが住んでいたマンション付近の地理を把握して、母親から心当たりのあると思われる住所や氏名などの資料を提出してもらう。脅迫電話などがかかってきた場合に備えて、逆探知のセットも行い、また、通話記録を残すための手続きも行う。五月の夜明けは早い。ばたばたと動いている間に、東の空はすぐに白み、どこかでカラスの声が聞こえた。その夜明けを待って、あるいはジョギング中を装い、あるいは新聞配達員の格好で現場に向かう準備をしていた時、子どもが発見されたという連絡が入った。

「父方の実家にいるそうです」

滝沢たちは一斉に手を休め、互いに顔を見合わせた。実家くらいなら、いのいちばんに問い合わせていたはずではないか。

「それが、母親とは犬猿の仲だとかで、日頃からあまり付き合いもないもので、まさか、そんなところに行っているとは思いもしなかったとかいうんですがね」

電話で連絡を受けた仲間も、拍子抜けしたような、何ともいえない表情になっている。

「まあ、良かったじゃないか。無事だったんだから」

寝不足の目を血走らせて現場の指揮に当たっていた吉村管理官が、初めて大きなため息をついた。そう。怒ることじゃあ、ない。何しろ、子どもは無事だった。俺らの仕事は無駄足で結構なんだから。

午前七時過ぎ、すべての資機材を撤収して、滝沢たちは自由が丘を後にした。いつの間にか朝の渋滞が始まろうとしている。人騒がせな母親は今頃、警察署からも姑からも、こっぴどくやられていることだろう。こっちは、どこかで朝定食でもかき込んで、本庁で仮眠を取らせてもらおう。自宅で眠るより、その方がまだ気が楽だった。

3

西の空に、見事な色の夕焼け雲が浮かんでいる。緑の匂いを含んだ風は心地良く、いつか経験した同じ季節のことを思い出させる。

——どこか広いところに行きたい。仕事のことなんか忘れて。

思わずため息混じりに空を仰ぐ。夕暮れと共に家に帰れたのは、いつの頃までだっただろう。お腹を空かせて、夕御飯のことだけを考えて——。こんなことを考えるようになったら、相当にストレスがたまってきている証拠だった。

今日も、徒労に終わった一日だった。御子貝家に残されていた宅配便などの伝票から、同家に荷物を届けたことのある業者とドライバーを割り出し、可能な限りの人数に聞き込みに回ってみたのだが、収穫はなし。唯一、御子貝夫妻が通信販売に凝っていたことが分かった程度だ。米、味噌、醤油の類から、家庭雑貨、洗剤、はては観葉植物に至るまで、彼らは実に様々な注文をしていたらしい。それが、ほとんど家から出ることもなかった睦子の、唯一の気晴らしだったのかも知れない。

「大体さあ、業者を装って家に侵入しようとするっていうんなら分かるけど、宅配便のドライバーが強盗目的の殺人を犯すなんて、考えられないって。荷物を渡して判子を押してもらうだけなんだから、その家の事情なんて、そんなに分かるわけがないんだし」

隣を歩く星野が、また文句を言い始めた。このところの彼は、前にも増して口数が増え、その上、仕事の文句や上司への批判ばかりが多くなっている。大きな手がかりが見つからなければ、それだけ捜査は細かい資料に頼り、埃一つでも見逃すまいとし始める。結果としてますます地味になり、空振りも増えていく。捜査に無駄が付き物なことくらい、百も承知しているはずではないか。

「何で、うちの係が引き受けることになったのかなあ。ちょっと見は派手だから、もうちょっと大きく動けると思ったのに、とんだ貧乏くじだよな」

そんなことを言ったって、仕方がないではないか。貴子だって、まさか自分がこの捜査本部に駆り出されるとは思っていなかったのだし、もっと遡《さかのぼ》れば、あの四人の死体を最初に検分することになろうとも考えてはいなかった。そういう巡り合わせなのだから、文句を言ってどうなるものでもない。

——それに、あんたと組まされたのも。

真正面から喧嘩になるのは賢明ではないと思うからこそ、何を言われても適当に聞き流している。だが星野は、それを自分が受け容れられた証拠と誤解している節があった。

——警察の未来も暗いなあ。

数日前、昴一に電話したときの会話が思い出された。星野に誘われて、旨くもない酒を飲んで帰った晩のことだ。もう寝ていたらしい彼は、最初の数分間は寝ぼけた声を出していたが、それでも貴子の話を辛抱強く聞いてくれた後で、そんなことを言った。

「それで、奴が報告したがらないことって、何なんだ」

「言えないわよ、そんなこと。捜査上の秘密だもの」

「へえ、俺のことも信じられないんだ」

「また。そういう言い方しないでったら」

「冗談だよ。だけどさ、何となく貴子らしくないな。自分が正しいと思ったら、それを通せばいいじゃないか」

「だって、相手は警部補なのよ。階級社会なんだから、逆らうことなんて出来ないの」

「そんなの関係ねえだろうが。貴子の言ってることの方が正しいんだから、他の誰かに判断してもらえよ」

「男同士って変よね。仲間内では足の引っ張り合いをしてたとしても、外に対してはがっちりスクラム組むわけよ。警察の外部に対してなら、私も仲間に入れてもらえるんだけど、そうじゃない時は、私は女っていうことで一線を引かれるわけ。つまり、私が必死で主張したって、連中は、星野さんを気の毒がるか、私を裏切り者扱いする程度なのよ。それこそスタンドプレーだとか何だとか言われて、余計に敬遠されるわ」

「スタンドプレーで結構じゃないかよ。そんな連中と団子になってるより」

「そうは、いかないんだったら。仕事をする上ではチームワークは欠かせないし、古参の刑事の中にはそんな人もいるけど、さすがにこの年で、しかも女がやったら、居場所がなくなる」

面倒臭えなと、ため息かあくびか分からない息と共に、昂一は呆れたように言った。それなら、星野を説得するより仕方がないだろう、何とか自分の思った通りに行動できるように、操縦法を考えるより他にないという彼の言葉に、今度は貴子がため息をついた。

「向こうは貴子を気に入ってるみたいなんだからさ、色仕掛けにでもしてみろよ。いつもパンツスーツじゃなくて、こう、スリットの入ったミニのタイトかなんかはいてって、濃い色の口紅でもつけて。テレビドラマに出てくる女刑事みたいに」

「何てこと言うのよ」

怒った口調で言いながら、思わず笑ってしまった。最後に昂一は、相方が嫌な男でよかったと言った。あまりに貴子と気の合う男だったら、たとえ仕事と分かっていても、四六時中一緒にいると思えば、気になってならなかっただろうからと。冗談でも、色仕掛けにしてみろなどとは言えなかっただろうとも。

「そういう点では、心配いらないから、いいけど、身体は大丈夫か」

「身体はね。でも、ストレスはすごいみたい」

「だろうなあ。早いとこガス抜き、しないとなあ」

「当分、無理だもの」

「ふてくされたら、駄目だぞ。やる気が失せたら、見えるものも見えなくなる」

それはどんな仕事でも同じことだと昂一は言っていた。本部事件の捜査が難航するにつれ、彼は確かに、貴子の大切な精神安定剤の役割を果たしてくれていた。頼りになると思う。安心して寄りかかれるような気がする。今のところは。

——並べてみれば、外見じゃ完全に負けてるんだけど。

自由業の気安さもあるのだろう。貴子は、昂一がネクタイを締めている姿など、かつて見たことがない。いつもティーシャツにジーパンという出で立ちだし、髪はぼさぼさ、体格は星野よりも良いと思うが、その分、腹が出ているし、顔立ちという点では、比較は難しい。善《よ》し悪《あ》しの問題ではなく、面長に細目、薄眉の星野とは、あまりに対照的なのだ。大きくて四角い顔に眉は太くて濃く、目はぎょろりとしている。鼻筋から口元にかけては意外に繊細そうに見えないこともないのだが、少しでも放っておけばすぐに顔の下半分が髭だらけになる。およそ清潔感という表現からはかけ離れた、ひと言で言えばむさくるしい男だった。しかも、もう四十近いと来ている。よく見れば、髪にもちらほらと白いものが見え隠れし始めている中年男だ。

あれこれと考えていると、しみじみと、あのむさくるしい顔に逢いたいという気持ちが募ってくる。彼の笑顔を見たい。あの大きな手の温もりを感じたい。馬鹿笑いしながら、薄着で行儀悪く過ごしたい——。

「あの店、もう行くのやめような」

ふいに星野が口を開いた。例によって、また話題が飛んでいる。

「この前、行った店さ。雰囲気はまあまあだと思ったんだけど、料理はまずかったもんね」

だったら、あんなに山ほど注文しなければ良かったのだ。お陰で貴子は、翌日一杯、胸焼けしていた。

「せっかく、こっち方面に通ってるんだから、今度はどこか他を開拓しよう。音道さんて、食べ物はどんなものが好きなの」

「好き嫌い、ないんです」

「へえ、何でも食べるの。すごいね」

何もすごいことではない。それよりも星野の好き嫌いの激しさの方がすごいのだと腹の中で毒づきながら、曖昧《あいまい》に頷いて見せる。こんなに苛々するのは、もしかすると八つ当たりなのだろうか。悪いのは自分の方なのだろうかという思いが頭をよぎった。

一昨日、貴子は昂一の進言通り、極めて愛想の良い友好的な態度で、星野に向かって、関東相和銀行の本店に行ってみたいと申し出た。気になって気になって仕方がないんです。取りあえず、話を聞きに行くことさえ出来れば、それで気が済むと思います。

星野は、不思議そうな顔をしていたが、貴子が、「これも勉強ですから」などと哀願する口調で続けると、意外なほどあっさりと、「じゃあ、行こうか」と答えた。それほどまでに気になることならば、「捜査の本筋に集中するためにも」心配事は早く解決した方が良いだろうから、というのが星野の意見だった。

その時は「しめた」と思い、ほくそ笑みたくなるのをこらえるのに必死なほどだった。だが、結果は星野の思惑通り、銀行を出た途端に貴子に向けられた言葉は、「これで気が済んだかい」という程度のものだった。

一般市民としてではなく、警察手帳を提示した上で話を訊きに行っているのに、関東相和銀行の本店では、立川支店と同様に、御子貝春男・睦子の氏名では、取引の記録は一切、残されていないと答えるばかりだった。架空名義口座についても質問をぶつけてはみたのだが、平成二年の大蔵省通達を受け、特に平成四年の「麻薬特例法」施行以降は、本人確認の出来ない場合、口座を開設することは一切出来なくなっており、それ以前に作られていた可能性のある架空名義口座についても、定期預金などの場合は満期日がきた段階で、すべて解約または名義変更の手続きをとるように各支店に通達を出しており、その結果、この十年近くの間に、大半の架空名義口座は整理されているはずだというのだ。

「その、まだ残っている口座の中に、御子貝夫妻の名前はないいんでしょうか」

「それは、お調べいたしかねます。と、申しますよりも、お調べする手だてがないんです。当行といたしましては、架空名義でのお取引はゼロにするようにと通達を出しておりますので、万に一つもどこかの支店に口座が残っていたといたしましても、支店から本店まで、そういう報告は上ってはまいりませんので」

応対していた総務の人間は、あくまでも穏やかな口調で、そう答えるばかりだった。さらに銀行は、あくまでも顧客の財産利益を守る立場にあるから、大蔵省の監察や、国税庁の取り調べでも入ったのでない限りは、それ以上のことは言えないという。たとえ警察が相手であっても、その態度を崩すことは出来ないというのが、銀行の姿勢らしかった。完全に、貴子の負けだった。

「考えようによっちゃあ、頼りになるっていうことだよね。僕らが調べに行っても、絶対に明かさないっていうんだから。悪いことして儲けてる連中にとっちゃあ、ありがたい銀行だな」

星野は感心したようなことを言っていたが、これで本当に手がかりが途切れたことを考えると、貴子は敗北感を噛みしめると同時に、憂鬱《ゆううつ》になるばかりだった。一体、いつになったら解放されるのだろう。通常、機捜にいるときには、貴子は主に凶悪事件の初動捜査にばかりあたっている。次から次へと新しい事件に向かっていかなければならない慌ただしさや、最後まで見届けることができないという心残りはあるものの、その毎日は変化に富み、動きも大きい。どんなに憂鬱な事件に対したとしても、すぐに新しく起こる事件が、その気持ちを払拭してくれるし、途中でもうやめたと投げ出したくなるようなこともない。だが、同じ刑事でも、一つの事件を追い続けなければならない、しかも何の手がかりも得られず、捜査に進展も見られない状況というものが、こんなに辛いとは思わなかった。

――誰か、何とかしてくれないだろうか。

他力本願こそ忌むべきものであるということは、警察官になった当時から、ことあるごとに聞かされてきた。誰かが何とかしてくれるのを待つのではなく、常に積極性を忘れずに、使命感を抱き続けて――分かっていたって、出来ないこともある。鼻先にニンジンでもぶら下げてもらわなければ、そうそう走り続けてなど、いられない。

「有力な情報と言えるかどうかは分かりませんが」

ところがその夜の捜査会議で、先日、守島キャップに活を入れられた柳沼主任が報告に立ち上がった。

「四月の上旬、立川競輪場でうまい儲け話があると持ちかけてきた男がいるという話を聞きました。度胸さえあれば、五千万は堅いという話だったそうです。持ちかけられた男は、いくら何でもそんなにうまい話があるはずがないと考えて断ったのだそうですが、その後、同じ男が他の人間にも話しかけているのを見かけたということでした」

すっかり澱んでいた捜査本部の空気が、一瞬のざわめきと共にわずかに動いた。全員が、柳沼主任のごま塩頭に注目している。ずんぐりとした背中を丸めて、普段はかけていない老眼鏡をかけた柳沼主任は、「ええ」と手帳のページをめくって小さく咳払いをした。

「その男は個人タクシーの運転手でして、まあ、仕事よりも競輪の方が好きという、四十八歳ですが、開催地に合わせて立川だけでなく、西武園、京王閣、大宮——ええ、宇都宮、松戸、千葉、花月園に川崎と、ありとあらゆるところまで行っておるそうで、常連というか、自分と同じように方々の競輪場に足を運んでおる人間の顔は、大体は覚えているということでしたが、その話を持ってきた男は、初めて見る顔だったということです。一見、サラリーマン風の三十代後半の男で丸顔、背は低いが、こざっぱりとした印象の、そんな儲け話などを持ちかけてくるようには見えない男だったと」

「背が低いっていうのは、どのくらいだい」

「おおよそですが、百六十センチから六十五センチの間くらい、ということですな。ええ、縁なしの眼鏡をかけて、髪は今どき珍しいほどに後ろを刈り上げていた、と」

柳沼の話を素早くメモに取る。それにしても、という思いが頭に浮かんだとき、守島キャップの声が、「だが」と聞こえた。

「その件と今回の事件とが、どこで、どうつながるんだい」

貴子の思いを、そのまま口にしたような言葉だ。いや、正確に言うなら、どうつなげてくれるのだという思いだった。柳沼主任は老眼鏡を外し、背筋を伸ばして前を向いた。

「確信はありませんが、可能性として考えられるということです。ええ、それといいますのも、実は、御子貝春男宅を隈《くま》無く捜査したところ、台所、居間、その他から、関東相和銀行の粗品が多数、発見されております。ええ、この銀行には、夫婦はどちらの名義でも表向きの口座は開いておらないはずであります。ですが、親戚がおるわけでもなし、事実、銀行の粗品を他人の家に、しかもあのように多数渡してある知人がいるとも考えにくいわけでして、新見知美などにも確かめてみましたが、あの家に銀行の粗品などを持ってくる者は、おらんはずだというんですな。もともと、貰い物の多い家ではあったようで、まあ、商売柄とでもいいますか、それだけに食べ物にしろ何にしろ、地方の名産品であったり、一流の品物であったりという具合で、粗品なんぞという、そんなものを持ってくるような者は、まずおらんかったはずだと」

胃袋を捻りあげられた気分だった。それにつられるように思わず背中をよじりそうになる。ほら、見たことか。ああ、先を越された。やっぱり目の付け所は間違っていなかったのだ——様々な思いが一気に噴き出しそうになり、貴子は思わず隣の星野を見た。その視線に気付いたのか、彼はちらりとこちらを見て、例の薄い眉を上下させて見せている。何を涼しい顔をしているのだ、手柄を独り占めしたいと言いながら、きちんと捜査しようともしない、お前のせいではないか。プロ中のプロのくせに。本庁の一課のくせに。はらわたが煮えくり返るとはこういうことを言うのだろう。

——こんな奴と組んだんじゃなかったら。あのベテランと組めていれば。

悔しさと苛立ちとで、気がつけば手が固い拳になっていた。頭に血が上って、こめかみの辺りが熱かった。

4

翌日から、捜査員たちは新たに二チームに分かれて捜査活動に入った。一方は、御子貝夫妻の財産、預金などを改めて洗い直し、もう片方は、柳沼主任の報告をもとに、競輪場から手がかりを探し出す。折しも、立川競輪では今日から三日間が、五月最後の開催日に当たっていた。本部では、その幸運を「風向きが変わってきた」と喜んだ。この機会を逃したら、他の競輪場を当たるか、または次の開催日まで待たなければならなくなる。畢竟《ひっきょう》、競輪場の捜査の方に、多くの捜査員が投入されることになった。

貴子もまた星野と共に、五月晴れの中を立川競輪場へ向かった。

「残念だったね。銀行の方、調べたかっただろう？」

多摩都市モノレールで立川に向かう途中、星野が陽気な声で言う。

「でも、あれかな。かえってよかったかな。また立川支店に行くことになって、前に会った連中と顔を合わせるなんて、ちょっと格好悪いもんな」

しつこいのが刑事だ。一度、駄目だったからといって、そんなにあっさりと引っ込んでいられる場合ばかりではない。

「今日、行ってる奴ら、何か言われるんじゃないかな。『あれ、また来たんですか』とかさ」

いけないと思いながら、ただ相づちをうつ仕草だけでも冷淡になる。貴子は、一人で喋っている星野の隣で、過去に組んだ相方の誰彼のことを思い出していた。これまでにも、ずい分癖のある刑事と仕事をしてきたが、後から思い出せば、それなりに味わいのある人たちだったと思う。歯ぎしりしたいほどの悔しさを味わわされた相手のことも、今は笑いながら語ることが出来るほどだ。この星野のことも、いつかは笑い話に出来るのだろうか。早く、そうなれば良い。

もともと機捜の立川分駐所に配属されている貴子にとって、立川競輪場は、いわば縄張りだった。モノレールを立川北で降り、迷うことなく歩き始める。何を話しかけられても貴子が聞き流すばかりだから、さすがの星野も、やがておとなしくなった。

ＪＲ立川駅の北東に位置する立川競輪場までは、駅前からバスや乗り合いタクシーも出ているが、歩いても一キロ程度の道のりだから、開催日には人の流れが出来ている。その流れに乗って歩いていけば、やがて小さな遊園地の入り口のような印象のゲート前にたどり着く。今日、貴子はジーパンに薄手の黒いブルゾンという格好をしていた。星野の方も同様にカジュアルな服装だ。どちらも目立たないようにするための工夫だったが、スーツを脱ぎ、ネクタイを締めていないとはいえ、星野の格好は、むしろ学校の先生のような印象を与えた。どちらにしても、きっちり分けた七三の髪が硬い印象を与えることに変わりはない。

途中で競輪新聞を買い、それを片手に丸めて持ちながら、貴子は星野と共に競輪場に入った。今頃は、他の仲間も到着しているはずだったが、紺やベージュのブルゾンなどを羽織って人混みに紛れている仲間たちを識別することは容易ではないようだった。日曜日ということもあって、特別に大きなレースが開催されるわけでもないのに、競輪場はかなり混雑している。

「思ったほど、臭くないな」

星野がくんくんと鼻を鳴らす。彼の言う「臭さ」というものを、貴子も何となく想像することが出来た。酒と垢、小便の匂いが混じり合い、湿った新聞紙などと共に日陰の片隅に降り積もっているような、そんな匂いのことだ。路上で暮らす人々から発せられている匂いとも似通っている。確かに昔のレース場には、競輪場に限らず、そんな匂いがついて回った。一攫千金を夢見つつ、結局はなけなしの金まで失って、疲労しきったような男たちの、吹き溜まりのような印象だった。

トラックを音もなく数台の自転車が駆け抜けていく。場内は意外なほど静かだった。競輪場の観客は、まだまだ競馬場などとは雰囲気を異にしていて、家族連れやカップルなどはほとんど見かけない。やがてジャンが鳴った。その途端、遠目にも自転車のスピードが上がったのが分かる。観客席の方々から歓声とかけ声が上がり始めた。最後の一周半に賭けて、男たちの濁声《だみごえ》が響く。つい興味をそそられるような熱気が観客席一杯に盛り上がってきたかと思うと、だが次の瞬間、その声はすぐにため息に取って代わり、辺りには小さなざわめきだけが残った。音もなく駆け抜ける自転車のレースは、競馬や、ましてやエンジン音の響くオートレース、競艇などとは異なり、いかにも静かに、粛々と進行していく印象がある。

探すのは三十代後半の小柄な男。丸顔、眼鏡、刈り上げ頭。全体の印象としてはこざっぱりしており、一見サラリーマン風ということだ。それ以上の特徴も分からず、しかもこれだけの人混みの中で、いるかどうかも分からない男を捜し出すのは至難の業に思われる。だが、そんな微《かす》かな手がかりでさえ、今は何としてでも手繰り寄せたい時だった。

それに、疲れた、または弛緩《しかん》した表情の、服も何もくたびれた印象の男たちが溢れる中で、小柄でもこざっぱりしてキビキビと動く男がいれば、それはそれで目立つかも知れない。

貴子たちを含めて捜査員たちは、予《あらかじ》め配置される場所を決められていた。一般席は勿論、車券を発売する窓口のところどころや払い戻し窓口、食堂からロイヤルシートまで、くまなく目を光らせる。貴子も星野と二人で、二階にある食堂を見張ることになっていた。

「取りあえず、何か食う？　僕、朝飯まだなんだ」

「私、ここにいます」

食堂の入り口近くにはベンチが並び、レースの模様を映し出すモニターの置かれた空間があった。貴子はそこで立ち止まり、首を振った。

「私は朝食、済ませてきていますから。ここで、人の出入りを見ています」

本当は嘘だった。今朝も寝坊をして、野菜ジュースさえ飲んでいない。カジュアルな服装で出勤出来た分、身支度に時間をかけずに済んだので、危うく遅刻を免れたくらいなのだ。だが星野に、貴子の嘘など見抜けるはずがない。彼はあっさりと納得し、すたすたと食堂に入っていった。

女性の姿は少なかった。男性の、しかも中高年が目につく。モニター前に集まっている人々の集団を眺めていると、ちょうど病院の待合室のような風情ですらある。競輪ファンの男たちは、誰もが背中を丸め気味にして、互いに言葉を交わすこともなく、静かに、淡々とモニターを眺めている。疲れ。諦め。はかない望み。そんなものを、それぞれが自分のうちに溜めながら、ひっそりと同じ方向を眺めている男たちの集団は、いかにも物哀しく見える。

半ばぼんやりとしているようでも、身長の低さを肝に銘じていれば、頭の位置が人よりも低い人間にだけ、目がとまる。五十代。駄目。七十代。違う。白髪頭。聞いていない。人の流れは絶えることがなく、ひっきりなしに出入りを繰り返していた。時折、食堂の奥の星野の様子を窺いながら、貴子は読み方も分からない競輪新聞を片手に、人待ち顔を装って、瞳だけを忙しく動かしていた。

大半の人間よりもかなり低い位置に黒々した髪が見えた。どきりとして、目を凝らす。ゆらゆらと、人混みの中を漂うように見える髪を見失うまいと、貴子は立ち位置を移動した。前をふさいでいた人がいなくなったと思ったら、スカート姿が目に入った。

——女。

やはり競輪場に来る女性もいるのだ。自分が好きだからか、または男に誘われてか。ちょうど、貴子が立っている場所を横切るように行き過ぎるその女性を、貴子は何気なく眺めていた。チェックの地味なスカート。グレーとピンクの中間のような色合いの、やはり地味なニットを着ている。肩から臙脂《えんじ》色のショルダーバッグを提げて、両手に一つずつ紙コップを持って。やはり、連れがいるらしい。こんな場所でデートする人もいるのかと思いながら、ふと昴一のことを思う。

彼は、貴子に休みがないお陰で、最近は仕事がはかどって仕方がないと言っていた。自分一人が休んでいるのも、何となく気がひけてなと、電話口で笑っていた。そういえば、彼はギャンブルはやらないのだろうか。聞いたことがない。まだまだ、知らないことがたくさんある。彼の存在を大切にしたいと

るのが怖かった。思えば思うほど、ある意味で臆病にもなっているのだ。急いで何でも知りたがり、理解したつもりにな

——気が長くなった。

少し前なら、結論を急ぎたがったと思うのに。こと昴一に関しては、貴子は自分でも驚くほどに気が長くなった。時間をかけて、ゆっくりと二人の関係を築いていきたいと思っている。

つい、そんなことを考えていたとき、貴子の前を通り過ぎようとしていた女性が、連れを探すような様子で辺りを見回した。その顔を見て、貴子はおや、と思った。どこかで見たことがある。年齢は三十代の後半から四十歳くらい。身長は一メートル五十五センチ前後。記憶の中のファイルが猛然と心当たりを探し始める。間違いない、絶対にどこかで会っている。会って、言葉を交わしたことがある。

——誰。どこで会った。

思い出せないと気持ちが悪い。焦りと苛立ちのようなものを感じながら、懸命に記憶をたぐっている間に、その女性は貴子の視界から消えようとしていた。首を巡らしてやっとその後ろ姿を見つめていると、彼女は、また一度立ち止まって、振り返った。両手に紙コップを持ったまま、口元をわずかに開いて、いかにも頼りなげに周囲を見回している。ひそめられた細い眉。少し眠たげに見える一重瞼。卵形の、目立たない輪郭。

——何で、私ばっかり。

耳の奥の方で、鼻をすすりながら呟く声が蘇《よみがえ》った。その声と、人混みの中に見える顔とを見比べて、貴子はようやく胸のつかえが降りるのを感じた。思い出した。あの時の。

「お待ちどう。どうだい、それらしいのは」

ふいに隣から星野の声がした。貴子はわずかに振り返り、小さく首を振って見せた。それでも、目線は視界から消えようとしている女を追っている。妙な懐かしさが、胸の底から湧き起こっていた。

「何、誰見てるの」

「知ってる人が、いたんです」

「知り合い？　どこ」

星野は貴子の隣に立って、貴子と同じ方向を見ようとする。貴子は、女性の服装を説明した。

「中田加恵子って言って」

自分でも意外なほどにすらすらと名前が出た。そう、中田加恵子。何年前だったか、貴子が機捜に配属されてすぐに出会った、事件の被害者だ。初めて会ったとき、彼女のあの顔は大きく腫れて、痣《あざ》が出来ていた。歯は折られ、いくらハンカチで押さえても、口元から血が流れていた。

「看護婦さんなんです。色々、苦労しているみたいで、可哀想な人でした」

彼女の姿が人混みに紛れた段階で、貴子の視線は再び他の男たちに向けられた。星野も貴子の隣に立ち、さり気なく競輪新聞を開く。

「気になってたんです、結構、長い間」

せっかく蘇った記憶の断片を、そのまま意識の外に追いやるのが惜しい気がして、貴子は、目では小柄な三十代の男を捜し求めながら、口を動かし続けた。

「お父さんは病気で寝たきりだし、御主人は仕事に失敗して借金を抱えて、一人で家族の生活を支えてる人でした」

「で、事件は何だったの」

「ひったくりです。看護婦以外にアルバイトもしていて、夜中、その帰りに」

通報を受けて真っ先に駆けつけたのが貴子たちだった。当時、貴子は毎日が緊張の連続で、目まぐるしく起こる事件の数々は未消化なまま自分の中に残るばかり、自分が何をやっているのかもよく分からないような日々を送っていた。興奮を抑えきれずに感情をぶつけてくる人々のエネルギーは恐ろしく感じられるばかりだったし、欲望に流され、一時の激情に翻弄《ほんろう》されて、いとも容易《たやす》く道を踏み外してしまう人の多さにも驚き、そして、絶望的な気分にさせられた。

事件が起きる。加害者がいる。その一方には、必ず被害者が存在した。酔った勢いなどで、加害者にならなかった代わりに被害者になる者も少なくはない。よくよく事情を聞いてみれば、なるべくしてなったという被害者だって、いなかったわけではない。だが、多くの被害者は、自分の身に起きたことを怒り、嘆く気力さえ失うほど無防備で、平凡な日々を歩んでいた人たちばかりだ。ことにレイプや通り魔、ひったくりなどの被害者は、まさしくいわれのない犯罪に巻き込まれた、犠牲者以外の何ものでもなかった。あの中田加恵子という女性は、そんな被害者の一人だった。

「結構、面倒見たりしたんだ」

「面倒なんて。ただ、怪我もしていましたし、とにかく可哀想で」

盗まれたのは三万円ほどだった。それだけでも、当時の彼女にとっては大変な金額だったのだ。その上、ひったくられたバッグには、他にも大切な物が入っていたのだと、確か、彼女はそんなことを言っていたと思う。一枚の写真だという話だったが、何の写真かは、彼女は語ろうとしなかった。

「顔をこんなに腫らして、泣いてました。自分ばっかりが、どうしてこんな目に遭うんだろうって」

「いるんだよな、何だかついてない人って」

そのひと言を聞いて、相手が星野だったことを思い出した。貴子は自分が喋りすぎたことに気付き、内心で後悔の舌打ちでもしたい気分になりながら、人の波を眺めていた。夏を思わせるような空の下で、音もなく走る自転車に夢を賭ける人々の群は、どこかひんやりと、はかなく見える。

――でも、こんなところに来られるくらいなんだもの。多少は余裕が出来たのかも知れない。

頭の片隅では、まだ中田加恵子のことを考えていた。今日は仕事は休みなのだろうか。曜日に関係なく、頼まれれば同僚と交代してまで働き続けていると言っていた人だった。その上、明け番の日にはコンビニエンスストアーでもアルバイトをしていた。本当はスナックなどで働いた方が実入りが良いのだが、夫が許してくれないのだと言っていたと思う。休日に、こうして競輪に来られるくらいなら結構な話だ。すると、連れは彼女の夫だろうか。

「おい、あれは」

ふいに星野に腕を突っつかれた。貴子は素早く周囲を見渡し、人混みの中に際だって小柄な男を見つけた。確かに三十代には見える。だが、あまり手入れしている感じのしない頭髪はかなり薄いし、全体にくたびれた感じの、小太りの男だ。

「ちょっと、違う感じですね」

だぶだぶのズボンにアイボリーのブルゾン姿の男は、弛緩した顔つきでオッズの出ている電光掲示板を眺めている。眼鏡はかけていなかった。

「ちょっと、話しかけてみるか。口調で分かるかも知れない」

星野は歩き出したところでくるりとこちらを振り返る。そして、貴子には「ここにいろ」と言った。

「アベックだと、向こうは面白くないかも知れないからさ」

そうだろうか。アベックに見えた方が警戒されないのではないかと思う。だが星野は、にっこりと笑いながら頷いてみせる。

「あんなヤツに、僕らのことを見せつけることもないだろう?」

それだけ言うと、星野は身軽な様子で行ってしまった。貴子は、その後ろ姿を眺めながら、心の中に、奇妙にざらつく違和感が広がっていくのを感じていた。

5

ドアを開けるなり、陽気な笑い声が響いてきた。滝沢は思わず立ち止まり、顎を引いて笑いの主を見つめた。ブラインド越しに、昼下がりの陽が射し込んでくる部屋だった。日頃は所轄署員が小さな会議や仕事の後のちょっとした宴会に使用する部屋でもある。取調室を使っていないのは、こちらの温情だ。

「何が、おかしい」

押し殺した声を出した途端、上着の袖が引っ張られた。振り返ると、背後からついてきた女刑事が小さく首を振っている。どういう意味だ。うるせえ女だ。滝沢は知らん顔をして、部屋に足を踏み入れた。

相手は明るい日を背中に受けながら、会議用のテーブルに向かって座っている。顔が暗く見えるのは、決して逆光のせいではない。最初から真夏の浜辺で昼寝でもしたかのように黒いのだ。目の縁と唇は、浜辺で転んで砂でもついたかのように白く、髪の毛もまた、りんご箱の詰め物のように、白茶けてぱさついている。詰め物というのが悪けりゃあ、庭に放置して雨ざらしになった箒《ほうき》のようだ。

少女は、パイプ椅子に浅く腰掛けながら、その箒頭を指先で撫でている。真っ黄色い地に白い水玉模様という長い爪が、ひらひらと動いた。テーブルの下には、パンツまで見えそうな短い丈のスカートからにょっきりとした足が投げ出されていて、冬でもないのにブーツを履いている。花魁《おいらん》道中のような、ぽっくり型の厚底ブーツだ。

「何が、おかしいんだ、ああ?」

パイプ椅子の一つを引きずり、滝沢はテーブルを挟んで少女のはす向かいに腰を下ろした。後ろからついてきた女刑事も、滝沢たちと三角形になるような位置に陣取っている。確か平嶋といったと思う。長い髪を後ろで一つにひっつめていて、縁なしの眼鏡をかけた、いかにも女史といった雰囲気の刑事だ。

「べつに」

少女の白い唇が動いた。

「べつにってこたあ、ねえだろう。おかしくもないのに、笑うのかい」

テーブルに片肘をつき、わずかに顔を傾けて、滝沢は改めて少女を見つめた。黒、水色、白。それに何だか光ってる色。こんなに塗りたくられていては、本当の表情など分かりようがない。

「べつに——また違う人がきたのかと思っただけ」

少女は白い唇をわずかに尖《とが》らせて、何だか重たそうに見える目を伏せる。

「そうさ。また違う人がきたんだ。さっきの刑事さんに、お姉ちゃんがちゃんと喋らないからさ、頭が痛くなっちまったんだと」

少女は上目遣いにこちらを見て、また笑った。大きな前歯を見せて、いかにも楽しげに手を叩いている。何がそんなに楽しいのか、滝沢の発言のどこがおかしいのか、まるで分からなかった。これでは、柴田係長が頭を抱えるわけだ。

――滝さん、頼むわ。あんた、同じような年頃の娘さん、いただろう？　俺には、もうさっぱりだわ。埒《らち》が明かねえや。

ついさっきまで少女の相手をしていた係長は、寝不足も手伝っているのだろうが、心底疲れ果てた、げんなりした表情で言った。

小田えりか。十七歳。高校中退後、現在はフリーターだという。少女は五日前から行方不明になっていた。家族によって警察に届け出があったのは二日前のことだ。それまでの三日間はどうしていたのかと尋ねると、少女の両親は、娘の外泊は珍しいことではなかったので、別段、心配はしていなかったと答えた。その状況が変わったのは二日前、一本の電話がかかってきたことによる。男の声で娘を預かっていると言い、身代金として五百万円を用意しろというものだった。さもなければ娘の生命はないと言われて、少女の両親は初めて慌てふためき、警察に通報した。

蓋を開けてみれば、どうということはない。少女が男友達――とはいっても一週間ほど前に渋谷で知り合ったばかりの男だ――と結託して、自分の親から一儲けしようと企んでいたのだった。身代金の受け渡し場所に現れた二十一歳の男を問いつめると、その男はあっさりと仲間の名前を口にし、また別の男のアパートにひそんでいた少女と主犯格の男はあっという間に身柄を確保された。

「それで話の続きだがね」

「ええ、またあ？」

「またあ、だ。こっちだって、とっとと済ませちまいたいんだよ」

「じゃあ、済ませりゃ、いいじゃんよ」

何という口のきき方をするのだろうか。自分の立場というものが、まったく分かっていない。

「ねえ、もう帰っちゃ駄目なわけ？　私、別に何もしてないじゃん」

「してないこたあ、ないだろう。あの、北畠って男と一緒になって、誘拐事件をでっちあげようとしたんだぞ」

「でも、やったのはあいつじゃん。脅迫電話だって、あいつが勝手にかけたんじゃん」

えりかは細い眉を寄せ、白い唇を尖らせて、身を乗り出してくる。薄手のニット地の洋服は胸元が大きくくれていて、胸の谷間がはっきりと見えた。十七歳、か。立派なものだ。

「私は、被害者なんだよ。それが、どうしてこんなに何時間も話を聞かれなきゃなんないわけよ」

「被害者だ？　冗談言ってるんじゃ、ねえ！」

思わずテーブルを拳で叩いた。えりかは目張りだらけの瞳を大きく見開いて、「怖え」と呟いている。

「超ビビるじゃんよ。怒鳴ること、ないじゃん」

苛々が募ってくる。こんな小娘のために、ほとんど一睡もせずに過ごした二日間を思うと、馬鹿馬鹿しさにその辺の物でも蹴散らしたい気分だ。大の大人が何人も、こんなクソガキに振り回された。無駄足を喜ぶべきだと分かっていても、どうにも腹の虫がおさまりそうにない。その時、隣の平嶋が「あのね」と口を開いた。

「怖がらせるつもりは、ないから。よく聞いて。いい？　私たちが聞きたいのは、どうして、こんなことをしたのっていうことなの」

「だから、何度も言ってんじゃん。私は別に、どっちでもよかったって」

「でも、あなた、北畠っていう人が電話するの、黙って見てたんでしょう？　自分のご両親に脅迫電話をかけるところを」

「見てたっていうか、まあ、目の前でかけたから」

「どうして、とめなかったの？」

「だって、電話するのはあっちの勝手じゃん」

「どう思って見てたの」

「へえ、私って五百万程度の値打ちかって」

えりかは、心持ち顎をあげ、つまらなそうな声を出す。

「そんな電話をもらって、ご両親がどういう気持ちになられたか、考えないの？」

「まあ、困るだろうね。そんな金、うちにはないもん」

「そういう問題じゃなくて、娘が誘拐されたなんて聞いて、平気でいられる親がいると思うのかって聞いてるの」

「知らない。あの人たちに聞けば」

まさしく取りつく島がない。平嶋刑事は硬い表情をますます厳しくして「あなたね」と言った。

「だいたい、知り合って一週間しかたたない男性と、そんなことを計画するなんて、どういう神経？」

「時間なんて、関係ないじゃん」

「ないこと、ないでしょう。どうやって知り合ったの」

「だから言ったじゃん、ナンパ」

「ナンパされて、ついていって――」

「違うって、こっちがナンパしたの。ちょっと美味《おい》しそうなヤツだなと思ったから。こりゃ、うつっきゃないかなと思ってさ」

「うつ？」

「ヤるってこと」

平嶋刑事の唇から「信じられない」という呟きが洩れた。

「いい？　あなた、女の子なのよ。それが、うつだのヤるだのって。それに、あなた方が隠れ場所にしていたマンションだって、よく知りもしない人の部屋なんでしょう？　どうして、そんな人のところにすぐに行くの。もしも危険なことになったら、どうするつもり？　本当に取り返しのつかないことになることだって、あるのよ」

少女の唇に、微かな冷笑が浮かんだ。滝沢は、ムキになっているらしい女刑事を冷ややかな思いで眺めていた。同じ女とはいえ、まったく別の生き物みたいだ。こういう刑事に、こんな娘っこの心情など、理解できるはずがない。そして、自分を真っ向から否定するような相手に、少女が心を打ち明けるはずもなかった。

「なあ、ちょっと聞いてもいいかい。これまでに、何人くらいの男とやってる」

話の方向を変えてみた。少女は平然とした表情で、五、六十人と答えた。滝沢は、いかにも面白そうに、少女の日頃の生活を尋ねていった。どんな基準で、そういう男たちを選ぶのか。知り合ってどの程度で関係を結ぶのか。親は知っているのか。初体験はいつか。

「おじさんも、結構、好き者？」

「俺か？　まあ、お姉ちゃんみてえなのは、勘弁だな。その化粧を見ちまったら、立つもんも立たねえ」

また少女の笑い声が響いた。両手を叩きながら身体を前後に揺らして、小田えりかは心から楽しそうに笑った。そして、自分の方でも、滝沢のような「親父」と寝る気はないと言った。滝沢はなるほど、なるほどと頷いて見せ、「うつっきゃない」と思われる男のタイプを聞いたり、性行為の上手下手を尋ねたりしてみた。こんな話を自分の娘と同い年の少女とするとは思わなかった。だが、あっけらかんと喋る少女を見ていると、呆れるよりも先に、徐々に哀れさがこみ上げてくる。こんな少女にだって、赤いランドセルを揺らして学校に通った時代があったはずだ。七五三のときには可愛い服も着せてもらったに違いない。それが、いつ、どういうきっかけで、こんな風になってしまったのだろうか。

「え、じゃあ、じゃあ、おじさんの好みってどんなの」

「俺かい。そうだなあ、色が白くてな、和服が似合って」

少女は楽しそうに笑っている。滝沢も一緒に笑って見せた。

「でも、やっぱ、若い方がいいでしょう?」

「そうでもないさ。自分のガキみたいな娘とヤる気には、なれんからな。俺はやっぱり熟女の方がいいかなあ。おっぱいも多少垂れ気味のな」

そんな雑談を二十分ほども続けた後で、滝沢は「でなあ」とえりかを見た。平嶋が隣で苛立っている。いい気味だ。

「もしも五百万、本当に手に入ったら、どうするつもりだったんだい」

少女は「ええ?」と言いながら、また箒頭をいじりまわし、男と山分けにするつもりだったと言った。

「山分けなあ。てこたあ、なあ、お姉ちゃんも共犯者ってことになるんだぞ。分かるか?」

「だから、なんでそうなるのよ。何度も言うけどさ、あいつが勝手にやったことじゃん。ただ、あいつが手に入れた金をどう使おうと、それはあいつの勝手なんだから、私に半分くれるって言えば、もらって何が悪いわけ? それが犯罪?」

分かったような分からないような理屈だ。柴田係長でなくとも頭を抱えたくなる。この少女から欠落しているものは何なのだろうか。知能か、情緒か、何か他のものか——。

「じゃあ、だ。さしあたって、な、たとえば本当に金が入ったとして、何に使うつもりだった」

「そりゃあ、色々だけどさ——」

「今、フリーターなんだよな。うちから小遣いももらってないんだろう? そういう格好するのにも、あれこれ金がかかんの、どうしてる」

「まあね、バイトとかさ」

「それだけで、足りてるのかい。売春でも、してるのか」

「してないよ! そんなダサいこと、するわけないじゃん。私らみたいなのはね、援交とか、しないの。

売りなんてやってるのは、髪の毛黒くて、顔も白くて、一見可愛い感じの子なんだって」

へえ、と頷きながら、思わず次女の顔が思い浮かんでいた。箒頭にも、照り焼きみたいな顔色にもなっていないが、もしかして、そういう娘に限って、女を売り物にしている可能性もあるということなのだろうか。まさかとは思う。思うが、にわかに不安になってきた。

「普通に見える子が、援助交際すんのか」

「そうだよ。私らは、金なんかもらわないの。うちたいヤツとうつってだけ」

「避妊とか、してんだろうな」

「するわけ、ないじゃん。気持ちよくないもん」

「妊娠しちまうじゃないか」

その途端、少女の表情がわずかに硬くなった。口を噤《つぐ》み、つまらなそうな膨れ面になってうつむいてしまう。

「してんのか、今」

箒頭が前後に小さく揺れた。隣で平嶋がため息をついたのが分かった。

「北畠の子ってわきゃ、ねえやな。知り合って一週間じゃなあ。相手は」

今度は嫌々をするように首を振る。父親が誰かは分からない。彼氏かも知れないし、他の男かも知れない。少女は、さっきまでよりは元気のない様子で、これが二度目の妊娠なのだとも言った。

「で、堕《お》ろす金が欲しかった、か。それにしちゃあ、山分けしても二百五十万てえのは、ちょっと欲張り過ぎなんじゃ、ねえか?」

「――他にも、色々かかるしさ」

「他に? あと、なんだい」

小田えりかは、またにっこりと笑って、性病にかかっているのだと言った。クラミジアの治療をしている。一度、治したつもりだったのだが、またどこかで移ってしまったのだそうだ。隣の平嶋の顔に、露骨な嫌悪の表情が浮かんだ。あからさまに不潔なものを見ている顔つきになっている。そういう顔、するなっていうんだ。やっと正直に話し始めたのに。

「病気しながら、妊娠か、忙しいこったな」

少女は「本当だよね」とまた笑う。笑っていなければ、やっていられないのかも知れない。泣く代わり、怒る代わりにただ笑う。それでもバレそうだから、顔を焼き、色々な色で塗りたくる――そんなところなのではないだろうか。

「まあ、しょうがないよね。自分のせいだから」

「可哀想になあ。身体、ぼろぼろじゃねえか」

一瞬、少女の顔から表情が消えた。

「お姉ちゃんが、おじさんの娘だったらな、一発くらいひっぱたいて、その後、縛り付けてでも、その化粧を落とさせて、病院に引きずってくけどな」

つけまつげの目を伏せて、少女はまた白い唇を尖らせている。

「親としちゃあさ、特に父親ってもんはな、自分の娘は嫁に行くまで処女だと思い込みたいもんなんだよ。それで、ちゃんとした年頃になったら、内心では面白くなくてもな、可愛い嫁さんになってもらいたいと思うもんなんだ。で、皆に喜ばれる赤ん坊を無事に生んでもらってさ、なあ。それが、お姉ちゃんくらいの年で何十人もの男と寝てて、妊娠して、性病にかかって、なんて知ったら、血圧が上がってひっくりかえっちまう。大事な娘が、そんなにボロボロになってるなんて知ったら、哀しくて、娘が可哀想で、どうしようもなくなる。だからちょっとぐらい痛い思いさせてでもな、それくらいのことは、するなあ」

「――おじさんの子、幸せだね」

少女が小さく呟いた。同時に、真っ黒い目張りの隙間から、透明の滴がぽとりとテーブルに落ちた。

滝沢は、半ば恐る恐る、少女の箒頭に手を伸ばした。ばりばり、かさかさの乾いた感触。その頭を揺らしながら、「よその子だって、心配なんだぞ」と言ってみる。我ながら、少しばかり芝居がかっていると思う。だが、さほど嘘というわけでもない。こんな馬鹿娘でも、死体で見つかるよりはましだった。「やっぱり、ちょっとは親を困らせてやろうって気が、あったんじゃねえかなあ。心配して欲しかったんだよな」

言葉を続けるうち、少女の肩が小刻みに震え始めた。それからしばらくして、少女は自分から偽装誘拐の話を持ち出したこと、彼氏は面倒には巻き込みたくなかったので、行きずりのような相手を選んだことなどを、ぽつり、ぽつり、ぽつりと話し始めた。

「あんたなあ」

長時間にわたる聴取を終えて、ようやく部屋を出ると、滝沢は自分も疲れた表情で首を回している女刑事を睨み付けた。

「教師みたいな説教して、どうすんだよ」

ひっつめ頭の平嶋は、気の強そうな顔で怪訝《けげん》そうにこちらを見る。一皮むいたら、さっきの娘っこの方がよほど扱いやすいかも知れない。

「あんな連中は、説教なら耳にタコが出来るくらい、聞いてきてるんだよ。腹を割って話させたいと思ったら、偉そうなこと言ったって、駄目なんだよ」

一瞬、冷水でも浴びせかけられたように、平嶋の顔が色を失った。眼鏡の向こうの一重瞼の目が大きく見開かれ、唇が「でも」と動きかける。

「おまけに、あんな、クソでも見るみたいな顔つきして。あんな格好してても、相手は人間だぞ」

女性の取り調べの場合、万一に備えて女性の警察官が同席しなければならないのは分かっている。だが、もう少し気の利いた女を寄越してもらわなければ、何の役にも立ちはしないではないか。

――まだ、あいつの方がよかったな。

ふと以前、本部事件で相方になった女刑事のことを思い出した。音道貴子。何を考えているか分からない、妙に頑張り屋の女だった。鼻っ柱が強そうで、おまけに滝沢よりも背が高くて。だが、あいつはあいつで、良いところもあった。

「私は正論を言ったまでで――」

歩き始めた滝沢を追いかけてきて、平嶋が食い下がってくる。正論を言うのが刑事の仕事かよ、と腹の中で毒づきながら、滝沢は思い切りあくびをしていた。

6

その日は日曜日ということもあって、銀行を捜査する班はほとんど身動きがとれなかったし、競輪場班の方も、それらしい人物を捜し出すことは出来なかったから、本部設置以来初めてといって良いほど早く、午後七時過ぎには捜査会議も切り上げられた。

「明日からは新しい一週間が始まる。これまでの毎日を無駄にせず、さらに、必ずや新しい局面を迎えることを誓って、今日は一つ、日頃の憂さを晴らしてもらって、それが済んだら早めに帰るとしよう。本当に休めるのは、容疑者を逮捕してからだ。一日も早く、その日を迎えられるようにな」

守島キャップの締めくくりの言葉に、ほっとした雰囲気が捜査員たちの間に広がった。武蔵村山署長名や刑事部長名、管理官の名前などでビールや日本酒が差し入れされ、武蔵村山署員からは、大鍋いっぱいの自家製モツ煮込みが届けられた。捜査本部を抱えた場合、所轄署も色々と苦労が多い。捜査員たちの弁当や寝具の手配もしなければならないし、マスコミ対策も講じなければならない。署内に独特の活気が生まれることは確かだが、出来ることなら一日も早く事件を解決して、お引き取り願いたいというのが正直なところのはずだ。

捜査本部は素早くにわか宴会場へと様相を変える。椅子とテーブルを移動させて、甲斐甲斐《かいがい》しく立ち働く捜査員たちを尻目に、貴子は外の廊下に出ると、人気のない片隅から昂一に電話を入れた。お願いだから電波の届く場所にいて欲しい、電源を切っていないでと心の中で呟いている間に、いつもの野太い声が聞こえてきた。貴子が「もしもし」と言っただけで、「よう、どうした」と快活な返事が返ってくる。

「珍しく早く終わったの。あと二十分くらいで出られるんだけど」

周囲に気を配りながら、わずかに声をひそめて言うと、だが、昂一の返事は「今日か」というものだった。

「これからクライアントと会わなきゃいけないんだ。今、向かってるところでさ」

「時間、かかるの?」

「その後で、きっと飲むことになるだろうから」

「――そうなんだ。じゃあ、無理ね」

「ごめんな。分かってたら仕事なんか入れなかったんだけどなあ。何だ、解決?」

「とんでもない。中休みっていうところ」

「畜生、まいったな。今さら、キャンセルも出来ないし」

「いいのよ。しょうがないもの」

これまでだって、昂一は常に、貴子の都合に合わせてくれてきた。職種が違うのだから仕方がないにしても、貴子から昂一の都合に合わせたことはまったくといって良いほどない。だが、彼にだって都合がある。突然、会いたいと言い出したところで、こんなことがあっても仕方がない。

「じゃあ、諦めるとするか」

「だな。それより、疲れてるんだろう? せっかく早く帰れるんなら、少しはゆっくり休めよ」

「これから、カイシャで少し飲んでから」

「例によって、か。飲み過ぎるなよ」

「分からない。自棄酒、飲んでやる。会えると思ったのに」

携帯電話同士の会話は、電波が不安定なのか、時折、昂一の声が途切れて聞こえる。その途切れ途切れの声で、彼は自分も残念だという意味のことを言った。

「俺も、あんまり遅くないようだったら電話するからさ」

最後の言葉を聞き、出来るだけ快活な声で「分かった」と答えてから、貴子はのろのろと電話を切った。ため息。勝手と分かっていても落胆は大きい。リフレッシュするなら、彼に会うのが一番だと思っていたのに。

「用は済んだ?」

ふいに背後から話しかけられた。ぎょっとなって振り向くと、星野がズボンのポケットに片手を突っ込んだ格好で、小首を傾げて立っている。急いで取り繕う笑みを浮かべ、貴子は携帯電話をバッグにしまった。

「何、友だちと待ち合わせでもしてたの」

小さな目が自分を見据えている。そんなこと、どうだって良いじゃないの、あなたには関係ないと言えないのが悔しい。せいぜい「まさか」と答えるのがやっとだ。

「この仕事してて、約束なんか出来ません」

星野は薄く微笑《ほほえ》みながら「本当だよな」と頷く。そして、すっと一歩近付いて来ると、本部室での宴会は早く切り上げて、どこか落ち着く店で飲まないかと言った。またか。嫌悪感が顔に出てしまう前に、貴子は「でも」と口を開いた。

「下手に目立っても困りますし」

「下手に目立つって?」

怪訝そうに首を傾げる星野を見上げて、貴子は、自分たちがどういうつもりでも、周囲は男同士の付き合いのようには見てくれないだろうからと答えた。その途端、星野は必要以上に快活な声を上げて笑った。

「そんなこと、気にするんだ。へえ」

「それは、そうです。変に誤解を受けて、星野さんにご迷惑をおかけするのも嫌ですし」

「こそこそ出て行くから、かえって目立つんだよ。適当なところで僕が芝居うつから、それに合わせてよ、ね。折り入って話したいことがあるんだ」

「でも、たまには早く帰ろうかなと――」

「そうだな、三、四十分。雰囲気がほぐれてきた頃、声かけるよ。いいね」

それだけ言って、星野は離れていった。勝手な奴。どうしていつも、人の話を最後まで聞かないのだろうか。

――折り入って話したいこと？

一体、何の用なのだろうかと、貴子はその後ろ姿を眺めながら思いを巡らせた。今日は一日中、競輪場で過ごしただけなのだから、特に検証すべきことはなかったと思う。すると、明日以降のことについてだろうか。また、捜査会議に上げないような「手持ちの札」についての話だろうか。

――面倒臭い。

ひたすら手がかりを求めて、犯人までたどり着くだけで精一杯だと思うのに、どうして余計なことまで考えて、物事を複雑にするのだろう。そんな腹芸ばかりを覚えるから、世の中はますます分かりにくくなる。

「ああ、忘れてた。音道さん、ちょっと」

予定通り、星野が貴子を呼んだのは、それからきっちり四十分後のことだ。他の捜査員たちの雑談の輪に加わっていた貴子は、いくら酒を飲んでも顔に出ない体質らしい星野を振り返って、わざとその場から「何でしょう」と答えた。二人の距離は二、三メートル。周囲の人たちにも会話は聞こえる。

「ちょっと、忘れてたことがあるんだ。いいかな」

それでも貴子は動かなかった。他の仲間たちと飲んでいたいという態度を強調するためだ。

「星野、今夜はもう、やめとけよ」

案の定、先輩刑事の一人が声をかけてくれる。貴子は、にっこりと微笑んで声の主を見た。そうよねえ。用があるんなら、ここで言えばいいじゃないねえ。

「それも、そうなんですけど。とにかく音道さん」

だが星野は、先輩の言葉に耳を貸すつもりなど毛頭ないらしく、頑なに貴子を手招きする。子どもでもあるまいし、ここで「いや」と言うわけにはいかなかった。貴子は必要以上に仕方がないという表情を作ってから、人の輪から離れた。わざと深刻そうな顔をしている星野は、「そろそろ、出るよ」と、囁きかけてくる。

「本当に、今日じゃないとまずいんですか」

貴子は片手にグラスを持ったまま、うつむきがちに呟いた。星野の顔を見たくないということもあったが、密談をしている風を装ってもいる。ああ、いつも嫌なことの片棒を担がされる。

「言ったろう？　折り入って話があるって。だから、行こう」

頷くしかなかった。貴子は仕方なく帰り支度をし、先輩たちに、先に帰る非礼を詫びて回った。

「何だよ、まだ頑張るの」

「あ、分かった。お前ら何か摑んでるな」

先輩たちは、決して不快そうな顔はしなかったが、半ば冷やかすような表情で貴子を見る。

「私にも、よく分からないんです。でも、星野警部補がそう仰《おっしゃ》るものですから」

「手柄を独り占めなんて、やめてくれよ。もしかして、もうホシの目星はついてますとかさ」

四十前後の刑事が、試すような目つきで言った。貴子は大袈裟《おおげさ》に驚いて見せ、「当たり前です」と大きく頷いた。

「私、こそこそするの嫌いですから」

刑事たちの笑顔と「お疲れ」の声に送られて部屋を出ると、一足先に外に出ていた星野が、にやりと笑ってから歩き始める。

「なかなか上手じゃない」

「何が、ですか」

「芝居。いかにも仕方なさそうに見えたよ。嫌々っていう感じに」

芝居ではなくて、本心だ。まったく。星野は、取りあえずタクシーで立川まで出ようと言った。立川ならば、貴子も多少は知っている店があるし、中央線一本で帰ることも出来る。その点では、異論はなかった。

ビールの酔いが、緩やかに広がっている。ああ、このまま帰って眠りたい。ゆっくりと風呂に浸かって、素肌にティーシャツ一枚で。タクシーには、ラジオのナイター中継が流されていた。観客の応援の声、太鼓やラッパの音、早口の実況——今日は日曜日だった。当たり前にナイターを楽しんで、のんびりと過ごしている人たちが、この国には溢れている。ああ、このまま吉祥寺の自宅まで帰りたい。それなのに、また立川で降りて、星野の相手をしなければならないなんて。

「お話って、何ですか」

ラジオに耳を澄ませていたらしい星野に話しかけてみた。立川に着くまでの間に済む話なら、済ませてしまいたい。だが星野は、「落ち着いてから」としか答えない。運転手に聞かれるとまずい話なのだろうか。すると、やはり仕事に関係する話か。仕方がなかった。

「乾杯しようか」

立川の適当な店に落ち着くと、運ばれてきた生ビールのジョッキを差し出して、星野はまず言った。各テーブルに小さなオイルランプの置かれている、アーリーアメリカン調のちょっとしたパブだった。薄明るい店内には適当な音量でレトロな雰囲気の曲が流れ、コカ・コーラや7アップなどのほうろう引の看板などが飾られている。貴子は素直に自分のジョッキを持ち、オイルランプの上で星野のジョッキと触れ合わせた。

星野はテーブルに両肘をつき、両手をこすり合わせるような格好で店内を見回している。天井からの照明が落とされている分、ランプの明かりを受けて、表情の読み取りにくいのっぺりとした顔には、微妙な陰影が作り出されていた。

「それで、お話って」

貴子は改めて切り出した。星野は「うん」と小さく頷き、しばらくの間、手元のジョッキを見つめていたが、やがて「あのさ」と顔を上げた。

「今日、はっきり分かったことがあったんだ」

「――何ですか」

組み合わせていた手を解き、星野はさらに身を乗り出してきて、こちらを覗き込むようにする。ランプの明かりに照らされて、その小さな瞳が真っ直ぐにこちらを見つめている。貴子は、反射的に「いやだ」と思った。相手との距離がこれ以上縮まらないように、わずかに上体を引いた。

「音道さんて、優しいんだなって」

「――どうして、ですか」

「だって、何年も前に扱った事件の被害者のことなんか、覚えてるんだから」

ああ、と小さく頷くと同時に、中田加恵子の姿が思い出された。本当に、よく思い出せたものだと思う。だが、それだけ鮮烈に記憶していたということだ。

「別に、優しいわけじゃないと思います。機捜にいってすぐにあった事件でしたし、あの人は本当に――」

「そういう気配りが、やっぱり女性らしいんだよ」

「――そう、でしょうか」

ああ、いやだ。こういう褒められ方は好きではない。いや、相手による。星野から褒められるからいやなのだ。

「素敵だなあと、改めて思った」

ああ、ついに来た。思わず天井を仰ぎたくなる。それ以上、何も言わないで欲しい。そうでなければ、こちらもはっきりと答えなければならなくなる。

「僕たち、うまくやっていかれると思わない？」

「――」

「自分の方が年上だからって、そんなこと、気にしないだろう？」

「――」

「じゃあ、男らしく、はっきりと言おう。少し前から考えてたことなんだ。僕は――」

「待って下さい」

貴子は大きく息を吸い込んで、改めて星野を見据えた。

「私、そういうつもりはありません」

だが星野は表情一つ動かさずに、ただこちらを見ているだけだ。貴子は出来るだけ静かな口調で、仕事に私情は持ち込みたくないのだと言った。すると星野は、初めて首を傾げて、わずかに眉根を寄せた。

「だって、別れた旦那は、うちのカイシャの人だったんだろう？」

「それは、そうです。でも、だからこそ、懲りてるんです」

そんな、と言いながら、星野は笑った。

「これだけ大きな組織なんだから、そんな風に決めつける必要なんか、まるでないと思うよ。分かってるだろう？　うちくらい、ありとあらゆる奴がいる組織なんて、滅多にないじゃないか」

いかにも愉快そうに笑う星野を、貴子は不思議な思いで見つめていた。この自信は、どこから来るのだろう。どうして、そんなにお気楽に自分本位の考え方を貫けるのだろうか。

「僕ら、絶対にうまくいくよ。お互いに似たような境遇なんだしさ、こんなに四六時中一緒にいても、気を遣わないで済むし、気まずくなるっていうこともないんだから」

あなたは、そうなんでしょうよという言葉が喉元《のどもと》まで出かかった。相手の思い込みの強さが、半ば薄気味悪くも思われた。貴子は、もう一度深々と息を吸い込み、こうなったら仕方がない、と自分に言い聞かせていた。この際、警部補も何もあったものではない。それにしても、まだ捜査が続いている最中だというのに、それも、到達点さえ見えていない状況なのに、何ということを言い出す男なのだと思う。ビールを一口飲んでから、貴子は、初めて視線に力を込めて星野を見据えた。

7

洗濯機が脱水を始めたようだ。小さなうなりが聞こえてくる。貴子はフローリングの床を軽く撫でるように素足を揺らしながら、握りしめた電話の子機に向かって深々とため息をついた。もう片方の足は椅子の上に膝を立てて、抱え込むような格好だ。

「あんなに豹変《ひょうへん》すると思わなかったわ」

今日は貴子も水割りのグラスを傍に置いている。氷が溶け出して、琥珀《こはく》色の液体に微妙な模様を作っていくのを眺めながら、我ながら暗い声だと思う。受話器の向こうからは、やはり氷の音が聞こえてきた。

「変な奴だとは思ってたけど、そんな生やさしいものじゃないわね、まるっきり」

「可愛さ余って憎さが百倍になったんだろうなあ」

「どうだか知らないけど。ひどいものよ。今日なんかひと言も、口をきこうとしないんだから。わざとらしく、つんつんしちゃって。本当、馬鹿みたい」

昨夜、貴子は星野に言った。自分には付き合っている人がいる、星野には興味も何もないと。無論、最初から言い放ったわけではない。貴子なりに、かなり表現を選んで――お気持ちはありがたいんですが。今はそういう気分になれなくて。星野さんをそんな風に意識したことがなかったものですから。困ったわ――相手を傷つけないように気を配ったつもりだったのだが、どうしても納得してもらえないから、結局、最後の切り札として、言ってしまった。その途端、星野はようやく表情を強張らせ、「そうなの」と呟いた。気まずい沈黙が流れ、貴子が目まぐるしく次の言葉を探している間に、ところが星野は次の瞬間、さっと席を立ってしまったのだ。手洗いだろうか、動揺を抑えているのだろうかと思っていたら、何と彼は、そのまま貴子を置き去りにして帰ってしまっていた。

「今朝だって、こっちからは一応、謝ったのよ。仕事は仕事として、一生懸命やりますからって」

「置いてけぼり食らわされて、こっちから謝る筋合いなんか、ないじゃないか」

「そうだけど。でも、一応こっちから折れておいた方がいいと思ったの」

「そんな気遣いの通じる相手かよ」

そして今日、星野は昨日までとは別人のように豹変していた。貴子が何を話しかけても、まるで知らん顔をするどころか、必要な用件さえ言おうとしないのだ。決まりが悪いのは仕方がないと思う。多少はぎこちなくなるのは無理もない。だが、星野の態度は、そういったものではなかった。

「だって、他にどうすれば良かった？　昨日のあなたは失礼でしたよなんて、もっと言えないじゃない。こっちから折れて見せれば、向こうだってそんなに大人げない態度には出ないだろうと思いたかったのよね」

無駄だった。星野の女々しさ、陰険さを、貴子は今日、初めてはっきりと思い知った気分だった。陰気な雰囲気をまき散らして、交代で食事をとろうとさえしないのだ。自分だけは時折、勝手にどこかに消えて、二、三十分で戻ってくる。だが、貴子が代わりに持ち場を離れようとすると「勝手なことはするな」と言う。そういう時だけ、いかにも憎々しげに苛立った声を出すのだった。どうして、こんな男が自分に好意を抱くことになってしまったのか、自分と貴子とを、良い取り合わせだなどと考えてしまったのか、その辺りがどうしても理解できなかった。

「相方、替えてもらうことは出来ないのか」

「何て言って？　ふったら、拗《す》ねちゃったんですって？」

「おう、それくらい、言え、言え。ずっと口説かれて困ってました、セクハラされてましたとかさ。あることないこと、言ってやれ。警察は今、そういうことに敏感になってるはずだろう？」

「人のことだと思って」

「そんな馬鹿はな、一回思いっきり痛い目に遭わなきゃ、分かんねえんだって」

「そうよねえ。何だか分からないけど、変に自信家なんだもの。でも、これ以上、逆恨みされたら面倒じゃない」

「まさか、デカがストーカーになるか？」

「星野なら、あり得るわよ」

わざと声をひそめて怯えた口調で言いながら、つい嬉しくなっていた。ここに味方がいる。何があっても、絶対に貴子の味方をしてくれる人がいる。そう思えることが、こんなにも心を軽くしてくれる。

「面白いじゃないか。マスコミの格好のエサになるぞ。モザイク入りでテレビに映るかも知れないな」

グラスを傾けているらしい音に続いて、昂一の笑い声が聞こえてきた。その声を聞きながら、もとはといえば昂一が悪いのだという気持ちになってきた。八つ当たりの言いがかり。それは分かっている。だが昨日、昂一が仕事など入れてさえいなければ、貴子はあんな不愉快な思いをせずに済んでいた。

「笑ってるけど、心配じゃないの？」

「何が」

「私が他の男に口説かれても」

「全然」

「どうして？」

「貴子が何とも思ってないんだから、心配する理由がない」

「星野の場合は、それはそうだけど」

「まだ他にもいるのか？　心配して欲しいか？」

逆に質問されて、貴子は口を噤んだ。男性だらけの職場にいて、必要以上に心配ばかりされても困るというのが正直なところだ。それでも、あまりにも心配されないのも、何となく物足りない。

「俺が心配するとしたらな」

だが、貴子が何か答えるよりも先に、昴一の声が耳に届いた。

「貴子の身体の方だ」

「身体？　大丈夫よ、こう見えてもタフなんだから」

「それは分かってるさ。そういうことじゃなくて、何しろ危険が多い仕事だって言ってるんだよ。下手すりゃあ、命がけの仕事なんだから」

「――それが、心配？」

「当たり前じゃないか。だから、身体はしんどくても、機捜に比べれば本部捜査の方が、まだ危険は少ないんじゃないかって、俺、これでも少しは安心してるんだ」

自然に微笑みが浮かぶ。貴子は小さな声で「ありがとう」と囁いた。それからまた、大袈裟なため息をついた。

「逢いたいなあ」

「早く犯人、捕まえてくれよ」

「本当よねえ」

明日も朝から競輪場に行かなくてはならない。三日間の開催で、明日が最終日なのだから、何とか手がかりを摑みたい。

「俺、完璧に欲求不満だからな」

「私だって」

「じゃあ、電話でエッチしようか。お姉ちゃん、何色のパンツ、はいてんの」

「馬鹿」

本当に昂一という人は、思わず笑ってしまうようなことを必ず言う。もしも、一緒に暮らすようになって、それでも毎日、こうして一度は笑わせてくれたら、どんなに良いだろうかと、ふと思った。

「いいな。危ないこと、するなよ」

電話を切る前に、昂一は念を押すように言った。貴子は「分からないわ」と答えた。

「何しろ、一番危なそうな男と一緒に仕事しなきゃならないんだから」

「そんな野郎は、金玉でも蹴り上げてやりゃあ、いいんだよ。真面目な話だぞ、無茶するな。俺はこう見えてもデリケートなんだから、あんまり心配させられると、はげるからな」

「どうせ心配してくれるんなら、はげるより先に、少し痩せたら?」

「あ、てめえ。この野郎。じゃあ、はげてもいいんだな」

全体にもっさりとした雰囲気の昂一を思い描きながら、貴子はまた笑っていた。受話器の向こうからも、昂一の「本当にはげてやる」という、笑いを含んだ声が聞こえていた。

五月二十六日。

立川競輪は最終日を迎えていた。貴子は今日も普段着で、片手に競輪新聞を持ったまま、競輪場の片隅にいた。立つ場所は昨日、一昨日とも変えている。今日は当たり車券を現金化する払い戻し窓口の傍だった。

——小柄な男。三十代後半。サラリーマン風。

この平日に、午前中から競輪場に来ている人間は、ほとんどが土木作業員風か自由業風、または無職風か水商売風だ。もちろん全体の年齢層が高いことから考えれば、もうリタイアしている人も少なくはないのだろう。それらの人々の流れを、貴子は、ひたすら眺めていた。こういう集団の中でなら、サラリーマン風の男は女性と同じくらいに目立つはずだった。無論、傍にはいつも星野がいる。だが、こちらから何を話しかけても、昨日と同様に口をきかないつもりでいるらしい相方を、これ以上気遣うつもりは、もうなくなっていた。馬鹿みたい。根に持って。だから、あんなことを言い出さなければ良かったのだ。

――人を不愉快にするのが上手な奴。

誰に見られているか分からないから、何分かごとに、少しずつ立ち位置を移動させ、人の流れを眺めながら、意識の何パーセントかは、確実に星野に持っていかれている。それが悔しかった。元来がお喋りな星野は、貴子と口をきかずにいることが、それなりのストレスになっているらしく、ひっきりなしに携帯電話を取り出しては、同じ競輪場のどこかで張り込みを続けている同僚の何人かに電話をかけているのだ。話の内容はすべて同じ。どうです、そっち。いませんか。ああ、買ってるんですか？　だったら僕も買おうかな。せっかく来てるんだしね。何番買いました――何をしに来ているんだか。腕組みをし、そっぽを向いたまま、貴子は思わずため息をついていた。その時、人混みの向こうに、一人の女性の姿が見えた。グレーとピンクの中間のようなニット。地味なスカート。

――まさか。

思わず首を伸ばして、何歩か前に歩み出す。間違いなかった。中田加恵子が、また来ている。臙脂《えんじ》色のショルダーバッグも、一昨日のままだ。一昨日と違っているところは、彼女が歩きながら、時折、隣に何か話しているらしいことだった。

――御主人？

さらに眺めていると、今日、加恵子の隣には男がいた。三十歳前後。ジーパンにジージャン、中にはティーシャツ。茶色がかった長い髪を後ろに流し、シルバーのネックレスをしている。一見して、加恵子の夫でないことは確かだった。彼女の夫は、加恵子よりも四、五歳は年上の、額のはげ上がった面長の男だったはずだ。あんな、明らかに年下の、今風の格好をした男ではなかった。

彼女たちは、貴子に気付くはずもなく、ゆっくりとこちらに向かって歩いてくる。

話しかけてみようか、知らんぷりをしているべきか。ああ、星野では、相談相手にもならない。

――どうしよう。

それにしても、今日も競輪に来ているとは、どういうことなのだろう。仕事はどうなったのだろうか。本当に役に立たない。

隣にいる男とは、どんな関係なのか。お節介と知りながら、そんなことが気にかかる。

中田加恵子がひったくりの被害に遭った後、貴子は何度か彼女に会いに行っていた。財布や現金は諦めるにしても、奪われたバッグだけは見つけて欲しい、中に大切な写真が入っていたと言われていたからだ。ひったくり犯人の多くは、財布や現金などを抜き取った後、鞄などはその辺りに捨ててしまうことが多い。それだけに、せめてバッグだけでも見つけてやりたいと思った。所轄署にも頼み込んでおいたし、貴子自身も暇を見つけては、公園や空き地、道路際の植え込みや川などを探して歩いた。結局、バッグは出てこなかったが、その経過報告をするために、加恵子の自宅や勤務先の病院を訪ねたのだ。だから、彼女の夫の顔も、当時、小学生だった二人の子どものことも覚えている。

――なるべく、いいように解釈しようとは思っているんですけど。

あの頃、泣いているのか笑っているのか分からない顔で、加恵子はそんなことを言っていた。ひったくり犯に殴られて、顔に大きな痣が出来た加恵子は、腫れが引き、痣が消えるまでの間は病院やパートを休まなければならなくなった。患者を怯えさせかねないし、コンビニエンスストアーの客にも、変に思われるから、ということだ。その間、収入は減ることになったが、こんなに家にいられたのは生まれて初めてのことだから、せめて、それを喜びたいと言っていたと記憶している。貴子は、果たしてこの人は、どんな人生を歩んできたのだろうかと考えたものだ。

あれこれと考えているうちに、加恵子の姿は、もうすぐ目の前まで近付いてきていた。同時に、男の顔立ちもはっきりと分かった。一見フリーター風、顔立ちそのものは端正な方で、鼻筋も通っており、切れ長の目元も、それなりに印象的だ。耳にはピアスを光らせている。彼は真っ直ぐに前を向き、茶色い髪を微かに揺らしながら歩いているが、その横を、ちょこちょこと歩く加恵子の方は、何度も男の顔を見上げている。その視線には、明らかに熱っぽい力がこもっていると思う。服装は地味だが、加恵子の表情には、ある種の華やぎさえ感じられた。

——惚れてる。

あの、中田加恵子が。家庭の重圧に一人で耐えながら、諦めたように力無く微笑むのが精一杯に見えた人が。一体、この数年の間に何があったというのだろう。彼女の身の上に、どんな変化があったのだろうか。お節介と知りつつ、聞いてみたい気持ちが働いた。その一方では、見てはいけないものを見てしまったとも思っていた。

——私の出る幕じゃない。

刑事なんて、久しぶりに会って嬉しい相手ではない。やはり、そっと見過ごすのが良いのだろうと自分に言い聞かせた時、背後から星野の「何、見てる」という声がした。どうしてこの人は、いつも背後から話しかけてくるのだろう。

「誰か、見つけたのか」

「いえ——そういうわけじゃ」

答えながら、再び加恵子の方を見た時、ちょうどこちらに向いた加恵子と、はっきりと目が合ってしまった。一瞬の戸惑いの後、彼女の表情が大きく動いた。貴子は仕方なく、微笑みながら彼女に近付いていった。

「ご無沙汰してます」

「あ——あの」

「覚えていらっしゃらないですか?」

「ええ——あの」

「最近は、もう物騒な目に遭われてないですか？」

加恵子の瞳が落ち着きなく揺れて、再び貴子を見つめ、それから、ようやくはっきりと思い出したように、濃いピンク色に彩られた唇が「あの時の」と呟いた。貴子は小さく頷き、それからちらりと、隣の男を見た。もしかすると三十歳にもなっていないかも知れない。加恵子が誰と話そうと、何の興味もないというように、彼はわずかに顎を突き出した姿勢で、そのまま行き過ぎようとしている。

「ごめんなさい。こんなところで、お見かけするなんて思っていなかったから、つい」

貴子は取り繕うように言った。男の後ろ姿を目で追っていた加恵子は、初めて気付いたように貴子を見、急いで目を細めると、「その節は、お世話になりました」と頭を下げた。

「刑事さんは？　今日は、お仕事ですか？」

貴子は曖昧に頷いて見せた。

「お連れの方も、刑事さん？」

ちらりと星野の方を見て、加恵子はわずかに探るような表情になる。あなたこそ、あの男の人は誰なのと聞きたい気持ちが働いた。その時、少し先まで行っていた男が、半ば苛立ったように「おい」と加恵子を呼んだ。一見、ひ弱そうな外見からは想像のつかない、粗野なイメージの低い声だ。途端に加恵子は慌てた様子で、「じゃあ」と小さく会釈を寄越す。

「お元気で」

貴子の挨拶にもう一度頭を下げて、彼女はいそいそと男の後を追っていく。その後ろ姿を、貴子は複雑な思いで見送った。

――前よりも、若く見える。

それは確かだった。今の加恵子にとって、あの男がそれなりに大切な存在らしいことは明らかだ。だが、それでは、失業中の夫は、寝たきりの父親は、二人の子どもは、どうしているのだろう。彼らは、加恵子の変化に気付いているのだろうか。貴子に立ち入れるはずもない人の人生が、急に重いものに感じられた。

「お節介だな」

また星野が話しかけてきた。その冷ややかな顔を、貴子は横目で見上げた。

「別に友だちでも何でもないんだから、無視すりゃいいんだ」

「私もそのつもりだったんですが、目が合っちゃって——」

「向こうは迷惑そうだったじゃないか。親切面して」

手のひらを返すとは、こういうことだと思った。確か一昨日は、そんな貴子を「優しい」と言っていたではないか。

「でも、中田さんもこっちを覚えていてくれましたし——」

「無駄話してる暇があったら、男を捜せよ。それとも、よその男なんか見る気もしないのかね」

「ちゃんと、見てます」

「女って、そうなんだよな」

「何が、そうなんですか」

「別に。気が向いたものしか見ないってこと。全体を見渡すってことが出来ないんだ。バランス感覚がないっていうかさ」

この野郎。よくも好き勝手なことを言ってくれる。頭に血が上るのが自分でも分かった。貴子はわざと小さく鼻を鳴らした。

「嫌ですね。逆恨みって」

途端に星野の顔がさっと赤くなった。

「何だって。今、何て言った」

「意外に女々しいんですね。びっくりだわ」

「何だと。男に色目使って仕事してるような奴に、そんなこと言われる筋合いはないっ」

眉をつり上げ、星野は奥歯を嚙みしめるような顔でこちらを睨み付けている。貴子は、その視線を正面から受け止め、「冗談じゃないわ」と答えた。

「私がいつ、色目なんか使いました？　初めて会うなり、人の年を聞いたり、自分の離婚のことまでぺらぺら喋る方が、よっぽどおかしいと思いますけど」

「お前だって自分がバツイチだって——」

「嫌な予感がしたから、釘を刺したつもりでした。大体、星野さんが、何をどう勝手に思い込んで、一人で盛り上がってたのか知りませんが、仕事中に変なことを考えてるから、ちゃんとした手がかりも見落とすし、結局は大好きなお手柄も立てられないんじゃないですか」

目の前を行き過ぎる冴えないジャンパー姿の中年男が、にやにやと笑いながら近付いてきて、「よう」と言った。

「何だよお、こんな場所で痴話喧嘩かい。奥さん、許してやんなって。勝負は時の運なんだからさあ」

何を勘違いしているのか、男は立派な仲裁役を果たすつもりらしい。だが、そんな男はまるで無視して、今や星野は、嚙みつきそうな表情になっている。貴子は、そっぽを向いて「やめましょう」と呟いた。

「お前が人のこと——」

「皆が見てます」

「仕事中です。気を散らさないで下さい」

「じゃあ、一人で勝手に集中しろよっ」

言うなり、星野はまだ傍に立っていた男を突き飛ばすようにして、足早にどこかに行ってしまった。

「ようよう、奥さん、いいのかい。ダンナ、怒らせて」

「いいんです。ああいう性格なんですから。それから私、奥さんなんかじゃありません」

八つ当たり気味に睨み付けると、男は「怖え」と言い残して、そそくさと立ち去っていく。やれやれ、だ。どうしてこうも、何かある度に逃げ出すのだろう。今度は職場放棄までするつもりなのだろうか。

——ガキ。何が警部補よ。

腹の中がかっかと燃えている。だが、言いたいことの一端だけでも口に出来たことで、大分すっきりしていた。ざまあみろ。

「あ、もしもし、そっちに星野さん、行きましたか？　何だか一人で癇癪《かんしゃく》起こして、持ち場を離れられたんですが」

競輪場のどこかにいる、星野と同じ一課から来ている捜査員の一人に電話をすると、貴子はあくまでも静かな声で言った。先手を打たなければ、一方的に悪者にされるのでは、たまらない。

「星野？　いや、こっちにはいないけど。何だよ、癇癪起こしたって？」

以前、星野には気をつけろと言ってくれた日比野という刑事だった。年齢は四十前後だと思うが、彼も階級では警部補だから、星野と同じということになる。

「ちょっと言い争いになったんです。私が少し口答えをしたら血相を変えて、『勝手にしろ』とか言われて」

携帯電話の向こうから「しょうがねえなあ」という呟きが聞こえた。

「分かった、こっちに来たら、持ち場に戻るように言うから。少しの間、一人で張っててくれや」

「大丈夫です。何かあったら、すぐにご連絡しますので」

日比野の「了解」という返事を聞いて、電話を切る。姑息《こそく》な手段かも知れないが、この程度の手は打っておかなければならない。それにしても、星野がいなくなっている間に、めぼしい男が見つかったら、どんなに愉快だろうか。貴子は自分に気合いを入れ直し、当たり車券の払い戻しにくる人々や、つまらなそうな顔で、電光掲示板に出る次のレースのオッズを見上げる男たちを観察し続けた。

それから二、三十分もして、結局、貴子の傍には日比野が立つことになった。思った通り、彼の方へ行った星野が、どうしても貴子のところへ戻りたくないと言ったのだそうだ。

「何が、あったんだい」

興味半分、だが困惑した様子で、日比野は視線だけは周囲に配りながら尋ねてきた。貴子は出来るだけ言葉を選んで、星野から交際を申し込まれたが断ったこと、その途端、彼が態度を豹変させたことを話した。

「それで、昨日からひと言も口をきいて下さらなくなってたんです。それが、さっき急に、まるで私が色目を使って星野さんをたぶらかしたみたいなことを言われたものですから、こちらもつい言い返しました」

刑事は呆れたような表情で貴子の説明を聞いていたが、やがて「あいつは、もう」と大きく肩をすくめた。

「大方、そんなことになるんじゃないかとは思ってたんだよな。組んだ相手が悪かったよ」

「私は、星野さんに誤解されるようなことは、していないつもりなんですが」

「気にするな。あんたが色仕掛けなんかするはずのないことくらい、皆、よく承知してるからさ。要するに、あれだろう？　ふられた腹いせだ」

意外に好意的な言葉だった。さすがに、星野には気をつけろと言った人だけある。日比野は星野の性癖も、貴子などよりよほどよく知っているのに違いなかった。

「何しろプライドの高い奴だから。それにしても、仕事を何だと思ってるんだかな。いつまでもお坊ちゃまじゃ困るじゃねえか」

なあ、と肩をぽんぽんと叩かれて、力づけるように微笑まれ、貴子は初めて大きく息を吐き出すことが出来た。意外なほど、肩に力が入っていたことに改めて気付く。当たり前の話だ。この、男だらけの階級社会にいて、年下とはいえ上司に口答えし、あそこまで思い切ったことを口にしたのは初めてのことだった。いっそ、この際だから、星野に対して感じたことのすべて、コンビを組むことになってからの一切合切を吐き出してしまいたい誘惑が、むくむくと頭をもたげてくる。だが、それが得策でないことも分かっていた。油断大敵。曖昧に笑って見せながら、貴子は日比野の「気にするな」という言葉を聞いていた。

8

三日間、めぼしい収穫のなかった競輪場捜査班とは対照的に、その晩、銀行捜査班は大きな収穫を得て捜査会議に臨んでいた。御子貝春男は間違いなく、関東相和銀行に架空名義口座を開いていたというのだ。

「ええ、口座を開いておりましたのは、関東相和銀行立川支店、口座開設は昭和六十二年と、なっております」

柳沼主任の報告を聞いて、貴子は思わず唇を噛みしめ、隣の星野を睨み付けた。ほら、やっぱり。やっぱり！　だが星野は、貴子の方を見ようともしない。

——あんたが自分でチャンスを逃がしたんだから。分かってるの？

素知らぬ顔を決め込んでいる星野に、貴子は腹の中でさんざん毒づいた。間抜け。馬鹿。仕事もできないくせに自惚《うぬぼ》れだけ強い最低男。日比野や他の仲間から、どんな言葉で説得されたのかは知らないが、夕方、そろそろ最終レースという頃になって貴子のいる持ち場に戻ってきた彼は、和解をもちかけるでも謝るでもなく、ただ憮然《ぶぜん》とした表情のまま、貴子から少し離れた場所で、人の群を見つめていた。そして、やはり今現在に至るまで一度も口をきいていない。張り込みを切り上げるときでさえ、貴子は日比野から携帯電話で指示を受けたくらいだ。

「実は、それだけ調べるのにも相当な時間を要しまして、ご存じの通り、架空名義口座などというものは、表向きは認められておりません。特に、ええ——」

マネー・ロンダリングの防止を目的として、取引口座開設の際に本人確認が必要となったのは平成二年十月の「麻薬等の不正取引に伴うマネー・ロンダリング防止について」と題する大蔵省銀行局長通達が出されて以降のことである。さらに平成四年七月には、「麻薬特例法」が施行され、銀行が不正取引資金と知りながら受け容れた場合には、マネー・ロンダリング罪、不法収益等収受罪により処罰されることになった。以降、銀行は本人確認を必ず行う旨を窓口などにも掲示するようになっている。だが現実には、平成四年以前に開設された架空名義口座については、そのまま放置し、温存しているのが現状だという。さらに、平成四年以降に開設された口座の中にも、架空名義のものがないとは言い切れないらしいが、すべては顧客の利益を尊重しての行為であり、「見て見ぬふり」というのが正直なところらしい。

そのような取引に関しては、基本的には支店レベルで処理されており、たとえば本店の監査などで発覚した場合には、責任を問われることにもなるので、どの支店においても資料の存在を知る者は多くなく、あくまでも極秘扱いになっている。ことに、人事異動の激しい銀行においては、前任者の有り難くない「置きみやげ」であるだけに、もしも解約された場合などは、喜ぶことはあっても、慰留することはまずない、ということだった。

「特に保身に汲々とする連中ですから、そう簡単には在処《ありか》なんぞ、白状《げろ》するはずがありませんで、口を割らせるのに、ちょっと手間取りました」

柳沼主任は白髪混じりの頭を掻き、自分の手際の悪さを恥じるかのように小さく舌打ちをする。その、穏やかともいえる物腰を眺め、淡々とした口調に耳を傾けるうち、貴子の中には、切ないような悔しいような、何とも言いがたい気持ちが広がっていった。同じ人間を相手にしたはずなのに。この人は、一体どういう方法で、あの銀行員たちの口を割らせたのだろうか。

「その結果、御子貝春男が開設しておりました口座は伊藤昌也名義となっておりまして、積立定期預金口座でありました。これが、ええ——先月二十三日に、ほぼ全額が引き出されております。その金額は、二億円」

本部室内にざわめきが起こった。雛壇《ひなだん》に並ぶお偉方たちも、腕組みをした姿勢のまま、隣同士で何か言葉を交わしている。二十三日といえば、御子貝夫妻と内田夫妻が殺害された日、つまり犯行当日ということになる。やはり金銭目的の殺しだったということだ。それも、かなり計画的な。

「その金は、立川支店から引き出されてるのかい。窓口から」

守島キャップが興奮を抑えきれない様子で言った。柳沼主任の「その通りです」という答えに、本部の空気がまた動く。手がかりが見えてきた。

「その時点で、誰が応対したか、また、金を引き出しに来たのがどういう人間だったかにつきましては、今日は調べられませんでした。何ですか支店長会議とかで、向こうもバタバタしておりまして」

「よし、ご苦労さん！」

守島キャップの声が弾んでいる。捜査員たちの間からは、微かなざわめきが広がり続けていた。

——大したもんだなあ。

——防犯ビデオでも残ってりゃ、御の字だ。

——銀行ってえのは相変わらず、そういうことやってやがる。

周囲に広がるそれらの声を聞きながら、貴子は、混乱している自分の気持ちを何とか整理しようとしていた。事件そのもののことを考えたい。その一方で、星野への怒りがおさまらない。自責と後悔の念も渦巻いている。

目の前に、片付けるべき問題がはっきりと見えてきたことが、捜査会議を終えて席を立つ刑事たちに張り合いを持たせたことは確かだった。明日からは、また態勢を立て直して、新しい捜査活動に入ることだろう。今夜はこれから、本部に詰めているデスク要員が、提出された報告書を整理分類し、キャップや管理官たちと、明日の行動予定を立てるはずだ。

「柳沼主任」

あらかたの捜査員たちが席を立ったところで、貴子は思い切ってごま塩頭のベテラン刑事に近付いていった。相方らしい捜査員にワープロを打たせ、その隣で煙草をふかしていた主任が、ぽかんと口を開けたまま振り返る。

「実は——私も、立川支店へは行ったんです」

周囲に聞こえないように気を配りながら、貴子は定年間近に見える主任の顔を見た。無精ひげが伸び始めて、頬から顎にかけて白いものがきらきらと光って見える主任は、半開きにした口のまま、「ああ」という声を出した。そして、一人で頷いている。

「聞きましたよ。女の刑事さんが来たっていうんでね、あんただろうと思った」

遥か昔、職員室で教師と話しているような気分だった。貴子はうなだれたまま、「でも、私たちでは駄目でした」と呟いた。

「まるで、相手にされなかったんです。実は本店の方にも行ってはみたんですが」

「そりゃあ、ちょっと見当違いだったな。どうして、あそこに目をつけました」

「やっぱり、粗品です。冷蔵庫の中に、関東相銀の粗品の容器があって」

「あの、臭いところを覗いたかい」

はい、と小さく頷くと、柳沼は乾いた声で笑った。

「そりゃあ、いいところに目をつけたじゃないかい」

「でも——」

柳沼主任の隣でワープロを打っていた捜査員が、半ば気の毒そうな、慰労するような表情でこちらを見ている。二十八、九だろうか。いかにも主任を慕っているらしいのが、その表情から読みとれた。

「あの、主任はどうやって、あの人たちに喋らせたんですか」

「そりゃあ、まあ、説得したっちゅうかね、頼み込んだわけだがねえ——」

柳沼主任はわずかに口を尖らせて顎を突き出し、その顎を、大きな手のひらでごしごしとこすった。

伸び始めた髭がしゃりしゃりと音をたてる。

「まあ、こういうのはね、やっぱり経験ちゅうことも、ありますよ。だてに歳とってるわけでも、ないんでね」

「でしたら、それは、年齢と経験を重ねれば、身につけられることでしょうか」

さっきまで胸の中で渦巻いていた様々な思いが、ひとかたまりになって、何だか泣き出したいような気分になってくる。本当は、もっと学びたいのだ。本部事件捜査に関わったからには、刑事として、もっと色々なことを知りたいと思う。それなのに、相方に恵まれなかった。プロとしての腕を磨くチャンスに見放されている。それが、悔しい。

「科学捜査の時代とは言われてるしね、確かに、鑑捜査の部分では、それは大事なことではあるんだが――要は、人間相手ってことだからねえ」

貴子の方を見ずに、柳沼主任は静かな表情のままで口を開いた。

「俺らの仕事は、結局、人間が一番だから。あんたは、あんたの年齢で、あんたなりのやり方で、精一杯に人を見ることだね」

諭すような口調だった。貴子は、自分と星野が抜け駆けを企んでいたことを知りながら、その報告はせずに、ただひたすらに自分に課せられた任務を果たしているらしい刑事を、畏敬《いけい》と憧れを持って見つめていた。こんな人と組めていたら、どれほど学ぶことが多かったことだろうと思うと、隣でワープロを叩いている若い同僚が、羨《うらや》ましくてならなかった。

「まあ、勝負はまだまだ、だ。明日からまた、頑張ろうや」

話を打ち切るように言われて、貴子はのろのろと帰り支度を始めた。かなわない。あれが本当の職人の姿だという気がする。

「告げ口か」

ところが、本部室を出たところで、星野が待ち構えていた。

「どうせ、僕のことも言ってたんだろう」

星野はいかにも忌々しそうな表情で、こちらを睨み付けてくる。もう、言葉が見つからない。何というみみっちい男なのだ。結局、自分のことしか考えていないのではないか。

「そんなこと、していません」

「嘘、言うなよ。僕の立場を台無しにしようとしてるんだ。今日だって日比野さんたちに、あることないこと言ったらしいじゃないか」

足早に廊下を進み、エレベーターを待つ間も、星野は貴子の傍から離れずに、ねちねちと話し続ける。

「私は、本当のことしか言ってません」

エレベーターには他の人間も乗っていたから、その間だけは星野は黙っていたが、建物を出ると再び「ずるいぞ」などと言い始めた。

「僕ら二人の問題を、どうして他の連中にまでばらすんだよ」

「仕方がないじゃないですか。星野さんが何も言わないで持ち場を離れるから、私は日比野さんに、そちらに行っていないかとうかがっただけです」

「でも、だからって——」

これ以上、どこまでもついてこられるのはたまらなかった。それに、明日がある。明日からもまだまだ、この男と一緒に行動しなければならないのだ。

「とにかく、捜査に私情を持ち込むつもりは、ありませんから。私は、これまで通りにするつもりです。星野さんも、もう少し大人になってください」

早口にそれだけ言うと、貴子は「お疲れ様でした」と頭を下げ、ほとんど小走りで歩き始めた。いつの間にか、手が握り拳になっている。あの顔を殴れたら、どんなに気持ちが良いだろうかと思った。

9

翌日から、御子貝夫妻の隠し資産が徹底的に洗い直されることになった。無論、メインとなるのは既に発見済みの架空名義口座から、事件当日に金を引き出した人物の洗い出し及び、極秘扱いの顧客の情報を、誰がどうやって入手したかという問題で、これには柳沼主任を始めとするグループが動くことになった。一方では、もしかすると他にも同様の架空名義口座があった可能性も考えられることから、改めて御子貝家の家宅捜索が行われ、また、主に立川・八王子を中心とする西東京地区に支店を構えている金融機関のすべてにあたるグループも作られた。

出来ることなら、少しでも柳沼主任の傍で仕事をしてみたい、手がかりの糸を手繰り寄せられる実感の得られる捜査をしたいと願っていたにも拘《かか》わらず、貴子たちの班に与えられたのは、他の金融機関にあたることだった。徹底的についていない。だが、大きな掘り出し物に出会わないとも限らない。

デスク要員が用意した各金融機関のリストから、貴子たちがあたることになったのはクローバー銀行だった。幸運のしるしとされる四つ葉のクローバーをトレードマークとしている銀行は、JR各線のほとんどの駅前に支店かキャッシュコーナーを構えており、西武鉄道の新宿線、池袋線、多摩湖線、多摩川線、国分寺線などの各駅にも、かなりの数の支店または出張所を構えている。どこでも見かける銀行だとは思っていたが、改めて見てみると、その多さには驚かされる。

「どっちから回りますか」

市内に鉄道の通っていない武蔵村山市は、どこへ出るにしても車かバスを利用しなければならない。もっとも近くで大きな駅と言えば立川ということになるが、ことによってはJRと西武線が乗り入れている拝島、一つ東京寄りのJR昭島や、その他、JR青梅《おうめ》線沿線の駅などを利用する可能性も低くはないはずだ。

「上から順番で、いいんじゃないの」

昨日、はっきりと言ってやったのが良かったのか、さすがに星野は黙《だんま》りを決め込むことはなかったが、返ってきた答えは、いかにも投げやりなものだった。リストの一番上といったら、秋川支店だ。ＪＲ五日市線のかなり奥、あともう一歩で奥多摩の山並みに突っ込む辺りになる。リストには五十音順に支店が並んでいるのだから、秋川支店が最初にくるのは当然だった。だが、どう考えても遠すぎる。

「武蔵村山を中心に、近いところから回った方がいいんじゃないでしょうか」

ところが星野は「いや」と首を振る。

「上から順番に、回る」

一体、何を意地になっているのだろうか。それとも、自分の力で事件の核心に触れられる可能性が低いから、もうやる気も失せたということなのか。

「でも、効率を考えても――」

「音道巡査長」

「はい」

「指示に従え」

「――了解しました」

まだ午前十時を回ったばかりだというのに、早くもストレスで身体が膨れ上がりそうだった。貴子は出来るだけ相手に気取られないように、深く、静かに深呼吸を繰り返しながら、とにかく歩き始めた。こうなったら自分に暗示をかけるしかない。仕事が嫌いなわけではないのだ。

――相方は人間じゃない。ちょっと壊れたロボットなんだわ。

そんな相方に、どう思われようと知ったことではない。相手が同じ人間だと思うから腹も立つのだ。仲良くお喋りしなければ進まない仕事ではなかった。それに、こんな経験は何も初めてというわけでもない。以前にも、ろくすっぽ口をきいてくれない相方と、ずい分長い間、コンビを組まされたことがある。不潔たらしくて、脂ぎっていて、酒と煙草の匂いが全身に染みついているような古株の刑事だった。皇帝ペンギンのような体型で、丸い腹を突き出して、貴子を無視してぐんぐんと歩く男だった。並んで歩いているのに曲がり角さえ教えてくれずに、コンビを組んだ最初の頃、貴子は危うく自分だけが真っ直ぐ歩きそうになったときのことを思い出して、ついおかしくなった。酒でつぶしたようながら声の、すぐ目の前に薄くなった頭が見える——。

「何がおかしいんだ」

ふいに隣から声がする。つい、頬が弛《ゆる》んだのを、星野は見逃さなかったらしい。貴子は即座に「何でもありません」と答えた。嫌な感じ。真っ直ぐ前見て、歩きなさいよ。

「馬鹿にするなよな」

今度は、返事はしなかった。どう答えたところで、相手の気に入るはずがないのだ。何しろ、壊れたロボットなのだから。

その日、一日をかけて回ることが出来たのは、七店舗だけだった。移動距離だけはやたらと多く、そして、まったく収穫のない一日。それでも貴子は、七つの支店を回る間に少しずつ、自分なりの工夫を凝らすようになったつもりだ。頭の中には常に柳沼主任の言葉があった。要は、人間相手ということだ。ロボットではない。相手の個性を見抜き、判断し、こちらも刑事としてという以前に、一個の人間として相対する。無論、最初から喋るのは星野に決まっているから、主導権を握れるわけではない。だが、その間に、貴子は可能な限り相手を観察し、生真面目な銀行マンにしか見えない相手の生い立ちや出身、家庭環境などを想像するようにした。寝るときまでネクタイを締めている人間など、いるはずがない。普段着の時には、どんな様子になるのか、子どもは何人いて、何歳くらいか、妻とは職場結婚か——様々なことに思いを巡らしながら、星野が口を噤んだ瞬間を狙って、一つか二つ、質問をする。そんなときの、相手の表情の変化さえも、注意深く見守るように気をつけた。

――だから、無駄だとは思わない。

ただでさえ嫌な相手と一緒にいて、踵《かかと》のすり減った靴以外には何も残らないのでは情けなさ過ぎる。翌日も翌々日も、貴子の一日は変わることがなかった。だが、捜査そのものは確実に進展を見せていた。

四人の男女が殺害された当日、御子貝春男が所有していた架空名義口座から現金二億円を引き下ろしていった人物の輪郭と、彼らがまんまと二億円もの大金を奪い去った経緯とがはっきりしてきた。まず、御子貝春男を名乗る人物から、事件当日の午前十時半頃、急にまとまった金額が必要になったので、架空名義の口座を解約したい旨を伝える電話が入ったのだという。翌日が二十四日の金曜日ということもあって、多額の現金が動く日でもあり、当日の銀行業務はいつにも増して忙しかったから、銀行側としては、解約の手続きそのものはすぐに取れるが、引き出しは週明けにして欲しいと頼んだらしい。だが、どうしても今日中に必要な金であり、午後には受け取りに向かうので、是非とも今日中にすべての手続きを終えたいと、御子貝春男の方も譲らなかった。いったん電話を切り、預金課長と次長、支店長までも含めて協議をした結果、異例のことではあるが、相手の申し出を受け容れる決定をしたのだという。

「もともと、正規の取引をしているわけでもなく、職業もはっきりせず、一時に二億もの金が必要だといったって、会社を経営しているような様子もないわけですから、銀行側としては明らかに胡散臭《うさんくさ》いと思ったようです」

捜査にあたっていた刑事は、そう報告した。つまり立川支店としても、不正資金を疑われるような取引には関わりたくないというのが本音だった。ただでさえ、ある種「お荷物」と化している架空名義口座は処分したい方向にもあったので、先方から解約を申し出てくるのなら、あっさりと受け容れようということになったらしい。

やがて、午後二時を回った頃、御子貝春男所有の、伊藤昌也名義の通帳と印鑑を持った男が現れた。

カウンターにいた女子行員には予め申し渡しがされていたから、その男と、さらに連れの男は別室に通されて、預金が引き出されるのを待ったという。関東相銀立川支店からは、店内に設置されている防犯カメラのビデオテープが任意提出され、彼らが窓口に現れた時の様子と、別室で現金を受け取った後で、二人の行員――それは、貴子も会って話をした、箕口という預金課長と木下次長に違いなかった――に見送られて銀行から出ていく様子が確認された。

「相銀関係者の供述と、この映像からも明らかなように、二人の男は、どちらも御子貝春男とはまったくの別人であります」

防犯ビデオの映像と、行員からの供述をもとに作成された似顔絵のコピーが捜査員たちに回される。

「特に、年輩の男の方は、その痣に特徴がある。もう一人の男は髭と右頬の黒子《ほくろ》だな」

男の一人は、年齢五十歳前後、長身面長でやや痩せ形。髪は白く金縁眼鏡を使用。一見社長風の男には、左耳の下から首筋にかけて、赤紫の大きな痣があったという。もう一方の男は四十歳前後で細面、オールバックの髪に髭を生やしており、右頬に大きな黒子がいくつかあった。とにかく、この二人の不審人物の割り出しを急ぐことだ。

　さらに、御子貝春男が架空名義口座を所有していた事実を知る者を洗い出すチームが新たに編成された。取りあえずは、その口座が開設された当時から現在に至るまで、関東相銀立川支店に勤務し、架空名義口座の存在を知り得る立場にあった者に的を絞って調べることになる。それでも、異動の多い銀行員のことだから、一人一人にあたるのには、ある程度の時間がかかりそうだった。既に六月に入ろうとしていた。

今度の日曜日こそは休めるかも知れないという噂が流れ始めたのは、翌週の土曜日の朝のことだ。梅雨入りを控えて、既に初夏を思わせる陽射しが眩しく、街のところどころで見かけていた瑞々しい若葉の緑も、いつの間にか深く濃い色に変わっている。

「ここいらで一息入れさせて、あとは一気呵成にやっちまえってことなんじゃねえの」

「一気呵成ったって、こっから先、夏まで休めないなんてこたあ、ねえんだろうな」

噂を聞きつけた捜査員たちは、朝礼の前にそんな言葉を交わしあった。一カ月以上も休んでいないのだ。やるだけのことは、やっている。だが、こんな日々がいつまで続くか分からない。この辺りで休息は必要に違いなかった。貴子も、同僚たちの会話を聞きながら、密かに胸を躍らせていた。それを、めざとく一人の刑事に見破られた。

「嬉しそうな顔しちゃって」

「そう、ですか?」

「そりゃあ休みたいよなあ。会いたい人だって、いるだろう」

「いないとは言いませんけど——本当に休めたら、掃除と洗濯で一日が終わりますね、きっと。あとは、ひたすら眠りたいだけです」

周囲に穏やかな笑いが広がった。大半が家庭を持っている捜査員たちは口々に、貴子の一人暮らしに同情を寄せ、一方では自分たちの愛妻家ぶりを披露した。

「俺なんか、寝てるどころじゃないと思うな。久しぶりにガキをどっか連れてってくれって言われるよ、きっと」

「俺もだ。ついでに女房の買い物かなんかに付き合わされてさ。その点、音道は気楽でいいぞ。羨ましいねえ。俺も独身になりてえや」

「本当ですか?　一人になったら淋しくて、たまらないんじゃないですか」

「まあな」

話の輪に加わって、皆で笑いあう。その穏やかな雰囲気は、貴子には意外でもあり、またくすぐったいものでもあった。その原因がどこにあるかも、分かっている。刑事たちは、貴子を受け容れたというよりも、まず星野に対して冷ややかな評価を下していた。その反動が、こういう雰囲気を生み出しているのだ。

貴子が星野をぴしゃりとやったという話は、既に大方の捜査員たちに広まっているらしかった。誰も表だっては言ってこないが、彼らが星野に向ける視線で、それが察せられる。別段、日比野の口が軽いというわけではないのだ。仲間意識の強い彼らは、大概の情報は共有するものだし、チームワークを重んずるということは、奇妙な人間関係のひずみを嫌うということでもある。

「ああ、釣りにでも行きてえなあ」

「まあ、あんまり期待しないこった。何せ、上の考えてることは、分かんねえんだから」

もしも本当に休めるようだったら、昂一に会える。明日は仕事を入れないようにと、後で暇を見つけて連絡を入れておこう。

――それでまた、駄目になったら怒るかしら。

そうなったら、そうなった時。展開によってどうなるか分からないのが刑事の宿命であることくらいは、彼だって分かっている。やがて捜査員たちも揃い始めた。星野は、捜査会議の始まるぎりぎりの時間になって、相変わらずの無表情で現れると、挨拶もせずに貴子の隣の席に座った。

「今日から捜査チームをまた変更する。他の銀行を回っていたグループは、今日からは関東相銀関係者を当たってくれ。これまでの調べでは、関東相銀は数年前からリストラが進行中ということもあって、現在は退職している者もいる。手間はかかるだろうが、今日は土曜日ということもある。自宅にいる者も少なくはないだろう」

聞き込みの要点がホワイトボードに書き出されていく。立川支店勤務の時期及び当時の肩書き・職務内容の確認。架空名義口座ファイルの存在を知っていたかどうか。マルガイとの関連を始めとする交遊関係。退職者の場合は、その具体的理由。現在の生活状況。その他。

刑事としての実力が大きく試される部分が、最後の「その他」であることは間違いない。勘を働かせ、観察を怠りなく、不審な点を嗅ぎ分ける。たとえ無為に終わることになったとしても、輪郭さえはっきりしない人物を捜して競輪場をうろついたり、建前論しか口にしない銀行マンを相手にするよりは、ずっと手応えがあるはずだ。やっと、そのチャンスが巡ってきた。

投入される捜査員が多い分だけ、それぞれの班に割り振られた件数は、そう多くはなかった。

「やっぱり、こりゃあ明日は休みだ。今日中に一斉に片付けてさ」

新しい資料を手に本部室を出るとき、刑事の一人が嬉しそうに囁《ささや》いているのが耳に届いた。確かに貴子たちに割り振られたのも、たった五人だった。熊谷公博、高畑崇史、福田豪、沖田聖啓、若松雅弥。平成八年当時、立川支店に勤務していた次長二名、預金課長、係長二名ということだ。資料によればそのうちの二名、高畑崇史と若松雅弥が、それぞれ平成十年と十一年に退職していた。

「誰から行きましょうか」

武蔵村山署を出て歩き始めながら、資料を片手に、取りあえず星野に聞いてみる。相変わらずの仏頂面で歩いていく星野の中では、もう決まっているのかも知れなかった。だが、犬でもあるまいし、ただ黙ってついて歩くのは嫌だった。向こうがこちらを無視するからといって、こちらも一緒に無視するのでは、あまりにも大人げない。

「退職してる人の場合は、転居の可能性も考えられますよね」

「そんなことは分かってる」

「取りあえず、誰からですか」

星野は初めて苛立ったように、横目でこちらを見た。

「まだ分からないのか。よっぽど勘が悪いんだな」

あまりにも冷ややかな視線を向けられて、貴子は思わず大きく目を見開いてしまった。

「まだって――」

「上からに決まってるだろう。これまでだって、そうしたんだから」

何だ、そういうことか。馬鹿馬鹿しい。貴子は小声で「はい」とだけ答え、おとなしく彼に従うことにした。どこから行こうと、構わない。またチャンスを窺って、貴子は貴子なりの方法で、相手から何かを探り出すまでだ。

――思った以上のトンマだわ。

たとえ五人だけに当たるにしても、住所の近いところからや、肩書きから順番にとか、または転居している可能性が考えられ、探すまでに手間がかかりそうな相手からなど、選択肢は様々なはずだ。それを、何も考えずに上から行くとは。結果的には同じことでも、工夫も何もないではないか。

最初に訪ねた熊谷公博は、千葉県浦安市に自宅があった。東京を横断し、ようやく浦安の自宅を探し当てたものの、熊谷は早朝からゴルフに出かけていた。空振り。帰宅は明日になると教えられ、現在は関東相銀のお茶の水支店に勤務していることを聞き出して退散する。

次に訪ねた高畑崇史の住所は、平成十年当時までは目黒区祐天寺にある関東相銀の家族寮となっていた。浦安から東京駅まで戻り、渋谷を経由して東急東横線で祐天寺まで行く。その段階で、既に昼を回っていた。晴天の土曜日ということもあって、街には長閑《のどか》な雰囲気が溢れている。明日も晴れると良い。そして、たまりにたまった憂さを思い切り晴らしたい。少し歩いただけでも汗ばんでくるような中をひたすら歩きながら、貴子は、まだ確かではない明日の休日を思い描いた。

「高畑さんですか？　あちらは確か――田舎に帰られたんじゃなかったかしら」

家族寮で高畑の隣に住んでいた部屋をインターホンで呼んだ星野だけでなく、貴子の耳にも、そんな答えが聞こえた。

「高畑さんの田舎ですか」

「さあ」

「どこです」

「どこって――」

「答えて下さい」

心持ち身体を傾けて、星野は取り調べのような口調でインターホンに話しかけている。いくら不機嫌か知らないが、見も知らぬ相手にまで、こんなに無愛想な話し方をすることはないではないかと、貴子は内心で冷や冷やしていた。

「社宅で隣同士だったんでしょう。噂にでも、それくらい聞いてるんじゃないんですか」

「お隣と申しましても、うちが越してきてすぐに、高畑さんの方が越されましたし、あの、うちはそれほど親しくしていたわけではございませんものですから――すみません、今ちょっと――」

「それでも、田舎に帰ったって知ってるじゃないですか。まるっきり何も知らなかったわけじゃないでしょう」

「もう、これで失礼いたします」

貴子は慌てて横から顔を突き出した。

「お忙しいところ、申し訳ないんですが、もう少しだけお話を伺わせていただくわけに、まいりませんでしょうか。出来れば、お目にかかって。二、三分で結構ですので」

「ああ――じゃあ、少しでしたら」

銀行の寮といっても、普通のマンションと変わりがない。オートロックの建物の入り口が、鈍い音と共に開いた。貴子は星野を振り返りもせずに、さっさとその扉を抜けた。

「勝手なことをするな」

後から付いてきた星野が、エレベーターに乗り込む時に押し殺した声で言った。だが貴子は知らん顔をしていた。何か言うとすれば、すべて口答えになる。

高畑崇史が住んでいた部屋の隣の部屋を訪ねると、不安げな表情の、貴子と同年代の主婦が顔を出した。貴子は星野の前に立ち、出来るだけ穏やかに、愛想良く話をした。その家には何の迷惑もかけないこと、高畑自身が、何らかの事件に関わっているわけではないことなどを説明すると、その主婦は初めて安心した表情になり、小さく頷いた。

「お帰りになったのは、奥様のご実家のはずです」

「奥様の。それは、どちらなんですか？」

「確か、仙台って。老舗《しにせ》のね、お嬢様だっていうお話でしたから」

高畑の妻の実家は、仙台で何代も続いている水産加工品の老舗だということで、高畑は、その経営に参加するための決断だったという。

「何年か前から、迷ってはいらしたみたいですね。でも、うちの銀行でもリストラがあったり、いろいろとございますでしょう？　それで、思い切って決心したんだって、奥様も仰ってましたけど。高畑さんご自身も、東北のどちらかのご出身なんですよ」

そこまで聞き出せば、老舗を探し出すくらいは大した手間ではなさそうだった。インターホンの時の声と違って、意外に愛想良く教えてくれた主婦に礼を言って、貴子は社宅を後にした。

「音道巡査長」

おいでなすった。再び歩き出したところで星野に呼ばれ、貴子は仕方なく立ち止まった。

「何度も言う。勝手なことは、するな」

「でも――」

「指示に従え」

「じゃあ、私はただ黙って星野さんに付いて歩いていればいいっていうことですか」

「当たり前じゃないか」

長閑な住宅街の、人通りさえない道の真ん中で、貴子は正面から星野を見上げた。

「協力しあうからコンビなんじゃないんですか」

「君の、それが協力か？」

「そのつもりです」

「男に負けたくなくて、肩肘張ってるだけじゃないか。復讐したいんだろう。何しろ君は、警察官でありながら警察官が嫌いなんだものな」

「私がいつ、そんなことを言いました？」

「言ったじゃないか。前の亭主が警察官だったから、もう懲りてるって」

「それとこれとは、別の次元の問題です」

言いたいことが一気に渦巻く。だが、それらをすべて呑み込んで、貴子は少なくとも数秒間、黙って星野を睨《にら》み付けていた。

「解散しよう」

不意に、腕時計に目を落とした星野が言った。

「昼飯まで一緒に食うなんて、僕には辛抱出来ないから。一時間後に駅の改札」

それだけ言い残して、星野はすたすたと歩き出した。その後ろ姿を睨み付けながら、貴子は文字通り地団駄を踏んでいた。石ころでも落ちていたら、投げつけてやりたいところだ。

頭がかっかしている。だが、考えてみればチャンスだった。貴子は気分を切り換えるためにも、早速、携帯電話で昂一に連絡を入れた。

「だから明日、大丈夫かも知れないの」

一人でぶらぶらと歩きながら、電話機を通して昂一の「本当か」という声を聞く。

「やったじゃん！　明日も晴れるってよ」

「もしかして、また駄目になったらご免なさいなんだけど」

「その時は、その時だ。よし、近場でいいから、どっか行くか。それとも疲れてるだろうから、家でのんびりするか？」

「――明日、考える。それでも、いい？」

「よし、分かった。じゃあ、頑張れよ」

「もう、ストレスでパンクしそうよ。クソみたいな男に振り回されて」

「よしよし、明日たっぷり聞いてやる。ちゃんと仕事しないと、休めなくなるぞ」

「――分かってる」

「電話しろな」

「今夜、するわ。遅くなってもいい？」

「ああ、寝てたら起こせ」

彼の明るい声を聞いただけで、気持ちが少し休まった。明日、会える。星野のことなど頭から追い払って、昂一と思い切り二人で過ごしたい。

「誰が、クソみたいな男なんだ」

ところが、急に背後から声がした。まただ。全身から血の気が退く思いで、貴子は振り返った。星野が、小さな目をさらに細めて、片手をズボンのポケットに入れたまま立っていた。頭の片隅で、ちらりとアメリカ映画のシーンが思い浮かんだ。ポケットから出た手には小さな拳銃。恐怖で引きつった顔に撃ち込まれる弾丸――。冗談ではなかった。

「盗み聞きですか。先に行ったふりをして」

「言い忘れたことがあったから、戻ってきてやったんじゃないか」

「わざわざ、別の道を通ってですか。星野さんて、いつもそう。後ろから盗み聞きしたり、様子を窺ってたり」

「誰に向かって言ってるんだ。君が目障りな場所にいるだけだろう」

どこで誰が見ているか分からないのに、大の大人がこんなやりとりをしなければならない。情けないにもほどがあった。

「用件だけ言う。一時間後に集合っていうのは、なしだ。本部に帰るときに途中で会う」

「――どういうことですか」

「リストに残った上の二件は僕が回る。最後の一件だけ、君が行け。結果が出たら、携帯で知らせろ。それまで本部に帰らないで待ってるから」

「そんなの、規則に反します」

「その顔見てると、気分が悪くなるんだよ」

どこかで布団を叩く音が聞こえていた。いかにも長閑な、パン、パンという音だけが響く住宅街に、星野の怒鳴り声は必要以上に遠くまで聞こえた気がした。

「ちょっと。それ、どういう意味ですか」

「頭、ないのか。考えれば分かるだろうが。言ったまんま。あんたの顔を見てると、俺、気分が悪くなるんだ」

急に口調が変わった。気取っていた化けの皮が剝がれて、いよいよ本性が顔を出そうとしている。貴子は、冷静さを失うまいと自分に言い聞かせながら、星野を見据えた。

「頭くらい、あります。ですから、どういうおつもりで、そういうことを仰るのか、聞いてるんですけど」

「つもりもなにも、あるかよ。ほら、また。そうやって、目、つり上げてさ。何でもかんでも感情的になる」

「――そういうことを言われて感情的にならない人なんて、そうはいないと思いますが」

「そうかね。そりゃあ、あんたが脳味噌じゃなくて、どっか他の場所で物事を考えてるからなんじゃないのか？　普通、俺らの仲間だったら――」

「へえ。お仲間にも、そういうこと仰ってるんですか。道理で皆から嫌がられるわけだわ」

「何だとっ。誰が嫌がられてるっていうんだ。いくら女だからってぴーちくぱーちく、好い加減なこと言うな！　お情けで使ってもらってるくせに！」

怒りのあまり、目眩《めまい》がしそうだった。貴子が「信じられない」と呟く声をかき消すように、星野は「お前なんか」と再び口を開いた。

「お前なんか、見下げ果てた、世の中で最低の女だ！」

吐き捨てるように言い残して、星野は再び貴子を追い越して歩き出し、それからまた立ち止まって戻ってくる。

「いいな、相方を替えてくれなんて勝手なことを言うなよ。決めるのは、俺なんだから！　俺が、君のことは報告するんだからっ」

それだけ言うと、彼は半分、走るようなスピードで今度こそ去っていった。

――世の中で最低。見下げ果てた。

何ということを言うのだろう。一体何故、こんなことまで言われなければならないのか、どこまで人を不愉快にしたら気が済むのか、まるで分からなかった。よくもそんな言葉を思いつくものだ。そんなことは、かつて言われたことがなかった。

――決めるのは、俺なんだから！

冗談ではなかった。もう完璧に、堪忍袋の緒が切れた。何よりも、あんな男に好意を寄せられたこと自体が、もう我慢ならない。虫酸が走るとは、このことだ。

――そっちがその気なら、こっちだって。

角を曲がって消えていく星野の後ろ姿を、半ば呆然と見つめ、それからようやく我に返って視線を動かすと、すぐ横の家の二階のベランダから、一人の老婆が驚いたようにこちらを見ていた。貴子は急いでショルダーバッグを肩からかけ直し、真っ直ぐに前を向いて歩き始めた。走って追いかけて行って、「ふざけるな」と言ってやろうか、いや、立場から考えたら謝るべきなのかと考えたが、これ以上は速く歩けない気がした。

——許さない。あいつだけは、絶対に。

とうに見えなくなっている星野の後ろ姿を、まだ睨み付けている気分で、貴子は靴音を響かせて歩き続けた。何が何でも、星野を見返してやりたかった。

11

星野の狡猾《こうかつ》さに改めて感心させられたのは、電車に乗り込んだ後だった。このまま本当に別行動になって良いものか、星野が向かうはずの次の参考人の家を、貴子も訪ねるべきではないかと考えて、改めて資料を取り出してみて、思わず「なるほどね」と独り言が口をついた。

残る三人のうち、星野が自分で回るといった福田豪と沖田聖啓は、共に在職中で、しかも家は都内にあった。沖田聖啓の場合など、この祐天寺からほど近い大岡山ときている。それに対して、貴子に任された若松雅弥だけが、既に関東相銀を退職しているのだ。しかも、関東相銀に在職していた当時の最後の住所は埼玉県大宮市となっている。簡単に本人の居場所が確認でき、話を聞きやすそうな相手は自分が選んで、住居さえ容易に確認出来るか分からない最後の一人を、貴子に押しつけたのに違いなかった。たとえ上から順番に選んだだけだと言い訳をされても、にわかには信じ難い。それくらいのことは、する男なのだ。

——よくやる。

もう呆れるのを通り越していた。ただ不快なだけではない、こんな形で手がかかる相手というのは初めてだ。日比野にでも相談してみようか。それとも本部に報告を入れて、取りあえず収拾をつけてもらおうか——ぼんやりと考えていると、バッグの中で携帯電話が鳴った。昼下がりの車内は意外に空いていたが、周囲の視線がこちらに集中したのが感じられた。貴子は慌てて電話を取り出し、口元を手で覆って「もしもし」と囁いた。

「音道巡査長、誰にも余計なことを喋るなよ」

それだけ言って、電話の主は一方的に通話を切った。だが、星野の声であることは間違いない。貴子は思わず周囲を見回した。まるで、まだ傍にいて、どこからかこちらの様子を窺っているようではないか。背筋を薄ら寒いものが駆け上がってくる。こんなに気味の悪い男だとは思わなかった。これ以上、こんな不気味な発見が続くなんて真っ平だ。もう絶対に関わりたくなかった。

――命令に従うだけなんだから。

わざわざ、こちらから譲歩することなど考える必要はないのだ。貴子は、一瞬でも迷ったことにさえ腹立たしさを覚え、何度も深呼吸を繰り返しながら電車に揺られていた。空腹だから、余計にいけない。どこかで食事をとって、そこから先は自分のペースで動くことにしよう。たとえ星野に尾《つ》けられていたとしても、もう知ったことではなかった。

渋谷で簡単な食事をとり、ついでに書店に立ち寄って文庫本サイズの埼玉県の市街地図を手に入れて、再び電車に乗ったときには、午後二時半を回っていた。改めて地図で確認してみると、若松雅弥の住所はＪＲ大宮駅から、さらに東武野田線に乗り換えて二駅ほど行ったところにある。こんな辺りから、よくも立川まで通勤していたものだと思うが、南浦和からＪＲ武蔵野線で西国分寺まで来る方法をとっていたとも考えられた。それならば都心を通らずに済む分、意外に楽だったのかも知れないなどと貴子は思いを巡らした。

いずれにしても、今現在の勤め先は別の場所なのだろうし、住まいさえも変わっている可能性があるのだから、考えても仕方のないことだ。何とか転居だけはしないでいて欲しいと思ったのだが、願いは虚しく、ようやく探し当てた住所には、別の表札がかかっていた。徹底的についていない。

――ここで手がかりが切れたら。

土曜日だから役所に寄って住民票から調べるというわけにもいかない。隣近所に転居先を知っている人がいてくれれば楽なのだが、そう簡単にことが運ぶとも思えなかった。

とにかく、ぼんやりとしている暇はない。貴子は、小さいながら一戸建ての、いかにも若夫婦が暮らすのに適している印象の家に近づき、チャイムを鳴らした。土地いっぱいに建てられた家には、庭らしい庭もないようだったが、それでも小さな隙間には白い柵が巡らされていて、実用的とも思えないカモメのデザインの風向計が立てられている。

「だあれ」

玄関の扉から顔を出したのは三、四歳の男の子だった。貴子が、思わず微笑みながら「お母さんは」と声をかける間に、扉がさらに大きく開かれて、子どもの背後から、眼鏡をかけた男が現れた。二十八、九というところだろうか。見たところ、子どもの父親に違いなかったが、父親と呼ぶには酷なような、まだ学生のような雰囲気の男だ。

「若松さんのお宅を探して来たんですが」

貴子は出来るだけ愛想の良い声を出した。男の足下から、子どもがちょこちょこと姿を消す。男は「うちは、違いますよ」と答えた後で、思い出したように「ああ」と頷いた。

「若松さんていったら、前に、この家の持ち主だった人ですね」

「そうなんですか？　では、お引っ越しされたんですか」

「まあ。うちが、ここを買いましたからね」

「それは、いつ頃のことでしょうか」

男は頭を掻きながら少し考える顔をして、そろそろ一年になると答えた。貴子はいかにも落胆した表情を作り、「一年ですか」とため息をついて見せた。

「困ったわ」

「若松さんの、お知り合いですか」

門と玄関の間に、それほどの距離があるわけではなかった。男は思い出したように玄関から足を踏み出し、二、三歩で届く門扉を内側から開けてくれた。

「住所だったら、分かるんじゃないかな。ここを買ったときの書類か何かに出てたと思うから」

貴子は小さく会釈をしながら門の内側に入り、恐縮して頭を下げた。警察手帳を提示すべきかどうか、少しの間、迷ったが、相手に尋ねられない限りは、身元は明かさない方が良いような気がした。「警視庁」と入っている手帳など見せられたら、遠くから訪ねてきたことが分かってしまうし、いくらこちらが大した用ではないと言ったところで、相手は不安に思うだろう。

「ちょっと、待っててもらえますか。探してきますから」

男は気軽な口調でそう言うと、玄関の中に消える。代わりに、さっきの男の子がまた顔を出して、また「だあれ」と言った。

「だあれだ」

「知らなあい」

不意に、星野のことを思い出した。あの男も、父親なのだ。別れた妻との間には、こんな子どもがいたのだと思う。それなのに、さっさと次の人生のことを考えたがり、身勝手な思い込みで貴子の気持ちを乱し、自分の気持ちが容れられないと分かるや、態度を一変させた。あんな父親ならば、いない方が幸せなのかも知れない。

小さな子どもの相手をしているうちに、ようやく男が顔を出した。困ったような表情で、やはり頭を掻きながら、彼は書類が見つからないのだと言った。

「今、女房が出かけてるもんで、どこにしまったのかな――急ぐんですよね」

「それでしたら、不動産屋さんを教えていただけませんか。そちらに聞いてみますから」

男は「それだったら」と、ほっとした表情になって、大手の不動産仲介業者の名前を口にした。その会社の大宮支店が、この物件を仲介したのだという。それだけ分かれば、何とかなりそうだ。おおよその場所を教わって、礼を言って門から出る間、背後から「ばいばあい」という子どもの声がした。貴子も振り返って手を振った。自分もいつか、母親になる日が来るのだろうか。

見知らぬ街は、既に夕方の陽射しに包まれていた。時間に関係のない仕事をしていても、この時間になると何となく気忙《きぜわ》しくなる。それに今日は、何としてでも若松雅弥の居場所を確認しなければならなかった。どこに行ったか分からないなどと報告しようものなら、あの星野がどんな顔をするか、考えただけで憂鬱《ゆううつ》になる。

「若松様、ですか——ああ、はい」

大宮まで戻り、教わった不動産仲介業者を訪ねると、今度は貴子は警察手帳を提示した上で、若松雅弥の転居先を探していると告げた。確かテレビでも宣伝しているはずだし、名前もよく聞く会社だが、店は意外に小さくて、五人も座ればいっぱいになってしまうカウンターが客と店員とを隔てている。ちょうど他に客はいなかった。貴子の相手をしたのは若い男で、貴子が客ではないと知ると、いかにも爽やかな笑みは引っ込めたものの、それでも丁寧に応対してくれた。

「若松雅弥様、ですね。ええと、その方は」

コンピューターの端末を叩き、さらに立ち上がって何かのファイルをめくっていた男は、あの家の売買契約が結ばれた当時の若松雅弥の住所は、同じ埼玉県内の新座市になっていると言った。

「新座ですか」

言いながら、どうも場所がピンと来ない。東京との境に近かったとは思うが、交通手段が思い浮かばなかった。だが、取りあえず住所と電話番号を教わって書き留める。やはり、地図を買って良かった。

さすがに足が疲れていた。大宮駅の近くで出来るだけ空いている喫茶店を見つけ、貴子は少しの間、休憩を取ることにした。考えてみると、こんな風にずっと一人で行動するのは、仕事中では初めてに近い。常に二人一組で行動するのが刑事の仕事だから、こうして一人で喫茶店に入っても、何となく手持ち無沙汰になるものだった。だが、あの星野と一緒にいたときよりはずっと気が楽だ。とにかく、意地でも今日中に若松雅弥にたどり着かなければならない。

不味《まず》くも旨くもないコーヒーを飲みながら、貴子は地図を開き、教えられた住所を確認した。改めて見てみると、新座市は東京都の練馬区、保谷市、東久留米市、さらに清瀬市に隣接していることが分かった。若松雅弥の住所は、新座市栗原五丁目。西武池袋線のひばりヶ丘駅、つまり練馬区側から行くのが一番近いようだ。だが、この大宮から向かうのなら、南浦和からJR武蔵野線に乗り換えて新座で降りる方が良いのだろうか。距離感がうまく摑めない。所要時間が読めなかった。こんな時、一人の心細さを感じる。同時に、星野への怒りが蘇《よみがえ》った。電話一つ寄越さないところを見ると、向こうもまだすべての聞き込みが終わっていないのかも知れない。本部からの連絡は、すべて星野の方に行くはずだ。今日は何時に上がることになるのか、そんなことさえ、今の貴子には分からなかった。

——本人に、電話してみようか。

若松本人に行き方を教わるのが、一番手っ取り早い。だが、万に一つも事件に関わっていたら、警察が動き始めていることを察知しないとも限らない。下手な動き方はしないに限る。こんな時、車かバイクだったら、どんなに楽だろうか。駅のことなど考えずに、道筋だけをたどれば良いのに。あれこれと考えながらゆっくりとコーヒーを飲み、結局、池袋から行くことにした。不案内な場所へ行く時は、出来るだけ知っている交通手段を使う方が良い。

既に五時を回っていた。新幹線が通って以来、急速に発展を続けている大宮には、週末を思い思いに過ごして、それぞれの家路につく家族連れが目についた。貴子の実家も同じ埼玉の浦和にある。ここからならば、実家に帰るのも意外に近いのだなどと考えながら、貴子は再び都心へ向かう電車に乗った。この時刻の上りは空いていて、容易に座ることが出来た。電車が走り出すなり、すぐに睡魔が襲ってくる。はっと気が付いたときには、電車はもう池袋のホームに滑り込んでいた。慌てて降りて、相変わらず人で溢れている駅の構内を歩き回り、今度は西武池袋線に乗り換える。こちらは混んでいて、とても居眠りをするどころではなかった。

「若松雅弥は、もうこの家にはおりませんが」

やっとの思いでたどり着いたというのに、インターホン越しに聞こえた返事は、いかにも素っ気ないものだった。貴子は、「もう、やめてよ」と喉元《のどもと》まで出かかる言葉を呑み込み、相手に顔が見えているとも思えないのに、懸命に愛想の良い表情を作ってインターホンに顔を近付けた。無愛想な顔から感じの良い声は出ない。

「あの、いつ頃までいらしたんでしょうか」

「どなたですか」

冷ややかな女の声が、いかにも疑い深げな声で言う。貴子は、一段声をひそめて、「警察です」と答えた。少しの間、沈黙があった。

「若松雅弥さんが、こちらにお住まいだったことは間違いがありませんか」

「――はい」

「若松雅弥さんを、ご存じでしょうか」

「――存じております」

「お忙しい時間に申し訳ないんですが、少しだけ、お話を伺わせていただけないでしょうか」

また沈黙。それから「お待ち下さい」という声を聞くまで、貴子はほとんど息を止めていた。早く、開けてよと、胸の奥に苛立った言葉が浮かび上がる。

そろそろ夕闇に沈もうという中でも、その家が大して新しくない家だということは分かった。庭木なども大きく育っているし、構えとしてはそれなりに立派だが、新築という感じではない。大宮のあの家を売って、てっきり新しい家を買ったのかと思っていた貴子には、それは意外だった。門柱には「西嶋」という表札がかかっている。木製だが、色の感じからしても、やはりかなり古そうだ。

二分ほどして、ようやく玄関が開かれ、サンダル履きの女性が門の向こうまで歩いてきた。近付いてくるにつれ、その訝《いぶか》しげな表情が見えてくる。貴子は警察手帳を提示し、小さく会釈をした。

「若松雅弥は――もう、ここを出ていったんですが」
三十五、六歳というところか、色の白い、整った顔立ちの女性だった。どこか陰のある表情を見て、貴子は、彼女が若松の妻らしいと直感した。そのことを尋ねると案の定、女性は小さく頷き、「以前は」と付け加える。
「別れたんです。ですから、もう関係ないんです」

うつむきがちに目を逸らして呟く女性に、貴子は一瞬、何と言葉を返せば良いか分からなかった。自分にも経験がある。そのことには一切、触れられたくないのに違いない。だが、そうもいかない。申し訳ないが、こちらも仕事で来ているのだ。

「それでは現在のお住まいは、ご存じないんでしょうか」

「それは、分かりますけど」

「教えていただけないでしょうか」

女性は仕方なさそうに門を開け、「どうぞ」と言いながら先に立って玄関の方へ歩いていく。ポーチの脇には二、三の鉢植えと共に、ピンク色の小さなバケツと黄色いシャベルがあった。開け放たれた扉からは、ゆったりとした玄関ホールが見える。壁には何かの絵が掛かり、大きめの下駄箱の上には、鉢植えの花や観葉植物が飾られている。その下には、金属バットとグローブが置かれていた。子どもは二人なのだろうか。

「今、見てきますから」

貴子が玄関に足を踏み入れるのを待って、改めてこちらを向いた女性は、明るい照明の下で見ると、意外に若いのかも知れなかったが、全体に疲れた印象の人だった。彼女は家に上がり、スリッパの音を響かせて奥に消えた。他にも人のいる気配はある。だが、玄関ホールからは長い廊下が伸びており、そこに面した扉はすべて閉められていて、この家全体が無言のまま、貴子を拒否しているように感じさせた。当たり前か。刑事などに来られて喜ぶ家は滅多にない。

「お待たせしました」

数分後、小さな手帳を手に戻ってきた女性は、その手帳を開きながら「いいですか」と言った。そして淡々とした口調で、若松雅弥の新しい住所を読み上げる。杉並区阿佐谷。何だ、都内なの。メモを取りながら、ついため息が出た。何と遠回りをしなければならないことか。

「あの――あの人、何かしたんですか」

貴子が礼を言って顔を上げたところで、若松の元妻は、力のこもらない瞳でこちらを見た。今さら、何を聞いても驚かないと言うような、どこか投げやりな疲れた視線だ。

「御主人――若松さんは、以前は関東相和銀行にお勤めでしたね」

元妻が小さく頷く。

「立川支店にいらしたことが、おありだと思うんですが」

「ああ、立川は――もう三、四年も前ですが」

この人から聞くべきことは、それだけだった。だが、もう少し何か、この人と話してみたい気持ちが働いた。

「大宮のお宅へ行ってみたんです。銀行の住所録には、あちらが出ていたものですから。可愛らしい、素敵なお宅でしたね」

若松の別れた妻の表情が、震えるように動いた。目が一瞬、手放した我が家を見るように遠くなり、それからため息と共に現実に戻ってくる。

「もう、新しい人が住んでいるんでしょうね」

「小さなお子さんのいらっしゃる方でした。風見鶏を立てて、綺麗にお使いでしたよ」

「――そうですか」

貴子は、虚ろな表情の女性に向かって「あの」と再び話しかけた。

「若松さんは、どうして銀行をお辞めになったんでしょうか。事情を、お話しいただけませんか」

目の前の女性は、今度は怯えたように表情を強張《こわば》らせ、微かに唇を噛んだ。片方の頰に小さなえくぼが生まれて、ああ、この人が笑ったときには、可愛らしいのだろうなと思わせた。

「今は、お仕事は何をしておいでなんでしょうか」

「――知りません」

「ご存じの範囲で結構なんですけど。不躾《ぶしつけ》ですが、離婚なさったのは、いつ頃ですか」

「――去年の、秋です」

するとまだ半年あまりということか。それならば、まだ立ち直れていないのも、無理もなかった。経験上、そう思う。

「色々と、大変ですよね」

思わず言うと、彼女はわずかに怪訝《けげん》そうな表情になる。貴子は、小さく微笑んで見せた。初対面の相手に、自分の身の上話など聞かせる必要はないが、それでも、私も経験者なのだと伝えたい気持ちが働いた。それから貴子は、雑談のような形で、現在の彼女の暮らしぶりを尋ねた。この家は彼女の実家で、現在は両親と二人の子ども、まだ独身の弟と暮らしているという。女性の名前は明恵といった。三十歳。貴子よりも年下だとは思えない人だった。子どもがいるからだろうか。離婚の痛手が響いているのか。それとも貴子も離婚直後は、こんな風に疲れて老け込んで見えたのだろうか。

「まだ、両親が健在ですし、この家もありましたので、助かってますけど」

若松明恵から西嶋明恵に戻った女性は、少し話すうちに、いくらか態度も打ち解けてきて、自分もかつては関東相銀に勤めており、若松とは職場恋愛だったのだという話までしてくれた。本当は社交的な人なのかも知れない。社宅にでも住んでいれば、主婦同士でお喋りに興じるようなタイプにも見えた。

「まさか、主人が――あの人が、銀行を辞めるとは思いませんでしたから」

「理由は、何だったんでしょうか」

改めて聞いてみた。西嶋明恵は、再び唇を噛み、それから困惑したように首を傾げる。

「本当のところは――よく分かりません。あの人の説明は、何だか要領を得ないものでしたし。ただ――他の方のお話を聞いたりしたところでは、結局――」

彼女は、そこで自分自身を抱きしめるように腕を組み、再び口を噤んでしまった。夫が銀行を辞めたと知ったときの混乱が蘇ってきたかのように、彼女は一点を見つめている。どうやら、あまり喜ばしい形での退職ではなかったようだ。

「表向きは、依願退職ということでしたけど、何か、不始末を起こしたようです」

ようやく口を開きながら、プライドを傷つけられたような顔になる。貴子は、もっと詳しく聞いてみたい気持ちと、明恵を傷つけたくない気持ちとのせめぎ合いの中で、「不始末ですか」と先を促すように言ってみた。

「本当に、詳しいことは知らないんです。本人は『もう、いられなくなった』と言うばかりで――でも、悪いのは銀行の方だ、責任を押しつけられたと、そんなことも言ってました」

関東相銀を恨んでいたとも考えられる言葉だ。貴子は、疲れ果てた身体の奥底から、微かに新しい力が湧いてきたのを感じながら、明恵を見つめていた。

銀行を辞めた後、若松は知り合いのつてで都内の小さな会社に就職したが、半年あまりで会社が倒産、その後は、職を転々とする日々だったという。やがて、家のローンの支払いにも困るようになり、子どもの学費などもかかることから、家を手放す決心をした。その頃から、生活そのものも乱れ始めて、ことに妻の実家に身を寄せるようになってからは、外泊も多くなり、結局、若松の方から離婚を切り出してきたのだという。銀行を辞めたあたりから、夫が何を考えているのかまったく分からなくなったと明恵は語った。

「ですから、今、何をしているのかなんて、まるで分かりません。まだ、ここに住んでいた頃から、妙な投資話に首を突っ込んだり、そんなこともしているようですし」

「投資話、ですか」

明恵は、今度は深々と頷いた。そして、乗り越えてきた苦い日々を否応なく思い出したらしく、わずかに眉根を寄せる。

「このままでは、この家までなくなるかも知れないって、両親も心配するようになって、たまに帰ってくれば喧嘩が絶えないという状態にもなりましたし、子どものためにもよくないと思って、結局、別れることになったんです。もう、私もほとほと疲れていましたから」

銀行を辞めて以来、人柄まで変わったように見えた夫が、最後の方には空恐ろしくさえ感じられたと、明恵は語った。

「ですから、あの人が何をしても、もう、私は関係ありませんので」

最後に、明恵は突き上げてくる感情を押し殺すように言った。貴子は慌てて、若松が何かしでかしたというわけではないのだと説明した。

「ただ、若松さんが立川支店にいらした当時のことをうかがいたいだけなんです」

「その為に、わざわざ?」

明恵は不思議そうにこちらを見る。貴子は苦笑混じりに「仕事ですから」と言うしかなかった。後になれば嘘になるかも知れない言い訳だと思う。今、明恵から聞かされた話は、かなり興味深い。少なくとも、足を棒にして歩き回った一日、いや、この捜査に携わってからの日々で、もっとも手応えを感じる話だった。こうなったら、是が非でも今夜中に若松雅弥の輪郭を捉えたい。

結局、十分以上も話を聞いて、貴子は西嶋明恵の家を辞した。ひばりヶ丘の駅まで戻る道すがら、どこからかカレーの匂いが漂ってきた。もう夕食の時間だ。こちらの胃袋も、その匂いに刺激されて、にわかに空腹を感じ始める。

再び都心に戻る電車は空いていた。窓には、いつの間にか闇が貼り付こうとしている。何という長い一日なんだろう。貴子は、がらがらの座席に腰を下ろし、深々と息をついた。足がだるくてたまらない。目をつぶれば、すぐに眠れそうだ。どうせ終点までなのだから、少しでも眠ろうかと目をつぶり、ほんの少しうとうととしかかったとき、携帯電話が鳴った。飛び上がるほど驚いて、車内が空いていたせいもあったから、貴子は躊躇《ためら》わずに電話のスイッチを入れた。

「今、どこだい」

聞こえてきたのは、日比野の声だった。星野かと思って身構えた気持ちが、いっぺんにほぐれる。だが、安心している場合ではなかった。星野と一緒に行動していないことが分かったら面倒だ。どう答えれば良いだろうか、だが、嘘は言えない。疲れた頭の中でのろのろと様々な考えが渦を巻く。

「今、阿佐谷に向かっているところです」

「阿佐谷かい。星野は？　さっきから何回かかけてるんだけど、かからないんだ」

「ああ——今、ちょっと離れたところにいます」

「なら、いいんだ。じゃあ、音道から伝えてくれないか。今日は九時上がり、な。まだ確定とは言えんらしいが、やっぱり明日は休めるみたいだぞ」

「本当ですか」

「だから、まだ分からないって。どうだい、そっち。収穫はありそうかい」

「まだ、何とも言えませんが、ちょっと興味深い話は聞きました」

「本当かい。じゃあ、土産話を待ってるよ。俺らも人のことは言ってらんねえから、じゃあな」

日比野の声は快活だった。ほんの少し、元気を分けてもらった気分で、貴子は電話を切った。星野に連絡を入れなければと思う。だが、どうも、そんな気にはなれない。

——今は電車の中だし。

それに星野は、結果が出たら連絡しろと言った。まだ、本人の住まいにさえたどり着いていないと知ったら、どんな嫌味を言われるか分かったものではない。いずれにせよ電話は入れなければならないのだから、それが少しくらい遅くなっても、問題はないはずだった。勿論、星野の方から日比野へ電話でもしていれば話は別だが、そうなったら、そうなったときだ。嘘なんて、いずればばれる。

既に七時近い。池袋まで、あと約十五分。新宿を経由して阿佐ヶ谷まで行くのに、さらに二十分も見れば良いだろうか。うまくすれば、八時までには若松雅弥の居場所が摑める。本人がいれば話を聞いて、そこから急いで戻って、九時ぎりぎり。その途中の、どこで星野と合流すれば良いのだろうか。どうせ立川あたりか。

——でも、明日は休みなんだから。

今となっては、それだけに望みを託すより他なかった。貴子は再び目をつぶり、心地良い電車の揺れに身を任せていた。

13

迂闊《うかつ》だったと気付いたのは、阿佐ヶ谷の駅に降り立った後だった。西嶋明恵から聞いてきた住所は杉並区阿佐谷三丁目となっている。だが、阿佐谷には阿佐谷北と阿佐谷南があるのだ。四丁目から先ならば、阿佐谷北にしか存在しないが、三丁目では、南北どちらの阿佐谷か分からない。

「こちらの手帳にも、阿佐谷としか書いていないんですが」

仕方なく、西嶋明恵に電話をかけてみたが、彼女は半ば迷惑そうな声で、そう答えた。ついさっき、少しばかり打ち解けた口調になっていてくれたはずなのに、やはり刑事からの電話などに愛想良く応じてくれる人は少ないらしい。

「何だったら、本人に直接、電話してみて下さい。とにかくうちはもう、関係ありませんから」

それだけ言って、電話は切れてしまった。貴子は思わず天を仰ぎたい気持ちになった。駅の改札口からは、服装も年齢も様々な人々が、四方へ散っていく。辺りは微かに夏の気配を漂わせて、駅前から伸びる道の街路樹は、色濃くなった葉を小さく揺らしている。噴水の音が長閑に聞こえ、街灯の青白い明かりが、それらの風景を、どこか人工的に感じさせていた。

「それが出来れば、苦労はないんだったら」

つい独り言が出た。とにかく、もうあまり時間がないのだ。こうなったら、北と南、両方の三丁目を訪ねてみるより他ない。駅前の住居表示板で、おおよその場所を確認すると、貴子はまず、少しでも近そうな阿佐谷南から向かってみることにした。肩から背中にかけてが、ずしりと重い。履き慣れた靴のはずだが、さすがに指が痛くなってきた。土踏まずのあたりがパンパンに張っているのが分かる。素足になりたい。寝転がって足を投げ出したい。それよりも、マッサージでもしてもらいたかった。昴一に。半分まどろみながら、ゆったりと、何かの会話を交わしながら。

狭い商店街を抜けて、一歩でも奥に入ると、町はひっそりと闇に沈んでいた。時折、どこかで犬が吠える。一方通行の道を、宅配ピザ屋のスクーターが猛スピードで走り抜けていく。街灯の明かりを頼りに、住居表示を確かめながら、見知らぬ角を曲がり、また引き返すうち、何だか泣きたいような気持ちになってきた。日も暮れてから一人で馴染みのない町を歩くのが平気な女など、そうそういるものではない。いくら刑事だとはいっても、迷子のような歩き方をするのが平気というわけではないのだ。

——あの、クソトンマ。

腹立たしいのは星野だった。すべて、あの男が悪いのだ。これで九時までに捜査本部に帰り着けなかったとしたって、絶対に謝ったりするものか。

片手に手帳を持ち、きょろきょろと辺りを見回しながら、貴子はひたすら歩いた。家々の明かりが恨めしく感じられる。六畳一間らしい、ほんの小さなぼろアパートでさえ、窓を開け放って狭い軒先に洗濯物などを干してある様子を眺めると、羨ましくてならなかった。

西嶋明恵から聞いた住所は、最後が「三〇四」となっているから、三階建て以上の建物であることは間違いがないと思う。ワンフロアーに六室以上あるのなら、かなり大きなマンション、またはアパートだろう。それらしい建物があることを願って、貴子は一つ一つの角を確かめながら歩いた。ところが、貴子が目指した一帯は、もう青梅街道に近く、意外にマンションやアパートが多かった。これは、いよいよ住居表示に注意しなければならない。この中のどこかに、若松雅弥が住んでいる。それを信じて、貴子は歩き回った。

——それで事件とは無関係だったら。

とんでもない無駄足ということだ。だが、それは仕方がない。無駄足を踏むのが刑事の仕事。それに、西嶋明恵の話を聞いた限りでは、事件とは無関係にしても、多少そそられる相手であることは間違いがない。何かの話を聞けそうな気がする。

歩いているうちに、この狭い空間に、一体どれだけの人が暮らしているのだろうかと考え始めた。壁一枚、天井一枚隔てた場所に、いくつの人生がひしめき合っているのだろうか。建物の中には、オートロックの扉が部外者の侵入を阻んでいる重厚な造りのものもあれば、マンションとは名ばかりの鉄筋アパートも、オーソドックスなモルタル塗装のアパートもあった。それぞれに、何人、何十人もの人生が詰め込まれていることを考えると、息苦しくなってくる。そんなことを考えて歩くうち、いつの間にか地番を通り越していたりして、貴子は行きつ戻りつしながら、同じ区画を歩き回った。中には、狭い路地の奥に立っている古いアパートもあって、それらの一軒ずつに近づき、住居表示やポストを確かめる作業は意外なほど手間がかかった。

一度目に一周したときには、それらしい建物も、「若松」という表札の出ている部屋も見つからなかった。だが、見落としている可能性がある。あっさり諦めて、駅まで戻り、線路を挟んで反対側の阿佐谷北まで向かう決心は、まだつかなかった。もう一度、その界隈《かいわい》を丹念に見直すために、さらに一周する。それでも、見つからなかった。

――本当に、とことん、ついてない。

おまけに勘も鈍っているのかも知れなかった。疲れ果てた足を引きずるようにして、貴子はのろのろと駅に向かい始めた。もう、阿佐谷北しか残っていないのだから、見つけ出すのは時間の問題だ、今度こそ絶対に見つかるはずだと自分を奮い立たせて、ため息を繰り返しながら歩いている時、また携帯電話が鳴った。今度こそ、星野に違いない。

「今、どこにいる」

案の定、聞こえてきた声は、名乗ることもせずにそう言った。

「阿佐谷です」

自分でも疲れた声を出していると思う。だが、そんなことを察する相手ではない。返ってきたのは、「まだ?」という苛立った声だった。

「阿佐谷なんかで、何してるんだよ」

「若松を捜しています」

「たったの一人から話を聞くのに、一体、何時間かければ、気が済むんだよ。僕なんか、もう二時間も前から連絡を待ってるのに」

だったら、その時点で少しは手伝う気になればいいじゃないの。夜の住宅街で、貴子は思わず電話を投げつけたい気分になった。誰のせいでこんな思いをしなければならないというのだ。どんな手間をかけて、ようやくここまでたどり着いたと思っているのだ。

頭の中で様々な言葉が渦を巻き、その切れ端が口をつきそうになったとき、背後から人の靴音が聞こえてきた。貴子は声をひそめて「今、向かっているところですから。もうすぐ、着きます」と言った。

「もうすぐって、いつ」

「今夜は九時で上がりだそうですから、それまでには間に合わせるつもりです」

「九時って？　そんなこと、誰が言った」

星野の声のトーンが高くなったとき、背後の靴音が近付いてきたかと思ったら、不意に肩を叩かれた。貴子は電話を耳に押し当てたまま、ぎょっとなって振り向いた。電話の向こうでは、まだ星野が声を上げている。

「おいっ、誰が言ったんだよ」

「――日比野さんです」

すぐ目の前に、小首を傾げて微笑んでいる女がいた。今日は黒っぽいポロシャツ姿の女は、「刑事さん」と言って目を細める。中田加恵子だった。貴子は、どうしてこんな場所で、またもや中田加恵子と会うのかと、ただ驚いて彼女を見ていた。

「もしもしっ。どうして、僕に連絡してこない」

「あ――星野さんの電話が通じないから、私にかけてきて」

「違うよっ！　どうして君が僕に連絡しないって聞いてるんだ！」

ただでさえ思考力が落ちているのに、余計に頭が混乱する。加恵子は「やっぱり、刑事さんだった」と言いながら、なおも微笑んでいる。星野は星野で、「おいっ、聞いてるのか！」と、さらに大声を上げた。

「音道！」

貴子は、加恵子に手で謝る格好を見せた後、小走りで彼女から離れ、道の反対側まで行ってから、そのまま加恵子に背中を向けて星野の声に「聞こえてます」と答えた。

「後で、かけ直しますから。知ってる人に、会ったもので」

「何だよ、誰かと一緒なのか！」

「違います。たった今、偶然に会ったんです」

「そんなところで偶然に会う相手がいるのか。分かった。どうせ、男なんだろう。一人で勝手に動けると思って――」

「何、馬鹿なこと言ってるんですか。中田さんです」

「中田？　そんな奴、知るか」

もう、たくさん。心の底から、うんざりだった。

「どうせ、そんな程度でしょうね。とにかく、こちらからかけ直しますから。切ります」

「待てよっ。じゃあ、どうするんだ――」

相手がまだ何か言っているうちに、貴子は一方的に電話を切って、そのままバッグにしまい込んでしまった。改めて振り返ると、加恵子は身体の前で両手を組み合わせた格好で、さっきの場所に立っている。貴子は「ごめんなさい」と言いながら、大股で彼女の前まで戻った。

「びっくりしました。どうして、こんなところに？」

すると加恵子は笑顔になって「私こそ、びっくり」と答えた。

「この辺りで知ってる人に会うなんて思いませんもの。それも、まさか刑事さんに」

加恵子は笑いながら、「本当に刑事さんだった」と繰り返した。

「マンションのベランダに出ていたら、よく似た人が歩いてるのが見えたものですから、あら、ひょっとしたらと思って。この前は、ご挨拶しか出来なかったものだから」

「マンションて――お引っ越し、なさったんですか？」

「引っ越しっていうか――まあ、そうです」

「じゃあ、ここから病院に通っていらっしゃるんですか」

「ああ――まあ」

「遠くなって、大変でしょう？　ご家族の皆さん、お元気ですか？」

「ええ――」

「お父様、お具合はいかがですか？」

「刑事さん」

加恵子は意を決したように「私ね」と言いながら、真っ直ぐにこちらを見上げてくる。彼女は、貴子よりも十センチ近く背が低い。その角度から見上げられて、貴子はまたもや不思議な気分になった。貴子の知っていた中田加恵子という人は、決して真っ直ぐに人と視線を合わせようとはしない人だったように思う。いつも、ちらりとこちらを見ては、恥ずかしそうに、または逃げるように、視線を逸らしてしまう人だった。それが、こんなにも意を決したように人を見るようになったというだけでも、彼女の変化が窺われる。

「実は、あの後、色んなことがあって」

それくらいは想像がついていた。だが、こちらから聞いて良いものかどうかが、分からない。刑事としてならば、相手のプライバシーにもかなり図々しく入り込めるが、単に個人として、さほど親しいわけでもない人の私生活を覗くことは、やはり躊躇われた。

「私ね、あの家、出ちゃったんです」

「――そうなんですか」

本当は、予想以上に驚いていた。だが、相づちはあくまでも冷静だったつもりだ。

「今、別の人と暮らしてて」

「あの、競輪場で一緒だった?」

小さく頷いて微笑む加恵子の前髪を、初夏の夜風がなびかせる。その顔を眺めて、貴子は、この人は女なのだと思った。看護婦でも、妻でも娘でも母でもなく、女になったのだ。だが、それでは夫や子どもはどうしているのだろうか、夫はともかく、子どもたちは母親を失ったということなのかと考えているうち、彼女は再び「刑事さん」と貴子を呼んだ。

「ここで立ち話も何ですから、少し、お寄りになっていかれません?」

「ありがとうございます。でも、まだ仕事中ですから」

「じゃあ、ほんの少しだけ。十分くらい、ね？　この前は、あんな場所で会うし、何か懐かしくなっちゃって。私、正直に色んなこと話せる人と会えたの、本当に久しぶりなんです。前にお世話になったときから、そう思ってたんですよ」

また意外な気持ちになる。そんな風に思われていたとは知らなかった。それに、こんな感じで誘う人だっただろうか。むしろ万事に控えめで、何度、訪ねていっても、なかなか打ち解けない、そんな印象を抱いていた。生活が変わったことで、性格も変わったのか。だが、加恵子の言葉は、苛立ち、くたびれ果てていた心に驚くほど温かく沁みていった。貴子だって、話し相手が欲しかった。他愛ない話でもして、ほんの一瞬でも現実から頭を切り離せたら、どんなに良いかと思っていた。貴子は手元の時計に目を落とした。八時十五分。今から真っ直ぐ戻ったとしても、九時までに捜査本部にたどり着くのは不可能だ。皆を待たせることになる。星野はまた苛立って、嫌味を連発することだろう。

「残念ですが、今日中に、片付けなきゃならない仕事があるんです」

「この近くで？」

「ええ、まあ」

「だったら、本当にお茶だけでも、飲んでいってくださいよ。何だか、すごく疲れたお顔、なさってるわ。大丈夫ですか？」

また、心の奥底が温かく震える。そうなのだ。疲れている。それに気付いてもらえただけでも嬉しかった。貴子はもう一度、時計を覗き込み、さんざん迷った挙げ句、十分程度なら構わないだろうと結論を出した。足だって疲れている。喉だってからからだった。こんな場所で、お茶でもと言ってくれる人と会えるなんて、まさしく地獄で仏の気分だ。

「うち、本当に、すぐそこですから。どうぞ」

結局、加恵子に押し切られる形で、貴子は来た道を引き返し始めた。

14

加恵子が案内してくれたマンションは、確かにさっき、貴子も前を通った建物だった。そう新しそうにも見えないが、それなりに小綺麗な建物だ。

「ここだったんですか」

隣を歩く加恵子に言うと、彼女は目元を細めて頷く。貴子は、以前の彼女の住まいを思い出していた。日当たりの悪い、古い木造アパートだった。鉄製の階段はすっかり錆びていて元の色を失っていたし、外壁には塩化ビニール製の、木目模様を模したプレートが使用されていた。雨が降ると、ところどころ壊れているらしい雨樋《あまどい》から、びしゃびしゃと容赦なく雨水が降り注ぎ、一層みすぼらしく、淋しく見えるアパートだった。あの暮らしを捨てて、今、こんなマンションに住めるというのなら、生活は少しは楽になったということなのだろう。

「どうぞ」

先に立って二階への階段を上がっていった加恵子は、一つのドアの前まで来ると、こちらを確かめるように振り返った。そして、貴子が小さく頷くのを見てから、鍵も開けずに、そのままドアノブを捻る。ドアは簡単に開いた。戸締まりもせずに出てきたのだろうか、貴子を見つけて、すぐに飛び出してきたのかと思うと、加恵子の気持ちが察せられるようで、また少し、嬉しくなる。

「さあ、どうぞ」

部屋の奥からプロ野球のナイター中継が洩れ聞こえていた。目の前には、畳一畳分ほどの板の間が広がっている。作りつけの下駄箱がある他は、何一つとして置かれていない、生活感のまるで感じられない玄関だった。それも、貴子には意外だった。どうしても以前の加恵子の住まいと引き比べてしまう。

靴脱ぎには大小の家族の靴が散らかっていたし、下駄箱の上には干支《えと》の置物や小さな花瓶と一緒に、郵便物やチラシが置きっぱなし、片隅には靴箱が積み上げられ、すっかり色褪《あ》せた薄っぺらいマットが敷かれている、そんな空間だった。

「まだ、落ち着いてなくて、スリッパもないんですけれど。さあ」

促されて、貴子は後ろ手に鉄製のドアを閉め、玄関に入った。正面の扉からは、はめ込まれた磨りガラスを通して向こうの部屋の明かりが洩れている。ナイター中継もそこから聞こえているようだ。

「彼、は?」

「ああ、今ね、ちょっと」

言いながら、加恵子は早歩きでガラスの扉に近付いていく。貴子も靴を脱ぎ、ストッキングの足でフローリングの床に上がった。ひんやりとした感覚が、心地良かった。

通されたのは六畳ほどの部屋だった。片隅に机と椅子があり、その脇には本棚がある。中央にはローテーブル、壁際にテレビ。その画面の中で、ジャイアンツの選手がバットを構えている。部屋は、居間というよりも、書斎のような印象だった。片付いているというよりも、殺風景といった方が合っている。女性が暮らしている場所という雰囲気が、まるでない。貴子の住まいだって、そう生活感があるとは思えないが、それでも、この部屋よりはまだましだった。

「あ——この部屋は、ほとんど彼が使ってるんです」

貴子の視線に気付いたように、加恵子が言った。そして、とにかく座ってくれと言いながら黒とグレーのチェックのクッションを指す。貴子は言われるままに、ローテーブルに向かって腰を下ろした。

「飲み物、持ってきますから。ちょっとお待ち下さいね」

いそいそと部屋を出ていく加恵子の後ろ姿に「お構いなく」と声をかけてから、貴子はテレビの画面に目を移し、それから改めて室内を見回した。彼というのは競輪場で見かけた男に違いない。あの、フリーター風のピアスの男とこの部屋では、どうも釣り合わない気がする。だが、一人で何かしている人なのかも知れなかった。つまり、この部屋はもともと彼氏が住んでいて、そこに加恵子が転がり込んだということなのだろうか。

ふと、机の前の椅子に目がいった。単なる事務用の椅子というよりは、もう少し凝っているようだ。背もたれの部分が高く、微妙なカーブを描いていて、座面も中央が凹んでいる。肘当てつきの、少し贅《ぜい》沢《たく》なイメージの椅子。

——こういう椅子を、どう評価する？

貴子はつい立ち上がって、その椅子に腰掛けてみた。背もたれに身体を預け、目をつぶる。なかなか、座り心地が良いようだ。こうしてじっとしていると、疲れた頭の芯が、徐々にほぐれていく気がする。肘当てに腕を置き、その感触を手のひらで味わいながら、貴子は昂一のことを思った。明日になったら彼に会える。やっと。この長い一日の話を聞いて欲しい。加恵子のことも、話したかった。

——夫も、子どもも捨ててきたんだって。

思い切ったことをするものだ。貴子には、とても真似の出来ないことだと思う。何もかも捨てて、そこで彼女は何を得たのだろうか。椅子に腰掛けたまま、貴子は何気なく机の上を見回した。きちんと整理された机には埃もたまってはおらず、よく使用されている様子が窺えた。目の前にはノートブック型パソコンが置かれているだけで、正面にはコンピューター関係の本が並んでいる。貴子には興味さえそそられないような本ばかりだ。

さらに、机の脇に置かれたスチール製の本棚にも視線を移した。同様にコンピューター関係の本が多いようだ。その他は、金融システム、ビジネス書、雑誌など。雑誌はやはりコンピューター関係、それから銃の月刊誌。

——コンピューター。金融。銃。

それらを総合すると、ああいう男のイメージにつながるのだろうか。コンピューター関連の仕事をしていると言われれば、分からないでもないと思う。コンピューターを使って金融関係の何をしているのか。銃は趣味なのだろうか。

加恵子が消えた部屋の方で、ことん、と音がした。貴子は急いで椅子から下り、もとの位置に座った。

「お待たせしちゃって。冷たい方がいいですよね」

戻ってきた加恵子は、両手にグラスを一つずつ持っていた。そして、「どうぞ」と一つを貴子の前に置く。黒っぽい色のついたタンブラーにはオレンジジュースが満たされていた。貴子は「いただきます」と会釈して、そのジュースを眺めた。なかなか戻ってこないから、コーヒーでも淹《い》れているのかと思った。だが、ジュースの方が有り難い。何しろ、喉が渇いている。ゆっくりと飲むつもりだったのに、あまり甘くないオレンジジュースは滑るように喉に入り、貴子は半分以上も一息に飲んでしまった。

「ああ、美味《おい》しい」

思わず息をつく。自分も向かいに腰を下ろした加恵子は、半ば驚いたようにこちらを見ていたが、またにっこりと笑った。

「大変ですねえ、刑事さんのお仕事も」

テレビの中で誰かがヒットを打ったようだ。実況の声が早口に「ライトの頭上を越えた！」と叫び、同時に歓声と太鼓の音が鳴り響く。貴子は思わずちらりとテレビの画面を見、それから加恵子に視線を戻した。彼女は、プロ野球になど何の興味もないかのように、素知らぬ顔で自分の手元を見つめている。

「今日は、彼は？」

もう一度、聞いてみた。プロ野球は、相手の男が見ていたのではないかと思ったからだ。だが加恵子は、やはり「ええ」と曖昧《あいまい》な表情になるばかりだった。そういえば、さっき加恵子は、ベランダから貴子の姿を見かけたと言った。なぜ、ベランダになど出ていたのだろうか。もしかすると男と喧嘩でもして、飛び出していった彼を見るために、出ていたのではないだろうか。

――幸せじゃないの？　すべてを捨ててきたっていうのに。

残りのジュースを飲みながら、貴子は考えを巡らせた。改めて眺めても、確かに加恵子は変わったと思う。服装は地味だが、化粧もしているし、雰囲気そのものが若やいだことは間違いがない。だが、以前は感じられなかった憂いのようなものが、確かにその表情には感じられた。

「伺っても、いいですか」

「——何でしょう」

「彼は、お仕事は——何をしていらっしゃるんですか？」

加恵子は一瞬、口元を引き締め、落ち着きなく視線をさまよわせた。

「自由業っていうか。何か、やりたいことはあるみたいですけど」

加恵子は、そこで微かにため息をついて、呟くように「何、やりたいんだか」と言う。そんなに、しっかりしていないのだろうか。それで、この部屋に住んでいるのだろうか。すると、やはり生活は加恵子が支えていることになるのか。次から次へと疑問が湧いてきた。

「まだお若い、ですよね」

今度は、探るような口調になったのが自分でも分かった。加恵子はまた頷き、「大分、年下」と笑った。そして、今度は大きくため息をつく。

「何でって、思っていらっしゃるでしょう」

「——まあ、よく決心されたなあ、とは」

加恵子の視線が遠くを見つめる。その表情は、貴子も見覚えがあった。彼女はいつも、どこか遠くを見るような目つきになった。ひったくりに襲われた直後も、バッグの中に写真が入っていたと言っていたときも、そのバッグが見つからなかったときも。

「何か、疲れちゃったんですよね。もう、ほとほと、嫌になっちゃって。毎日、毎日、私、何のためにこんな苦労してるんだろうって」

最後に残った一口分のジュースも飲み干してしまった。溶けかけた氷が微かに鳴って、唇に冷たい感触が触れる。空になったグラスをテーブルに戻しながら、貴子は加恵子の言葉の続きを待った。

「子どものためだと思って、これでも我慢はしてきたつもりなんです。でも、何ていうか——あの子たちが一人前になった後、じゃあ、じゃあ、その後の私には、何が残るんだろうなんて、思っちゃって」

靴を脱いだ足が、鈍く痺れている。肩から先の腕が、重く感じられた。胃袋が急な刺激に驚いたのか、にわかに空腹を感じ始め、同時に、何だか熱くもなってきた。だが、こんな疲労さえ、目の前の加恵子が背負ってきた人生に比べれば、どうということもない。一晩、寝れば、忘れる程度のことだ。

「ここで踏ん切らなきゃ、もう絶対に、違う人生なんか歩けない、あのまま、蟻地獄みたいな一生で終わるって、そう思って」

「それで——出られたんですか」

「勿論、一人じゃ無理だったと思います。とても決心なんか出来なかったって。そんなときに彼と出会って」

どこで、どういうきっかけで、あんな若い男と知り合ったのかを聞いてみたかった。すべてを捨ててまで選んだのは、どういう理由からか、それを聞いてみたいのに、頭がうまく働かない。ゆっくり座って、急に緊張が解けたせいだろうか、頭の芯が鈍く痺れて、思った通りの言葉が口から出ないような気がする。

「後悔、してないんですか」

やっと、それだけを言った。加恵子は、こちらを覗き込むような顔で「ええ」と頷いた。駄目だ。このままでは眠くなりそうだった。とにかく若松雅弥の家を探し出して、今夜中に訪ねて——。我に返って時計を見る。八時四十二分。

「ご免なさい、もう、お暇《いとま》しなきゃ」

貴子は、テーブルに手をついて身体を持ち上げようとした。ところが、手に力が入らない。頭が朦朧《もうろう》として、視界が揺れる。肘ががくりと曲がり、同時に上がりかけていた腰が、また床に落ちた。

——おかしい。

いくら疲れているからといって、こんな具合になったことはなかった。もう一度、身体を起こそうとするが、さらに視界が揺れて、瞼が重くなる。

「――どう、なさいました?」

加恵子の声がわずかに遠く聞こえた。貴子は目を覚ますように激しく首を振り、目の焦点を加恵子に合わせようとした。その時、奥の部屋でガタン、と音がした。その衝撃音に刺激されたのか、重くなっていた瞼が、はっきりと開かれ、一瞬、目の焦点が合った。

「どなたか、いらっしゃる?」

「あ――いいえ」

加恵子が急にそわそわとしたように言った。そして、貴子の顔をじっと見つめている。

「何ですか――ああ、いえ。もう本当に、お暇します」

もう一度、立ち上がろうとする。注意深く、ローテーブルに手をついて。視界が揺れる。だが、ここで倒れるわけにはいかなかった。

「無理ですよ」

その時、妙に遠く、加恵子の声が聞こえた。貴子は、テーブルに手をついたまま、ようやく腰を上げた姿勢で、加恵子の顔を必死で見つめた。

「もう、薬が効いてきたわ」

「薬って――中田さん、あなた――」

自分が何を言おうとしているのか、まるで考えがまとまらなかった。その時、加恵子の背後の引き戸が開いた。奥から茶色い髪の男がこちらを見ている。何だ、いるんじゃないの。どうして嘘なんか――。

背を伸ばそうとすると、足下がふらついた。頭が石のように重い。貴子は、懸命にその頭を支え、男の方を見た。その時、揺れる視界の片隅に、何かどす黒いものが見えた。男の足下に。どす黒い――。

頭の奥で、警告ランプのようなものが点滅した気がした。反射的にふらつく足を前に踏み出し、貴子は男の方に近付いた。男の驚いた顔が揺れている。ティーシャツ。ジーパン。白い靴下——そして、どす黒い広がり。鈍く光っている細長いもの。男の手に握られて、黒っぽい——。

「あなた——そこで」

前のめりになりそうな姿勢で、やっと男に近付く。男の顔を見るつもりだったのに、貴子は、そのままの姿勢で引き戸に手をついたまま、身動きが取れなくなった。細長いそれは、何か物騒な——ライフル？

そして、血の海の中に、男が倒れていた。不自然に手を捻り、顔をこちらに向けて、動かない男が倒れている。丸顔。小柄。鼻からずれた眼鏡。三十代——。

——ああ、何て馬鹿なの！

かろうじて稼働している脳味噌が、貴子自身を罵った。恐怖が、どろどろとした粘液のように広がっていく。なぜ、素早く考えられない、行動できない。今、自分は何を見、どういう状況に置かれているのだろうか——。

「間抜けな女だ」

頭の上から馴染みのない声がした。何とか顔を上げようとしたが、もう駄目だった。身体を支えきれずに膝が折れ曲がり、引き戸についていた手が、ずるずると滑り落ちる。

「余計な手間、かけやがってよ。出しゃばるから、こういうことになるんだ」

どこか、遠くで声がした。その声を聞きながら、貴子は目の前に床が迫ってくるのをぼんやりと眺めた。

——いや、伸びている、伸びている！　センター、ジャンプして、届かない！　入りましたぁ！

頰に、ひんやりと冷たい感覚が当たる。駄目だと分かっていながら、瞼を開けている力が、もうなかった。歓声が貴子自身を包んでいるようだ。頭の中に黒い霧が立ちこめ、その霧の向こうから、「やっと効いたわ」という声を聞いた気がした。それきり、闇に沈んでいった。

第三章

Ⅰ

室内には、奇妙な雰囲気が漂っていた。普段とは明らかに異なる電話で、しかも警視庁本部に召集された滝沢たちは、あまり広くない会議室に集められたまま、ぼんやりと時を過ごしていた。既に集合時刻の午後三時を十五分以上経過している。普段、滝沢たちが呼び出される時といえば、一刻を争う事態である可能性が高い。全員が顔を揃えるのを待たずに、現場に着いた者からすぐに動き出すのが当たり前だし、何しろ、こんなにのんびりと過ごしている暇など、あるはずがないのだ。それなのに、いつもいの一番に現場に到着して指揮にあたるはずの吉村管理官が姿を現さないばかりか、柴田係長も来ず、召集をかけられた全員が、一体どこの誰がいなくなり、どこへ出向いて仕事をすることになるのかさえ、何も知らされていない。

「何か、嫌な予感がするなあ」

刑事の一人が誰にともなく呟いた。腕組みをして、ぼんやりと天井を見上げていた滝沢も、まったくだと答える代わりに、ぽかんと口を開けたまま、小さく首を揺らした。確かに、その通りなのだ。所轄署なら所轄署で、この特殊班なら特殊班で、どんな緊急の事態でも定石通りの動き方というものがある。所轄少なくとも、一刻を争う非常事態が起こった時に動くはずの特殊班が全員で雁首《がんくび》揃えて、あくびをかみ殺していること自体、既に普通ではない。

「ご苦労さん」

吉村管理官が柴田係長と共に会議室に現れたのは、それからさらに五分ほどもしてからだった。姿勢を正して椅子に座り直した滝沢は、その二人を見て、またもや妙な気分になった。どんな真夜中でも、明らかに酒が残っているらしいときでも、常に引き締まった表情を見せている管理官が、今日に限っては、どうもはっきりしない、曖昧な顔をしている。同様に係長の方も、眉間に微かな皺《しわ》を刻み、何となく不愉快そうな顔に見えた。どうも、これから新しいヤマに取り組むという雰囲気ではない。むしろ、捜査がどつぼにはまって身動きが取れなくなった時のような顔つきだ。

「厄介なことになってな」

ホワイトボードを背にして、コの字型に並べられた机の中央に腰を下ろした管理官が、まず口を開いた。滝沢たちは身じろぎもせずに机に向かい、管理官を注視した。

「事件性ありとは、まだ判断がつかない事案だ。もしかすると、とんだ茶番か、ことと次第によっては大変な事態、しかも、発生は昨夜だっていうんだが――うちの人間が一人、いなくなったらしい」

係長が、素早く捜査員たちに資料を回す。隣の刑事からその資料を受け取った滝沢は、一瞬、我が目を疑った。警視庁に在職している警察官の身上書のコピーだった。右上には写真が貼付されている。真面目くさった顔をして、真っ直ぐにこちらを見据えている色白の顔。やや大きめの二重瞼の目元と、引き結んだ口元は、実物よりも多少、きつい印象を与える。もしかすると、何年か前の写真なのかも知れない。何だって、ここで、こいつの写真を見ることになったんだ。

「音道貴子巡査長。昨日まで、武蔵村山署に設置された特捜本部で捜査活動に従事していた。四月の末に発生した、占い師夫婦殺害の件だ」

係長が説明を始める。それを聞きながら、滝沢は音道の身上書に目を通し、再び顔写真を眺めていた。

「昨夜、九時の捜査会議までに本部に戻ってこなかった。その時点では、相方の刑事が音道は気分が悪くなったため、先に帰らせたと報告したらしい。ところが今日になっても本人から連絡がなく、携帯電話、自宅の電話も出ない。捜査本部は、今日は公休日ということで大方の捜査員たちは休んでいるが、デスク要員が気になって、相方の警部補にもう一度電話で尋ねてみたら、初めのうちは知らないの一点張りだったが、突き詰めて聞いてみたところ、今日の昼過ぎになって、実は音道とは昨日の昼前後に別れたきりだと言ったのだそうだ」

「昼？　じゃあ、気分が悪くなって先に帰したっていうのは嘘だったんですか」

刑事の一人が口を挟んだ。係長は、相変わらず不愉快そうな、いかにも面白くないといった顔つきのまま、「まあ、そうだな」と答えた。

「最後に電話で話をしたのが午後八時十五分頃だったが、その後、どうしたのかは知らないそうだ」

滝沢たちは互いに顔を見合わせた。そりゃあ、まずいだろう、どういうコンビだったんだ、どうしてそんな嘘をつく必要がある、そんなやり取りが、視線だけで交わされる。

「その、相方の言うところによると、音道巡査長は最初から勝手な行動が多く、相方の指示にも従わないことから、再三、注意していたが、昨日、とうとう警部補がかなり厳しく叱責したというんだな。すると音道は感情的になって、それなら自分は一人で行動するからと、どこかに行ってしまったっていうことなんだが――」

「そんな奴じゃ、ないですよ」

身上書に目を落としたまま、滝沢は係長の言葉を遮った。目を上げると、係長の眉間の皺が一瞬さらに深くなり、それから先を促すように眉が押し上げられる。滝沢は管理官や周囲の仲間たちを軽く一瞥《いちべつ》した後、「音道は、そういう奴じゃないです」と繰り返した。一番端に座っていた平嶋が、相変わらずひっつめ頭の女教師のような雰囲気のまま、驚いたように眼鏡の奥からこちらを見ている。俺だって、何も女刑事の全員を悪く言うつもりなんか、ありゃしねえんだ。

「滝さん、知ってるのかい」

管理官がわずかに口を尖《とが》らせたまま、ゆっくり大きく顎をしゃくるようにした。

「一度だけですが、ある本部事件の時に、組んだことがあります」

刑事たちの視線を一身に集めながら、滝沢は以前、音道と組んだときの話を簡単に説明した。

「頑固で融通のきかないところは、確かにありますが、仕事熱心な、いい刑事です。根性もあるし肝っ玉も据《す》わってる、女だてらに、よくやってると思いました」

自分の口からこんな言葉が飛び出すとは思っていなかった。だが、正直な感想だ。自分なりにあの小生意気な女刑事を認めていたことに、滝沢は初めて気付いた気分だった。そう、多少、面倒臭い部分は確かにあったが、後から考えると、そう悪いコンビでもなかったと思う。

「あたしの印象じゃあ、音道は勝手に一人で行動したり、上司の指示に従わないなんていうことは、まずないはずです。ちょっとやそっとのことで感情的になる奴でもありません。むしろ、何を考えてるのか分からないくらい冷静で、それが、ちょっと癪に障るくらいでしたが——まあ、そうじゃなけりゃあ、あたしらと組んだり、出来やしませんからね」

「すると、相方の言ってることが、どうもおかしいっていうことですね」

現在の滝沢の相方である保戸田が難しい顔で呟いた。

「とにかく、だ。今のところはまだ事件性ありと断定することは出来ない。だが、もしも音道巡査長が何らかのトラブルに巻き込まれて、その結果、捜査本部に戻れない、連絡も出来ない状況にあるとすると、今の時点で、既に二十時間近くが経過していることになる」

さっきまでの奇妙な空気が、すっかり緊張をはらんだものに変わっていた。滝沢の脳裏には、自分の隣を歩いていたときの音道の横顔や、疲れて目をつぶっていたときの表情、真冬の高速道路を、一人でオートバイを飛ばしていた姿などが次々に浮かんでいた。何だって？　音道が、いなくなったって？　どういうことなんだ、奴の身に、何があったっていうんだ——。

「とにかく、相方の警部補、他の捜査本部員からの聴取を急ぐことだな。それから、音道巡査長の自宅、実家の確認。昨日の足取りの捜査、と」

吉村管理官の表情も、さっきまでの曖昧さは消え失せて、厳しいものに変わっている。十六人の捜査員たちはそれぞれの手帳に、管理官の指示を書き取った。そして五分後には、一斉に警視庁を飛び出していた。

武蔵村山署に向かう車の中で、滝沢は、何度となく深呼吸を繰り返していた。息苦しいというより、胸が痛いような感じがする。柄にもなく動揺しているのが、自分でも分かった。あの音道に、もしものことがあったら、どうすれば良いのだろう、どうすれば、どうすれば、と頭の中で同じ言葉ばかりが繰り返されているのだ。どうするもこうするも、とにかく行方を捜すしかないことは分かっている。だが、もしも犯罪に巻き込まれたとすると、既に二十時間以上も経過していることを考えたら、最悪の事態を覚悟しなければならない。

「滝さんが、女の刑事と組んだことがあるなんて、思ってもみませんでしたよ」

ハンドルを握る保戸田が口を開いた。滝沢は助手席で太鼓腹を突き出したまま、「おうかい」と答えた。どうも、このシートベルトという奴は窮屈でいかん。

「だって、うちの平嶋に対してだって、誰よりもつっけんどんじゃないですか」

「そんなこたあ、ねえよ」

「ありますって。よくそれで、女の刑事と組んでましたね」

保戸田は三十八、九のまだまだ身の軽い刑事だ。濃すぎる眉毛とひげ剃りあとが顔全体を田舎臭い印象にしているが、なかなか度胸もあるし、繊細な部分も持ち合わせている。

「それじゃあ、音道が偉かったってことになるじゃねえか」

「まあ、そうなるのかなあ。滝さんが今と変わってないとすると」

「俺あ、今さら変わったり出来ねえって。つまり、音道っていうのは、そういうデカだってことなんだよ。相方が、絶対、何か隠していやがるんだ」

まさか。あの姉ちゃんが、そう簡単にくたばるはずがねえ。身体は細っこいが、どうしてどうして、しぶとい姉ちゃんだったじゃねえか。いつかまた、どこかで組むこともあるかも知れないと、その時には、帰りに一杯飲むくらい、誘ってやっても良いかも知れないと、そんな風に思っていた。その音道が、消えたという。冗談ではなかった。

武蔵村山署に着いたのは、陽が大分傾いて、長閑《のどか》な夕暮れの気配が近付いてきた頃だった。呼び出しを受けて、滝沢たちを待っていたらしい音道の相方は、星野という若造の警部補だった。心なしか強張った表情で、星野は当初、「知りません」を繰り返した。

「知りませんて、どういうことなの。あんたの相方でしょう」

小さな会議室で二人きりになると、滝沢は煙草に火をつけながら、星野の顔を観察した。今、保戸田は捜査本部のデスク要員らから情報を集めている。

「ですから僕は――」

星野はそこで小さく舌打ちをし、「だから、嫌だったんだよな」と呟く。

「何が、嫌だったんだい」

滝沢は、出来るだけ穏やかな口調で、ゆったりと星野を観察していた。薄い眉の下の細い目が、ちょろちょろと落ち着きなく揺れている。喉仏《のどぼとけ》が頻繁に上下に動いた。生唾でも飲み下しているのか。それほど緊張を強いられる場面なのか。

「彼女と、組むことが、です」

「ほう、どうして」

すると星野は、さっと顔を上げて、いかにも同意を求めるような表情になり、「だって」と口を開く。

「女、ですよ。ああでもない、こうでもないって文句ばっかり多くて、おまけに、僕の方が年下なのが気に入らなかったんじゃないですかね。こっちが何を指示したって、素直に聞こうとなんかしないんですから。だから僕、つい『勝手にしろ』って怒鳴ったんです。そうしたら、『はい、そうします』なんて言っちゃって、さっさとどこかに行っちゃって」

「どこかって?」

星野は薄い唇をわずかに尖らせて、「それは」と声の調子を落とした。

「聞き込み、だと思いますが」

「どこに?」

「ええ——それは——」

「昨日、どこに回ることになってたかっていうのは、当然、相方のあんたも、知ってるわけですよね」

星野は小さく頷く。

「だったら、そこで勝手に離れていったとしたって、あんたが追いかけていけば、嫌でも会うんじゃないですか」

「でも、僕と一緒に行動するのは嫌だって言ったんです。だから僕は、とにかく自分に与えられた仕事をしようと思って。もう、音道なんか放っておこうって」

「で? 音道はどこに向かったんです」

それも知らないと、星野はつまらなそうに呟いた。

「知らないってこたあ、ないんじゃないか」

「だって、僕の言うことなんか聞かないんですから、どこに行ったかなんて確証は、ありませんから。僕は、そりゃあ、一人でも仕事しますよ。でも、彼女はどこかで羽根を伸ばしてただけなのかも知れないし」

何をごちゃごちゃ、ガキの言い訳のようなことを並べ立てているのだ。第一、相方が行方不明になった可能性があるというのに、この男はまるで心配している様子がないではないか。野郎、何を隠していやがる、一体どういう奴なのだと、攻め方を考えている時に、保戸田が顔を出して滝沢を手招きした。

「今、確認をとってもらってますが、捜査本部内に噂が流れてたんだそうです」

「噂?」

「音道刑事が、星野さんをふったって」

「ふった？」

廊下に出て保戸田の話を聞いた滝沢は、ぽかんとなって目を瞬いた。保戸田は、笑って良いのか深刻な顔をするべきか決めかねているような表情で、滝沢の顔を覗き込んでくる。

「仕事中に、何、考えていやがるんだ」

ちらりとドアの方に目をやって、ますます苛立ちが募ってくる。野郎、音道に手を出そうとしていたのか。

「それ以来、急にコンビもぎくしゃくし始めてたんだそうです。星野さんの逆恨みって奴ですかね」

刑事だって人間だ。惚れた思いが遂げられないと分かって逆上したか。まさか、星野が音道をどうにかしたわけではないだろうなと、様々な考えが浮かんでくる。

「今、噂の出所を探してもらっていますから」

「ああ、それと、昨日、あの二人がどこに回ることになってたか、資料、出してもらってくれねえか」

頷いて足早に去る相方の後ろ姿を見送ってから、滝沢は会議室に戻った。ちょうど、星野が背を反らして大きく伸びをしている最中だった。野郎、仲間を何だと思っていやがる。滝沢は、意識的にゆっくり微笑《ほほえ》みながら、元の席に座った。

「お疲れですね」

「そりゃあ、まあ。ついてないですよ、こんなヤマに当たるなんて。誰のくじ運が悪いのかな」

「おまけに、変な女と組まされるし、ねえ」

「本当です。やっと一日、休めることになったたっていうのに、結局こうやって呼び出されてるんですからね」

「ふざけるなっ！　相方が今、どうなってるのか、少しでも心配じゃねえのかよ、ええっ！」

思わず机を叩いていた。大あくびの名残か、細い目に涙を滲《にじ》ませ、口を半開きにしたまま、星野は表情を強張らせていた。

2

星野が音道にふられたという噂の出所は、間もなく判明した。今日は出てきていない捜査員の一人が、音道自身から直接聞いたのだそうだ。しかも、その時も星野は一人で癇癪《かんしゃく》を起こし、張り込み中の持ち場を勝手に離れていたという話だった。

「なるほどなあ。つまり、野郎の言うことを全部、ひっくり返して聞けばいいってことだな」

保戸田の報告を聞いた滝沢は、廊下で思わず唸った。

「昨日、音道刑事が戻ってこなかったことについては、その日比野という人も不思議に思ったそうです。それに、昨日が九時上がりだっていうことは、日比野さんが音道さんに知らせたらしいんですよね。その時も、星野さんとは連絡が取れなかったとかで。とりあえず、電話で話してても埒《らち》が明かないんで、これから、こっちに来るって言ってたそうですが」

滝沢は大きく頷いた。そういうものだ。仲間が行方不明になったと聞けば、たとえ自分の相方ではなくとも、それくらい心配するのが当然ではないか。

「それにしても、ふざけた野郎だぜ。浮世絵の出来損ないみてえな面しやがって」

「ちょっと、可愛がりますか」

何とまあ、ヤクザまがいの台詞の似合わない男なのだ。滝沢は純朴な農夫のような顔立ちの保戸田を見て、ふん、と鼻を鳴らした。

「阿呆に関わってる暇なんか、ありゃしねえよ。やつのグダグダした言い訳なんか聞いてる間があったら、昨日の音道の足取りだ。奴らの昨日の聞き込み先、それかい」

保戸田が手にしていたコピー用紙をひったくるようにすると、滝沢は、今度は彼に頷きながら再び会議室に戻った。保戸田も後からついてくる。

「昨日、あんたが聞き込みに回ったのは、このうちのどれですかね」

「全部です、もちろん」

「すると、音道は？」

音道と最後に連絡を取ったとき、彼女は阿佐谷にいたという。それは事前に聞いていた。だが、五人の氏名と住所が書かれたリストに、阿佐谷という住所は見あたらない。

「だから、知りません」

リストを眺めながら、滝沢は机を回り込み、星野のすぐ傍まで行った。そして、澄ました顔をしている彼の肩を、わざと埃でも払うように叩いてやる。星野が、おや、というようにこちらを見たところで、滝沢は、彼の上着の襟首を締め上げた。

「いい加減、くだらねえ嘘はやめましょうよ、ねえ。下手すりゃあ、音道の生命がかかってるんだ。あんた、一度は惚れた女が、その辺でくたばっててもいいのか。それも、俺らの仲間がよ」

「大袈裟《おおげさ》だな。心配いらないですってば。だって彼女、誰かと一緒だって言ってたんですから。きっと男ですよ」

「男？　音道の男ってことかい」

「決まってます。これまでだって仕事中に、年がら年中、電話してたんだから」

いかにも憎々しげに言う星野の襟首をさらにねじ上げながら、滝沢は、「本当のこと、言えよ」と歯の隙間から唸るように言った。

「言ってますってば」

「じゃあ、どうして音道は阿佐谷に行ったんですかね」

「どうしてって――」

「この五人、全部に当たりますよ。昨日、話を聞きに来たのは男の刑事か、それとも女の刑事かって」

星野は苦しげに横を向いていたが、やがて、かすれかけた声で「分かりましたよ」と言った。本当に手間をかけやがる。一体、何だってえんだ、この男は。

「そのリストの、一番下の男だけ、音道に任せました」

「後の四人は、全部あんたが？」

「上の二人は、午前中に——一緒に回りました」

つまり、最後の男、若松雅弥の居所を追っているうちに、阿佐谷まで行ったということだ。滝沢は、ようやく星野を解放すると、保戸田に頷いて見せた。リストに出ている大宮の住所をすぐに確認する必要がある。時間の短縮をはかるためには、他の捜査員に大宮まで出向いてもらい、滝沢たちは阿佐谷に向かって連絡を待つ方が手っ取り早いと思われた。万事を心得ている保戸田は、素早く部屋を出ていく。滝沢も後に続こうとして、最後に、スーツの襟を直している星野を振り返った。

「あんたさあ」

新しい煙草を取り出しながら、滝沢は、さすがに顔を紅潮させている星野を見据えた。

「だてに刑事やってるわけじゃ、ないんでしょう」

星野は、いかにも不愉快そうな顔で、こちらを見つめ返してくる。

「嘘って奴は、いつかはバレる。それくらい、百も承知してるでしょうが、ねえ」

「僕は、嘘なんかついていませんよ」

「ふざけんなよ、ああ？　たった今だって、あんたは全部一人で聞き込みをしたって言ったろうが。それからして嘘じゃねえか」

三十そこそこというところだろう。それで、階級は滝沢と同じだ。こういう野郎が出世するのかも知れない。そして、自分の都合の良いように周囲を振り回して、組織を内側から腐らせていくのだ。

「音道が、本当に最後の一人に当たったかどうかなんて、僕は知りません」

気色ばんだ様子で、星野は挑戦的に滝沢の視線を跳ね返してくる。鶏冠《とさか》にくるとは、このことだと思った。血圧が一気に上がってくるのが自分でも分かる。滝沢は、机に片手をつき、身体を傾けて星野を見た。

「心配じゃ、ないのかね。自分の相方に、もしものことがあったかも知れないんだよ」

「もしものことなんて、あるはずがないじゃないですか」

「どうして、そんなことが言えるんです？」

「あの女は、勝手に行動して、勝手に帰ったんです。そうに決まってる」

「だから、どうして、そんなことが言えるのかって聞いてるんだよっ！」

思わず机を叩き、滝沢は立ち上がって身を乗り出した。

「だって——知りませんよ、そこまで」

「知らないだ？　知らなくて、勝手なことを言うのかっ。あんた、金玉ついてんのか？　仕事中に、どういう目で音道を見てたんだよ、ええ？　あわよくば、一発くらいやらせてもらえるとでも思ったのかよ、ああ？　ふられたくらいで、よくもそこまで逆恨み出来たもんだな」

一瞬のうちに、星野の顔が真っ赤になった。図星か。

「こ——粉かけてきたのは、向こうだ」

「ふざけんな。音道はな、おめえみたいなタイプは、きっとウジ虫以上に嫌いだよ」

「あ、あんたに何が分かるっていうんだっ。あの女のことを知りもしないで、よくも——」

「知ってんだよ！　あいつは、俺と組んでたことがあるんだっ。少なくとも俺は、あんたよりもずっと音道を知ってる」

星野は呆気に取られたようにこちらを見ている。滝沢は、その顔に煙草の煙を吹きかけた。

「なあ、あんたが本当のことを言わなかったことが、これからどういうことになるか、よおく見ておくことだ」

「――何ですか、それ」

「勤務中の刑事が、それきり連絡を絶ったっていうことが、どういうことか、少しは頭を働かせろって言ってんだ。昨日や今日、働き始めたガキじゃあるまいし、あの音道が、自分の立場も忘れて、男といちゃついてるとでも、あんた、本気で思ってるのかっ！」

さすがの星野も、半ば怯えたように細い目を見開いた。こんなクソ馬鹿と組んでいたとは、こんな間抜けが仲間だとは、こんな生煮え野郎がデカだとは――いよいよ、音道の身が案じられた。

「音道の身に何かあったら、あんたの責任だからな。あんたが、その身体で、責任とるんだ」

星野は薄い唇を微《かす》かに震わせ、何か言おうとしたようだった。だが、声が詰まっているのか、それとも喉が貼り付いてでもいるのか、何も聞こえてはこなかった。

「ああ、念のためにね、あとであんたのアリバイ、聞くから。いいな」

「どうして僕が――」

「音道の行方が本当に知れないとすると、あんたにも疑いがかかるっていうことだ。動機は十分らしいじゃないか」

勝手に帰るなよと言い残し、滝沢はそのまま建物を出た。既に電話連絡を終えたらしい保戸田が、車のエンジンをかけて待ち構えていた。

「煮ても焼いても食えない奴ですね」

車を発進させながら、保戸田が言う。その横顔を見て、滝沢は深々とため息をついた。

「さすがの音道も、野郎にはさぞかし手こずったこったろうよ」

可哀想に。そうだ、可哀想だ。一体誰が、あんな野郎と音道とを組ませたのだろうか。考えれば考えるほど、腹が立ってくる。変だな、このところ、滅多なことでは動じなくなっていたつもりなのに、こんなに慌てている自分が不思議だった。だが、当たり前だ。何も音道だからということではない、仲間だからだ。

阿佐谷に向かう車の中で、滝沢は音道が昨夜から自宅に帰っている形跡もなく、実家にも連絡を入れていないことを知らされた。いよいよ悪い方向に向かっているということだ。

——生きてくれ。せめて。

特殊班にいる限り、誰かの行方が分からなくなったと聞けば、いつも思うことだった。だが今度ばかりは現実味が違う。唇を嚙み、真っ直ぐに前を見つめながら、滝沢は自分の前をオートバイで走り抜ける音道の幻を見ていた。見失ってなるものか、一人だけにしてなるものかと、彼女を追い続けた日のことが蘇《よみがえ》る。畜生、何が何でも見つけ出してやる。絶対に無事で探し出す。

約一時間後、音道は昨日、確かに大宮の家を訪ねていたという報告が聞かれた。だが、聞き込み先にいるはずの若松雅弥は既に転居しており、音道は、その転居先を求めて移動したらしい。おそらく、その挙げ句に阿佐谷までたどり着いたということなのだろう。

「大宮駅前の不動産屋に行っている。そこから新座に行ったらしい」

「新座で阿佐谷の住所を教わったそうだ。その後で一度、その家に住所確認の電話を入れている。阿佐谷北か南、どちらか分からないということで」

その報告を聞いた段階で、滝沢たちは青梅《おうめ》街道沿いに車を停めていた。ここからなら、阿佐谷南の住所の方が近い。

「まず、南だな」

日の入りの時刻が一年でもっとも遅い季節だった。それでも辺りには夕暮れが広がり始めている。音道が連絡を絶ってから、そろそろ丸一日たとうとしていた。

近くまで車を走らせ、目指す住所の前を一度、通過して、ワンブロックほど先で車を停める。そこからは徒歩で探したところ、報告を受けた住所にはマンションが建っていた。

「了解。取りあえず内偵から始めてくれ。そのマンションに監禁されている可能性の見極めだ。誰かいるようなら、我々の到着を待って欲しい」

既に特殊班専用の指揮用資機材を搭載した車両でこちらに向かっているはずの管理官の声は落ち着いていた。

「了解しました。五分以内に報告入れます」

無線用のマイクを握っている滝沢の隣で、保戸田は早くも上着を脱ぎ、ネクタイを緩めている。日曜の夕暮れ時に、むさ苦しい男が二人、しかもスーツにネクタイで歩いていれば、嫌でも目立つ。音道が監禁され、しかも犯人が傍にいる場合を想定して、万に一つも相手に気取られないように工夫をしなければならない。車両には、普段から二、三種類の変装用の衣類が積んであった。保戸田はその中から、グレーの地味なポロシャツを選び出した。下着の上から、まず防刃防弾チョッキを着込み、さらにポロシャツを着る。ただでさえ大きな身体が、さらに厚く見えた。

「取りあえず、自分が見てきますから。滝さんも、その間に」

「おう、着替えとく」

野球帽をかぶった保戸田は、よし、と言うように一度頷いてから、車を降りていく。お世辞にも上手な変装とは言い難いが、一応は中年太りの暇そうな親父らしくは見えた。その姿を見送りながら滝沢も上着を脱ぎ、防刃防弾チョッキを着込んでから、宅配便業者に見えるジャンパーを羽織った。そうこうするうちに、すぐに保戸田が戻ってくる。

「三〇四号室ですよね。変です、鍵がかかってません」

人質を監禁しておいて施錠しない犯人など、いるはずがない。滝沢は即座に捜査指揮車両の管理官に報告を入れ、すぐに踏み込みたいと申し出た。

「了解。だが、十分に注意してくれよ」

管理官の声を聞き、滝沢は車から降りた。どこからか豆腐屋のラッパの音が聞こえてくる。久しぶりに聞く、何とも長閑な音だった。そうだ。大半の日本人は、こんな上天気の日曜の夕方を、のんびりと過ごしているのに違いない。

「エレベーターは」

「ありません。階段だけ」

「畜生」

短く言葉をやり取りした後、滝沢と保戸田は適当な距離をおいて、出来るだけ当たり前の顔をして、ポストなど覗くふりをしながら建物に入る。どこで誰に見られているか分からない。全身の皮膚がぴりぴりしていた。暑さで汗が噴き出しそうな気がするのに、緊張のせいか、額の辺りが冷たかった。

せり出した腹を、しかも重いチョッキでくるんでいるから、余計に息が切れてたまらない。この頃になって滝沢たちは、標準体重を目指すべく、万歩計を渡されている。だが、食生活は不規則な上に、ストレスのたまる仕事で、睡眠不足は食欲で補い、その上、滝沢の酒量では、どうしたって体重など減る道理がなかった。ようやく三階まで上がると、下よりは心地良い風が吹き抜けていた。滝沢は、先に着いて手袋をはめながら待ち構えていた保戸田を追い抜き、周囲の気配を探りながら、靴音を立てずに三〇四号室に近付いた。

少しの間、ドアの外に立ってみるが、室内からは何の気配も感じられない。自分も手袋をはめ、試しにインターホンを押してみた。いち、に、さん、し、ご。応答なし。保戸田がそっとドアノブを握った。生唾を飲み込む音が脳味噌に響く。滝沢はドアを凝視しながら、全神経をまだ隙間も見えてこない室内に集中させた。

「ほら、開きます」

保戸田が囁いた。なるほど、鉄製のドアは一度だけ、ごとん、というような低く小さな音を立てたが、あとは驚くほど静かに開こうとする。

「入りますか」

「いや、もう一度、呼び鈴を鳴らしてみよう」

周囲の気配を探った後、滝沢はもう一度、インターホンを押す。開きかけたドアの隙間から、ピンポーンという間延びした音が響いた。

いち、に、さん、し、ご。五秒待って、もう一度鳴らす。いち、に、さん、し、ご。やはり応答はなかった。誰かが動く気配も感じられない。滝沢は、ドアノブを握ったままの保戸田を見た。目顔で頷き、相方はさらにドアノブを捻る。

「若松さん、すいません」

わざと大きな声を出してみた。ドアの隙間から、徐々に室内が見えてくる。緊張のあまり鳥肌が立ち、髪の毛まで逆立ってくるような気がした。急に尿意さえ催してくるようだ。

「誰かいませんかっ」

完全にドアが開いたところで、もう一度呼びかけた。だが、がらんとした空間には滝沢の声が響くだけだ。畜生、拳銃の携帯許可を得てくるんだった。こんな時には、やはり護身用にでも拳銃が欲しい。

「入りますよ」

保戸田を玄関先に待たせて、滝沢は家に足を踏み入れた。もしかすると、まったく無関係の家なのかも知れないのだ。何しろ、ポストにも玄関脇にも表札は出ていなかったから、この部屋が本当に音道が訪ねていた若松雅弥の部屋なのかどうかも、今のところ確証がない。もしも見当違いの人違いなのだとしたら、ニュースネタになってマスコミに叩かれるだろうか。まあ、その時はその時だ。土足で上がりたいところだったが、人違いだった場合を考えて、一応、靴を脱ぐ。

「お留守ですか。ドア、開いてましたよ」

わざと大きな声を出しながら、室内の気配を探った。何かが動いている感じはしない。それに、空気そのものが澱《よど》んでいるようだ。そろそろと廊下を進み、正面の、磨りガラスのはまったドアを突き放すように開ける。居間兼書斎のような部屋が見えた。同時に、生臭い匂いが鼻腔を刺激する。その途端、滝沢は絶望的な気分になった。何度も嗅いだことのある匂いだ。何かの終わりと、滝沢たちの出番を意味する匂い。何か考えるよりも先に「音道っ」と呼んでいた。

「いるのか、音道！」

いたとしたって、答えられる状況ではないのかも知れない。自分はこれから何を見なければならないのだろう。心臓が鷲摑みにされているようだ。滝沢は、まず電気のスイッチを探して部屋を明るくし、半分つま先立ちになって、その居間を抜けた。奥に、さらに部屋があるようだ。その半開きになった白い引き戸に、まるで吸い寄せられるように歩み寄る。見たくない。まさか、音道がぶっ倒れている姿なんて、白濁した角膜で、虚ろに宙を眺めている姿なんて。

——嫌な商売だ。

初めて、そう思った。死体の数なら相当、見ている。だが、まさか知り合いの死体まで見なければならないとは思わなかった。刑事を続けている以上、ある意味で死は身近ではあったが、それでも滝沢にとっては、やはり他人事《ひとごと》でしかなかったのだ。

「誰もいないのか。おいっ」

自分自身を奮い立たせるためにも、わざと大きな声を出した。振り返ると、玄関先から保戸田が心配そうにこちらを見ている。滝沢は、彼に向かって大きく手招きした。どうも、一人でこの先まで進む勇気がない。

「滝さん、この匂い」

「こっちの部屋だ。入るぞ」

滝沢は、一気に戸を押し開いた。

居間の光を受けて、黒い染みの広がりが目に入る。その血だまりの中央に、ずんぐりとした塊がある。こちらを向いている塊は、口を半開きにした男だった。それを確かめた瞬間、思わずため息が出た。頭の天辺からも脇の下からも、一気に汗が噴き出てくる。

——ちがった。

死体を見て、ほっとするというのも妙な話だ。だが、音道ではなかった。助かった。

「管理官に連絡だな」

わずかに腰を屈め、血だまりの中の男が明らかに死亡していることを確認してから、滝沢は背後の保戸田に言った。頸部が半分ほど飛び散っている。腹部からの出血も著しかった。切ったり刺したりした傷跡とは異なることは確かだ。すると、銃だろうか。今のところ、素性も分からない男の死体だった。

3

もしかすると、自分はもう死んでいるのではないだろうか。闇の中で、貴子は考えていた。静寂が、身体の奥まで染み込んでくるようだ。目は開いていると思う。それなのに、何も見えず、何も聞こえなかった。それどころか、全身が強張って、手足の自由がまるできかない。声を出してみようかとも思うが、口の中に何かが入っていて、舌で感じるその感触が、無闇に声などあげるなと伝えている。

——どこ。

自分は一体、どうなってしまったのだろうか。本当に死んでいるのか、またはまだ生きているのだろうか。どこかに倒れていることは確かだ。とにかく寒い。

目をつぶり、呼吸を数えてみる。大丈夫、意識はちゃんとしているようだ。自分の名前、分かってる。住所も言える。家族の名前も。それなのに、生きているか死んでいるか分からないなんて。そんな馬鹿な話があるものか。痺れて感覚のない手足に神経を集中させてみる。微かに手の指を動かしてみる。何かに触れた。丸みがあって柔らかい——それが、もう片方の自分の手だと分かるまでに、少し時間がかかった。腕そのものは——動かない。なぜ?

——縛られてる。

両手を動かそうとして初めて、そのことが理解できた。すっかり痺れて感覚を失っているが、確かに貴子の両腕は、手首から肘までが、すっかり固定されていた。無理に動かそうとしても、床に押しつけたままだったに違いない肩が鈍く痛むばかりだ。その痛みが、生きていることを教えてくれる。

——何が起こったんだろう。

心の半分はパニックに陥りかけていた。だが、もう半分が、その前に今の状況を把握しようとしている。足は？　膝は曲がる。だが、やはり左右別々には動かない。膝を開けないし、足をばたつかせることも出来ないということは、その辺りを縛られているということだ。腰が痺れていて、だるかった。闇の中に、今の自分の姿を思い描いてみる。両腕と両足を縛られて、身体を海老《えび》のように曲げて横たわる姿だ。どこに？　そっと身体を捻り、時間をかけて仰向けになってみると、ストッキングの足の裏に、確かに畳の感触があった。貴子は、そっと足を曲げたり伸ばしたりして、その感触を味わった。つまり、和室ということだ。

——どこの和室。私はどうして、ここにいるんだろう。一体、何が。

ちょうど寝返りを打つように、さっきまでとは反対側に身体を向ける。少し動くだけでも、身体の節々が痛んだ。相当、長い間、同じ姿勢でいたのだろうか。首を前に突き出して、頬が畳に触れるようにしてみる。頬骨のあたりは、確かに畳の目を感じたが、こめかみの辺りと頬の下半分には感じなかった。目隠し。猿ぐつわ。念の入ったことだ。これでは、何も見えないのも無理はなかった。だが、耳はふさがれていないと思う。それなのに、この恐ろしいほどの静寂は、何を意味するのか。人里離れた山奥にでも、連れてこられたのだろうか。

徐々に働き始めたらしい脳味噌が、懸命に記憶の糸をたどり始める。

腹が立っていた。そう、星野のお陰だ。それで、一人で聞き込みに回ることになった。大宮へ行き、新座に回って、最後には阿佐谷まで戻って——瞬間、心臓をどん、と突かれたような衝撃が戻ってきた。そうだ。目の前に血だまりがあった。血だまりの中に男が倒れていて——加恵子だ。中田加恵子に声をかけられて、彼女のマンションに案内されて、すすめられるままにジュースを飲んだ。その後、少ししてマンションには、もう一人、男がいた。茶髪でピアスの男は、隣室の戸口近くに立っていた。

呼吸が速くなる。とんでもないことになった。まさかと思う、悪い夢であって欲しいと思うが、今の状態と最後の記憶をたどった結果は、どうやら冗談では済まされそうにない。自分は完全に、何かの犯罪に巻き込まれたのだ。そうとしか考えられなかった。

冗談ではなかった。死体を見せられた上に、意識を失って、どこだか分からない場所に監禁されているなんて、冗談で済まされることではない。貴子は全身に広がる恐怖を払いのけようと、動かない手足のまま、何とか反動をつけて身体を起こした。薄ら寒いし、確かに身体の節々は痛むけれど、意外なほど、気分は悪くなかった。

——捜査会議なんか、とっくに始まってるはずだわ。

この静寂と闇とは、単に目隠しをされているためだけとも思えなかった。真夜中なのに違いない。一体、自分は何時間、気を失っていたのだろうか。

闇の中で少しずつ身体を後退させると、やがて背中が壁に当たった。横を向き、今度は自由に動かない手の甲と指先、さらに頰で、その壁を触ってみる。ざらざらとした粗い感触だった。砂壁のようだ。そのまま壁に沿って、尺取り虫のように膝を曲げ伸ばしするだけで移動する。とにかく、部屋の広さと周囲の状況を把握したいと思った。砂壁が続く。夏物のジャケットの肩が、壁にこすれて微かな音を立てた。大丈夫。耳は聞こえている。

今頃、捜査本部の仲間たちは貴子の身を案じてくれているだろう。警察官の行方が分からなくなったら、それこそ大騒ぎになっているに違いない。あの星野は、吊し上げを食っているだろうか。当たり前だ。皆に、さんざん責められれば良い。ああ、でも分からない。あの男のことだから、また訳の分からない言い訳でその場を切り抜けようとしているかも知れない。

まったく。

改めて怒りがこみ上げてきた。一体、誰のお陰でこんな目に遭ったと思っているのだ。こうなる場合を想定して、決して単独では行動しないことになっているというのに。警部補のくせに。ず、ず、と砂壁を伝っていくうち、つま先にぼん、と何かが当たった。その音と感触からして、そう固くない何かだ。今度は、その方向に身体を寄せようとしたときだった。鼻先に、すっと風が起こったような気がした。

「気がついたらしいな」

左斜め上から、男の声がした。貴子の全身はびくん、と反応し、こめかみから額にかけてがかっと熱くなる。心臓が早鐘のように打ち始めた。息を殺し、全身の神経を耳に集中させようとしたとき、瞼に光を感じた。照らされている。

「おい」

男の声で、彼が顔の向きを変えたらしいことが分かる。遠くから、ごとん、と音がして、それから畳を踏む微かな音が近付いてきた。

「何だ、起きたのか。朝まで眠ってりゃあ、いいものを」

別の声が言った。二人？　すると、加恵子を加えて計三人のグループだろうか。貴子は声のする方に顔を向け、喉の奥から声を絞り出した。猿ぐつわを噛まされているから、話すことが出来ない。せめて、それだけでも外して欲しい。

「大したものだ。大体、あの女が言ってた通りの時間だな」

「そういえば、あいつらは？」

「さっき、出ていった」

「またどっかで、やってんのかね」

「そんなところだろう」

「またかよ。よくこんな時に、そんな気になれるな」

「こんな時だから、かも知れない」

あいつら。やってる。男たちの会話から察すると、グループは少なくともあと二人、つまり、最低四人ということになる。貴子は息を殺して、男たちに神経を集中させていた。その時、突然、肩を叩かれた。反射的に、またもや全身が震える。

「俺たちの言うことが、分かるな」

小さく頷く。そうするだけでも頭が重かった。

「自分がどういう状況に置かれてるか、大体は分かってるかね、刑事さん」

それなりに。今度は軽く首を傾げた上で頷いた。耳元で「そうか」という声が聞こえた。四十代、または五十代というところだろうか。男性用化粧品の匂いがほのかに香る。上等じゃない。人さらいにしては、身だしなみに気をつけてるってわけ。

「正直なところ、あんたはとんだお荷物だ。何だって、こんな厄介なものを背負い込まなけりゃならなくなったんか、番狂わせもいいところなんだよ」

徐々に脈拍が速まってきた。額の辺りがかっかと熱い。その一方で、背筋はぞくぞくとしていた。

「あんたをどうするか、俺たちは考えてる最中だ。なかなか意見がまとまらんのでね」

相手が言葉を区切った。貴子は仕方なく、また頷いた。口がきけないどころか、相手も見えず、手足も動かせない状態では、他に反応の示しようがない。こんなにもどかしいものだとは思わなかった。

「ただのＯＬなら、思い切って始末するところなんだがね、何しろ、あんたは刑事だ。まあ、刑事だから、こういう目にも遭ったんだろうが、あんたも知ってるあの女がね、きっと利用価値があるって言うんだな」

中田加恵子。あの時、なぜ、あんなに簡単に彼女の誘いに乗ってしまったのだろうか。あまりにも軽率だった。思慮が足りなかった。いや――まさか、彼女が自分をこんな目に遭わせるなどと、考えもしなかったのだ。第一、その理由がないではないか。

「とにかく、もうしばらく、そのままでいてもらう。いいな」

頷く気にはなれなかった。まるで、どうぞ縛ったままでおいて下さいと言っているような気がしたからだ。代わりに、目隠しされたままの顔を声のする方に向け、大きく息を吐き出してみせる。

「悔しいかい。そうだろうな。仕事熱心もほどほどにしないと、こういう目に遭うんだよ、刑事さん。熱心も結構だが、ここまで来たからには逆らわないことだ。俺たちは乱暴なことは嫌いなんだがね、何しろ、狂犬みたいな男が一人いる。本当に、何をしでかすか分からない男だ。あんたも、見たはずだろう？」

瞼の奥に焼き付いている血だまりの光景が蘇った。その脇にいた、茶髪の男。ティーシャツにジーパンの――間違いなく、競輪場で見た男だ。思わず生唾を飲み込んだ。既に唾液《だえき》を吸っている猿ぐつわが、舌の動きを邪魔していて、それさえも思い通りにならないことに気付く。苛立ちが募り、思わず首を振って声を上げた。途端に、左の頬に痺れるような感覚が走る。殴られたと気付くまでに、少し時間がかかった。

「騒ぐなって。後で、あの女が戻ってきたら、面倒見させるから」

男の気配が動いた。そして、すっと襖を閉める気配がした。さっき、貴子の足が触れたのは、襖だったのだ。

――襖に砂壁の和室。

そして、犯人は加恵子も含めて最低四人。加恵子が家庭を捨ててまで走った男は、仲間に狂犬呼ばわりされている――得られた情報は、それだけだった。貴子は壁にもたれかかり、立てた膝に縛られた肘をのせ、顔をうずめるようにしてため息をついた。頬が痺れている。とにかく冷静にならなければ。ここまで身動き出来ないのなら、助けを待つより他にない。だとしたら、相手を興奮させないことだ。その為には、まず自分自身が落ち着かなければならなかった。

――怒られるわ、また。

気持ちが鎮まるにつれ、両親や昂一の顔が思い浮かんだ。今夜中に脱出できれば、何とか誰にも知られずに済むとは思う。だが、下手をすれば、連絡が行くことだろう。昂一はともかく、少なくとも実家には、あるいは貴子が帰っているのではないかと、誰かが確かめに行く可能性がある。父はともかく、母は。ああ――。

絶望的な気分になった。たった今、無事に抜け出せたとしても、周囲の状況は明らかに変わってしまっているかも知れない。笑い話で済めば良いが、それは、今すぐにここから出られた場合のことだ。時間が経過すればするほど、大事《おおごと》になっていくことは間違いがない。心配性の母が、どうなってしまうか。それを思うと、憂鬱を通り越して胸が痛くなるようだった。ほとんど祈りを捧げているような格好で、貴子は闇に身を沈めていた。他に、どうすることも出来そうになかった。

4

午後十一時過ぎ、殺害された男性は、あの部屋の住人である若松雅弥だということが、元妻によって確認された。死亡推定時刻は土曜日の午後七時から九時の間。さらに午前一時前、若松雅弥の住居内から、音道の指紋が検出されたという報告が、徹夜で活動を続けている鑑識から入った。単なる殺人事件というだけでなく、警察官の失踪《しっそう》が絡んでいるかも知れないことから、一刻の猶予もならないと聞かされて、鑑識も異例の態勢で捜査に当たった結果だった。そのことによって、音道は参考人からの聴取の途中で、何らかのトラブルに巻き込まれたらしいことが裏付けられた。滝沢たち特殊班の間には否応なく緊張が高まった。

「指紋は部屋中、念入りに拭き取ってあったらしい。だが、事務用の椅子の、背もたれと肘当ての裏から検出されたんだそうだ」

滝沢は、保戸田と踏み込んだ若松の部屋を思い出し、そういえば、事務用と呼ぶには少しばかり大袈裟な椅子があったことを思い出していた。つまり音道は、あの椅子に腰掛けたということだ。たった一日前に、あの椅子に腰掛けた女が、今は煙のように消えちまっている。

「つまり、音道刑事はあの家に上がり込んだっていうことですよね。ただの聞き込みで、家にまで上がるっていうことは、普通、考えられないですよ」

捜査員の一人が口を開いた。

武蔵村山署の、小さな会議室だった。既に二人一組の刑事たちが、音道または犯人から電話が入った場合に備えて、音道の実家および自宅に、逆探知の機材を持ち込んで待機しているし、音道の携帯電話の通話記録から、この数日の間に連絡を取り合った人間にも聴取に出向いており、さらに電話の前に陣取って、十分に一回の割合で、今も音道の携帯電話を鳴らし続けている者もいる。会議室には管理官を始めとして六人の捜査員が残っているだけだ。真夜中ということもあって、現在のところ、他に動きの取りようもなかった。

「真っ先にホトケを見つけていたとしたら、のんびりと椅子になんか腰掛けてる余裕は、ありゃしないだろうしな」

「死亡推定時刻から考えても、音道があの家に行ったのと、ホトケが殺されたのとはほぼ同時っていうことになる」

「音道は、ホシを目撃したか――」

「それにしても、どうして椅子になんか座る?」

「無理矢理、座らせたんだとしたら、それだけ慎重なホシなら、必ず椅子の指紋も拭き取ったはずだ」

誰からともなく、ため息が洩れる。若松雅弥を殺害した犯人が音道を拉致したのだとしたら、音道の生命だって、どうなっているか分からない。その思いが、誰の上にも重くのしかかっている。殉職は最大の不祥事と言われている。滝沢たちの職場で、もっとも留意すべきことは、現場で活動する際に生命の危険などにさらされないように、十二分に警戒、配慮すること、そのためにも、単独行動は極力避け、常に連絡のとれる状態で活動することだった。

「あの星野って野郎が、きっちり仕事してりゃあ、音道は一人であの家に上がり込んだりなんか、しなかったはずなんですよ」

滝沢の思いを代弁するかのように保戸田が口を開いた。滝沢は、思い出しても胸くその悪くなる星野の顔を思い浮かべ、荒々しく息を吐き出した。考えれば考えるほど腹が立つ。

星野は、音道が勤務中にも年がら年中、男に電話していたと言っていた。だが、音道の携帯電話の発信記録からは、そのような事実は出てきていない。唯一、昨日の昼頃に電話をかけた男がおり、聞き込みの結果、その人物が音道と個人的に親しい相手だということは判明しているが、羽場昂一というその男からも、音道が勤務中に連絡を寄越すことなど、ほとんどなかったという証言が取れている。羽場はまた、音道とは四月の上旬に逢ったのが最後で、特に現在の捜査本部に召集されてからは、一度も逢っていないとも言っていたという。ここでも、星野の吐いた嘘が一つ、ほころびを見せていた。星野は、事件当日、音道は男と一緒だったはずだと言ったのだ。まったく、下らない嘘をつきやがる。

「もう少し、野郎を絞めた方がいいんじゃないですかね」

滝沢は誰にともなく呟いた。通話記録によれば、音道が最後に電話で話をした相手は、間違いなく星野なのだ。その時の様子をもっと細かく聞く必要がある。あの音道が、ただ事情聴取のために立ち寄った家に、自分から上がり込むことなど考えられないと思うし、星野に、何か言い残している可能性もある。

「係長、あたしに、やらせてもらえませんか」

腰を上げかけて言うと、だが、相変わらず眉間に皺を寄せたままの柴田係長は、腕組みをしたまま「いや」と小さく首を振った。それから膝に手を置いて立ち上がる。

「俺が、聞く」

そのひと言に、滝沢たちはわずかに目を瞠《みは》った。柴田係長の取り調べの厳しさには定評があった。決して怒鳴ったり脅したりはしないのだが、独特のすごみで、相手をじわじわと責めていくらしいのだ。

刑事の中には、取り調べの際には人情に訴えるタイプもいれば、ひたすら理屈で責めるタイプ、なだめ役とおどし役に分かれて、二人一組で相手の心を翻弄《ほんろう》するタイプもいるし、根比べで相手を負かすタイプもいる。それぞれが、長年の経験から培った独自の方法をとるものだ。

柴田係長が取り調べをする様子を実際に見たことはないが、滝沢は、取り調べを受けた後の被疑者の口から「あんなに恐ろしい人には会ったことがない」という感想を聞いたことがある。その時点でさえ、その被疑者は顔を引きつらせており、今にも震えそうな様子で、「一晩ではげるかと思った」とも言った。そいつは、いいや。あの、ふやけた野郎にも本当の刑事ってものが分かるだろう。滝沢はおとなしく頭を下げた。黙ってその様子を眺めていた吉村管理官も静かに頷いている。

係長は、椅子の背もたれにかけていた上着をきっちりと着込み、管理官に会釈をして会議室を出ていった。その後ろ姿には、明らかに怒りがみなぎって見えた。今回の件では、滝沢のみならず、仲間の誰もが怒っている。刑事にとっての相方は、同志であり、戦友であり、そして、互いの命綱だ。どういう理由があったとしても、その相方を放り出し、しかも虚偽の報告をしたことで事件の認知を遅らせたということは、警察官としての道義的な責任以上に、まず心情的に許し難いことだった。

「こっちも、報道協定の準備にかからにゃ、いかんな」

係長を見送った後で、管理官も立ち上がった。誘拐事件など、情報が洩れることによって被害者の生命が危険にさらされると考えられる場合には、警察はマスコミ各社と報道協定を取り交わすことになっている。つまり、すっぱ抜きやスクープ合戦などが起こらないように、捜査情報は公平に与える代わり、人質が無事に解放されたり、または公開捜査に切り換えられる時点までは、取材活動や報道の一切を自粛させるというものだ。警視庁の場合は、まず刑事部長から在京社会部長会に連絡をし、召集をかけたところで協定書を取り交わす。在京社会部長会から、各マスコミへの通達が行われ、新聞、テレビ、ラジオなどは、その件に関しては一切、口を噤《つぐ》むことになる。

「手の空いている者は、寝られるときに、寝ておいた方がいいぞ。だが、何か動きがあったら、すぐに知らせてくれ。それから、捜査本部の方からも、逐一、捜査情報を取るようにな。いずれ、合同で捜査に当たることになると思うが」

それだけ言い残して、管理官も部屋を出ていった。白々しい蛍光灯の光に照らされた会議室には、煙草の煙とため息ばかりが広がった。久しぶりに長い一日だ。いや、明日はもっと長くなる可能性がある。音道が見つかるまでは、こんな気分の時間が果てしなく続くことになる。いや、無事に救出できない限りは、ずっと引きずる可能性だってないわけではない。嫌なことを考えそうになった。滝沢は慌てて大きく深呼吸をし、意味もなく辺りを見回した。

「滝さん、家に電話しました？」

保戸田が話しかけてきた。煙草をくわえながら、滝沢は小さく首を振った。そんな暇なんぞ、ありはしなかった。気がつけばこの時間だ。子どもたちだって、滝沢の仕事は理解している。そう慌てたりもしていないだろう。

「しておいた方が、いいんじゃないですか」

「もう、寝てるさ」

「だけど明日だって、いつ電話できるか分かりませんよ。しておいた方が、いいですって」

滝沢に女房がいないことを知っている保戸田は、おせっかいなほど心配そうな顔になって、髭が伸び始めた顔を向けてくる。保戸田のかみさんは、先月から出産で里帰りをしている。上にも幼稚園の子どもがいるのだが、かみさんと一緒に帰っているから、このところの保戸田は独身に戻っていた。話を聞いている限りでは、かなり子煩悩らしい相方は、自分たちの仲間が事件に巻き込まれたと分かったとき、女房が留守で良かったと言った。警察官の身内ならば誰だって、今度のような事件を常に想定し、警戒し、そして怯えている。自分たちの家族が、いつ音道と同じ目に遭わないとも限らないと思えば、穏やかではいられないに決まっている。

「まあ——起きてるかも知れねえしな。最近やたらと夜更かししやがるから。ちょっと、してくるか」

それがいいですと言うように、部屋に残っている他の仲間たちも頷いた。滝沢は煙草をくわえたまま会議室を出て、署内の公衆電話を探した。携帯電話を使っても良いのだが、あの小さな電話機は、どうも今ひとつ信用できない。あんな小さな送話口に喋っていて、どうして声が届くのかと、つい不安になるのだ。

「なんだ。どしたの、こんな夜中に」

自宅の番号をダイヤルすると、数回のコールの後で電話に出た娘は、普段、滝沢が聞くことなどないような歯切れの良い口調で「滝沢でございます」と名乗ったが、相手が父親だと分かった途端に、ぞんざいな口調に戻った。

「寝てたか、もう」

「寝てないけどさ。どしたの、今夜は酔っ払ってないみたいじゃん」

「それどころじゃ、ないんだ。謙は」

「お風呂。さっき帰ってきて」

「そうか——あのな、お父さん、しばらく帰れなくなるかも知れないから」

「——何か、あったんだ」

「だから留守の間、ちゃんと出来るな」

電話口から、娘の「ああ」とも「うん」ともつかない曖昧な声が聞こえてきた。

「しっかり、するんだぞ。遅刻しないで、ちゃんと学校、行って、寄り道しないで帰ってきて、ああ、戸締まりも忘れずに——」

「大丈夫だって、それくらい。出来るって」

不安そうな声を出していたくせに、すぐに、いかにも面倒臭いという声に変わる。

「それから、誰に誘われたって、簡単に人の家になんか上がり込むんじゃないぞ」

「何、それ」

「いいから。ちょっとぐらい顔見知りだからって、簡単に信用しちゃいかんってことだ」

言いながら、頭の中で何かが小さく閃いた。顔見知り。信用。音道は、誰かと一緒だった。その誰かが、あの部屋と関係していたのか。

「寝る前と出かける前は、火の元を確認するんだぞ」

「分かってるって。そんなに火なんか、使わないから」

「だからって、コンビニの飯ばっかりじゃなくて、たまにはまともなものを食って――」

「分かってるってばぁ。何、そんなに長く、帰れないの?」

公衆電話の脇に置かれた灰皿に、フィルター近くまで吸った煙草を押しつけながら、滝沢は、「まだ分からない」と答えた。娘の中途半端な「ふうん」という声が聞こえた。

「金、足りなかったらカードで下ろせばいいから」

「分かってる」

「あんまり、無駄遣い、すんなよな」

「分かってるよ」

「何かあったら、携帯を鳴らせばいいからな」

「分かってるってば。もう」

「時間見つけて、電話するから」

「分かった。ばいばい。あ――」

「ああ?」

「気を、つけてね」

人気のない廊下に、テレホンカードの吐き出された後のピー、ピーという音だけが響いた。気をつけてね、か。そうだよな。まだ半人前のガキを二人残して、どうにかなるわけには、いかない。だが、子どもがいようといまいと、今この瞬間にも、生命の危険にさらされているデカがいる。いや、ことと次第によっては――。考えたくないと思っても、どうしても、その思いが拭いきれなかった。あの音道が、既に冷たい骸《むくろ》になっていることなど、想像したいはずがない。だが、一般的に考えても、拉致監禁、誘拐などの場合は、時間の経過に伴って人質が生存している可能性は極端に低くなると言われている。冗談じゃねえ。生きていてもらわなきゃ、たまったもんじゃねえ。新しい煙草を取り出しながら、滝沢は係長が星野と話している部屋に向かった。

「星野は、あたしが話を聞いたときには、音道は誰かと一緒にいたはずだって言ったんですがね。どうせ男だとか何とか言ってましたが、それは別としても、どうも顔見知りだったんじゃないかと思うんです。その顔見知りがいたからこそ、若松の部屋にも入ったんじゃないかって。あの部屋には表札が出てませんでした。下のポストにも。音道が、あの部屋を若松の部屋だと確信していたかどうか、分からんと思うんですがね」

ノックに応えて顔を出した係長に、滝沢は低い声で耳打ちをした。

「だが、住居表示が出てたはずだろう。音道刑事は、住所を頼りに捜してたはずだ」

「夜道だったし、あの辺は意外に入り組んでますから」

名刺くらいなら簡単に挟めそうなほど、眉間の皺を深くしていた係長は、滝沢の口元に耳を近付けた姿勢のまま、「なるほどな」と呟いた。そして、そのままの姿勢でドアノブに手をかけ、目顔で頷いて室内に消えてしまう。滝沢は少しの間、閉じられたドアの前で、中の様子を窺っていた。だが、低いぼそぼそとした話し声以外は、何も聞こえてこない。あの係長が、あそこまで恐れられる秘密を知りたい、どんな方法で取り調べをしているのか聞いてみたいと思ったのだが、今回も無理なようだ。まあ、後で星野の野郎から聞くって手もある。せめて、そんな程度でも役に立つんじゃなけりゃ、あんな野郎はいなくなった方が良いのだ。

会議室に戻ると、保戸田を含む三人の仲間は、それぞれに机に突っ伏したり、椅子を並べて簡易ベッド代わりにして眠っていた。一定の間隔で、微かないびきが聞こえてくる。滝沢も、何ものっていない机によじ登って横になった。ネクタイも緩めず、腕組みをしたまま目をつぶる。

音道の白い顔が思い浮かんだ。現実にはそんな光景に出くわしたことはなかったはずなのに、なぜか物寂しげな表情で、じっとこちらを見ている。それにしても、あいつに男がいたとはな。考えてみれば、何の不思議もない話なのだが、何となく妙な気分になるものだった。どのみち滝沢には関係ないと分かっていながら、正直なところ、そう愉快でもない。だが、その男も、すぐ傍には刑事が張り付いているのだし、今頃は眠れない夜を過ごしていることだろう。それを考えると気の毒でもあった。

5

朝の気配が忍び寄ってきていた。目をふさがれているのだし、物音といって何が聞こえてくるわけでもないのだが、そう感じる。貴子は何分かに一度ずつ姿勢を変えながら、あとはひたすら息を殺して辺りの気配を探っていた。頭がはっきりしてくるにつれ、自由に動かない手足の痺れが苦痛になってくる。

――朝になれば、きっと皆が動き出す。

そして必ず、ここを探し出してくれる。今はそれを信じて待つより他なかった。それまで、最低四人はいるらしい犯人グループをあまり興奮させず、余計な危害を加えられないように努めることだ。何しろ、そのうちの一人は殺人者だった。どういう理由があったのかは知らないが、貴子は、あのマンションに倒れていた男と、その周囲に広がる血の海を、幻のように記憶している。小柄な三十代の男だった。丸顔の。

どうして、こんなことになったのか、貴子はさっきから繰り返し、昨夜のことを思い出していた。歩いていた。うんざりするほど疲れていた。星野から電話があった。そう、星野。元はと言えば、あの忌々しい男のお陰で、こんなことになったのだ。それを考え始めると、怒りと苛立ちばかりが膨れ上がってくる。こんな理不尽な目に遭わなければならないことが、我慢できなくなりそうだ。だが、ここで暴れてみても、縛られた手足は容易に動きそうにもないし、かえって自分の身を危険にさらすことになる気がする。だから、何とか星野のことは考えないようにと、自分に言い聞かせることにした。

だが、とにかく、あの男から電話があった。話している最中に、肩を叩かれた。振り返ると中田加恵子だった。

――やっぱり、刑事さんだった。

彼女は笑顔で、そう言った。そして、自宅がすぐ傍だから寄っていけと。

――私は断った。仕事中だからって。

それでも加恵子は引き下がらなかった。どうしてもと言われて、つい彼女に従った。疲れていたし、喉《のど》も渇き、何よりも苛立っていたからだ。ああ、いけない。星野のことは考えないこと。

加恵子の住まい。生活感そのものも稀薄だったが、あの茶髪の男の住まいとは、どうも感じられなかった。大きな椅子があって、机の上にはノートブック型パソコンが置かれていた。テレビではナイターが中継されていた。どっちが勝っていたんだったろう。分からない。そして、本棚を眺めた。加恵子が冷たいオレンジジュースを持ってきてくれて――あれは本当に美味《おい》しかった。加恵子は、身の上を語っていた。家を出たこと。人生をやり直したかったこと。そうこうするうちに、手足が重くなって、頭が痺れたように感じられて――隣の部屋から、あの男が顔を出した。帰ろうとしても、まともに立ち上がることも出来ずに、視界が揺れた。どす黒い血の海が広がっていた――夢ではないと思う。

加恵子は慌ててはいなかった。自宅に死体があると分かっていて、わざわざ他人を招き入れる愚か者など、いるはずがない。ただの顔見知りの場合でさえ、そうだと思うのに、その上、貴子の職業を知っていながら。

遠くでことん、と音がした。それだけで、貴子は全身が総毛立つのを感じた。頭の中に自分の呼吸する音が響く。全神経が耳に集中した。金属製のドアの開く音。床を踏みしめる音。誰かが来る。低い声で何かを話している。明らかに女の声だ。やがて、部屋の空気が微かに動いた。貴子はさらに全身を固くして、ひたすら耳を澄ませていた。鼻先の空気がふわりと揺れた。同時に耳元で「起きてる?」という囁《ささや》きが聞こえる。頭で考えるよりも先に、反射的に肩が小さく跳ねた。

「トイレは?」

囁き声が言った。少しの間、どう答えれば良いものか分からなくて、貴子はじっとしていた。

「行きたくない? 行くんだったら、今なんだけど」

今度は、地声に戻っている。それは間違いなく、中田加恵子の声だった。貴子は小さく頷いた。実際には、もうずい分前から我慢している。このまま耐えられなくなったら、どうすれば良いのだろうかと思っていた。

「連れていくわ。手と足は多少、楽にしてあげられるけど、他は無理。逃げようなんて思わないことよ、いい?」

仕方がなかった。貴子はさらに頷いた。すると、痺れた足に何かが当たり、微かに衣擦れのような音が聞こえてきた。

「歩ける程度には、してあげるから」

足下から加恵子の声がした。同時に、足首に冷たく固い感触が当たり、かち、と小さな音がした。これまでは何で縛られていたのか分からないが、今度は鎖らしいことが、その感触で分かった。さらにもう片方の足にも、同じ感触が当たり、かちりという音がする。

——鎖。南京錠。

これで鉛の玉でもつけられたら、まるで昔の囚人か奴隷ではないか。黙って、されるままになっている自分が情けなかった。ロープならともかく、鎖では、容易に切れるはずがない。唇を噛みたくても、猿ぐつわのお陰で口が合わない。舌打ちさえも出来なかった。

「次は、手、と」

加恵子の声がして、今度は手首に冷たい感触があたった。同時に、かちりという音。だが、鎖の感触とは異なっている。もっと滑らかだ。

「で、次は――」

いったん近付いたと思った加恵子の声がくぐもり、少し遠くなった。じゃらじゃらと、鎖の音がした。そう太い感じではない。貴子はあまり大きくない犬の散歩に使用するような、銀色の鎖を思い浮かべた。

「そうじゃないって。手錠と足の鎖をつなぐんだ。最初に立たせて、ほら」

ふいに男の声がしたかと思ったら、右の二の腕を強く引っ張られた。また全身が総毛立つ。貴子はよろけそうになりながら、引きずり上げられるようにして立ち上がった。なるほど、手首に回されたのは手錠だったか。おそらく、貴子のバッグから見つけたものだろう。自分の持ち物で縛られるなんて。

ようやく畳を踏みしめて立ち上がったところで、確かに、さっきまでびくとも動かなかった両足の間に隙間が生まれていることに気付いた。久しぶりに立ったためか、足下がふらついている。少し動いただけで、畳に鎖の当たる音がした。一体、どれくらい足が開くのだろうか。走るのは無理でも、何とか逃げ出せるだろうか。そんなことを考えている時に、手首が下に引っ張られた。手首というより、二つの手首をつないでいる手錠が引っ張られたらしい。そして、微かな鎖の音。それに続いて、また、かちりという音。

「この程度でつないでおけば、姿勢を伸ばせないからな」

男の声がする。加恵子の声が小さく「そうね」と答えた。

「これなら大丈夫だろう。連れていってやれよ」

今度は不意に背中を叩かれた。驚いて前のめりによろけ、咄嗟《とつさ》に片足を前に出して踏ん張ろうとしたが、足はほんのわずかに前に出ただけで宙に浮き、その勢いで貴子はそのまま倒れ込んだ。手を前に出せないお陰で、肩をもろに打った。おまけに頬にも畳の感触が当たる。頭上から「やだ」という声と微かな笑い。何という屈辱。

「起きて。行きたいんでしょう」

また加恵子の声がした。貴子は仕方なく、背を丸めるようにして身体を起こした。前屈みの、いかにも無様な格好をしていると思う。今度は二の腕に柔らかい感触が触れた。

「さあ、行くわよ」

加恵子の声が近くに聞こえた。貴子は誘導されるままにそろそろと歩き始めた。足は二十センチ程度しか開かないと思う。おまけに両腕を前に垂らした格好では、どうすることも出来なかった。

敷居を一つ越えた。今度は板の感触が続く。すり足で、足もとを確かめるように歩くうち、すぐ目の前でがらがらと引き戸の開けられる音がした。

「ここがトイレ。洋式だから、手探りでも何とかなるでしょう。外で待ってるけど、変なこと考えても無理よ。ほら、こっちで鎖持ってるんだから」

再び鎖の音がして、手首が引っ張られる。貴子は静かに頷きながら、では、手洗いの戸も完全に締められないではないかと思った。

「大丈夫よ。結構、長い鎖だから。離れててあげる」

顔を見ずに声だけ聞いていると、中田加恵子のイメージが大きく変わっていく。そこにいるのは、貴子の知っていた加恵子ではなかった。小柄で、いかにも頼りなげな、地味ではかない印象の女が、こんなに不敵な声を出し、転んだ貴子を嘲《あざけ》るはずがない。

「ほら、早く済ませて」

また背中を押された。だが今度は、柔らかく、控えめな感覚だ。人の身体に触れることに慣れている、他人の肉体の扱いをよく知っている人の触れ方だと、反射的に思った。当たり前だ。加恵子は看護婦だった。これまで何百、何千人という病人の腕を取り、身体を支えてきたのに違いない。

レールが渡してあるらしい敷居を越えると、今度は冷たい石のような感触に変わった。いや、滑らかさからすると、タイル張りなのだろう。両足をその冷たい感触の上にのせ、さらに一、二歩、足を出したところで、背後の引き戸が閉められた。板に挟まった鎖がごとごとといいながら引っ張られる音が続く。

――目が不自由って、こういうこと。

視覚から取り込まれる情報を断たれるということが、いかに苦痛を伴うものであるか、貴子だって想像くらいはしたことがある。だが、こんなにも人を不安にさせ、孤独にさせ、そして追い詰めるとは思わなかった。よちよち歩きでタイルを踏み、前屈みになった手で辺りを探る。膝に何か当たったのと、手が触れたのが同時だった。確かに洋式便器らしいものがある。貴子はそっとベルトを外しながら、これでもまだ、さっきの部屋に転がされたままで粗相せずに済んだことを感謝すべきなのだと自分に言い聞かせていた。ただでさえ、こんな屈辱を味わっているのに、その上、汚物まみれにでもなったら、プライドを支えきれないかも知れなかった。

――普通の民家だろうか。引き戸の手洗いに洋式便器。

さっきまでいた砂壁の、畳の部屋を出ると廊下があって、この手洗いに続く。日本家屋らしいことは分かるが、これだけの情報では、さらに何かを判断することは難しい。

便座に腰掛けながら、手と足との距離さえ縮めて、もっと背を丸めれば、自力で猿ぐつわと目隠しが外せそうなことに気がついた。実際に試してみると、なんとか手を頭の後ろに回すことが出来そうだ。親指が、頭の後ろに出来ている結び目にも触れられた。

――下手なことはしない方がいい。今は、とにかく生き延びること。

思い切って目隠しを外したいと思ったが、やっとの思いで我慢した。冷静に。よく考えて行動しなければならない。だが、ここにいる時くらいは自由でいいはずだ。貴子は、結び目を解く代わりに目隠しの布をずらすことにした。やっとの思いで片方だけ目が出た。ずっと瞼を圧迫されていたせいか、開いてみると、辺りがぼやけて見える。だが、見えないことはなかった。視力が奪われたわけではない。それが、たとえようもなく嬉しかった。

辺りはまだ、薄暗い状態だった。だが確かに、手洗いだということくらいは分かる。右側の壁にはトイレットペーパーのホルダーがあって、ほとんど未使用に近いと思われるトイレットペーパーが残っている。そのホルダーカバーには、点々と白っぽい錆のようなものが浮かんでいる。足もとのタイルも、全体に埃っぽかったし、片隅にはやはり白っぽく変色しているらしいスリッパが押しやられていた。

――古い家？　または、廃屋。

「ちょっと、まだなの？」

その時、外から加恵子の声がした。貴子は「うーん」と呻くような声を喉から絞り出した。

「早くしなさいよ」

どうして、あんな女に命令されなければならないのだ。片方の目だけで、素早く自分の身体を確認する。ずい分、埃がついて汚れているが、衣服に乱れはないようだ。そして手には思った通り、黒いセラミック製の手錠。足首には、さほど丈夫そうでもないが、貴子の力では到底引きちぎれそうにない鎖が回され、南京錠がかけられている。そして、手錠と足首の鎖の間にも、もう一本の鎖がつながれており、それが手錠を経由して、手洗いの外まで伸びているという状態だった。

「ねえ、ちょっと、まだ？」

明らかに苛立った声が聞こえてきた。貴子は急いでトイレットペーパーに手を伸ばした。かたん、かたん、という音が響く。トイレットペーパーは、全体に湿気を含んでいるようだった。ようやく立ち上がって身支度を整え、最後に、水洗のペダルを探す。そこに手を伸ばしかけたところで、慌てて先に目隠しを元に戻した。それから水を流すと、待ちかねていたように背後の引き戸が開けられた。

「早くしてよ。もうすぐ、彼が起きてきちゃうんだから」

加恵子の声は幾分早口になっていた。口がきければ、礼の一つも言いたいところだったが、いかんせん、それも出来ない。貴子は素直に身体の向きを変え、再びそろそろと歩き始めた。目が記憶したお陰で、さっきほどの不安はない。タイルから板の間を踏み、再び畳の部屋に戻る。

「多少、動き回ることくらいは出来ると思うわ。でも、逃げ出すのは無理。さっきも言ったけど、こっちでも鎖を持ってるんだから」

鎖の存在を分からせるように、耳元でじゃらじゃらと音がした。貴子は、その音の方に顔を向け、猿ぐつわをされたまま、声を出した。呻くことしか出来ないが、とにかく自己主張する方法はこれしかない。

「何よ、何が言いたいの」

言いたいことなら山ほどある。自分のものとも思えない声を何度も絞り出しながら、貴子は最初に話せるようになったら、何と言おうかと考えていた。

「トイレに行かせてあげるだけでも、一苦労なのよ。手こずらせないで」

加恵子の口調には容赦がなかった。ぴしゃりと襖の閉じられる音がして、じゃらじゃらという鎖の音が遠ざかる。そしてまた、ぼそぼそという話し声。貴子は閉められた襖に近付き、そっと耳を近付けた。

——何時頃になったら?

——あいつ次第だな。また、あれ飲んで寝たのかね。

——ああ見えて、気の小さいところ、あるのよ。

——それは、どうかな。

——ねえ、皆で一緒に行く?

——そんなわけに、いかんだろう。最初から、一緒に行動することは極力、避けるようにしようって決めてたんだ。こんなことにならなければ我々だって、ここまで来たりしやしない。

——そんな言い方しなくたって。私たちだって、好きでやったわけじゃないわ。自分たちだけ罪を逃れようっていうの。

——そうは言ってない。だからこそ、こうして来てるじゃないか。

面白そうな話だった。だが、もう一つ事情が呑み込めない。第一、どうして貴子が身柄を拘束されなければならなかったのかという問題からして、理解できていないのだ。あんな部屋に呼び込まなければ、貴子に死体を見られることを心配する必要など――。

――あるじゃない。

ずっとぼんやりしていた脳味噌が、そろそろ活動を開始したのかも知れない。同時に、自分の察しの悪さに舌打ちしたい苛立ちがこみ上げてくる。何て間抜けなの！　薄々、気付いていたはずなのに、その機会はあったのに、どうして、はっきりと分からずにいたのだろうか。

彼らが殺害したのは、貴子が捜し求めていた相手に違いないのだ。遅かれ早かれ、貴子はあの死体を発見することになった。元関東相和銀行員、若松雅弥。若松の部屋ならば、すべて合点がいくではないか。家庭を捨てて一人暮らしになった元銀行マンの部屋だとすれば、なるほどとうなずける。生活感の漂わない室内も、机の上のパソコン、本棚に並んでいた書物も。あの時だって、奇妙な違和感は覚えたはずなのだ。だが、油断していた。気力も思考力も低下していたし、その上、まさか中田加恵子が自分をこんな目に遭わせようなどとは、想像さえしていなかった。

久しぶりに多少なりとも身体を動かし、余分なものも排泄したお陰だろうか。細胞が、ようやく活動を開始したのかも知れない。貴子はその場に腰を下ろし、膝を抱えて考えを巡らし始めた。

若松雅弥は三十代の、元関東相和銀行員。彼を殺害したのは、中田加恵子と愛人の男。貴子は、小柄で丸顔のサラリーマン風の男を捜して、立川競輪場へ行った。そこで、加恵子を一度ならず見かけた――。

胃袋が小さな音をたてて鳴った。緊張のあまり忘れていたが、かなり空腹であることは間違いがないはずだ。何しろ、昨日の昼から何も食べていない。

――無事に抜け出す方法さえ考えれば、このヤマ、一気に解決出来る。

重苦しく沈んでいた気分に、ようやく新たな活力が与えられた気がした。デカを誘拐なんかして、ただで済むと思っているのか。この借りは、必ず倍にして返してやる。ついでに、心配と迷惑をかけているに違いない捜査本部には大きな手土産を持ち、星野には、彼が欲しくてたまらなかった手柄を鼻先に突きつけてやる。あの馬鹿。本当に、許さない。

——待つこと。きっとチャンスがある。

襖の向こうに聞き耳を立てながら、貴子は繰り返し自分に言い聞かせていた。今、自分の手首を拘束している手錠を、必ずホシにかけ換えて見せる。そのためには、緊張感を失ってはならない。タフでなければ。見えなくても、話せなくても、自分を信じて、この場を切り抜けることだけを信じて。

——警察官なんだから。

こんなにも強く、自分は刑事なのだと自身に言い聞かせたことはなかった。貴子は膝を抱えた姿勢で畳に座り込み、ひたすら聞き耳を立てていた。

6

ばたん、という音に跳ね起きた。同時に、仮眠をとっていた幅の狭い机から転がり落ちそうになる。滝沢は、咄嗟に机の縁を摑み、そのまま床に足をついた。何とか転ばずに着地したが、後から腰が砕けたようになる。いつの間にか熟睡していたらしい。頭ははっきりしているつもりだが、身体の方がまるで目覚めていない。気がつけば会議室の窓から、ぼんやりと白んだ朝の空が見えた。

「滝さん、音道刑事が機捜に配属されてから扱った事件、洗ってもらえんか」

会議室に入ってきたのは柴田係長だった。全体に脂じみて、疲れた顔をしている。

「すべての記録の洗い出しと、一緒に事件を扱った者がいれば、その人間からの聴取。先方には連絡を入れておく」

保戸田を始めとする他の刑事たちも、銘々起き上がって、顔を擦ったり頭を振ったりし始めた。滝沢は、喉にいがらっぽさを感じて何度か咳払いをした後、「音道のですか」と係長を見た。

「星野は、何か思い出したんですか」

係長は呻くような声で「ああ」と言い、頭を掻きむしりながら、深々とため息をつく。

「ありゃあ、正真正銘の阿呆だ」

「そうでしょう」

「どうして、あんな奴をデカになんかしたのかな。ちょっと睨《にら》んだら、途端にめそめそしやがって、『僕、僕』とか言いやがる。まるっきり女の腐ったのみてえだ」

言った後で係長ははっと顔を上げ、「セクハラか、今の」と、周囲を探るように言った。そんなとき、被疑者に対するときには震え上がられる係長も、単なる中間管理職になる。仲間内に一人でも女がいると、そういうことまで気にしなければならない。だが、幸い平嶋は出ているし、滝沢にしてみれば、そんな表現などごく当たり前のことだった。それに何も、女を悪く言っているのではない。女が「腐った」状態を指しているだけのことだ。

「名前を聞いてるんだよ、奴は」

苛立ったように煙草を取り出し、係長は呟いた。

「名前って」

「星野が電話をかけたときに、音道が一緒にいた相手の名前だ。その前後のことを、こっちの脳味噌がすり切れるくらいにしつこく繰り返して聞いたんだが、『知りません』『忘れました』ばっかりでな。そのうちやっと、音道の口調からすると、どうも星野も知ってる相手だったような気がすると言い出しやがった」

「じゃあ、星野にだってピンと来るはずじゃないですか」

ふう、と煙草の煙を吐き出して、係長は「とぼけてるんだか、本当に忘れてるんだか」と首を振った。

「とにかく、覚えのない名前だと言うんだ。同じ捜査本部の誰かじゃない限り、あの二人に共通の知り合いなんているわけがない。その辺りを突いた」

果たして係長は、どう突いたのか。横からか、上からか、それともえぐり出すようにか、興味があった。だが、正面から尋ねる気などさらさらないし、尋ねたところで、自分の取り調べ技術をおいそれと他人に教える刑事など、いるはずがない。

とにかく係長は、コンビを組んでからの星野と音道との行動と会話を、一つ残らず細かく聞き出そうとした様子だった。星野に心当たりがないのだとしたら、聞いている方が判断するより他にないからだ。聞き込みに回った先なら山ほどあるだろうが、そんなときに一度だけ会った人間の名前まで、すべてを覚えていられるはずがない。それに、たった一度、話を聞いた程度の人間とどこかで遭遇したとしても、その後、行動を共にする必要などない。以前から面識もあり、ある程度、言葉を交わしたことのある人間でなければ、「会った」という表現は使っても、「一緒にいる」とは言わないはずだ。

そうやって一人一人のことを思い出させた結果、ある目撃証言をもとに立川競輪場を張り込んだ際、音道が一人の女を見かけたという話が、星野の口から聞かれた。以前、何かの事件の被害者として会ったことがあるという話だったらしい。競輪場には計三日間通うことになったが、そのうちの二日、その女を見かけたと星野は言っていたという。

「看護婦か何かの、三十代後半から四十代の女だそうだ。以前、ひったくり被害に遭って、その時に扱ったのが音道らしい。音道の知り合いで、星野も名前を聞いたっていったら、どうも、その女くらいしかいないんだな」

「で、その女の名前は？」

「それを、あの阿呆は思い出せないんだ。山ってえ字がついたと思うとは言うんだが」

「山——。山田、中山、山本ってとこですか」

「俺も思い付く限りは言ってみたんだがね。『そんなこと、僕に言われたって』と、こうだ。ありゃあ、馬鹿とか阿呆ってえ以前に、ガキなんだな。まるっきりの、お子ちゃまだ」

係長は、煙草の煙を吐き出しながら、うんざりした表情で滝沢を見た。この係長をここまで手こずらせるんだから、星野という野郎、ただの「お子ちゃま」だとしたら、相当なものだ。

「で、それはいつ頃の事件だったんですか」

「それも、曖昧だ。そんなに最近のことじゃないらしい。相手の女の方も、音道を見てしばらくは思い出せない様子だったたってえんだから」

「じゃあ、看護婦、ひったくり、山がつく名前って辺りで洗えばいいですか」

放り出したままになっていた上着を引き寄せながら滝沢が言うと、こらえきれずにあくびを洩らしていた係長は、大きく伸びをし、うめくように「ああ」と言った。

「とにかく、今は何でもやるしかない。どうだい、少しは眠ったか」

充血した目に涙を浮かべている係長を、わずかに気の毒に思いながら、滝沢は頷いた。そして保戸田に目配せをする。一度、どこかで髭をあたらせてやらなければ気の毒だ。いや、もう少し伸びれば、それはそれで嘘臭い芸術家みたいな風貌になるかも知れない相方は、早速立ち上がっている。

連れだって会議室を出て、長い廊下を途中で曲がり、エレベーターホールに出ようとしたところで、前から来た人間と行き当たった。見れば、あの星野が、昨日の日中とは別人のような、やつれ果てた風貌で幽霊のように立っている。黙ってすれ違おう、今さら話すこともないと思ったのに、奴の肩が自分の横を通った瞬間、滝沢は「おい」と言っていた。星野が怯えたような表情でこちらを見る。ははあ。こいつ、本当に泣きやがった。ただでさえ細い目が余計に腫れ上がって、面長の赤パンダみたいな風貌になっている。

「これで楽になったと思うなよ。今からでも遅くないんだ。どんなことでもいいから、思い出せ。音道と話したことのすべて、どんなことでもだ」

「だって僕――もう、柴田係長に話しました」

「だから、それ以上に思い出せって言ってんだよっ。ガキが職員室に呼ばれたわけじゃ、ねえんだ。人の生命がかかってんだぞ！」

「だって、だってそれは――」

だって、だってとうるさい奴だ。滝沢は思わず星野に身体の正面を向けて、自分よりもずい分長身な男を、顎の下から見上げた。星野の喉仏が大きく動く。滝沢は、わざと小さく口元をほころばせながら、「なあ」と奴の肩に手を置いた。

「思わないか」

「――何を、ですか」

「いやさ、日本てえ国は豊かだってさ」

すぐ間近から、改めて星野を見上げる。毛むくじゃらの相方に比べて、星野の野郎は徹夜したとも思えないくらいに、髭ひとつ伸びておらず、のっぺりした顔をしていた。そして、腫れ上がった目を落ち着かなく揺らしながら、滝沢を見返してくる。

「おめえみてえなトンチキを、税金で食わしていく余裕があるんだもんなあ」

一際大きく、星野の喉仏が動いた。滝沢は、彼の肩を突き放して、そのまま歩き始めた。やめちまえ、てめえなんか、という言葉を何とか呑み下そうとした時、背後から「音道だって悪いんだっ」という声が聞こえた。振り返ると、保戸田の肩越しに、両手を握り拳にして震わせている星野が見える。

「――何だって？」

「そうじゃないですか。安易に参考人の家に上がり込んだりするから、こんなことになるんじゃないですか。刑事として――」

近付いていって腕を振り上げようとする前に、横にいた保戸田がさっと動いて、次の瞬間、びしゃりという鈍い音がした。拳を受けた星野の顔が一瞬歪《ゆが》み、よろめいて数歩下がる。髭もじゃの顎を突き出し、まだ殴り足りないというように星野の胸ぐらを摑んでいる相方を、滝沢は「まあまあ」と言うように軽く叩き、今度は自分が彼の前に足を踏み出した。だが保戸田はその腕を離そうともしない。

「そうさ。音道にも、確かに問題はあったろう。だが、それをてめえが言っちゃいけねえな」

星野は、殴られた頬をそむけたまま、苦しげな息を洩らした。頬が見る間に赤くなっていく。

「傍にいて指導すべき立場にいた者が、勝手に行動しておいて、どうしてそういうことが言えるんだよ。ええ？　第一、今、あいつはどうなってるかも分からないんだぞ。そんなときに、あんたはまだ、そんなことが言えるのか」

滝沢の言葉に合わせるように、保戸田は腕に力を加え、さらに星野の襟首をねじ上げていく。

「あんたさあ、そんなに自分が可愛いのか。そんなに責任をとるのがいやなのか」

星野は何も答えない。いや、答えられないのかも知れない。何しろ、今や保戸田が襟首をねじ上げたまま、その拳を奴の顎の下に押しつけているからだ。

「そんな奴は、やめた方がいいや、なあ。俺たちは確かに公務員だがね、サンダル引っかけて、住民票取ってるような仕事とはわけが違うんだよ。あんた、そっちになった方がよかったんだ」

今度ははっきりと「やめちまえ」と吐き捨てるように言って、滝沢は、再び保戸田の二の腕を軽く叩いた。それを合図のように、保戸田が星野を突き飛ばす。よろめきながら後ずさった星野は廊下の隅に置かれていた消火器を蹴飛ばした。ゴン、カラン、カラン、という鈍い音が廊下に響いた。こんなことをしている暇はない。一刻を争っているのだ。

「たとえやめなかったとしたって、金輪際、あいつと組みたがる奴はいないでしょうね」

エレベーターに乗り込んだ後で、保戸田が星野を殴った拳をさすりながら呟いた。当たり前だ。いざというときに、お互いの生命を預けられるようでなければ、コンビなど組めるはずがない。星野の噂は瞬く間に広がることだろう。広がらないのなら、この滝沢が広めてやる。

「朝っぱらから、ろくでもねえもの見ちまったな」

滝沢はふん、と鼻を鳴らしながら、手元の時計を見た。午前五時七分。ゴールの見えない時間との競争は今日も続いている。

音道の職場である警視庁第三機動捜査隊の立川分駐所は、立川の警視庁多摩総合庁舎内にある。隣には陸上自衛隊の東部方面航空隊があり、辺りには広大な緑が広がっていて、その中をひたすら真っ直ぐに通っている道に沿って建てられた建物のうちの一つだ。この辺りは立川広域防災基地と名付けられており、東京が地震などの大災害に見舞われた場合には、東京西部の指令基地となるべく、東京消防庁、海上保安庁なども庁舎を構えている。他にまったく車の通っていない真っ直ぐな道路を猛スピードで走り抜け、脇から多摩総合庁舎に車を乗り入れて、機捜の分駐所に足を踏み入れた途端、えらくのっぽな男が飛び付くように近付いてきた。

「音道がいなくなったって、どういうことですっ」

まだ名乗ってもいないのに、男は食い入るような表情のまま、のしかかりそうな勢いで口を開いた。滝沢は、思わず自分の方が背を反らす格好になりながら、「あんた、誰」と聞き返した。

「どういうことなんです、音道がいなくなったって！」

だが、男は滝沢の質問には答えずに、さらに目玉をむいてくる。その男を押しのけるようにして、大下と名乗る係長が自己紹介をした。

「つい先ほど、連絡を受けました。それで」

「認知は昨日の昼過ぎ、事件性の認定は、昨夜になってからです」

かいつまんで音道がいなくなった状況を説明する。昨日、阿佐谷で変死体が発見され、現場から音道の指紋が検出されたと言うと、脇に押しのけられていたのっぽが再び何か言おうとして口を開きかけた。すると今度は、妙に目と目の間隔の狭い、貧相な顔立ちの男が、のっぽの腕を引っ張った。

「つまり、音道の失踪は、その殺しとも無関係でない、明らかに、何者かによって拉致されているということですか」

「そういうことだと、思います。自宅に戻った形跡もなく、実家やその他の知り合いのところへも連絡は入っていません。携帯電話は応答なし、まるで連絡の取れない状態です」

滝沢が答えている間に、のっぽがまた前に出てきた。

「勤務中だったんでしょう！　相方は、何してたんだ。第一、どうして特捜本部から誰も来ないんですか！　勝手に駆り出しておいて、そんな危険な場所に一人で行かせたっていうことですか！　何、考えていやがるんだっ」

顔が青ざめている。唇まで色を失って、のっぽは、その馬鹿長い腕を振り回さんばかりに「畜生、畜生」を連発している。大下係長が「八十田！」と怒鳴りつけたが、それさえも効果をなさず、その男は、今度は係長を睨み付けた。

「やっぱり俺が行くべきだったんじゃないんですかっ。係長が、おっちゃんを行かせたんですからね！」

大下係長は困惑した表情になり、それから取り繕う表情になって小さく「すみません」と謝った。

「彼が、普段は音道と組んでるものですから。頭に血が上ってて」

なるほど、これが音道の相方か。滝沢は改めて八十田と呼ばれた男を見上げた。

「こっちだって、同じ気持ちなんだ。俺も所轄にいた当時、あいつとは一緒に仕事してるんだよ」

八十田の表情がわずかに動いた。

「一刻も早く、音道を見つけ出したい。だから、怒るのは後回しにしてくれんか」

「音道がどうにかなってたら、誰が責任とってくれるんです！」

「責任云々なんてえのは、後で偉い人が考えりゃ、いいことじゃないかい。とにかく今は、音道の救出。それだけだ」

のっぽは、まるで興奮が冷めていない様子だったが、貧相な上司に「ほら」と肩を叩かれて、ようやくうなだれた。

「あんた、名前は」

滝沢に尋ねられて、のっぽは初めて思い出したように、八十田巡査部長であることを名乗った。音道は、なかなか幸せだ。星野はろくでもない野郎だが、日頃はこんな仲間と一緒に仕事をしていたのなら、それなりに快適な刑事生活だってことだろう。あいつは、ここでは十分に受け容れられているということだ。それは、八十田だけでなく、他の連中の表情を見てもよく分かった。

「じゃあ本題に入りますがね」

滝沢は、柴田係長が星野から聞き出した話から、音道が過去に扱った、ひったくり事件の被害者で「山」の字の付く看護婦を探していることを説明した。どうだい、と言うように八十田を見上げてみる。だが八十田は、まだ興奮冷めやらぬ様子で肩を上下させていたが、やがて口を尖らせたまま小さく首を傾げた。

「僕がここに来てからは——看護婦がひったくり被害に遭ったっていう案件を扱った記憶は——ないと思うんですが」

「ひったくり被害は多いだろう。その全部を、覚えてるかい」

「何歳くらいの被害者ですか」

「三十代の後半から四十代っていうところかな。何年か前の事件だろうから、それより少し割り引いて考えてもらいたいんだが」

八十田はさらに考える表情になった。室内の無線受信機が、ピーピーと鋭く鳴って、一一〇番通報が入ったことを知らせる。「警視庁から各局」という呼びかけも、今は耳障りに感じられた。

「何年も前のヤマなのに、ホシじゃなくてガイシャの名前まで覚えてるくらいなら、ただ事務的にぽんぽんと片付けただけの事件じゃなかったと思うんです。だとすれば僕も覚えていても不思議じゃないし、その年代の女性は何人か扱っていますが、看護婦は——いなかったと思います」

「あんた、ここにきて何年ですか」

八十田は二年半だと答えた。その間、ほとんどずっと音道と組んできたという。音道がこの分駐所に来てからは、三年あまりが過ぎている。つまり、その間のヤマを洗えば良いということだ。早速、八十田がコンピューターに向かい、過去に扱った事件のファイルを呼び出してキーワードを打ち込む。

「これに入っていなければ、もっと以前のヤマだったことになりますが、おっちゃんが来てからなら、見つかるはずです」

さっきも聞いた呼び名だ。滝沢は「おっちゃん?」と聞き直した。

「ああ、音道のことです」

喋りながら、のっぽの八十田はパチパチとキーボードを叩いている。便利な世の中になったものだ。以前なら、分厚くて重い資料綴りを目の前に積み上げて、端から目を通さなければならなかったものなのに。それにしても、おっちゃんとはな。おっちゃん。可愛い気もセンスもあったものではない。自分なら、もう少し愛嬌のある呼び名をつけてやるのに、などと考えている間、八十田は何度か「畜生」「ああ、違う」などと苛立った声を上げていたが、ようやく「これかな」と口を開いた。滝沢は保戸田と共に、八十田の両脇からパソコンの画面を見ようと身を乗り出した。

「でも、山という字はつきません。違うのかな」

パソコンの画面には、左上に赤い文字で「未検挙」という表示が浮かび、事件が起きた年月日と事件の発生場所、概要、被害者の住所氏名、被害品目などと共に、一一〇番通報によって事件が認知されたこと、初動捜査にあたった捜査員の氏名などが表示されていた。そこには確かに、音道貴子の名前がある。だが八十田の言う通り、被害者の氏名欄に出ているのは「中田加恵子」という氏名だ。山という字など、どこにもついていない。三十六歳。職業は看護婦。住所は、昭島市郷地町二丁目。年齢と職業は合っている。事件が起きたのは三年と少し前。

「他にも探してみますが——この年代のひったくり被害者っていったら——ああ、いることはいますけど、看護婦じゃないな。飲食店店員。ホステスですね。それから——主婦。でも、この当時で四十八歳です。この三人くらいかな」

「取りあえず、その三人の資料、印刷してもらえますかね」

八十田は即座に頷いた。最初に出てきた中田加恵子の資料を眺めて、滝沢は、おそらくこの女だろうと目星をつけた。星野の阿呆は、「中」または「田」の字を、単によくある簡単な文字で、名字に多用されるという程度で「山」と記憶違いしたのだ。または、意地の悪い考え方をすれば、わざとか。

——いくら何でも、そこまではな。

その程度は信じたかった。あんな男でも、一応は刑事なのだ。これ以上に奴の評価が落ちると、そのまま自分たちまでが貶《おとし》められる気がしてくる。仲間というくくりに入れられることが、とんでもなく情けなく、屈辱的なことのように思われてくる。冗談ではなかった。あのような男一人のために、誇りまで傷つけられるのではたまらない。

「これと同じものを、我々の本部の方にファックスしておいてもらえませんかね」

プリントアウトされた資料を手に、滝沢は八十田を見上げた。星野に比べれば、月とスッポンほどもましに見える音道の相方は、思い詰めたような表情で頷く。

「助けてやって下さい。お願いします」

係長たちも一斉に立ち上がって、こちらに頭を下げる。滝沢は、彼らの一人一人を見て「おっちゃんをね」と答えた。

「全力を、尽くします」

立川分駐所を後にして、すぐに係長に報告を入れる。もっとも可能性が高いと思われる中田加恵子の自宅に向かうつもりだと伝えると、係長の「中田ねえ」という声が返ってきた。

「山の字がつくのは、いなかったかい」

「そちらにファックスした分で全員です。星野の頭だと、中も山も田も、同じなんじゃないですか」

「まあ、ちょっと待て。一応、星野に確かめる」

辺りは、すっかり朝だった。こうして地平線が見えるほど広々とした場所にいると、事件の緊迫性など忘れるほどだ。頭上には淡い水色の空が広がって、流れる空気は土の匂いを含み、朝露が太陽のきらめきを受けている。スズメだかヒバリだか知らないが、小鳥のさえずりが、いかにも長閑《のどか》に響いてきた。

「コンビニで握り飯でも買うか」

「食べられるときに食べておかないと、駄目ですね」

保戸田は電気カミソリを持ち出して、ちょうど髭をあたり始めたところだった。こういう風景の中に、彼の髭面はなかなか似合うと思ったのだが、他人の家を訪ねる前にはさっぱりしなければならないことを、本人が一番自覚しているようだった。

7

いつも、どれほど憧れていたことだろう。時間に追いまくられることもなく、先の予定も心配せずに、ただゆったりと何もしないで過ごせる日が来ることを。余計なことは考えず、雑音のすべてから解き放たれて、眠りたいだけ眠り、食べたいときに食べて、窓の外には海が見えて——。

壁に寄りかかり、膝を抱きかかえた姿勢のまま、ついぼんやりと、そんなことを考えていた。頰の痺れはおさまっている。だが、腹部の痛みはまだ消えていなかった。時計を見られないと、こんなにも時間の感覚が摑めないものだとは思わなかった。感覚としては三十分ほど前のことだと思う。貴子はまったく無抵抗のまま、両頰と腹部を数回ずつ殴られた。闇の中に取り残され、突然、どこからか衝撃を受ける恐怖。「ぶっ殺す」という言葉が、こんなにも生々しく自分の中に突き刺さり、打ちのめすとは思わなかった。だが、単なる脅しでないことは、脳裏に焼き付いた血の海が語っているのだ。

「生意気なんだよっ。人質のくせに、便所に行ったったって？　勝手にクソにまみれてりゃ、良かったんだ！」

殴られ、畳の上に倒れたところで、頭上からそんな声が降り注いできた。これまでに聞いたことのない声だった。加恵子が「やめてよ」というのも聞こえたから、おそらくあれが、加恵子の愛人、競輪場で見かけた男の声なのだろうと思う。特に語尾の発音が多少曖昧な、要するに今どきの若者らしい口調だった。

卑怯だ。理不尽ではないか。痛みと共に怒りが体内を駆け巡った。だが、少しでも抵抗を示せば、さらに痛めつけられることくらいは容易に察しがついた。貴子はひたすらうずくまり、身体を縮めていた。痛みと悔しさとで涙が出たが、それは目隠しの布が吸い取った。その後、貴子は引きずり起こされ、「そんなに便所のことが心配なら」と、今度は便器に鎖でつながれた。鎖の長さに多少の余裕があるにはあるが、手洗いの外の廊下にうずくまるのがせいぜいだ。板の感触はひんやりと冷たく、固くて、畳の部屋以上に、自由に動かせない身体には負担だった。

その後、犯人たちはぼそぼそと何か話し合っていたが、今、近くには誰もいないようだった。さっき何人かで連れ立って部屋を出ていったのは分かっている。だが、それが全員だったのか、または見張りが残っているのかが分からない。いくら耳を澄ませても、はっきりとした物音はまるで聞こえて来ず、ただ風の鳴るような音が、微かに低く響いてくるだけだ。

――どれだけ耐えればいいんだろうか。

自分の精神力が、果たしてどれくらいもつものか、見当がつかなかった。待つこと、耐えることは、日頃の生活の中でもそれなりに鍛えられているつもりではある。だが、自分を保ち続けることを試された記憶はなかった。出来るだけ現実離れしたことでも考えていた方が良いのか、それとも少しでも現状を把握するように努め、脱出の機会を狙うべきか。体力を温存するべきか、どんな方法でも試してみるべきか――こんな状態では、脱出も何もあったものではない。

――探してくれてるんだろうか。

何もせず、ただ待つことが、こんなに疲れるなんて。いっそ眠ってしまえた方が楽な気もする。だが、神経が張りつめていて、とても眠れそうにはなかった。それに、万に一つも、眠ったまま殺されてはたまらないと思うと、動悸がして呼吸まで荒くなり、恐怖で叫び声さえ上げたくなるのだ。本当に声を出して、また突然に殴られでもしたら、さらにパニックに陥りそうな気がするから、猿ぐつわを食いしばり、ひたすら黙ってはいるが、まさしく、これは拷問だった。

壁に身体をもたせかけ、ただ黙って過ごす。こんな時には、何を考えれば良いのだろうか。家族のこと。昴一のこと。機捜の仲間のこと。心配をかけたくない人たちばかり。一刻も早く逃げ出さなければ、彼らにも連絡が入るだろう。皆、どんな顔をして事件のことを聞くことだろうか。母は大丈夫か。父は血圧が上がらなければ良いが。妹たちは——駄目だ。こんなことを考えては、余計にいてもたってもいられなくなる。

歌でも歌うか、数でも数えようかと考えているとき、どこかでガタン、と音がした。貴子は全身を強張らせ、耳を澄ませた。やがて微かに、踵《かかと》を擦るような足音が聞こえた。徐々に近付いてくる。ずい分、長い距離を歩いてくるようだ。この家は、そんなに大きな建物なのだろうか。それとも、あれは建物の外の音なのか。ここに貴子がいることも知らない人間が、ただ近くを通り過ぎようとしているだけなのだろうか。もしもそうなら、必死で助けを呼ばなければならない。これが最初で最後のチャンスかも知れないのだ。

足音が近付くのを、息を殺して待ち続ける。ず、ず、という音から察すると、コンクリートか何かの床らしい。つまり、地面ではないということだ。と、いうことは、やはり同じ建物の中から聞こえる音なのかも知れないと考えているうち、すぐ傍で重そうな扉の開く音がした。さっき、犯人たちが出かけていったときに聞いたのと同じ、金属のドアの音。帰ってきただけか。一つの緊張が去り、新たな緊張が、さらに全身を強張らせる。

「振り向かないでよ」

ふいに背後から加恵子の声がした。同時に、後頭部を触られる。締め付けられていたこめかみの辺りが急に楽になって、圧迫されていた瞼に光が当たった。

「いい、まだ振り向かないで」

次には首の後ろの結び目が解かれる。すっかり湿った布が口から離れるのと同時に、唇の端に、ヒリヒリとした痛みを感じた。痺れた頬に痒《かゆ》みが走る。久しぶりに閉じられた口に、自分の唾液の温かさが広がった。干からびかけていた舌が、海綿のように柔らかさを取り戻す。

「いいわ」

落ち着いた声がして、気配が貴子の横から前に移った。貴子は鈍い痛みを感じる目を、徐々に、半ば怯えながらゆっくりと開いた。光。色彩。まぶしさに瞬きを繰り返す。涙が滲んで、やがて目の焦点が合ってくると、まるで馴染みのない、古ぼけた室内が見えてきた。部屋の奥から陽が射し込んでいる。その陽を背に受けて、加恵子が立っていた。

「食べ物、買ってきたわ。飲まず食わずじゃ、あんまりだから」

コンビニエンスストアーの袋から、数個の菓子パンと牛乳を取り出しながら、加恵子は言った。だが彼女は、貴子を見ようとしない。艶《つや》のない髪。化粧気のない顔。地味な服装。どこから見ても冴えない中年女だ。こんなちっぽけな女の一体どこに、殺人に関わり、人を拉致するような黒々としたエネルギーが備わっているのかと思う。それも、人の好意を逆手にとって。貴子は、黙って加恵子の様子を観察していた。言いたいことは山ほどある。だが、目隠しを外されたというだけで、自分の中に新たな情報が溢れかえり、少しでもそれらを整理する時間が必要だった。

「今――何時」

「時計、見ればいいじゃない。見えるんだから」

加恵子に言われて、貴子は初めて自分の手元を見た。確かに腕時計は外されていない。午前七時四十分過ぎ。陽が射し込んでいることを考えれば、朝であることは間違いがない。すると丸一晩、こうしていたことになる。

思わずため息が出た。ついでに、手錠でつながれた両手で顔をさする。ずっと布が押し当てられていたせいで、こめかみも頬も、凸凹していた。その上、転んだり殴られたりしたせいで、腫れてもいるようだ。額には脂が浮き、目脂《めやに》もついている。もしかすると、口の端にも痣《あざ》が出来ているかも知れなかった。

改めて、自分の姿を観察する。がんじがらめの、家畜以下の格好。この春に買ったばかりの紺色のパンツスーツは、埃がついてあちこちが白っぽくなっている。ストッキングはつま先が伝線していた。

「食べれば。でも、言っておくけど、それで今日一日、もたせてもらうから」

加恵子の声が頭上から降ってくる。なぜ、なぜ、という思いが、かえって貴子の口を重くしている。それに、とにかく空腹だった。足下に置かれた食べ物ににじり寄り、貴子は、手錠をかけられたままの手で、パンの一つを取り、袋を破いてかじりついた。

「ゆっくり食べた方がいいわよ。急に食べると、胃が痛くなるから」

誘拐犯人のくせに、妙に親切なことを言うものだ。その辺りが、やはり看護婦なのだろうかと思う。貴子は意識的にゆっくりと顎を動かし、何度もよく咀嚼《そしやく》して、パンを食べた。猿ぐつわを噛まされていたせいか、顎がだるかったし、口の端も痛む。味など、ほとんど分からない。これは、餌なのだ。鎖につながれた自分が、今、餌を与えられている。それでも食べないわけにはいかなかった。出来るだけゆっくり食べるつもりだが、貴子は瞬く間に一つ目のパンを食べ終えて、すぐに二つ目に手を伸ばした。

「無理もないわね。丸一日以上、眠ってたんだから」

袋を破いているときに、加恵子が再び言った。貴子は手錠でつながれた両手でパンを持ったまま、加恵子を見上げた。

「丸、一日？」

加恵子は奥の部屋との境の柱に寄りかかり、小さく頷く。

「今日は、何曜日？」

「月曜」

「——月曜？　日曜日じゃなくて？」

まだ整理のつかない頭が、さらに混乱する。てっきり日曜の朝なのだと思っていた。今日中にも、きっと誰かが自分を捜し出してくれるはずだと。それなのに、丸一日以上が過ぎているという。貴子は信じられない思いで加恵子を見た。すると彼女は、コンビニの袋から数種類の新聞を差し出した。

「日付、見てみて。月曜日に間違いないでしょう」

確かに、その通りだった。赤や黄色の派手な見出しが躍る新聞の片隅には、日付と共に曜日が刷り込まれている。その他の新聞も、すべて同じ日付になっていた。月曜日。貴子が阿佐谷に行ったのは土曜日だ。明日こそ休めると思って、それだけを楽しみにして、何とか乗り切ろうとしていた。

——私の日曜日は、どこに行ったの。

時間の感覚が分からなくなりそうだった。そんなに長い間、眠っていたということなのだろうか。だが、貴子の感覚では、確かにほんの数時間しか眠っていないと思うのだ。

「——何を飲ませたの」

加恵子の顔を見据えて、貴子は呟くように言った。加恵子は一瞬、頬を小さく引きつらせ、それから極めて冷静な表情のまま「ハルシオン」と答えた。ハルシオンなら貴子も知っている。変死者の持ち物に混ざっていたことがあるし、一時期は高い値で売買されているという噂も聞いた。睡眠薬だということは分かっているが、まさか、そんなものを自分が飲まされたとは思わなかった。

「あんなにすぐに、効いてくるもの？」

「〇・二五ミリグラムを二錠、細かく砕いて溶かしこんだの。よっぽど喉が渇いてたみたいね。あんなに一気に飲めば、丸ごと二錠、飲んだのと同じだし、気が付かなかっただろうけど、あのオレンジジュースにはウォッカも入ってたわ。だから、すぐに効いたのよ」

そんなものを飲まされたのか。貴子は自分の迂闊《うかつ》さに改めて舌打ちしたい気分になり、同時に、加恵子の周到さに驚いていた。

「でも、ハルシオンは効き目はすぐに現れるけど、切れるのも早いのよね。超短時間型の睡眠導入剤だから。あとは注射で眠ってもらったわ、ロヒプノールっていうんだけどね。あなた、薬が切れかかる度に、何回か気がついたわよ」

まるで記憶がなかった。自分でも知らないうちに注射まで打たれていたというのだろうか。手錠をかけられているから、確かめることが出来ない。

――人の身体を。勝手に。

こんな不愉快な、そして不安な感覚は初めてだった。自分のことでありながら、まるで記憶になく、その上、曜日の感覚までずれている。やはり、理由が分からない。なぜ、こんなことをされなければならなかったのか。

「食べないの？　お腹、空いてるんでしょう」

涼しい顔で、加恵子は顎をしゃくるようにする。貴子はそんな女を、黙って見つめた。

「――何よ」

加恵子は不敵に貴子の視線を受け止めて、わざとらしく腕組みをする。考えてみれば、それほどよく知っているわけでもないのだ。何年か前に、ほんの数回、会っただけの女だった。だが、それでも貴子の中には、ある程度のイメージというものが出来上がっていた。控えめで我慢強く、よく働いて、確かに薄幸な印象は受けたが、決して道を踏み外したりしない、ひたすら地道に生きていく、そういうタイプの人なのだと思っていた。

「あなたが、まさか、こんなことをするなんて思ってなかった」

貴子は苦々しい思いで呟いた。加恵子が、ふん、と小さく鼻を鳴らす。開き直ったような、ふてくされた表情は、似合わないと思った。それでも、これは現実だ。

「少し考えれば、分かることでしょう？　こんなことをして、ただで済むと思ってるの」

「さあね」

「さあね、じゃないわ。あなた、自分のしてることが分かってる？　若松さんは、あの男が殺したんでしょう？　あなたは、殺人の片棒を担いだことになるのよ。その上、こんなことまでして」

うんざりした表情で、加恵子はそっぽを向いた。破りかけのパンの袋を持ったまま、貴子は、わずかに膝を曲げて腰の位置をずらした。背筋を伸ばして身を乗り出す。

「今からでも遅くないから、考え直して、ねえ。こんなことに関わって、自分の人生を台無しにしないで。私をここから出してくれたら、後のことは任せてくれればいいわ。必ず、あなたを守るし、これから先のことでも、出来るだけのことはする。約束するわ。ねえ、鎖を外して。それが無理だっていうんなら、警察に電話してくれるだけでもいい。今、他の人たちはいないんでしょう？　チャンスじゃないの。どうして、あんな連中と関わらなきゃならないの。あなたは捨ててきたって言うけど、あなたには二人の子どもがいるのよ。たとえ離婚して、夫とは他人になれたって、子どもとは――」

「うるさいわねっ！」

たまりかねたように加恵子が怒鳴った。それでも貴子は黙らなかった。

「あなた、子どものことをどう考えてるの。気にならない？　可愛くないの？　今からでも遅くないから、考え直して。これ以上、馬鹿なことをしないで欲しいのよ」

「うるさいって言ってるでしょうっ！　また口をふさがれたいのっ。目隠しされて、惨めに転がされていたいわけ？」

加恵子は苛立ったようにヒステリックな声を上げ、実際に、貴子の目から解いた布をポケットから取り出した。貴子は思わず怯《ひる》んで口を噤んだ。目隠しをされる恐怖、猿ぐつわの苦痛を、もう二度と味わいたくない。

「あんたに、何が分かるっていうのよ。善人面して、そうやって人を説得できるつもりでいるわけ？大体、あんたが悪いんじゃないの。あんたが私たちにつきまとったりしなければ、こんなことにはならなかったのよ！」

つきまとう？　加恵子たちは、そう思っているのだろうか。いつから？　競輪場の時から。つまり、加恵子たちはあの時から、既に自分たちがマークされていると思い込んでいたということか。下手な質問の仕方はまずいと思った。貴子は加恵子の様子を窺いながら、懸命に考えを巡らせた。

——御子貝春男の家から、身元の確認出来ていない男女二人連れが目撃されている。

つまり、それが加恵子と愛人、または仲間のうちの誰かだったということなのだろうか。すると、加恵子は若松殺害に関わったばかりでなく、あの四人の殺害にも加わっていたということになる。あの現場を、あの有り様を見たことになる。改めて恐怖と怒りがこみ上げてきた。だとすると、貴子一人を殺すくらい、今さら、どうということもないと考えている可能性がある。そんな相手に、自分はいとも簡単に近付いてしまったということだ。

「——つきまとわれるようなことを、するからじゃないの」

こちらの恐怖を気取られまいと、貴子は出来るだけ低く落ち着いた声で言った。加恵子は、苛立った表情のまま舌打ちをし、荒々しく息を吐き出している。

「ばれないとでも、思ってたわけ？　あれだけのことをしでかしておいて。今だって、あなたがたはマークされてる。ここが見つかるのは時間の問題なのよ。分からない？」

「やめてよっ！　そういう自信満々な態度が、癇に障るのよっ」

加恵子の声は、貴子とは対照的に上擦り、感情的になっていた。彼女は自分の苛立ちを持て余すように、手にしていたいくつもの新聞を壁に叩き付け、何度も息を吐き出して、唇を噛む。

「そうよ——最初からね、あんたのそういうところが、大っ嫌いだった」

「最初って——あの、ひったくりに遭ったとき？」

「そうよ！」

「あのとき、私が何をしたっていうの。そりゃあ、もしかすると不手際はあったかも知れないけど、私なりに一生懸命——」

「そういう、正義の味方みたいなところが、大っ嫌いだったのっ。あんた、一体、何様のつもりなのよ！」

競輪場で、声などかけなければ良かったのだと思った。だが、貴子なりに彼女のことが心のどこかで引っかかっていた。盗まれたバッグを見つけられなかったことも、申し訳なく思っていた。だからこそ、さほど時間をかけずに、名前から顔まで思い出したのではないか。懐かしさにとらわれた自分が馬鹿だったということなのだろうか。嫌われていたとも知らず、こんなことになるとも思わずに。

「あんたなんかに、私のことなんか、分かるわけがない。適当にお為ごかし言ったって、無駄よ。私には、この先、未来なんか待ってやしない。ちゃんと、分かってるんだから」

「そんな言い方、しないでよ。未来がないなんて、どうして言えるの」

加恵子は口の端に冷笑を浮かべ、小さな瞳に明らかな憎悪の炎を宿らせながら、貴子を見据える。

「あるって言えるの？　言えるわけ？　これだけのことをしておいて、明るい未来が開けてるって？いくら馬鹿だって、それくらいのことは考えられるのよ」

「――きちんと償えば、そうすれば、やり直すチャンスはあるじゃない」

「償う？　とんでもないわ！　私はもう、十分過ぎるくらいに耐えてきた。耐えて、耐えて、それだけの人生だったのよ。言ったでしょう？　もう、ほとほと疲れ果てたって。私はね、これまで生きてきて、ただの一度だって、未来なんて夢見たことはなかった。自分が何をしているかくらい、分かってる。でも、これは、私の復讐なの。世の中の全部に対するね」

暗い瞳に、憎悪とも絶望ともつかないものを宿らせ、ひたすらこちらを睨み付けてくる加恵子を見上げているうち、貴子の中には、重苦しい無力感だけが広がっていった。優位に立っているのは、明らかに加恵子の方だった。

8

男は酒臭い息を吐き、いかにも眩しそうに顔をしかめながら、朝陽の中に立つ滝沢たちを見た。

「何です、こんな朝っぱらから」

スウェットパンツにティーシャツという出で立ちで、狭い玄関に片足だけを踏み出し、片手でドアを押さえている男は、顔立ちそのものは端正だが、全体から伝わる雰囲気が何とも気弱そうで、卑屈な印象を与える。

「中田加恵子さん、いらっしゃいますか」

保戸田がまず口を開いた。男はそれでもまだ顔をくしゃくしゃとさせているばかりで返事をしない。

「お宅、御主人ですか」

「加恵子はいません」

「いつ、お帰りになります」

「知りませんね」

「夜勤か何かですか」

「だから、知りませんて。加恵子は出ていったんです」

滝沢は保戸田と素早く視線を交わし、改めて男を見た。嘘をついているようには見えない。

「ちょっと、伺いたいことがあるんですがね。少しお時間、もらえませんかね」

今度は滝沢が口を開いた。男はわずかに口を尖らせて困惑した表情を見せていたが、家の中は片付いていないから困ると言った。

「じゃあ、少し、出られますか」

「もうすぐ、子どもたちを起こさなきゃならないんです。学校があるんで」

舌打ちしたくなる。今は一刻を争うときなのだ。だが、酒のせいもあってか、どこかぼんやりしている様子の男を必要以上に脅かすことも躊躇《ためら》われた。

「子どもさん、少し早く起こしてもらうわけに、いかんですかね。ちょっと急ぐんですよ」

初めて、男の表情が不安げに揺れた。

「加恵子の奴が、何か——」

「それは分かりませんがね。とにかく、そうしてもらえませんか。子どもさんにも、あんまり聞かせたくない話が出るかも知らんでしょう」

子どもの頃は、それなりに可愛げのある顔立ちだったに違いない。男は初めて不安げな顔になって、滝沢と保戸田の顔を見比べていたが、「ちょっと待っててください」と言い残してドアを閉めた。滝沢たちは、建物から少し離れた場所に止めてある車の前まで戻って、男を待つことにした。

朝陽の中でも、爽やかさのかけらも感じられない、古ぼけたアパートだった。大きさだけは十分だが、それだけに、みすぼらしさもまた目立つ。音道も、このアパートを訪ねたことがあるのかと、ふと思う。十分ほど待ったところで、男が出てきた。服装は相変わらずで素足にサンダルを引っかけ、辺りを見回してから、猫背気味に歩いて来る。どこか話せそうなところがあるかと尋ねると、男はすぐ傍に児童公園があると答える。そろそろ出勤する人の姿が、ちらほらと見受けられる時間だった。

「お子さんは、起きましたか。何年生です、今」

「上が中二です。まあ、起こしてさえやれば、後のことは大概、自分たちで出来ますけどね」

小さな児童公園だった。猫よりも小さな犬を連れて散歩をしていた老人が、訝《いぶか》しげな表情でこちらを見て通る。滝沢たちは、紫色の花を咲かせ始めている紫陽花《あじさい》の傍に置かれたベンチに並んで腰掛けた。保戸田は腰を下ろさずに、向かいから滝沢たちを眺める格好で立っている。

「御主人は、仕事は大丈夫なんですか」

「あたしはタクシーの運転手で、今さっき、帰ってきたところでしたから」

保戸田が「それで晩酌を」と言うと、男の顔に決まりの悪そうな笑みが浮かぶ。以前はサラリーマンだったこともあるのだが、どうも仕事運が悪く、いくつかの仕事を転々とした挙げ句、結局はタクシーに落ち着いたのだという。中田史朗、四十三歳。中学二年生の長女と小学五年生の長男との三人暮らし。

「女房がいた頃は、あれの父親も同居してたんですが、何しろ寝たきりだったもんで、もう、どうしようもなくて、老人ホームに入ってもらいました」

「奥さんは、いつ頃、出ていったんです」

「去年の暮れです」

諦めているのか、覚悟をしてきたせいか、中田の表情は静かなままだった。当時は、中田は何度目かの失職中で、生活のすべては加恵子の肩にかかっていたという。

「看護婦だそうですね。その給料で家族五人が食べていたと」

「その他にも、ちょこちょことパートみたいなこと、してました。コンビニのレジとか、レンタカー屋の受付とか」

まあ、あたしに甲斐性《かいしょう》がないんだからしょうがないんですが、と、そこでもまた、中田は笑った。自分を嘲笑うような、暗く卑屈な笑み。滝沢は、またもや自分の女房のことを思い出していた。贅沢はさせられなかったと思う。だがそれは、警察官と一緒になると決めたときから分かっていたことだ。それでも、生活に困ることなどなかったはずだし、本人が、少しは子どもも手を離れたから、時間が勿体ないと言い出してパートを始めた。後から考えれば、そのパート勤めが悪かったのだ。それまで何年も家に閉じこもっていた女が、久しぶりに外の世界に出て、女として扱われて、すっかりのぼせ上がったとしか、滝沢には思えない。その結果——。

「奥さん、男は」

中田の顔がぴくりと動いた。ベンチに腰掛けたままの姿勢で前屈みになり、膝の上で両手を組んで、彼はうなだれるように頷いた。ご同輩、かい。嫌になっちまう。行く先、行く先で、似たような境遇の奴に会わなければならない。その度に、滝沢は相手の姿に自分を見るのだ。

「じゃあ今は、その男といるんですか」

「知りません。連絡一つ、してくるわけでもないんだから」

「お子さんには」

それは分からない、と中田は答えた。滝沢の勘では、中田加恵子は、子どもとは連絡を取り合っているはずだという気がする。いや、こういうのは勘とは言わない。経験が語っているだけのことだ。

中田加恵子が走った相手というのは、パート先のレンタカー屋で知り合った男だという。三十そこそこの、所帯やつれした女などとても相手にするとは思えないような、遊び人風の男だったという。最初の頃は、見た目は軽薄そうだが、なかなか親切でよく働く若者がいるなどと、加恵子も家で話していたらしい。もともと嫉妬《しっと》深い上に心配性の中田は、いくら金のためとはいえ、加恵子がスナックなどで働くことだけは反対していた。だが、その男は年も若い上に、髪を染めている、ピアスをしているなどと聞いていたから、まさか加恵子の相手になるような男ではないと安心していた。それが、やがて加恵子は後輩に代わって夜勤に出なければならないとか、明け番のはずなのに、そのままパートに出るなどと言うようになり、二晩も三晩も、家を空けるようになってきた。そしてある日、中田が「この頃おかしいんじゃないか」と問いつめたところ、急に「出ていく」と言い出したのだそうだ。好きな人が出来た。もう、この家にはいたくない。だから出ていきますと。

「あんた、止めなかったんですか」

「止めたに決まってるじゃないですか。子どもだっているんだし、病気の父親まで抱えて、そんな勝手な話があるもんかって。だけど、駄目でした。あの女の、どこにあんな激しさがあったのかと思うくらい、あいつは大声で、『もう、嫌なのよ』と言ってね」

加恵子はその日のうちに、荷物をまとめて出ていったのだそうだ。翌日、中田は加恵子の勤務先に電話をしてみたが、その時点では非番だと言われ、翌日には風邪で休んでいると言われ、さらにその翌日には、辞めたと言われた。同時にパート先からも姿を消しており、それきり加恵子の行方は分かっていないという。

「あれが、何かしたんでしょうか」

疲れ果てたという表情で、中田はようやく背を伸ばしてこちらを見た。滝沢は「いや」と小さく首を振り、「まだ分かりません」と続けた。すると中田は急に、こちらに身を乗り出してきた。

「でも、探してるんでしょう」

「まあ、そうですが」

「見つかったら、伝えてもらえませんか。待ってるからって」

今にも泣き出しそうな顔で、すがりつくように言われて、滝沢は思わずたじろぎそうになった。こんな貧乏神のような亭主のもとから逃げ出したい女の気持ちだって、分からんじゃないという気がする。勝手に道行きしてくれている分には、滝沢たちの出る幕ではないのだ。だが、とにかく他に手がかりの見つかっていない現状では、もう少し探し続ける必要がありそうだ。

「頼みますよ、刑事さん。水に流すからって、許すからって、伝えてください」

「見つかったら、伝えますがね。何しろ、私たちは別の件で動いてるもんで、その中で、奥さんの名前が出たもんですからね。ほら、前に奥さんがひったくりに遭ったことがあったでしょう」

今度は口をぽかんと開け、半ば弛緩したような表情になって、中田は「ああ」と頷いた。

「もう三、四年も前のことですけど――それじゃあ、あの時の犯人が捕まったとか?」

「いや――まあ、その辺をね、今、捜査中でして。大体、ああいうことで味をしめてね、次にはもう少しデカいことをやってやろうなんていう奴が、結構いるんですわ。そうやって、いつの間にか一人前のワルになるような、ね」

中田は、虚ろな目を宙に漂わせ、気のなさそうな声で「そうですか」と言っただけだった。ティーシャツの襟元はだぶついているし、肩の肉もそげ落ちている。もう少し、しっかりしろよ、女房に見限られたのは、何もあんただけじゃないんだからと言う代わりに、滝沢は煙草を取り出し、自分も一本くわえて、相手にもすすめた。中田は、おずおずと手を上げて中途半端に拝むような真似をした後、「何度、やめても駄目でして」と言いながら、滝沢のライターの火を受けた。朝の空気に煙が溶ける。小さな水飲み場に、スズメが水を飲みに来ていた。

「お子さんたちも、不自由でしょうな」

「まあ――もう、慣れたんじゃないですか。もともと、ほとんど家にいなかったんですから」

「そうはいっても、母親だ――動揺させるのも可哀想ですから、私らが来たことは、話さんでおいて欲しいんですがね」

「――その方が、いいんですかね」

ただでさえ多感な年頃なのだから、心配もするだろうし、母親への不信感も増すに違いない。今後、母親が帰ってきた場合に、親子の間の溝にならないとも限らないのだから、余計な情報は与えない方が良いと言うと、中田は相変わらずはっきりしない表情のまま、「そんなもんでしょうか」と呟いた。

「それから、ご心配なら、家出人捜索願でも出しておかれたらどうですか。万が一の場合は、連絡が取れやすいでしょうから」

少しでも慰めになればと思って言ったつもりだったが、中田は相変わらず「はあ」などと言うばかりで、とりたてて反応は示さなかった。魂が半分抜けているような男だ。

「いや、お疲れのところ、すみませんでした。これから、お休みになるんでしょう」

「まあ――子どもたちが出かけたら」

「タクシーも大変でしょう」

「まあ――この景気ですからね。かといって他に仕事があるわけでもないし、女房が戻らない以上は、あたしが働かないわけにも、いきませんし」

話せば話すほど、こちらまで気力が失せていきそうだった。早朝から時間を取らせた詫びを言って、滝沢はベンチから立ち上がった。まだ煙草を吸いながら、中田は立ち上がることもせず、ただ小さく頭を下げただけだった。

「子どもは連絡先、知ってるんじゃないですかね。親父には内緒で連絡取り合ってるってこと、ないですか」

歩き始めると、すぐに保戸田が小声で話しかけてきた。

「だからって、ガキに聞くか？　それはまずいだろう。もしもガキが、母親に俺らのことを知らせたら、元も子もなくなるかも知れん。それよりは、レンタカー屋だな」

足早に公園を出るとき、背中に貼り付くような視線を感じた。つい振り返ると、中田がまた小さく頭を下げる。こちらも会釈を返しつつ、ついため息が出た。ぼろアパートの前まで戻って、そのまま前を通過しようとしたときに、中田の部屋のドアが開いた。金髪にミニスカートの制服を着た少女が、片手に薄っぺらい鞄を提げて出てくる。あれが、母親に出ていかれた娘か。まあ、朝からちゃんと登校しようというだけ、まだましだ。それにしても、自分の子どもがあんな風にならなかったことを、感謝すべきかも知れなかった。

車に戻った段階で、本部に連絡を入れる。柴田係長は、機捜の立川分駐所からファックスで送られた残る二人は、居所も確認され、特に変わった様子はないようだったと言った。やはり、中田加恵子の線をたぐるより他になさそうだ。

「中田加恵子の居所または、相手の男の氏名その他が分かったら、すぐに報告してくれ。今日から人数を増やすからな」

「加恵子が勤務していた病院の方は、どうします」

「そっちにも何人かやるよ」

「了解しました」

保戸田が車を出そうという時になって、スウェットパンツのポケットに両手を突っ込んで、中田がのろのろと帰ってきた。いかにも憂鬱《ゆううつ》そうに、頼りない風情で歩く男は、ちらりと滝沢たちの車の方を見て、また小さく顎をしゃくるように挨拶を寄越す。保戸田が挨拶代わりに小さくクラクションを鳴らし、そのまま車を発進させた。いくつもの扉が並ぶアパートには、その扉の数だけの家庭がひしめき合っている。その中でさらに、いくつもの人生が交錯しているのかと思うと、吐き気がしそうだ。

――ため息と憂鬱の詰め合わせセットか。

喜びも幸せも、あるにはあるだろう。だが、今の滝沢には、それを感じ取ることは出来なかった。何よりも今、自宅のドアに手をかけている中田の姿が、建物のすべてを象徴しているようにしか見えなかった。

中田加恵子がパートで勤めていたというレンタカー屋は、ＪＲ昭島駅にほど近い江戸街道沿いにあった。だが、受付にいた男は先月から働き始めたばかりのアルバイトで、中田加恵子のことも知らなければ、相手の男のことも知らない様子だった。ある程度のことを知っている主任と呼ばれる人間は、十時近くにならなければ出勤しないという。滝沢は、まだ学生のような店員に、その主任とやらに連絡を取れないかと尋ねてみた。見た目は頼りない学生風だが、アルバイト店員は、それなら自宅に電話してみますと即座に答えた。

「そうしてくれるかい。助かるよ」

久しぶりに生気溢れる人間に会ったような気がした。

「駄目だ、出ないな。携帯を鳴らしてみましょうか」

「自宅は、どこなのかね」

「神奈川なんですけど――ああ、携帯も出ません。留守番電話になってます」

アルバイトの男は、まるで自分の問題のように、いかにも残念そうに言った。保戸田が、その主任とやらの住所と電話番号を教えて欲しいと申し出た。「はいっ」と極めて清々しい返事をする青年を、滝沢は好ましい思いで眺めていた。こういう連中ばかりだと、世の中はずい分、風通しが良くなる。だが、こんな奴だって、ひょんなことから簡単に一線を越える可能性があるのだ。だから、人間は分からない。

生活に疲れた女が、年下の男に夢中になって、家庭も捨て、子どもも捨てて、その先何をしているか。地道に新しい幸せとやらを紡いでくれていれば良いとは思う。だが、その一方では、中田加恵子が音道の件に絡んでいて欲しいという思いもあった。そうでなければ、滝沢たちはまた新たな手がかりを探さなければならない。時間がなかった。今、こうしている間にも、音道には死が迫ってきている。それを考えると、顔も知らない主任とやらにまで、腹が立ってならなかった。

9

目の前で汚物が渦を巻き、便器の中に吸い込まれていく。涙の滲んだ目でそれを眺めて初めて、貴子は流れる水が赤っぽく濁っていることを知った。まるで断水の直後のような色だ。

——古い家だからだろうか。

頭の片隅では、それくらいのことを考える余裕はまだある。だが、それにしても胃が痛くてならなかった。身体を折り曲げ、うずくまるような姿勢のままで手洗いから出ると、貴子はそのまま廊下に横になってしまった。寒気がする。せめて、畳の上に横になりたいと思うのだが、これ以上には鎖が伸びないのだ。

「だから、慌てて食べたら駄目だって言ったじゃないの」

頭上から加恵子の声がした。さっきまでは奥の部屋で、一人で何かしていたらしいが、さすがに貴子の異変に気付いたらしい。

「急に食べたから、胃袋がびっくりしたのよ」

「――それだけでも、ないと思うわ」

横たわったままの姿勢で、貴子は絞り出すような声で答えた。胃袋を鷲摑みにされているようだ。その上で、捻り上げられているように痛む。これだけのストレスと緊張、恐怖とが、胃を直撃したのに違いなかった。目をきつくつぶり、服の上から胃の辺りを押さえたまま、貴子は余計に惨めな気分になっていた。こんなはずではなかったと思う。

――何が。

もう少しタフなつもりだった。加恵子を説得出来ると思っていた。自分が何かの事件に巻き込まれることなどないと思っていた。日曜日には昂一に会えるはずだった。この服は、少なくとも二、三年は着るつもりだった。

――何もかも。

小さな舌打ちに続き、ため息が聞こえる。だが、この痛みを何とかしない限りは、加恵子のことなど考えている余裕はなかった。

「どんな風に痛いの」

「――雑巾みたいに、絞られてる感じ」

「うまいこと言うわね」

胃袋だけのことではない。貴子自身が、まるでぼろ雑巾にでもなったような気分だ。

「お願い、薬、買ってきてくれない?」

「何、言ってんのよ。あんた、人質なのよ。どうして人質のために、私が薬なんか買いに行かなきゃならないの」

加恵子の声には、明らかに軽蔑が含まれている。看護婦じゃないの。病人を見殺しにするつもりなのと、頭の中では様々な言葉が浮かぶのだが、全部を口にする気力がなかった。貴子はもう一度、絞り出すように「お願いだから」と言った。

「そんなに、痛むの」

「——かなりね」

少しの間、沈黙が流れた。この痛みが自然に治まることなどないと思う。放っておけば胃に穴が開くか、または、もっと別のことになるような気がする。もう一度、哀願しなければならないだろうかと思って、口を開きかけた矢先、「しょうがないわね」という声が聞こえた。

「その代わり、あんたの財布から払うわよ」

「——勿論よ。私のバッグ、持ってるんでしょう?」

「あるわ。そこから手錠も出したんだから」

加恵子の足音がいったん遠ざかり、また戻ってくる。どうやら奥の部屋に、あらゆるものが置いてあるらしかった。貴子は目を薄く開けて、加恵子の方を見た。彼女は確かに貴子のバッグを持ち、今、その中に手を入れている。

「これね。いい、中、見るわよ」

「——財布ごと、持っててていいから」

加恵子は一瞬、試すような目でこちらを見ていたが、あっさりと「そう」と頷き、二つ折りの貴子の財布を開いた。貴子は再び目をつぶり、中身を思い出していた。クレジットカードとキャッシュカードが一枚ずつ、テレフォンカードが二、三枚に、母から渡されている神社のお札が一枚。

「何、これしか持ってないの」

現金を確かめたらしい加恵子が、小馬鹿にしたような声で言った。これしか、と言われても、一万七、八千円は入っていたはずだ。だが加恵子は、「たったの三千円」と言った。既に、誰かに抜き取られたのかも知れないと思った。貴子は胃を押さえたまま、「そうだったかしら」と唸った。

「じゃあ——デビットカード?　そんなもの、使えるような店なんか、きっとないわよ。この辺りで」

「デビットカード?　そんなもの、使えるような店なんか、きっとないわよ。この辺りで」

一体、ここはどこなのだろうかと思った。そうだ。それさえ貴子には分かっていない。

「それなら、銀行から下ろしてくれて構わないわ。どっちにしても、暗証番号、教えるから」

「そんなもの教えて、いいわけ?」

「仕方がないわ」

「有り金全部、下ろすかも知れないわよ」

「どうせ、大して入ってやしないから」

「背に腹は代えられないってことね——あんた、どこまで人を馬鹿にするわけ!」

突然、加恵子が大きな声を出した。それだけで貴子は、今にも殴られそうな恐怖に襲われ、さらに身体を丸めた。

「私が知らないとでも思ってるの? 銀行でお金なんか下ろしたら、防犯カメラに写るじゃないっ」

「——大丈夫よ」

「何が大丈夫なのよ!」

「私がこんな目に遭ってるなんて、まだ誰も、気がついてない」

やっとの思いで薄目を開け、加恵子を仰ぎ見る。加恵子は眉根を寄せ、いかにも疑わしげな顔でこちらを見下ろしている。

「昨日と今日、私は非番だったの」

「——非番?」

「今夜からの勤務だったのよ。だから、まだ誰も、気付いていないわ。嘘だと思うなら、電話して確かめて」

「だって——でも、家族は?」

貴子は無理に小さく笑って、「一人よ」と答えた。加恵子の表情が微かに動いた。驚き。安堵。少しばかりの優越感。

「実家には両親も妹もいるけど、一人暮らし」

「じゃあ、誰もあんたを心配してないの」

「多分ね——それに、新聞、読んだんでしょう？　事件のこと、出てた？」

「——若松のことはね」

「私のことは」

加恵子は、ようやく静かな表情になって「出てないわ」と答えた。

「まあ、当たり前なんだけど。指紋だって完全に拭き取ったし、掃除機もかけてきたしね。あんたがいた痕跡なんて、何も残ってないはずなんだから」

そこまで周到にやったのか。だが、こうも胃が痛くては怒っている余裕もない。貴子はさらに胃を押さえて、大きく息を吐き出した。

「そんなに痛いわけ」

貴子は小さく頷いた。埃を被った廊下を、頭で掃除しているようなものだ。

「だから——警察が動き出すとしたって、明日以降っていうこと。分かったでしょう。ねえ、頼むわ。お願い」

我ながら情けない声だった。加恵子は「まったく」と呟いていたが、貴子が自分のキャッシュカードの暗証番号を呟くと、それを何度か復唱した。そして、貴子をまたぐようにして、出口に向かう。目の前を、加恵子の靴が通過する。加恵子は土足のままだった。薄茶色のウォーキングシューズを眺めながら、貴子は、一体ここは誰の家なのだろうかと考えていた。少しでも大切に扱うつもりがあるのなら、土足で上がることはないだろうに。

「とんだ厄介者だったかも知れないわね。あんたのお陰で、私一人、足止めを食らうことになったし」

「——他の人たちは」

「夜まで戻らないわよ。暗くなってからじゃなきゃ。それより、あんた、それまでに治ってもらわなきゃ、お互いのためにならないのよ。あの人、いっそ始末しようなんて言いかねないんだし、私だって、薬を買ってきたことなんかがバレたら、それこそひどい目に遭うんだから」

「あなた、詳しいんだから、効く薬を選んできて――悪いけど、あと、お水も」

加恵子は忌々しげな表情でふん、と鼻を鳴らすと、部屋を出ていった。扉の音が響く。踵《かかと》をするような独特の足音が遠ざかっていく。午前十時四十五分。果たして加恵子は、何分くらいで戻ってくるだろうか。

――お金を使いなさい。銀行から下ろしなさい。

貴子の嘘を容易に信じてくれたことだけが今の命綱だ。もしも、本格的に捜査が始まっていれば、そう間を置かずに、貴子の預金口座は確認されるに違いない。ここが大きな街ならば、探すのも大変かも知れないが、それでも防犯カメラに残る加恵子の姿は、必ず、何らかの手がかりになる。

――お願い。気がついて。

ひたすら祈るような気持ちで、貴子は目をつぶり、辺りの気配を窺っていた。時折、目を開けて、時間の経過の遅いことに苛立つ。十一時。加恵子は戻らない。十一時十五分。何に手間取っているのか。銀行か、薬局か。近くに商店街のない場所なのか。十一時半。遅すぎる。

――神さま。お願い。お昼までには彼女を帰ってこさせて下さい。見殺しになんか、されたくない。勝手なときだけ浮かぶ祈り。一体、どこの神さまに祈っているのかも分からなかった。十一時四十分。早く、お願い――。

昴一。彼はどうしているだろう。いつも心配していると言っていた。危険なことだけはするなとも。こんなことになっていると知ったら、彼は激怒することだろう。そして、刑事などやめろと言い出すかも知れない。

――あなたに、そんなこと言う権利、ないじゃない。

言い返す自分の姿が目に浮かぶ。そんな風に言い切れるときが来るだろうか。そうね、あなたがそう言うのならと、素直に答えるかも知れない。または、やめてどうするの、とでも聞くだろうか。あなたが面倒見てくれるとでもいうの。私に椅子職人の女房になれって——こんな心配は真っ平だからと、彼が去っていく可能性だって考えられなくはない。

いずれにせよ、ここから無事に出られたとしても、もうこれまで通りの生活は取り戻せないのに違いない。大なり小なり、きっと何らかの変化がある。ここに、こうして転がっていることが現実であるように、それは、きっと確かなことだ。

せめて眠れたら楽なのにと思ったが、痛みがひどすぎて眠ることも出来なかった。悪寒《おかん》が走る。何かがこみ上げてもくるようで、貴子はもう一度起き上がって、手洗いに行った。だが、吐くものはもう何も残っていない。ただ空の吐き気だけが襲ってきて、その都度、胃が絞り上げられるようだ。

便器にたまっている水は、やはり薄茶色に濁っていた。さらに、ずっと水がたまっていたらしい場所には、赤錆のような線がこびりついている。ずい分、長く使っていなかった形跡。この静寂、この造り。一体、ここはどこなのだろうか。どんな建物なのだろう。風の音さえ聞こえてこないなんて。

手洗いから出て、貴子は身体を屈めたまま、可能な限り廊下を歩いてみた。手洗いの向こうには、玄関がある。黒い鉄製の扉に石張りの三和土《たたき》。腰の高さの下駄箱。だが、扉がない。ただの靴棚といったところだ。その脇には衝立風の壁があって、丸い覗き窓のようなものが開けられており、細竹の格子が飾り風に入っている。壁は濃い緑色の、やはり砂壁だ。玄関から砂壁の家。粋な造りとは釣り合わない扉——。

——旅館?

それともホテルか何かか。遠くから、加恵子のものに違いない靴音が聞こえてきた。長い廊下。大きな建物なのだ。貴子は急いで元の場所に戻り、再び横になって身体を丸めた。十一時五十七分。神さまを、もう少しの間は信じてみようかと思った。

10

時間の流れが速すぎる。滝沢は腕時計に目を落とし、舌打ちをした。まったく東京の道路は、どうしてこういつもいつも混んでいるのだろう。渋滞。事故。工事。こちとら赤色灯を点け、サイレンを鳴らしていても、徐行に毛が生えた程度にしか進めやしない。あまりに混んでいて、容易に車線を空けることもままならないのだ。既に午後二時を回っていた。

中田加恵子が付き合っていたと思われる男の名前は、レンタカー屋の主任から聞き出すことが出来ていた。携帯電話を鳴らしまくり、九時過ぎになってようやく連絡が取れたのだ。井口という主任は、子どもが急に発熱して救急病院へ連れていっていたという。

「それなら——堤くんのことじゃないですかね。あの二人が付き合ってたかどうかは知りませんけど、中田さんと同じ時期にいたアルバイトで、仰《おっしゃ》るようなタイプっていうと」

まだ相模原にいるという井口を訪ねる時間も惜しく、とにかく電話で簡単に事情を説明したところ、そんな答えが返ってきた。そして井口は、従業員の履歴書ならば、辞めた者も含めて事務所に保管してあるとも言った。滝沢たちの様子を熱心に見守っていたアルバイト店員は、こちらが「ああ、履歴書がね」と言っただけで、驚くばかりの機敏さで、奥の事務室からファイルを探し出してきた。

堤健輔。三十二歳。本籍地・滋賀県大津市。現住所・福生《ふっさ》市牛浜。商業高校中退。添付されている白黒の顔写真は、確かに長い髪を染めているらしい、耳にピアスをしたものだった。顔立ちそのものは、悪くはない。むしろ、どちらかというと女性的な、甘いマスクと言って良いだろう。早朝から酒を飲んでいた、あの中田加恵子の亭主とも、どこか共通しているようにも思う。どうやら中田加恵子という女は細面の優男風が好みらしい。だが滝沢は、その甘い顔立ちをした男の、目つきが気にかかった。証明用の写真というものは、概して、さほどよく撮れるものではないが、それにしても、どろりとして不気味な目をしている。口元の辺りにも、この男の鼻持ちならないプライドと、本人が抱えている苛立ちのようなものが滲んでいる気がした。

「中田さんのも、ありますけど」

張り切った表情のアルバイト店員は、同時に中田加恵子の履歴書も探し出してくれた。なかなか気の利く奴だ。二枚の履歴書に加えて、彼らが勤めていた同じ時期に働いていたあと一人の履歴書を借り受け、滝沢たちは、それらを携えて署へ戻った。履歴書に残っている指紋を照合するためもあったが、捜査方針の確認を行うからと、本部から戻ってくるように指示があったからだ。

「今日から『占い師殺人事件』の捜査本部と合同で捜査に当たる。音道刑事の失踪が、一連の事件と無関係ではないと思われることと、迅速な情報の授受の必要性、人員の確保が目的だ」

午前十時、刑事部長の簡単な挨拶から、初めての合同捜査会議は始まった。講堂には百五十人以上の捜査員が集められ、熱気と緊張感に満ちていた。

これまでの事件と捜査概要を印刷したものが、滝沢たちに回される。同時に滝沢たちが収集した資料も、音道を欠いた捜査本部の全員に配布された。資料に目を通し始めたとき、殺しの方を担当している守島キャップの高い声が講堂内に響いた。

「なお、資料にもある通り、若松雅弥の自宅からは、本人所有の散弾銃一丁、エアライフル一丁が紛失していることが分かっている。若松の死因は散弾銃による射殺とみられるが、ホシは、若松が競技用のものとして正規に所持していた銃を使用し、そのまま持ち去ったものと考えられる。同時に実弾も、保管庫から消えている」

本部内に異様な緊張感がさざ波のように広がった。ホシは飛び道具まで持っているのか。滝沢は思わず、殺しを担当するグループの隅っこに、ひっそりと座っている星野を睨み付けた。ほら、よく見ておけって言ったろう。こういうことだ。てめえが何をしでかしたか、これから、どういうことになるか。

星野には、滝沢たちが持ち帰った履歴書から、中田加恵子の顔写真を真っ先に確認させていた。その時、星野は「多分」この女に間違いないと思うと答えた。相変わらず頼りないことだと苛立つ滝沢たちに、だが奴は、あわせて見せた堤健輔の写真に関しては、意外なことに「確かに」競輪場で見かけたと言った。

「間違いありません。垢抜けた感じの男で、何で見るからに年上の、それも、あんなに地味で野暮ったい女と歩いてるのかなと思いましたから」

星野は、必死の表情で言った。滝沢たちは、それが嘘だったら、今度こそただではおかないという表情で、奴を睨み付けていたのだと思う。「本当です」「信じて下さい」と繰り返す星野は、今にも泣き出しそうな顔をしていた。奴の記憶に誤りがなければ、中田加恵子は今も堤健輔とつながっているということだ。しかも二人揃って競輪場にいたという。つまり、堤も今回の件に関わっている可能性が高い、いや、堤が首謀者かも知れないということだ。

「犯人検挙は勿論のことだが、最優先すべきは、一刻も早い音道刑事の発見と救出、これ以外にはない。音道の無事を信じて、何が何でも、この不祥事を最小限に食い止めるんだ、いいな！」

雛壇《ひなだん》に居並ぶお偉方の中から、刑事部長までが、いつになく厳しい表情で声を張り上げる。音道を心配しているのは間違いないと思う。だが、音道に万が一のことがあれば、そこに並んでいる首のすべてがすげ替わる可能性もあるのだ。皮肉な見方をすれば、彼らが真剣にならざるを得ないのはもっともだった。それでも、お偉方が何と言おうと、犯人が銃まで持っていると聞かされた今、音道は既に殺されているかも知れないという不安を増していない捜査員はいない。その息苦しい想像は、蒸し暑い講堂全体に広がって、否応なく緊張を高めた。こんな時に、もしも興奮した刑事の一人が、名指しで星野を罵倒でも始めれば、この場は収拾がつかない騒ぎになることだろう。

だが、騒いでいる時間がないことは、誰もが自覚していた。周囲の冷ややかな視線にさらされて、星野が身を固くしているらしいことは、遠目にも分かる。捜査から外してしまうより、こうして加わり続けることの方が、奴にとっては苦痛に違いない。そう考えると、上もなかなか考えているものだと思う。

「音道の実家、自宅、いずれにも本人あるいは犯人からの連絡は入っていない。羽場昂一氏のところへも同様だ。だが、今後も捜査員を常駐させる。音道の携帯電話には呼びかけを続けている。さらに今日は音道の身辺、交遊関係の洗い出し、身元不明死体の確認に、土曜日の夜から今日までに、病院などに運び込まれた可能性の確認を行う。また、引き続き阿佐谷の現場近辺の地取り捜査、目撃者の発見、必要な場合は警察犬の要請。それらについては合同捜査班が引き受ける。特殊班については、中田加恵子と堤健輔の所在確認に重点を置く」

音道は、ほぼ百パーセント近い確率で、若松雅弥殺害現場から、殺害犯に拉致されたと考えられる。だが、他の可能性がゼロだという証拠はない。捜査は出来るだけ広い範囲に、くまなく網を掛けるのが鉄則だ。それだけに、捜査員たちに与えられた任務は広範囲にわたった。

午前十時四十分、ある組は加恵子が勤務していた病院へ、ある組は堤が履歴書に記載していた以前のアルバイト先へと散っていった。滝沢と保戸田とは、まず履歴書に記載されていた堤健輔の住所を訪ねた。その結果、彼は既に今年の年明け早々、そのアパートを引き払っていたことが分かった。

「やっぱりってとこか」

これが、仲間の拉致事件などと絡んでさえいなければ、さあ、面白くなってきやがったと手をすり合わせたくなるところなのだが、今度ばかりは、そんなことを言っている場合ではない。一組の刑事は市役所に急行する。滝沢たちは他のグループと手分けして、隣近所、アパートの大家、不動産屋などに、一斉に聞き込みをかけた。

まず、同じアパートの住人から、堤は一年ほど前までは二十歳前後の若い娘と同棲していたはずなのだが、転居するしばらく前からは、他の女性が出入りするようになっていたとの情報が得られた。写真を見せて確認を取ったところ、中田加恵子に間違いないという。

「挨拶もしたことないですから、よく知らないですけど、最後の方は一緒に住んでたんじゃないのかな。

ゴミなんか、その女の人が出してましたから」

さらに、すぐ隣の部屋の住人からは別の証言も得られた。堤と加恵子との間には喧嘩が絶えず、夜中に殴られているらしい物音を何度となく聞いたというのだ。

「女の人の声は、あんまり聞こえませんでしたけど、男の方が一方的に怒鳴って、暴れてるっていう感じでした。もう、ひどい音だから、何ていう部屋に越してきちゃったんだろうと思ってたら、そのうち向こうがいなくなってくれたんで、助かりましたよ、本当」

さらに近くのコンビニエンスストアーにも二人のことを記憶している店員がいた。時には別々に、時には二人揃って、彼らは何度となくそのコンビニで買い物をしていたらしい。

「一緒に来るときっていったら、いつも夜中でしたけどね。女の人の方の仕事が終わって、彼氏が迎えに行ってやってって感じかな」

長い髪を後ろで一つに束ねたスタイルの店員は言った。

「なぜ、そんな風に思ったんですかね」

滝沢の質問に、彼は当然といった表情で、服装と雰囲気で、すぐにそれと分かったのだと言った。加恵子の方は、日中に見かけるときとは別人のように化粧も濃く、服装も派手で、ウィッグを使用していたという。

「ウィッグ？」

「カツラですよ、カツラ」

隣から保戸田が小声で教えてくれた。コンビニの店員は小さく頷き、「て、いうより、つけ毛かな」と訂正を入れた。

「まるっきり別人みたいになるんで、最初は分からなかったくらいです。何ていうか、普段は冴えない中年のおばさんなのに、化粧して格好つけると、それなりにいい女に見えてね」

「それ、いつも何時頃でしたかね」

「その日によってまちまちだったけど、僕が見かけたのは、大体二時近く、じゃないかなあ」

とうに電車のない時刻だ。すると二人は車を利用していたことになる。タクシーか、または自分の車があったのか。

「車で、来てましたよ。いつも、そこの駐車スペースには停めないで、路駐のまま、店に入ってきたんですから」

店員が窓の外を指さすのにつられて、滝沢たちも思わず首を巡らせた。車を使用していた。日常的となったら、レンタカーとは考えにくい。店員が言う車の特徴を、保戸田が書き留めた。シルバーのセダン。国産車。それだけでは、雲を摑むような話だ。

「いくら車があっても、そう遠くで働いてるとは思えんしな。とりあえず、その時間まで開けてる店を探すこったな」

「この時間じゃ、まだちょっと難しいですね」

コンビニエンスストアーを出て、滝沢と保戸田とは、そんな言葉を交わしながら、自分たちの車に戻った。本部に報告を入れる。

〈了解。じゃあ車の線を調べてくれ。不動産屋、勤めてたレンタカー会社、その他〉

吉村管理官の重々しい声が滝沢の報告に応えた。その一方で、滝沢たちには新しい情報がもたらされた。堤は原付、普通免許の他に、中型の自動二輪の免許も取得していることがすでに判明している。また、本籍地である大津の地元警察を通して親元を当たってもらったところ、堤は履歴書には記載していなかったが、高校を中退してしばらくしてから上京、最初は美容師の専門学校に行っていたということだった。だが、資格は取得していない。最後に帰郷したのは六年ほど前に母親が病死した時で、当時は、仲間とバンドを組んでいると言っていたという。

「それから、堤には補導歴がある。シンナーで二回、バイクの暴走で一回だ」

暴走野郎がシンナーを覚えて、高校は中退。専門学校も中途半端で、次にはバンド。堤健輔という男の輪郭が、徐々に浮き彫りになっていく。だが、浮き草のような生き方をしてきた印象を受ける男ほど、居所を摑むのは困難だ。

　不動産屋は、堤が月極駐車場を借りていたことを認めたが、所有する車のナンバーまでは知らないと言った。レンタカー会社まで戻ると、もう出勤していた主任の井口が、緊張した面もちで応対に出た。

「先ほどはすみません」などと言いながら、彼は堤が通勤に使っていた車種をよく記憶していた。白のホンダ、インテグラ・クーペだという。

「中古だって言ってましたね。ナンバーまでは、ちょっと覚えてないいんですが、確か、品川ナンバーだったんじゃないかな」

　黒縁の眼鏡をかけた、空とぼけた雰囲気の井口は、車には前部バンパーを始め数カ所に傷がついており、車体の左側が一カ所凹んでいたことも記憶していた。さすがにレンタカー屋だけのことはある。コンビニの店員の記憶とはまるで違う車だが、こちらの方が信頼できそうだ。

〈了解。すぐに確認を取ります〉

　再び本部に報告すると、今度はデスク要員が応えた。そして、堤は少なくとも二年前までは、バンド仲間と共に下北沢に住んでいたらしいという報告が、他の捜査員から入ったことを告げた。滝沢と保戸田は、今度は下北沢に向かった。

「その仲間ってえのも、女かも知れねえな」

「だとしたら、今も女だけ住んでるって可能性は低いですよね」

「だが、行ってみなけりゃあ、しょうがねえ」

　どこからでも良い、どんな方向からでも構わないから、とにかく見つかって欲しいという、ほとんど祈りにも近い思いを抱きながら、滝沢は渋滞に苛立ち、煙草が切れたことに苛立ち、今日の蒸し暑さに苛立った。

　下北沢に着いたのは三時過ぎだった。他の捜査員たちと手分けをして、人混みをかき分け、可能な限り聞き込みを続けたが、結局、下北沢では取り立てて収穫は得られなかった。時間ばかりがいたずらに過ぎる。気がつけば、陽は西に傾き始めていた。

——五時半か。

すっかり夏の服装で、漂うように街を歩く若者を眺めるうち、背中に重苦しい無力感がのしかかってきた。腹の中は煮えたぎっている。焦ってもいるし、苛立ってもいるのだ。だが、夏のような陽射しは確実に体力を奪い、同時に、滝沢たちの直面している現実が、陽炎《かげろう》のように揺らいで消えていきそうな気分になる。

「牛丼でも食うか」

考えてみれば、朝早くにコンビニの握り飯を頬張った以外、何も食べていなかった。保戸田も額に汗を滲《にじ》ませながら、素直に頷く。滝沢は保戸田と共に、下北沢駅にほど近い牛丼のチェーン店に入った。

「その場で殺してないっていうことは、きっと今も生かしてると思うんですよね。何を考えてるんだか知らないけど、何かに利用するつもりなのか」

「それは、そうとは思うが、利用するって、何にだ？　デカなんか人質にとって出来ることって、何がある」

「——逃走用の手段を要求するとか」

「政治思想犯じゃねえんだぞ」

「本当に狙ってる奴は別にいて、そいつを差し出せ、とか」

「だったら、もう連絡してきていいはずだ。丸二日近く、たってる。どうして何も言ってこねえんだ」

「——扱いに、困ってるんですかね」

カウンターだけの牛丼屋は空いていた。オレンジ色の髪の毛を制帽の下からはみ出させているアルバイト店員が傍にいないのを確かめ、競うように大盛りの丼をかき込みながら、滝沢と保戸田とは、小声で言葉を交わしていた。

「音道はまず間違いなく、ホシの面を見てるわけだしな」

滝沢は割り箸の先を口にくわえ、視線を宙にさまよわせた。

「もしも、このヤマに本当に中田加恵子が関わっているとすると、だ」

彼女は以前から音道とは顔見知りだった。その音道と競輪場で会ったとき、音道にはそんなつもりはなかったとしても、加恵子の方は、自分が追われていると思い込んだ可能性がある。

「音道が若松雅弥に会うために阿佐谷まで行った時も、加恵子は自分がマークされていて、そのせいで音道が阿佐谷にいると思って、先手を打って出たのかも知れん。いずれにせよ、まあライフルをぶっ放すくらいは女にも出来たとしても――」

女の身で、現職の刑事を拉致するなどということは、と言いかけたとき、胸のポケットで携帯電話が震えた。

「若松の車が発見された。世田谷区上用賀、馬事公苑の駐車場だ」

店から出て小さな電話機を耳に押し当てると、吉村管理官の声が聞こえてきた。奥歯に残っている米粒と肉の繊維を舌でせせりながら、滝沢は急いで牛丼屋を覗き込んで、まだ茶を飲んでいる保戸田を手招きした。

「現場に急行してくれ。こっちからも鑑識と殺しの班が行ってる」

「了解しましたっ」

店を飛び出してきた保戸田と共に、滝沢は、牛丼が丸ごと詰まった感じの胃袋を重く感じながら歩き始めた。せめて茶くらい飲みたかった。それにしても、まさかトランクの中に音道の死体なんてことがないように、その代わり、ホシにつながる何らかの手がかりが残ってくれているように、祈るのはそればかりだった。

首筋を風が撫でて通った。重苦しい眠りから覚めかけ、無意識のうちに汗ばんでいる首筋を手で触れようとして、貴子は、その手が拘束されていることに気付いた。現状は何も変わっていない。目を開けると、片隅に蜘蛛《くも》の巣がかかっている天井が細長く見える。細く流れ込む風が、とうに打ち棄てられた蜘蛛の巣を頼りなく揺らしていた。

せめて、手足を思い切り伸ばしたい。今の姿勢では、腕を伸ばすには足を縮めなければならず、足を伸ばすには前屈みにならなければならなかった。可能な限り背筋を伸ばして、思わず大きく深呼吸をする。有り難いことに、胃の痛みだけは引いたようだ。加恵子の買ってきた薬が効いた。午後六時十五分。本当なら、まだ東京のどこかを——ことと次第によっては、もう少し別の街を歩き回っている頃だ。

「——ねえ」

静寂に向かって呼びかけてみる。返事はない。だが、さっきまではこんな風は吹き込んではこなかった。加恵子は奥の部屋にいるはずだ。

「ねえ！」

今度は、もう少し大きな声を出した。微《かす》かに人の動く気配がする。それから、細く開けられていた戸口が大きく開いた。薄闇に慣れていた目が、夕暮れ時の明るさでさえ眩しく感じる。

「何よ」

加恵子の不機嫌そうな声が返ってきた。貴子は肘を床について身体を起こし、手洗い脇の壁に寄りかかった。

「助かったわ。痛みが引いた」

引き戸の脇に寄りかかるようにして、加恵子は片手を腰にあてた格好でこちらを見ている。その顔を見て、彼女も眠っていたことに気付いた。髪も乱れているし、目つきもぼんやりしている。

「そんなことを言うために、呼んだわけ」

「――一応ね。何か、食べても大丈夫かしら」

「食べたきゃ、勝手に食べればいいじゃないの」

「だって、また痛み出したら、迷惑をかけるし」

加恵子は両手で顔をこすり、深々とため息をついてから、「ゆっくりね」と、いかにもうんざりした口調で言う。貴子は小さく頷き、脇に置かれたままのコンビニエンスストアーの袋に手を伸ばした。おにぎりが二つと、ペットボトルの麦茶。本当はヨーグルトか何かが食べたかった。または温かいカップスープか。貴子がおにぎりの包みを破き始めると、加恵子はまた奥の部屋へ消えてしまう。時々、ぱら、ぱら、と紙をめくるような音が聞こえてきた。退屈しのぎに何かの雑誌でも読んでいるのだろうか。貴子の方は、意識的にゆっくりと、何度も顎を動かした。とにかく、体力を消耗させないこと。いざとなったら、すぐに動き出せるつもりでいること。

「ねえ」

少しの静寂の後で、また声をかけてみる。

「何よ」

加恵子は、今度は姿も見せなかった。ただ奥の部屋から面倒臭そうな声を返してくるだけだ。

「他の人たちは、まだ戻ってこないの」

「どうだって、いいじゃない」

「あなた、ずっと一人で私を見張ってなきゃならないの?」

数秒の沈黙の後、「そんなこと、ないわよ」という答えが聞こえる。

「暗くなれば、戻ってくるわ」

「どこに行ったの」

「どこだって、いいでしょうっ」

がさがさと音がして、また加恵子の姿が、今度は畳に尻をついたままで現れた。貴子は膝を抱えるような姿勢で廊下に座り、両手に食べかけのおにぎりを持ったままの格好で、久しぶりに自分と同じ高さにある相手の顔に視線を投げかけた。今の貴子に出来ることは、何とかして彼女を懐柔することだけだ。その為には、苛々されようと怒鳴られようと、とにかく話しかけて接点を見出すしかない。

「ずい分、長く帰ってこないのね。何してるんだろう」

「あんた、自分の立場が分かってるの？　何、なれなれしく話しかけてきてんのよ」

「満更、知らない仲でもないじゃないの」

「図々しい」

加恵子は、ふん、と鼻を鳴らして身体を捻った。だが、今度は部屋の中には消えず、すぐ傍に寄りかかっているらしい。肩から腕にかけてと、投げ出された足が見えている。貴子はおにぎりを頬張り、それをゆっくり咀嚼《そしやく》しながら、次の言葉を考えた。暗くなれば。暗くなるまでは、容易に帰れないということか。なぜ。目立つから。

「電話もかかってこないわねえ」

徐々に色彩を失っていく薄暗い空間に視線をさまよわせながら、貴子は少しの間、加恵子の返答を待ち、何も言ってこないので、また話しかけた。

「明かりはないの？　そろそろ暗くなってきたじゃない」

徹底的に無視を決め込むつもりか。

「ラジオか何かは？」

黙秘する相手を喋らせる方法。世間話。相手が好みそうな他愛もない、または自分とは無関係の巷《ちまた》の話題——。ああ、嫌になる。この頃の忙しさも手伝って、貴子自身が世間のことから疎くなっているのだ。女性週刊誌の見出しになるような芸能人のゴシップ一つ、思い浮かんでこない。このところ人々の口に上るような事件の話。刺激が強すぎる。政治、選挙、社会問題――相手が乗ってくるとも思えない。

「それにしても、ハルシオンてすごいのね。睡眠薬なんて飲んだの初めてだからかも知れないけど、あんなにすぐに効いてくるものだとは思わなかったわ。本当に、あっという間だったと思わない？　そんなもの飲まされてるなんて思いもしなかったから、私、どうにかなっちゃったのかと思ったのよ。だって、急に頭はぐらぐらしてくるし、手足は重くなってくるし、眠いっていうのとは違う――」

「うるさいって言ってるのっ」

いかにも苛立った声が返ってくる。だが、彼女はもう振り向きもしなかった。

「黙ってないと、また口をふさぐわよっ」

「まだ食べてる最中よ。ゆっくり食べろって言われたから」

「だったら黙って食べなさいよ」

「ねえ――彼のこと、何て呼んでるの」

「うるさいったら。そんなに喋りたいんなら、一人で喋れば」

加恵子はすっと立ち上がり、雑誌などを抱えて廊下に出てきた。苛立った顔。だが、口調の荒々しさに反して、やはりどこかに頼りない雰囲気がある。精一杯に虚勢を張っているものの、その向こうには、以前の加恵子と変わらない、気弱で陰気な彼女が見え隠れしていると思う。

「どこに行くの？　一人にしたら、まずいんじゃないの。大声でも出して騒がれたら、どうする？」

別に、こんな女は怖くも何ともない。この数年の間に、彼女の中でどういう変化が起こったのかは知らないが、性格そのものまで容易に変わるはずがない。それに、口では何だかんだと言いながら、ちゃんと貴子のために胃の薬を買いに行ってくれた。基本的には、そんな女なのだ。

「騒ぎたかったら、勝手に騒ぎなさいよ」

その加恵子が、口元を引きつらせるように笑みを浮かべて、わざとらしいほどに自信たっぷりに言う。

「あんたの声なんか、簡単に外に聞こえたりしやしないわ。いい？　人のこと甘く見てると、大変なことになるわよ。私が、あんたは手に余るって言えば、あの人は簡単に『じゃあ』って言って、あんたを殺すわ」

薄闇の中で、加恵子の笑みは、泣き顔のようにも見えなくはなかった。目は笑っていない。怯えているような、すべてを諦めているような瞳をしている。いざとなったら、とても加恵子に止める力などないのだろう。

「——それくらい、平気な人なんだから」

「——五人、殺すも、六人殺すも？」

加恵子の身体がびくん、と小さく震えた。無理に浮かべた笑みはとうに消えて、目が一瞬、宙をさまよう。

「——そんな相手のところに、一人で乗り込んでくるのが悪いのよ」

「あなたを、何とかしたかったからよ」

加恵子は無表情のまま、再び貴子の上に視線を戻してきた。貴子はわずかに身を乗り出し、真っ直ぐに彼女を見上げた。

「あなたのことを、何とかしたかったの。だからよ」

やがて加恵子の顔に、驚愕とも困惑ともつかない表情が浮かび、急に落ち着きをなくしたように視線をさまよわせる。動揺している。チャンスだ。

「だって、あなたが自分から望んで、あんなことするはずがないもの。あなた、そんな人じゃないもの。ねえ、中田さん、そうでしょう？」

咄嗟の嘘が、相手の中に染み込んでいくのを、貴子は息をひそめて見つめていた。加恵子は絶望的な表情になり、急に肩を落としてため息をついた。口元から「もう、手遅れだわ」という呟きが洩れて、次第に濃くなっていく闇に溶けた。

「そんなことないったら。言ったでしょう、手遅れなんていうこと、ないって。考えてみてよ、あなたは母親なのよ、ねえ！」

だが加恵子は何も言わずに貴子の前を通り過ぎ、そのまま部屋を出ていってしまった。貴子は閉じられたドアを見つめていた。独特の足音が、徐々に遠ざかったかと思うと、別のドアの音が聞こえる。隣の部屋だろうか。この建物はすべて、使いたい放題ということか。

――一人で考えて。今の言葉を、噛みしめて。

一人で取り残されると、貴子は可能な限り鎖を伸ばして、加恵子がいた奥の部屋の方へ移動した。身体の向きを反転させて上体を倒し、首を巡らす。胃が引きつるように痛んだが、それは胃痛のせいではなく、昨夜、男に殴られたせいだと思い出した。とにかく、その姿勢が、少しでも奥の部屋を覗くことの出来る、最適の格好だった。

十二畳ほどの和室だった。開け放たれた障子は、ところどころが破れている。その向こうに少し空間があるようだ。本来なら、椅子とテーブルの三点セットや鏡台などが置かれる広縁だろう。そして、素通しのガラス窓。中途半端に開かれたカーテンはすっかり日に焼けて、ところどころから破れ落ち始めていた。やはり、間違いなく旅館の造りだ。窓の外に何か見えないかと思ったが、離れた場所に寝転んでいるせいもあって、夕暮れ時の空しか見ることは出来ない。空は、深い灰色に薄紫を足したような、穏やかで静かな色だった。都会で、こんな夕暮れを見ることがあるだろうか。今日はよほど天気が良かったのか。

室内には加恵子が散らかしたらしいコンビニの袋や新聞などが、そのままになっている。細く開けられた窓から柔らかな風が吹き込んで、それらのものを時折、揺らしていた。

――また、夜が来る。

丸二日が経とうとしている。仲間は、探してくれているのだろうか。せめて、何らかの手がかりを掴んでくれているだろうか。加恵子が、貴子のカードを使用したことに気付いていてくれたか。

しばらくの間、ただぼんやりと窓の外が漆黒の闇になっていく様子を眺めていたが、辺りが本当に暗くなってしまうと、貴子は姿勢をもとの位置に戻し、手探りでもう一つのおにぎりを食べた。

——夕暮れの空。漆黒の闇。

静寂の中に、海苔を噛む音だけがパリッと響く。さっきも思ったことが繰り返される。都会で、こんなに暗い夜空を見ることが出来るだろうか。窓は開いている。騒音の一つくらい聞こえてきたって良いはずだ。だが、相変わらず辺りには静寂が満ちている。よくよく耳を澄ませてみれば、遠く微かに、何かのうなりのような、ただ空気が流れるだけのような音が聞こえなくはないのだが、それがエンジンの音なのか、または風の鳴る音なのかも判然としない。

——どこなんだろう。

何しろ、丸一日以上も意識を失っていたという。それだけの時間をかければ、相当な距離を移動できる。一体、自分はどこまで連れてこられてしまったのだろうかと、貴子は改めて不安になった。人里離れた土地の、すっかり廃れた観光地か何かなのだろうか。もしも、こんな場所に取り残されたら、たとえ直接、手を下されることがなくても、そのまま飢えて死ぬかも知れない。それどころか死体さえ発見されずに年月が過ぎてしまう場合だって、考えられなくはないのだ。

落ち着いている場合ではないかも知れなかった。だが、どうすることも出来ないではないか。力任せに引いてみても、手錠も鎖も、容易に切れそうにはなかったし、自分をつないでいる便器を取り外せるとも思えない。

——どうすれば、いい。どうすれば。

闇が、さらに不安を煽《あお》っているのだ。貴子は何度も深呼吸を繰り返し、自分の肉体の在処《ありか》を確かめるように、膝を抱えてうずくまった。まだ、たったの二日ではないか。五体満足なまま、こうして呼吸出来ているではないか。やがて、必ず朝が来る。いや、その前に、助けが来ないとも限らない。

母たちに、知られていなければ良い。今頃は呑気に夕食の支度でもしていてくれれば良いと思う。相変わらずまめに連絡を寄越さない貴子のことでも肴《さかな》にして、日常の会話だけしていて欲しい。だが、昂一は、そういうわけにはいかないだろう。日曜日には会えると思っていたのだし、彼は貴子からの連絡を待っていたはずだ。彼のことだ。下手をすると捜査本部にでも乗り込んでいるかも知れない。

——ごめんね、皆。

こうして闇の中でうずくまっていると、ふと幼い頃のことを思い出す。姉妹で喧嘩をして、長女の貴子だけが叱られて、拗《す》ねて、腹を立てて、こんな風に暗い部屋で膝を抱えていたことがある。両親も妹たちも大嫌いだと思った。もう二度と、口などきくものかと誓ったりしていた。だが、時間が過ぎて、空腹を感じるようになると、だんだん心細くなってくる。そんな頃、決まって妹のうちのどちらかが、貴子を迎えに来た。末っ子の智子は「お姉ちゃん」という声に、不安と甘えを一杯に滲ませて、真ん中の行子の方は、いかにも言いにくそうに「お母さんが、謝れって言うから」などと言って。それでも頑固な行子は、結局は膨れ面のまま、「ご飯だってば」としか言わないのだ。そして、また喧嘩になる。

今にして思えば、どうしてあんなに簡単に喧嘩をして、本気で腹を立てて、そして、あんなに簡単に仲直りが出来たのか不思議なほどだ。結局、いつでも貴子は妹の手を取り、まぶしさに顔をしかめながら家族の集まる食卓に加わった。そして、ものの五分か十分もたたないうちに、もう声を出して笑っていた。

——今、泣いたカラスがもう笑った。

母は決まって、そう言った。そんなときの母は、まだ少し怖く、でも少し優しかった。いつの間にか遠くまで来たものだ。泣いて笑って、ただ転げ回っていた頃から、何が変わったとも思えないのに、いつの間にか姉妹喧嘩も減って、やがて食卓に家族全員が揃うことも少なくなり、自分の人生が、家族の誰とも異なることを知って、気がつけば、後戻りできないところまで来た。そう、後戻りできないのは、何もあの中田加恵子に限ったことではない。

たとえば夜の闇だって、どれほどの数を抜けてきたことだろうか。仕事中のことを考えても、張り込みで緊張の極みにいたこともあれば、寒さに耐えかねて足踏みしていたこともあった。一筋のライトだけを頼りに、霧の立ちこめる山道をオートバイで走り抜けたこともあったし、親に叱られるのを覚悟しながら、必死で言い訳を考えて歩いた闇も、恐怖心を振り払うために、わざと鼻歌を歌いながら通過した闇もあった。

こうしていると、それらの一つ一つが思い出されてくる。切なさに涙ぐみそうになったことも、新しい季節の匂いを感じて、胸をざわめかせたこともあった。ことに十代や二十代の、まだ警察官になる前のことを思い出して、貴子は、ついしみじみとした気分に浸っていた。こんな風にゆっくりと、自分の過去を振り返ったことなど、なかったような気がする。

——いつか、今夜のこの闇のことも、そんな風に思い出すときが来るんだろうか。

その為には、生き残ることだ。このまま闇に呑み込まれている場合ではない。時折、現実に戻っては、大丈夫、きっと助かると自分に言い聞かせ、再び思い出の世界に戻って、貴子は時を過ごした。

どれくらい時間が過ぎたかも分からなくなった頃、どこかでごとん、と音がした。人の歩く音。一人？　二人以上。男たちが帰ってきたのかも知れない。軽く背筋を伸ばし、首や肩を回して、貴子は神経を研ぎすませた。

やがて靴音が近付いてきて、ドアが開かれる。ライターの小さな火がかざされた。

「いた、いた。ちゃんと生きてるよ」

ライターを持った男が言う。貴子はわずかに顔を背けながら、その男を見上げた。四十代の後半から五十歳の少し手前といったところか。細面で長身。ほんの少しの白髪。眼鏡のレンズにはライターの火が映っているから、目つきまでは分からない。その横からこちらを見ているのは、もう少し若いようだ。四十歳前後。髪を後ろに撫でつけている。もしかすると、一つに結わえているのかも知れなかった。

「彼女は」

男が再び口を開く。貴子は黙っていた。すると男は貴子を無視して土足のままで廊下まで上がり込み、奥に向かって「おうい」と声をかける。貴子の目の前を、意外なほど手入れの行き届いた革靴が通過した。ごと、ごと、と廊下を踏む音が周囲の空気まで震わす。

「どこ行った」

奥の部屋に加恵子がいないことを確かめると、男は再び話しかけてきた。御子貝春男が持っていた架空名義の口座から金を引き出しにきた男の人相は、白髪に金縁眼鏡ということだった。顔には左耳の下から首まで続く大きな痣があったともいう。もう一人の男は、大きな黒子《ほくろ》が特徴で、口ひげを蓄えていた。だが、年齢と体型は、この二人と合っているような気がする。

「聞いてるんだよ。どこに行ったか」

男がわずかに前屈みになった。貴子は、やはり黙ってその男の顔を見上げていた。肉体労働者の雰囲気ではない。肌は日焼けしていないし、物腰も柔らかい。

「ずっと、いなかったわけじゃないんだろう?」

今度は若い方の男が話しかけてきた。全体につるりとした顔立ちの、額の秀でた顔をしている。相変わらず貴子が黙っていると、だが、その男は苛立ったように舌打ちをした。

「刑事さんよ、聞かれたことには答えた方がいいよ。俺らだって、女に乱暴は、したくないんだ」

そう言えば、まだ目が覚めて間もない頃、この二人のうちのどちらかに頰を張られたことを思い出した。自分の身を守ること。今、何よりも優先すべきなのは、意地を張ることではない。

「なあ、どこ行った」

「――出ていったわ」

「どこに」

「そんなことを、私に言っていくはずがないじゃない」

年長の男の方が小さく鼻で笑い、「確かに」と呟いた。ライターの炎が小さく揺れる。変装？　髪の色くらい、容易に変えられる。髭、痣、黒子だって、つけるなり塗るなりすれば簡単だ。だが、見た者にはその強烈な印象だけが残ることだろう。

「なあ、不思議なことがあるんだがね、刑事さん。一つ、教えてもらえんかな」

ジッポーのライターをかざす手には、大きな指輪がはめられている。それをしばらく眺めてから、貴子はまた男の方を見た。

「どの新聞読んでも、テレビでもラジオでも、あんたのことがまるで出てないんだ。どういうことなんだと思うね」

「知らない」

「若松の件については、そりゃあでっかく出てるんだよな。元エリート銀行マンが自宅で射殺されたってね、結構な騒ぎだ。試しに今日も、あの辺まで行ってみたんだが、マンションの前には黄色いテープが張られてるしさ、お巡りの野郎どもがうようよしていやがった。テレビ局なんかも来ちゃってさ」

黙っていれば、それなりに教養のある男にも見えなくはない。だが、今の口調から察すると、そうまともな暮らしをしてきたという感じも受けなかった。当たり前だ。まともに生きてきた男が、こんなことをするものか。

「私も一つ、聞きたいことがあるわ」

貴子は男を見据えたままで言った。

「次は、どこを狙ってるの。また関東相銀？」

二人の男は一瞬、互いに顔を見合わせている。やっぱり。モンタージュなど作っても、無駄なはずだ。痣や口ひげばかりが印象に残ってしまっている。ああ、どこかにこの二人の指紋が残っていてくれないものだろうか。何とか、この二人が関わっていることを知らせる手だてはないものか。

「知りたいか」

少し間を置いて、男が試すような口調で答えた。息がかかるほどに顔を近付けてくる。貴子は思わず顔を背けた。今、たった今、誰かが乗り込んできてくれさえすれば、一網打尽に出来るのに！

「質問は、それだけかい、刑事さん」

「――変装は、誰のアイデア」

男は食い入るような目つきでこちらを睨み付けていたが、次の瞬間、鼓膜を震わすような声で笑い出した。皺《しわ》が陰影を作る。上の犬歯が一本、抜けている。顎の下のたるんだ皮膚が震えて見えた。

「そこまで気付いてて、どうして、こんなことになっちゃったのかねえ」

男は、おかしくてたまらないという様子で言った。次の瞬間、貴子は左の頬に強烈な衝撃を感じ、その勢いで後ろの壁に頭をぶつけた。頬骨の辺りが割れるように痛む。痺れるような衝撃は、顎にも、首の骨にも伝わり、脳味噌まで震えるようだ。息が止まるかと思った衝撃を何とか乗り越えようとする間に、また笑い声が響いた。

「正義の味方のつもりか？　そんな様《ざま》で」

ようやく目を開けると、相手は表情を一変させて、貴子の前に顔を突き出してきた。顎の先を、つまむように押さえられる。そのまま、今度は後頭部を壁に押し当てられた。

「さっきの質問に答えてもらおうか。どうして、あんたのことがニュースに出ない。極秘捜査か？　サツは、どこまで俺たちのことを嗅《か》ぎつけてる」

「――知らない」

さらに強く、顎を押さえられた。唇が開く。頭の後ろで砂壁がざらざらと嫌な音をたてた。不意に、足の先に痛みを感じた。もう一人の男が、貴子の足を踏んでいるのだ。指の付け根の関節の辺りを、固い靴の裏で踏みつけながら、若い方の男が「知らないはず、ないだろう」と言った。

「ほら、言えよ。これ以上、痛い思いしたくないだろうが」

「――私は、今日まで非番だったから、まだ気がついてないのかも知れないのよ」

それでも力は緩められない。痛みに顔が歪んだ。

「本当よ。中田さん、言ってたわ。若松の家の指紋は徹底的に拭き取ってきたし、掃除機もかけてきたって。私がいた痕跡は、何一つ残ってないはずだからって」

やっとの思いでそう言うと、ようやく顎も足の先も楽になった。貴子は震える息を吐き出し、きつく目をつぶった。どうしたら、自分の身を守れるのだろう。手も足も出ない状態で。

「こりゃあ、いいや。まだ、気付かれてないって？　とんでもねえや」

「そんな言い訳を、簡単に信じられると思うか」

男たちが交互に言う。頭を働かせるのよ。相手だって怖がってる。自分のことは怖くなくても、警察のことは怖いに決まってるんだから。

「——あなたたち、脅迫電話でもかけた？」

顔が熱を持って、じんじんと痛んだ。後頭部と足の先にも、撫でさすりたいような痛みが残っている。顎に残る指の感触は、洗い落としたいほど不快だった。それらに耐えながら、貴子は男たちを見上げた。年長の男は、すっと無表情に戻って、「いいや」と答える。

「じゃあ、分かりようがない。もっとも、今頃はもう、おかしいと思い始めてるはずだけど」

「今頃？」

「——今夜から、勤務だったから。警察官が無断欠勤するなんて、あり得ないでしょう」

男たちは、また互いに顔を見合わせている。貴子の言葉の真偽をはかりかねているようだ。

「何なら、今ここから電話しましょうか」

「あんた、馬鹿か。逆探されて、終わりじゃねえか」

「短時間なら逆探知は無理だし、第一、携帯電話は逆探知が出来ないのよ」

男は眉間に皺を寄せ、何か考える顔になる。

「私がかけてみてもいいわ。連絡が遅くなりましたが、今日は休みますって」

男の表情がわずかに動く。かけるなら、今しかない。明日になれば、貴子が無断欠勤していることで警察も動き出す。そんなことを計算しているのに違いなかった。だがこれは、貴子にとっても賭けだった。貴子が拉致されていることを、本当に気付いて動き出してくれていなければ、何もかもが逆効果になる。何、言ってるの。二日も過ぎてる。気がついていないはずがないじゃないの。信じて。

「――言いたくなかったけど、さっきの質問に答えるわ」

鼓動が速くなっている。貴子は小さく深呼吸をして、男たちを見た。ライターの炎が揺れる。

「あなた方のことに気がついていたのは、私しかいない」

密かに生唾を飲み込みながら、貴子は言った。目の前の男の眉が微かに動いた。

「分かるでしょう？　手柄が欲しかったのよ。一人でホシを挙げて、うちの男たちの鼻を明かしてやりたかったの。あの占い師の家から関東相銀のことを探り出したのも私。冷蔵庫の容器からね。あそこの粗品が使われていたから。若松のことを探り当てたのも、私一人。立川支店の木下っていう次長から聞いたわ。とにかく、どうしても見返してやりたい奴がいたから、何もかも、私一人で動いてた」

ほう、と言うように男たちの表情がまた動く。頭の片隅に星野の顔が思い浮かんだ。すると、自分の話していることが満更、嘘でもないような気になってくる。あの馬鹿のお陰で、こんなことになった。その怒りを、何とか利用するしかない。

「刑事にだって、女と見れば、寝る相手くらいにしか思ってない連中はごまんといるわ。それに、手柄を挙げてる連中は皆、仲間に情報なんか渡さない。だから私も、それを見習っただけ」

「やっぱ、ドラマで見るのと同じなのかね」

若い方の男が言った。何のドラマの話か知らないが、貴子は小さく鼻を鳴らして見せた。

「失敗は人に押しつけて、手柄だけ横取りされたんじゃ、たまらないもの。だから、私はいつも、そうしてるの。きっと、鼻つまみ者だと思うわ。休むって言えば、それだけで喜ぶような奴がたくさんいるんじゃない」

若い方の男は、興味津々《しんしん》といった表情で貴子の話を聞いている。その顔は、純粋にさえ見えた。根っからの悪人ではないのかも知れない。どういう巡り合わせからか、こういうことになったのだろう。崩すとしたら、この男からが良いかも知れない。

「――私の携帯電話があったでしょう。あれなら、どう。万に一つも番号が分かったって、私の電話なら疑いの余地もないわ」

男が手元の時計を覗き込んだ。貴子も自分の時計に目を落とした。午後九時四十五分。

「仕事は、何時からの予定だった」

「九時」

こんな嘘は、部外者には見抜けるはずがない。貴子は、いかにもまことしやかに、自分の勤務態勢まで話して聞かせた。おいしいところは男たちが持っていく。貴子の場合は、女だからということもあって、夜中、電話番や資料整理をさせられるはずだったと説明すると、男たちはようやく少し信じたようだった。

「だったら、今夜中の方がいいよ。サツが動き出すのなんて、遅い方がいいに決まってんだから」

若い男の方が囁いた。年長の男は、まだ考える顔をしている。貴子は、こみ上げてくる苛立ちを懸命にこらえながら、彼らを見比べていた。

12

深夜二時半、ようやく捜査会議が始まった。

何しろ、ほとんどの連中がこの二十時間近く、一睡もしないで都内を走り回っていた。こんな時刻からの捜査会議も異例のことなら、刑事たちの消耗も計り知れないものがある。三十分ほど前に、銘々この部屋まで戻ってきたときの雰囲気と来たら、誰もが絶望感と焦燥感を引きずり、それに空腹や寝不足も手伝って、ひたすら刺々《とげとげ》しく険悪なものだった。

今日の収穫が報告、整理され始める。まず、何よりも大きな報告があった。音道から電話があったというのだ。捜査本部に、「音道ですが」という電話が入ったのは、十時近くのことだという。内容は一方的で、ただ体調がすぐれないので、二、三日、休ませて欲しいというものだった。こちらの問いかけに対してはほとんど応えなかったが、唯一、拉致されているのかという問いに対しては「そうです」と言ったという。電話は一分足らずで切れたが、音道の声に間違いないと思われた。よかった。生きている。その報告を聞いただけで、捜査本部には安堵のため息が広がった。ほとんど残っていないはずの活力が引きずり出された。

馬事公苑で発見された若松雅弥の車から検出された指紋については、音道のものも、さらに堤健輔、中田加恵子のものも含まれていない。他の指紋の鑑定が進められている。毛髪等についても同様。犯人たちが車を乗り換えた可能性が考えられるが、堤健輔は所有していた車を四月中旬には売却したことが判明していた。新しく車を買い換えているかも知れないことから、都内のレンタカー業者および中古車販売業者を虱潰しに当たっているが、今日のところは、堤または中田が車を買った形跡や借り受けた記録は発見されていない。

中田加恵子については、半年ほど前から四月下旬頃まで、米軍横田基地の第二ゲートに近いスナックでホステスをしていたことが判明した。

「そこのママの話によりますと、加恵子は最初の頃は化粧も地味で、とてもホステスに向いているようには見えなかったそうですが、ある時、ママが『髪型くらい変えてみたら』と言ったところ、翌日から別人のような格好で現れるようになったといいます。もともと酒は弱いものの勤務態度も真面目で、客あしらいも上手だったことから、特に化粧や髪型が変わってからは、なかなかの人気者だったとのことですね。自分のことについてはほとんど話したがらなかったようですが、毎晩、勤めが終わる頃になると年下の男が店の傍まで迎えに来ており、ママが変身の理由について尋ねたところ、彼氏がやってくれていると、嬉しそうに言っていたそうです。辞める理由については特に何も言わず、突然のことで、給料の残りについても、未《いま》だに取りにきていないと言っていました。さらに加恵子は、近い将来、海外で暮らすつもりなのだと言っていたということです」

報告を聞きながら、滝沢は自分の刑事手帳に、「化粧」「男」「海外」などという言葉を書き込んでいった。もう大昔のような気がするが、中田の亭主に会いに行ったのは今朝のことだ。おそらく加恵子という女は、あの亭主と暮らしていた頃には経験できなかったすべてを、経験したいと思っているのだろう。そんな気がする。

一方、堤健輔に関しても、昔、美容学校で一緒だったという人間を捜し出した捜査員がいた。彼の報告は、中田加恵子の変身ぶりを裏付けるものでもあった。堤は、その専門学校はきちんと修了してはおらず、美容師の資格も取得していないはずだが、一時期メイクアップ・アーティストやらを目指していたという話が出てきたからだ。

「今でこそ化粧をしてバンドを組んでいる男も珍しくはなくなりましたが、当時はそう多くはなかったようです。堤は、最初から美容師を目指すくらいですから、化粧や人の髪の毛をいじるのは嫌いじゃなかったんでしょう。そんなアルバイトもしていたと言いますし、自分たちもいつか化粧をしてデビューするのだと言っていたそうです」

だが、専門学校に通っていた当時から、堤は真面目とは言い難く、むしろ女を引っかけて遊ぶことばかりを考えているようなところがあったという。人当たりは柔らかく、性格も優しいところがある一方、気まぐれで、何事も長続きせず、プライドが非常に高いという話もあった。滝沢たちがレンタカー屋から借り受けた履歴書に記載されていたこれまでのアルバイト先からも、ほぼ同様の話が聞かれた。同性には特別に親しい友人はおらず、いずれの場合も、勤め始めた当初は愛想も良く真面目なのに、何かの拍子にぷいと辞めている。

二人の輪郭については、徐々に摑めてきている。だが問題の居所については、調べは進んでいなかった。福生《ふっさ》から消えた二人の足取りが皆目、分からないままなのだ。大方、ラブホテルでも泊まり歩いているのか、ウィークリーマンションのような場所に入っているか。畜生、どうすりゃいいんだ。音道が必死で耐えているっていうときに、自分たちにはこれしか出来ないのだろうか。

「若松雅弥ですが、目撃者に当たったところ、競輪場で儲け話を持ちかけていたのが若松であることが確認されました」

「若松の自宅に残されていたパソコンのフロッピーから、関東相和銀行が抱えている架空名義口座のリストが出てきています。全支店のものではありませんが、これまでに若松が勤務していた立川支店の他、大田区の蒲田駅前支店、豊島区の椎名町支店、足立区の竹の塚支店、千葉県の松戸支店です。これらの支店に対しては、身元確認が出来ない人間が架空名義口座を解約、または引き下ろしにきた場合は、速やかに一報するように手配が取れています」

「若松は関東相銀在職中からギャンブルの他に個人投資の失敗などでも借金を抱えており、その穴埋めに、顧客の口座から金を流用したことが発覚して、依願退職という形を取らせたようです。当時の借金については、家を売るなどして大方は返し終えているはずだと、別れた妻が証言していますが、調べてみたところ、その後も再び借金が増えて、今年四月の段階では、あわせて七社から計二千三百万あまりにまで膨らんでいました。ところが四月末の段階で、これらの借金はすべて清算されています」

それが、殺された男の正体らしい。つまり、占い師の夫婦が隠し持っていた金の一部が、間違いなく若松に流れたということだ。主犯格、または首謀者というところだったのだろう。殺しは仲間割れの結果か。それだけの金が動けば、欲に目がくらむ奴だって出てくる。

「改めて関東相銀立川支店に聞き込んだところ、架空名義の金を引き出しに来た二人の男のうち一人が、絵に詳しい様子だったというんです。応接間の壁にかけられている絵を見て、その絵描きの名前を言い当てていたとかいう話なんですが」

それくらいのことは、少し詳しい奴なら、素人にだって出来るだろうと思った。どれもこれも、直接、ずばりと来る手応えがない。だから、どうだというのだ。では、どうすれば良いのだ。それが指し示されるような話が、どこからも出てこなかった。ああ、いかん。思考力の限界だ。もう疲れて、何も考えたくなかった。

その時、入り口のドアが控えめにノックされて、警察官の一人が顔を覗かせた。前の方にいる守島係長をそっと手招きしている。滝沢は、その様子をぼんやりと見守っていた。起きていなきゃならんと思う、こうしている間にも、音道が危ないのだと思う。それでも、少し力を抜くと、すぐに気が遠くなりそうだった。

数分後、守島係長が戻ってきて、前の方に集まっているお偉方と何かひそひそとやりはじめた。

「よし、今日のところは、デスク要員を残して、これで解散にする。明朝は七時から。そう、たっぷりとはいかんが、それまで休んでくれ。熱い風呂に浸かって、食うものを食って、明日に備えて欲しい。仮眠室で足りなかったら、上の道場でも休めるようになってるそうだ。飲むのは、寝付きを良くする程度にしておいてくれよ。お疲れさん」

何となく中途半端な終わり方だった。だが、そんなことに文句を言う者はいない。誰もが重い身体を引きずるようにして、やっとの思いで席を立つ。滝沢も、保戸田と目顔で頷きあい、のろのろと本部を後にした。さすがに、こたえる。何年か前だったら、二日や三日の徹夜くらい、気合いで乗り切れたと思うのだが、もう駄目だ。阿呆のように顎が上がって、あっぷあっぷしそうだった。

滝沢は、とにかく食料や飲み物の用意されている部屋まで行き、缶ビールをその場で流し込むと、のろのろと道場へ向かった。

「滝沢さん、風呂どうします」

「どうせ今ぁ混んでんだろう。俺は、朝にするよ」

やっとの思いで最上階の道場までたどり着き、辺りもはばからずに下着だけになって、滝沢は布団に倒れ込んだ。いけねえ、靴下くらいは脱ぎたいと思ったのに、綿のように疲れた身体は、次の瞬間にはもう何も分からなくなっていた。

翌朝、早めに起きて熱い風呂を使い、下着も替えてさっぱりした滝沢は、所轄署員が差し入れておいてくれたに違いない握り飯と熱い味噌汁をすすり、さらに、これも本部事件の時には決まって差し入れられる強力滋養強壮剤を二本飲んで、捜査会議に臨んだ。

「昨晩のうちに分かったことを整理する。まず、若松の自家用車内から検出された毛髪の中から、音道刑事の毛髪と一致するものが発見された」

守島係長の声が響いた。刑事たちの背筋がわずかに伸びる。

「さらに、同車内から検出された指紋の照合を急いだところ、トランクの裏、コンソールボックスの裏などから、若松本人の指紋以外のものが数個、発見されており、その中から、この人物の指紋が照合された」

本部正面に掛けられたスクリーンに、一人の人物の顔写真が映し出された。細面の、貧乏くさい顔立ち。どうせ署に引っ張られたときに撮られたものに違いないから、溌剌《はつらつ》としているはずもないのだが、朝っぱらから見るには、そう愉快とも思えない顔だ。

「井川一徳。昭和四十五年と六十二年に、詐欺容疑で逮捕されている。いずれも有罪判決を受けているが、一度目は執行猶予つき、二度目も半年で出ている。自称ブローカーということになっているが、要するにいわゆる風呂敷画商と呼ばれる仕事らしい。現在は五十二歳だから、この写真よりは老けていることだろう」

捜査員の一部から、小さなざわめきが起きた。滝沢はぼんやりと、そのざわめきの方向を眺めた。どうして騒ぐのかが分からない。第一、風呂敷画商などという言葉は、これまで聞いたことがなかった。

とにかく今日の捜査活動には、その井川一徳の所在を確認すると共に、若松との接点を探ることが新たに加えられた。それ以外は、昨日と大きく変わる点はない。とにかく堤か中田のいずれかの所在を探すまでは、どうすることも出来そうにない。都内のラブホテル、ウィークリーマンションなどを虱潰しに当たっていく一方で、逃走に使用した車両の発見を急ぐことも変わらない。どちらにしても、気の遠くなるような作業だ。

午前七時四十分、滝沢たちは捜査本部を飛び出した。昨日とは打って変わって、今日はどんよりと低い雲が垂れ込めている。風はほとんど吹いておらず、湿度の高い空気がまとわりついてくるようだ。

「今日中に、何とかならねえもんかな」

助手席におさまり、車が走り始めると、滝沢は煙草をくわえながら呟いた。

「あいつの度胸と根性を信じたいよ」

「組んでて、楽しかったんじゃないですか」

ふん、と笑いそうになって、喉に痰《たん》が絡まる。滝沢は信号待ちの合間に車のドアを開け、車道に痰を吐いた。音道が隣にいたら、とてもではないが、こんなことは出来なかったろう。あいつは文句は言わない代わりに、顔を強張らせて、わざとこっちを見ないようにするに決まってる。

「気詰まりだったさ。何せ、お嬢ちゃんだから。こっちが何言ったって、にこりともしやしねえ。一体、親はどういう育て方したのかって思ったね」

だが、その親も、今頃は生きた心地がしていないだろう。我が子が行方不明になったと知れば、親にとって子どもの年齢など関係ない。ランドセルを背負った子どもだろうと、嫁にいきそびれている娘だろうと。

「あんな風だから、いき遅れるんだな」

思いとは裏腹の憎まれ口が出た。すると保戸田は、「あれ」と言う。

「音道刑事は、バツイチらしいですよ」

滝沢は目をむいてハンドルを握る相方を見た。保戸田の方も、意外そうな表情でちらちらとこちらを見る。

「誰か、言ってました。それで星野が、バツイチ同士、仲良くしようとか何とか言って口説いたんだって。ああ、昨夜、風呂で聞いたんだ。前の旦那は、うちのカイシャの人間らしいですけどね」

知らなかった。あいつにも、そんな過去があったのか。すると、自分が組んでいた当時は、どうだったのだろうか。なるほどなあと、滝沢は一人で納得していた。それなら、何となく分からないではない。自分が女嫌いになったように、あいつだって、おいそれと愛想を振りまく気になどなれないのかも知れない。だが、今は新しい男がいるというのだから、滝沢よりも恵まれている。それを考えると、面白くなかった。

「まあ、今度のこれに懲りて、おとなしく家庭にでも入った方が、あいつのためかもな。それで、子どもでも産んでさ——」

もしも無事だったら、と続けそうになって、慌ててその言葉を呑み込んだ。馬鹿野郎、信じるんだ。車道の脇を通学途中らしい制服の子どもが歩いていくのが目に止まった。半袖のブラウスから出ている二の腕がまぶしく見える。娘はちゃんと起きて学校に行っているだろうか。もう高校生なのだし、慣れているとは思うが、そうは言っても、やはり気になる。母親がいないのだから、不自由なのは仕方がないにしても——。

「おい、方向変えてくれ」

手元の時計を素早く見て、滝沢は保戸田の太股を軽く叩いた。

「昭島だ」

「昭島?」

「中田の亭主のアパート。子どもだ、子ども」

保戸田は、ちょうどさしかかった角で素早くハンドルを切る。

「でも、子どもには知られない方がいいんじゃないんですか」

「そりゃあ、デカが来たなんてことはな。ああ、どっかその辺で一旦、停まってくれや。後ろに、派手なシャツかなんか、積んであったかな」

「派手なシャツですか——アロハシャツみたいな奴なら」

「サングラスもあったよな」

保戸田は、「ああ」というように頷いた。仲間同士なら、よく分かっている。滝沢たちが派手なシャツや背広を着て、サングラスをかけた姿は、お互いの目で見てもチンピラかヤクザだ。路地に入って車を停め、トランクを覗き込んで、赤と黄色をふんだんに使ったアロハシャツと、グレーと黒の太い縦縞のポロシャツを見つけ出すと、滝沢たちは素早くその服に着替えた。

「俺ら、借金取りだからな」

「いくらくらいにします」

「ガキが驚くくらいの額でいいんだから、三百万てとこかな。まあ、そんなこと聞かれやしねえって。ただ怖いだけだろうよ」

簡単に申し合わせをして、サングラスをかける。保戸田の顔からつぶらな瞳が消えると、なかなか凄みのある若衆が出来上がった。滝沢も「立派なもんです」と言われて、再び車に乗り込んだ。ヤクザが赤色灯を点けて、サイレンを鳴らして車を走らせるわけにもいかない。そんなものは無用で、だが、とにかく通学時間に間に合うように、保戸田は人が変わったようにアクセルを踏み込んだ。母親なら、連絡先くらいは教えてあるはずだ。亭主には黙っていても、せめて子どもには。ホテルやマンションを当たる手間を考えたら、今は、その可能性に賭けるしかなかった。

13

「もしもし、私。どこにいるの？　連絡してください」

「もしもし、加恵子ですけど。連絡して下さい」

「もしもし、心配してるんですけど。こっちは身動き出来ないんだから、とにかく電話だけでもして」

朝から聞いている声といえば、それだけだった。今日は天気が悪いようだ。奥の部屋にも陽は射し込んでは来ず、のぞき見れば、窓の外にはどんよりとした灰色の空だけが広がっている。午前九時二十分。昨晩、加恵子の愛人は、とうとう帰ってこなかった。あとの二人の男は、やはり明るくなる前に出ていった。結局、昨夜の貴子の計略は失敗に終わった。こちらの言葉を鵜呑みにして電話をさせるほど、相手も間抜けではないらしい。

昨日と同じように加恵子が買ってきたコンビニエンスストアーのおにぎりを食べ、念のために胃の薬も飲んで、貴子の気持ちは幾分、落ち着いていた。

「彼氏、まだつかまらないの？」

返答がなくても、勝手に話しかけている。

「電源、切ってるんじゃないかしらね」

今日こそ助けが来てくれるかも知れない。ここから解放されるのも時間の問題だ。そう信じることで、萎《な》えかけていた気持ちは、何とか活力を取り戻す。それに、男たちがいない間は、少なくとも肉体的に危害を加えられるおそれは大幅に減る。加恵子一人なら話しかけるチャンスもあり、懐柔する希望も残っている。

「ねえ」

さっきから、何度となく呼んでいる。だが加恵子は、愛人のことがよほど気がかりなのか、それとも男たちから何か言い渡されたのか、貴子のことは徹底的に無視するつもりらしかった。昨日のように「うるさい」などと怒ることもなければ、他の部屋へ行ってしまうこともない。とにかく奥の部屋に引っ込んで、三十分に一度程度、愛人に呼びかけている。それ以外は、穏やかと言えば、言えなくもない時が流れていた。

——私の電話にも、似たようなメッセージが残ってるかも知れない。

職場の人たちから。家族から。昂一から。それを聞いてみたいと思う。いや、聞かない方が良いのだろうか。かえって動揺するかも知れない。何しろ、こんな状況に置かれたことがない。自分自身が、何か起こる度にどういう反応を示すことになるのか、まるで予測がつかなかった。

たとえば昨夜のように殴られても、咄嗟《とっさ》に覚えるのは怒りよりも恐怖なのだ。猛然と怒りがこみ上げてくるのは、ずい分と時間がたってからで、ろくらい、珍しくもないと思っていたのだが、自分が殴られるとなると話は別だった。身動きできない、抵抗できない状態で、ただ殴られなければならない恐ろしさを、貴子は生まれて初めて経験した。あれが続いたら、自分が刑事であることなど忘れ果てて、「やめて」と叫んでしまうかも知れない。犯人たちに哀願し、泣きながら命乞いしないとも限らない。第一、昨日の胃痛にしたってそうではないか。まさか、あんなに痛い思いをするとは思わなかった。

——試される。人間の出来が。

皮肉な思いにとらわれる。果たして自分がどの程度の人間なのか、どんな誇りと、どんな職業意識を持っているか。真実を知って愕然とするのは自分自身なのかも知れない。

出来ることなら、そんな状況にまで追い詰められたくはなかった。貴子は深々とため息をつき、時には首を回したり、座り位置を移動させたりしながら、無為に時を過ごさなければならない自分を徐々に持て余し始めていた。何か、出来ることがあるはずなのだ。ただ座っているだけなんて、あまりにも能がなさすぎる。

「もしもし、何度も悪いんだけど、連絡して下さい。ねえ、お願いだから。心配してるんだから」

しばらくすると、また加恵子の声が聞こえてきた。こっちの方が苛々してくる。後から伝言を聞いて、似たようなものがこんなに連続して入っていたら、たまったものではないだろう。面倒臭い女。

「あんまりしつこいと、嫌われるわよ」

無視されるのは覚悟で話しかけた。

「きっと、何かで忙しくしてるんでしょう。あなたを放っておくことなんて、できないに決まってるんだから。少しは信じて待てばいいのよ」

「どうして、そんなことが言えるのよ」

ようやく加恵子が膨れ面を突き出してきた。貴子は「べつに」と言うように視線を逸らしてみせた。ひとつ、ふたつ、と呼吸を繰り返してから、ちらりと加恵子を見る。彼女は相変わらずの固い表情でこちらを見ていた。

「じゃあ、どうして電話がつながらないの」

餌に食いついた。後は注意深く糸を巻くことだ。

「さあ、知らない」

「知らないのに、放っておけないなんて、どうして言えるわけ」

「決まってるじゃないの。共犯者だからでしょう」

加恵子の口元がわずかに動いた。貴子は当然というように、「あなたに裏切られたら、元も子もないものね」と言った後で、「ああ」と、初めて何かに気付いたような顔をして見せた。

「逆も、あるのか——全部あなたのせいにして、自分だけ逃げるっていう手も」

加恵子は、今度は唇を嚙んで無理に目を見開き、肩まで上下させている。動揺している。もっと揺さぶらなければ。もっと不安にさせるのだ。

「だって、現に、昨夜も帰ってこなかったわけだし、こうして何回、電話かけても、出ないわけでしょう？　ひょっとしたらとは、思うわよね」

「——だから、心配してるんじゃないの」

「つまり、それほど信じてないわけね」

「信じてるわよ、勿論。でも、何かあったのかも知れないと思うから——」

「それで心配してるの？　事故にでも遭ったかも知れないって？　悪いけど、さっきから留守電に入れてるメッセージ聞いてると、何となく、そういう感じじゃないけど」

わざと、相手を試すように言ってみた。加恵子は決まり悪そうな、膨れ面のような顔になって黙っている。

「中田さん、あなた実際、どれくらいあの人のこと、知ってるの？」

「知ってるわよ、そりゃあ。一緒に住んでるんだから」

「一緒に住めば分かるっていうものでもないんじゃない。だったら、あなた、御主人にどれくらい理解されてた？　あなたの方は、どうだったと思うの。結婚して、何年も一緒にいたのに」

「――あんな人と、健輔は別だわ。全然」

あの男は健輔というのか。初めて名前が分かった。貴子が「そうかしら」と言えば、加恵子は間髪いれずに「そうよ」と答える。

「あの人より、ずっと頼りがいがあるし、私を愛してくれてるし、誠実だわ。いつも私を見ていてくれて、いつも私を必要としてくれてるのよ。そうよ、そういう人なの。そりゃあ、まだ若いから、子どもっぽいところはあるけど、でも、健輔は、こんな私を世界で最高の女だって言ってくれるし、私が作ったものは何でも喜んで食べてくれるし、これまでに私が知らなかった世界をたくさん見せてくれて、きっと幸せにするって言ってくれて――主人とは、全然、違う」

言い訳がましく、ぶつぶつと喋る姿は、やはり貴子の知っている加恵子に違いなかった。それにしても、まるで二十歳《はたち》の小娘のような台詞ではないか。とてもではないが、四十路《よそじ》を越えようという女の言い方とは思えない。貴子は、加恵子の新しい一面を見た気分になっていた。彼女が総じて幼稚だとは思わない。それだけ健輔という男に夢中になっているということなのだろう。または、恋愛そのものが久しぶりだからか、初めてに近い経験だからなのだろうか――。

「あの子は、私を大切にするって言ってくれてるんだから」

あの子。してくれる。引きずられているのは加恵子に違いない。彼女は健輔に夢中なのだろう。すべてを捨てて走った相手に、何が何でもしがみつこうとしている感がある。必要以上に相手を有り難がり、わざと、他のものは何も見えないようにしている印象さえ受ける。

――利用されてるだけなんじゃないの。

第一、誠実で頼りがいのある男が、大切にしたい女を、こんなことに巻き込むものか。たとえ犯罪者だからといっても、愛する人まで巻き込む者ばかりではない。貴子は、「大丈夫なの」と口にしかけて、急いでその言葉を呑み込んだ。友人ではない。こちらから心を添わせている場合ではなかった。第一、相手は、貴子など嫌いだと言い放った犯罪者ではないか。人を殺し、ものを盗み、その上、こうして貴子まで拉致している。加恵子の気持ちを汲んでやるのはポーズだけ。動揺させるために、こうして話しているだけだ。

「これが、大切にされてるっていうことなわけね。人殺しの手伝いをさせられて、こうして一人で人質の見張りもさせられて。まるで連絡も寄越さないでね」

加恵子の表情がますます歪んだ。口元を震わせて、彼女はまるで、すべての原因が貴子にあるというように睨《にら》み付けてくる。そして、彼女はつかつかと貴子に歩み寄り、次の瞬間には、貴子は頬を叩かれていた。

「口のきき方に気をつけなさいよね。あんた、人質なんだから。私が一人で見張ってるからって甘く見て、いい気になんないでよっ」

鏡を見ていないから分からないが、昨日、殴られたところには痣が出来ているのではないかと思う。少し触れただけで痛むところを、よくも叩いてくれた。貴子は加恵子を睨み付けた。

「いい気になってるのは、あなたの方でしょう」

「何がよ」

「抵抗できない相手にだけ、こうやって暴力を振るうわけ。ただの小心な卑怯者っていうことを証明してるようなものじゃないの。そんなあなたを、最高の女だなんて言う男の気が知れないわね。どうせ、そんな程度の男なんだろうけど」

「よく知りもしないのに、あの子を悪く言わないでよ！」

「知ってるわよ。人殺しの、泥棒の、誘拐犯じゃないのっ！」

加恵子は目を見開いたまま、貴子の前に仁王立ちになっている。そんな顔をするくらいなら、どうして罪を犯すのだ。悪いと分かっていて、なぜ人の生命まで奪えるのだと、貴子はさらに加恵子を睨み付けた。人の生命の重みをいちばん感じる職場にいたくせに、たくさんの誕生と死を、身近に感じてきたくせに。この女は、病人を扱ったのと同じ、その手で殺人の手助けをして、いや、ことによると直接、手を下したのかも知れない。

「こんなことして、平気で逃げ延びられるとでも思ってるわけ？　それとも、私を盾にでもして、飛行機でも要求する？　だったら、さっさと警察へでもどこへでも電話しなさいよ。世界中のどこへでも、逃げてみなさいよ」

「――好きなこと、言ってれば。どうせ、あんたになんか、私の気持ちは分からないわよ」

ふん、と鼻を鳴らして、加恵子はまた奥の部屋へ引っ込んでしまった。ああ、失敗。何とか接点を見つけなければと思ったのに。芝居だけでも、彼女を理解できるふりをしなければならなかったのに。

叩かれた頬が再び疼いている。貴子は膝を抱えた格好で、手錠をつけられたままの手を自分の頬に添えた。肌が荒れている。荒れているなどというものではない。厚い皮膜一枚、増えたようだ。その上、熱を持っている。顔の手入れになど無頓着な方だが、思わずため息が出た。

ゆるゆると時間が流れた。加恵子は一度だけ貴子の前を通って部屋を出ていったが、五分もしないうちに帰ってきた。そしてまた、健輔という男に電話をかけ、メッセージを入れた。

「もしもし、しつこいようだけど、心配だから。何かあったの？　とにかく電話して、お願い」

哀れっぽい、媚《こ》びを含んだ声。懸命に苛立ちを抑えようとしている響き。彼女もまた、ある意味では追いつめられているのだと気がついた。

人質の自分から謝るのもおかしなものだ。だが、何とかして、再び会話の糸口を見つけ出さなければならない。昨日、貴子は加恵子に言った。あなたを何とかしたいと思ったからこそ、危険を顧みずに近付いたのだと。自分はあくまでも加恵子の身を案じ、加恵子を助けたいと思い、人生をやり直させたいと思っていることにしなければならない――実際、そう思っていないというわけでもないのだから。だが、そうは言っても怒りの方が勝っていることは確かだ。憎いと思う。生涯、許せないだろうと思う。何ということをしてくれたのだと思う。自分自身に対してよりも、貴子が大切にしたい、守りたい人たちを傷つけたに違いないことが、どうしても許せない。

――あの人に対して思ったのと同じ。

別れた夫に対しても、貴子は同じ気持ちを抱いた。誰かを憎むのは、これで二度目だ。だが、こんな感情を抱くのは、好きではない。憎んでいる自分に気付けば、さらに傷つき、惨めになり、疲れていく。貴子は憎しみから生まれるエネルギーは、破滅にしか向かわないと信じている。そのエネルギーから犯罪に手を染めた人たちのことも、山のように見てきている。だから自分は、誰かを嫌うことはあっても憎んだり恨んだりはしたくないと思ってきた。だが、それも程度問題だ。貴子は夫の裏切りを知ったとき、彼を憎んだ。自分の内にも、こんな感情が芽生えることに狼狽しながら、彼を許せないと思った。今回の思いは、あの時とは比較にならない。歯噛みし、地団駄を踏み、相手を罵る程度では済まされない。自分とまったく同じ思いをさせてやりたい。手足を縛り、腹を蹴り、あの薄汚れた便器に顔でも突っ込んでやらなければ、気が済まないと思う。

――でも、今それを出したらまずい。

頭では分かっている。だが、自分がそれほど上手に芝居出来るとも思えなかった。苛立ち、焦り、疲れていくのが自分でも分かる。早く、助けが来てくれれば良いのだ。それが何よりの解決策なのに。

手錠をかけられたままの自分の手を見つめる。汚れのついた指。少し伸び始めた爪。我ながら、父によく似ていると思う。軽く指を開いたところなど、本当にそっくりだ。生命線。長ければ長命だという。貴子の生命線は、手首近くまで、すんなりと伸びていた。それなら、今日明日にも殺されるなんていうことはないんだろうか。

ふいに、奥の部屋で携帯電話が鳴った。「もしもしっ」という飛び付くような加恵子の声を、貴子は目の前に手をかざしたまま聞いた。午後零時三十五分。

「――何だ。何」

あからさまに落胆した声に変わる。どうやら健輔からではなかったらしい。

「ええ？――いつ？――なんで、あんたのところになんか来るわけ。そういう人が――ええ？　心配いらないったら。お母さん、ちゃんとやってるから。――大丈夫。そんなもの、ないったら――そうかも知れないけど、あんたたちは『関係ありません』って言ってれば、いいのよ」

加恵子の子どもが電話をしてきたらしい。奇妙に不安定な気分になる。捨てたはずの子どもからの電話。捨てられたはずの母親への連絡。貴子は、わずかにひそめられた加恵子の声に耳を澄ませた。

「だから、心配いらないっていってるでしょう？　あんたたちにも、お父さんにも、迷惑はかけないって――その話、お父さんにしたの？――ああ、そう。ちゃんと学校、行ってるのね。それで、直也は？――ふうん、そう。だから、何かの間違いよ。何ていう会社だって言ってた？　どんな人たち――ああ、そう、そりゃ悪いことしたわね」

殺人犯が、些細《ささい》なことで子どもに詫びている。馬鹿馬鹿しさに鼻で笑いたくなってくる。あんたが謝るべきこと、謝るべき相手は、もっと他にいるでしょうと、つい口を挟みたくなる。

「ええ？　この番号、教えちゃったの？　嫌ぁね、余計なことして。何で――ああ、分かった分かった。分かったってば。教えちゃったもの、しょうがないじゃないよ――でも、もうやめてよ。今度、誰かに聞かれたら、その人の連絡先を聞いておいて。こちらから連絡しますからって。いい？」

何という情愛のない会話なのだろう。子どもが心配して電話を寄越しているというのに。余計に腹が立ってくる。あんたのような母親を持った子どもが可哀想だ。その子の将来だって、明るいとは言い難い。たとえ、加恵子が百万分の一の確率で逃げ果《おお》せたとしても。

「分かんないってば――帰らない。何回も言ってるでしょう、お父さんとは、もう暮らせないって。――そう。もう、長くなるから、切るわよ」

果たして、どれくらい会っていないのだろうか。子どもは自分たちを捨てていった母親に、どんな思いで電話を寄越したのだろう。しばらくの静寂の後、「まったく」という小さな呟きが聞こえてきた。貴子はしばらく考えを巡らせ、出来るだけさり気なく「子どもから？」と声をかけた。

「何か、困ったことでもあったんじゃないの？」

無言。

「会いに行ってあげた方が、良くない？」

無視。

「いざというときのために、電話番号を教えてあるんでしょう？　よっぽどのことがあって、電話してきたんじゃないの？」

それでも、返事は返ってこなかった。さすがに諦めて、またすることもなくぼんやりしていると、しばらくしてから「まったく」と、どことなく投げやりな、疲れた声が聞こえた。

「何で、あっちになんか行ったりするのかしら。感じの悪い」

今度は貴子が返事をしない番だった。ひたすら耳を澄ませて相手の様子を探る。

「返したはずじゃないの、全部。それが、何で今頃になって、取り立てなんかが来るのかしら」

借金の取り立てか。もしかすると、子どもは怖い思いをしたのかも知れない。それで、母親に電話を寄越したのだろう。

「あの人、ちゃんとやってくれてないのかしら。やったって言ったのに」

「ああ、嫌になっちゃうな。もう」

「電話なんて、かかってきやしないじゃない」

明らかに声が苛立っている。貴子が返事をせずにいると、やがて加恵子は、また健輔の電話にメッセージを入れ始めた。

「子どものところに、サラ金の取り立てが行ったらしいんだけど、あなた、返してくれてなかったの？とにかく連絡してっ」

かつてない荒っぽい口調だった。貴子は黙って耳を澄ませていた。子ども話を聞かされる年下の愛人というのは、どんな気持ちがするものなのだろうと、ふと思った。

第四章

I

捜査状況が、午後になって大きく動いた。

まず昨日の午前、音道の銀行の口座から現金が引き出されていることが分かった。キャッシュカードを使用して、現金二万円が引き出されていたのだ。音道が口座を開いている銀行の支店ではなく、提携都市銀行の支店からで、それも静岡県熱海《あたみ》市内にある支店だという。捜査員が二人、熱海に急行した。銀行に残っている防犯カメラのビデオテープを確認するためだ。

さらに滝沢と保戸田とが、サラ金の取り立てのふりをして中田加恵子の娘から聞き出した母親の携帯電話の番号について調べたところ、その番号の電話が、その時点で熱海市内に所在することが分かった。携帯電話の場合、電源さえ入っていれば、常に微弱な電波を発している。その電波から、どこのアンテナがカバーしている地域にいるかが分かるのである。携帯電話の無線基地局は、およそ一・五キロ程度の間隔で設置されている。この技術を利用して、現在は社員の管理システムや、ナビゲーションシステムなどが開発されてきている。

念のために、その番号の送受信記録も確認してみたところ、その電話は今日も頻繁に使用されていることが分かった。かけているのはすべて同じ番号で、やはり携帯電話だ。こちらの番号については電源が切られているらしく、所在を確認することは出来なかった。しかもプリペイド式の携帯電話のため、所有者も確認が出来ていない。これは、熱海にある電話の方も同様である。

一方、受信記録については、今日は一度しか受信しておらず、それは昭島市内からかけられた有線電話だった。番号からたぐったところ、中田の娘が通う中学校内に設置されている公衆電話であることが分かった。その段階で、熱海にある携帯電話は、ほぼ間違いなく中田加恵子が所有しているだろうと結論が下された。滝沢たちは、すぐにでも熱海に駆けつけることになるのだろうと勇み立った。だが、上の方は「もう少し待て」と言った。

「無論、ことと次第によっては、前進拠点を熱海に置くことになるかも知れん。指示があり次第、早急に本部に戻ってくれ」

無線を通して吉村管理官の声を聞いたとき、滝沢は保戸田と顔を見合わせ、思わず舌打ちをした。何を待つというのだ。中田加恵子は熱海にいる。その熱海から、音道の預金が引き出されているのだから、迷う必要などないではないか。

「銀行の、ビデオの確認ですね」

隣の保戸田も、悔しそうに言う。

「その報告を待つしか、ないですよ」

「分かってるよ、そんなこたあ」

分かっている。捜査活動は常に組織で動くべきものだ。大所高所から全体の状況を把握している上司が「待て」と言うのだから、待つべきなのだろう。いや、そうするより他にないのだ。だが、それにしても焦《じ》れったい。

今、滝沢たちは、環状八号線沿いに点在する中古車会社を端から当たっていた。手にしているのは堤健輔の顔写真。本当は、電話の線から当たりたかった。だが、基本的には身体を使う必要がなく、NTTに貼り付いていれば良い作業だけに、一番高齢と一番若造というコンビに回された。それも、上の指示だ。文句を言う筋合いはない。

それにしても中古車業者の数の多さときたら、改めてため息が出るほどだ。昨日から、優に五十人を越す捜査員たちが都内を駆けずり回っているのに、未だにすべてを当たり終えていない。

「さあ——覚えがないですけど」

環八を少し走ると、すぐに派手な色合いの「中古車売買」とか「即買い取り」などという文字が目に飛び込んでくる。車を停めて、安手のぎらぎらしたアーチや、風車のような装飾が施された埃っぽい車の並ぶスペースに足を踏み入れる。そして、ものの一分もしないうちに、そんな答えを聞く。もう何度目か分かったものではなかった。それを聞く度に、苛立ちが募った。いつもの滝沢なら、この程度で苛々するものではない。そんなことでは、刑事などやってはいられないのだが、今度ばかりは違っていた。

「本当に？　堤っていうんですけどね、堤健輔。そういう名前にも、心当たりないですかね」

「ありませんね」

「ああ、そう。はい、どうもね」

足早に車に戻る度、つい口の中で「くそっ」と呟いている。どいつもこいつも、どうしてピンぼけの答え方しか出来ねえんだ。頭の中で、さらさら、さらさらという音が聞こえる気がする。

現在の特殊班に配属になって以来、滝沢はいつの頃からか頭の中に砂時計を思い浮かべるようになっていた。多分、娘が借りてきたアニメのビデオか何かで、そんなシーンを観たことがあるのかも知れない。生命という砂が、さらさら、さらさらと真ん中のくびれたガラス容器の中を滑り落ちていくのだ。以来、子どもが帰ってこない、年老いた母がいなくなったと、そんな通報を受けて動き出す度に、滝沢は砂時計を思い浮かべ、今こうしている間にも、誰かの生命が消えつつあるのではないかと、ほとんど恐怖に近い感覚を抱くようになった。

それでも、これまで本当の意味で、その砂の落下を気にしなければならないような事態に行き当たったことはなかった。行方が分からなくなっていた人物はやがて見つかり、人騒がせなと言いながらも、その時点で、砂時計のことなど、すっかり忘れることが出来ていた。だが、今度ばかりは違っている。

音道の生命が、さらさら、さらさらと少しずつ滑り落ちていく。その様子が思い浮かぶだけで、滝沢の呼吸は浅くなり、嫌でも息苦しくなった。

「畜生、好い加減に見つかってくれよ」

つい独り言が出る。この苛立ちを鎮める方法は一つしかないと分かっていながら、当たり散らす何かが欲しかった。

「知らないっすね。こんな人。見たこと、ないっす」

何軒目に訪れたか分からない中古車屋で、まだ二十代に違いない「社長」という肩書きの男に言われた途端、その苛立ちが弾けかかった。差し出した写真を大して真剣に見もせずに、銀の指輪が光る指先で写真をひらひらとさせた男を睨み付け、滝沢は、思わず襟首でも摑みたい衝動に駆られた。

「ちょっと。もう少し真剣に見てくれねえかな」

「同じですって。で、何やったんすか、こいつ」

余計なことを聞くな、と言いかけたとき、保戸田が滝沢の背広を強く摑んだ。そして、滝沢の前に立ちはだかるようにして「本当に見ていませんか」などと言う。畜生。余計なことしやがる。相方の心遣いは有り難いが、癪に障る。滝沢は、保戸田の肩を押しのけ、その社長とやらの指先から堤の写真をひったくって、礼も言わずにきびすを返した。背後で保戸田が礼を言っているのが聞こえた。

「何なんだ、あの態度は。人がものを尋ねてるっていうのに、ろくな口のきき方もしやがらねえで」

道路沿いに停めたままの車に戻るなり、滝沢は吐き捨てるように言った。後から小走りに追いかけてきた保戸田は、黙ってエンジンをかける。

「あんな態度で車が売れるのかよ。どっかから盗んできた車でもさばいていやがるんじゃねえだろうな」

「暇になったら、ちょっと突っついてやりますか」

「冗談じゃねえや。そんな暇なんか出来るもんか」

自分でも何を言っているか分からない。完璧な八つ当たりなのだ。分かっている。こんな時こそ、冷静にならなければならない。分かってはいるのだ。

「何とかなんねえのかよっ」

つい、ダッシュボードの下を蹴り上げた。ぼこりと鈍い音がして、つま先の痺れと嫌な沈黙だけが残る。ああ、たまらない。あとどれくらい、こんな思いをし続けなければならないのだ。いや、あとどれくらい、音道の生命の砂は残っているのだろうか。気まずい沈黙。保戸田の方から何か言ってはくれないだろうか。だが、何が聞きたいのだろう。下手な慰めでも言われたら、余計に腹が立つに決まっている。他人事のように冷静なことを言われても、「てめえだって仲間だろう」とか何とか、言い返しそうだ。頭を掻きむしりたくなる。後頭部に手を回しかけたとき、車載の無線機が鳴った。

〈警視庁から警視三四七〉

この車のコールサインだ。滝沢は、飛び付くように無線機の送信マイクをとった。

「警視三四七どうぞ」

〈至急、戻ってくれ。音道の口座から金を引き出した人物が特定できた。中田加恵子に間違いない〉

「警視三四七、了解！」

滝沢が送信マイクを戻している間に、保戸田はもう緊急走行用のサイレンを鳴らし、ハンドルを大きく切り始めている。身体が大きく左に振られて、灰色の風景が斜めに見えた。

「熱海ですね。絶対、音道刑事も熱海にいますよね」

そりゃあ、まだ分からねえ、と言いかけた滝沢の耳に、「そうじゃなきゃ、困りますよ」という保戸田の呟きが届いた。ファンファンと、耳障りな音が響いている。前をふさぐ車がのろのろと車線をあける。そうだ。そうでなければ困る。滝沢は、ドアの上のグリップを握りしめ、いつの間にか歯を食いしばって前を睨み付けていた。

午後四時二十分。急遽《きゅうきょ》、召集をかけられた特殊班の刑事たちに、吉村管理官は、さらに新しい情報をもたらした。関東相銀立川支店に照会したところ、御子貝春男が開設していた架空名義口座の金を引き出しにきた人物の一人が、井川一徳におそらく間違いないという証言が得られたこと、さらに、井川が所有する車のナンバーをNシステム検索により当たったところ、井川の車はこの数日間、東京と静岡県内を往復していることが分かったというのだ。

「車は今朝、また都内に戻ってきている。この数時間はヒットしていない」

Nシステムというのは、一般の道路を走行している車両のナンバーを自動的に読み取り、記録する一方で、必要とするナンバーを瞬時にして照合することの出来るシステムのことである。全国の高速道路および主要幹線道路には、かなりの数、このNシステムが設置されている。このシステムの開発によって、手配車両などの発見は飛躍的に容易になり、また、それらの車両の運転者の確認、移動経路などもリアルタイムで把握出来るようになった。滝沢たちが「Nヒット」と呼ぶのは、予《あらかじ》めインプットしておいた車両のナンバーが、どこかのNシステムにチェックされたという意味である。

「断定は出来ないが、おそらく、熱海に連中のアジトがあると見ていいはずだ。井川の車両については、Nヒットし次第、発見、随時、通過地点を把握することになっている」

井川一徳という名前が、どこで出たのか思い出せずに、滝沢は少しの間、ぼんやりしそうになっていた。頭の中は中田加恵子と堤健輔のことでいっぱいだったからだ。手帳を覗き込んで初めて、「風呂敷画商」という文字が飛び込んできた。ははあ、そういえば、そんな奴の話が出ていた。殺しを請け負った組と、金を引き出した組が、ここで合わさったというわけか。

「だが、くれぐれも慎重にな。ここから先は、あくまでも隠密裡《おんみつり》に行動することが重要になる。何しろ、敵がどこにいるか分かっていないんだ。あんな観光地で一斉に動き出したら、嫌でも目立つだろう。ホシはどこから我々を見ているか分からない、それを肝に銘じて欲しい」

たしかに熱海のような観光地で、目つきの悪い男たちが背広姿でうろついていては、目立つことこの上もない。しかも、これから準備して向かうとなったら、嫌でも夜になる。浴衣でそぞろ歩きのふりでもするか。

滝沢たちは大急ぎで本庁に戻り、準備に取りかかった。無線機、コードレスマイクやイヤホンなどの通信資機材は日頃から準備出来ているが、今回はさらに、赤外線カメラやファイバースコープ、デジタルカメラなどの撮影資機材を充実させる。投光器や変装用具など、あらゆる場面を想定して、洩れのないように確認をとる。前進拠点となる、管理官が使用する特殊車両には、撮影したフィルムをその場で現像するために鑑識係員も一人、同乗することになった。さらに今回は、犯人がライフルを奪っていることから、滝沢たちも拳銃を携行することという指示が出た。否が応でも気持ちが高まってくる。今夜中にも、これを使うような事態が起こりうるかも知れない。

午後六時三十分、滝沢たちは五台の車に分乗し、鑑識も含めて十一人で熱海へ向けて出発した。霞が関のインターから首都高速道路に乗り、そのまま東名高速道路、小田原厚木道路を経由して、真鶴道路、熱海ビーチラインへと入る予定だ。つまり、熱海という土地は、一般道をほとんど使うことなく、渋滞さえなければ都内からノンストップで行かれる場所だった。

「今のうちに、髭を剃っておけや」

とにかく進むべき方向が見えてきたというだけで、滝沢の気持ちは幾分、落ち着きを取り戻していた。今度は自分がハンドルを握りながら、滝沢は相方をちらりと見た。

「何せ温泉町だ。こざっぱりしてなきゃ、変だろう」

そうですかね、と言いながら、保戸田は素直にシェーバーで髭を剃り始める。首都高は、夕方の渋滞が始まっていた。のろのろとしか進まない車の列の、前に連なるテールランプが、夕暮れの中で赤い色を滲ませつつある。

「なんか、こう、ぐぐっときますね」

じょりじょりという音と共に顎を上に向けたり、そっぽを向いたりしながら、保戸田が言った。

「だんだん、気持ちが入れ込んでくるっていうか」

滝沢は思わず苦笑しそうになった。格好と言葉とが、まるで結びついていない。真面目なことは間違いないのだが、この空とぼけた味わいが、滝沢にとっては、ずい分と救いになっていると思う。ことに今回のようなヤマの時には、一緒にカリカリするタイプの刑事と組んでいたら、滝沢の血圧は簡単に二百を超えたことだろう。

「それにしても、風呂敷画商って、どういうんですかね」

「さあなあ。風呂敷持って歩く画商ってことだろうから、店を持たない画商、かな」

「詐欺のマエがある奴なんでしょう。どうせ、贋作かなんか売り歩いてるような仕事なんじゃないですかね」

「どっちにしろ、胡散臭《うさんくさ》いわな」

東京の街が、光を発し始めていた。醜く薄汚れた部分は闇に閉じこめて、代わりにきらめくような無数の明かりが街を彩る。

「奴らがまだ会っている、行動を共にしてるとすると、まだ何か企んでいやがるかも知れねえな。それに、音道を利用するつもり、か」

ああ、そうかも知れないですね、と保戸田が頷く。刑事としての音道を利用するつもりか、それとも女として利用価値があるのか。何かの片棒を担がせるつもりなのだろうか。

ホシの仲間は、少なくともあと一人、井川と銀行に行った男がいるはずだ。その男の身元の割り出しは、現在、他の班が急いでいることだろうが、分かっているだけでも相手は最低四人ということになる。四人の男女が出入りしていても目立たない場所。普通の旅館やホテルとは考えにくい。やはりマンションか、または貸し別荘のようなところだろうか。

いずれにせよ、彼らにこちらの動きを察知されないことが何よりも重要だった。人質は、逃走の足手まといになった時に殺害される危険性が、一番高くなる。しかも、相手は大の大人だ。手に余ると思えば、すぐに殺すだろう。ホシは既に五人の男女を殺害している。逮捕されれば死刑は免れない。追い詰められて自棄《やけ》を起こせば、余計に音道は危険になる。

いつの間にか、辺りはすっかり夜になっていた。都心を離れて街の灯も少なくなり、道路は順調に流れ始めている。

「万事、無事に解決して、熱海で温泉にでも入れるといいんですがね」

保戸田の言葉に、滝沢は無言で頷いた。温泉なんて、もう何年も行っていない。それこそ十年ほど前までは、熱海へもよく行っていたものだ。数ある温泉地の中でも、もっとも馴染み深い印象のある土地へ、こんなことで行くことになろうとは、思ってもみなかった。

2

夜気が、とろけるように流れている。その流れの中に沈んだまま、貴子は膝を抱き、見えない何かを捉えようとするかのように、落ち着きなく視線だけをさまよわせていた。胸が苦しい。手錠をはめられたままの手で顔を覆うと、震えながら吐く息が、手のひらを暖める。

やめて、と小さな声が聞こえた。まただ。貴子は思わず目をつぶり、絶望的な気分で、自分も顔を覆ったまま、「やめて」と囁《ささや》いた。一体、いつまで続けるつもりだろう。

加恵子の愛人が帰ってきたのは、辺りが暗くなってしばらくしてからだ。彼は部屋に入ってくるなり、ものも言わずに土足のまま貴子の二の腕を一度蹴り、貴子が痛みに顔を歪《ゆが》めている間に奥の部屋へ進んだ。その直後、加恵子の小さな悲鳴が聞こえた。

「何なんだよ、あの電話！」

男の声は、決して大きくはなかった。だが、押し殺しているだけに不気味さが増した。両腕を胸の前に引き寄せ、身体を縮めたままの姿勢で、貴子は奥の様子を探った。明らかに叩いているらしい音が、一度、二度と聞こえた。

「何回も何回も、同じようなことばっかり言いやがって」

「だって——」

加恵子の言葉を遮るように、また叩く音。

「ごめんなさい、ごめんなさい、だって、心配だったのよ——」

それから男は「こっち、来い」と言いながら加恵子の腕を引っ張って、部屋を出ていってしまった。彼らが目の前を通過する時、貴子はまた蹴られるのではないかと、首をすくめ、身体を縮めた。やめなさいよ、どうして殴るのと言いたかったのに、頭では思い浮かんだそれらの言葉は、貴子の中で完全に凍りついていた。その直後から今に至るまで、ずっと貴子の耳には微かな悲鳴と、男が何か言っているらしい声だけが聞こえてきているのだ。暗くなって、時計が見えないから時間の経過は分からない。だが、少なくとも一時間以上は、続いていると思う。

もう、堪忍して。悪かったわ。謝るから。お願い——。

男の声は低くくぐもっていて、何を言っているのか聞き取れない。ただ、その語気が荒いことだけは分かった。そして、繰り返される加恵子の哀願だけが、時折の悲鳴と共に聞こえてくるのだ。

——何ていうこと。

心のどこかでは、そんなことだろうと思っていた。加恵子がしつこく留守番電話にメッセージを入れ続けている間、これを聞いた相手はさぞかし苛立つことだろうと思ったことも確かだ。いずれにせよ、ろくでもない連中なのだ。どんな目に遭おうと知ったことではないという気持ちもあった。だが実際に、加恵子が暴力を振るわれているらしい音は、貴子を想像以上に怯えさせ、恐怖を呼び起こした。たった一度、蹴られただけなのに、貴子の二の腕にはまだ痛みが残っているし、顔の痛みも完全に引いたわけではない。それなのに、加恵子はその何倍の痛みを味わっていることだろうか。果たして自分なら耐えられるものか、それを考えると、身動きもままならなくなる。

どん、と何かにぶつかるような音が響いてきた。貴子の想像の中では、それは、加恵子が壁に叩き付けられる音に聞こえた。そしてまた、お願い、という声。こんな声を聞かされるくらいなら、まだ睦み合っている声でも聞かされる方がましだ。貴子は祈るように両手を組み合わせ、目を固く閉じた。あの暴力は、いつ貴子に向けられるかも分からないものだ。この状況で自分の身を守るためには、どうすれば良いのだろうか。たとえ今、何かのはずみにこの鎖が切れて、逃げ出すことが可能になったとしても、絶対に相手の手が及ばない逃げ方をしなければ、とんでもない目に遭わされる。

——早く、助けに来て。早く。

祈るより他に出来ることがない。情けないと思う、腹立たしいことは間違いがないが、それよりも、心細さと悲しみの方が勝ってきている気がする。貴子だって涙を流して、「助けて」と口に出して言ってみたい。だが、泣いたところでどうなるわけでもないことは、自分がいちばんよく承知している。

それからもしばらくの間、時折、加恵子の声が聞こえてきた。だが貴子は、もう意識的にその声を聞くまいと自分に言い聞かせることにした。耳をふさいでしまうと、闇の中でさらに不安が募るから、ひたすら他のことを考えて過ごすことにする。昂一のこと。出会ってから今日までの月日のこと。彼から贈られた椅子のこと。ああ、またあの椅子に座り、窓からの風に吹かれて過ごすことが出来るだろうか。このまま、もう二度と戻れないことになったら、あの部屋は誰が整理することになるのだろう。

——私が死んだら。

ふいに、背中と二の腕を恐怖が這い上がった。死ぬかも知れない、殺されるかも知れないという思いが、突然、大きく膨れ上がって、闇と共に貴子を覆い尽くし、押し潰そうとする。まさか。生き残ってみせる、ここから無事に抜け出してみせると何度、自分に言い聞かせても、貴子はどうしても悲観的な場面を思い描き、息苦しさを覚えた。

——やめて。助けて。

闇の中で目を凝らし、貴子はひたすらその闇に向かって囁いた。

これまで、多少の危険は覚悟していると口では言いながら、現実には、明日のことなど心配して暮らしたことはなかった。こんな闇の中に取り残されたことはなかった。

遠くから靴音が聞こえてきた。それだけで全身に電気が走るように感じる。貴子は息を殺し、気配を探った。やがてドアが開かれ、昨日と同様のライターの火が見えた。その火の向こうから、「あれ」という声がする。それも、昨日の男の声だ。年上の方。

「堤は」

貴子は顎をしゃくるようにして首を巡らせ、背後の壁を示した。あの男の名前がようやく分かった。堤。堤健輔。死んでも忘れない。

「それじゃあ、分かんねえよ。どこにいる」

「だから、向こうの部屋」

「何、してるんだ」

「知るわけ、ないわ」

「女は」

「一緒」

何をどう答えても、次の瞬間には殴られるのではないかという恐怖がある。そんな程度のことで怖がってたまるかと思うのに、痛い思いはしたくない、もうたくさんだという気持ちの方がどうしても勝ってしまう。

「何、してんのかね」

もう一人、若い方の男の声が聞こえた。この二人は、いつも行動を共にしている。親しい友人なのだろうか。

「また、やってんのかな」

「しょうがねえな。急に覗くってわけにもいかねえし。おい、電話で呼べや」

ライターの火が揺れる。やがて、若い方の男の声が「もしもし」と言った。

「お楽しみのところ、すまないがね。ちょっと出てきてくんないか。ええ？　隣の部屋だって。ああ、今、来たところだ」

それだけ言って電話を切る。貴子は顔を背けた姿勢のまま、視線だけを男たちに向けていた。ものの一分もたたないうちに、隣の部屋の扉が開く音がした。「よう」という声は、さっきまでの堤の声とはまるで異なる、快活この上もないものだった。

「好きだねえ。よくもまあ、そうしょっちゅう、やってられるもんだ」

「あいつがさ、我慢できないとか言うんだよな。もう、すげえんだから」

そして男たちは、くっくっと含み笑いのような声を出した。貴子は、吐き気さえ催しそうになりながら、ライターの火の向こうに浮かび上がった堤の顔を盗み見ていた。口元の薄笑い。余裕たっぷりといった、ふてぶてしいまでの目つき。

「で、どうだった」

「今のところは予定通りだ」

「どっか出かけたりは、しねえかな」

「家に電話して確かめた。女房らしい女が出たんで、何となく聞き出してみたんだが、一応な、明後日は夕方から出かけることになってるとかいう話だった」

話しながら、一番年かさの男が、ちらりとこちらを見た。反射的に視線を逸らして、貴子は出来るだけ知らん顔をしていた。

「ガキは」

堤が短く尋ねる。

「一人は留学中だし、もう一人は、どうやら一緒に住んでる風がない。ベランダの洗濯物を見てみたが、若い娘っこの着そうなものは、干されてなかった。もしかすると一緒に住んでないのかも知れんし、その辺は心配いらんだろう」

「本当かよ。この前みたいに、関係ない奴まで巻き込むのは、俺だって嫌なんだからな」

「だからって、何も殺すこたあ、なかったんだぞ」

しっ、と会話を鋭く制する音がした。そして、今度は三人の視線がこちらに向いた。貴子は大きく息を吸い込んで、出来るだけゆっくりと吐き出した。動揺している、怯えている、そんな素振りは出来るだけ見せたくない。こちらが怖がっていると分かれば、相手は一層、攻撃的になる。

「今さら隠すこともねえだろう。もう、とっくに気付かれてんだしさ」

堤が薄ら笑いを浮かべたままで言った。

「若松のことだって、この女は見てんだ。なあ？」

貴子の中で、記憶の彼方にあるシーンが蘇《よみがえ》った。頭が痺れていた。手足が自由に動かなかった。加恵子以外、誰もいないと思ったのに、奥の部屋から目の前の堤が顔を出した。どす黒い血の海が広がっていた。堤は——ライフルのようなものを持っていた。今も、あの銃を彼らは持っているのだろうか。だとすると、余計に逃走の機会はなくなるということだ。下手をすれば人差し指一本で、貴子はこの身体に穴を開けられ、脳味噌を吹っ飛ばされる。

「とにかく、色々と相談しなけりゃならんことがある。決めておかなきゃならんこともあるしな」

「だったら、ちょっと出ねえか。俺、腹減ってんだ。何かうまいもん、食いたいんだよ」

堤が、いかにも楽しそうな口調で言った。

「どうせ、ここじゃ暗くて、地図も満足に広げられねえだろう？　何か食いながらにしようよ」

後から来た二人の男は、自分たちは軽く食べてきたのだが、などと言いながら、結局、居酒屋にでも行こうかと相談を始めた。貴子は急に自分が空腹だったことを思い出し、一層情けない気持ちになった。一日中、ただ座っているだけでも、体力は激しく消耗している。空腹感は時折、嵐のように襲ってくる。今日になって何度目か分からない、その嵐が、男たちの会話によって呼び覚まされた。

「彼女も、行くんだろう?」

「加恵子? あいつは、いいよ。今は疲れて寝てるはずなんだ」

「腰が立たねえってか」

また野卑な含み笑いが広がった。それから堤は、一応、声だけはかけていくかと言いながら、貴子の視界から消えた。わざとらしいほど柔らかい声で、「ねえ、加恵ちゃん」と呼びかける声がする。

「起きてたけど、何か、買ってきてくれってさ。見張りがいなくなるのもまずいだろうから、自分はここに残るからって」

少しして、再び堤が姿を現した。口元には相変わらず薄笑いを浮かべて、片手でしきりに長めの髪を搔き上げている。

「まあ、逃げるってえのは不可能だけどな」

「そういえば、どうだった、サツの方」

「動いてねえみてえだな。やっぱり、昨日の電話を信じてるんだろう」

部屋の入り口にたまっている視線が、また一斉にこちらを向く。貴子は唇を嚙み、視線を虚ろにさまよわせていた。そう思っていてくれるうちが、自分の生命が保証される期間だという気がする。警察が動き出したと分かったら、彼らは当然のことながら慌て始めるに決まっている。そして苛立ち、貴子の始末に困り、いっそのこと殺してしまおうという結論に達するかも知れない。昨日、貴子は二、三日ほど休むという言い方をした。今日か明日にでも救出してくれなければ、貴子は本当に覚悟を決めなければならなくなる。

「サツも、意外に間抜けなんだな」

「そりゃあ、証拠がないんだ。本人が休むって言ってんだから、それを信じるより他、ねえだろうよ」

そんなことを言い合いながら、彼らはどやどやと貴子の視界から消えていった。今度は、ドアを開け放したままだ。これまでよりも、ずっと明瞭に遠ざかる靴音が聞こえた。廊下を進む。階段を下り始めた。時折、低い声で何か言葉を交わしているらしいのが響いてくる。そして、また階段を下りる。やがて、静寂が戻ってきた。

――三階以上。

ずい分、大きな建物のようだ。靴音からしても木造の家屋ではない。つまり、和風旅館などではないらしいということだ。一体、ここはどこなのだろうか。こんなに大きな廃屋が放置されている場所。やはり、辺鄙《へんぴ》な片田舎なのか。だが、彼らはいかにも気軽に居酒屋にでも行こうと話し合っていた。つまり、飲食店が近くにあるということだ。

空腹を抱え、神経を尖《とが》らせながら、貴子は必死で考えを巡らせた。奥の部屋を覗くと、真っ暗闇のようではあるが、窓辺の天井には青白い光が弱々しく届いている。やはり、光は下から射し込んでいる。ここは上の階なのに違いない。二階以上なら、飛び降りることも不可能か。

――説得するなら、加恵子しかいない。

それにしても、今さっきの男たちの会話から察すると、彼らはまた何か新しいことを企んでいる様子だ。明後日、また何かが起こる。下手をすると、また死人が出る。何とかして、それだけでも阻止できないものだろうか。だが、貴子自身の生命まで賭けて、阻止など出来るものか。新しい犯行を食い止めても、自分が死んでは元も子もないのではないか。そんな考え方は、警察官としてあるまじき思考なのだろうか。だんだん自分が分からなくなりそうだ。助かるためなら、何でもしようとしているような気がする。それが、果たして正しいことなのか間違いなのかも、よく分からない。いや、考えられない。

――時間がない。早く、助けに来て。

誰にでも良いから、そう叫びたかった。貴子は闇を睨み付け、膝を抱く腕に力を込めた。苛立ち。焦り。絶望感――落ち着くべきだと分かっていても、感情をコントロール出来なくなりそうな自分がいる。どうして自分が、こんな目に遭わなければならないのだ、どうして自分が、こんな思いをしなければならない。どうして、どうしてという思いは容易に怒りに変わり、あの憎らしい星野の顔が思い浮かんでくる。元はと言えば、あんな男と組まされたのがすべての始まりだ。デスク要員は一体何を考えて、貴子を星野などと組ませたのだろう。刑事の性格や素質など、何も考えていないのに違いない。だから、所詮はお役所仕事だなどと言われる。右から左へ流すだけ。頭を使わないから、こんなことになる。指示すべき立場にいる者が馬鹿なのだ。

それに、機捜の大下係長だって馬鹿だ。貴子を捜査本部などに派遣しなければ、こんなことにはならなかった。八十田が行きたがっていたのに。八十田なら、たとえ星野と組もうとどうしようと、こんなことにはならなかった。八十田も八十田ではないか。自分が行きたければ、もっと強く主張すれば良かったのだ。上司の言うことがいくら絶対だとはいえ、本部側から貴子が名指しされていたわけではないのだから。

——最低。最低。最低。

誰に怒りを向ければ良いのか分からなかった。本当は、迂闊だった自分自身をこそ、もっとも怒るべきだという気もする。それは、頭の片隅では分かっている。だが、その報いは、こうしてちゃんと受けている。

気がつくと、自分でも驚くほどの大きさで、意味もない雄叫びのような声を上げていた。これ以上、闇の中に放りっ放しにされるのに、もう耐えられそうにない。

「いるんでしょうっ、聞こえる？　中田さん！」

鼓動が速まっている。苛立ちが涙になって目に沁みる。それを拭おうとする手のざらつきも不愉快だった。どこもかしこも埃まみれになって、飢えて、渇いて、こんな惨めな思いをしなければならない、一番の原因は、あの加恵子ではないか。

「返事くらい、しなさいよっ！　そうじゃないと、大声を出し続けるわよっ。この部屋は窓が開いてるんだから。叫び続ければ、きっと外まで聞こえるんだから！」

ストッキングの足で、床を踏みならした。いつの間にか足の裏まで伝線しているらしい。ぺたりと直に床に触れる箇所がある。貴子は身体を捻り、今度は手錠をはめられたままの両手で壁を叩き始めた。だん、だん、と腕が壁を叩くごとに、脳味噌が震える。

「聞こえてないはずがないでしょうっ。中田さん！」

嗚咽《おえつ》が洩れそうになりながら、もう一度怒鳴ったとき、開け放たれたドアの向こうから、がたん、という音が聞こえた。加恵子の独特の足音が聞こえてくる。貴子は壁を殴る手を休めて、闇の中で音のする方を向いた。

「——聞こえてるわよ」

やがて人の気配がして、加恵子の声が聞こえた。顔は見えない。だが、絞り出すようなかすれた声だ。彼女はのろのろと部屋に上がり込んでくると、そのまま貴子の前を通り抜けようとした。反射的に、貴子は闇に飛び付いた。手応えがあった。足を覆うジーンズの感触が手に触れる。両手を自由に使えないから、そのジーンズの余った部分を強く摑んだ。途端に「痛いっ」という悲鳴が上がった。それでも貴子は、手を緩めなかった。加恵子が憎い。こんな服でも何でも良い、切り裂いてやりたい。

「やめてっ。痛いったら！」

加恵子の足には驚くほど力がこもっていなかった。貴子が強く引くと、そのまま簡単に崩れ落ちてしまう。ごん、と鈍い音がして、彼女が床に手か膝を突いたのが分かった。貴子は再び手探りで、今度は加恵子のポロシャツを握りしめた。

「私を、ここから出すのよ。あいつらがいない間に、早く！」

「やめてったら。痛い、痛いから！」

加恵子の声は完璧に震えて涙を含んでいた。貴子は、服は強く握っているが、別段、彼女の身体に拳を押しつけているわけでも何でもない。

「お願い——触らないで」

あえぐような声が聞こえた。怒りに渦巻いていた貴子の頭が、一瞬、冷静さを取り戻した。はあ、はあ、と震える呼吸が聞こえてくる。それに続いて、鼻をすする音。貴子は自分のすぐ目の前にあるに違いない加恵子の顔を探した。両手を少しずつ移動させる。加恵子のシャツの襟。首。緊張しているのか、筋がぴくぴくと動く。顎。頬——熱い。腫れているらしいのが、触っただけでも分かる。涙。

「——南京錠の鍵は、井川さんが持ってるのよ。それに、たとえ鍵があったとしても、あんたを逃がしたりしたら、私が殺される」

加恵子の言葉が闇の中に広がった。

貴子は、その闇をただ見つめていた。その時になって初めて分かった。自分だけではない。目の前にいるに違いない、この加恵子だって、ほとんど人質と同じなのだ。

「こんな目に遭ってまで、どうして一緒にいる理由があるのよ」

新たな怒りがこみ上げてきた。そうだ。加恵子が受けていた暴行は、貴子が受けたものの比ではない。何分にも、何十分にもわたって、彼女は全身を痛めつけられているのに違いなかった。

「私が——怒らせたのが悪かったのよ」

やがて、絶望的な呟きが聞こえた。

「な——何、言ってんの。だって——」

「私が悪かったの！　健輔は、あの子は悪くないっ」

一瞬、すべての感情が、底の抜けた自分という肉体からこぼれ落ちていったような気がした。もう、何か感じたり、考えたりすること自体が嫌になりそうだ。悪いのは私なのよと言いながらすすり泣く加恵子の声を聞きながら、貴子は、思わず自分の頭を抱え込んだ。

3

午後十時を回った頃、滝沢たちはそれぞれ浴衣や普段着姿で旅館を後にした。銀行の防犯ビデオを確認に来た先発の捜査員が予め借り受けておいた小さな旅館は、熱海駅にほど近い坂道の途中にある。そこから旅館の下駄を引っかけて、いかにも呑気な風を装いながら、夜の街を歩く。

午後七時過ぎ、井川一徳の車がＮヒットしたという連絡が入った。東京都国分寺市西恋ヶ窪の府中街道から始まって、国立市内の国道二十号線を経由し、中央自動車道石川パーキングエリアを通過、その後、八王子バイパス御殿山料金所でＮヒット。最後にヒットした地点は、神奈川県小田原市早川の西湘《せいしょう》バイパスから真鶴道路に入る地点だという。追尾については、万に一つも井川本人にこちらの動きを察知され、その上で失尾した場合、音道に危険が及ぶ可能性があることを考えて、行っていない。

さらに、午後八時半過ぎ、中田加恵子が所有していると思われる携帯電話が再三、連絡を入れていた番号の電話が、ようやく電波を発した。ちょうど滝沢たちが熱海に到着するかしないかの頃だった。その時点では、二つの電話は極めて近い地点から微弱な電波を発し続けていたが、数分後、そのうちの一つが移動を始めた。

「だが、やはり熱海にいる。こちらの中継アンテナがカバーしている地域だ。かけた相手も携帯電話で、同様に熱海だ。その番号についても現在、確認中。つまり、井川も熱海に来ているとすると、やつらはお互いに連絡を取り合いながら、この界隈《かいわい》を移動しているということになる。電話が発信している場所の近くに、車を停めている可能性もあるだろう」

午後九時半、吉村管理官は、まず旅館の一室に捜査員たちを集め、今後の捜査方針の確認を始めた。

「これで三本の電話番号が分かったことになる。それがくっついたり離れたりしてるわけだ」

旅館は古い木造の建物だった。懐かしさを覚える黒光りする柱や、飴色に変色した天井、障子の桟も郷愁を誘うし、天井から下がっている白熱灯は、いかにも年代物らしい磨りガラス製の笠に包まれて、黄色く柔らかい光を投げかけていた。片隅に螺鈿《らでん》の施されている座卓は、漆の剝げかかった箇所もあった。部屋の片隅には姫鏡台。床の間には額紫陽花《がくあじさい》が一輪だけ活けられていた。まるで昭和三十年代頃の映画にでも出てきそうな光景だ。吉村管理官が大きな座卓の上に熱海の市街地図を広げ、海沿いのある地点を指す。

「中田のものと思われる携帯電話が電波を発している地域は、ここの中継アンテナを中心とした、この辺りだ。田原本町、春日町、そして、東海岸町などがカバーされている。そして、もう一つの電話は、現在、この地域にある。銀座町、中央町、渚町などの地域だな」

指示棒代わりにボールペンの尻で、管理官は二つの地点を次々に指す。熱海は急峻で入り組んだ地形が多く、また観光地として人が密集する地域でもあることから、携帯電話の中継アンテナは都内とあまり変わらないくらいに密に設置されているという。管理官が指したアンテナは、それぞれ、およそ半径七百メートルほどの地域をカバーしていた。その範囲内に、中田加恵子と、少なくとももう一人がいる。

「この、中田がいると思われる地域はホテル・旅館街ですが、最近になって東海道本線が走っている方向、つまり、高台の方から徐々にマンションなどが増え始めています。リゾートマンションもあれば高齢者向けのマンション、ごく普通のマンションもあるという具合ですね。つまり、人口が密集している地域ともいえると思います」

先発隊の刑事が管理官に代わって説明を始めた。滝沢たちは、座卓の四方八方から、その地図を覗き込んだ。

「ただ、不景気とは聞いていましたが、想像以上の様子なんです。廃墟になってる旅館やホテルが結構多くて、ざっと調べたところでも、ホームレスが入り込んで火災が起きたことや、十代の連中が中で騒いでいたこともあるということでした。それだけに、建物の管理者には、外から建物内に入り込めないように、窓をふさいだり建物の回りに囲いを巡らすなどの対策を講じるように、厳重に申し渡してあるそうですが、それでも、地元に管理者がいるとは限らないので、その気になれば、入り込めないことはないでしょう。そんな建物が、一つや二つじゃないようです。無論、地元の消防の方でも、見回りは怠らないようにしているという話でした」

なるほど。滝沢は思わず腕組みをして、その地図を見つめていた。確かに、熱海の街にたどり着いた時にも、意外な気がしていた。以前は夜景の素晴らしさをうたわれて、特に海岸沿いの道は、日本有数の観光地らしく、きらびやかな照明がずらりと続いていたはずなのに、久しぶりに訪れた街は、どことなくひっそりとして闇が深かったのだ。

「一方の、もう一つの地域は、いわゆる歓楽街で、スナックやバー、居酒屋などが並んでいます。こちらの方も景気は今ひとつという話で、やはり廃屋になっている建物が少なくありません。ただし、旅館などの建物に比べればスケールは小さくて、せいぜい三階建てどまりという感じでしょうか」

銀行で防犯カメラのビデオを確認した後、彼らは彼らで忙しく動き回っていたのだろう。半日足らずの間に、熱海の事情を大分、頭に叩き込んだようだ。

「とにかく今夜は、井川の車の発見と内偵からだな。平日ということもあるし、それだけ不景気なら、夜の街をそぞろ歩きするような観光客は、そうはおらんかも知れん。ただでさえ目立つから、その辺を十分に注意して欲しい」

そして滝沢たちは、それぞれに担当を割り振られ、変装してから、地元の観光地図を懐に、ワイヤレスのイヤホンや無線機を装着して街へ出た。着替えをする間も、何か話すものはいなかった。誰もが緊張の度合いを高めつつある。いよいよ犯人に近付いてきている、一刻も早く音道を救出しなければならないという思いが、否応なく気持ちをはやらせ、無駄口など叩いている余裕を奪う。

滝沢と保戸田とが割り当てられたのは東海岸町で、お宮の松を中心とした海岸沿いの道から熱海駅へ上る界隈だった。歓楽街へ向かう連中は浴衣に着替え、その他の者は、普段着になる。印象に残らないように、闇に紛れて見えるような地味なシャツなどを着込んで、素足に下駄を履く。宿でくつろいでいたが、夜ちょっと買い物へ出てきたという雰囲気に見せるための工夫だった。

「のんびり歩かなきゃならないっていうのも、苛々しますね」

下駄の音を響かせながら坂道を下りる時、保戸田が言った。滝沢は小さく頷き、それにしても、と辺りを見回した。確かに人の姿が少ない。十一時近いとはいっても、熱海の夜だ。誰もが寝静まるには早すぎる。こうして歩いていれば、それぞれの宿からは歓声などが聞こえてきても良いはずだし、窓の明かりが、もう少し辺りを照らしていても良いはずだと思う。それなのに、全体にひっそりとしていて、寂しい雰囲気が漂っている。

「急ごうがどうしようが、人なんか見てやしねえって気がするがな。それに、この下駄じゃあ、そうそう早くなんか、歩けやしねえや」

第一、ポロシャツの下には防刃防弾チョッキを着ている。窮屈で暑い上に、朝から穿《は》きっ放しのステテコだって、汗をたっぷり吸ったままだ。海からは、湿った風が上がってくる。二人の下駄の音は、ひっそりとした界隈に虚しく響いた。

「入り組んでるんですね。こっち、行ってみますか」

坂道の途中に小さな曲がり角があった。覗き込んでみたが、街灯もろくに立っていない、奇妙に曲がりくねった細い道が続いている。この辺りは、こうなのだ。車が通る広い道だって傾斜はきついが、その隙間を、ただ一軒の別荘にだけ続く小道が通っていたり、急に階段があったりする。

「その先に、車が停められるような場所があると思うか」

「分かりませんけど。どこかにつながってることは確かでしょう。広い道に沿って建ってるのは大きな宿ばっかりでしょうし、泊まり客以外の駐車スペースだって、そうはないだろうから」

そう言われれば、その通りだ。とにかく、この地域をくまなく歩かなければならない。それにしても、こういう地形の場所を歩くのには、下駄はいかにも不便だった。それでも滝沢たちは、路地という路地を曲がり、坂も階段も、すべてを歩かなければならない。

カーブしながら上っていく小道の右手に、いかにも歳月を感じさせる家があった。昔からの金持ちが所有する別荘か、数組の客しかとらない旅館といった風情だ。板塀が続き、塀の上からは大きく育った松が、黒々とした枝を広げている。もしかすると、ここにいるかも知れないと思う。一軒ずつ、声をかけて歩くことが出来たら、どんなに良いだろう。

「人が、いるんですかね。門灯がついてますから」

「防犯のためかも知れねえしな」

左手には空き地があった。以前は建物があったに違いないが、何かの理由で持ち主が手放したのだろう。その証拠に、ところどころに塀だけが残っている。

「熱海に別荘なんて、優雅ですよね」

「それを維持し続けてる連中っていうのは、少ないんじゃないか」

「そうだろうなあ。でも、今の時代じゃあ、熱海に別荘があっても、あんまり金持ちだとは思われませんかね」

「どっちにしたって、俺らには無縁だ」

小声で言葉を交わしながら、今度は下り坂になった道を歩く。未舗装の道には砂利が敷かれていて、下駄の歯が小石を踏みつける音が、時々ぎしっと嫌な音に変わった。坂道を利用して建てた、平屋だか二階建てか分からない家がある。ひっそりと静まり返っているが、窓の向こうにはぼんやりとした明かりが見えた。やはり、旅館か民家か分からない建物があり、また小さな旅館がある。続いて、鈍い光を放つ金属板を周囲に巡らした建物があった。和風旅館らしい看板が掲げられてはいるが、入り口は鉄板と有刺鉄線が塞ぎ、朽ちかけている看板よりも大きく、管財人の名前と東京の市外局番を持つ連絡先が記されていた。かなりの老舗に見える、かつては豪壮な構えの宿だったのだろうに、今となっては見る影もない。夜の闇に、ただ巨大で惨めな姿をさらす、本物の幽霊屋敷のような不気味さだ。そして、急な石段。奈落の底へ落ち込むのではないかと思うほど、その向こうは暗い。久しぶりの下駄履きで階段を下りるのは、なかなか難しいものがある。滝沢は突き出した腹の上から、注意深く足もとを見下ろしながら、そろりそろりと石段を下りた。

左右にそれぞれ大きな建物が建っている。片方は手入れが行き届いていて、比較的新しく見え、庭にも照明があるようだ。建物の明かりは全体に及んでいて、いかにも人の気配が感じられる。それに対してもう片方は、積み上げられた石垣そのものも古そうで、やはり松の枝が夜空に広がっていた。階段の上からずっと続いていた、既に閉鎖された和風旅館がまだ続いているらしい。

「こっちがいくら立派でも、目の前がお化け屋敷みてえじゃあ、今ひとつだな」

「壊すわけにも、いかないんですかね」

「利権が入り組んでるんじゃねえか」

ひそひそと言葉を交わし、辺りを見回すときは転げ落ちないように立ち止まって、また足もとを見ながら階段を下りる。段差の大きな、決して歩きやすい階段ではなかった。やはり、明日は靴で来るべきだ。熱海は坂道だらけだということくらいは記憶していたが、実際に歩いてみると、それが実感された。

階段を下りると、また路地が続く。人の声どころか、物音一つしない。いや、さっきから続いているモーターのうなりだけは、どこからか、ぶーんと低く響いていた。傾斜のきつい小道の脇には何本もの鉄パイプが走っていて、それぞれが、どこかの旅館に続いているのだろう。見上げれば、道を横切る電線には植物の蔓《つる》が絡みついていた。路地に迫った建物の壁も、同様にツタか何かで覆われている。建物によっては、今でもちゃんと機能しているに違いないのだが、こうして建物の谷間のような路地を歩いている限り、かつての熱海を知っている滝沢にとっては何とも淋しい、情けない風景と言わざるを得なかった。

「これだけ廃屋が多かったら、絞り込みも難しいですよ」

「こんなにひどいとは、思わなかったな」

互いに囁くような声で言葉を交わしながら、とにかく辺りを見回す。

「滝さん、あれ」

下っては上り、上っては下っていた小道が急に途切れたとき、目の前に広い空間が見えた。保戸田に呼ばれるまでもなく、滝沢も意外な思いで、そのぽっかりと開けた場所を見渡した。広場の向こうの山側には、夜目にも新築らしいと分かるマンションが何棟か、居丈高なほどにそびえ立ち、窓々から光を洩らし、滅びゆくかつての温泉歓楽街を見下ろしているように並んでいる。そのマンションの下手に、まるで、戦後間もない頃に見かけた弾薬庫跡のような、ブロックで仕切られた洞穴型の場所が、その形の大半を失って、崖に貼り付いていた。

「取り壊された跡だな。ここにもホテルか何か、建ってたんだろう」

その広い空間を歩き回りながら、滝沢は辺りを見回した。地面にもコンクリートが打ちっ放しになっているところがある。水道管やガス管らしいものが中途半端に顔を出しているところもあった。兵《つわもの》どもが夢の跡——そんなひと言が思い浮かぶ。この闇の中で眺めても、何とも情けない光景なのだから、昼間見たら、もっと悲惨かも知れない。

「滝さん、こっち」

少し離れて歩き回っていた保戸田が手招きをした。近付いてみると、かなり古いひび割れたアスファルトの上に、剝げかかった文字でⒽと読みとれるマークがあった。

「ヘリコプターで、こんな場所まで来てた人がいるんですかね」

「いたのかもな。バブル長者みたいなのがさ」

「優雅だよなあ」

思わずため息混じりに保戸田が言った。今の段階では、誰もが勝手に車を停めているらしいスペースだった。そして、そこには四台の車が停まっていた。相模ナンバーが一台に、静岡ナンバーが三台だ。手帳を取り出して確認するまでもない。井川の車は品川ナンバーのはずだった。それでも一応、保戸田には、ナンバーのすべてを控えさせる。犯人が、こちらで車を借りていないとも限らないし、地元の一人が犯行に加わっている可能性だって考えられる。

「あっちから抜けると、車で下まで下りられるわけですね」

番号を控え終えた保戸田が指さしたとき、坂道を男の二人連れが歩いてくるのが見えた。思わずどきりとなって、どう知らん顔をしようかと思っていたら、仲間だった。彼らも一瞬、身構えた様子になり、相手が滝沢たちだと分かると、口元だけで小さく笑って通り過ぎる。つまり、その坂道よりも向こうは、彼らが見て歩いているということだ。

「引き返すか」

保戸田に声をかけて、滝沢は空き地になっている場所を横切った。そういえば、すぐ目の前の建物も、驚くほど暗いと思ったが、どうやら廃屋のようだ。塀の上には有刺鉄線が巡らされているが、その向こうの窓ガラスは多くが割れていた。七階か八階建てだろうか、各階の非常出口もガラスが割れ落ち、さらに仔細に眺めまわしてみると、排気ダクトの上が黒くすすけている。滝沢は、その建物を回り込むように、脇の階段を下り始めた。

かなり大きな建物だ。相変わらず、ぶーんというモーター音以外は、何も聞こえない。街灯さえない道は、恐怖を感じる以前に先を見通すことさえ難しかった。ポケットライトは持っているのだが、もしも、犯人のアジトが傍にあるとすると、こんな時間に懐中電灯を持って歩き回る人間を警戒しないとも限らない。滝沢たちの姿を消してくれる闇は、犯人たちにとっても味方になっている。

――この辺にいるのか。いるのなら、何か合図でも出来ないものか。

すぐ傍まで来ている。それは間違いないと思うのだ。それなのに、闇に阻まれている状況が歯がゆかった。小さな道を抜けているうちに、海岸に近い広い道に出てしまった。緩やかに弧を描いて、熱海の街が広がっている。その道の向こうに、広い駐車スペースと公園がある。ほとんど車の通っていない道を横切って、滝沢たちは、その駐車場へ向かった。全体に閑散としているが、それでも二十台ほどの車が停まっている。だが、やはり井川の車は発見されなかった。いつの間にか午前零時を回っている。畜生、水曜日になっちまった。滝沢の中では再び、さらさらという砂時計の音が聞こえていた。

4

空腹が限度を超えて、気分が悪い。脳貧血でも起こしそうな気がして、貴子は廊下に横たわっていた。寒いのは、自分の体力が低下しているせいかも知れない。温かいスープが欲しかった。炊き立ての白いご飯を食べたい。想像するだけで唾液《だえき》が出てきて、余計に空腹を感じる。深呼吸かため息か分からないが、とにかく深々と息を吐き出すことばかり、さっきから数え切れないくらいに繰り返している。

「――もう、何時になるのかしら」

つい呟いていた。空腹を紛らすためなら、何でもしたい気分だ。そうは言っても身動きできないのだから、喋るくらいしか出来ない。

「十二時半」

意外なことに、奥の部屋から加恵子の声がそれに応えた。

「どうして分かるの」

「窓の近くに時計、持ってくれば」

なるほど、その程度の光は届いているのだろう。貴子は首を巡らせて、奥の部屋に目をやった。やはり天井に青白い光が当たっている。そのお陰で、室内がぼんやりと明るいようだ。窓辺の広縁には黒い人影が見える。加恵子は、そこから外を見張っているのだろうか。それとも、男たちが戻ってくるのを待っているのか。

さっき、堤健輔に殴られるのは自分が悪いからだという言葉を聞いて以来、貴子は、加恵子に対して何を言ったら良いのか分からなくなっていた。興奮していた頭まで、一気に凍りついた思いだった。機捜にいれば、実に様々なトラブルに巡り合う。その中で、何年も前から家庭内暴力に苦しむ女性が、深夜に帰宅も出来ずに町を徘徊《はいかい》していたり、全身に入院するほどの怪我を負いながら、転んだだけだなどと言い張る場面に出会うことが、何回かあった。そんな彼女たちの大半が、自分に怪我を負わせた相手が夫や恋人であると知られた途端、苦しげな顔で言ったのだ。あの人は悪くない、私がいけないんです

——それは、さっきの加恵子の言葉とまるで同じだった。

辺りが暗いから、彼女の怪我の度合いは分からない。だが闇の中で、加恵子は少し身体を動かすだけでも、うめき声のようなものを洩らした。その時になって初めて貴子は、加恵子の特徴のある足音の理由を知った気分だった。加恵子が暴力を振るわれたのは、何も今日が初めてというわけではないに違いない。足を引きずっているのは、もしかすると傷を負っているからではないだろうか。以前の加恵子が、そんなに特徴のある歩き方をしていたという記憶はないのだ。彼女が勤務する病院を訪ねたときだって、加恵子はごく当たり前にナースシューズの音をさせ、きびきびとリズミカルに歩いていたはずだ。それどころか、競輪場で会ったときだって、阿佐谷で会ったときだって、彼女の歩き方に特別、気を取られたことはなかった。つまり、それ以降に、彼女は足を痛めつけられたのではないだろうか。貴子がここに拉致された後に。

——あんな男と関わってる限り、あなたの人生は破滅なのよ。

何度か、そんな言葉が出かかった。だが、身内の暴力にさらされている女性の大半が、そう簡単に他人の意見を聞き入れることがないということは経験上、承知していたし、第一、自分をこんな目に遭わせている人間に、そんな進言をすること自体が、いかにも馬鹿げたことのような気がした。可哀想な目に遭っているからと言って、加恵子のしたことが許されるというものではない。貴子は生涯、彼女を許せないと思っている。そんな女に情けをかけてどうすると思った。

それにしても空腹だ。普段から食生活は不規則な方だし、バイクに乗っていれば休みの日だって、ほ

とんど飲まず食わずで半日以上も過ごしてしまうこともある。世間一般の人よりも空腹を覚え、空腹に耐える機会は多いと思ってきたが、そんなものさえ、今の状態に比べたら、どうということもなかった。考えてみれば、ずい分長い間、手洗いにも行っていない。排泄すべきものがないのだ。

「こうしてると、思い出すわ」

生唾を飲み、またため息をついた時、加恵子の声が聞こえてきた。貴子は、半ば投げやりな気分で「何を」と答えた。気を紛らすことが出来るのなら、何でも良い。

「独りぼっちで、取り残されて、お腹はぺこぺこ、どうすることも出来ない――」

貴子だって昨夜はそんなことを思い出していた。子どもの頃なら誰だって、拗ねたり叱られたりして、そんな思いをしたことくらい、あるだろう。

「このまま死ぬのかと思った」

ところが、次にそんな言葉が聞こえたから、貴子はうんざりしてため息をついた。

「大袈裟《おおげさ》ね」

「本当によ。このまま、からからに乾いて死ぬのかって、そう思ったもの」

「それじゃあ、今の私と一緒じゃない」

久しぶりの会話は大切にするべきだ。分かっていながら、嫌味が出た。また何も聞こえなくなる。ああ、馬鹿な貴子。だが、もう、どうでも良いような気になってくる。

「あなた、そんな目に遭ったこと、ある?」

しばらくの沈黙の後、また加恵子が話しかけてきた。貴子はぼんやりと闇を見つめていた。ある。今現在が、そうではないか。あんたのお陰で、そういう思いをしているではないか。

「今を除けば、ないわ」

「――普通、そうよね」

微《かす》かにため息が聞こえた気がした。反省している様子は微塵もない。貴子の今の状況など、まるで気にも留めていないような受け答えだった。貴子は苛立ち、言い返す言葉を自分の中で探した。だが、それも馬鹿馬鹿しい。余計なエネルギーは残っていない。怒る気にもなれなかった。

「私は、ある。何度も」

あ、そう。飢えていれば、楽しい思い出など、そうそう蘇らせることは出来ない。情けなく、淋しいことばかりが思い出される。加恵子もおそらく感傷的になっているのだろう。馬鹿みたい。自分で蒔《ま》いた種じゃないの。可哀想ぶるのは筋違いだ。貴子は白けた気分で寝返りを打った。嫌だと思えば逃げ出せば良いではないか。この際、貴子のことなど放っておいて、一人でとっとと逃げれば良いのだ。そうなれば、貴子は加恵子の分まで痛めつけられることだろう。どのみち、そう長く生きていられるわけではないのかも知れない。馬鹿なと思いながらも、半ば自棄になった気分で、そんなことも考える。

「あなたには、分からないでしょうね。普通の親に育てられて、幸せに育った人にはね」

また加恵子が呟く。貴子は再び寝返りを打って、闇を探った。奥の部屋の、窓辺の人影は動かない。こちらを向いているのか、窓の方を見ているのかも分からなかった。だが、声だけは不思議なほどにはっきりと聞こえた。

「私の人生は最初から、普通じゃなかった。最初から、まともな人生なんか歩めないことになってたんだわ」

「――何が言いたいの」

「あなたがうちのアパートに来たとき、奥で寝てた父ね」

かつて加恵子が暮らしていた古ぼけたアパートを思い出した。だが貴子は、加恵子の父親には会っていない。ただ、茶の間で話していると、時折、痰のからんだ咳が聞こえたし、子どもがばたばたと走り回っているときなど、少しだけ開かれた襖の隙間から、布団の端が見えたくらいだ。

「あの人は、私の本当の父親じゃない」

そんなこともあるのだろう。特に珍しいことではないという気がした。

「あの人は、父親じゃないどころか——犯罪者なのよ」

「犯罪者って？」

「人さらい。誘拐犯」

「誰を——さらったの」

「私よ」

すっかり失せていた集中力が、一瞬のうちに戻ってきた。貴子は唾液を飲み下し、闇を探った。

「あの男は、私をさらったのよ。私がほんの三歳の頃に」

「——どういうこと」

「まさか」

「そう思うでしょう？　でも、本当のこと」

こんな状況で聞きたい話ではないと思った。だが、貴子が何か言うよりも先に、加恵子の声は続いた。

「本当の親は、別の場所にいる。今も元気に暮らしてるかどうか——十何年か前には、確かに生きてたけど」

頭の中が混乱しそうだ。加恵子は何を言おうとしているのだろう。ただ単に、幼い頃に養子に出されたとか、誰かに預けられたとか、そんなことではないのだろうか。それを、独りよがりな被害者意識で「さらわれた」と感じているのではないのか。だが、加恵子は貴子のことなどお構いなしに話を続けた。

「私が覚えてる一番古い記憶は、父と母とが笑いながら、私の顔を覗き込んでいるところ。傍には小さな赤ちゃんがいて、どこかの家の縁側のようなところだった。でも、縁側のついている家になんか住んだことはないはずだったし、家に小さな赤ちゃんなんかいなかった。弟が生まれたのは、私が小学校に入ってからだもの。それが、いつも不思議だった」

物心ついた頃から、加恵子は叱られる度に、おまえなどうちの子ではないのだからと言われたという。そう言っていたのは母だそうだ。彼女は、心の半分では、そんなはずがないと思いながら、だが、おそらく母の言うことは本当なのだろうと、漠然と感じていた。記憶の中におぼろに残っている母の面影と、目の前の母親の風貌があまりに違っている気がしたし、両親が加恵子に向かって揃って笑いかけてくれたことなど、一度もなかった。母は、父とよく喧嘩をしていた。その度に、母は「あの子をどうするの」などと言うことがあって、加恵子は、自分は拾われてきたのかも知れないなどと考えるようになったのだそうだ。

「特に、弟が生まれてからよね。母は、はっきりと私を嫌うようになった。私を叱るときの目つきなんて、子ども心にも、ああ、私を嫌ってる、憎んでるって分かるくらいのものだったわ。前から、何かあるとすぐに叩く母だったけど、その頃からだんだん、それがひどくなった。素手で叩くだけじゃなくて、すりこ木とか、ハエ叩きとか、その時、持ってるものを使うようになってね。そんなときの母の顔は、本当に鬼みたいに見えたものよ。顔を真っ赤にして、はあはあ、肩で息をしながら叩くの。もう、目つきが普通じゃなくなってた。どう謝っても、お願いだからぶたないでって、どれだけ頼んでも、絶対に駄目だったわね」

段々、胸が重く、息苦しくなってくる。どうして今、そんな話をするのだろう。貴子が知っているのは、働かない夫と病気の父親、幼い子どもを抱えてひたすら働いていた看護婦の加恵子だ。その時の姿を知っているからこそ、つい同情的になって、この罠にはまった。そんな子どもの頃のことを知ったら、また余計なことに巻き込まれるような気がする。だが、つい話に引き込まれる。貴子は黙って加恵子の話の続きを待った。

「怖かったわ、ものすごく。それから母は、私を物置に閉じこめるわけよ。少しでも騒ごうものなら、余計に叩かれるって分かってるから、私はただ黙ってた。夏は蒸し風呂みたいだし、冬の夜は凍りつきそうな中でね。父が帰ってこない晩なんて、一晩中、そうやって放っておかれたわ——あの時の感じに、今はそっくり」

加恵子の声が闇に広がる。口答え一つ出来ずに、ただ膝をかかえてうずくまる、幼い少女の姿が思い浮かんだ。身体中に痣《あざ》を作り、泣くことも出来ずに、ただ虚ろに物置の狭い隙間に入り込んでいる子ども。やせっぽちで小さい少女。そんな子どもだったというのだろうか。

「そのうち、母が言ったのよね。『加恵子の名前を、お前になんか使わせたくなかった、お父さんが勝手にやったことなんだから』ってね。私は頭の中がぐるぐる回って、何が何だか分からなくなったわ。それじゃあ、まるっきり私がよその子の名前を横取りしたみたいじゃないって」

母の言葉の意味が分かったのは、加恵子が中学二年生の時だった。母が病気で入院することになり、父と、その時には三人に増えていた弟の面倒を見なければならなくなった加恵子に、母は言ったという。ついてない子だ。まるで、自分たちの世話をするために、この家に来たようなものだね、と。

「母には聞き返せなかった。だって、それまでずっと、ちょっと気に入らないことがあったら、さんざん殴られて、物置に入れられたり食事を抜かれたりしてたんだもの。私はもうずっと前から、母の言うことにはただ『はい、はい』って言うようになってたわ」

だから加恵子は父親に尋ねた。自分は誰の子どもなのか。本当に父と母の子なのかと。当初、父は詳しいことは何も語らなかったという。だが、その代わりに、父は眠っている加恵子を襲った。そして、耳元で言ったのだそうだ。そうだ。お前は本当の娘じゃない。だから、こんなことをしたって構わない。だが、もしもこの家を逃げ出してみろ、お前はもうまともな身体じゃないっていうことを、皆にばらしてやる。傷物だっていうことを、と。加恵子は黙って父の言いなりになった。父が好きだったし、何よりも怖くて身動きが出来なかったからだ。母が入院している間中、そうやって加恵子は犯され続けた。

本当のことが分かったのは、加恵子が高校生になってからだそうだ。今度は母が真実を告げた。夫と加恵子との関係に気付き、逆上して喋ったのだという。

「信じられる？　その家には、もともと加恵子っていう名前の子どもがいて、その子が不慮の事故で死んだ。だから、身代わりにしたなんて」

「そんなこと――」

「そんなこと、あり得ないって、誰だってそう思うでしょう。でも、急に行方が分からなくなる子どもは、今でもいるじゃない。神隠しみたいにいなくなる子どもが、生きていないって言い切れる？　それに、私がさらわれたのは三十五年以上も前、まだまだ貧しくて、不便な時代よね」

「――どこから、さらわれたの」

加恵子は、貴子の知らない町の名を口にした。茨城の、内陸部の町だという。

「当時、父は化粧品とか雑貨の卸問屋で、営業をしてたらしいわ。可愛がってた娘が――加恵子っていう子がね、お風呂で溺れて死んだんですって。本当に、ちょっと目を離した隙にね」

若い夫婦は、その現実が信じられず、ただ呆然としたまま一晩を過ごしたという。だが、病院にもどこにも届けることはしなかった。翌日、どうしても仕事を休むわけにいかなかった父親は、ほとんど眠らないまま、会社の車に乗り込んだ。加恵子の死は、未だに信じられない。ひょっとすると眠っているだけかも知れない、いつ息を吹き返すかも分からないと思うから、出がけには、妻に「そのまま寝かせておけ」と言い置いたという。

車で千葉、茨城と走り回り、夕方近くになってある町を通りかかったとき、父は田圃《たんぼ》の傍で一人で遊んでいる幼い少女を見かけた。その子どもは、つい昨日まで生きていた娘にそっくりに見えた。父は何を考えるよりも先に車から降り、その子に走り寄ると、そのまま抱きかかえて車に乗せてしまったのだという。そして、一目散に東京に戻った。

「私は、泣きもしなかったって。ただ黙って、父の運転する車の助手席に乗せられて、目をまん丸にして前を見ていただけだって」

貴子は信じられない思いで、加恵子の話を聞いていた。いくら三十五年以上前の話と言ったって、戦後の混乱期は既に過ぎているはずだ。そんなに簡単に、生きている人間を連れ去ることが出来るものか。いや、出来たとしても、そのままずっと誰にも見つからずに過ごすことなど出来るものか。もしかすると、作り話かも知れないと思う。こんな女の言うことを、鵜呑《うの》みにしてはいけない。だが今、そんな嘘をつく理由がどこにあるかも分からなかった。乾いた砂利道を、助手席に幼い女の子を乗せた車が、ごとごとと走る様が思い浮かんだ。

「その日から、私の名前は加恵子になった。でも、自分では覚えてないのよね、何も。生まれたときからずっと加恵子って呼ばれてたんだって、そう思ってた」

加恵子をさらった夫婦は、数日後にはそれまで住んでいたアパートを引き払い、別の土地へ移った。本物の加恵子の遺体は、奥多摩の山中に埋めてきたという。そして、世間にも誰にも知られず、子どもは加恵子として育てられることになった。

「考えてみれば、本物の加恵子だって可哀想なのよ。供養もされないで、お墓にも入れてもらえなくて、今頃、どこかで骨になってるんだから」

加恵子の声は、あくまでも淡々としていた。それだけに、貴子は背筋を寒いものが這い上がるのを感じた。三歳にして闇に葬られた生命。三歳にして、別の人間の人生を歩むことになった生命――。

「あなたの、本当の親は？　どうしてたの。あなたを探してくれなかったの」

「そりゃあ、探したでしょう。当時はそれなりに騒ぎになったとも聞いたわ。だけど、父と母は短い間に引っ越しを繰り返して、どういうわけか、そのまま逃げおおせたのね」

それで、可愛がられて育ったというのなら話は別だ。だが彼女は、母から暴力を受け、父に強姦されて育ったと言った。避けようもない運命だったというには、あまりにも過酷な話だ。こんな重い話を聞かされて、どう答えれば良いものかと考えているとき、遠くでごとん、と音がした。それに続いて足音が近付いてくる。男たちが帰ってきたのかも知れない。貴子は気だるい身体をやっとの思いで起こし、壁に寄りかかった。

「こんな話、初めてよ。人にするの」

最後に、加恵子の声はそう呟いた。足音が近付いてくる。同時に低い話し声と、くっくっという含み笑いのようなものも聞こえてきた。

「加恵ちゃん、いる?」

ごく小さな光が目を射た。緑色の弱々しい明かりは、暗がりで鍵穴などを照らすためのものらしく、とても部屋の奥まで届くものではない。だが、その小さな明かりを頼りに、堤の声が響いた。

「加恵ちゃん、ただいま。加恵ちゃん?」

繰り返して名前を呼びながら、堤の靴が貴子の目の前を通過した。貴子は息を殺して、その足もとを見つめていた。微かに酒の匂いがする。

「あ、いたいた。起きてた?」

さっきとは別人のような猫撫で声だ。それに「健ちゃん」と応える加恵子の声も、甘く鼻にかかったように聞こえる。

「加恵ちゃん、加恵子。ごめんな、遅くなって。腹、減ったろう? はい、お土産。意外にいける寿司だったよ」

「ありがとう。お寿司、食べてきたの?」

「ああ、まあね」

「井川さんたちは?」

加恵子の声と同時に、貴子の背後で新しい明かりが灯った。振り返ると、ライターの火が二人の男の顔を照らしている。二人の男が、その火に煙草の先を近付け、ライターの火は消される。今度は小さな赤い火の玉が、生き物のように闇の中で息づいた。井川。さっきも聞いた、南京錠の鍵を持つ男。二人のうちのどちらだろうか。

「先、寝るわな。明日早いから!」

年かさの男の声が大きく響いた。

「あ、井川さん」

背後から堤の声がする。「ああ」と振り返ったのは、その年かさの方だった。この男が井川。

「何時にします」

「明るくなる前がいいだろうから、五時——いや、四時半か」

「オッケー」

そして、二つの靴音が遠ざかる。誰もが、まるで貴子などそこにいないかのように振る舞っていた。

「じゃあ俺も、寝るかな。加恵ちゃん、どうする？」

「食べてからに、するわ」

「そうか。じゃあ、食べたら来なよ。待ってるからね。すぐだよ」

「分かった。すぐね」

加恵子の返事の後、堤が戻ってきた。相変わらず緑色の小さなライトを照らしてくる。そのまま黙って貴子の前を通過してくれるかと思ったのに、その緑色のライトが貴子の顔に当てられた。貴子は目を瞬かせ、にわかに恐怖を感じ始めた。この男は、何をするか分からない。次の瞬間には拳が飛んでこないとも限らない。堤は少しの間、黙ってただ貴子の顔を照らしている。何よ、とも言えない自分が情けない。

どこを庇《かば》えば良いのだろう。顔か、腕か、腹、足か——一瞬のうちに、頭の中を様々なことが駆け巡った。堤の足がわずかに動いた。ざらついた廊下を、靴の底が、ずっと擦る音がする。それだけで、全身がびくりとなった。だが結局、彼はそのまま部屋を出ていった。靴音が遠ざかる。少し離れているらしい扉の音が鈍く響いた。静寂が戻ると、貴子はようやく、深々と息を吐き出した。

数分後、ごそごそと音がして、加恵子が近付いてきた。そして、手探りで貴子の腕に触れると、「ここに、置くわ」という声が聞こえてくる。微かに海苔巻きの匂いが漂ってきた。何を答えるよりも先に、生唾が口の中に溢れてくる。

「——ああいう、優しいところもあるのよ。そういう人なの」

囁くように加恵子は言った。そして、またごそごそと戻っていく。貴子は無闇に手を動かして自分の周囲を探った。ペットボトルが手に触れて、ごとん、と倒れた。次に、経木の箱が触れる。手探りで蓋を開け、海苔巻きをつまみ上げると、素早く口に放り込む。味など分からない。とにかく夢中で顎を動かした。よかった。これでもう少し生き延びられるかも知れない。一つ、また一つと、懸命に海苔巻きを頬張っているとき、またドアの音がした。さっきよりも早いテンポで靴音が近付いてくる。貴子は慌てて口の中のものを飲み下し、経木の箱を身体の陰に押し隠した。

「おい、加恵子、すぐ来いよ！」

堤の声が部屋の入り口から響いた。「あ」というような声がして、奥の部屋で加恵子がごそごそと動く気配がする。

「すぐ。もう、食べ終わるから」

「早くしろよ、もう」

ちっ、と舌打ちの音がした。さっきとは打って変わって、また不機嫌そうな声だ。だが、有り難いことに部屋には入ってこなかった。遠ざかる靴音を聞きながら、貴子はまた海苔巻きを口に放り込んだ。一度、食べ始めたら、もう止められない。うめくような声が奥から聞こえ、続いて、明らかに足を引きずりながら、加恵子が目の前を通過する。そんな彼女の足音を追いかける余裕もなく、貴子はペットボトルの茶を飲み、猛烈な勢いで、すべての海苔巻きを食べ終えた。その間、何分とかからなかったと思う。最後に茶を飲み干して、貴子は深々とため息をつき、壁に寄りかかった。ようやく人心地がついた。

加恵子は、まだろくに食べていないのではないだろうか。だが、何分が過ぎても戻ってこない。また、殴られているのか、それとも今度は、情に引きずられて抱かれてでもいるのだろうか。

——加恵子にさせられた女。

さっき聞いた話を改めて思い出してみる。本当に、そんなことがあるのだろうか。だが、ないと決めつけることも出来ない。さらわれ、殴られ、犯されて——一体、どんな少女だったのだろうか。

考えているうちに、頭がぼんやりしてきた。もっと何か食べたいと思っていたのに、徐々に満腹感が全身に広がってきたようだ。心なしか寒さも感じなくなり、代わりに気だるい睡魔が襲ってくる。壁に寄りかかり、膝を抱えたまま、貴子は目を閉じた。

5

午前二時、滝沢たちは旅館の一室で、改めて吉村管理官を中心に集まっていた。携帯電話の電源が切られたらしい。電波を発信しなくなったと聞いて、重々しいため息が広がる。しかも、井川の車が見つからない。だが、その一方で、商店街を担当した捜査員が、中田加恵子らしい女性が数日前から時折、コンビニエンスストアーに来ているという情報を聞き込んできた。さらに、川沿いの歓楽街付近で売春の客引きをしている、いわゆる遣り手婆が、井川に似た男を見かけたという情報を持ち帰った刑事もいた。

「二人連れだったそうです。もう一人はオールバックの、四十前後の男」

ガセではないとすると、確かに連中は、この付近にいると考えて良いことになる。だが、その根城が分からなければ、どうしようもなかった。

「静岡県警には正式に捜査協力を要請してある。この地域の建物の使用状況を、今夜中に知らせてくれることになってる。とにかく、危険は承知だが、もう少し明るくなるのを待つしかないな」

管理官も柴田係長も、さすがに疲れた顔をしていた。目は充血し、全体に脂ぎった顔は目の下に隈《くま》が出来ている。それは、滝沢たちも同様だった。おまけに、久しぶりに下駄など履いて坂道を上り下りしたお陰で、鼻緒擦れの出来た足がひりひりと痛んでいる。

「風呂は使えるようにしてもらってある。ひとっ風呂浴びて、休んでくれ。お疲れさん」

古い宿の風呂は、そう大きくはなかったが、こんこんと湧き出す湯はさすがに気持ち良かった。湯船に浸かり、縁に寄りかかって、滝沢は口を開けたまま顔を上に向け、目を閉じた。自然に「ああ」と声が出る。同様の呻き声が方々から上がり、湯気と共に浴室に満ちた。だが、全身が弛緩したような呻き声は、次には「畜生」「まいったな」などというぼやきに変わった。鼻緒擦れに湯が沁みた。

「見つかってくれなきゃ、たまんねえな」

「生きてな」

身体の疲れをとることは出来ても、そんな思いは誰からも拭い去ることは出来ない。それ以外に、ほとんど会話を交わす者もいなかった。

「明日——今日中に、ケリつけたいよ」

「頑張ってくれてりゃあ、いいがなあ」

どの呟きも、もっともだった。そうだぞ、音道。お前には俺たちがついてるんだから。頑張れ。生き延びろ。目を閉じ、湯の動きに身体を任せたまま、滝沢も心の中で呟いていた。

6

くしゃみが出て、目が覚めかけた。全身がすうすうと寒い。ああ、毛布が欲しい——そんなことを思いながら、再び眠りに落ちかけたとき、ふわりと、生暖かい気配が覆い被さってきた気がした。夢うつつに、人の気配だということだけが分かる。

——昂一。

二人で眠る夜、昂一は時々、貴子を抱き寄せる。または貴子の身体を、ただ撫でているときがある。貴子はその都度、目を覚ますが、わざと気付かないふりをする。こちらが眠っていると思って、貴子の太股や腹、胸などを散歩している昂一の手を愛おしく思う。時々は、くすぐったさに身体をよじることもあれば、つい笑ってしまうこともあるが、不快に感じたこともなければ、嫌だと思ったこともない。静かで穏やかな、そんな甘い時が、何よりも好きだと思う。

——昴一。

はっと目が覚めた。途端に、頭がパニックを起こしかけた。目の前に、男の顔がある。まだ微かに酒臭い息をして、切れ長の目がこちらを見下ろしている。両頰の脇から茶色い髪が垂れている。耳にピアスが見えた。

「——な——」

言いかけた途端、手で口を塞がれた。

「騒ぐなよ」

押し殺した声が聞こえた。同時に身体に重みが加わった。反射的に、貴子は胸元に引き寄せていた手で、必死に相手を押しのけようとした。冗談じゃない！　何するの！　頭の中が真っ白になった。

「騒ぐなって、言ってんだろうが！」

荒い呼吸の中から堤が言った。だが貴子は、無我夢中で両手を拳にし、堤の身体を押した。手を動かせば、鎖でつながれている足も動く。膝を曲げなければ手は伸ばせないのに、その足も、堤が押さえているのだ。懸命にもがいている間に、堤のもう片方の手が、貴子のパンツのベルトに触れているのが感じられた。どうもがいても、身動きが出来ない。何も考えられないまま、貴子は必死で顔を動かし、堤の手の脇を思い切り嚙んだ。

「痛てえっ、この野郎！」

次の瞬間には、左の頰に強い衝撃があった。頰骨が、割れたかと思うような痺れが全身に広がった。

「言うこと聞かねえと、ぶっ殺すぞ！」

堤の言葉は激しさを増し、同時に、貴子のパンツのベルトが外されたのが分かった。ファスナーを引き下げる音がする。同時に、パンツにたくしこんであったブラウスの裾が乱暴に引き出され、その下のキャミソールに、生暖かいものが当たる。びりっという、服のどこかが破けた音がした。

「——やめっ——やめて！」

必死で首を動かし、何とか声を出した。だが、次の瞬間、貴子の口には、しわくちゃに丸めたハンカチが詰め込まれた。喉《のど》の奥にまで乾いた布がきつく押し込まれて、窒息しそうになる。涙が目尻を伝って下りた。頭の中に、はあはあという堤の息づかいだけが広がった。がさがさした肌の、不快な感触が臍《へそ》の下に触れ、次に、爪を立てた指が下着ごと、パンツを引き下ろそうとする。鋭い痛みが走った。背中の一部が、直に廊下の板に触れた。その冷たさが、これは現実だと告げている。犯される。こんな男に。舌でハンカチを押し出し、何とか出来た隙間から必死で声を出したが、小さな呻き声にしかならない。どうもがき、どう抵抗しても、かないそうになかった。ただ、喉の奥から声を絞り出すだけだ。

堤の爪を立てた手が、左の臀部《でんぶ》を強く掻いた。どうして、どうして——！　もう、何も考えられない。こんな現実があるなんて。こんな辱《はずかし》めを受けるなんて。死んだ方がましだ。身体をよじり、何とかして男の手から身を守ろうと必死に手足を動かすと、再び頰に痛みが走った。

「ぶっ殺すって言ってんのが、分かんねえのかよっ！」

途端に、全身から力が抜けた。ことり、と時間が止まったような感覚に陥る。斜めに木目の走る、廊下の天井だけが見えた。

——もう、駄目。

抵抗する気力も何もかもが、一瞬のうちに消え去った。今、自分は犯されようとしている。こうやって、ぼろぼろにされるのだ。そして最後には殺される。この荒々しい呼吸音だけ聞いて、屈辱にまみれて——。

「やめてっ！」

鋭い声が聞こえた。身体にのしかかっていた力が、わずかに弛《ゆる》んだ。貴子の尻は、もう完全に裸にされていた。だが、床の感触は感じられても、冷たいとも熱いとも思わない。

「あんた、何してるのよっ！」

今度は本当に、身体が軽くなった。貴子はぼんやりと足もとの、声のする方を見た。堤の身体の向こうに、加恵子が立っている。その両手は、黒く長いものを持ち、先をこちらに向けて構えていた。ライフルだ。

「よその女に、そんなことするなんて、許さないから。絶対に、許さない！」

加恵子は、これまで聞いたことがないほど、はっきりとした口調で言った。貴子のすぐ傍から「うるせえ」という声が聞こえた。

「お前は向こう行ってろっ」

「駄目！　許さない。そこから離れなさいよ！　他の女になんか、指一本、触れさせないから！」

堤がさっと立ち上がった。そして、加恵子に近付いていく。貴子は無我夢中で引き下ろされたパンツをたくし上げた。嗚咽《おえつ》が洩れそうになる。皮肉なことに、それを堤のハンカチが食い止めていた。

「来ないで！」

「ふざけんなよ、てめえ！　誰に向かって、そんなもの持ち出してんだよっ！」

「あんたは私のものなんだからっ。どうして、よその女に手ぇ出そうとなんかするのよ！」

「いいじゃねえか。こんな女と、何も本気でやろうっていうんじゃねえんだから。話の種に――」

「そんな話、誰にするっていうのっ。浮気はしないって、あんた、言ったじゃない。どうして何度も嘘つくのよ。私だけだって言ったじゃないの！」

「こんなの、浮気でもなんでもねえだろうが！」

「同じことよ、他の女とやるなんて、絶対に許せない！」

次の瞬間、鈍い音が響いて、貴子の視界から加恵子が消えた。それでも「許さない」という声だけが聞こえてくる。貴子は震える手で、何とかパンツを穿《は》き直し、ファスナーも上げ、ホックも留めて、ベルトを締め直した。全身が震えている。他のことを考える余裕はなかった。怖い。ただ怖いばかりだった。

「ごちゃごちゃと、うるせえんだよ。ババア！」

堤の声が響く。続いて、加恵子を殴るか蹴るかする音が聞こえた。貴子は、だが、そちらを見なかった。見ることが出来なかった。激しく震える手で、何とか口のハンカチを取り出すと、今度は歯が鳴った。その歯を食いしばり、貴子は必死で身体を起こすと、曲げた両膝に手錠されたままの腕を回した。出来るだけ小さく身体を丸めて、顔を膝に埋める。こうすることくらいしか、自分を守る方法を思い付かない。

——もう、嫌。もう、駄目。

吐き出す息も震えている。涙が止まらなかった。すぐ傍で、加恵子が殴られているらしい音がしている。その音さえも恐ろしい。

胸が苦しい。息が震えて、つかえそうだ。何も考えられない頭の中で、全ての記憶や思考などが散り散りばらばらになっていく気がする。

意味の分からない光が明滅している。このまま壊れるのだろうか。

「おい、やめろって！」

その時、別の男の声がした。井川ではない、もう一人の男の声だ。

「好い加減にしろよ、こんな時間から、何やってんだよ」

「加恵子が、こんなもの持ち出すからだよっ」

「あんたが——あんたが、あの人を襲おうとするからじゃないの！」

「おい、堤よ。おまえなあ」

男の声は、いかにもうんざりとした様子に聞こえた。だが貴子は、やはり姿勢を動かさなかった。こんな屈辱があるだろうか。見せ物、さらし者、慰み者——最低だ。

「鶴見さんだって、やりゃあ、いいじゃないですか。意外にいい女だって、言ってたじゃないすか！」

「そういう問題じゃ、ねえだろうがよ。デカを犯して、どうすんだよ、お前は」

「デカだって女でしょうが。やっちまえば一緒だよ。どうせ、最後には死んでもらうんだから」

自分の話をしていることは分かる。だが、何も感じない。大方、そんなことだろうと思った。生きられないのだ。犯されようと、どうしようと、もう生きてここを出ることなど、出来ないのだ。そして、何日か後に解剖されて分かるのだろう。膣内《ちつない》から精液が検出。下腹部と後背部に引っ掻き傷。

「もう、余計な人間を殺すなって言ったろうが。お前、今日がどういう日か、分かってんのか？ ちゃんと動かなきゃ明日、計画通りなんて実行出来ねえんだぞ」

確か、鶴見と呼ばれていた。男の声は意外に落ち着いていて、興奮している様子もない。

「それとこれとは関係ないでしょうが」

それに対して、堤の方はまだ興奮しているようだ。

「仕事さえちゃんとやってりゃ、後は俺が何をしようと、自由でしょう」

「自由だよ。自由だが、あの女にもしものことがあれば、俺たちだってあおりを食うんだよ。もともと、最初から俺たちは別に人殺しの集団になるつもりなんか、ありゃしなかったんじゃねえか。お前が何でもかんでも勝手にしてきたことだろう。そのことで、俺たちがどれくらい迷惑してるか、分かってんのかよ」

「鶴見さん、そりゃあないでしょう。そうやって、俺一人に責任、押しつけるつもりなんですか」

その時、「ああ、うるせえな」という声が加わった。最年長の井川だ。

「朝っぱらから、騒ぐなよ。いくらここだって、野中の一軒家ってわけじゃねえんだぞ」

「だって井川さん、この馬鹿、デカを犯そうとしやがった」

「で、ライフルまで持ち出したのか。またずい分、度胸のある話だな」

「当たり前よ！ 他の女に手、出すなんて、私、絶対に許さないっ」

加恵子の声は悲鳴に近かった。すると、井川の声が「あーあ」と言った。

「ひでえ顔じゃねえかよ、ええ？　こんな面じゃ、明日、困るぞ」

一瞬、辺りが静かになった。貴子は唇を噛みしめ、きつく目を閉じていた。出来ることなら耳だって塞ぎたい。もう何も知りたくなかった。

「もう、行こうか。外も明るくなってきた。なあ、堤」

「俺、一人で行きますから」

「駄目だ。今日は俺と組む。鶴見、お前は残れ」

「俺が？　どうして」

「女同士で二人だけにしておくと、何、企むか分からねえからさ。かといって、こいつを残すのもまずいだろう。ルートは昨日、確認した通りだから。ほら、堤。支度しろ」

ごとごとと足音が響く。貴子の呼吸は、まだ微かに震えていた。加恵子と共に男が残るという。今度は、その鶴見という男が貴子を犯そうとするかも知れなかった。その時は、もう抵抗する力は残っていないだろう。加恵子だって、相手が鶴見ならば、何も止めたりしないに違いない。

――来てくれないから。早く、助けに来ないから。

忌々しいのは、犯人たちだけではない。なぜ、仲間たちはこんなに長く貴子を放っておくのだ。なぜ、すぐにも助けに来られないのだ。一度、止まった涙が、またこみ上げてくる。こんなことになったのも、元を正せば刑事になどなったからだ。いざというときに助けてもくれない警察のために、こんなに必死で働いてきたなんて。

「連絡する。もしかしたら、途中で呼ぶかも知れねえが、その時はどうする」

「足がねえな。どうしよう」

「まあ、その時は新幹線でも何でも使えばいいや」

井川と鶴見の会話が聞こえた。新幹線。一体、ここはどこなのだ。東京から、そんなに離れた土地なのだろうか。だから、仲間たちは助けに来られないのだろうか。

靴音が遠ざかっていく。ようやく辺りは静かになった。それでも貴子は、身体を丸めていた。頬がずきずきと痛んでいる。同時に、引っかかれた箇所も痛かった。だが、何よりも痛むのは心だ。胸の中が引きちぎられて、ばらばらになったような気がする。ここに、こうしている肉体が、自分のものではないような感じだった。こんなはずがない。もしかすると本当の貴子は、今も吉祥寺の自宅で眠っており、時間が来れば起きて仕事に行くのではないかと、そんなことさえぼんやりと考えた。

「ああ、ひでえな」

ふいに、鶴見の声がした。

「立てるかい、大丈夫」

加恵子の小さな声が、それに応えている。

「こんなもの、持ち出して。あんた、本当にあの男に惚れてるんだな」

靴音が一つ、遠ざかった。その直後、「ねえ」という細い声が聞こえた。聞き慣れた、加恵子の声だ。貴子はそっと頭をもたげた。視界がぼやけている。その中に、口の端から血を流し、目の回りを真っ黒にした加恵子がいた。

「大丈夫」

貴子は、どう反応することも出来なかった。確かに、実際には犯されなかった。危ないところで助かったのは加恵子のお陰だ。だが、心も頭も、うまく働かない。

「――すまないわね」

「――あなたが謝ることじゃない」

「でも――ごめんなさいね」

謝ることなら、もっと他にあるだろうと思った。だが、そう思う自分さえ、貴子自身から遠く離れてしまっているような気がしてならないのだ。貴子はただ黙って、大きく膨れ上がっている加恵子の顔を見ていた。あんな男を選んだ女。馬鹿で、哀れな女。

再び靴音が戻ってきた。初めて自然光の中で、貴子は鶴見という男を見た。髪はオールバック、額は秀でていて、意外に凶悪な顔はしていない。遊び人風ではあるが、目つきは悪くなかった。だが、この男だって、一皮剝けばどうなるか分かったものではない。貴子は膝を抱える手に力を込め、黙って男を見上げていた。鶴見は何か言いたげな顔でこちらを見ていたが、思い直したように加恵子の方を向く。

「薬、買って来ようか」

「――こんな時間に、まだどこも開いてやしないでしょう」

「でも、冷やすものくらいはコンビニにあるだろう。氷でも何でもさ」

「じゃあ――お願い」

鶴見は小さく頷いている。そして、またこちらを振り向く。

「そっちは、怪我は」

貴子はぼんやりと、自分の手元を見下ろした。激しく抵抗したせいだろう、手錠が当たっていた手首の辺りが赤い擦りむき傷になっている。足首も同様だった。身体中、どこもかしこも痛むのだ。

「まあ、いいや。何か、探してくるから」

それだけ言うと、鶴見は大股で歩いていった。彼の靴音が遠ざかった後、加恵子はいざるようにして、部屋に入ってきた。近付いてくるにつれ、眼球が真っ赤になっているのが分かった。顔の半分が変形するほど腫れ上がっている。

「――最低ね」

口が自然に動いていた。加恵子は無表情なまま、変形した顔でこちらを見る。

「――あの男も、あなたも、誰も彼も」

加恵子の眉がわずかに動いた。

「最低よ！」

思い切り声を張り上げた。途端に、また熱いものがこみ上げてきた。貴子は両手で顔を覆った。堪《こら》えても堪えても、涙が溢れる。悔しかった。情けなかった。やりきれない。身体より、もう心がぼろぼろだ。確かに加恵子のお陰で、暴行は受けずに済んだ。だが貴子は確かに、心を犯されたと思った。

「——本当ね」

加恵子の小さな呟きが聞こえてきた。

「でも——もう、引き返せないのよ」

あまりにも静かな呟きだった。二の腕に触れられて、思わず顔から手を離すと、タオルが差し出されていた。貴子は黙ってタオルを受け取り、今度はそれで顔を覆った。引き返せない。取り返しがつかない。何もなかったことには出来ない——そんな思いばかりが、頭の中で渦巻いていた。

7

午前四時半、滝沢たちは再び吉村管理官の部屋に集まった。これから、どんな服に着替えるか分からないから、寝起きで浴衣のままの滝沢たちに比べて、一人だけ、窮屈そうにネクタイを締め、緊張した面もちの男がいた。

「熱海署の天田刑事だ」

相変わらず、眉間に深い皺《しわ》を刻んだ柴田係長が紹介すると、四十代半ばの同業者は、誰にともなく「ご苦労様です」と頭を下げる。

「何がなんでも今日中に奴らのアジトを発見する。既に丸三日が経過しているわけだ。音道の精神状態を考えても、今日明日が限界だろう。天田刑事には、この地域の状況などを説明していただく」

係長の言葉に合わせて、天田は何度も頷くように頭を下げる。そして、小さく咳払いをした後で、周囲を見回した。

「昨日の夜も歩かれたとかで、大凡《おおよそ》のことはお分かりいただけたかと思うんですが、不景気と建物の老朽化などで、熱海には放置されている廃屋が、かなりの数あります」

昨日とは異なる地図が、座卓の上に広げられた。すべての建築物が輪郭通りに細かく記載され、住居表示と世帯主名、屋号などが細かく書き込まれたものだ。さらに、既に廃業している旅館やホテル、廃屋となっている別荘などは、すべて赤く色分けがなされていた。改めて眺めると、まるで熱海の街全体が、虫が食ったような状況にあることが分かる。天田の説明では、何もバブル景気が弾けた以降に廃業した建物ばかりではなく、十数年以上も前から放置されたままになっている建物も少なくないという。

「東京オリンピックの年に新幹線が通りましたから、その時が最高に景気の良い頃だったわけです。東京から近くなって、便利にもなりましたのでね。団体客がわっと来ました。廃業に追い込まれた宿の多くは、大抵は、その頃に建てられた、または建て替えられたものが多いんです。建物自体の老朽化があって、建て替えるだけの自力がなくて、そのうち不景気になって、というところでしょう。債権者が複雑に入り組んでいて、手のつけようがないという建物もあるようですし、買い手がつかない、再開発の目処《めど》が立っていない、ということもあるようです」

天田刑事の説明を、滝沢は地図を睨《にら》み付けながら聞いていた。これだけ廃屋が多ければ、隠れるところには困らないという気がする。建物によっては、周囲に鉄板や有刺鉄線などが巡らされてはいたが、その気になれば入れないことはないだろう。

「それに対しまして、高台から増え始めているマンションなどは、大半が新しい建物ですし、温泉つきの高級マンションが主ですから、セキュリティなどはきちんとしている場合が多いようです。大抵は管理人なども置いていますから、そちらの方は聞き込みによってある程度のことが摑めると思います」

「管理人つきマンションじゃあ、無関係な人間は、そう簡単には入り込めんわな」

捜査員の一人が呟いた。自分の部屋なら話は別だが、自宅をアジトとして使いたがる人間自体、そう多くはない。それに、中田加恵子にしても堤健輔にしても、東京の人間が、わざわざ来ているのだ。旅館やホテルにいるのなら長期滞在ということになるし、人質など置くのはさらに難しい。やはり廃屋に入り込んでいると考えるのが妥当だという気がする。

「ご協力、感謝します」

吉村管理官が重々しく頭を下げた。天田刑事は恐縮したように自分も会釈を返す。事件の性格上、大騒ぎをして捜査をすることは厳禁だ。しかも、特殊班という独立した組織を持ち、捜査ノウハウや資機材などが充実しているという点では、警視庁は他の道府県警とは比較にならないほど抜きん出ている。今回、静岡県警に希望することは、必要な資料などを提供してもらうこと以外は、ただひたすら黙って見守っていて欲しいということだった。そのことは、天田刑事も上から言い含められているのか、よく承知しているらしい。必要な説明が終わると、彼は「他に何かありましたら何なりと」と言い残して、そそくさと帰っていった。

「つまり、この地域の建物を大きく分けるなら、一般住居または商店、現在も営業している宿泊施設、そして、廃屋、ということになるわけですが――」

柴田係長が難しい顔のまま管理官を見た。管理官も腕組みをして卓上の地図を睨み付けている。

「虱潰しに当たるしかない。旅館は、そろそろ朝食の支度に取りかかるだろうから、厨房から回るのがいいな。だが、この時間から一般の住宅には当たれんだろう。後は、廃屋になっている建物だが、どんな隙間でも、入れそうな箇所のある建物は見落とすな。報告は怠らず、万が一の場合がある、その場で勝手に突入することは厳禁だ」

「朝になればホシも動き出す。こちらの動きも目立つんだ。くれぐれも注意して――」

柴田係長が話している途中で、すっと襖が開かれた。全員が一斉に振り返る。管理官の指揮車両の中で一夜を明かした仲間だった。

「井川の車がNヒットしました。小田原です。東京方面に向かっています」

「野郎、もう動き出しやがった」

係長が悔しそうに呟いた。

「携帯電話は」

「Bの電波を確認したそうです。やはり小田原ということですから、井川の車に乗り込んでいるのかも知れません」

中田加恵子が所有していると思われる電話は、仮にAと呼ぶことになっていた。Bは昨日、Aが頻繁にかけていた番号の電話だ。同様に昨夜、Bにかけられた電話はCと呼ばれている。Bを持っているのは堤ではないかと推測されるが、井川なのだろうか。

「いずれにせよ、今、こっちのアジトは手薄なはずだ。チャンスかも知れん」

五時を回った頃、滝沢たち八人の捜査員は、銘々に着替え、少しずつ時間をずらして旅館を後にした。今朝はまた異なる格好をしている。ジャージの上下もいれば、スーツの背広だけ脱いで、旅館から借り受けた半纏《はんてん》を着ている者、板前らしい白衣の上下もいる。早朝の旅館街を歩いても、不審に見えない格好ということで、それぞれに工夫を凝らした結果だ。滝沢は作業ズボンの尻ポケットにタオルを突っ込み、地味なポロシャツ、牛乳メーカーの帽子という出で立ちだった。今度はスニーカーだ。保戸田も同様の、運送屋にも見えれば牛乳配達にも見えるという格好になった。宿を出るとき、女将《おかみ》らしい女性は不思議そうな、不安と好奇心とを隠しきれない表情で、小さく「行ってらっしゃい」と言った。

ジャージ姿の二人は、中田加恵子が目撃されたコンビニエンスストアーに張り込むことになっている。残りの三組で、まずは川沿いに広がる歓楽街から当たることにした。時間の経過に伴って人の往来、車の往来が増えるだろうし、そうなれば落ち着いて歩き回ることも困難になる上、その中にホシが紛れているのを見落とす可能性も出てくるからだ。夜明けの街はひっそりと静まり返っていた。

「昨夜も寂れてるとは思ったけど、明るくなると、もっとだな」

昨夜も、この地域を担当した刑事が小さく呟いた。路地からうなだれた黒い犬が出てきて、とぼとぼと歩いていく。海の方は灰色の雲が濃淡に重なり合っていて、そのわずかな隙間から薄青い空が見えた。

もう梅雨に入るのかも知れない。欄干に妙な生き物か化け物か分からないレリーフの施された橋のたもとに立ち、天田刑事が提供してくれた地図のコピーを取り出して、それぞれの受け持ちを確認し合うと、六人の刑事は三方に分かれて歩き始めた。

縦横に道が伸び、「スナック」「おしのぎ」「ラーメン」などという看板がひしめき合っている。ところどころに、ゴミが積み上げられていた。冷凍食品の箱、酒のケース、生ゴミ、鮮魚などを入れる発泡スチロールの箱に古雑誌の束と、実に雑多なものだ。だが、これだけのゴミが出るのだから、それなりの人が暮らしているのだと思うと、何となくほっとする。だが、地図を眺めたところでは、この辺りにも廃屋がある。

「店の二階なんかに住んでる人もいるでしょうから、妙な奴らが出入りしたら、目立ちますよね」

「だが、かえってそういう場所を選ぶかも知れん。目くらましに」

小声で言葉を交わしながら、一軒ずつ店を確認して歩く。煉瓦を敷き詰めた小綺麗な道にさしかかったところで、早速、廃墟らしいビルを見つけた。五階建てだろうか、建物全体に黒カビが生えているような変色の具合だ。脇に回ると、植え込みからツタが伸びて、その黒っぽい壁を這い上がっている。かつては一階に何かの店舗、二階以上に事務所などが入っていた様子だが、今はひっそりと静まり返っていた。滝沢たちは、ちらちらと周囲に気を配りながら、その建物に近付き、まずドアに手をかけた。ドアノブのざらりとした嫌な感触は、間違いなく、このドアが長い間、触れられていない証拠に思われた。捻ってみたが、施錠されている。

「メーターも取り外されてます。裏口も施錠されていました。ドアは錆びてるし、白カビみたいなものが生えてます」

建物の裏手に回っていた保戸田が戻ってきて囁いた。滝沢は小さく頷き、今度は後ずさって建物を見上げた。どの窓もぴたりと閉じられている。昭和四十年代、いや、三十年代頃に建てられたものだろうか、屋上から突き出しているテレビのアンテナが侘しさを強調している。

「非常階段もないしな。いくら何でも、ここじゃあ人の目につきすぎるか」

呟きながら地図を取り出し、既に廃ビルとしてマークされている建物の上にバツ印をつける。その隣にはラブホテルらしい建物があった。看板も出ているし、料金表も出ているが、営業しているのかどうかが判然としない。地図には廃屋としての色分けはされていなかった。

「行ってみるか」

滝沢は保戸田と頷きあい、ホテルの入り口に立った。かなり耳障りな音を立てて、ごとごとと自動ドアが開き、同時に来客を知らせるチャイムが狭い空間に響いた。

「――何か」

奥から現れたのは、楊柳のシャツにズボン姿の貧相な老人だった。寝起きを起こされたらしく、いかにも無愛想な老人は、滝沢が警察手帳を見せると、戸惑いを隠せない表情になる。

「旦那方にお調べを受けるようなことは、うちはしてませんがね」

「いや、違うんだよ。最近、こういう客が来なかったかと思ってさ」

手帳に挟んである写真を取り出し、その一枚を差し出す。中田加恵子の写真だった。老人は真剣な表情で写真に見入り、小首を傾げる。

「この辺じゃあ、見かけないですけどね」

加恵子を、客を取っている女とでも思ったのか、老人の答えには、つい苦笑を誘われた。じゃあ、と言って、次には堤の写真を見せる。目元をしょぼしょぼとさせながら、老人は、今度はその写真を丁寧に眺めた。

「この人は――昨日、来た人じゃないかな」

意外な答えに、一瞬、こちらの方が驚いた。滝沢は保戸田と顔を見合わせ、昨日のいつ頃かと尋ねた。保戸田は素早く刑事手帳を取り出してメモをとる態勢に入る。

「昨日のねえ、もう十時か十一時か――」

「誰と来たんだい」

すると老人はシャツから出ている痩せ枯れた腕を振りながら、それは勘弁して欲しいと言った。

「分かってくださいよ。うちだってね、もう青息吐息なんですよ。下手なこと喋ったら、余計に暇になっちゃうんで、そうなったら首くくらなきゃならないんです」

「心配すんなよ、とっつぁん。見たと思うがね、俺らは東京の警視庁から来てる。この辺で誰が客を取っていようと、俺らには関係ないんだ。この男のことを調べてるんだからさ」

改めて警察手帳の表紙を見せて、警視庁という金文字を読ませると、老人は卑屈そうな表情でこちらを見る。滝沢は「約束するよ」と言いながら、今度は懐から財布を取り出して、五千円札を握らせた。普通は街を徘徊している情報屋などに使う手だが、この際、どうでも良かった。老人は、五千円札を眺めると、初めて曖昧《あいまい》に笑った。乾ききって見える頬に皺が寄り、口元で金歯が光った。

「三組でね、おいででしたよ。それぞれ相手を連れてね。まあ、この辺で仕事してる子たちですけど、あたしも詳しいことは、よく知らないんです。いや、本当に。ただ、前からちょいちょいね、違う相手と来るもんで、まあ、そういう商売の子たちなんだろうって思ってるだけですから」

「後の二人のうちの一人は、この男ですかね」

今度は井川の写真を見せる。老人は、嬉しそうに「はい」と頷いた。

「皆さん、九十分でね、お帰りになりましたけど」

「その女の子たちと連絡取る方法、教えてくれねえかな」

だが老人は「さあ」と首を傾げる。

「本当に、知らないんですわ。知ってりゃあね、お教えするんですが、何か最近は、ほら、昔ながらの遣り手のお姉さんが引っ張ってって、客に女の子あてがってっていうのと、また違う商売の方法も出てきてるみたいで」

そういえば昨晩、この辺りで遣り手婆に聞き込みをかけた仲間がいたことを思い出した。

「その昔は、ここの川沿いにガマ屋なんていうのがあって、まあ、下で客に声かけて、上で客を取るみたいな、そういう商売もあったんですが、もう今は全然でしょう。お陰で、うちみたいな商売が細々とやっていかれるわけですけどね。それでも、お客さん自体が減ってきてますからねえ」

老人は、客とは一切、言葉を交わさなかったと言った。彼らは身軽な服装で、手荷物なども持っていなかったという。それでも、とにかく堤と井川が行動を共にしていることだけは分かった。そして、おそらく井川と共に銀行を訪れた男も一緒にいる。滝沢は老人の肩を軽く叩き、「元気でな」と言い残してホテルを後にした。

「三人です。昨夜、この辺で女を買ってるんですがね」

外に出ると、すぐに無線で報告を入れる。ワイヤレスのイヤホンを通して「了解」という係長の声が聞こえた。それから数分後、今度は滝沢の無線のコールサインが呼ばれた。

「応援を呼ぶ。そうしたら交代してもらうから、それまでは捜査を続けてくれ」

つまり係長と管理官は、これで犯人グループが熱海を根城にしていることに確信を抱いたのだろう。都内での捜査活動も継続中だし、音道が熱海にいるとは限らないことから、必要最低限の人数で乗り込んできたのだが、いよいよ本格的に、この街に焦点を当てるつもりになったらしい。滝沢は保戸田と頷きあい、再び歩き始めた。

ラブホテルの隣も、やはり廃ビルだった。かなり豪華な造りの、高級クラブか何かだったらしい構えだが、看板や照明器具などはすべて取り外されて、黒御影石をはめ込んだ正面には、その石の部分を残して、壁面にびっしりシダが生えていた。入り口付近の植え込みの植物も伸びたい放題に伸び、湿った空気の中でふてぶてしいほどに鮮やかな緑を放っている。その前もゴミの集積場になっていて、やはり分別されていないゴミが乱雑に積み上げられていた。

「植物の勢いってえのは、ものすごいもんだな」

滝沢は半ば呆れ、半ば感心しながら、店を呑み込もうとしている植物を眺めていた。かつては夜毎、女たちの嬌声が響き、ピアノの音でもしていたに違いない店は、今、まるで静かに植物園になろうとしているかのようだ。その向かいは空き地になっていて、数台の車が停められていた。「無断駐車禁止」という手書きの札が立てられている。その横には、二階建ての家に一階分を継ぎ足したような建物。早朝だから人気がないのは当然にしても、すべての建物が、どれも古びて淋しく見える。

新聞配達が、スーパーカブの独特の音を響かせて滝沢たちを追い抜いていく。その後ろ姿を見送っている時、ぽつり、と頬に雨を感じた。畜生、降って来やがった。雨の中をうろついていたら、余計に目立つ。頼む、俺たちの仕事の邪魔をせんでくれ。一刻も早く音道を見つけ出させてくれと天に祈りながら、滝沢は歩き続けた。

8

鶴見と呼ばれた男は、コンビニエンスストアーから帰ってくるなり、買ってきた荷物を袋ごと置いて、自分は眠り足りないからと、よその部屋へ行ってしまった。加恵子は、貴子からも見える位置で、その袋の中身を取り出した。スナック菓子。ウーロン茶。弁当。サンドイッチ。ティッシュペーパーに数冊の雑誌。その他、遠くからではよく分からない雑貨。袋には、貴子の自宅のすぐ近所にもあり、いたるところで見かけるコンビニのマークが入っていた。それらの一つ一つが、すぐ傍で息づいている平凡な日常の証《あかし》に思われた。加恵子は、貴子に何か食べるかと聞き、貴子が何の反応も示さないと、サンドイッチとウーロン茶を傍に置いて、さらに、中の薬剤を破ると急速に温度の下がる保冷パックのようなものを差し出した。

「これで冷やすといいわ」

ぼんやりしている貴子の前で、彼女はパックを裏返して説明書きを読み、てきぱきとした手つきで包装を破る。そういえば、この人は看護婦だった。まるで遥か彼方の記憶のように、ようやく、そんなことを思い出す。

「はい。これで冷たくなってくるから。さっきのタオルでくるんで」

実は加恵子の方が、傷はよほどひどかった。顔だけでも、目の回りや口の横の痣は、さっきよりも色濃くなり、ほとんど真っ黒に見える程だし、眼球の充血はひどく、輪郭も変わって見える。保冷パックを差し出す腕にも、無数の痣がついていた。

「――あなたが使えば。あなたのために、買ってきたんでしょう」

「たくさん、買ってきてくれてるから。消毒薬も救急絆創膏《ばんそうこう》もあるけど」

実は、背中の引っ掻き傷が軽く疼いていた。不衛生な状態で、いつまで放置しなければならないか分からないことを考えると、せめて消毒だけでもしておきたい思いがある。

「どこか、痛いところ、ないの」

まともに目を合わせられないほどに変形している顔で言われると、どう答えれば良いか分からなくなる。この人に見栄を張っても仕方がないという気がした。

「腰の辺りと、お尻」

「どれ。ちょっと見せて」

貴子は言われるままに、素直にベルトに手を伸ばそうとした。その途端、さっきのことが思い出されて、手が止まった。この部分に、あの男の手が触れ、無理矢理にファスナーを下ろされたのだということが、生々しく蘇ってきた。ようやく治まっていた動悸が戻り、息苦しさにあえぎたくなる。思わず上を向いて、貴子はきつく目を閉じた。嵐は過ぎた。今、襲われようとしているわけではないのだ。必死でそう言い聞かせるのだが、恐怖が全身をがんじがらめにする。

「――やっぱり、いいわ」

声が震えていた。首から胸の辺りにねっとりとした汗をかいている。

「じゃあ、私が外すから、ね。消毒だけ、させて。あなたは目を閉じてるだけでいいわ」

加恵子の声は、かつて聞いたことがないくらいに柔らかく響いた。貴子は、自分がまるで幼い子どもに戻ったような気分で、その声にすがった。素直に目を閉じる。

「じゃあ、いい？　ベルトを外すわね。そっと、外すからね。はい、じゃあ、ボタンも外すわ。ジッパーね。大丈夫よ、そっとやる。さあ、後ろを向いて。そうそう。立て膝になって、ちょっと身体を起こせる？　そう。シャツ、出すわね」

腰の後ろの素肌に、ひんやりとした加恵子の手が触れた。それだけで、飛び上がるほどの恐怖を覚える。だが、貴子は目をきつく閉じ、壁に手をついていた。

「ああ、ミミズ腫れになってる。少し血も滲《にじ》んでるわね。でも大丈夫。大したことないから。消毒すれば、すぐに治るからね」

加恵子の指の腹が貴子の皮膚を撫でる。それは、ひんやりとしてはいたが、柔らかく、ささやかで、次第に貴子の気持ちを落ち着かせるものだった。冷たい液体の感触。それから、息を吹きかける感触があった。

「じゃあ、お尻ね。恥ずかしがらないで。いい？　そっとするから、ね」

次いで彼女は、さらに注意深く貴子のパンツとショーツを下ろし、臀部も同様の傷だと言いながら消毒液を吹き付けてくれた。貴子は、ただ黙って、されるままになっていた。もしも、本当にレイプされていたら、とてもではないが、こんなことをしてもらっている場合ではなかったに違いない。自分の身を引き裂きたいほどの思いに駆られ、自分で自分の身体に触れたくないとさえ思ったことだろう。消毒液など、何の意味もなさないほどの傷と汚れを受けたと思うだろうし、それは生涯、消え去ることはないと感じたはずだ。

——自分のことだと、そう思う。

レイプされた女性を、見たことがないわけではなかった。だが、そんなとき、貴子はいつも言ったものだ。あなたは、どこも変わってなんかいない。受けた傷は、きっと癒えるから、と。自分が汚れたなんて思わないで、自分を責めたりしないで——他人事だと思って。

同性として、その衝撃くらいは理解できているつもりだった。同情に堪えないとも思ったし、精一杯に慰め、力づけたつもりだった。だが実際には、何も分かってなどいなかった。もう駄目だと思ったときの無力感、恐怖、屈辱、何もかも。こんな目に遭って、初めてそれが分かった。

「これで大丈夫。あなた、化膿しやすい体質だったりする？」

「——滅多に、しないと思う」

「なら、大丈夫ね。自分で着られる？」

貴子は小さく頷き、さっきは無我夢中で引き上げた下着とパンツを、今度はゆっくりと穿き直した。何日も着たままのキャミソールとシャツの裾を丁寧にパンツの中に入れて、自分でファスナーを上げる。今度から、こうしてファスナーに手を触れる度に、今日のことを思い出すのだろうか。そんなのはたまらない。それなら、早くこの動作に慣れるべきだ。ごく当たり前のこととして、何も考えずに、出来るようになるべきだ。少しずつ働き始めたらしい頭が、そう思う。だが、無理よ、そんなの、という声もする。

「冷たくなってきたわね。ほら」

加恵子はタオルにくるんだ保冷パックを自分の頬に当てて、それから、貴子に差し出してくる。貴子は黙ってそれを受け取り、そして、頬に当てた。じんじんとした痛みに、タオルの感触と冷たさは心地良かった。

「痣はしばらくは引かないかも知れないけど、でも、腫れは引くと思うからね——口の中は切れてない？」

「——切れてる。口中が血の味」

「じゃあ、これですすぎなさいよ。ほら、トイレに吐き出せばいいから」

ウーロン茶のペットボトルを渡されて、貴子は素直に立ち上がった。足下がふらついている。頭の中がぐらりと揺れた。自由に歩けないから、前屈みの姿勢のまま、ペットボトルを提げて手洗いに行く。ウーロン茶を口に含み、何度もすすいで、うがいもした。ただでさえ濁った便器の水に、茶色が加わる。

——実害は、なかったんだから。

忘れることだ。自分は自分のまま、どこも変わってはいない。渦を巻いて流れていく便器の水を眺めながら、貴子は自分に言い聞かせた。忘れよう。ううん、無理。忘れるんだ。でも。忘れてみせる。

ようやく血の味から解放され、鎖を引きずって廊下に戻った貴子の視界に、ぎょっとするほどの加恵子の後ろ姿が飛び込んできた。赤い痣、青紫の痣が無数についている。血の滲んでいる箇所もあった。明らかに、何か固いもので殴られたらしい痕も見られた。貴子は思わず息を呑み、その背中を凝視した。言葉が出ない。貴子の傷など、ものの数ではなかった。貴子の気配に気付いたのか、加恵子は小さく振り返り、「ひどい？」と呟いた。

「——どうして」

声が詰まる。貧相なほどの肩にまで血が滲んでいるではないか。これが、愛されている証だというのだろうか。こんなにまでされて、どうして、運命を共にしようなどと思えるのだろう。だが、その一方では分かる気がした。いや、今だから分かると思った。彼女は、気力を失っているのだ。逆らう気力も反発する気力も、自分自身に戻る気力も失っている。貴子自身がさっき経験したことだった。恐怖にがんじがらめにされ、激しく殴られて、あの時、貴子は、瞬間的に全身から力が抜けたのを感じた。

「悪いけど、消毒液、塗ってくれる」

「——こっち、来て。そこまでは行かれないから」

貴子はのろのろと廊下を進み、鎖が届く可能なところまで加恵子に近付いた。加恵子も、胸に服を抱えたまま、相変わらずいざるようにして近付いてくる。さっきとは逆だった。貴子は、「痣になってるわ」「ここは固いもので殴られたでしょう」などと言いながら、手渡された消毒液を吹きかけた。改めて、涙が出そうになる。悔しくて、たまらなかった。なぜ、この人は、こんな人生を歩まなければならなかったのかと思うと、やり切れない。

「私ねえ」

ふいに加恵子が呟いた。相変わらず静かな口調だ。

「妹が、いるのよ」

「――妹?」

「本当の、両親のところに。二人。弟も一人ね」

加恵子の背中は瘦せていた。少しでも丸めれば、背骨の凹凸が浮き上がる。

「行ってみたのよ。いくつだったかなあ、もう看護婦になってたから、二十一か二の時だと思うわ。寮暮らしになって、やっと両親から解放されて、そうしたら自分のこと、少しは考えられるようになって、休みの度に図書館に通ったりして、当時の新聞なんか、探してね」

消毒の済んだ背中を、軽く吹いてやる。加恵子は小さな声で「ありがとう」と言った。

「足は? あなた、足も怪我してるでしょう」

ポロシャツを着込んでいた加恵子は、「そうね」と頷き、大したためらいも見せずにジーパンを脱いだ。その足を見て、貴子はいよいよやりきれない気持ちになった。背中と同様か、もっとひどい痣が無数についている。それだけでなく、太股の辺りには明らかに嚙み傷もついていた。殴り、蹴り、そして抱く男。中でもひどいのが、両足の太股から膝にかけての火傷の痕だった。赤くただれて火膨れが出来、じくじくとした滲出液《しんしゅつえき》で濡れている。聞けば、貴子を拉致した日の夜に、高速道路のサービスエリアで夕食をとったとき、急に癇癪《かんしゃく》を起こした堤に味噌汁をかけられたのだという。これでは満足に歩けないはずだ。

「――こんなにまで、されて」

前の方は自分で手当できると言うから、貴子は太股の後ろや尻のあたりで血が滲んでいるところに消毒液をかけた。薄いピンク色のショーツは見るからに安物で古びており、それだけでも情けない気持ちになる。何億もの金を引き出したのではないか。それを使って良いとは言わないが、下着くらい、もう少し構っても良いではないかと言いたかった。もしも、こんな再会の仕方でなかったら、加恵子がここまで泥沼に引きずり込まれた後でなかったら、貴子は彼女のために、精一杯のことをしたと思う。刑事告訴を勧めたと思うし、どうしても夫と別れたいというのなら、自宅には帰らないままでも、安全に暮らせる場所を用意してやれたと思うのだ。

「何が愛情よ。どこが、大切にされてるの」

「でも――あの子、泣いて謝るのよ。私にこんなことした後は、必ず泣いて謝るの。もう二度としないからって。自分でも、どうしようもなくなるんだって、自分の頭や拳を壁に打ち付けたりして」

「それが、手なんじゃない。分からない？」

「分かってる――分かってるけど。どっちにしても、もう手遅れでしょう」

胸も背中も、腕も足も、鉛のように重かった。無力感だけが広がっていく。結局、貴子に出来ることなど、何一つないのだ。加恵子は加恵子の人生を、最後まで歩まなければならない。

「それでも、あの子が初めてだったのよ、一緒にいて安心させてくれたなんて。涙が出るほど笑わせてくれたり、お化粧をしてくれたり――男に抱かれて気持ちいいと思ったことなんか、私、それまでただの一度もなかった」

手当が済むと、加恵子は苦痛に顔を歪めながらジーパンを穿き直す。

「臆病で、自信なんかかけらもなくて、思い切ったことなんか何一つ出来なかった私が、あの子といるだけで別人になれる気がした。びっくりするような大胆なことだって、出来るんだって――まさか、こんなことになるとは思わなかったけど」

ぼんやりとしている貴子に代わって、彼女は廊下の片隅に置きっぱなしになっていた保冷パックに手を伸ばし、それをタオルごと貴子に手渡した。貴子は黙ってそれを受け取り、頬に押し当てた。心地良い冷たさが、傷と同時に、貴子の内側で渦を巻く怒りまで静めようとしているようだ。

「さっきの続きだけどさ」

また加恵子が話し始めた。貴子は目をつぶったまま、小さく「うん」と答えた。ごそごそと何かいじっている音がする。その合間に、加恵子はぽつり、ぽつりと語った。

自分が三歳だった頃の新聞を隅から隅まで読むうちに、加恵子はようやくある記事にたどりついた。茨城県のある町で、三歳の女の子の行方が分からなくなったというものだ。そこには行方不明になった子どもの名前と共に、父親の氏名や住所も出ていた。庄司直子。父親は庄司力。

「庄司直子っていうのが、私の本当の名前なんだろうかって、不思議だった。ドキドキして、独りでに顔が真っ赤になるのが分かったわ。他の記事も読んでみたけど、その頃、行方不明になった三歳の女の子は、その子どもだけだった」

何カ月間か悩んだ挙げ句、ある日、加恵子はその町を訪ねてみた。もしかすると、加恵子を一目見ただけで、娘が帰ってきた、生きて戻ってきてくれたと、父か母が気付いてくれるのではないかという期待もあった。朝早くに寮を出て電車とバスを乗り継ぎ、やっと訪ねていった土地は長閑《のどか》な田園地帯で、民家も多くなかった。そして、訪ねあてた住所には、ゆったりとした構えの農家があった。傍には水田が広がり、ところどころに雑木林もあって、その景色と匂いに、自然に懐かしさを覚えたという。

「不思議ねえ。確かに、この風景を知ってるって、そんな気がしたのよね。あの、私が覚えてる縁側は、この家の縁側なんだろうって思った」

門の前まで行ってみると、表札がかかっていた。確かに庄司力の名前がある。他に六人の名前があった。だが、行方不明になった直子の名前は書かれていなかった。加恵子は衝撃を受け、しばらく呆然と、その表札を見つめていた。なぜ。もう自分のことは忘れたということなのか。

「でも結局、すごすごと引き返すしかなかった」

「どうして。せっかく行ったんでしょう」

「だって、何かの間違いです、そんな子は知らないって言われたら、どうしようかと思ったら、前に進めなくなったのよ。第一、もう二十年以上もたってたんだもの。たとえ、本当に私がこの家の子どもだったとしても、私のことなんか、きっともう忘れたんだって、そう思って」

もとの道を戻り始めたとき、自転車に乗った女の子が走ってきた。十五、六歳くらいの少女は加恵子に気付き、「うちに何か用ですか」と聞いてきたという。走って逃げ出すわけにもいかずに、加恵子は咄嗟に直子さんですか、と聞いたという。自分は役所の者だなどと嘘をつき、確か、この家に直子という少女がいたはずなのだがと聞いてみたらしい。

「その子は不思議そうな顔をして、『直子姉ちゃんなら、自分が生まれる前に亡くなったって聞いてます』って言ったわ。どうしてって聞くと、よく知らないって。物怖じしない、素直そうな子で、お下げ髪でね、いかにも伸び伸びと育ってる感じだった。その子は気がつかないみたいだったけど、私は一目見て、『似てる』って思った。この子は私の妹なんだって」

人を疑うことなど知らないかのような少女に、加恵子は両親は元気か、家族は何人か、などと聞いたらしい。祖父母と両親、それに自分の下に妹と弟がいると少女は答えた。

「『お姉さんは、大変でしょう』って聞いたらさ、その子、『まあまあです』なんて言って、亡くなった直子姉ちゃんの分まで、自分が弟や妹の面倒を見るんですって言ってた。私、もう胸がいっぱいになって、そのまま帰ってきたけど――」

もはや、自分の帰るべき家ではないのだと感じたという。あの家は、直子を失った悲しみから見事に立ち直り、今は平和に暮らしているのだ。今さら、親と思っていた人達に虐待を受け、気持ちもねじれてしまっているような自分が名乗り出ても、穏やかな暮らしに波風を立てるだけだと思ったと加恵子は言った。

「不思議な気分だったわ。そりゃあ、今の弟たちだって私は一生懸命、面倒を見てきたつもりなんだけど、妹に会ったとき、『ああ』って思ったのよ。本当に、何て言ったらいいか分からない、ただ『ああ』

って。この子が私みたいな目に遭ったんじゃなくて良かったって」

「――人によっては、嫉妬《しっと》する場合もあると思うわよ。私だけが、どうしてって。妹たちは何の苦労もしていないのにって」

貴子が言うと、加恵子は自分も保冷パックを頬骨の辺りに押しつけたまま、口元だけで笑った。

「そりゃあ、思ったわよ。私のことなんか忘れ果てて、さっさと新しい子どもを作るなんて、何ていう親なんだって――でも、どっちにしても、時間がたちすぎてて――今さら、もう、どうしようもないって。父にさんざん玩具《おもちゃ》にされて、汚れきった私なんか、今さらって」

加恵子の言う「汚れ」という言葉の意味が、かつてないほど重く響いた。抵抗できない少女が、父親と信じてきた男に犯されたときの恐怖が、ほんのわずかにでも理解できると思った。それにしても、何という人生なのだろう。加恵子自身でなくても、何のために生まれてきたのだろうと思いたくなる。

「大体さ」

大きく息を吐き出して、加恵子は気を取り直したように口調を変えた。

「私、自分の意志で何かを選んだことなんて、ただの一度もなかったのよ。誘拐されて、殴られて、犯されて――学校だって親の言いなり、看護婦になったのだって、両親が病気がちになってきて、その方が便利だからっていう理由でね、看護婦になれって言われただけ。結婚だって、そうだった。子どもが出来て、生まれて――でも、私、何も感じてあげられなかった。ただ責任があるからっていうだけでね。私、自分には心がないんだって思ってきたから。もう、ずっと昔から」

改めて加恵子を見る。今は彼女が目を閉じていた。疲れた顔をしている。あまりにも頼りない小さな姿だと思う。だが、彼女は貴子を守ろうとしたではないか。嫉妬に猛り狂ったのが芝居かどうかは分からない。そのお陰で、彼女はさらに傷を増やした。好きでなったわけではないと言いながら、貴子の傷を手当するときの彼女は、まさしく看護婦そのものだった。

「あなたってさ」

言葉が見つからないまま、ただ見つめていた加恵子の口元がまた動いた。

「あの時に会った、妹くらいの年なのよね」

ああ、やり切れない。たまらない。貴子は壁に寄りかかり、冷たいタオルを今度は目に当てた。さっき、悔し涙を流したお陰で、瞼も少し腫れているようだ。ひんやりとした感触が、頭の中にまで沁みていくようだ。

――逃げ出す時には、この人も一緒じゃなきゃ。

さっきとは違う意味で胸の奥がざわめいていた。怖がっている場合ではない。恐怖に凍りついている場合ではなかった。怒れ。怒って怒って、その怒りをエネルギーにしなければ。その為には、忘れることだ。ここに、貴子など比較にならないほどの傷を受けて、静かに佇んでいる女がいる。せめて、この女以上に強くならなければならないと思った。

今日も曇り空が見えている。細く開けられた窓からは、湿り気を帯びた風が弱々しく流れ込んでいた。十時を過ぎた頃、鶴見が起き出してきた。ついさっき、思いを新たにしたつもりだったのに、靴音を聞いただけで身体の方が真っ先に強張《こわば》り、冷たい汗が噴き出してくる。情けない。でも、怖い。

「薬局、行ってくるから。何、買ってくればいい」

鶴見はちらりと貴子を見ただけで、加恵子に話しかけている。加恵子が火傷の薬や何かの軟膏らしい商品名を口にしているとき、男の携帯電話が鳴った。

「ああ、俺。二人？　いるよ。普通にしてる。だけど加恵子さん、すごい顔になっちまってるぜ。いくら何だって、化粧じゃごまかせないよ――ああ、デカ？　そっちは、まあ、痣は出来てるけど、加恵子さんほどじゃないかな――ええ？　言うこと聞くと思うか」

途中から、鶴見は口元を押さえ、部屋の外へ出て話し始めた。自然に耳をそばだてて、貴子は懸命に会話の内容を聞き取ろうとした。

「そりゃあ、脅せば、聞くだろうけど。外に出せば、それだけ逃げられる可能性だって高くなるんだぜ

――ああ、まあなあ。これから薬、買いに行くけど、腫れは引いたとしたって、痣がすげえよ。第一、まともに歩けねえ感じだ。医者に連れていかなくて平気かと思うぜ――」

おそらく相手は井川だろう。彼らはまた何かを企んでいる。事故でも起こしてくれれば良いのだ。二度と帰ってこなければ良い。貴子は、黙って一点を見つめていた。加恵子の代わりに、彼らは貴子を利用しようとしている。冗談ではない。この上、犯罪の片棒まで担げるものか。だが、また殴られ、蹴られ、生命を脅かされたら、そうせざるを得ないかも知れないという気がする。もう、断りきる自信がなかった。

――やっぱり、加恵子を説得するしかない。

未《いま》だに携帯電話に向かって相づちを繰り返している鶴見を見上げながら、貴子は自分に言い聞かせていた。一人では無理でも、加恵子と二人なら何とかなる。そうするより他に、この生き地獄から逃げ出す方法はなかった。

9

腕を揺すられて、泥のような眠りから無理矢理引きずり戻された。一瞬、自宅で娘に起こされたのかと思ったが、すぐ隣に寝起きの保戸田の姿があるのを見て、現実に戻る。

「何時だい」

「昼を回ったところです」

起こしに来た若い刑事が手元の時計を覗き込みながら答える。つまり、二時間近くは眠ったことになる。滝沢は両手で顔をごしごしと擦り、素早く起き上がった。どの捜査員も着替えずに横になっただけだから、身支度が必要なわけではない。そのまま座敷に行って、片隅に用意されていた握り飯を頬張る。

「どうですかね、その後」

若い刑事が淹《い》れてくれた茶をすすりながら、滝沢は柴田係長を見た。中央座卓の上にはノートブックパソコンや電話などが置かれ、住宅地図が広げられたままになっている。煙草の煙の立ちこめる室内は、大昔から滝沢たちの根城になっていたかのような馴染み具合で、ますます時代がかって感じられた。

「Aブロックの方は、七割方というところだ」

Aブロックとは、滝沢たちが今日の早朝から歩き回った歓楽街の辺りを指す。範囲としてはさほど広くはないのだが、何しろ店が建て込んでいて、地図を頼りに歩いても、人が住んでいるのかいないのか判然としない建物もあり、すべての確認には意外なほど時間がかかっている。

滝沢たちが歩いていた早朝は、まだ人通りもなかったから端から順番に見て歩くことが出来たが、午前九時過ぎに交代した捜査員たちは、人目を気にしてさらに慎重に行動する必要があった。投入された人数は二十人と、これまでの倍以上だから、能率は上がっているはずだが、それでも手間取っているのだろう。

「滝さんたちはBブロックに取りかかってくれ。ええ、安江班と出原班は、マンションと旅館、ホテル。ちゃんとネクタイ締めてな。滝沢班は廃ビル。こっちは、ええ、電気工事風ってとこか。物音は立てるなよ。あくまでも外観の観察」

「了解」

滝沢は保戸田と頷きあい、二つ目の握り飯に手を伸ばした。人の手が握った飯は久しぶりに食う。さすがにコンビニ辺りの握り飯とは、味わいがまるで違った。塩の具合が良い。種を抜いてある梅干しも旨かった。

「それから、午前十時過ぎ、携帯Dの存在が確認された。携帯Cからの発信を受けて判明した番号だが、これも熱海にいる。あちこち移動している様子だが、今現在はこの辺だ」

「商店街ですか」

「行ったり来たりしててな、最初に確認したときはBブロックだった。その後、一旦、商店街付近に来て、また戻り、また出てきてるんだ」

「畜生。面が割れてりゃあな」

「向こうも、それが分かってるから油断してるんだろう」

　思わず壁に張り出されている紙を見る。AからCまでの記号の下には、すべて「?」付きで中田加恵子らの氏名が書き込まれている。そこに、新たにDが加わっていた。だが、氏名さえ分かっていない。

「で、管理官は」

「一旦、東京に戻った。若松雅弥の自宅のパソコンから、四人目の名前が割り出せそうだっていうんでな。それが、このDだといいんだが」

　捜査は着々と進展している。音道にたどり着くのは、時間の問題だった。

「井川の車はあのまま東京に行って、現在も都内にいる。奴らがこっちに戻ってくるまでに、音道の居場所を把握して救出するのが理想だ」

「最悪の場合、奴らを追尾して、アジトを発見するより仕方ないわけですよね」

　安江という捜査員が、もぐもぐと顎を動かしながら呟いた。係長は難しい表情のまま腕組みをして、深々とため息をつく。

「本当は、先に音道を救出しておいて、奴らを待ち伏せしたいところなんだが。問題は、いつ頃戻ってくるかだ」

「取りあえず、急ぎましょう」

　四十前後の出原という捜査員が、海苔のついた指をしゃぶりながら腰を上げた。滝沢も立ち上がり、最後に茶で口をすすいだ。満腹になっては眠気が襲ってくる。この程度でやめておいた方が良い。

　変装のための衣服や小道具を置いてある部屋へ行くと、平嶋がその中央でアイロンがけをしていた。ひっつめ頭と眼鏡はいつも通りだが、首からタオルをかけて、額に汗を浮かべながら手を動かしている。

「おう、来てたのか」

彼女は眼鏡がずり落ちかかって、少しばかり間が抜けた顔で滝沢を見上げ、「はい」と頷いた。つい、そういう格好が似合うじゃねえかと言いかけて、滝沢はその言葉を呑み込んだ。平嶋がアイロンをかけているのが、これから滝沢たちが着ようとしていた電気工事の作業員風に見える水色のシャツだったからだ。

「すぐ、済みます。畳みじわがついてたものですから」

せっせと手を動かす彼女の顎から、汗の滴が落ちた。平嶋は、確か昨日までは、ひたすら音道の携帯電話を鳴らし続けるという役目を仰せつかっていたはずだ。そして今は、アイロンをかけている。地味な仕事を、文句も言わずによくやっていると思う。アイロンがしゅうと音をたてて蒸気を噴いた。

「まだ熱くて申し訳ないですけど」

アイロンをかけたばかりのシャツなんて、これもまた久しぶりに着る。さっきの握り飯といい、どうも感傷的になっているのは、この宿の懐かしい雰囲気のせいかも知れなかった。滝沢は「おう」と言いながらシャツを受け取り、その場で着替えを始めた。シャツの胸には濃い青色の糸で「板倉電気サービス」という文字が刺繍《ししゆう》されている。まったく架空の会社だが、いかにもそれらしく見えてくるから不思議なものだ。

「洗うものあったら、出しておいて下さい。まとめて洗いますから」

「お前、そんなために呼ばれたのか」

「そうじゃないんですが——音道刑事には電話し続けているんですけど、その合間に他のことも出来ると思って」

男たちがパンツ一枚になって着替えている中で、平嶋だけが表情も変えずに、白いブラウスにベージュのパンツという出で立ちで、細々《こまごま》と動き回り、脱ぎ散らしたシャツなどをかき集めている。まるで全員の女房役のようだ。

「いいよ。放っておけよ」

「誰かがやることですから。あ、滝沢さん、その服装だったら靴下、白っぽい方がいいと思います」

なかなか憎いことを言う。滝沢はふん、と鼻を鳴らしながら、「編み上げ靴なんだぞ、見えやしねえ」と答えた。

「あ、そうですね。すみません」

平嶋は慌てたようにぺこりと頭を下げる。そして、やはりアイロンをあてたらしい作業ズボンを差し出した。滝沢は黙ってそれを受け取った。滝沢の腹回りは、優に九十センチを越えている。それでも穿《は》けるサイズを選び出してあるのだから大したものだ。

午後零時三十分、数点のペンチやドライバーなどの工具を差し込めるベルトを巻いて、滑り止めのついた軍手を尻のポケットに突っ込み、黒い編み上げ靴に帽子という格好で、滝沢は保戸田と共に旅館を出た。音もなく小糠雨が降り続いていて、熱海の街はさらにひっそりと淋しく見える。急な坂道を、つんのめりそうになりながら歩くうち、早くもシャツが湿り始めた。下には当然のことながら防刃防弾チョッキを着ているから、かさばる上に蒸れてかなわない。すぐに汗が滲んできた。坂道は、時折は車や観光バスが往来するが、その他は、温泉街らしい華やかささえ感じられない、灰色の風景が広がっているばかりだった。

地図を頼りに、廃墟と化している旅館やホテルだけを丹念に見て歩く。それらの中には、かつて熱海を訪ねたときに、確かに見た覚えのある建物も含まれていた。坂の途中に建つ、それなりに名前が知れていたはずの大きなホテルさえ、ガラスは曇り、それこそ毎日、何百人もの客を出迎えたはずの入り口には、片隅に枯れ葉やゴミがたまっていた。観光バスが乗り付けたに違いない駐車場もがらんとしていて、「歓迎」と書かれた黒い板が虚しく立っているだけだ。植え込みなどはまださほど荒れていないところを見ると、廃業に追い込まれてから、さほどの時が流れているわけではないのかも知れない。

「ここじゃあ、人目に付きすぎますかね」

「裏に回ってみないことにはな」

曇りガラスを通して、がらんとしたロビーがのぞける。敷き詰められたカーペットの空間の向こうには帳場らしいものが見え、藍染めの暖簾《のれん》が下がっていた。今にもそこから人が顔を出しそうな気配だが、やはり廃ビルには変わりがない。滝沢は保戸田と二手に分かれ、左右から建物の脇に回り込むことにした。道路からそれると、急な斜面になる。石垣が積まれて、ツツジか何かの植え込みが見えた。ここは鉄柵などは巡らせていない。入り込むことも不可能という感じではなかった。

――この石垣をよじ登れば。

だが、梯子でも使わない限りは無理だ。頻繁に出入りしていれば、石垣に傷の一つもつきそうなものだが、そんなものも見あたらないし、第一、ここではやはり人目に付きすぎる。その先は、コンクリートが断崖のようになっていて、とても裏までは行かれなかった。正面に戻ると、保戸田も小走りに戻ってくるところだった。やはり顔の前で小さくバツを作っている。滝沢は正面玄関の、屋根の張り出した部分で雨を避けながら地図を取り出し、この建物の部分にバツ印をつけた。

「客室からは、海が綺麗に見えたでしょうね」

「見晴らしは抜群だったろうな」

旅館業というものが、どの程度の運転資金で動くものなのか分からないが、これだけの巨大な建物だ。維持費もかかれば負債も相当なものなのだろうと思われた。だが、車も往来する道に面して、これだけ場所をとっていた建物が廃墟になるというのは、街全体のイメージダウンにもつながるに違いない。不況、不景気とは聞いていたが、やはり、夜では分からない深刻さが改めて感じられる。

「昨日はここを曲がったんですよね」

「入り組んでいやがるからな。広い通り沿いからつぶしていくか」

坂道を下りきり、国道を右に曲がる。雨に煙る海の向こうに初島が見えた。歩いている人間は誰もいない。車の行き来も、そう多いとは言えなかった。

「昔は車でこの辺までさしかかると、すごかったものだけどな。車だって渋滞しちまって、この先までなかなか行かれなかったくらいだ」

「海沿いにもう一本、道が出来たんですよね。その頃でも、歩いてる人は多かったような気がするな」

「お宮の松も泣いてるこったろう」

「今どき、『金色夜叉』なんか知ってる奴ら、そういないですよ」

なるほどな。誰が誰に蹴飛ばされようと、知ったこっちゃないってとこか。それに、今の時代なら、蹴飛ばされるのは野郎の方かも知れん。そんなことを考えているうち、すぐに次の廃ビルに行き当たった。海に面した一等地だろうに、やはり見る影もない。土埃を被っている正面を少し観察すれば、ひび割れが走っている箇所あり、タイルの剝がれ落ちた箇所ありで、金属部分には赤錆が浮き、庇《ひさし》は黒々としたカビに侵食されていた。看板はとうに取り外されており、何という名前の宿だったかも分からなくなっていた。

　横に回り込むと、隣の建物との隙間は狭く、じめじめとした小道が頼りなく延びていた。その正面に急な石段があり、またどこかへ抜けられるようだ。滝沢は再び保戸田と手分けして、その建物の周囲を歩き回った。

　まるでトンネルのような独特の雰囲気を持った小道だった。何本もの鉄パイプが辺りをはい回り、建物の脇腹辺りにとってつけたようなコンクリートブロックの一角が出っ張っていたりする。試しにドアノブを捻ってみると、意外にすんなりと開いた。途端に鼓動が速くなる。

「すいませんねえ、どなたか、いますか」

　つい、声をかけながらドアを引いてみる。湿ったセメントの匂いが充満している。中には角材などが乱雑に放り込んであるだけだ。かつては何か他の目的に使っていたのかも知れないが、今は完全な資材置き場になっている。施錠されていないのは不用心な話だが、ここから盗んでいって役に立つものがあるようにも見えなかった。それに、人が隠れられるような隙間もない。思わずほっとため息をつきながら、アルミ製の安っぽい扉を閉める。その横には、やはり錆びきった鉄の階段があった。滝沢は軍手をはめて、その急な階段に足をかけた。

非常階段というわけでもないのだろうが、先ほどの資材置き場の上あたりにドアがある。そっとドアノブを捻る。

——開いてる。

一旦、治まりかけた鼓動が、また速くなった。滝沢は息を殺して、ドアノブを引いた。ぎし、と嫌な音がする。それだけで、全身に鳥肌が立った。いかん。ここが敵のアジトなら、気付かれる危険がある。慌ててドアを閉め直し、足を滑らせないように階段を下りる。急いで保戸田を呼んで、その場から係長に報告を入れた。

「入れる建物があります」

「中には入ってないだろうな」

「入ってません」

「了解っ。急行する。目立たない場所で待機していてくれ」

二軒目で、こんな建物に行き当たるなんて、これはついてると思った。だが、その一方では、果たして海岸近くの、比較的人目に付きやすい場所に、人質を監禁したりするものだろうかという気もする。とにかく確かめることだ。車の通りが途絶えたところで海側に国道を渡り、その建物から二十メートルほど離れた場所で、滝沢と保戸田とは煙草を吸いながら係長を待った。湿った灰色の風景の中に、やはり灰色の煙が溶けて流れていく。

——あそこであってくれ。いてくれよ。

雨足が、少し強くなったようだ。帽子の庇に、ぽつぽつと音がする。汗か雨か分からないが、いつの間にか顔も湿っていた。その顔を軍手で拭いながら、滝沢は苛々と柴田係長の到着を待った。時刻は午後一時十五分を回ったところだった。

「ああっ、畜生！」

果てしなく続くかと思われた沈黙を、ふいに怒声が破った。貴子は全身を総毛立たせたまま、恐る恐る声の主を見た。さっきから奥の部屋の、貴子からも見える位置で、壁に寄りかかっていた鶴見が手元の何かを見つめている。

「何でだよ、こんな時に！」

彼はまた怒鳴った。貴子は肩をすくめ、恐る恐る鶴見の顔を窺った。だが、彼はこちらは向いていない。怒りは、貴子に向けられたものではないらしかった。それでも油断は禁物だ。息を呑み、目を凝らして、ひたすら鶴見を見つめる。彼はしばらくの間、自分の手元を見ていたが、やがて全身の力を抜き、ほうっとため息をついて壁に寄りかかった。顔を上に向け、首を回している。

「——何よ。どうしたの」

加恵子の無感動な声が聞こえた。今、彼女は貴子からは見えない位置にいる。鶴見が薬局から戻ってきて、奥の部屋に陣取って以来、彼女は貴子の視界から消えていた。ただ、時折交わされる鶴見との短い会話で、彼女が眠っているわけでもなく、ただ、その場にいることが分かるというだけだ。

「電池が切れちまった。せっかくここまで、やったのによ」

「しょうがないわね」

ちっ、と舌打ちが聞こえてきた。これではっきりした。鶴見という男は、さっきから一心不乱に、子どもと同じようなポケットタイプの電子ゲームに興じていたのだ。

「音楽でも、聴いてたら」

「そっちも、もう飽きたんだ」

「別の何か、聴けばいいじゃない」

「他の奴は全部、車に置いてきたんだよ。まいったなあ」

また、舌打ちの音が聞こえる。貴子は膝を抱えた姿勢のまま、再びうつむいた。音楽。今の貴子には、もっとも縁遠いもののように思える。もしかすると、もう二度と、そんなものに触れる機会は訪れないのかも知れない。

「電話、ないな。どうしてるんだろう」

「してみれば」

「あんた、堤に電話したらどうだい」

「また殴られたら、嫌だから」

鶴見は「そうか」と答えている。顔は隠せないにしても、彼女があそこまで全身に傷を負っていることまでは、鶴見は知らないに違いない。貴子は、さっき見た加恵子の全身を思い出し、同時に、自分にのしかかってきたときの堤の顔を思い出していた。目が覚めた瞬間に見た、あの顔。凶悪というよりも邪悪だと感じた切れ長の目が、もう何度となく繰り返して思い出されていた。その都度、胸がむかつき、吐き気がしてくる。怒りと恐怖がない交ぜになって、息苦しさに襲われる。あの目。あの顔。あの声。あの、顔に押しつけられ口を塞いだ手の感触――。たまらない。うつむいたまま、貴子は何度も深呼吸を繰り返した。冷や汗か、または脂汗だろうか。頭の天辺から、一気に額を伝って汗が滴り落ちてきた。脳貧血でも起こしそうだ。

「しかし、ひどいよな。あんた、よく我慢してるよ」

鶴見の声が遠く聞こえる。

「こんなこと言うのも何だけどさ、あいつ、まともじゃないじゃないか」

「私たちの中に、まともな人間がいる？」

「そりゃあ、そうだけど――」

「まともじゃないって言ったら、私だってまともじゃないわよ。あの子を手伝って、あんなことまでしてるのよ」

下腹が痛くなってきた。駄目だ。本当に目の前に黒いしみが広がっていく。貴子は壁にもたせていた背中を少しずつずらし、廊下に倒れ込んだ。暑いのか寒いのか分からない。

「何だ――寝たのかな」

意識はあるつもりだ。だが、鶴見の声は、まるで幻のように遠く、現実感を伴わなかった。おい、おい、と呼ぶ声がする。ごそごそと人の気配がして、人の手が額に触れた。

「どうしたの」

今度は加恵子の声だ。だが貴子は、小さくかぶりを振るだけで精一杯だった。

「貧血じゃないかしら。ろくに食べさせてないんだし、ショックも続いてるのよ」

「やっぱり女だな。意外にだらしないじゃないか」

「何、言ってんのよ。あんな目に遭わされて、普通でいられる女なんか、いやしないわよ。ねえ、刑事さん、大丈夫」

哀れまれている。それが情けなかった。身体が骨の髄まで冷え切っているようだ。

「こんなんじゃ、明日、使いものにならないわよ」

「そりゃあ、困る。あんただって、そんななんだし」

「だったら、少し楽にさせなきゃ。ねえ、何か温かいもの、食べさせられない？」

「ここで？　無理に決まってるじゃないか」

起きていなければならないと思う。だが、このまま眠ってしまいたい気持ちもあった。もう、何も分からない方が良いのだ。たとえ、二度と目覚めることがないとしても、その方が楽なのかも知れない。

「私、向こうの部屋に魔法瓶、置いてあるんだけど。あれに、お湯、もらってきてもらえない？　それとインスタントのスープか何か買ってきてもらえればいいんだけど」

加恵子の指示に、鶴見が何とか言って答えている。だが、耳鳴りがして、上手に聞き取ることが出来なかった。冷たい汗が服の下を伝う。目を閉じたまま、何度か深呼吸をしてみたが、目の前の闇は広がるばかりだった。

乾いたタオルの感触に気付いた時、一瞬、すぐに目を開けようかどうしようか躊躇《ためら》いがあった。あの顔が見える気がする。今度、同じ目に遭ったら、どうにかなってしまいそうだ。貴子は息を殺し、気配を探った。タオルが額の汗を拭っている。首筋にも柔らかくあてられた。

「——ありがとう」

そっと囁いてみた。

「大丈夫よ。温かいもの、買いにいってもらったから」

加恵子の声がする。その声に励まされて、貴子はようやく目を開けた。加恵子の顔の腫れは幾分引いたようだ。だが、生々しい痣は相変わらずだった。

「私——気絶してた？　何分くらい」

「ほんの五、六分。気分は」

「さっきより、楽になったわ」

横になったままで加恵子の顔を見上げる。いつの間にか頭の下にもタオルがあてられていた。その感触が、心を揺さぶる。温かさ。柔らかさ。こんなタオル一枚に、すがりつきたい気持ちになるなんて。

「あなたには、元気でいてもらわなきゃ困るのよ。だから渋々でも行ったのね。まあ、自分のものも買いたかったんだろうけど」

「——明日、また何かしようとしてるの」

仰向けになって、改めて加恵子を見上げてみる。さっきまでの耳鳴りや腹痛が嘘のように、呼吸さえ少し楽になっていた。悪寒も遠のいてきたようだ。それにつれて冷静さが戻ってくる。こうしている場合ではない。何かしなければならない。あなたの代わりに」

「私を、使うつもりなんでしょう。あなたの代わりに」

加恵子は黙って目を伏せる。瘦せた肩が微かに上下した。

「中田さん、分かってるんでしょう？　こんなことして、無事に逃げられるはずがないって。その上、私までこんな目に遭わせてたら、もう百パーセント、望みはないって」

「――そう、でしょうね」

「でも、一つだけ望みがあるわ。分かる？」

加恵子が貴子の視線を受け止めた。貴子は両手を伸ばして、彼女の手に触れた。

「私と一緒に、ここから逃げること。その足で、警察に駆け込むこと」

加恵子の腕を両手で握り、貴子はその腕を自分に引き寄せた。加恵子は意外なほど無抵抗に、黙ってされるままになっている。

「ねえ、今ならまだ多少の望みがある。これ以上、深みにはまったら、本当にもう取り返しがつかなくなるのよ」

痣に囲まれた左の眼球は、相変わらず真っ赤に充血していた。まともな方の右目だけが、落ち着きなく揺れたように見えた。

「望みっていったって――」

「諦めないでよ、ねえ！　私も、精一杯のことをするから。あなたが自分の意志で犯行に加わったわけじゃないこと、堤の暴力を恐れるあまり、言いなりになるしかなかったって、私が証言するから！」

思わず腕を強く引くと、彼女の口から「痛い」という言葉が洩れた。貴子は慌てて手の力を緩めた。

「――こんな目にまで遭わされて、何のために、これ以上、あんな男と一緒にいるの？　このままだとあなた、殺されるわよ」

「――そうかもね」

「そうかもね、じゃないわよ、諦めないでよ、ねえ！　今がチャンスじゃない。鶴見が戻ってくる前に、一緒に逃げよう！」

加恵子は黙ってこちらを見つめている。そして、深々とため息をつきながら、首を振った。

「鍵を——持ってないのよ。言ったでしょう？　一緒に逃げたくても、その南京錠の鍵を、持ってないの」

目眩《めまい》がしてくる。貴子は必死で考えを巡らせた。何か工具はないのか。鎖を切れる方法はないものか。だが加恵子は、「無駄よ」と呟いただけだった。

「ドライバー一本、ありゃしないのよ。その鎖を切れるような道具なんか、何もない」

「だったら——だったら、電話を貸して。警察に電話するわ。ここの場所を教える」

加恵子は途端に怯えた表情になり、「そんなこと、出来ないわ」とかぶりを振った。

「あの人を裏切ることなんて、出来ない——そんなことしたら、それこそ何をされるか分からない」

「その前に逃げるんじゃないの！　他に方法がないのよ。今のうちに逃げないと、本当におしまいよ。中田さん、あなた、やり直さなきゃ。これで、こんなことで終わったら——あなたの人生って、本当に何だったのよ」

怒りで胸が苦しかった。重い頭を起こし、貴子はやっとの思いで起き上がった。相変わらず嫌な汗をかいている。熱っぽい。呼吸が乱れていた。

「——あんまりじゃない。こんな人生なんて」

加恵子の頬が小さく震えた。彼女は横を向き、一点を見つめている。やがて震える唇が「本当よね」と呟いた。頬を涙が伝って落ちる。

「こんな、人生なんてね」

「諦めないで。まだ、終わったわけじゃないじゃない。人生、何年の時代だと思ってるの？　これからの人生を考えたって、いいじゃない。きちんと償って、全部、清算して、それでもまだ、あなたには時間があるわ」

指の腹で何度も涙を拭い、彼女はただ横を向いている。肩に手を置いてやりたいと思う。だが、触れられただけで痛むはずだと分かっているから、どうすることも出来なかった。貴子は「ねえ」と彼女の横顔に語りかけた。

「私に、どうしてあんな話、聞かせたの。生い立ちのことなんか」

鼻をすする音がした。彼女は何度も涙を拭い、わずかに上を向いて「どうしてかしらね」と言った。ため息。静寂。時間が流れる。苛立ちが募る。だが貴子は、辛抱強く彼女を見つめていた。

「これまで、誰にも言ったことなんかなかったのにね。何か——本当の私のことを知ってる人が、世の中にただの一人もいないんだなあって、そんな風に思ったら、何となく、かしら」

ただの一人も。そんな孤独があるだろうか。貴子の理解の範囲を超えていると思う。だが、知りたかった。少しでも、この人に近付きたい気がした。

「最初はさ、何ていうか——あなたに、私の何が分かるのって、そういう気持ちだったわよね。実の親や兄弟と暮らしてきて、真っ直ぐに育って、正義感も強くて、今だって、自分の仕事に誇りを持って——陽の当たるところだけ歩いてきたあなたに、私の何が分かるのよってね。でも——考えてみたら私、これまでに友だちって呼べる人も一人もいなくて、それに、あなた、妹と同じくらいの年頃なんだなあと思ったらさ——何となくね」

「——妹さん、どうしてるかしらね」

加恵子は疲れ果てたようなため息と共に「さあ」と言う。

「死んだと思ってたお姉さんが、本当は生きてるって知ったら、どうだと思う？　そのお姉さんが、どんな思いをして、どんな苦労をして生きてきたか知ったら、どう思うかしら」

両手で顔を覆って、加恵子は嗚咽を洩らしていた。貴子は、彼女が痛がらない程度に気を配りながら、その細い肩に手を置いた。

「私だったら——悔しくて、可哀想で、いられない。何も知らずに可愛がられて育った自分を、それだけで申し訳なく思うわ。せめて、これからでも幸せになって欲しいと思う。その為なら、出来る限りのことをしたいと思う」

加恵子の肩が激しく震えた。泣いている。初めて、涙を流している。数分間、そうして泣き続け、彼女は声を詰まらせながら「ねえ」と言った。

「前に——私がバッグをひったくられた時、写真が入ってたって、言ったでしょう。何とか、探してもらえないかって」

そうだった。バッグも財布も諦める。だが、写真だけは取り返したいと加恵子は言っていた。

「あの写真て——」

「新聞に載ってた写真のコピーだったのよ。ぼんやりしていて、よく分からなかったけど、でも、両親と一緒に写ってた、三歳の私の写真だったの——だから、どうしても探してほしかった。私の、たった一つのお守りみたいなものだったから」

「——ごめんなさいね。力になれなかった。私なりに、一生懸命、探したんだけどね」

顔を覆いながら、加恵子は何度も首を振った。もしも無事にここから逃げ出すことが出来たら、加恵子の実の家族を訪ねてみよう。そして、その頃には法に裁かれる身になっているに違いない加恵子に、何とかして面会出来るようにしてやりたい。そのことを口にすると、加恵子は慌てたように顔を上げた。

「やめてよ！　今さら、犯罪者の身内なんか、誰が欲しいと思う？　私は、あの家の人達にとっては、もうとっくに死んだ人間なのよ」

「でも、中田さんは会いたいんでしょう？　本当のご両親や妹弟に、ちゃんと名乗ってみたいんでしょう？　会うべきよ。辛かった、悲しかったって、言うべきよ」

加恵子は、ぼんやりとこちらを見つめている。その視線が、虚ろに宙をさまよった。

「ご両親は、本当はどこかで生きていて欲しいって、絶対に思ってる。諦めきれてないに決まってるわ。

だって、死体が出たわけでも何でもないんだもの、けじめをつけるために、後から生まれた子どもたちのために、死んだことにしてるのかも知れないけど、心の底からそう思ってるわけがないじゃない。あなたを見て、笑ってる顔を覚えてるんでしょう？　可愛くて可愛くてたまらなかった子どものことを、誰がそんな簡単に諦められると思う？　きっと、どこかで元気に生きていて欲しい、生きていてくれるはずだって、そう思ってるわ」

やがて、その口から「会いたい」という呟きが洩れた。

「――会いたい。本当の両親ていう人達に、会ってみたいわ。あの時のお下げの女の子が、どんな大人になってるか、見てみたい――私を許してくれるのなら、本当の名前で、呼んでもらいたい」

「許すに、決まってるじゃない。第一、三歳の女の子の、どこが悪かったっていうの。ご両親こそ、中田さんに――謝りたいと思ってるはずよ。独りぼっちにさせてご免ね、怖い思いさせて、苦労させてご免ねって」

加恵子は、また顔を覆って泣いた。彼女の肩に置いた手の、腕時計が三時を指そうとしている。鶴見が出かけていったのは何分前だっただろうか。もう、戻ってきてしまうかも知れない。

「だから、その為にも、逃げなきゃ。ねえ、中田さん！　一緒に！」

「だって――本当に、何も持ってないのよ」

「だったら、電話。ねえ、私の電話はあるんでしょう？　持ってきて、早く！　約束するから、一緒に逃げるって」

加恵子が迷ったような顔でこちらを見たとき、部屋のすぐ外で携帯電話の鳴る音がした。貴子と加恵子とは思わず手を握り合ったまま、全身を強張らせた。振り返ると、部屋の入り口に、耳に電話を押し当てた鶴見が仁王立ちになっている。

「ああ、俺――ああ、ああ、分かった。女？　いるよ。ああ、二人で仲良くお喋りしてるさ」

鶴見は、真っ直ぐにこちらを見据えていた。恐怖と絶望感が、全身の力を奪い取っていく。

「ええ？　ああ、仲良くな。まあ、女同士だからさ——大丈夫だって。ちゃんと見張ってるからさ——ああ、分かった。じゃあ」

電話を切り、同時に鶴見は、大股で部屋に入ってきた。貴子は、ただ全身を強張らせ、男を見上げているより他に出来ることがなかった。目を逸らしたいのは山々だが、その間に襲いかかられたらどうしようと思うから、相手から目が離せなかった。

「心配するな、殴ったりしないよ。俺は堤や井川さんと違って、女に暴力振るうっていうの、嫌いなんだ。それに、あんたには明日、存分に働いてもらわなきゃなんねえんだから」

「働くって——」

「それは、明日になっての、お、た、の、し、み。せいぜい、体力でもつけてもらわなきゃ、俺らの計画が水の泡になっちまう。どこにも電話できなくて、残念だったねえ」

言いながら、鶴見は「ほい」と手に提げていた袋を加恵子の前に差し出す。加恵子が、おずおずとその荷物を受け取った。

「湯ももらってきてやったから。せいぜい、温かいスープでも飲ませてやれよ」

鶴見は貴子と加恵子の間を割るようにしてまたぎ、奥の部屋へ行った。さっきと同じ場所に座り込み、またゲーム機を手にとる。電池が交換出来ると、彼は、今度はヘッドホンステレオを取り出し、それを聴きながらゲームに興じ始めた。しばらくの沈黙の後、「そういえばさ」と、また鶴見が口を開いた。

「井川さんたち、もう一カ所寄ったら、戻ってくるってさ。今、レンタカー屋で車を借りたところだからって」

ああ、逃げられないのか。説得に時間がかかりすぎた。蘇《よみがえ》りそうだった気力が、また萎《な》える。貴子はうなだれたまま、横目で加恵子を見た。彼女の顔からは表情が失われていた。ただ機械のように、鶴見が買ってきた紙コップ付きのスープに湯を注いでいる。

貴子は、黙々とゲームに興じる鶴見を観察し、また加恵子に視線を戻した。湯気を立てているカップスープを受け取るとき、「ありがとう」と囁《ささや》くと、加恵子は微かに眉根を寄せて、首を振る。そして、わざと前屈みになって荷物を片付けるふりをしながら、貴子の近くで囁いた。

「何も、聴いてないかも知れないから。格好だけで」

なるほど、そういう小細工をする男なのか。貴子は改めて鶴見を見た。彼は、一心にゲーム機を見つめている。貴子は、しばらくの間、黙ってスープの湯気を吹き、熱い液体をすすった。まだ、生きているのだと思う。普段は見向きもしないインスタントスープが、こんなにも旨く感じられた。空っぽの胃袋が徐々に温まり、それにつれて、気持ちが落ち着いてくる。

「――約束するわ」

紙コップで口元をふさいだまま、加恵子に聞こえる程度の声で囁く。

「必ず、あなたを本当の家族に会わせる。あなたを庄司直子に戻れるようにするからね」

無表情な加恵子の、虚ろな瞳が、ひたと貴子を見つめる。貴子も、その瞳を見つめ返した。ここで諦めるわけにはいかない。だから、あなたも。精一杯に思いを込めて、貴子はしばらくの間、加恵子を見つめていた。

11

午後三時五十分。国分寺市の鉄道総合技術研究所近くで井川の車が発見されたという連絡を、滝沢は指揮車両の中で聞いた。外から見れば、普通のバスにしか見えない乗り物だが、中に入れば非常にコンパクトに仕上げられた指令本部といった感じの車だ。この車のお陰で、特殊班はたとえば現場周辺に適当な建物が見つからず、借り受けることが困難な場合でも、捜査活動に支障を来すことがない。すべての窓には特殊フィルムが貼られていて、外からではまるで分からないが、中に入ればちょっとしたＳＦ

た服は、既にぐっしょり濡れており、車内に効いているエアコンと共に体温を奪っていく。作業員を装った服は、既にぐっしょり濡れており、

映画の世界のようだ。十五分ほど前から、滝沢と保戸田とは、その車に乗り込んでいた。作業員を装った服は、既にぐっしょり濡れており、車内に効いているエアコンと共に体温を奪っていく。

「目くらましのつもりか」

柴田係長が憮然《ぶぜん》とした表情で呟いた。その向こうで東京からとんぼ返りしてきた吉村管理官も腕組みをしている。携帯電話の電波は、刻々と移動を続けているのだ。そして現在の位置は、国分寺からはかなり離れた新宿近辺という連絡が入っている。二つの電話は時折、その電波の発信地が離れるが、ほぼ同位置にあることが確認されている。つまり最低二人の人間が、一つずつ電話を持って行動しているということだ。

「何でもいいですけど、なるべく長く都内にいてもらいたいですよ」

滝沢はうなだれたまま答えた。身体を温めるつもりで薄いコーヒーを飲んでいるが、それだけでは補えない疲労感が背中に貼り付いている。

廃墟が多すぎるのだ。最初に、中に入り込めるビルを見つけたときには、これですぐにも音道を見つけ出せると意気込んだものだが、他の捜査員が内偵に入ったところ、中に人はおらず、また、最近、誰かが使用したと思われる形跡も見つからなかった。胸を高鳴らせ、息を詰めて待ち構えていた滝沢に、その答えはあまりにも無情に聞こえた。

気を取り直して次の建物に当たる。きちんと鉄柵を巡らせてあったり、一階の窓にはすべて板を打ち付けてあるような建物でも、取りあえず隅々まで見て歩き、本当に入れそうな隙間がないと分かると、次のビルに移る。やがて、また入り込める場所を見つける。内偵が入る。結果は白。そんなことを繰り返している。肉体的な疲労というよりも、これは、忍耐と緊張、興奮と落胆の繰り返しから来る、完璧なストレスの結果の疲れに違いなかった。

「――くそったれが。どこにいやがるんだ」

つい一人で毒づきながら、やたらと煙草を吸う。吐き出す煙がエアコンの風にかき回されて不自然に

広がっていくのを眺めていると、否応なく悪い想像ばかりが浮かんでくる。これで、最後にあいつの死体を発見するようなことにでもなったら、まさしくやり切れない。さらさら流れる生命の砂は、あとどれくらい残っているのだろうか。

「戻ってきました！」

運転席にいた捜査員の声と同時に、前方のバスの扉が開いた。滝沢は、飲みかけのコーヒーに煙草の吸い殻を落とし、乗り込んできた男を見つめた。額にかかる髪から雨の滴を垂らし、痩せてどす黒い顔をこちらに向けて、彼は力無く顔を左右に振った。

「確かに、人が入り込んだ形跡はありますがね、いずれも古いものです」

東丸という、滝沢よりも一つか二つ年長の主任は、その痩せて貧相な体つきと、肝臓でも悪そうな顔色、中途半端に伸びた髪から、これまでにも時折、ホームレスに変装することがあるという男だった。廃ビルなど、どこに人がひそんでいるか分からないような場合に、そういう変装が最も適していることがある。他にも、生存者を確認するための、救助犬的な訓練を施した警察犬を使用する場合もないわけではないのだが、万に一つも犯人と鉢合わせをした場合、疑われずに脱出することが最優先すべき課題であることを考えると、廃墟に大型犬を連れて入ることには、どうしても不自然さが伴う。やはり、ホームレスに扮するのがもっとも自然だった。今回、当初は滝沢がその役割を買って出たのだが、「そんなに健康状態のいいホームレスがいるかい」というひと言で、あっさりと却下になった。確かに、太鼓腹のホームレスなんて、滝沢もあまりお目にかかった記憶がない。

「座卓を立てて目隠しにして、その陰に布団を敷いてあるような場所も、あるにはあったんです。雑誌も転がってましたが、古いものばかりで、変色してました」

サイズの合わない、煮染めたような色合いのポロシャツを着込み、その上からは若い連中の着るような薄手のジャケットの、やはり故意に汚したものを羽織って、チェックのズボンにはベルト代わりに紐を通してあり、スニーカーも真っ黒なら、しわくちゃの紙袋を提げているという格好は、臭くないのが不思議なほど、見事なホームレスに見えた。しかも、東丸は髪を整髪料でべたべたにさせ、ところどころには房まで作って、その上から、軽く何かの粉をふっている。顔には何も塗っていないはずなのだが、昨日や今日、帰る家を失ったわけではないといった雰囲気が十分に醸し出されていた。東丸はその格好で、一人で建物に潜入し、ワイヤレスの高感度マイクを通して中の様子を逐一報告してきていた。その度胸は、外見からは想像もつかないほどのものだ。それなのに、しごく淡々とした様子で椅子に腰掛ける彼を見て、滝沢は「よし」と小さなかけ声をかけながら立ち上がった。こっちも、疲れてなどいられない。

「暗くなる前に、何とか見つけ出さなきゃなりませんわな」

他の連中は、現在も営業を続けている宿泊施設やマンションなどをくまなく当たり続けていた。銀行、コンビニエンスストアー、熱海駅などにも張り込みがついている。無論、滝沢たちの担当外の地域にある廃ビルも、他の捜査員が調べて歩いている。雨に降りこめられ、静寂に沈んでいるように見える熱海の街を、今、確実に動き回っている連中がいるのである。徒労に終始しているような作業でも、確実に網の目は絞られているのだ。それを信じるしかなかった。

「頼むよ」

背後から声をかけられ、それに手で応えて、滝沢はバスを降りた。一時間ほど前には、一度、滝のような勢いになった雨は、今は嘘のように止んでいた。その代わりに、ねっとりと粘り着くような湿気が身体を包む。地図で確認したところ、滝沢たちが受け持っている地域で残っている廃ビルは、あと四カ所だった。

それにしても見れば見るほど、ビルの残骸というものは惨めに見えた。かつては観光客が佇み、海を眺めたに違いない窓辺に、枯れススキが鬱蒼《うっそう》と茂っている建物もあれば、屋上に洒落て作ったつもりの小さな庭園の木が、わずかな養分だけを吸い上げながら好き勝手に育ち、下から見上げても、不気味な枝を垂れ下げている建物もある。「海岸近道」「温水プール あります」などという看板も色あせ、錆を浮かせて、今は誰に読まれることもなく、虚しく埃にまみれているところも珍しくはなかった。吹き抜けにシャンデリアが自慢だったに違いない宿は、いつの間にか、そのシャンデリアが床に落ちて微塵に壊れていたし、白亜の建物だったことも過去になり、ただ黒いカビを生やして横たわる、廃船のような建物もあった。それらの一つ一つを、滝沢は注意深く見て歩いた。

入れそうな柵は動かしてみる。南京錠などが取り付けてある場合には、それも手にとって観察する。上れそうな梯子や階段には足をかける。巡らされた有刺鉄線からは中を覗き、手の届く範囲にあるドアというドア、窓という窓にも手を伸ばす。ことに、外から観察して明らかに家具が動かされているらしい様子が見て取れたり、上の方の階の窓が開いているような建物の場合は、特に警戒した。

路地を歩いていれば、時折、地元の住民らしい人間と行き合うこともあった。小さな子どもをすし詰め状態に乗せて、のろのろと坂道を走る軽ワゴン車を見かけたり、また引っ越しか廃業か、次々に家具を運び出している男たちや、どこかの宿に通いで勤めているらしい女を見かけたりもした。彼らは一様に、明らかによそ者である滝沢たちを一瞬、不思議そうな目で眺めはしたが、興味は長続きせず、そのまま通り過ぎていってしまう。

夏の虫がじいじいと鳴き始めた。夕暮れにはまだ早いと思うが、かといって陽も射しては来ず、蒸し暑く、どんよりとした濃密な空気が辺りに満ちている。時折、軍手の甲で首の回りの汗を拭いながら、滝沢は黙々と仕事をこなした。もう、保戸田と交わす言葉も見つからない。暗くなる前に、とにかく当たりをつけたい、その一心だった。

午後四時五十分。一軒目、二軒目は既に確認済みだった。次に海岸沿いから少し高台に上りかけた位置にある建物を調べることにする。その、すぐ横手にも巨大な廃ビルがあって、そこはさっき見て回っていた。海岸沿いの建物だとばかり思っていたら、高台に向けて増築を繰り返したらしい造りで、ずっと裏まで回ってみると、昨夜、暗い中で見つけた空き地に出た。しかも、途中の渡り廊下らしい場所は煤《すす》だらけになっており、明らかに火災を起こした建物だということが分かった。

建物同士の隙間はいずれも狭く、複雑に入り組んでいた。注意していないと、頭の上で別の建物だと思っていたものがつながっていたり、建物同士は離れていても、何かのパイプや電線などが走っていたりするから、どれとどれが独立した建物なのか、または別の施設なのかが分からなくなりそうだ。三軒目のビルは、一見すると、やはり海岸沿いのホテルとどこかでつながっているようにも見える、だが、明らかに別の独立した建物だった。

路地から精一杯、上階の方を眺めてみる。外壁は白く、階段風の建物なのか、途中に林のように育った植木が見えた。その上に、まだ建物があるようだ。コンクリートの壁は表面の塗装が剝げ落ちていて、客室の外のテラスも、錆で真っ赤に変色している。壁にはツタが這い、そのツタの下を、何本ものパイプが走っている。そして、行儀良く並んでいる客室の、いくつかの窓が、明らかに開いていた。障子は破れ、カーテンも切れているのがよく見える。滝沢は保戸田と頷きあい、その建物の周囲を歩いた。

塀の上には、やはり有刺鉄線が巡らされている。坂道の途中からは、一階の大広間らしいものを覗くことが出来た。片隅に大型の座卓が積み上げられ、土瓶が転がっている。かつては夜毎、大宴会が催されたのだろうに、その様子はあまりにも淋しく見えた。

急な斜面に建っているから、こちらが坂を登るにつれ、大広間は地階のようにも見えるようになる。入り口がどこなのか分からない。急に、とってつけたような瓦の庇があって、陽も当たらない場所に、小さな庭のようなものが作られていたりする。和洋折衷というか、節操がないというか、だが考えてみれば、確かに東京オリンピックの頃の観光旅館といったら、こんなものだったかも知れないという気がした。

歩いているうちに見つけた非常階段の周囲には、トタン板が巡らされていた。その上にも有刺鉄線がぐるぐる巻きになっていて、おいそれと破れる感じではない。かつて侵入者に荒らされ、その後、きっちりと回りを囲んだというところだろうか。さらに、塀に沿って歩く。急に建物が純和風建築に変わった。さほど大きくはないが、落ち着いた佇まいの、なかなか良さそうな宿ではないか。塀の上からは黒松が枝を伸ばしており、寄せ棟造りの建物は雨戸を閉め切りにされている。

「あれと、これ、つながっていやがるのか」

滝沢は、半ば呆気に取られて呟いた。最初は純和風の、こぢんまりとした旅館だったのだろう。それが、時代の波に乗って海側に増築を繰り返し、無節操な建物になってしまったのかも知れない。かつては知る人ぞ知る、馴染み客ばかりだったような宿が、団体客を取るために、鉄筋コンクリート部分をくっつけたというところだろうか。そんなことを想像させられるほど、高台の方から見た雰囲気と、海側から見た様子では違っていた。丁寧に見て歩かなければ、一つの建物だということさえ、気付かないくらいだった。結局、門扉にもきちんと鎖が回されて南京錠がかかっていたし、人が入り込める状況ではないことが分かった。

「残りは一軒か」

思わずため息混じりに保戸田を見る。嫌でもため息が出た。

「鍵かけるんだったら、最初からきっちり、やっといてくれりゃあいいんだよな。誰かに入られた後にやるんじゃなくってよ」

つい愚痴も出る。その時、隣を歩いていた保戸田が、くるりときびすを返して、細い坂道を小走りに戻っていった。

「滝さん！」

改めて、確認したばかりの門扉の前に立ち、保戸田が小さく手招きをした。全開にすれば乗用車の二、三台はゆうに通れるほどの、鉄製の門の前だ。滝沢は素早く周囲に気を配りながら、坂道を転げ落ちるようにして彼に近付いた。保戸田は黙って門を閉じている鎖の部分を指さしている。鎖が巻き付けられ、南京錠が取り付けてある。それは、さっき見た。

「これ。鎖も鍵も、新品同様に見えないですか。雨に洗われたのかと思ったけど、それにしても」

滝沢は周囲を見回しながら、自分も鎖と南京錠を注意深く観察した。確かに、保戸田の言う通りだ。

さらに、その周囲を眺めると、鎖を巡らされている周辺には、鉄錆だらけの門扉に、いくつもの擦り傷がついている。滝沢は、今度はしゃがみ込んで地面を確かめた。コンクリートを盛り上げた形で打った上には、わずかに細かい鉄錆が落ちていた。三時頃まで降っていた雨の激しさを思えば、洗い流されていても良いはずだった。さらに、膝と両手を地面について、門扉の下を見る。長い間、放置されている門ならば、レールの上に土や枯れ葉などが詰まっていて良いはずだ。

——動かしてる。

思った通り、レールは約一メートルほどの長さだけ、埃が脇に寄せられていた。

「滝さん！」

背後から、再び保戸田に呼ばれて、滝沢は四つん這いになったまま振り返った。それから「うんせ」とかけ声をかけて立ち上がる。今度は保戸田は背伸びをして、門扉の向こうを指さしていた。立ち上がったところで、保戸田よりも身長の低い滝沢には、背伸びをしたって見えるわけがない。

「玄関の傍に、傘が立てかけてあるんですがね、その下に、水たまりが出来てるようなんです」

「本当か」

自分もそれを見たいと思った。急いで辺りを見回してみる。だが、踏み台に使えそうなものは見あたらなかった。この際、保戸田の観察眼を信ずるより他にない。

つまり、野郎たちは、ある意味で正々堂々と、門から廃ビルに出入りしていやがったということだろうか。だが、不可能な話ではない。鎖と南京錠の問題さえ片付いてしまえば、後は中を壊そうとどうしようと、かえって外界から遮断されている分、自由に出来るというわけだ。夜中に窓などから出入りしているよりも、ずっと安全な方法でもある。

「当たり、ですね」

「今度こそ、だな」

声をひそめて言葉を交わしながら、足早に、その建物から見えないところまで離れ、滝沢は保戸田と頷きあい、早速、無線で報告を入れた。耳の中で柴田係長の「すぐ行くっ」という声が聞こえた。

「ですが、相手は南京錠を付け替えてるようなんです。簡単には入れないようですが」

「いいから、そこにいてくれ」

係長の声は、いつになく性急に聞こえた。五分もしないうちに、ジャージ姿の男が大股で歩いてきた。係長だ。その後ろから、服装とはまるで異なる、きびきびとした歩調のホームレスがやってくる。東丸に違いなかった。

「丸さん、行かせるんですか。どうやって」

「入り口がなきゃ、作りゃあいい」

係長はわずかに息を弾ませながら、ポケットからペンチを取り出した。滝沢は素早く保戸田の腕を叩いた。

「おい、入れるんだったら、どこからが一番かな」

弾かれたように保戸田が走り出した。そして、坂道の途中から日当たりの悪い庭の一角を指さす。外壁の途中から、唐突に瓦の庇が飛び出している辺りだ。確かに、そこならば建物自体が凹んでいるし、上から見ても分かりにくく、飛び降りるには最適だった。後はすべてジェスチャーでのやりとりだった。ここ、ここです。おう、了解。大丈夫そうか。大丈夫でしょう。塀に沿って行けば、玄関先に回れるはずです。この広間の前を抜けることになるが。行ってみますよ――。

東丸が落ち着いた表情で、ゆっくり頷いた。係長も頷き返し、素早く周囲を見回すと、その場で有刺鉄線を切断した。びん、と鈍い音をさせ宙に突き出して揺れている鉄線を、滝沢が、軍手をはめた手で出来るだけ大きく開いた。有刺鉄線を切る音だけが、小さく聞こえる。保戸田は坂の上に立ち、人が来ないか様子を探っていた。

人が一人、通れるだけの隙間を作ると、東丸は意外なほど身軽に、一・五メートルほどの高さから、敷地内に飛び降りた。そして、こちらに向かって小さく手を振ると、小脇に紙袋を抱えたまま、ゆっくりと歩き始めた。見ているだけで、生唾を飲み込む音が耳の中で響く。やがて、係長のイヤホンに、彼からの報告が届き始めたようだ。

「――了解。開くんだな。くれぐれも注意してくれよ。これが本番かも知れん」

話しながら歩き始めた係長を、滝沢たちは、例のⒽマークのついている空き地に案内した。建物からは少し離れるが、まるで見えないわけではない。この広場の下はかなり急な斜面になっており、松の林が広がっていた。その松の木越しに、熱海の海岸を見渡すことが出来た。海岸線は緩やかに弧を描いており、こんな天候にも拘わらず、海岸の砂は白く、美しく見えた。

「――ああ、雨戸がな。丸さんの、腕の見せどころだ。上手に、やってくれや」

東丸からの報告が、滝沢たちに聞こえないのは残念至極だった。だが一点を見つめ、眉間の皺をさらに深くして、孤独と緊張の極みにいるはずの東丸を一人で支えている係長を見ているだけで、自然にこちらも息を殺してしまう。

「――階段の？　そうか――いよいよ、かも知れんな。気をつけてくれよ、おい。頼むよ」

言いながら、係長は滝沢を見た。そして、指揮車両の管理官に報告をしろと言う。滝沢は勇んで自分のワイヤレスマイクをオンにした。今現在、東丸が内偵に入っていること、確かに人の気配があるらしいことを報告すると、管理官は、その廃墟がどの位置の、どんな建物なのかを詳しく聞いてきた。

「火事で燃えたホテルの近くなんですが――高台から海に向かって、かなり細長い建物で、入り口付近は、純和風、海側は洋風のホテルって感じの建物です。どうぞ」

〈了解。こちらで照会する。係長は、そこにいるんだな。どうぞ〉

「東丸さんの報告を受けてます。どうぞ」

〈了解っ。東丸刑事からＳＯＳが入ったら、すぐに飛び込め。そうでない限りは、待機してくれ。以上〉

「了解、以上！」

心臓が、かつてないほど鼓動を速めていた。まるで廃屋に見えるのに、今、あの建物の中を仲間が歩いている。さらに、その向こうには音道がいるのかも知れない。

――当たりであってくれ。頼む。

いつの間にか、軍手をはめたままの両手を強く握りしめていた。湿った風が吹き抜ける。滝沢は、一方で係長の無線の応答に神経を集中させ、もう片方で、ひたすら建物を睨み付けて、時を過ごした。一度、懐で携帯電話が震えたが、それに気付いたときには、電話は既に切れていた。

12

黙っていると、睡魔が襲ってくる。スープを飲み、サンドイッチを食べたお陰で、全身が気だるく感じられ、多少ゆったりとした気分にもなっていた。

貴子がサンドイッチを食べる間、加恵子も、貴子のすぐ傍で弁当を食べた。白い飯の上に、薄く切った鮭の塩焼きがのり、脇に煮物や和え物、唐揚げなどが添えてある弁当だ。彼女は無表情のまま、ひどくゆっくりと箸を動かし、空腹すら感じていなかったはずなのに、意外な食欲に内心で驚いている貴子に向かって、時折、割り箸でつまんだ厚焼き卵などを差し出した。まるで、子どもにするような仕草だった。だが、表情は変わらないのだ。一体、何を考え、どういうつもりなのかが分からなかった。戸惑っていると、加恵子は促すように、さらに箸を近付ける。そして、手のひらで受けようとするのを無視して、貴子の口元まで、その厚焼き卵を持ってきた。貴子は素直に口を開け、厚焼き卵を食べた。加恵子は、美味《おい》しい、とも聞かなければ、どう、とも言わない。彼女の顔つきは、あくまでも虚ろなままだった。表情と仕草とが、あまりにもかけ離れていて、貴子は、ゆっくり顎を動かしながら、彼女の心情をはかりかねていた。

しばらくすると、今度は、一口サイズの昆布巻きが差し出された。次には蒲鉾《かまぼこ》。黙ってされるままになりながら、貴子は次第に、彼女の内に響いている声が聞こえるような気がしていた。人質の自分に、誘拐犯の女が、仲間の目があることを承知していながら、自分の箸で厚焼き卵を差し出す、そのことを十分に受け止めたいと思った。

――彼女は、求めてる。

今、食事を終え、壁にもたれてぼんやりしながら、貴子は考えていた。少しでも気を抜くと、堤の顔が蘇りそうになる。だが、それを払拭するほどの鮮烈さで、自分と向き合う加恵子の虚ろな顔が思い浮かんだ。

――ああしたかった相手は、他にいた。

たくさん、いたことだろう。母にも父にも、妹弟にも、もしかすると我が子にも、彼女は、ああして自分の何かを分け与えたいと思ってきたのかも知れない。そんな思いが、ああいう形になったのではないかという気がする。今、加恵子はかつてないほど強烈に、実の親に会いたいと思っていることだろう。こんなところまで来てしまって、やっと彼女は、諦めること以外の、自分の中の感情に気付いたのかも知れない。会わせてやりたかった。ここから出られたら、真っ先に、茨城にあるという加恵子の実家を探し出したいと思った。

――取り返しのつかない時間が流れたにしても。

頭の芯がぼんやりと痺れてくる。貴子は膝を抱えたまま、そっと目を閉じた。呼吸が深くなっているのが分かる。指先が重くなる。睡魔を振り払うように、一度、目を開けて奥の部屋を窺った。それまで、相変わらずの姿勢でゲームに興じていた鶴見が、貴子の視線に気付いたかのように顔を上げ、「あーあ」と言った。同時にヘッドホンも外す。

「さすがに飽きるな」

突き当たりの窓の傍で寝転がっていた加恵子が、のろのろと身を起こす。相変わらず、何の感情も表さない顔で、加恵子はぼんやりと鶴見を見ていた。

「パチンコにでも行きゃあよかった」

「——行ってくれれば」

「そうも、いかねえよ。井川さんたち、そろそろ帰ってくるだろうしさ」

「——適当に、言っておいてあげるわよ」

鶴見は大きく背伸びをしながら、「そうは、いかないって」と、呻くような声を出した。

「一応さ、あんたたちを見張ってなきゃならないんだ。本当にサツなんかに電話でもされたら、かなわないしな」

「するわけ、ないじゃない」

「どうだかね。女の刑事さんは、なかなか人を丸め込むのがうまいみたいだからさ」

くるりと振り返って言われる。貴子はそっぽを向いた。人聞きの悪いことを言わないで欲しい。

「加恵子さんなんてさ、お人好しだから、簡単にだまされるぜ」

思わず鶴見を睨み付けた。男は涼しい顔で、口元に薄笑いまで浮かべてこちらを見ている。よほど何か言ってやろうかと思ったが、黙っていた。言ったところで、どうなるものでもない。そのまま口を噤《つぐ》んでいると、鶴見はまた大きなあくびをした。

「じゃあ——電話も持っていけばいいわ。あの人のも、私のも」

「面倒くせえよ。しょうがねえや。少しは明日の支度でも、するかな」

そう言うなり立ち上がって、鶴見はこちらに向かって歩いてくる。身を固くしている貴子の前を大股で通過して、彼は、そのまま部屋を出ていった。どこかでドアを開け閉めする音が響く。

「私は、だまさないから」

一瞬の静寂の間に、貴子は加恵子に向かって話しかけた。相変わらずの無表情で、彼女はぼんやりとこちらを見ていた。

「あなたを丸め込もうなんて、思ってない」

痣が出来ていない方の加恵子の目は、確かにこちらを見ていると思う。だが、風貌自体が変形しているから、きちんと貴子を見ているかどうかが分からなかった。

「さっきの約束、きっと守るから」

「——いいのよ、どっちでも」

小さな呟きが戻ってきた。貴子は、「どうして」と言おうとして、思わず彼女の方に身体を捻った。

「私は、何かに期待したり、希望を持つなんて、もうとっくに忘れてるから」

「そんなこと、言わないでよ！　駄目よ、そんなの」

「私にはねえ——信じるっていうことが、分からないの。どういうことか」

何と答えれば良いか分からなかった。貴子は言葉を呑み、それでも必死で頭を働かせた。分からないと言い切る人に、信じろと言うことはあまりにも愚かだという気がする。だが、ではどう言えば良いのだろう。期待せず、希望を抱かず、信じることも出来ない彼女に、語りかけられる言葉があるだろうか。

「——じゃあ、信じなくていいわ。でも、見てて。私はきっと、あなたの前にあなたの肉親を連れてくるから」

ようやく、それだけ言ったとき、再び扉の音がして、鶴見が戻ってきた。その姿を見て、貴子は全身を強張らせた。彼はライフルを抱えていた。

「明日、使うことになるかも知れねえからさ。一応、手入れでもな」

にやにやと笑いながら、鶴見は再び貴子の前を通り、前と同じ位置に座り込んだ。そして、ポケットからハンカチを取り出して、抱え込んだライフルの長い銃身を磨き始めた。

「なあ、あんた、拳銃撃ったこと、あるんだろう？　当然あるよな、デカなんだから」

いかにも気軽な口調で、鶴見が口を開いた。貴子は黙っていた。見たところ、競技用のエアライフルのようだ。

「俺もさ、あるんだ。韓国でさ、一度な。やっぱ、気持ちいいよな。こう、引き金を引いたときの反動がさ。ライフルなら余計だろうな」

一人で喋りながら、彼はライフルを構える格好をする。数秒間ずつ、銃口はあらゆる方向に向けられた。そして、貴子にも向けられる。

「何とも言えないよな、あの時の気分」

実弾が込められているのだろうか。睡魔はとうに吹き飛び、全身がヒリヒリするほどの緊張に包まれる。身体のどこかに銃弾を受けて、この場に倒れ込む自分の姿が目に浮かんだ。

「結構な音がするものかね、なあ、刑事さん」

「――すると、思うわ」

だから、こんなところで撃ってもらっては困る。貴子は、密かに生唾を飲み、ただ、片目をつぶって銃を構える鶴見を見ていた。手のひらに汗が滲む。次の瞬間、鶴見はふっと力を抜いた。銃口が下がる。それだけで、一気に冷や汗が噴き出した。

「もう一丁、あるんだけどな。どっちかが散弾銃なんだってさ。そっちは、どうかな」

鶴見は、まるで子どものように表情を輝かせ、再びいそいそと立ち上がった。そして、小走りに部屋を出ていく。床の上には、ライフルを置きっぱなしにしてあった。

「中田さん、そのライフル、あなたが持ってて」

貴子は素早く話しかけた。だが加恵子は、小さく首を振るばかりだ。

「今のうちに、あなたが持っててよ。さっき、私を助けてくれたとき、あなた、それを構えたでしょう？」

「あの時は――」

「自分の身を守るためよ。早く！」

必死で話しかけている間に、ばたん、と扉の音がした。同時に「誰だっ！」という声が響いた。反射的に振り返った貴子の視界を、別のライフルを持った鶴見が横切った。

「何してんだ、こんなところで！」

「あ、あ、すいません」

弱々しい男の声が聞こえた。

「どうやって入ってきたっ」

全身の神経を集中させて、貴子は廊下の様子を窺った。鶴見の声が、一際大きく響いている。

「どっから入ってきたんだよ！」

「——玄関から」

「違う、敷地だよ！　門には鍵がかかってただろうが」

「え——あの、鉄条網が切れてたもんで——すいません、雨がひどくて、ちょっと休ませてもらえないかと思って——」

「馬鹿野郎っ、勝手に人の家に入って来るんじゃねえよ、出ていけっ！」

どさっと何かが倒れるような音がした。男の声が弱々しく「すいません」と繰り返している。

「とっとと出ていかねえと、これだぞ！」

「か——勘弁してください、出ていきますから。すんません」

ずるずると、何かを引きずるような音がする。「ほら、早く」という鶴見の声が、徐々に遠ざかる。

懸命にその気配を探っていた貴子の背後から、「鍵、かかってるはずなのに」という加恵子の呟きが聞こえた。

「鉄条網だって、ちゃんと調べたはずなのに」

加恵子は相変わらず虚ろな表情のままだった。それでも、視線だけは落ち着かない様子できょろきょろと動いている。貴子は、胸の奥に小さな炎が灯ったように感じた。「もしかすると」という思いが、密かに育つ。だが、その思いを打ち消すように、かなり遠くから男の悲鳴のようなものが聞こえてきた。

「堪忍してくれぇ、頼むよぉ、誰にも言わねえよぉ――」

違うかも知れない。味方が来てくれたなどと、淡い期待を抱くのは間違いかも知れなかった。だが、一度灯った火は、まだ微かに揺らめいている。手元の時計は午後五時半過ぎを指していた。

「汚ったねえ、ホームレスの親父だ」

数分後、鶴見はわずかに興奮した面もちで戻ってきた。今度は上下に銃身が並んでいる二連銃を握っている。こちらが散弾銃だろうか。

「こんな方にも、ホームレスがいるのかね。都会じゃ、食っていかれねえのかな。不景気だねえ」

「――鉄条網なんか、どこも破けたりしてないはずよ」

加恵子が不安げな声で呟いた。咄嗟に舌打ちしたいような苛立ちを覚えて、貴子は加恵子を見つめていた。なぜ、そんなことを言ってしまうのだ。もしかすると救出されるかも知れないというのに、相手は貴子の味方かも知れなかったというときに。

――味方じゃないから。

考えてみれば、当たり前の話かも知れなかった。それでも貴子は、裏切られた気持ちで加恵子を見ていた。彼女は貴子の視線など気にならないかのように、鶴見に話しかけている。

「最初の日に、全部、調べたじゃない」

鶴見の顔が強張った。彼は「見てくる」とだけ言い置いて、再び部屋を出ていった。何とも割り切れない、情けない苛立ちばかりが広がっていく。貴子が期待し過ぎたということなのだろうか。所詮、彼女はもう、単なる犯罪者でしかないということなのか。

「ねえ、中田さん――」

言いかけたとき、加恵子が立ち上がった。

「私も、見てこなきゃ」

無表情のまま呟きだけ残して、彼女は足を引きずりながら部屋を出ていった。実に久しぶりに、貴子は一人で取り残された。ず、ず、と床を擦る音が遠ざかる。

——強い方に引きずられる。

それも、仕方のないことかも知れなかった。加恵子なりに生き抜く方法を探っているのかも知れない。身動きすらままならない貴子など、加恵子に対しては何の力も持ってはいない。深々とため息をつき、ふと思い出して、貴子は手洗いに立った。傍に鶴見がいると思うと、無防備な姿になることはどうしても憚られたから、我慢していたのだ。ファスナーを下ろすときに、また、あの出来事が蘇った。夜が来てしまう。闇が、今の貴子にはこの世で一番、恐ろしかった。

——明日、逃げ出すチャンスがあるんだろうか。

明日、彼らは貴子を何かに利用しようとしている。つまり、ここから出られるということだ。何とかして、その間に脱出する機会を狙うしかない。何としてでも、たとえ、走っている車から飛び降りてでも。もはや仲間の救助など待っていても仕方がない。あてになど、ならないのだ。

だが、果たしてそんなチャンスがあるかどうかが分からなかった。今にも気力が萎えそうな気がしている。自分の精神力がいつまで持ちこたえられるものか、まるで自信がなかった。その上、貴子は加恵子を一緒に連れ出すと約束してしまった。今さらながら、その約束が重くのしかかってくる。

——別に、いいのよ。

あの顔を見ていれば感じる。投げやりを通り越して、加恵子はもはや何に対しても、まるで期待しない、そういう人になっているのに違いない。兆しは数年前、彼女と初めて会った頃から、もう既にあったのだ。いや、それよりもずっと以前から、彼女はそういう人間として育ち、生きてきてしまったのに違いない。生い立ちと、これまでの経験を聞けば、そうなるのも無理もない。

同情はしている。哀れみも感じている。だがその一方で、それならば何も今さら貴子が裏切ろうと、どうということもないではないかという気もする。加害者と被害者、犯罪者と刑事、所詮、正反対の立場にいるのだ。つい、そんな思いが頭を過《よぎ》り、貴子は自己嫌悪のため息をついた。この数日の間に、自分まで加恵子と同じように、何も信じられない人間になっていきそうな気がした。

戻ってきた鶴見は、さっきまでの呑気な様子とは打って変わって、そわそわと落ち着きを失っていた。一カ所に座っている気にもならないらしく、部屋中をうろうろと歩き回っている。それに対して加恵子の方は、また奥の部屋に行き、ごろりと横になっていた。自分の顔のすぐ傍を鶴見が歩いても、まるで動じる様子もなく、起きているのか眠っているのかも分からない。

六時半を回った頃、かなり離れた場所から足音が響いた。鶴見が部屋を飛び出していく。「おう」という声に続いて、ばたばたと走り去る音。男たちの低い話し声が、ぼそぼそと聞こえてくる。天気が悪いせいもあるのだろう、窓の外は徐々に暗くなり始めていた。階段を踏む音が遠ざかる。そして静寂。男たちは外に出て、侵入者の出入りした場所を確認にいったのかも知れない。室内にも漂い始めた薄闇の中で、貴子と加恵子だけが取り残された。

数分後、再び近付く足音を聞いた瞬間、貴子は鼓動が速くなっていくのを感じた。呼吸が乱れる。膝を抱く手に力がこもった。

「だけどさあ――」

人影が部屋の入り口に現れた。

「来ないでっ!」

自分でも予想もしなかった声が出ていた。男たちの足が止まる。

「その男を、私に近付けないで!」

薄闇の中で、堤がこちらを睨み付けていた。改めて憎しみと恐怖がこみ上げてきた。あの顔だ。あの髪だ。

「何も、させないよ。大丈夫だ」

井川が、妙に落ち着いた声で答える。

「駄目っ!　近付けないで!」

「うるせえっ。お前が命令出来る立場だと思ってんのかよ！」

堤の怒声が響いた。それだけで、全身が凍りつく。震えが止まらなくなりそうだ。

「何、いつまでもグズグズ言ってやがんだよ。馬鹿じゃねえか、ガキでもあるまいし」

いかにも無神経な捨て台詞を吐きながら、堤は井川たちと連れだって、どかどかと部屋へ入り込んできた。平気な顔で貴子の前を通過して、奥の部屋に足を踏み入れると、彼は「てめえも、いたのかよ」と言った。

「役立たずの、クソババアが」

「やめろよ。喧嘩なら明日が済んでからにしてくれって」

再び井川がなだめる。貴子は自分の二の腕をきつく抱きしめ、身体を丸めていた。気持ちは落ち着いたつもりだった。だが、衝撃が薄らいだわけではなかった。傷ついている。自分は、自分で思っている以上にあらゆる意味で限界に近づいている。それを初めて、感じていた。

第五章

I

午後五時四十五分。少しの間、ひたすら眉根を寄せ、イヤホンに全神経を集中していた柴田係長が「そうか」と小さく怒鳴った。同時に、滝沢たちに頷く。滝沢も、思わず身を乗り出して係長を凝視した。ヒットだ。音道はいるのだろうか。

「了解、ご苦労さん！　そのまま指揮車へ戻ってくれ。十分に注意してな」

小型の無線機にそれだけ言うと、係長は、今度は別のチャンネルで指揮車両を呼ぶ。

「確認したそうです。東丸は今、そちらへ向かっています。至急、何名か寄越して下さい、どうぞ」

「入れますか。音道は、いましたかね」

係長の無線交信が終わるとすぐに、滝沢は食いつくように言った。だが係長は厳しい表情のまま、かぶりを振った。

「これだけの建物だぞ。東丸は、男一名しか確認できなかった。やはりライフルを所持していたそうだ。他に何名いるか、本当に音道が監禁されているかは、これから確認する必要がある」

とにかく交代要員が来るまでの間、滝沢と保戸田とが、まず建物の入り口を見張ることになった。

「いいか、これからだぞ」

それだけ言い残して、柴田係長は一足先に指揮車両へ戻っていった。滝沢たちは、来た道は戻らず他の道を迂回して、坂道の上と下から、例の建物の門を張り込むことにした。本当は、こんなまどろっこしいことなどせずに、このまま突入してしまいたい気持ちが働いた。だが、相手はライフルを所持している。しかも本当に音道がいるかどうかは、まだ分からない。人質の安全を第一に考えるべき今、こちらの動きを察知されないことが一番なのだと、自分に言い聞かせる。配置について一分とたたない間に、じゃらじゃらという、鎖の鈍い音が聞こえてきた。門扉の隙間から二本の手が伸びて、南京錠をいじっている。

——やっぱり、そうか。

こちらはまだ立派に営業を続けているらしい、隣の旅館の植え込みの陰から、滝沢はその様子を見つめていた。鎖が外れると、耳につく嫌な音を立てながら、門がわずかに動いた。そこから、辺りの様子を窺いつつ、ノーネクタイに背広姿の男が出てくる。年齢は四十前後というところか、髪をオールバックにした、かなり体格の良い男だった。

「有刺鉄線の切れてるところを確かめてました。それから辺りを見回し、建物の回りを一周して、戻りましたがね」

駆けつけてきた捜査員と交代し、指揮車両に戻ると、すぐに滝沢は報告した。吉村管理官は「そうか」と頷き、コンピューターの画面を顎で示す。

「東丸主任にも確認してもらったが、それは、この男か」

シャツの胸元をはだけ、タオルで汗を拭いながら、滝沢は管理官の前のコンピューター画面を覗き込んだ。

「この男です」

背後から保戸田も顔を突き出して、やはりコンピューターを見ている。

「誰なんです、この男」

「鶴見明、四十一歳。若松のパソコンに残されていたメールのデータから割り出された男だ」

「パソコンのメール、ね。すると、実生活でのつながりはないわけですかね」

「それは分からん。インターネットで知り合った可能性もあるし、別の場所で知り合った可能性もある。メールからだけでは、まだ判断がつかんようだ」

管理官は腕組みをしたまま、難しい顔でコンピューターの画面を睨み付けている。

「ただ分かっていることは、この男が井川と組んで、関東相銀に金を引き出しにいった男に、ほぼ間違いないということだ」

車内の、運転席のすぐ後ろには、東丸が顔にタオルをあてたまま、じっと座っていた。鶴見という男は、ホームレス姿の東丸を見つけるなり、殴りかかってきたという。

「あいつ、何かやってたんじゃないかな。まったくの素人が、顎を狙ってくるかね」

東丸は苦笑しかけて、顔を歪《ゆが》めている。その、貧相で無気力に見える顔を眺めながら、見た目に似合わず大した度胸だと、滝沢は内心で舌を巻いていた。あの巨大な建物の中に、一人で入っていき、結果を持って帰ってくる。口で言うのは易しいが、なかなか出来るものではない。

「今、この近くに宿を確保させている。報告が入り次第、そっちに移って少し休め。これから先、どういう展開になるか分からんからな」

係長の言葉通り、十分ほどして宿の用意が出来たという連絡が入った。こういう時、暇な宿が多いのは助かる話だった。昨日までの宿とは異なり、今度は鉄筋コンクリート造りのビジネス旅館風の宿で、情緒もへったくれもありはしなかったが、温泉は引かれているし、何よりも現場に近い。滝沢は、すぐに風呂に入り、その後、死んだように眠った。興奮していることは間違いがなく、命じられれば今すぐにでも次の行動に出られるつもりだったのに、身体が温まった瞬間、どっと疲れが出たようだ。

目が覚めたのは、枕元で鳴った携帯電話のせいだった。

「お父さん、何回も電話したんだよ」

まだ朦朧《もうろう》としている頭に、娘の声が鳴り響いた。滝沢は呻くように「なんだ」と言った。

「まだ忙しいの？　帰れない？」

鉛のように重い腕を持ち上げて腕時計を見る。八時三十分か。ほんの三十分程度しか眠っていない気がするが、二時間は寝たことになる。

「まだだな。時間が、かかってるんだ――どうした。何か、あったか」

「お姉ちゃんがさ、帰ってきたんだ」

それは良かったではないか、と言いたかった。長女が戻ってくれていれば、滝沢も安心して家を空けていられる。

「お義兄《にい》さんに、殴られたって」

その言葉に、再びうとうとしかかっていた頭がいっぺんに目覚めた。殴られただと？　うちの娘がか。何ということだ。だから言わないことではない。所詮、早すぎたのだ。馬鹿娘が。滝沢は、思わず呻き声を洩らしながら布団から起き上がった。

「それで。怪我でもしてるのか」

「見た目は何ともないよ。訳は言わないんだけど、もう離婚するって言ってる」

手を焼かせやがる。滝沢は、片手でぐるぐると顔を拭いながら、「そうか」としか答えることが出来なかった。別れるなら別れるで良いではないかという気がする。無理をすることなどないのだ。

「今は、落ち着いてるんだな」

「まあ、空元気って感じだけど」

「じゃあ、しばらく、そっとしておいてやれ。仕事が片付いたら、父さんから話、聞くから。ああ――お前は、元気か」

次女は「まあね」と言った。女房が出ていったばかりの頃は、緊急の用事でもない限り職場に電話をしてくるものではないと、滝沢はずい分口を酸っぱくして、今の次女よりも子どもだった長女に言って聞かせたものだった。だが、今は携帯電話が出来たお陰で、仕事に支障を来さなければ構わないという時代になった。そう考えると、携帯電話も有り難い。

「お父さん？」

「——ああ」

「危ないこと、しないでね」

「分かってるよ」

分かってはいるが、しなければならないかも知れん。無論、そんなことの言えるはずもないが、滝沢は、これが最後の会話になっては困ると思いながら、娘の声を聞いていた。

「まだ、仕事中なんでしょう？」

「勿論だ」

「飲んでないみたいだもんね。今、どこにいるの」

「電話の、通じるところだな」

「馬っ鹿じゃないの。それくらい、分かってるって」

親に向かって、馬鹿とは何だ。そう思いながら、つい笑っている自分に気付く。滝沢を馬鹿呼ばわりする人間など、世の中で、この十七歳の小娘だけだった。戸締まりに気をつけろ。火の用心をするんだぞ。学校をさぼるなと、決まり切ったことを言い、電話を切ったのと同時に、隣の布団から保戸田が起き上がった。

「起こしちまったか」

「いや、大丈夫です」

結局、二人揃って起きることにした。手早く着替えて会議室代わりの広い座敷へ行く。そこには、十名ほどの仲間が集まっていた。銀行、コンビニなどに張り込みをかけていた連中と、マンションの聞き込みをしていた連中だ。

「九時になったら起こすことになってたんだ」

彼らは口々に慰労の言葉を述べ、今現在、活動中の捜査員たちは、例の建物の資料を懸命に収集している最中だと教えてくれた。さらに、滝沢たちが眠っている間に分かった新しい情報がもたらされる。まず午後六時三十分過ぎ、井川一徳および堤健輔らしい二人連れの男があの建物に入った。井川の車は今も都内に置きっ放しになっていることから、付近を検索したところ、品川ナンバーのワンボックスカーが発見され、照会した結果、新宿区内のレンタカー会社のものであることが判明した。借りたのは堤健輔。

「野郎。やっと尻尾、出しやがったか」

滝沢は仲間の中にあぐらをかいて加わり、用意されていた弁当の一つを食べ始めた。さすがに旅館の弁当だけあって、塗り物の折には、それなりに気の利いた料理が詰め込まれている。

「それにしても、どうして車を乗り換えたのかな」

「井川の車は普通のセダンだろう。荷物を運ぶ、または、大人数で移動するつもりか」

「Nシステムを避けるためって考えもある」

「それくらいの知恵は働かすかもな」

「何しろ、音道が拉致されなけりゃ、占い師のヤマだけじゃ尻尾を出さなかった連中だ」

「星野みたいなクソ野郎がいるんだから、こっちの捜査が手ぬるかっただけじゃねえのか」

「そういやあ、あの野郎、どうしていやがるかな」

「毎日、針のむしろだろうよ。身から出た錆だけど」

「あのクソ馬鹿のお陰で、俺らだってこういうことになってるんだからな」

こうして一カ所に集まり、わいわいと言葉を交わすことが出来るのは何日ぶりだろうか。平嶋が、すっと部屋に入ってきて、片隅におとなしく座った。辺りを見回し、すぐに腰を上げると、皆の茶を淹《い》れ始める。

「とにかく井川たちは、一旦中に入ったと思ったら、また出てきて、係長が切った有刺鉄線を見てたってさ。神経質になってることは間違いない」

「車を乗り換えてることから考えても、明日か、早ければ今夜にでも動き出すつもりかな」

「中田加恵子は」

「八時近くに出てきた。歩いて商店街まで行って、コンビニで弁当やら惣菜やら、かなりの量を買い込んでな。ついでにビールとウイスキー、氷なんかも買って帰ってる。あの女、足が不自由なのかな」

口いっぱいに飯を頬張りながら、滝沢は「さあ」と首を傾げた。そんな話は聞いていない。

「足を引きずってたらしい。サングラスかけて」

「暗いビルの中を動き回ってるんだから、大方、どっかにぶつけたか、転ぶかしたんじゃないのかね」

問題は、音道もいるかどうかということだ。だが、人質でも取っていない限り、あんな場所にひそんでいる必要はない。いる。絶対に、いるはずだ。

午後九時半、吉村管理官が現れた。その後ろからは、静岡県警の天田刑事もついてきている。「ご苦労さん」というひと言が響いただけで、それまで多少くつろいだ雰囲気だった座敷内はいっぺんに緊張した。

あの建物は、かつて「熱海翠海荘《すいかいそう》」という名の高級旅館だったという。廃業は昭和五十九年というから、ずい分前の話だ。

「観光協会に当たってみたが、当時の資料までは残っていないそうだ。現在、管財人、消防などに当たってはいるがね。建物の内部構造が把握出来ん限り、迂闊《うかつ》には近付けないからな」

座卓の上には新しい地図が広げられた。何かを拡大したものだろうが、翠海荘とその周辺が詳細に出ていて、昨日今日と滝沢が歩き回った路地までが、緻密《ちみつ》に書き込まれているものだ。

「うちの方でも、地元の見番や古くから営業している旅館の御主人などに当たっています。廃業の時期は分かってるんですが、何年頃に今の建物が出来たのかが、はっきりしませんもので。それさえ分かれば、市役所の方にも申請書類なんかが残ってるとは思うんで、調べられるはずなんですが、何しろ、時間外だということで、人がつかまりませんで」

天田刑事が申し訳なさそうに言った。空き家の管理にもっともうるさいのは消防署だ。しかも、消防法に基づく書類が残っているはずだから、その辺りからも調べていると管理官が付け加えた。

改めて眺めると、翠海荘は相当な敷地を有しているものの、敷地建物ともに、かなり変化に富んだというか、いびつな建物であることが分かる。あちこちが出っ張ったり凹んだりしているのだ。

「大きく分ければ、旧館の木造部分と新館の鉄筋コンクリート部分に分かれる。その間をつなぐように、この部分があるという形だ」

その印象を整理するように管理官が言った。木造部分は二階建て、新館は七階建て。さらに双方をつなぐ部分も二階建てという外観だが、ことによると地下があるかも知れない。

「東丸くんが鶴見と鉢合わせをしたのが、新館の三階だということだが、急斜面に立っている階段式の建物なだけに、外から眺めたところでは、五階なのではないかとも思われる。旧館と渡り廊下はともかく、新館はほとんどの窓が海に面している上、高台だからな。向こうから見晴らしがいいということは、こっちにしてみれば、建物の内部を調べようと思っても丸見えになる危険があるということだ。しかも、その五階となると、奥まで見渡せるポイントが、今のところ見つかっていない」

「外から見極めが出来ないいんだったら、やっぱり、夜のうちに、やるしかないんじゃないですか」

「そうです、今夜中にやりましょう。向こうは車も乗り換えてる。明日になったら、動き出す可能性があるじゃないですか」

数名の捜査員が口々に言った。管理官は小さく頷いたが、かといって難しい表情は崩さなかった。

「だが、連中が出てきたところを狙うという手もある。何人で出てくるかは分からんが、音道を連れていなければ、人数が減った後で救出する方が安全性も高くなるし確実だ。たとえ音道を連れていても、一斉にかかる方が、この闇の中を動くよりは危険が少ない」

「相手はライフルを所持してるんです。町中でぶっ放されたら危険じゃないですか」

村田という若い捜査員が食い下がった。

「その、銃器を所持しているという点が難しいんだが、とにかく人質の無事を確認することが、現在の最優先課題であることを忘れてはならん。まずは早急に建物の構造を把握して潜入することから考える。人質がいるかどうかの確認もまだなんだ。突入は、その後の問題だ」

管理官は「考えたくはないが」と、低い声で呟いた。

「人質が現場にいない、または、既に死亡している場合は、はっきり言って、ここまで考える必要はないわけだからな」

嫌な沈黙が広がった。だが、音道が拉致されてから既に丸四日が経過していることを考えると、誰もが不安に思わないはずがない。それも、いよいよ現場が特定出来たというところまできて、その不安は、次の瞬間にも現実になるかも知れないという恐怖につながっていた。

「この、前の建物だが」

管理官が気を取り直したように口を開いた。滝沢たちは、重苦しい気分を振り払うように、広げられた地図に注目した。

「ここも廃屋になっている。こっちは海岸通りに面したホテルの別棟で、屋上にはプールがある。現在、この位置と、さらに――」

管理官の示すボールペンの先が、翠海荘の西側に隣接している建物を指した。火災跡も生々しい、建物のところどころに煤《すす》のついている建物だ。

「この位置、また、少し離れるが、この建物からも、赤外線暗視カメラによる監視を続けている。裏の高台のマンションにも部屋を確保した。だが、これらの部屋は現在も人の住んでいる建物だからまだしも、正面の建物の屋上、西隣の廃ビルは、明るくなれば向こうからも丸見えになる。今夜中に何とか、相手の様子を捉えたいんだがな」

それでも、今現在のカメラの位置が、建物すべてを隈《くま》無く監視出来るわけではない。犯人が、旧館部分や通路部分にひそんでいては意味をなさない。手薄な部分は、人間の目が補うより他なかった。

「向こうも、自分たちがいることを気付かれないために、明かりなどは使っていないはずだ。だが、どこかを移動しようとすれば、足下だけでも照らすだろう。どんな動きも見落とすな」

てきぱきと持ち場が指示される。その際、拳銃を携帯せよとも、管理官は言った。

「万一のためだ。とにかく絶対に物音を立てるな。建物の内部が分かり次第、新たに指示を出す」

午後十時二十分、滝沢たちは一斉に宿を出た。いずれもゴム底の靴を履き、黒のズボンに黒いジャンパーという出で立ちで、さらに黒い帽子を被っている。万が一、街灯などに照らされた場合、上から見た場合には帽子のつばがあるのとないのとでは大きな違いが出る。ことにメタルフレームの眼鏡をかけているような捜査員は、そのフレームが、照明で光ってしまうことがあるからだった。闇に浮かぶ翠海荘を、滝沢たちは二人一組になって音もなく取り囲んだ。

〈村田から警視八八〉

〈警視八八だ。どうぞ〉

〈現着しました〉

〈警視八八了解〉

〈安江から警視八八、現着しました。どうぞ〉

〈警視八八了解〉

「滝沢、現着です、どうぞ」

〈警視八八了解〉

滝沢たちが立ったのは、旧館を見渡せる位置だった。翠海荘そのものは、特に海側の部分は周囲の施設のネオンや街灯に照らされて、青白く浮かび上がって見えるが、逆に周囲の路地は闇に沈んでいるし、建物の横手や裏手にも明かりはほとんど届かない。その上、曇り空が幸いしていた。月明かりもない晩、日中にも確認した通り、木造部分は全ての雨戸が閉め切られていて、この時間では、ただ黒々とした巨大な塊にしか見えない。周囲には明かりの灯っている旅館もあるが、いずれも庭木が大きく生長していて、こんもりとした茂みを形成しており、身を隠す場所には苦労しなかった。

夏の虫が鳴いている。入り組んだ路地のせいか、風はそよとも吹いていなかった。こうも暗いと、ライターの火一つでも目立つと思うから、煙草も吸えなかった。時折、耳元をかすめる蚊の羽音だけを相棒に、ひたすら建物を見守るしかなかった。それにしても、人っ子一人、通らない道だ。滝沢たちにしてみれば助かるが、あまりにも静かなぶん、しわぶき一つでも大きく響きそうだった。

〈警視八八から各局〉

どれくらい時間が過ぎたか、イヤホンの中で柴田係長の声が響いた。

〈カメラが人影を捉えた。新館四階、向かって左から三番目の窓。一人が窓の傍に立っている。十分に注意してくれ。以上、警視八八〉

ジャンパーで隠しながら、小型のペンライトで時計の文字盤を見る。午前零時になろうとしていた。野郎ども、まだ起きていやがるのか。やはり警戒しているのかも知れない。

「どうしますかね、朝になったら動くのかな」

保戸田が囁きかけてきた。滝沢は口の中で「さあな」と呟いた。

「だが、自分たちだけで出てきたとしたら、音道は殺されてる可能性が高い。ここも、そう長居出来そうにないと分かったら、邪魔なものは始末してから逃げるだろう」

「やっぱり今夜中に、何とか出来ないもんですかね」

「内部が分からん限りは、無理だろう。これだけ古いと、見取り図が手に入るかどうかも、怪しいもんかも知れねえしな。市役所や消防が、ぱっぱと動いてくれりゃあ、いいんだが」

「見取り図が手に入らなかったら、どうなるんです。それで、奴らがなかなか出てこなかったら」

「知らねえ。どうしても見つからなきゃ、強行突入しかねえだろうな」

言いながら、自然に生唾を飲み込んでいた。刑事ドラマとはわけが違う。いつライフルをぶっ放されるか分からないところへ突入しなければならない場面を想像したら、否応なしに恐怖心が湧いてくる。だが今、滝沢が想像しているのとは比べものにならないほどの恐怖を突きつけられて、時を過ごしている者がいる。

——待ってろ。生きて、待ってろ。

大声を出せば聞こえるところにいるかも知れない音道に、滝沢は繰り返し、心の中で話しかけていた。突入するとなったら、いの一番に突っ込む覚悟でいる。それに伴う恐怖を、こうして音道に語りかけることで振り払うつもりだった。

2

身体の節々が悲鳴を上げそうだ。同じ姿勢ばかり続けているせいで、どこもかしこも凝り固まっている。暗闇の中で、貴子は物音を立てないように気を配りながら、可能な限り手足の筋を伸ばそうとしていた。本当は、腕を大きく上に上げて、思い切り背筋を伸ばしたい。鎖が邪魔をしてそれは出来なかったが、首を回したり、肩を回すことは出来た。奥の部屋からは、腹立たしいほど穏やかに談笑する声が聞こえている。誰もが貴子の存在など忘れたかのようだ。

暗くなった頃、男たちは加恵子を買い物に行かせた。そして、彼女が足を引きずりながら両手一杯の荷物を提げて帰ってきてから、酒盛りを始めた。それが今も続いている。最初の頃こそ、明日があるのだから控えめにしようとか、やはりさっきのホームレスが気がかりだなどと話し合っていたが、彼らは時間の経過に伴って、徐々にリラックスしてきた様子で、声も大きくなり、話題も四方八方に飛び始めた。中でも、もっともはしゃいでいる様子なのが鶴見だった。一日中、ずっとここにいたのがストレスになっていたのか、彼は誰よりもよく喋り、笑っている。女、競馬、パチンコ、競輪、どれもこれも、貴子には退屈な話ばかりだ。ただ、競輪の話が出たときだけは、わずかに気持ちが反応した。競輪場に通った三日間。もう遥か昔のことのようだ。あの頃はまだ、星野に苛立っている程度で済んでいた。久しぶりに加恵子を見かけたのも、競輪場でのことだった。仕事なのだから仕方がなかったとはいえ、あんな場所へ行かなければ良かったと思う。

「加恵ちゃん、これも食べなよ」

時折、堤が加恵子を気遣っているらしい声が聞こえてくる。

「ね、旨いだろう？　ちょっとしたもんだよな」

本当ね、という加恵子の声は、必要以上に明るく聞こえた。

「でも、加恵ちゃんの作る麻婆豆腐《マーボーどうふ》の方が、ずっと旨いよ。また、作ってよね」

「あんなの、インスタントみたいなものなのよ。これだって、冷めてても結構、美味《おい》しいんだから――」

「加恵ちゃんのとは、違うって！　加恵ちゃんが作る料理にはさ、愛情っていうかさ、そういうの、感じるからなあ。全然、違うって」

「――そう？　嬉しいわ」

「そう！　絶対、そう！」

飴と鞭。さっきクソババアと怒鳴りつけた相手を、端《はた》で聞いていればわざとらしいとしか思えない言葉で褒め称え、甘え、優しくする。そしてまた、次の瞬間には態度を豹変《ひょうへん》させるのだろう。そうやって、加恵子は絶望の次には微《かす》かな希望を抱かされ、憎しみの次には愛しさを感じて、混乱し、がんじがらめにされているのだ。時間の経過に伴って、加恵子は軽やかな笑い声さえ上げるようになっていた。貴子は、切なさと侘しさ、馬鹿馬鹿しさと腹立たしさを抱えながら、一人で闇の中に沈んでいた。当たり前のことなのに、自分がのけ者にされているような気分になってくるのが、どうにもやるせない。

こうしていると、やはり幼い頃のことが思い出された。親戚の家などに泊まりにいって、子どもたちだけが早く寝かされ、途中で目覚めたときのことなどだ。襖一枚隔てた部屋で、大人たちだけが楽しげに笑いあい、食べたり飲んだりしていた。淋しいような、悔しいような思いで、貴子は襖の隙間からその様子を眺めた。父も母も、いつもとは少し違って見え、遠い存在に思えたものだ。

「まあ、明日さえうまくやりゃあ、あとはもう、人生バラ色だ」

井川の声に、それまで続いていた、内容を伴わない下卑た話題が中断された。それから男たちは、明日の予定について最終的な確認を始めた。聞いている間に、貴子の中では男たちの犯行計画が徐々に明確に描かれていった。

明日、連中は出来るだけ早い時間に、貴子を伴って東京へ戻る。まずは堤と加恵子が借りている馬込のウィークリーマンションに行って、そこでいよいよ準備にとりかかる。準備とは、具体的には貴子を着替えさせ、顔の痣を消すことだ。

「いくら何でも、あれじゃあな」

ずっと疼いている痛みと加恵子の反応で、ある程度の予測はついていたものの、貴子は自分の顔に、相当に目立つ痣が出来ているらしいことを改めて知った。畜生。別れた夫にでさえ、殴られたことなんかなかった。

「まあ、あんな程度なら、軽いって。簡単に消せるさ」

堤の余裕たっぷりの声が聞こえた。貴子は思わず、やめてよ、と口の中で呟いた。あの男が自分に近付いて、この顔に触れるくらいなら、痣など一生消えなくても構わないとさえ思う。今、この世の中で最も憎み、最も恐ろしいと感じる相手こそが、あの堤なのだ。我ながら情けない話だ。それは分かっている。あんなチンピラ風情に、ここまで恐怖心を抱かなければならないなんて。自分が女であるということを、こんな形で噛みしめなければならないなんて。だが、どうしようもなかった。

「まあ、顔はそれで良しとして、服、どうするよ。加恵子さんの服じゃ合わねえだろうし、あの格好じゃあ、誰が見たって、あれっと思うぜ」

鶴見の言葉に、「買ってやりゃあ、いい」と答えたのは井川の声だった。駅のショッピングセンターでも、どこへでも行って、地味なパンツスーツでも買ってくれれば、それでことは足りるのだと。

「面倒臭えな」

「最初から、服なんか脱がしときゃよかったんだよな」

鶴見の感想に、堤の、いかにも笑いを含んだ声が応えた。それに鶴見は、「またまた、おまえは」などと、必要以上にはしゃいだ声で笑っている。屈辱。人を何だと思っているのだ。膨らむ怒りは、無力感と背中合わせで、貴子からすべてのエネルギーを奪い取ろうとする。

とにかく身支度を整えたら、貴子はいよいよ目的地に連れていかれる。その際、男たちは貴子が警察官であることをフルに利用するつもりらしかった。

「何しろ、警察手帳ってヤツがあるんだから、強いよな」

「一人が出して見せりゃあ、後ろから俺らがついてったって、相手はちょっとも疑いやしねえよ」

「まあ、任しておけって。俺がきっちりメイクしてやるからさ。実物より、もっとまともにしてやる」

どこまで人を馬鹿にすれば気が済むのだ。だが、堤の言葉に、鶴見は「頼んだぜ」と言い、また馬鹿陽気な声で笑った。普段の話し声は比較的、低いのに、その笑い声は癇《かん》に障るほど甲高い。貴子は苛立ちながら、明日は一体、どこへ行かされるのか、どこで犯罪に荷担させられるのかと考えていた。胸が苦しくなってくる。魂を売り渡しても、そんなことはしたくはない。だが、自信がなかった。自分がいかに生に執着しているかを、生まれて初めて感じていた。

「家に上がり込みさえすりゃあ、あとは簡単だ。まあ、人質が三人に増えるようなものだと思やあ、いいだろう」

「なあ、やっぱ、銃があって良かったろう？　これがなかったら、こういう計画にはならなかったんだからさ。あって困るようなもんじゃねえって、言った通りだろうが」

「だが、撃つなよ。いくら高級住宅地ったって、隣との距離は、そう離れてるわけじゃない。外に聞こえたら、元も子もなくなるんだぞ」

井川の重々しい声がする。

「俺は堤とは違うって。脅すだけだよな、脅すだけ。そんな、殺したりなんか、しないって」

「だけど、相手も専門家だぜ。人の顔は、よく見るんじゃないかな」

「まあ——それを考えるとな。だから、後は相手が納得するかどうかだ。どうせ表沙汰には出来ねえ金なんだ、こっちが、その辺の事情も摑んでるってことを分からせる。誰だって生命は惜しいさ。馬鹿でもない限りは、計算できるだろう」

「だけど、この前みたいに、何が起こるか分からないしな」

「その時は——その時だ」

「その時は、全部、始末しなきゃならないよな」

「まあ——そうなるかもな」

貴子にも聞こえていることくらい承知していないはずがないのに、彼らは、いとも簡単に、そんな会話を交わしていた。始末なんて、人をゴミみたいに。冗談ではない、そう簡単に殺されてたまるかと思う。だが、貴子の思いなど、誰も気にするものはいなかった。それから彼らは、果たして明日どれくらいの現金が手に入れられるかを値踏みし始めた。

「若松は、四億以上だって言ってたじゃないか」

「あいつが言ってたんなら、間違いないだろう」

四億か、と、ため息のようなものが聞こえてくる。

「医者っていうのは、そんなに儲かるのかね。鼻、高くしたり、二重瞼にしてやるだけで」

「加恵ちゃん、そういうのに詳しいんじゃないのか？　病院に勤めてたんだから」

「——美容外科のことは、よく分からないわ。それに、個人でやってたわけでしょう？　自由診療だろうし、値段の相場だって、あってないようなものだろうから」

美容外科。個人。おそらく、御子貝夫妻同様、架空名義の口座を開いている人物なのだろう。若松から入手した情報を元にして、彼らはさらに多額の現金を手に入れようとしているのに違いない。だが、今度はそううまくいくとは限らない。関東相銀には警察が足繁く通っているのだし、少しは勘を働かせるに決まっている——いや、分からない。架空名義口座は銀行のお荷物でもある。面倒なことには関わりたくないという銀行の姿勢は変わらないはずだ。第一、銀行自体の懐が痛むわけでもない。前回と同様、知らん顔して面倒からは避けるかも知れない。だが、そんな銀行のことよりも、貴子は自分のことを考えるべきだった。被害者たちは貴子の提示する手帳を信じて、その挙げ句、最悪の結末を迎えるかも知れないのだ。

——また、犠牲者が出る。

彼らは「その時はその時だ」と言った。全部、始末するとも言った。それは、どこかの美容外科医だけでなく、貴子も明日、死ぬことを指しているのに違いないのだ。明日の今頃には、もうこの世からいなくなっているなんて。こうして可能な限り凝りをほぐそうとしている肉体そのものが、ただの物体と化しているなんて。痛みも苦しみも、喜びさえも感じられない世界へ行っているなんて——まるで実感を伴わない。だが、その一方で、恐怖心だけは高まっていた。どこかで逃げるチャンスを見つけない限り、それは、ほぼ間違いなくやってくる。

何という幕切れ。何という人生だったのだ。

やはり、警察官などにならなければ良かった。刑事などにならなければ良かったのだ。母の希望通り、もっとごく普通の職業を選んで、平凡でも穏やかな人生を歩んでいれば、こんなことにはならなかった。鼓動が速くなる。手のひらに汗をかいている。それを感じている自分がいる。この肉体は、まだ生きている。明日、すべての機能を失うとも知らずに、正直に、飽きることなく血液を循環させ、動揺に反応して汗をかいている——。叫び出す代わりに、思わず頭を抱え込んでいた。耳鳴りがする。

——死にたくない、死にたくない！　助けてよ、ねえ、助けて！

祈りなどというものではなかった。声に出さないだけの、ありったけの悲鳴だった。目をきつく閉じ、あえぎそうになりながら、貴子はひたすら心の中で叫んでいた。

「もういっぺん、言ってみろ！」

突然、怒号が響いた。全身を強張らせたまま、貴子は現実に引き戻された。

「何、熱くなってんだよ」

堤の低い声が聞こえる。

「うるせえっ。もういっぺん、言ってみろって言ってんだよ！　てめえ、今、何て言ったんだよ、ええっ」

鶴見の声だ。大分、呂律《ろれつ》が回らなくなっている。

「このガキが。大体なあ、生意気なんだよっ。てめえみてえな出来損ないが、偉そうなこと、人に言いやがってよ、ええ？　てめえ、何様のつもりなんだ！」

さっきまで人一倍、機嫌が良さそうだった男が豹変している。貴子は、恐怖を覚えつつも、冷たく冷え切っていた胸の奥が、微かに揺れ動くのを感じていた。自分に害が及びさえしなければ、人の喧嘩はなかなか楽しいものだ。気持ちを高揚させ、自然に何かを期待させる。もっと怒鳴れば良い、仲間割れして、大喧嘩でも何でもすれば良いのだ。貴子は顔を上げて、闇の中で彼らの様子を探っていた。

「鶴見、少し飲み過ぎなんだよ」

井川がなだめるような声で言った。数秒間、沈黙が流れた。何だ、これで終わりか、もうおとなしくなってしまったのかと思ったとき、明らかに液体らしい何かがばしゃっとひっくり返されるような音がして、今度は堤が「おいっ」と怒鳴り声を上げた。

「何、すんだよっ」

「うるせえ、このガキ！」

再び、何かのひっくり返る音。

「おめえなんか、ただの人殺しじゃねえか！　愛人だろうが誰だろうが、そうやって痛めつけて、それで満足なんだろう、ええ？　てめえはなあ、クズなんだよ、クズ！」

「お前にそんなこと言われる筋合い、ねえんだよっ」

「クズが生意気なこと、言ってるんじゃねえ！」

次の瞬間、確かに人を殴る音がした。再び何かがひっくり返る音、荒々しい息づかいと、てめえ、この野郎という声だけが、闇の中に広がっていく。時折、井川の「好い加減にしろ」「やめろ」という声が挟まるが、その勢いはおさまることがなかった。加恵子はどうしているのだろうか。彼女の声は、まるで聞こえてこない。黙って、男たちが殴り合う様子を、外からの仄《ほの》かな明かりだけを頼りに眺めているのか。

「てめえ——ぶっ殺してやる！」

堤の声が悲鳴のように聞こえた。

「また、そんな物、持ち出しやがって！」

再び荒い息づかい。どたどたと、ただ暴れているらしい音を、貴子は息をひそめて聞いていた。次の瞬間、がちゃん、と激しい音がした。「おいっ」と井川が苛立った声を出す。同時に、湿ってはいるが涼しい風が吹き込んできた。

「好い加減にしろって言ってんだろうがっ」

井川が厳しい声で言った時だった。突然、窓の外が昼間のように明るくなった。貴子は、呆然とその明かりを見つめていた。奥の部屋が一瞬、静まり返る。続いて「畜生っ」という声が聞こえた。

「何なんだ、どういうことだ」

急に気勢をそがれたような鶴見の声が聞こえた。風が額に滲《にじ》んでいた汗を乾かしていく。

「サツかっ」

「眩しくて、見えねえ」

「堤、見てこいっ！」

貴子の視界に、ライフルを持った人影が躍り出てきた。貴子が身構えるよりも早く、人影は貴子の前を飛ぶように駆け抜け、バタバタと走っていく。

「ど──どうすんだよ。これ、ただの懐中電灯じゃねえよ」

「お前が暴れたりするからだろうがっ、馬鹿が」

おろおろとした口調の鶴見に対して、井川が吐き捨てるように言った。

「窓際に立つな、おいっ」

「冗談じゃねえよ、何だってえんだ」

「やめろって、おい、鶴見！」

井川の怒声を、乾いた銃声がかき消した。続いてけたたましい笑い声が部屋中に広がった。

「たまんねえ、気持ちいいぜ、こりゃあ」

「馬鹿野郎っ」

再び殴る音と倒れる音。部屋の外の、どこか遠くから、がたん、がたん、と何かの衝撃音のようなものが響いてきた。奥の部屋からは「貸せっ」という声が聞こえ、今度は井川がライフルを持って現れる。彼もまた、貴子のことなど見向きもせずに部屋を飛び出していった。奥の部屋では、鶴見がまだ一人で笑い転げていた。

──来た。やっと。

思わず全身の力が抜けかける。貴子は、昼間よりも明るい光に照らされた奥の部屋を、口が開きっぱなしなのも忘れるほど、ひたすらぼんやりと眺めていた。まるで、ＳＦ映画の、宇宙船に狙われるシーンのようだ。本当に、これは現実なのだろうか。これを、助けが来たものと考えて良いのだろうか。

また、部屋の外から大きな音が響いてきた。笑い続けていた鶴見が、よたよたと部屋から出てきた。

「何、やってるんだよ──おおい、何してるんだって」

壁に手をつき、大股で、鶴見はふらつきながら貴子をまたぎ、部屋の外に出ていった。がたん、がたん、という音は響き続けていた。

「――おしまいね」

音に気を取られていた貴子の背後で、ふいに呟きが聞こえた。振り返ると、加恵子のシルエットが、部屋の入り口に座り込んでいる。

「これで、おしまい――何もかも」

目が慣れてくると、虚ろに視線をさまよわせ、呆けたような表情の加恵子の顔が見えてきた。敵か味方か分からない女。正気なのか、判断力を失っているのかも分からない女。

「――おしまいじゃない、始まるのよ」

必死で言ってみた。だが、加恵子は何の反応も示さない。

「いい、中田さん。始まるの。これから、あなたの人生を取り戻すんだから」

バタバタと足音が戻ってきた。真っ先に現れたのは井川だった。息を切らしながら、彼はしばらくの間、貴子を見つめていたが、やがて「立て」と言った。そしてポケットに手を突っ込みながら、手洗いに駆け込んだ。鎖を引きずるような音がしたかと思うと、井川は、さっきまで便器に巻き付けられていた鎖を片手に持って出てきた。

「部屋を移る。立て」

抗《あらが》いようもないままに、貴子は二の腕を強く摑まれた。

3

午前零時三十分。東京から機動隊員を含めて三十名の応援が到着した。早朝までには、さらに二十名の狙撃班も到着することになっているという。

「どうやら、夜明けに突入だな」

滝沢は保戸田と囁きあい、それまでの時間が静かに、無事に流れてくれることを祈った。

「見取り図、手に入りましたかね」

「どうかな」

そんな会話を交わしながら、どれ、そろそろ交代が来る頃だと時計を見た、ちょうど一時四十分だった。遠くで微かにガラスの割れるような音が聞こえた。建物が建て込んでいるから、どこから響いてきたのかが分からない。翠海荘からだろうか、それとも、近所のどこかで喧嘩でもしているのかと、辺りを見回したとき、滝沢のいる位置からも、翠海荘の上空がライトで白々と照らされたのが分かった。

「おいっ、何だ、何が起こった」

今の音は翠海荘からだったのかと言いかけて、にわかに緊張が高まった時、今度は乾いた発砲音が響いた。

「あいつら、動き出しやがった!」

咄嗟に、駆け出しそうになった。すぐにでも翠海荘の正面に回り込みたい衝動に駆られる。一体、何が起こったのかを自分の目で確かめたかった。だが、勝手に持ち場を離れることは出来ない。それに、もしも犯人たちが動き出したのだとしたら、飛び出してくる可能性もある。

「畜生、何なんだっ」

「外に向けて撃ったんですかね」

保戸田も表情を険しくさせて、建物の向こうに白々と見える空を見上げている。あんなことをすれば、犯人たちに捜査の手が及んだことを知らせるようなものだ。自棄《やけ》になるか、または興奮して、辺り構わず発砲する危険性だって、なくはない。それくらい分かっていながら、何故、投光器を向けたのだろうかと、必死で考えを巡らせている時、イヤホンを通して柴田係長の声が聞こえた。

〈警視八八から各局！　事態が急変した。至急、前線本部前に集合せよ〉

例のⒽマークのついている空き地のことだ。闇の中からがちゃがちゃという音が聞こえてきた。盾を持ち、ヘルメットを被って完全に装備をした機動隊員が二人、「交代しますっ」と短く言った。

滝沢は一目散に坂道を駆け下りた。本当は、逆に坂道を上がり、急な階段も上って翠海荘の建物を回り込んだ方が、空き地までは近いことは分かっている。だが、とにかく建物の正面に回り込んで、一体、何が起こっているのかをこの目で確かめたかった。

翠海荘と、海側に隣接する建物との間には細い路地が通っている。その、建物の谷間に立つと、頭上を二筋の強烈な明かりが走り、翠海荘を照らし出していた。辺りは不気味なほど静まり返っている。滝沢は懸命に首を巡らせ、翠海荘の建物を見上げた。闇の中に白く浮かび上がっている建物には、客室のベランダで伸び放題になっている雑草の影などが色濃く映され、破れ落ちているカーテンや、桟だけになっている障子などが、くっきりと見て取れる。その窓の一つが、明らかに割られていた。四階の、左から三番目。さっき、赤外線暗視カメラが人影を捉えたという部屋に違いなかった。

「カメラは、室内で暴れているらしい二人の人物を捉えていたが、何分、低い位置から見ているために、部屋の奥までは見ることが出来なかった。そのうち、一人がガラスを割った。このまま、中で何が起こっているのか分からないのでは、人質に危険が及ぶ可能性があると判断して、投光器を向けたわけだ」

前線本部として使用されている空き地には、指揮車両の他、応援の警察官を運んできた数台のバスや、滝沢たちが東京から乗ってきた捜査車両なども移動してきていた。そう広くない空き地は、完全に警察車両だけで埋め尽くされ、周囲に設置された照明が、慌ただしく動く人の姿を照らし出していた。その中程の、バスに囲まれた空間で、滝沢たちは係長の説明を聞いた。発電機の音が、空気を震わしている。

「今度ははっきりと人の姿を照らし出した。男の一人がライフルを構え、発砲した。幸い怪我人は出ていないが、相手は明らかに、こちらに向けて発砲した」

係長は深刻この上ない表情で、呻くように言った。

「これで、敵も自分たちが発見されたことは気付いたことになる。人質の無事を確認するだけでも急がなけりゃならん」

「入りますか」

意気込んだ様子で捜査員の一人が言った。

「今、管理官が上と協議している最中だ。せめて、狙撃班が到着するまでは時間を稼ぐ必要がある」

「人質の無事を確認しなきゃならないんじゃないですか。そんなこと言ってる場合ですかっ」

今度は別の捜査員が興奮した声を上げた。両頬を、悪寒のようなものが駆け上がる。急に尿意を催してきた。

「相手を追い詰め過ぎては危険だということくらい、分かってるだろうっ」

係長の口調も、いつになく高ぶっていた。充血した目を見開き、柴田係長は集まった捜査員全員を睨《ね》め回した。

「やつらが今日、酒を買ってきていたことは分かっている。酔った勢いで、こういうことになったんだとしたら、相手は余計に興奮しているか、または動揺している可能性が高い。そんなときに下手に刺激したら危険だ」

「動揺したついでに、人質を殺すかも知れんじゃないですかっ」

「機動隊も到着してるんです。とにかく、入り口から少しずつ攻めて、自分らで中を確認していくより仕方がないんじゃないですか」

「敷地内には入って、建物そのもののすべての出入り口を確保するべきです」

現場の空気が痛いほど緊張している。だが、部下の意見を、係長は腕組みをし、目をつぶって聞いていた。その佇まいが、無言で頭を冷やせと言っている。係長自身、気持ちを鎮めようとしているのが、その肩が何度も上下していることで分かった。

「こりゃあ、賭けですよ。賭け」

滝沢も、思い切って口を開いた。

「もう、我々がいることは分かっちまったんです。向こうだって、動揺はしてるでしょうが、攻め込まれるのは時間の問題だって思うでしょう。奴さんたちが、どういう開き直り方をするか、それとも意外にあっさり出てくるか、賭けじゃないですかね」

数秒の静寂の後、係長は、目を見開き、じっとこちらを見て、それから大きく深呼吸をした。

「管理官に言ってくる」

くるりときびすを返して、係長は大股で指揮車両に向かった。その後ろ姿を途中まで見送ってから、滝沢は大急ぎで手洗いのついているバスの一つに駆け込んだ。いよいよだ。音道も、目隠しでもされていない限り、この明かりの意味は分かっているに違いない。いや、生きていればの話だ。畜生、緊張して腹がしぶり始めた。

——もう少しの辛抱だからな。

こんな時に限って、いつまでも小便が止まらない。酒を飲んでいるわけでもないのに、いつの間にこんなにたまったかと思うほどだ。滝沢は、情けない気分で、ただ苛々しながら便器に向かっていた。ようやくすべてを出し切って外へ出ると、落ち着かない表情で仲間が待ち構えていた。少しばかり気恥ずかしい表情で、滝沢は便所を後続に譲った。皆、同じなのだ。緊張している。腹に力がこもっている。仲間たちのところへ戻り、煙草を続けざまに二本吸ったところで、係長が戻ってきた。眉間の皺《しわ》はさらに深く、遠くから歩いてくる姿は、明らかに憔悴《しょうすい》して見えた。

「四時までには、狙撃班が到着するはずだ。それまで待機する」

ちっ、と舌打ちの音が聞こえた。周囲には明らかに、苛立ちと落胆のため息が広がった。だが係長は苦渋に満ちた表情で、こちらに犠牲者を出すわけにはいかないのだと言った。こちらに出ない間に、あちらに出たらどうするのだ。人質は自分たちの仲間ではないかという言葉が喉元《のどもと》まで出かかっている。だが、係長にしても、それを考えていないはずがない。確かに、日頃から実射訓練などにいそしんでいるわけでもない自分たちが、たとえ拳銃を携帯していたとしても、心許ないことは間違いがない。

「狙撃班が到着し次第、たとえ見取り図がなくとも、中に入る。分かっているとは思うが、そこからは持久戦を覚悟する必要がある」

さらに、夜明けを待ってヘリコプターを飛ばし、上空から建物の内部を探索することになっていると係長は言った。

「連中は、あの部屋から移動した可能性が高い。あれだけ投光器で照らしているわけだし、当然のことながら赤外線カメラも向けてはいるが、現段階では、どこにいるのか分からなくなっている。とにかく、三時から宿舎で会議、準備に取りかかる。それまで休んでくれ。解散」

休めと言われても、残りは一時間もありはしなかった。滝沢たちは仕方なく銘々に旅館まで歩いて戻り、そのまま布団に倒れ込んだ。頭の芯がずきずきしている。こうしていても、闇に浮かび上がる翠海荘ばかりが脳裏に蘇《よみがえ》ってきた。窓ガラスが割られた。発砲があった。ホシは興奮しているに違いない。一体、中で何が起きたのだろうか。今、どういう状況になっているのだろうか――。

頭は目まぐるしく働かせているつもりだが、意識は徐々に遠のき、身体が沈み込むように感じられた。二時間程度ずつ、切れ切れにしか眠っていないのだから、無理もなかった。これから持久戦に持ち込むとしたら、わずかずつでも眠った方が良い。最後にものを言うのは体力だ――隣からも軽い鼾《いびき》が聞こえてきた。滝沢も静かに、自分の呼吸を数えた。

午前三時。大広間には柴田係長、吉村管理官に加えて、殺しの班の守島係長、管理官、理事官に捜査一課長までが揃っていた。さらに、機動隊の方からも中隊長が加わり、静岡県警からも、所轄署長と捜査一課長が来ていた。朝になったら参事官も来る予定になっているという話を聞いて、滝沢は、やれやれ、と微かにため息をついた。そんなお偉方ばかりに来られても、現場の何が変わるわけでもない。管理職が脇から余計な口出しをし始めたら、それこそ収拾がつかなくなる可能性だってあるのだ。その辺りを、どう上手に捌《さば》いてくれるかが、管理官の腕の見せ所だろう。現場の指揮に集中したいだろうに、ご苦労な話だ。

とにかく、これだけの管理職がわざわざ現場まで足を運んできたという事実が、そのまま事件の大きさを物語っている。もはや、報道協定もへったくれもなくなることだろう。明るくなれば、空にはヘリコプターが舞い、テレビ局の中継車などが周囲を取り巻いて、この街は未曾有《みぞう》の騒ぎに巻き込まれることになるのは、まず間違いがない。

「まず一線配備として、翠海荘全体を包囲、さらに二線配備を布《し》く」

吉村管理官が、壁に貼り出された地図を指して説明を始めた。付近の交通規制などは、静岡県警に委任する。警視庁からの応援はすべて、人質の救出と犯人の身柄確保に集中することになる。現段階で、その人数は七十名。

「最初に正門の鎖を切断し、敷地内に入る。すべての出入り口の確認、包囲が完了した段階で、正面玄関から突入。先頭は機動隊が取る。我々は、その背後から進むことになる」

三十分程度しか眠らなかったと思うが、頭は大分はっきりしていた。滝沢は壁の地図を凝視していた。絶対に頭をとろうと思っている。誰よりも、自分が真っ先に音道にたどり着きたいのだ。何故だか、それこそが自分に課せられた最大の任務だと、滝沢は何日も前から、そう信じていた。

「静岡県警の協力もあって、消防の方から翠海荘の設計見取り図が確認出来そうだという連絡が入った。入手出来次第、現場には無線で指示を出す。この作戦の最大の目的は、あくまでも人質の無事救出だ。忘れておる者はおらんと思うが、まず音道刑事の生存確認を行ってくれ。犯人グループは既にこちらの存在に気付いている。必要以上に興奮させたり、追い詰めたりしては危険だということも、頭に叩き込んで欲しい」

しんと静まり返った室内に、管理官の声だけが響いた。自分の生唾を飲み込む音が、耳の中で大きく響く。作戦としては複雑なものではなかった。とにかく入り口を固め、あとは木造旧館部分、渡り廊下部分のすべてを一階から徐々に攻めて、全室を確認して上階に進み、包囲網を縮めていくというものだ。

犯人側が、さっきのように下手に騒ぎさえしなければ、滝沢たちは、ひたすら彼らを追い詰め、そして、そっと首根っこを捕まえる、または頭から捕獲網をかける気でいる。野良犬を捕獲するのと同じことだ。

「外からの監視は終始、継続して行っている。少しでも内部の変化が見て取れれば、その都度、連絡をする。無茶な行動は慎み、勝手な判断はするな。特に明るくなるまでは、向こうも自由に動けない分、こちらも危険にさらされていることを忘れるな。犯人グループの居場所が確認出来次第、私も向かう」

管理官の口調は、いつも以上に厳しく、そして、押し殺した声には、かつて聞いたことのないほどの緊張がみなぎっていた。

「いいな。絶対に飛び出すな。先頭は機動隊に任せるんだ。受傷事故だけは避けたい。音道刑事も含めて、ただの一人も犠牲者は出さんからな」

滝沢たちは、黙って頷くだけだった。

「相手の居場所が確認できたら、その後はおそらく膠着《こうちゃく》状態になるはずだ。逃げられないと分かっていても、向こうも必死で何か考えてくるだろう。その段階で説得工作に入る。後は相手の出方次第だが、そこまで、とにかく興奮させないことだ」

会議終了後、滝沢たちは各自、拳銃、手錠、小型無線機の他に、ポケットサイズのコンクリートマイクを一班に一つずつ携帯するよう、指示を受けた。遮蔽物の向こうの物音を聞くための、いわば聴診器の役目をするものだ。

「係長、私にも行かせてください」

準備をしている最中に、それまで雑用ばかりしていた平嶋が一歩、前に出た。一瞬、全員が振り返った。冗談じゃない、生命がかかっているような場所に、女なんか連れていかれるかと思ったのに、係長は「よし」と頷いた。信じられん。滝沢は、半ば呆気に取られて係長を見つめた。

「機材を持ってもらう。だが、絶対に前には出るなよ。常に俺たちか、機動隊の盾の後ろにいろ。単独で動くな。守れるか」

「はいっ」

誰も、反対するものはいなかった。その後は無言のまま、運ばれてきた握り飯を詰め込んだ。空腹かどうかも分からない状態で、とにかく、これから先の体力を確保するためだけに、まだ温かい握り飯を頬張る。今度の握り飯には、梅干しの種は抜かれていなかった。

午前三時五十四分、到着した狙撃班が配備についたという連絡が入った。特殊班も旅館を後にした。今度は周囲に気を配る必要もなく、静寂の中を、夜空を照らしている投光器だけを見て歩く。そして午前四時、そろそろ夜明けの気配が漂ってくる頃、翠海荘は四方から照らし出され、昼間よりもさらに明るく浮かび上がった。二十年近くにわたって放置されてきた建物は、その容赦ない明かりにさらされて、隠しようもない疲弊と老朽の度合いとを、そこここに露呈した。壁のひび割れ、木造部分の黒ずみ、屋根瓦の崩れ、外れかけた雨戸。日中でも一見しただけでは分からない傷み具合だ。

まず先頭の機動隊員が、翠海荘の正門に回された鎖を切断した。まとまった人数が一気になだれ込む。ある班は建物の周囲に回り込み、残った人数が正面玄関を取り囲んだところで、柴田係長を先頭に、特殊班が進んでいく。

かつては落ち着いた佇まいを見せていた、いかにも老舗《しにせ》の旅館らしい風情の玄関前だった。ガラスのはめ込まれた引き戸の脇には手水鉢《ちょうずばち》があって、大きく育った松や楓《かえで》が植えられており、石灯籠なども置かれている。大きな石が置かれ、細長く玉砂利を敷き詰められたところには鹿威《ししおど》しなどもあって、手入れさえ行き届いていたら、なかなかのものだったろうと思わせた。だが、それらのすべてが荒れ放題で、木々だけが不気味なほどに育っている。

〈柴田から警視八八。準備完了しました。行動を開始します。どうぞ〉

数メートルしか離れていない位置にいる係長の声が、耳の中から聞こえてくる。

〈警視八八、了解〉

係長がさっと振り返った。滝沢たちは無言で頷いた。十二名。滝沢のすぐ隣には、ホームレス姿から刑事らしい服装に戻った東丸主任、さらに背後には保戸田がいる。この数日の間に、奴はすっかり山賊のような髭面になっていた。

「鍵は、開いてるはずです」

東丸が鋭く囁いた。指揮をとっている機動隊員が小さく頷き、盾を前にそろそろと進む。彼らが移動するにつれて、滝沢たちも前進した。盾越しに引き戸を見つめていると、数秒後、音もなく戸が開き始めた。心臓が、一回りほど縮んだような気がする。刑事生活も二十年以上になるが、こんな場面に遭遇するのは生まれて初めてのことだ。今、いよいよ突入しようとしている自分の姿が、まるで自分ではないような、半ば夢の中のような気さえしてくる。

「突入っ」

小さいが鋭いかけ声が上がった。視界がさっと開け、大きく開かれた戸から、盾を構えた機動隊員たちが一斉に足を踏み入れた。その向こうには、果てしないとも思われる闇が口を開けていた。

4

明らかに下の方から、真っ白い光が射し込んでいる。貴子たちがいる床面でなく、黒カビの生えた天井が、不気味なほどくっきりと照らし出されているのは、それだけで奇妙な感覚に陥るものだった。光は常に空から投げかけられるものだと思い込んできたことに初めて気付く。投光器の照明というものが、実際にさらされると現実感さえ奪い取るほどに強烈だということも、初めて知った。

展望大浴場とでも銘打たれていたに違いない、広々とした浴室だった。窓は天井までの全面ガラス張りで、その窓に面して空っぽの大きな浴槽がある。左右の壁には整然と、いくつものカランが並んでいた。そのカランの一つに、貴子は鎖でつながれていた。さっきまでいた部屋からここに移動する際、階段の上り下りが出来ないからと、足の鎖だけは解かれたから、ようやく足は自由に動かせるようになった。背筋も伸ばせるようになって、わずかながら解放感が広がった。だが、その一方で、相変わらず自由にならない手に苛立ちが募る。

犯人たちは、貴子をこの浴室に連れてくるなり、慌ただしく出ていった。一人で取り残されて、貴子は板張りの廊下より、さらに冷たく固いタイル張りの床に腰を下ろし、ぼんやりと足首をさすっていた。物音などは何も聞こえてこない。

——助けに来たんなら、早くして。

外で異変が起きていることは間違いがないのだ。それなのに、明かりがついた以外は、何の変化もありはしなかった。確かに、暗闇の中で過ごすよりは、まだましだとは思う。だが、足下から斜めに入ってくる光は、否応なしに不安をかき立てる。自分のすべてが日常から切り離されていくような気がした。

二時十五分。加恵子が足を引きずりながら、コンビニの袋を提げて現れた。

「他の人たちは、どうしてるの」

囁きかけたつもりが、意外なほどに声が大きく広がる。タイル張りの浴室のせいだ。だが加恵子は、貴子の方を振り返ることもなく、浴室内を何度か見回して荷物を置くと、またそそくさと出ていってしまった。五分ほどして、再び他の荷物を持ってくる。どうやら彼らは、この浴室に立てこもるつもりらしかった。

「ねえ、ここは一体、どこなの」

貴子は再び話しかけた。今度は、加恵子はちらりとこちらを見て、「熱海」と答えた。

「熱海よ、ここ」

「熱海？　あの、熱海？」

「そう、伊豆の熱海。温泉の熱海」

相変わらずの無表情で、彼女は貴子を少しの間見つめ、それから、大きくため息をついた。いや、大きく聞こえただけなのかも知れない。

「もう――おしまいね」

「中田さん――」

「よかったじゃないの、あの人たち、お仲間が来てくれて」

「ねえ、中田さん、あの人たち、ここに立てこもるつもりなの？」

加恵子は、ひどく疲れて見える顔をわずかに傾けて、まるで関心などないかのように「知らないわ」と答える。貴子は身を乗り出し、鎖を可能な限り引っ張って加恵子の顔をよく見ようとした。

「そんなことしたって無駄だって、あなた、言ってよ」

「私が？　駄目よ。無理」

「どうして。もう、ここまで来たら逃げ出すことなんか絶対に出来ないんだから。おとなしく外に出た方がいいって、分かるでしょう？」

「――私の言うことなんか、聞くはずがないじゃない」

加恵子はひどく投げやりな口調で言った。悲しいのか、苦しいのかも分からない表情。

「あの人たち、何してるの」

それに対しても、加恵子は「さあね」と言っただけだった。そして、また浴室を出ていった。五回ほど、そうして部屋を往復して、彼女はここに持ち込んでいた荷物を運び終えたらしい。その後は、何も言わずに浴槽の縁に寄りかかるようにして座り込んだ。

――熱海。

泊まったことはないが、何度となく通過したことのある街だ。伊豆方面へ足を伸ばすとき、富士や箱根の辺りをツーリングするとき、熱海の街は数え切れないくらいに走り抜けてきた。その街にいるという。貴子は、海岸沿いの国道を思い浮かべた。その国道に沿って立ち並ぶ旅館やホテル、急勾配《きゅうこうばい》の斜面を、階段のようにひしめき合って立ち並ぶ建物の光景も思い浮かぶ。その中のどこかにいるというのだろうか。

「何で、こんな場所まで連れてきたの」

黙りこくっている加恵子に、再び話しかけてみる。しばらくの間、返答は聞かれなかった。貴子が諦めかけた頃に、「鶴見さんの案よ」という声が響いた。加恵子のいる方向からというよりも、四方から降ってくるように聞こえる。

「あの人、何年か前に工務店みたいなところで働いてたことがあるんですって。そう長い間じゃなかったらしいけど。その時、ここに来たことがあるって言ってたわ。ずっと前につぶれた旅館で、ホームレスか何かが中を荒らすといけないから、勝手に人が入れないように、鉄条網張ったり、入り口をふさいだりするために」

すぐ傍にいる人に話しかけるくらいの大きさでも、声は十分に届くようだった。明かりが直に当たっているわけではないが、ぼんやりと明るく、広い浴室は、白い光がタイルにも反射して、全体が水槽の中のようにも感じられた。

「——あの人は、前からの知り合い?」

貴子も囁くように尋ねた。加恵子は小さく首を振った。

「あの人も、井川さんのことも、何も知りはしない。私たちは、寄せ集めだもの」

「——若松に、声をかけられて?」

「ただ、大金に目がくらんだだけのね」

「競輪場で」

「私たちと、井川さんはね。鶴見さんは違う。あの人は、インターネットで知り合ったって言ってたわ」

急に刑事としての意識が働き始めた。ゴールデンウィーク前の、あの御子貝夫妻と内田夫妻の死体を見た日のことが蘇ってくる。四人は行儀良く布団に並んでいた。すべては、あの日から始まったのだ。

「役割を決めたのは、若松だったの？」

「まあ――そういうことね。銀行に行くのは、多少なりとも見栄えのする方がいいからって、若松さんが言ったのよ」

「つまり、御子貝さんの家には、あなたと堤が行ったっていうことね。ああして、粘着テープで全身をぐるぐる巻きにして、首を切って。四人もの人を」

加恵子の頭が大きく揺れた。彼女はしばらくの間、じっと俯き、それから天を仰いでため息をついた。貴子も見たあの光景を、加恵子も見ている。いや、あの場面を作り出した張本人でもあるのだ。

「――まさか、殺すとは思わなかった」

「やったのは、どっち」

「――男の人が急に苦しみ出したのよ。何かの発作らしかった。目と口はふさいでたけど、耳は聞こえてたんじゃないかしら。隣にいた奥さんらしい人が、その声を聞いて、パニックを起こして、暴れ始めた――そうしたら健輔が『静かにしろ』って」

加恵子の口調は、あくまでも静かだった。貴子は、和室に横たわっていた四人の遺体を思い浮かべながら、その声を聞いていた。

「最初は、殺すつもりなんかなかったと思うのよ。一応、ナイフも持ってたし、服は――誰かに見られて、覚えられたら困るからって、二枚、重ねて着てたけど――私たちの目的はお金だけで、何も人殺しなんかする必要はなかったんだもの」

若松は、たとえ架空名義口座の金を奪われたところで、被害者は税務署などの手前、容易に警察に届け出るわけにはいかないだろうし、銀行もまた、自分たちが何らかの被害を被るわけでもないから、まず届け出たりはしないはずだと言ったという。どうせ有り余っている金なのだ。本当に困る人間はどこにも出ないと説明されて、堤も、また井川や鶴見も、若松の計画に乗るつもりになったらしい。

確かに、殺人さえ犯さなければ、若松の計略は見事に成功したかも知れなかった。銀行の、あの非協力的な態度を見れば、そのことがよく分かる。すべてが狂い始めたのは、やはり堤が殺人を犯したことによる。

「でも——顔を見られたわけでしょう。それでも殺さないつもりだった?」

「彼は、マスクとサングラスをして行ったし、私は——私ねえ」

そこで、加恵子の口調ががらりと変わった。まるで、いかにも大切な秘密を打ち明けようとするかのように、または嬉しくて仕方がないというように、彼女の声は弾んで聞こえた。

「彼にメイクしてもらうと、自分で言うのも何だけど、本当に別人みたいになるのよ」

貴子は、薄明かりの中で、加恵子の口元がほころぶのを見た。痣《あざ》の消えない顔で、彼女は半ばうっとりとした表情で微笑《ほほえ》んでいた。

「本当、自分でもびっくりするくらいね。それで髪型まで変えると、まるっきりの別人。ちょっと、こっちが私なら、今までの私は誰なのよっていう、そんな感じ」

「——だから、大丈夫だと思ったの」

そうよ、という声が浴室内に広がったとき、男たちのものに違いない靴音が響いてきた。貴子は素早く手元の時計を見た。三時四十分。ずい分長い間、彼らは何をしていたのだろう。

浴室に靴音が広がり、舌打ちや、「まったく」などという声が淡く広がっていく。貴子は、もう少し加恵子の話を聞きたかったと思いながら、黙って男たちの様子を窺っていた。鶴見は、ほとほと疲れたという様子で、貴子とは反対側の壁にもたれかかった。ライフルを持った堤は加恵子の隣に行き、同じくライフルを持っている井川は、浴室の出入り口近くに、腰掛けを持ってきて座った。

「窓の傍に、行くなよ。光の当たってるところには」

井川の声が天井に響く。声を出して応じるものはいなかった。ただ煙草をふかし、舌打ちを繰り返して、重苦しい沈黙が広がった。

「畜生、何でだ——」

かなり長い沈黙の後で、鶴見の呻くような声が広がった。その声は、今にも泣き出しそうなほどに語尾が長く伸びて、不安定に聞こえた。

「何で、こんなことになったんだ――」

「てめえが馬鹿なこと、するからじゃねえかっ」

それに覆い被さるように、堤の声が響いた。ライフルを抱えたまま、彼は背を反らして浴槽の縁に腕をかけている。すぐ傍にいる加恵子は、黙ったまま目を逸らしていた。たとえ今、ここで撃ち合いが始まったとしても、堤が銃口を鶴見か、または貴子に向けたとしても、彼女はそうして顔を逸らしているだけなのかも知れない。おそらく、御子貝夫妻と内田夫妻を殺害したときも、若松を射殺したときも、同様だったに違いない。

怯えていたことは間違いがないと思う。恐怖に身体が強張っていたと考えられなくもない。だが、加恵子はそれ以前に、堤のすることに関して、何の反応も示さなくなっているのだ。何かを感じ、判断して、彼に働きかけることなど、彼女には無理なのだということが、徐々に分かってきた。能力や性格の問題ではなく、これまでの人生で、加恵子は、そういう風にさせられてしまったという気がする。そうならなければ、生き延びてこられなかったということなのだろうか。

「全部、てめえのせいだからな、鶴見っ。どうすんだよ！　どうやって、こっから出るっていうんだよ！」

堤の怒鳴り声が響いた。その残響に、鶴見の悲鳴に近い声が混ざる。

「何で、何で、俺のせいなんだっ。もう、とっくに包囲されてたんじゃねえかよ、俺たちは。俺がサツを呼んだわけでも、何でもねえや。お前らが後をつけられてたんじゃねえのか」

「そんなの、知るか！　何も今日、つけられたとは限らねえだろうが！」

「昨日なら、昨日のうちに、こういうことになってただろうが、阿呆！」

「てめえが馬鹿みてえに酔っ払って、窓なんか割るから、こういうことになったんだろうっ」

たった三人の男しかいない浴場が、異様に賑やかな、声の洪水になった。騒げば良い、騒いで、暴れて、自分たちのいる場所を外に知らせれば良いのだ。それにしても、救出はまだだろうか。無闇に照らし出しているだけで、その後の動きがまるでないような気がする。来てくれるのなら、一刻も早く来てくれれば良いではないか。何故、こうも気を持たせるのだろう。一体、何をしているのだろうか。

「お前が生意気なことを言うからだろうがっ」

「冗談じゃねえや、そっちが、ただ酒癖が悪いってだけじゃねえかよ」

「酒飲んで、酔っ払うのの、どこが悪いんだよっ」

「そのお陰で、こんなことになったんだろう！　馬鹿じゃねえのか、これで今日の計画は、もうおじゃんなんだぞ。てめえのせいだからな！」

「ホームレスが来たっていう段階で、気付かなかったのがいけないんだ」

果てしなく続くかと思われた罵りあいを、井川の声が制した。わんわんと響いていた声がやっと退いて、浴室は、ようやく静かになった。タイルの冷たさが服を通して感じられる。窓から射し込む光は、あまりにも強烈すぎて、天井の塗装が剝げ落ちている小さな所にまで、くっきりと影を作った。ここに来るまでに、さっきの部屋から、さらに三回、階段を上がった。貴子の勘に狂いがなければ、少なくともここは、地上六階以上だと思う。

——こんな場所からじゃ、飛び降りることも出来ない。

心臓が波打っている。苛立ちが募った。

もうすぐ助けが来る。それは分かっているのに、かえって不安で仕方がないのだ。袋のネズミとなった男たちは、もはや無事にここから出られる可能性がないことを知っている。自棄になられたら、真っ先に標的になるのは自分だった。こんなことなら、いっそ夜明けまで無事に監視を続けていてほしかった。朝になって、この建物から出る時を狙ってもらいたかった。

——何を考えてるのよ。

外にさえ出られれば、貴子は自力でも助かる可能性があったのだ。町中では、彼らだって迂闊に発砲など出来なかったに違いない。

――私を、助ける気があるんだろうか。

ただ単に、強盗殺人犯を捕らえること以外、考えていないのではないだろうか。そうでなければ、真夜中に投光器などあてて、犯人を下手に刺激するはずがないではないか。浅はかで愚かしい指揮官が、馬鹿な判断を下したのだ。そうに違いない。

怒りと苛立ちは、そのまま、裏切られたという思いにつながった。こんな思いまでしているのに。こんな恐怖を味わっているのに。何日も放っておいたと思ったら、最後の最後には、こんなやり方しか出来ないなんて。最低。最悪。

「畜生――あと一日、ありゃあな」

長い沈黙の後、今度は井川が顔を覆ったまま呻き声を出した。

「明日の今頃は、日本からもおさらばしてるはずだったんだ。綺麗さっぱり清算して、何もかも、やり直せるはずだった――」

言いながら、彼はジャケットの内側から何かの紙を取り出した。薄暗がりの中で、少しの間、それを見つめて、やがて細かくちぎり始める。貴子は黙ってその様子を眺めていた。こちらの視線に気付いたのか、井川は「何だと思う」と呟いた。

「チケットさ。タイ行きの飛行機、それもファーストクラスのな」

貴子が答えるよりも先に、「タイ?」という鶴見の声が響いた。

「あんた、タイなんかに行くつもりだったのかい」

「――まあな」

「俺なんかさ、ブラジルだよ、ブラジル。友だちがいてさ、向こうで一緒に新しい商売、始めようって相談してたんだ」

「タイからネパールにかけてはな、まだまだお宝が眠ってんだよ。仏教美術の宝庫なんだ」

「お宝ねえ」

「俺は——それに賭けるつもりだったんだ。何もかも、新しく始めるつもりだった——」

この男は一体、何をしてきた男なのだろうか。貴子は不思議な思いで井川を眺めていた。殺人に関しては、直接、手を下したわけではないにしろ、強盗殺人グループの、今や主犯格である男の口から、仏教などという言葉が聞かれようとは思ってもいなかった。どうして、と聞いてみようとしたとき、鶴見の「タイねえ」というくぐもった声が聞こえてきた。それから数分後、長閑《のどか》すぎるほどの鼾が室内に広がった。

「こんな時に、よくも寝てなんていられるな。おい、おっさん、鶴見っ」

堤の苛立った声が響く。だが「よせよ」という井川の声が、それを制した。

「あれだけ飲んだ上に、さんざん汗流したんだ。もう限界だろう」

返事の代わりに、ちっという舌打ちの音がする。そしてまた静寂が流れる。頭がぼんやりしていた。ただ目をつぶって眠りたいと思うのに、神経だけがぴりぴりとしていて、とても眠れるとは思えない。ただうなだれたまま、貴子は手元の時計を見ていた。

四時二十分。そろそろ明るくなっても良い頃だ。だが、投光器の光が明るすぎて、外の様子はまるで分からなかった。ただ鶴見の鼾ばかりが、大きく響いている。

「ちょっとばかし、気を抜くのが早すぎたんだよな。この男の失敗の原因は、いつもそれだったんじゃないのか。あと一息ってとこで、先に気を抜いちまう」

また井川が呟いた。

「そんなの、知ったこっちゃねえよ。だけど、どうすんだよ。このまま、ここに籠ってるってわけに、いかないんだぜ」

静かな口調の井川に比べて、堤は明らかに苛立っている。その堤に、井川は「だから」と多少、語気を強めて言った。

「明るくなるまで、待つんだ。こっちには人質がいる。向こうだって、下手に手出し出来ねえことくらい、百も承知だろう。だから、ただ照らしてるだけなんだ」

「じゃあ、明るくなったら、どうすんだよ、なあ！」

「――俺たちに、もう、それほどの選択肢があるわけじゃない。おとなしく捕まるか、悪あがきして捕まるか――万に一つの可能性に賭けるか、だ」

「万に一つの可能性って？　その刑事を、どうやって使うんだよ」

「それを今、考えてる」

「じゃあ、早く考えてくれよ！」

「だったら少し、黙ってろ！」

初めて、井川の怒鳴り声が堤の声に勝った。少しかすれ気味の、どちらかと言えば抑揚のない声だと思ったが、腹から出された大声は、反射的に身を縮めたくなるほどの、ある種、異様な凄みが感じられた。ようやく堤もおとなしくするつもりになったようだ。時間が流れる。四時三十分。四時四十五分。心なしか、投光器の光がぼやけてきたような気がして、窓の外を見る。光の彼方に朝が来ていた。

――これが、最後の朝になる。

ぼんやりした頭がそう思った。だが、果たして何の最後なのだろう。この部屋での。人質としての。人生の――分からない。

「俺だって、夢があるんだ」

長い沈黙に耐えかねたかのように、だが、さっきよりもずい分沈んだ声で、堤が呟いた。

「俺は、ここにいる誰よりも、ずっと若い。やり直せる可能性は、ここにいる誰よりも高いんだ」

「ここまで来りゃあ、若いも若くないも、ないだろうが。同じ穴のむじなだ」

「嫌だっ！　絶対に嫌だ！　俺は絶対、ロスに行くんだっ」

今度はロサンゼルスか。人から奪った金で、皆、好き勝手な夢を描いていたということだ。結構な話だ。いずれにせよ、ここにいる三人ともが、この国を捨てようとしているらしいことだけは分かった。

「ロスに行くだろう？　そうしたら、まず英会話の学校に行ってさ、それから本格的に特殊メイクの勉強すんだ。ＳＦでもホラーでも、映画とかさ、そういうメイクを手がけるようになって――そのうち、自分でスタジオ開いてよ。アメリカン・ドリームのヒーローだよ。アカデミー賞、獲《と》ってよ、雑誌の表紙になって、ビバリーヒルズにプール付きの家を建ててな、たまに日本からも取材が来たりしてな」

「俺だって、そういう気でいたんだよ。その辺の古道具屋の店先なんかに並んでるような奴じゃない、本物の美術的価値のある、そういう物を探し歩いて、闇のルートだろうと何だろうと、本国に運んで、世界中の一流の美術館あたりが欲しがるようなさ、そんな奴を探し出してやろうって。目処《めど》だって、ついてた。自分らの持ち物の価値なんか分かってない、ただ純朴なだけの連中が住んでる村でな、足元にお宝が眠ってるのも知らねえような」

鼾が止んだと思ったら、鶴見が「俺だってさ」と言いながら起き上がった。

「俺だって同じだって。うまいもの食わせる、陽気で賑やかなレストランを開こうと思ってた。向こうで綺麗な嫁さんでももらってさ、今度こそ、俺は嫁さんを可愛がって、そのうち、可愛いガキが出来て」

再び静寂が訪れた。貴子はぼんやりと、三人の男たちの、いささか荒唐無稽とも受け取れる夢について考えていた。これまでの人生をすべて断ち切って、彼らは、この国から離れ、とにかく夢に向かって進もうとしていた。ブラジル、アメリカ、タイ――貴子など、行ったこともない土地ばかりだ。そんな土地へ行って、夢を実現しようなどと、頭の片隅に浮かんだことさえない。

何となく、羨《うらや》ましい気もした。貴子には、人生のすべてを切り換える勇気など、とてもない。これまで背負ってきたものを何もかも捨てることなど、到底、不可能だと思う。そんな必要がないではないかと言われれば、それまでだ。確かにこれまでは、そう思ってきた。

だが今は、分からなかった。この建物から一歩でも外に出たときから、人生は明らかに変わるはずなのだ。何事もなかったかのように、ただ仕事に精を出し、時には実家に戻って家族の顔を見て、休日にはバイクを走らせ、昂一に会う――当たり前のような日々には、おそらくもう二度と戻れない。いや、表面上は変わらないかも知れない。それでも貴子自身が、この数日の記憶を拭い去ることなど出来ないと思うし、貴子の周囲もまた、確実に変わるに違いない。

――どうすれば、いいんだろう。

無事にここから出た時のことを想像してみる。まず、事情を聞かれるに違いない。詳細に、すべての調書を取られる。貴子は、星野と言い争った土曜日からのすべてのことを、追体験することになるだろう。もう、遥か昔のことのような気がする。だが実際には、ほんの四、五日前のことだった。時間を追って思い出せば、歩いた道も、出会った人々のことも一人ずつ、すべて蘇ってくる。だが、その果てにたどり着くのは、油断していた自分、刑事でありながら為す術《すべ》もなく、無抵抗でいなければならない自分、飢え、疲れ、そして、暴行に恐れおののく自分ではないか。怒り、苛立ち、恐怖、屈辱――そして絶望感。

それらの思いを、再び繰り返し経験するなど、とんでもない話だった。それでも、何も語らずに済むはずがない。被害者として、刑事として、貴子はこれから何年も、忘れようとする度に裁判などに引っぱり出され、一生涯、この経験を引きずっていかなければならないのだ。

――知らない国。

そんなところに飛んで行かれたら、どれほど気軽だろうか。何もかも忘れて、まったく違う人生を歩めるとしたら――。

馬鹿げた想像だと思いながらも、貴子はぼんやりと、彼らと共に逃げる自分を思い描いた。自分が一緒なら、彼らはある程度のところまでは逃げおおせる。人質を取られている以上、警察はそう無茶な行動には出られない。

――何を考えてるんだろう、私。

思考力そのものが、もう完全に落ちているのだ。だから、こんな馬鹿げたことを夢想する。早く来てくれないから。早く、助け出してくれないから。もう、好い加減うんざりだった。恐怖に怯える自分も、身動きもままならない状況も、何もかも、もう嫌だった。

「元はと言えば、こんな女を連れてきたのが間違いなんだよな」

堤が吐き捨てるように言った。そして、急に隣の加恵子を突き飛ばす。加恵子は一瞬「あっ」と声を上げたが、されるままに、タイルの床に倒れ込んだ。

「こいつがさ、きっと何かの役に立つなんて言いやがるから、つい、その気になったけど、結局は足手まといなだけじゃねえかよ」

「今さら、そんなことを言ったって遅い。第一、さっきまでは、今日はこいつにも働いてもらう気でいたんじゃないか」

「だけど、もうその必要もなくなったんだ。もう、いらねえじゃねえか」

「――ねえ」

自分でも、何を言おうとしているのか分からなかった。だが、貴子は懸命に男たちを見回した。

「この場所は、立てこもるには向いてないわ」

井川の表情がわずかに動く。

「外から丸見えの、こんな場所は、立てこもるには向いてない。明るくなったら、すぐに外から入られる。こっちが銃を持ってることは分かってるんだから、狙撃される可能性もある」

何を言っているのだ。何故、こんなことを言っているのだろう。心の中で、自分は何者なのだと問いかける声がしている。それを振り払うようにして、貴子は言葉を続けた。

「SATって知ってる？　特殊急襲部隊。警視庁の特殊急襲部隊なら、まず屋上から外壁を伝って、窓を破るでしょうね。そういう機会を与えられるような場所にいたんじゃ、有利な交渉は、とても無理だと思うけど」

「──じゃあ、どうする」

井川が声を押し殺して聞いてくる。貴子は、窓のない、たとえばリネン室のような場所の方が、立てこもるには向いているだろうと答えた。

「ここは、ホテルか何かなんでしょう？　そういう部屋があるはずじゃないの。布団部屋とか、物置とか」

「ああ──あるよ。この階の端っこにさ、あるじゃないか」

鶴見がおろおろとした声で言った。

「そういう場所の方が、いいと思うわ。もう明るくなってきたでしょう。下からじゃ中の様子は見えないかも知れないけど、ヘリを飛ばす可能性だってある。そうすれば、窓のある部屋は丸見えだわ。狭くて頑丈な部屋の方が、有利。外から見えないようなね」

狭い部屋に閉じこめられれば、それだけ貴子自身が危険にさらされるのに。銃口が近くから向けられることになるだけではないか。それなのに、貴子は懸命に話しかけていた。今、ここで殺されるよりは、まだましだ。それにしても、どうして助けは来ないのだろうか。こんな風に引き延ばせるのも時間の問題だということが、少しでも伝わっているのだろうか。

「時間稼ぎには、なるかも知れんがな」

「なあ、だったら今のうちに動こうぜ」

「この女の言うことを、信じるのかよ」

「下手なことしやがったら、その時は殺《や》られるんだ。それに、確かに外から丸見えの場所にいるのが得策とは、思えんだろう」

腹の中が煮えくり返る思いだった。その怒りは、今、ライフルを撫でさすっている堤たちにではなく、明らかに、自分の背後にある組織に向けられていた。

5

翠海荘の中には、玄関を入ってすぐのところから始まって、要所要所にバリケードが築かれていた。建物内部に残されていた座卓や座椅子、時には布団などが、乱雑に積み上げられているのだ。その向こうに、銃を構えた犯人がいるかも知れないから、一カ所ずつのバリケードを撤去するのには細心の注意が払われ、予想以上の時間がかかった。それでも滝沢たちは、音を立てないように、一つ一つの関門を突破していった。逆に考えれば、このバリケードが築かれている方向に進めば、犯人にたどり着くということでもある。

「柴田から警視八八」

〈警視八八、どうぞ〉

「木造旧館部分、確認終了しました。どうぞ」

〈了解。どんな具合だ〉

「異常ありません。これから渡り廊下部分に進みます。どうぞ」

〈警視八八、了解。そこが終わったら、一度、出てきてくれ。その頃までには見取り図が届くはずだ。どうぞ〉

「了解しました。以上」

何年間も雨戸を閉めきりにしてあった木造部分には、かび臭い湿った空気が満ちていた。廊下はあちこちで軋《きし》んだし、襖などもスムーズに開かず、畳も湿気を吸っていて靴が沈み込むようだった。ふと、テレビドラマで見た『忠臣蔵』の場面を思い出しながら、滝沢は、広い座敷の続く旧館の中を歩き回った。懐中電灯で照らし出される床の間には、時には掛け軸がかかったままになっていたり、とうに枯れきった枝がささった花瓶が残されていたりした。また、意外なところに布団が敷かれており、周囲にカップ酒の容器が転がっていたりもした。古新聞、古雑誌の類の散らばっている部屋もあって、明らかに誰かが入り込んで、一日か、またはそれ以上を過ごしていた形跡も見られた。

「こりゃあ、ホームレスには最高の環境だ」

「客としてじゃあ、一生、縁がなかったような宿かも知れないのにな」

時にはそんなことを話し合いながら、完全に人気がないことを確かめて、結局、木造部分の確認は終了した。やはり、敵は新館にいるのだろう。

階段の下や廊下の隅などには、機動隊員に二名ずつ残ってもらい、滝沢たちはまた前に進む。中途半端な段数の階段を下りると長い廊下があった。その廊下の途中にも、やはりバリケードが築かれている。これだけの作業を、おそらく犯人たちは、警察が投光器を照らした後で行ったのに違いなかった。

——その分、追い詰められている。

やはり、あそこで照らしたのは尚早だったのではないか、逆に相手に考える時間を与えることになったのではないかという気がする。一体、誰が指示したものなのだろうか。そんなことで、音道の身が危うくなっていたら、単に責任を問われるだけでは済まされない。今さら怒っても仕方がないが、滝沢は、つい舌打ちしたい思いで、積み上げられた座卓の山を崩していった。

「すっかり明るくなったな」

ようやくバリケードを押しのけて隙間を作り、歩き始めたところで係長が呟いた。差し掛かった大広間の向こうから、人工の照明ではない明るさが届き始めている。時刻は午前五時を回っていた。

およそ二十分後、渡り廊下部分の二階もすべて確認してから、滝沢たちは管理官の指示通り、建物の外に出た。今日も、低い灰色の雲が立ちこめている。海に向かって左手が東のはずだったが、太陽は、まるで見ることも出来なかった。早朝とも思えない、生ぬるい湿った風に吹かれながら歩く。腰がわずかに痛かった。荷物の上げ下ろしなど、ここしばらくしていないせいだ。

「五時過ぎに、ヘリが飛んだそうだ。もうじき、こっちに着くだろう。そうなれば、直にモニターに映像を送ってもらうことになっている」

宿舎の広間に戻ると、まず管理官が言った。座卓の上には、細かい線の引かれた数枚の図面がのっている。待ちに待った翠海荘の見取り図だ。柴田係長の無線を聞いて、既に滝沢たちが歩いた場所にはすべてチェックがされてあった。バリケードのあった位置には緑色のバツ印が書き込まれている。

「翠海荘は、客室数が五十九、収容人員が約二百八十名の旅館だった。この新館部分には、一階に喫茶室とゲームコーナー、クラブ、シャワールームがあった。二階と三階の半分は厨房および宴会場、大広間だな。手洗いは、それぞれこの位置」

管理官の指し示すペンの先が、次々にエレベーター、階段、非常口などを指していく。「客室は三階以上。和室とバストイレ付きの洋室がある。三階と四階は、八畳間、十二畳間が主で、この、端の方の部屋だけは続き部屋のある客室になっている。ガラス窓の割れた部屋は、ここになる」

海に向かって八畳の部屋があり、その奥に六畳間、廊下が通っていて手洗いと風呂のある部屋だった。どの階にも、客室とは別に手洗いがあり、さらに配膳室、リネン室、布団部屋などがある。階によっては従業員用の休憩室のようなものまであって、普段は客が入り込まない部分にも、部屋が多いことに驚かされる。

「そして、最上階の七階が、展望風呂にゲームコーナーになっているわけだ。見て分かる通り、どの部屋も、全部が同じ造りというわけではない。また、階によっても微妙に造りが違っている。方法としては下から攻めていくより仕方がないわけだが、見落としのないように、油断をしないでもらいたい」

話している最中に、遠くからヘリコプターの音が聞こえてきた。管理官は一瞬、話を止めて視線をさまよわせた。捜査員の一人が、素早く立って部屋の障子と窓を開ける。だが、海に向かっていないこの部屋からは、ヘリコプターを見ることは出来なかった。

「俺は指揮車両に戻る。何か分かり次第、連絡を入れる」

それだけ言って、管理官は立ち上がった。滝沢たちも一斉に立ち上がり、再び翠海荘に戻った。

「あんなとこ、飛んでますよ」

途中で保戸田が海の方を指さした。確かに一機のヘリコプターが、海上をゆっくりと飛んでいる。

「でも、あれは」

そう言ったのは他の捜査員だった。今度は頭の上を指さす。かなり上空を、弧を描きながら飛ぶヘリコプターが見えた。

「あっちはマスコミだろう。えらい勢いで騒ぎ出すはずだ」

そう話している間に、また違うヘリコプターが見えてくる。早朝から、はた迷惑な話だ。何も知らずに朝を迎えた近所の住民は、何事かと思っているに違いない。

〈警視八八から各局。ヘリコプターが建物内部の映像を捉えた。現在のところ、人の姿の見える部屋は見あたらないそうだ〉

管理官の声が聞こえてきた。野郎ども、どこに隠れていやがるんだ。機動隊員が取り囲む翠海荘に戻る頃には、早起きらしい近所の住民が、ちらほらと見物に立ち始めていた。

さっき取り払ったバリケードを通過して新館までたどり着き、機動隊員が待ち構えているところまで来て、柴田係長が振り返った。

「一階から順番に見ていく。ドアを開くとき、物陰がある場所には特に注意しろ」

そして、ホルダーから拳銃を引き抜く。滝沢たちも同様に、自分たちの拳銃を構えた。少し弛みかかっていた緊張が、再び高まってきた。練習以外で、この引き金を引いたことは、これまでに一度もない。今日、その時が来るかも知れないと思うだけで、手のひらには早くも汗が滲んだ。

午前五時四十七分。まず滝沢が、一番手前のゲームコーナーの扉を開いた。

「異常、なし」

「よし、次っ」

ゲームコーナーの奥には喫茶室がある。古ぼけた看板が、片方だけ鎖が切れて中途半端に天井からぶら下がっていた。ガラスで仕切られた空間には、色褪《あ》せたレースのカーテンがかかっており、中の様子が分からない。

「鍵がかかってます」

屈んでドアに近付いた保戸田が、ガラスの扉に手をかけたままで言った。どうする。いないと見なすか。または、ここが現場か。

「壊そう」

即座に柴田係長が言った。機動隊員が呼ばれ、玄翁《げんのう》で扉を割ることにする。厚手のガラスは鈍い音を立てて、ぼこりと穴が開いた。さらに数回、玄翁が振り下ろされ、扉が開いた。

「喫茶室、異常なし」

「よし、次っ」
二、三名が室内に飛び込み、すべてを確認して報告している間に、他の捜査員はもう次の部屋へ向かっている。その繰り返しで、一階と二階は部屋数が少ない分、意外なほど早く確認がされた。
「やっぱりな」

三階に上がろうとしたところの階段に、またもやバリケードが築かれていた。今度は、いかにも階段の上から落としたらしい様子で、食器を運ぶワゴンのようなものや座卓に座椅子、ありとあらゆるものが行く手をふさいでいるが、バリケードとしてはほとんど用をなさない、まるで、子どもだましのようだ。相手も相当、慌てていたのに違いない。

「ここから先は、特に注意するぞ」

腰を屈め、片手に拳銃を持ったままで、幾つもの客室の扉を見つめる。今にも、そのうちの一つが開いて、こちらに発砲してきそうな恐怖があった。

「いるんだろう！　出てこい！」

ふいに、係長が大きな声で怒鳴った。滝沢たちは息を殺して反応を待った。だが、変化は起こらない。合図に従い、手前の部屋から、まず見て歩く。

「異常なしっ」

「異常なしっ」

「異常、ありませんっ」

次々に扉を開け放ち、その都度、一瞬、呼吸を止めて部屋に飛び込む。そこに人気がないと分かる度に、頭の天辺から汗が噴き出す思いだ。指は伸ばしているし、安全装置をかけてもいるが、つい人差指が引き金にかかりそうな気がする。恐怖のあまり、気が動転してしまいそうな不安があった。

すべての部屋を確認し終える頃には、滝沢だけでなく他の捜査員も息を弾ませていた。激しく動いたからというよりも、それは、緊張からくるものに違いなかった。

「柴田から警視八八」

〈警視八八、どうぞ〉

「三階、異常ありません。どうぞ」

〈警視八八、了解。四階は、最後に連中が確認された階だ。くれぐれも注意してくれよ。相手を下手に刺激するな。距離を保て。どうぞ〉

「全部了解」

無線交信を終えたところで、係長が振り返った。こちらの意志を確かめるように、真っ直ぐに、鋭い視線が滝沢を捉えた。

「拳銃をしまってくれ」

係長の指示に、衣擦れの音だけが応えた。

「ここから先は、真正面からぶつかっていくわけにはいかん。四階の様子は、この階から探る」

滝沢は、ゆっくり頷いた。つまり、コンクリートマイクで上階の音を拾うのだ。

「向こうが一カ所に固まっているとは限らんし、しばらく身動きもせず、会話もしない可能性も考えられる。時間はかかっても、最低十分間は聞いていて欲しい」

機動隊員が何台かの脚立を運んできた。保戸田が進んでその一つを受け取る。自分たちの頭上に、犯人たちがいるかと思うと、つい声もひそめられた。

「ほんの小さな音でも聞き逃すなよ。無線で連絡を取るときは、天井から離れてくれ。万が一の場合がある」

声を出さずに、滝沢たちは頷いた。脇の下を汗が伝う。腰は痛んでも、さっきまでのように身体を動かしていた方が、まだ気楽だった。これからは、空気のように振る舞うことが大切になる。奥の部屋から手分けして、滝沢は保戸田と共に、無言のまま客室に入っていった。

6

犯人たちが新たに移動したのは、大浴場よりも一つ下の階にあり、一般客が利用する廊下からは鉄製の扉で隔てられている、いわゆる従業員用のスペースだった。井川は、その扉に内側から鍵をかけ、さらに、廊下の突き当たりに据え付けられていた流し台やその他のものを、扉の前に積み上げた。

廊下の右側には手洗いと備品倉庫、左側には布団が山積みにされている畳の部屋があった。窓はすべて磨りガラスの上に、大半は布団が積まれていて、光を遮っている。お陰で室内は、文字を読むのに何とか不自由しない程度にしか明るくなかった。全体は十二畳ほどあるだろうが、積み上げられた布団がかなりのスペースを占めていたし、その他にも、枕や毛布などが山積みになっている。

貴子は、部屋の一番奥に据え付けられているヒーターのパイプにつながれていた。午前六時二十分。さっきからヘリコプターの飛んでいる音が聞こえる。だが、それ以外はまったくの静寂だった。

「ここなら、見つからねえかもな」

布団の山を適当に崩し、そのうちの一枚を引き伸ばして、横になりながら鶴見が呟いた。

「そんな間抜けなわけ、ねえだろう」

堤が吐き捨てるように答える。井川の指示で、彼は貴子からもっとも遠い、部屋の入り口近くにいた。やはり布団を引っ張ってきて、彼もぐったりとした様子で寄りかかっている。

「そうか？　ひょっとしたら見落としてくれるかも知れねえぜ。すげえ分かりにくいしさ、ドアに触ってみて鍵がかかってりゃあ――」

「俺らがいると、思うだろうさ。さて、これから、どうするか、だ。それを考えないことにはな」

井川も幾分、落ち着いた表情になっていた。貴子の比較的近くには、加恵子がいる。布団に倒れ込むようにして、彼女は目を閉じていた。自分たちの置かれた状況にも、今後のことにも、何の興味もないかのように、彼女はただ疲れた顔のまま、起きているのか眠っているのかも分からない。

「この刑事を、どう利用する」

「そこだ。それを、考えるとするか――」

貴子は、ただ黙って俯いていた。赤の他人、しかも自分の生命を脅かす存在の目にさらされ続けていることは、これまでの日々とはまた異なる疲労を与える。皮膚の表面が絶えずひりひりとしているように緊張しており、脈拍も速くなっているようだ。蒸し暑いせいもあるだろうが、全身がじっとりと汗ばんだままだった。

「どっちにしろ、俺らにとっては、切り札はこいつだけだから――」

「まあ――盾にするか、取引の材料にするかしか、ない」

会話が次第に途切れ途切れになって、やがて、誰も何も言わなくなった。バタバタと、遠くでヘリコプターの音が続いている。そのうち、微かに鼾《いびき》が聞こえてきた。貴子はそっと顔を上げた。

――眠ってる。

息をひそめて、しばらくの間、男たちを観察する。誰もが死んだように眠りこけていた。あの凶暴な堤までが、軽く口を開いて、まるで無防備な寝顔を見せている。悪人も、眠っている顔は、そう悪相というわけでもない。ただの茶髪の青年にしか見えなかった。

手を大きく上に上げて、背筋を伸ばした。手首で、肘で、肩で、関節がこりこりと音を立てる。思わず大きくため息が出た。男たちが起きないかどうか、気配を探りながら、今度は足を広げて前屈をする。ああ、生きていると思う。この強張《こわば》りかけた筋の痛みが、それを感じさせる。廊下やタイルに比べて、畳は何と有り難いことだろう。下手をすれば尻にたこでも出来るのではないかと思っていた。次には立ってストレッチでもしたいと思ったが、微かに畳のこすれる音がしただけで、井川が一瞬、目を開けた。ぎくりとなって動きを止めると、彼は虚ろな目を周囲に向け、再び眠りに落ちていく。たったそれだけで、冷や汗がどっと出た。

静かな室内には、男たちの鼾だけが広がっていた。貴子は、その一人一人を、仔細に観察していた。やがて、南京錠の鍵だけでも抜き取れないものだろうかと思い至った。井川はジャケットを脱いで畳の上に放り出している。そのポケットに鍵があれば、不可能なことではなかった。今がチャンスかも知れない。

——でも、ズボンのポケットの方だったら。

あるいは途中で目を覚まされたら。また殴られる。いや、分からない。彼らにとって、貴子は大切な切り札だ。下手なことは出来ないと思っているだろう。だが、殴るくらい、どうということもないのかも知れない。殺しさえしなければ。迷っているうちに、どんどんと鼓動が速くなる。唇が乾き、喉が渇いてたまらなかった。

ほんの少し、井川の方に移動してみる。今度は、誰も気付かない様子だった。また、少し。たとえ、鍵が外れたからって、ここから出られるものだろうか。手は自由にならないのに。あのバリケードを、どうやって崩せば良いのだ。まだ迷っている。

——でも、チャンスがあるかも知れない。

緊張し過ぎて、笑い出したいくらいだった。いや、顔が強張って痙攣《けいれん》を起こしかけているだけかも知れない。ひたすら息をつめ、恐ろしく時間をかけて、貴子は井川のジャケットに近付いた。布団に寄りかかり、腕組みをしたまま、井川は軽い鼾をかいていた。うなだれたその顔は、ひどく疲れた中年男のそれだ。頬の肉はたるみ、唇の色は悪い。額にも眉間にも、そして口の脇にも、深い皺が刻まれていた。どういう人生を歩み、どういう皺を刻んできた男なのか。

堤も鶴見も、安心しきったように眠っている。チャンスだ。貴子はさっとジャケットを持ち上げると、自由にならない手でポケットを探った。右、ない。左にも、ない。胸のポケット。内ポケット。

——あった。

手錠の鍵は見あたらない。だが、確かに南京錠の鍵に見える。もう心臓が口から飛び出しそうだった。貴子は鍵を自分のパンツのポケットに入れ、可能な限りそっとジャケットを戻した。井川は眠っている。息を殺したまま、懸命に音を立てないようにもとの位置に戻る。

ようやく布団の傍まできて、思わずほっとしかけたとき、加恵子と目が合った。彼女は、姿勢はそのままで、黙ってこちらを見つめていた。心臓が凍りつく思いだった。貴子は、どうすることも出来ずに、ただ加恵子を見つめていた。

——この人は、味方じゃない。

一体、どれくらいの間、見つめ合っていたことだろう。今にも、加恵子が大声で「鍵を盗《と》ったわよ」と叫び出すのではないかと思うと、恐怖で身動きが出来なかった。

もう、分かったから。返せば良いんでしょうと言いかけたときだった。加恵子は、また目を閉じてしまった。さっきとまるで変わることなく、無表情のままで。バラバラというヘリコプターの音。自分の鼓動。後は何も聞こえてこない。

「ありがとう」

そっと囁いてみる。加恵子は、ほんの微かに首を動かした。それを見て、初めて大きく息を吐き出すことが出来た。その直後、鶴見が呻くような声を上げた。むっくりと起きあがり、周囲を見回してから、部屋を出ていこうとする。その音を聞きつけて、井川も目を覚ました。間一髪だった。頼むから、他の人にまで聞こえないでと祈りたくなるほど、心臓の音が大きくなっている。

「便所か」

「ああ、小便」

「水、流すなよ。音で気付かれる」

「そうか——分かった」

鶴見の声は、まだ寝ぼけていた。それに対して井川の方は、はっきりしている。ただ、目だけが充血していた。彼は、眼鏡の奥の濁った目で、黙ってこちらを見る。思わず、貴子の行動に気付いているのではないかと思うほど、鋭く、嫌な目つきだ。貴子はそっと視線を外した。

「あんたは、寝ないのか」

「——」

「まあ、昨日まで、さんざん寝てたのかな。他にすることもないもんなあ、さぞかし退屈だったろう」

そんなはずがないではないか。

「退屈するぜ。じっとしてるってのはさ。本当、俺、一日で嫌になったもんな」

手洗いから戻ってきた鶴見が、機嫌の良さそうな声で言った。昨夜の豹変ぶりが嘘のようだ。彼は、そのままうろうろと室内を歩き回り、貴子のすぐ傍までも来た。貴子は、呼吸さえ止めていた。先に南京錠を外しておかなくてよかったと思った。

「何か、食うものないかな」

「彼女が、何か持ってたろう」

井川が顎で加恵子の方を指す。眠っているとも思えないのに、彼女はじっと動かなかった。鶴見は加恵子の枕元にしゃがみ込んでコンビニの袋をがさがさといじり出す。

「スナック菓子と、酒のつまみみたいなものばっかりだ」

鶴見はつまらなそうに呟くと、もとの位置に戻って、今度は肘枕をして寝転がった。

「馬鹿に静かだと思わねえか」

確かに静かだった。あの目映《まばゆ》い照明は何だったのかと思うくらいだ。幻だったのだろうか。ふと、そんな気さえしてくる。

「ただ、地元の消防団か何かが、見回りしてただけじゃねえのかな」

「だとしたって、あんた、銃をぶっ放したんだ。もう通報が行ってるだろうが」

井川の言葉に、鶴見は顔をしかめて寝返りを打った。しばらく黙っていたかと思うと、再び鼾が聞こえてきた。

「よく寝る連中だ」

井川が呆れたように呟いた。貴子は折り曲げた膝を抱えて、黙って俯いていた。もしも、井川がジャケットのポケットを探ったら、どうしようかと思う。だが、その一方では、猛烈な眠気を催してきてもいた。連中が熟睡しているか、または他のことに気を取られている機会を狙わなければ、鍵を外すことは出来ない。井川が起きている間は、こうして休んでいるより、仕方がなかった。貴子はゆっくりと目を閉じて、布団にもたれかかった。ヘリコプターの音が、まだ聞こえる。上空を旋回しているのだろうか。ずい分、遠いようだ。

私にはねえ——信じるっていうことが、分からないの。どういうことか。

いつの間にか、目の前に加恵子が立ちはだかっていた。またもや堤にやられたのか、口から血を流し、首からも血をほとばしらせている。

「そんなこと言ってる場合じゃないでしょう、逃げなきゃ。一緒に、逃げるの」

貴子は懸命に右手を伸ばして、彼女の手を取ろうとした。だが加恵子は、その手を振り払う。

「どうして、あなたと一緒に逃げるの」

「だって、あなたと約束したじゃないの。私、約束を守ろうと思って――」

血塗《ちまみ》れの加恵子の顔が大きく歪んだ。かと思うと、その場で彼女が崩れるように倒れていく。思わず悲鳴を上げそうになって、気がついた。貴子は跳ね起きて周囲を見回した。静寂が辺りを包んでいる。何も、変わってはいなかった。井川も眠っている。加恵子は、さっきと同じ格好で横たわっていた。首からも口からも、血など流れていない。彼女の胸が、微かに上下に動いているのを見て、貴子は初めて、夢を見ていたのだと気がついた。全身に冷たい汗をかいている。

――眠ってたんだ。

それにしても、生々しい夢だった。加恵子の血の色、声、振り払われた時の手の感触までが、はっきりと残っている。夢の中で抱いた焦燥感までもが、実際に経験したことのように不愉快に広がっていた。今、規則正しく寝息を立てている現実の彼女の方が不思議に見えるくらいだ。

思わずほうっと息を吐き出したとき、その加恵子が目を開いた。ゆっくり身体を起こし、虚ろな表情で室内を見回す。

「――今のうちなんじゃないの」

貴子は黙って加恵子を見つめた。眠っていなかったのか。言っていることの意味は分かる。だが、彼女の気持ちを測りかねた。味方ではないのだ。

「今のうち」

繰り返し囁《ささや》きかけられて、貴子は、賭けに出ることにした。ポケットからそっと鍵を取り出す。すると、加恵子がすっと身体を伸ばしてきて、その鍵を奪い取った。やっぱり。やっぱり――！

自分の人の好さにうんざりし、思わず舌打ちしそうになったとき、加恵子は鍵を握りしめて、貴子の鎖がつながっているヒーターの前に移動した。そこに寄りかかって、休んでいるふりをしながら、後ろ手でごそごそと何かしている。一分もたたない間に彼女はそっと立ち上がり、その鍵を井川のジャケットに戻した。

「鍵は外してあるわ。でも、南京錠はつけっぱなしにしてあるから」

すぐ傍まで来て、加恵子は囁いた。貴子は密かに驚きながら、小さく頷いた。この人なりに、何かの突破口を見つけたいと思っている。彼女の中では、何かが動いているのだ。それを信じたいと思った。

「さっき――ちょっと夢を見たの」

疲れたままの痣の出来た顔を横に向け、加恵子は手で髪を撫でつけていた。

「夢の中で、あなた、今よりもひどい怪我をしてた」

「――正夢、かもね」

「私、一緒に逃げようって言ったのよ。約束したからって」

加恵子が無表情のまま、こちらを見る。その時、堤が大きく寝返りを打った。

「加恵子ぉ、加恵ちゃん――どこ」

まるで子どものように、堤は横たわったまま片方の手で宙を探っている。

「いるわよ、ここよ、健ちゃん」

慌てたように答えながら、加恵子は堤の方に行ってしまった。そして、堤に寄り添うようにして横になる。その身体に、堤の腕が回された。ああ、信じようとすると、こういうことになる。本心では、貴子を助けたい、ここから無事に出したいと思っていたとしても、彼女は堤にコントロールされているのだ。貴子は、舌打ちしたいほどの苛立ちを抱え、思わず顔をしかめてその様子を眺めていた。

――二人なら、何とか出来るかも知れないのに。

こうして鍵を外してくれただけでも、彼女にしてみれば精一杯の好意だということは分かっている。それでも、気の毒だと思う一方では、どうしても苛立ってくる。あの様子を見ていると、とてもではないが二人を分かつことなど無理な気がしてくる。いざとなったら、加恵子はまず間違いなく、貴子ではなく堤を選ぶのに違いなかった。

7

午前十一時二十分、滝沢たちは五階のフロアーにまで上がってきていた。四階から確認した通り、辺りに人気はなかったが、それでも細心の注意を払い、足音を忍ばせ、口を噤《つぐ》んで歩く。まず、廊下とすべての客室から、上階の様子を探った。そして今は、配膳室、従業員控え室、リネン室、倉庫などに取りかかろうとしている。コンクリートマイクは微細な音も拾うから、他の部屋を調べている捜査員が、少しでも天井に押しつけているマイクを動かしたりすれば、そのノイズが入ってしまう。途中で喋ったりすることなど、以ての外だった。真上の音を拾うつもりが、隣の部屋の音を拾ってしまったのでは、どうしようもない。それだけに、各部屋に散らばっている捜査員たちは、互いの時計を合わせ、一斉に同じ動作に移る必要があった。

緊張感は極みに達しようとしていた。上の六階にいなければ、敵は最上階にいることになる。だが、最上階の浴場には、外から見た限りでは人の気配はないというのだ。同じ階に、あと二、三の部屋があるにはあるが、残り少ないことは確かだった。

「東丸班は配膳室、安江班はリネン室、滝沢班は控え室を当たってくれ。俺は倉庫に行く」

建物の見取り図を睨《にら》みながら、係長が指示を与える。残った班も、それぞれに布団部屋、階段踊り場、手洗いなどを割り振られた。

「三分後、にスタートだ。五分たったら相方と交代。一分後にスタート」

互いに頷きあい、脚立を持って持ち場に向かう。ただでさえ蒸し暑かった。その上、滝沢たちに割り振られた控え室は、たっぷりと湿気を吸っている畳や布団類が詰め込まれていて、かび臭い嫌な匂いを放っている。

最初の五分は、保戸田が脚立に上った。滝沢は、拳骨を作って腰を叩いたり、肩を回したりしながら、交代の時間を待っていた。下から見上げていると、保戸田の髭ぼうぼうの顎が見える。その髭の間から、汗の滴が伝っていた。どんな音も聞き逃すまいと、イヤホンに神経を集中させる間は、汗を拭う気にさえなれないのだ。

五分経過した。滝沢は、保戸田の足を軽く叩いて合図を送った。憂鬱《ゆううつ》そうな表情で、首を傾げながら保戸田は脚立を下りてきた。

「何か——聞こえるような気はするんですよね。ボリュームを目一杯上げてるから、ノイズがすごくて、それが人の声のような気がしたり、何か動いてるような気になったり」

「天井と床の間に、ある程度の隙間があるんだろう。そうなると、音は拾いにくいやな」

滝沢も口を歪めて答えた。慎重を期するのは分かるが、果たしてこのコンクリートマイクが、どこまでの性能なのか、どうも今ひとつ懐疑的にならざるを得ない。実は、本当にこのマイクを使って、こんな風に人の気配を探ったことはないのだ。練習と称して試しに使用したことはあっても、それは人の動きの絶えることのない署内でのことだから、「おお、聞こえる、聞こえる」という程度で、ここまで息を殺し、神経を張りつめて何かの音を捜し求めたわけではない。

保戸田からコンクリートマイクを受け取って、滝沢は、今度は自分が脚立を上がった。本体から伸びている直径二、三センチほどのボタンのようなコンタクトマイクには、中央に小さな突起が出ている。その突起をコンクリート面などに押しつけて、音を拾うのだ。どんな音でも聞き逃すまいと思うから、ボリュームを目一杯に上げている。ざあっというノイズが耳の中に広がり、コンタクトマイクを押さえる指をほんのわずかに動かしただけでも、強烈な音になって響いてくる。

——ここも駄目か。残りは最上階だぞ。

まさか、どこにも見あたらないなどということはないだろうな、ここまで大騒ぎをしておいて、煙のように消えちまったなんて、そんなことにでもなったら、それこそ目も当てられない。思わずため息が出たとき、耳の中で何かが響いた。ただのノイズではない、何かだ。心臓が、とん、と跳ねた。滝沢は素早く保戸田を見下ろし、小さく頷いて見せた。憂鬱そうだった保戸田の顔が、さっと変わった。滝沢は、天井を睨み付けたまま、イヤホンだけに意識を集中させた。ざあざあというノイズの向こうで、確かに、ただのノイズ以外の音が聞こえる気がする。再び頷いて見せると、保戸田は素早く部屋を出ていった。その間も、滝沢はひたすら階上の音を聞き取ろうとしていた。

——いる。

がさがさという音。何か人の声らしいものも聞こえる。何を話しているのかまでは分からないが、間違いなく男の声だ。このマイクを通して、初めてざあざあという耳障りで単調なノイズ以外の、明らかに何かの意味を持つ音を聞いた。

柴田係長が慌ただしく部屋に入ってきた。そして、自分も脚立を立ててコンタクトマイクを天井に押しつける。滝沢と係長とは、天井近くでお互いに見つめ合い、そして、頷きあった。

「何を話しているのかまでは分からんが、確かに人がいる気配だな」

「この真上に、間違いないですかね」

脚立を下り、他の捜査員も集まったところで、滝沢たちは話し合った。どうも今ひとつ、確信が摑みにくい。見取り図によれば、この上も同じスペースの控え室ということになっている。この部屋と同じ造りだとすると、畳敷きなのだろうか。天井と床との間に隙間があって、その上に畳が敷かれているとなると、余計に音は拾いにくいかも知れない。

「だが、他の場所は、こんな音は聞こえてきていないしな」

係長が腕組みをしてため息をついた。やはり、係長も不安に思っている。他の捜査員たちも銘々、脚立に上がったり壁に向かったりして、コンクリートマイクを押しつけ始めた。滝沢は首筋を掻きながら、室内を見回した。

部屋の奥には、幾つもの段ボール箱が乱雑に積み上げられていた。その向こうに、かなり旧式の、最近では滅多にお目にかからないようなヒーターが見えている。何気なく、そのヒーターを眺めていて、ふと思い付いた。滝沢は段ボール箱をかき分けて、そのヒーターの前に屈み込んだ。そして、壁から出てヒーターにつながれている金属製のパイプに、コンタクトマイクを押しつけた。スイッチを入れる。途端に、迷いは晴れた。今度はかなり明瞭に、人の声が聞こえている。それに、耳障りなほど大きな音で、カンカン、カンカン、という音が混ざった。

「います、間違いない」

大袈裟《おおげさ》な身振りで係長を手招きする。全員が段ボール箱をかき分けて集まってきた。そして交代で、ヒーターの鉄パイプにマイクを押しつけた。

「あの、カンカンいってるのは何ですかね」

「何か叩いてるのかな」

「でも、人がいるのは間違いないですよね」

「男の声も聞こえた。間違いない」

「女の声も聞こえるような気がしますけど」

「音道刑事ですかね」

保戸田に聞かれて、滝沢は首を傾げた。音道がどんな声をしていたのか、聞けば分かるとは思うのだが、さっと思い出せるかというと、いささか自信がない。ノイズの混ざった、さっきのあの程度では、よく分からなかった。

「柴田から警視八八」

〈警視八八、どうぞ〉

「見つかりました。六階の従業員用の休憩室です。どうぞ」

〈了解。人数その他は、分かるか、どうぞ〉

「そこまでは分かりません。ただ、男の声と、女の声が微かに聞こえました。他の部屋からは聞こえてこないので、ここに集まっている可能性が高いように思われますが」

〈警視八八、了解、ご苦労さん。二人だけ残して、戻ってきてくれ。今後の対策を練る。どうぞ〉

「了解しました。以上」

無線による報告が終わるとすぐに、係長は平嶋と、もう一人の若い刑事にこの場に残って階上の様子を聞き続けているようにと指示を出した。平嶋は、いつにも増して張り切った表情で「はいっ」と大きく頷いていた。

「頼んだぞ」

今回ばかりは本心だった。滝沢は、つい彼女の肩を叩いていた。再び階段を下り、要所を固める機動隊員たちの隙間を縫って、およそ八時間ぶりに翠海荘の外に出たときには、緊張が解けると同時に、どっと押し寄せた疲労感で身動きさえ出来なくなりそうになっていた。

「まいったなあ。いや、まいった」

年だろうか。思わずため息が出た。喉もからからなら、腹も減っており、全身は汗だくで気持ちが悪く、それらに劣らないほど、眠くて仕方がないという、お手上げ状態だ。もうすぐ昼になる。朝は曇っていた空が、今は綺麗に晴れ渡って、真夏のような陽射しが頭上から容赦なく照りつけていた。

宿舎まで戻る、ほんの数分の道のりでさえ、歩くのが辛いくらいだった。それにしても、何という長丁場になったものだろうか。だが、まだやっと音道か犯人、または両方がいる部屋の目星がついたというだけだった。

問題は、ここからだ。こんなことで疲れていてどうすると思う。滝沢は、誰が何と言おうと、自分が真っ先に音道にたどり着きたいのだ。絶対に、その気持ちは変わらない。だが、こうも疲れていては、気持ちはあっても身体が言うことを聞きそうになかった。

「あとは交代要員に任せて、暗くなる頃まで休んでくれ」

宿に着いて、まず申し渡されたのはそれだった。滝沢だけでなく、他の誰からも、「いや」とか「大丈夫です」などという言葉は出なかった。手早く風呂に入って汗を流し、よく冷えたビールを一気に飲んで、昼食をかき込むと、後はエアコンの効いている部屋で、死んだように眠った。

8

うとうととしては目覚め、目覚めては周囲の気配を探って、時間ばかりが過ぎていく。昼近くだというのに、状況はまるで変わっていなかった。

「なあ、外の様子、見てこねえか。いくら何でも、おかしいよ」

堤が苛立った表情で言った。彼が目覚めてからは、加恵子はまた貴子の近くに戻ってきている。明らかに機嫌が悪くなり始めている彼から、自らの身を守ろうとするかのように、彼女は気配さえかき消そうとしているかのように見えた。

「そんなことして、もしもすぐ目の前にサツがいたら、どうすんだよ」

「せっかくの切り札も、何の役にも立たないってことになる」

井川と鶴見が、非難がましい顔でそれに答えた。だが、彼らにも苛立ちが募り始めていることは、見ていて分かった。鶴見は何度か「腹が減った」と言い、加恵子の持っていたスナック菓子を食べたりしていたが、今度は「喉が渇いた」と言い出して、それだけでも落ち着かない様子になっていた。

「だったら、いつまで、こんなところに閉じこもってなきゃなんねえんだよ、ええ？　そのデカを、どう使うか、考えてみたのかよっ」

堤はライフルの尻で畳をどんどんと突きながら、さらに表情を険しくした。

「どっちみち、もう駄目なんじゃねえかよ、そうだろう？　一生、ここから出ないってわけに、いかねえんだぞっ」

「そんなことは、分かってる。だが、向こうがどう出てくるかによって、こっちの出方だって違ってくるだろうが」

「だから、どう出るんだって！　あんた、考えるって言ったんだから、考えろよっ」

男の怒鳴り声程度のことで、そう怯えたことはなかったが、今は大きな声が響く度に、全身がびりびりと痺れるような気がする。貴子だって空腹だったし、喉も渇いていた。さっきから何度も、口の中に唾液《だえき》を溜め、それを飲み下して耐えている。

「本当にサツがいたのかよ。あれ、サツだったのかよ」

「そうじゃなかったとしたって、銃声を聞きゃあ、サツに通報するだろうが」

井川の言葉に、堤は、今度は鶴見を睨み付けた。

「やっぱ、てめえのせいなんだよっ。畜生、全部、てめえが悪いんだ！」

突然、堤の声は悲鳴のように上擦《や》った。

「俺は五人も殺ってんだぞ、五人！　ええっ、捕まりゃあ、死刑に決まってるんだっ」

顔は青ざめ、唇が震えている。手はきつくライフルを握りしめ、その尻をぎりぎりと畳に捻りつけるようにして、堤は肩で息をしていた。興奮の極みにいるとき、この男なら確かに何をするか分からないと思った。加恵子に暴力を振るったり、貴子に襲いかかったときの堤とは、また違う。彼の目は、明らかに常人のものとは異なる光を放っていた。

「――捕まって、たまるか。死刑になんかされて、たまるかよ――俺は、何が何でも、捕まりたくなんか、ねえんだ！　どうしてもロスに行くんだ！」

もはや、鶴見も井川も何も言おうとはしなかった。堤の様子が尋常でないことを、彼らも見て取ったのかも知れない。これ以上、興奮させたら、それこそ彼は、この場でライフルを乱射でもしかねないと思った。

張りつめた空気が室内を支配する。窓一つ開けていない部屋は、普通の精神状態の人間でさえ苛々するだろうと思うくらいに蒸し暑かった。静寂さえも恐ろしい。

「――じゃあ、どうする。俺らまで人質にとって、二対三で、取引でも申し出るか」

数分後、井川が押し殺した声で呟いた。

「二対、三?」

堤は、引きつった顔に三白眼で井川を睨み付けている。

「だから、ほら、俺と鶴見までを人質に数えてな、彼女とお前と、二人だけ逃げ果《おお》せりゃあ、それでいいか」

「冗談じゃ、ねえっ」

叫んだのは鶴見だった。

「何で、俺が人質にならなきゃならねえんだよ。何で、こんな野郎のために犠牲になる必要があるっ。俺だって、夢があるんだ!」

「てめえは責任とる必要が、あるんじゃねえのか? てめえのせいで、こんなことになったんだから」

「あの時は、最初にお前がクソ生意気なことを言うから、あんなことになったんじゃねえか!」

「うるせえ。それより、ライトを照らされたくらいで慌てふためくのが、悪いんだ!」

うんざりするほど果てしない怒鳴りあいだった。聞いているだけで消耗する。貴子はそっと目を閉じ、膝を抱えて俯いた。下の客室でつながれていたときの方が、まだ精神的には楽だった。あの時は限界だと思ったが、今の方が、さらにひどい。

――一体、いつまで続くんだろう。

悪いのは警察だと思った。何をぐずぐずしているのだろうか。お陰で、この部屋はもうすぐ修羅場と化すかも知れないではないか。

暑かった。息苦しいほどだ。もう、嫌だ。もう、駄目になる。殺されることなどなくても、自分が内側から壊れていってしまいそうな気がした。この際、後先も考えずに、何か叫んでしまおうかと思ったとき、小さく携帯電話の鳴る音が聞こえた。

「おい、静かにしろっ」

井川が鋭く言った。

「――加恵子の電話じゃねえのか」

全員が一斉に加恵子を見た。それまで、ひと言も口を開かず、片隅にうずくまっていた加恵子が、初めてわずかに表情を動かした。すぐ脇に置いてあった布製の袋に手を伸ばし、鳴り続けている電話を手にとる。

「――どうしよう」

彼女は怯えたように堤の方を見た。堤もまた、他の二人を見る。狭く暑い部屋に、電子音ばかりが響いた。

「――出てみたら、いいんじゃないのか」

井川が言い、加恵子が電話に視線を落としたとき、だが、電話は切れてしまった。奇妙な沈黙が流れる。加恵子は困惑した表情のまま、のろのろと腕を下ろしかけた。その時また、鳴り始めた。

「出ろよ」

今度は堤が言った。加恵子は怯えたような表情のまま、しばらく手の中の電話を見つめていたが、意を決したように、それを耳にあてた。

「――もしもし」

かすれた声を絞り出すようにして、加恵子は電話に出た。だが次の瞬間、慌てたように電話を切ってしまった。

「何だよ。誰だった」

堤に聞かれても、ただ首を振るばかりだ。

「誰だったって、聞いてんだよ！」

「――分からない。分からないわ」

「何て言ったんだよっ」

「――私の、名前を呼んだ。『中田加恵子だね』って」

いよいよだ。いよいよ動き出した。それにしても、何と焦《じ》れったいことだろうか。今やっと、加恵子までたどり着いたということか。不安そうに顔を見合わせている連中を眺めながら、貴子一人が苛立っていた。感情を表してはいけないと思うから、出来るだけ目を伏せてはいるが、連中の様子も見ていたい。

「男の声だったかい」

井川が尋ねたとき、今度は違う電子音が聞こえてきた。明らかに怯えた表情で、男たちが顔を見合わせる。堤が、ポロシャツの胸ポケットから携帯電話を取り出した。黙ったままスイッチを押し、電話を耳に当てる。誰もが身動き一つせずに、堤を見つめていた。汗ばんで鈍く光って見える堤の喉仏が大きく上下する。そして、まるで幽霊でも見たような顔で、黙ったまま電話を切った。

「――サツだ。俺の名前を、呼びやがった」

怯えたように大きく目を見開き、堤は囁くように呟いた。

「面まで割れてるのか」

小さく舌打ちをして、井川が腕組みをする。すると、また電話が鳴った。鶴見の電話だ。ほぼ同時に、井川の電話までが鳴る。

「畜生、何でだっ！」

悲鳴を上げたのは鶴見だった。それを「しっ」と制して、井川の方が先に電話に出た。喉が貼り付きそうだ。貴子は、速まる鼓動を耳の奥で聞きながら、井川の顔を凝視していた。

「――そうだ」

数秒後、井川が嗄《しわが》れた声を絞り出した。そして、眼鏡の奥の目を、ちらりと鶴見に向け、さらに、こちらに向ける。

「――ああ、いる――そうだ。よく知ってるじゃないか――勿論、生きてる。ええ？　そうだな。まあ、潑剌《はつらつ》としてるとまでは、言えんがね」

泣き出したいような、叫びだしたいような衝動が、胸の奥から突き上げてきた。早く、早く助けに来て、早く！　思わず身を乗り出そうとして、鎖が引っ張られた。咄嗟《とっさ》に、今、南京錠が外れていることを知られるのは得策ではないと思った。貴子は唇を嚙み、じっと井川を見つめていた。

「生きてるって言ってるのが、信じられないのかね。生きてますって、ここで、私を睨み付けてます」

井川はそう言った後、黙って腰を浮かし、貴子に電話を差し出してくる。だが、貴子が両手で受け取ろうとすると、井川はその手を邪険に振り払い、自分の手で貴子の耳に押しつけてきた。

「――音道です」

自分の声が震えていることに、初めて気がついた。呼吸が乱れて、上手に話すことさえ出来そうにない。受話器の向こうからは「無事か」という野太い声が聞こえてきた。

「捜査一課の吉村だ。音道、聞こえるか」

「――はい」

「もう少しの辛抱だ。その部屋の位置は特定した。今現在、説得工作と、突破、両方向から進めている。苦しいと思うが、もう少し我慢してくれ。いいか」

本当は、もう駄目ですと答えたかった。とうに限界は超えている。一分一秒でも早く、ここから出して欲しい。だが貴子は「はい」としか答えられなかった。「あの」と言いかけたとき、電話機は耳から離された。

「どうだい、生きてるでしょう」

井川が、開き直ったような冷ややかな笑みを浮かべながら、再び電話に向かう。貴子は、急に緊張の糸が切れそうな不安定な気分になって、目を閉じた。

――捜査一課の、吉村。

聞いたことがあるような気がする。顔も見知っているかも知れない。多分、偉い人なのだろう。だが、明確な像が結べなかった。その人は、本当に助けてくれるのだろうか。貴子の知っている人は、誰も助けに来てくれていないのだろうか。たとえば捜査本部の人たちは、どうしているのだろう。せめて、カラオケ好きの守島キャップの声でも聞けたら、もう少し安心できたかも知れないのに。

「ああ――だけどね、私らだって、もうここまで来て、はい、そうですかってわけには、いきませんよ――こっちだって、生命がけなんだよっ！」

急に大声で叫ぶと、井川は電話を切った。それから、ふん、と小さく鼻を鳴らして、額に滲み出ていた汗を手の甲で拭う。

「悪いことは言わねえから、おとなしく出てこいとさ。安手のドラマみてえな台詞、吐きやがって」

吐き捨てるように井川が呟いた時、またもや加恵子の電話が鳴った。今度は加恵子は、さっきほど怯えた表情は見せず、それでも堤の顔色を窺うような素振りを見せる。堤が何も言わないのを見て取ると、ようやく決心したように、おずおずと電話を耳に近付けた。一分近くも、彼女はずっと黙ったままだったが、ようやく「聞こえてます」と言った。それからバッグに手を伸ばし、手帳を取り出す。はい、はい、と言いながら、何かを書き留めた。

「――皆に、聞いてみないと」

最後にそう言って、彼女は電話を切った。

「向こうの電話番号を教えられたわ。何か、欲しいものはないかって」

男たちは顔を見合わせている。全員、相当に空腹を感じている、喉だって渇いているはずだった。こんな籠城が、そういつまでも続けられるはずのないことくらいは、皆が承知しているはずなのだ。

「向こうが、ただでこっちの要求を呑むはずがねえ。絶対、条件を出してくるに決まってるんだ」

堤が歯を食いしばるようにして言った。

また電話が鳴った。今度は鶴見だ。さっきは悲鳴を上げていた鶴見が、落ち着かない表情で「もしもし」と言う。それからしばらくの間、やはり彼も黙って相手の話を聞いていた。視線だけが落ち着かなく動き回っている。

「——そりゃあ、分かってますけど」

ようやく口を開いたとき、鶴見の声は情けないほどおとなしくなっていた。身体は誰よりも大きいし、見た目は男っぽい方だと思うが、彼は、三人の中でもっとも気が小さい。酒さえ飲まなければ、凶暴性もさほどでなく、むしろ、もっとも犯罪などと関わりにくいタイプに見えた。鶴見は小さな声で「はい」と繰り返した後、静かに電話を切った。そして、そのままうなだれている。

「今度は、何だって」

堤が尋ねても、彼は「いや」と言うばかりだ。

「いやってこと、ねえだろうが。何だって言うんだよ」

「何でもねえ」

「てめえ、裏切ろうとしてるだろうっ!」

ついに堤が立ち上がった。ライフルを脇に置き、大股で鶴見に近付くと、鶴見も驚くほど素早く立ち上がった。自分に向かってきた堤の拳を軽くかわして、彼は「うるせえっ」と怒鳴りながら、見事なパンチを繰り出した。たった一発で、堤は大きく背をのけぞらせ、そのまま後ずさって尻餅をついた。鶴見は両腕を曲げて拳を作った格好のまま、堤を見下ろしている。彼はボクシングの経験者なのだろうか。

貴子は、息をひそめて二人の男たちを見つめていた。

「——やめて」

ほとんど消え入りそうな声が聞こえた。加恵子が、怯えたように口元を押さえている。止めることなど、ないではないか。良い気味ではないか。なのに、やはりこういう場面になると、止めずにいられないのだろうかと思ったとき、堤が放り出していたライフルに飛び付いた。そして銃口を鶴見に向けた。

「やめろって、仲間なんだぞ」

「――仲間なんかじゃねえ」

「今になって、何、言ってんだ」

ついに井川が立ち上がりかけた時、加恵子が言葉にならない声を上げた。貴子がほんのわずかに視線を移動させ、鶴見の姿がさっと動いたと思った瞬間、乾いた銃声が部屋中に響いた。

9

「それで、堤の野郎は」

午後六時、久しぶりにゆっくり眠って、ようやく活力を取り戻した滝沢は、もぐもぐと口を動かしながら隣の係の家森という係長を見た。手早く飯をかき込んでいる間を利用して、これまでの経過を聞いている。柴田係長とは対照的な、人の好さそうなセールスマン風の容貌を持った家森係長は、困惑したような笑みを口の端に浮かべて、「生きてるさ」と言った。

「だが、相当やられたな。鶴見がボクサーだったってこと、知らなかったのかも知れん。最初のうちは、うんうん唸ってたがね、それっきり、中田加恵子にだけ八つ当たりして、あとはおとなしくしてる」

滝沢たちが宿に引き上げて間もなく、犯人たちは仲間割れを起こしたという。再び発砲があったと聞いたときには、まだ半分、寝ぼけていた頭が一瞬のうちに凍りつきそうになったが、よくよく聞いてみれば、弾は誰にも当たらずに済んだようだ。

表面上は、事態には変化は見られない。だが、警察側は確実に、人質の救出に向けて動いていた。まず、説得工作の準備に取りかかることになった。そんな矢先の仲間割れだったらしい。きっかけは、吉村管理官が犯人たちの携帯電話を鳴らしたことによる。

喜ぶべきは、その時点で、音道の生存が確認されたことだった。すぐに電話を代わられたから、あまり話は出来なかったが、こちらの呼びかけに対してはきちんと返事をし、口調はしっかりしていたという。それを聞いて、滝沢は、まず胸を撫で下ろした。よし、よく頑張ったと言ってやりたかった。ここから先は、自分たちの腕次第ということだ。

犯人たちそれぞれの性格を可能な限り把握し、交渉の糸口なり、突破口を見つけ出すために、管理官はまず一人ずつに電話をかけた。その結果、やはり最年長の井川がリーダー的な存在らしいことが分かった。崩しやすいのは中田加恵子か鶴見明だろうと思われたが、中田に関しては、堤の言いなりになっているという印象が強い。結局、管理官の語りかけに、いちばん激しく動揺すると同時に、気の弱さも感じさせたのは鶴見だった。

管理官は鶴見に対して、今ならば大した罪にはならないという意味のことを言ったという。君は殺人の実行犯ではないんだろう、君のスポーツマンとしての誇りを信じるから、と。ほんの少し前に、東京から鶴見の身上についての報告があったばかりだった。管理官は、それに目を通した上で、鶴見に話しかけたのだ。

鶴見明は高校時代からボクシングを始め、一時期はウエルター級の日本チャンピオンを狙えるところまでいった男だという。だが、途中で挫折、二十六歳の時にひと回り近く年上の女と所帯を持ち、喫茶店を始めたものの、二年ほどでつぶれた。その後、妻はホステスになり、自分は半ばヒモのような暮らしを続けていたものの、三十二歳の時に離婚。原因は、鶴見のギャンブル好きと借金だった。鶴見の別れた妻は、現在、千葉でスナックを経営しており、鶴見との間に出来た娘と暮らしている。説得工作が長引くようであれば、その元妻に、熱海まで来て欲しいと要請しているという話だ。鶴見は、その女というよりも、一人娘に対して、ある程度の思いが残っているらしく、年に一、二回、思い出したように縫いぐるみや洋服などを送ってきていたという話だからだ。

「とにかく派手好きのお人好し、優柔不断で新しいものにはすぐに飛び付く、そういうタイプらしい」

離婚後の鶴見は、時には仲間と新しい事業を興したりしたこともあるが、ことごとく失敗、その後も職を転々として、事件前は運送会社でトラックの運転手をしていた。借金は三千万近くまで膨らんでいたという。それが、五月の連休明けには二千五百万まで返済されている。また、別れた妻のところにも、養育費と称して現金で二百万円が送られていた。

管理官との会話を終えたあと、動揺を隠せなかった鶴見に対して、堤が食ってかかった。興奮した堤は、手にしていたライフルで発砲したというわけだ。鶴見、堤と、言葉で二人の名を聞いていると、発音が似ていて混乱しそうだ。

「その音が聞こえたときには、本当に肝が冷えたよ。寿命が縮んだ」

家森係長は苦笑混じりに言った。だが、ライフルの弾は鶴見には当たらなかった。その代わり、怒り狂った鶴見が、堤をさんざん殴りつけたということだ。

結果として、堤が発砲したことは、捜査側にとっては有り難いことだった。それまで、滝沢たちと交代した捜査員たちは、翠海荘の見取り図を睨みながら、彼らが立てこもっている部屋の内部を覗く方法を探っていたという。天井裏、窓の隙間、どこでも良い、ほんのわずかな隙間さえ見つかれば、そこからピンホールカメラなりファイバースコープなりを使用して、中の様子を撮影することが出来る。だが、鉄筋コンクリート製の建物に、そんな隙間を見つけ出すことは至難の業だった。無理に穴を開ければ音で気付かれる、何とか方法はないものだろうかと思案している最中に、堤がライフルを発射したのだ。弾は、天井に穴を開けた。もしやと思って天井裏に忍び込み、密かに探った結果、それが分かったのだという。人が這って通るのが精一杯という天井裏に、いちばん小柄で身の軽い捜査員が入り、その弾痕にピンホールレンズを装着したカメラをはめ込んだ。

「忍者ですね、まるっきり」

「えらく、時間がかかったよ。まあ、そのお陰で今は室内の様子が分かるようになった」

家森係長は、満足そうにそう言った。現在、天井裏にはカメラと共に高性能マイクも設置されている。

これで、犯人側の会話や動きは把握できたことになる。

それによれば、犯人グループが立てこもっている部屋には半分以上、布団が詰め込まれており、その布団を崩したり、隙間を利用したりしながら、音道を含めて五人がいる。窓際の音道はほとんど動かず、また、鶴見に殴られた堤も、部屋の隅の方でうずくまっているようだ。中田加恵子は堤の傍にいて、時折、突き飛ばされたり蹴られたりしている。部屋のほぼ中央には井川がおり、鶴見は入り口付近にいるという。

「興奮は冷めたが、いちばん落ち着きがないのが、やっぱり鶴見だ。落とすんなら、あいつからだろうとは思うんだがな」

「相手が一人なら、集中して説得も出来るんだが、とにかく四人もいたんじゃあ、誰かが崩れそうになっても、誰かが引き締めにかかる。それが厄介だ」

「窓一つ、開いてないんだ。この蒸し暑さの中で、飲まず食わずなんだから、相当に消耗はしてる」

滝沢たちと交代するために翠海荘から戻ってきた捜査員たちは、口々にそんな感想を洩らした。座卓の上には、翠海荘の見取り図を拡大したものが広げられている。滝沢は、改めてその見取り図を睨み付けていた。

犯人たちが立てこもっている部屋は、北側の十二畳間で、小さな高窓が三カ所にあるが、外にベランダや手すりなどはない。部屋の外には短い廊下があり、鉄製の扉によって、一般客が利用するスペースとは仕切られている。その廊下を挟んで、手洗いと倉庫があり、手洗いにも小さな窓がある。倉庫と手洗いには、共に天井に取り外し可能なパネルがはめ込まれている。だが、相手の人数を考えると、そのパネルを外して一人ずつ潜入するのは、まず無理だ。その前に、物音などで気付かれるに違いなかった。

「差し入れの要求は、ないんですか」

「一時間に一度の割合で、こっちから電話をかけてるが、『その手にはのらない』とか何とか言ってな」

「ドアを開けたくないんでしょう」

なるほど、なるほどと、頷きながら食事をとり終え、滝沢たちは、再び翠海荘に向かった。今度は、普通の背広にネクタイだ。久しぶりに普段の格好に戻った気がする。時間の感覚がおかしくなっているのだろうが、この服装で都内を走り回っていたことが、もう遠い昔のように思えた。

「もうじき暗くなる。そうなったら余計に厄介だな」

一足先に現場に入っていたらしい柴田係長が苛立った表情で滝沢たちを迎えた。

「せめて、壁一枚隔てたところまででも近付ければいいんだが、電話じゃあ、何度かけても一方的に切られちまう」

「奴ら、丸一日、ほとんど何も口にしてないんじゃないですか。音道は、大丈夫ですかね。怪我なんか、してないんですか」

「上から見てるだけだから、よくは分からん。何度、電話を代わってくれないかと頼んでも、駄目なんだ。誰に電話をしても、井川にとられちまう」

「一体、何が望みなんですか」

「さあな。もうこうなったら、ただ意地になってるだけなんだろう」

六階の、鉄の扉にいちばん近い客室が、今や最前線の本部だった。大きな座卓を二段重ねにした上に、カメラの受像機にマイクの受信機などが置かれ、受像機は、不鮮明ながらも室内の様子を映し出しているが、受信機の方は、ざあっというノイズばかりで、今は何も聞こえていなかった。しばらくの間、滝沢も黙ってモニター画面を眺め、受信機に耳を傾けていた。カメラは赤外線仕様だから、暗くなっても彼らの居場所くらいは摑むことが出来る。だが、天井裏から眺めているような画面では、今だってどれが誰だか、もう一つはっきりしなかった。

「――ああ、何か食いてえ」

ざあざあというノイズの向こうから、呻くような声が聞こえてきた。入り口近くに座っている人物が、脇にライフルを置き、足を投げ出してうんざりしたように顔を上に向ける。鶴見だ。

「このまま、ここでミイラになるのかよ。それまで待つのか?」

だが、他の人物はまるで動こうともしなかった。全員が、かなり消耗していることは間違いがない。犯人は勿論、それは音道も同様のはずだった。いや、音道の方が数段、消耗しているはずだ。時間がたちすぎている。息苦しい部屋で、極限まで追い詰められたら、何が起こるか分からない。下手をすれば無理心中だってしかねないだろう。それだけは避けなければならなかった。

「私に、電話させてもらえませんかね。音道に声を聞かせてやりたいんです。知り合いがいると思えば、励みになるでしょう」

腕組みをしたままの管理官と柴田係長に、滝沢は提案してみた。吉村管理官も、疲れ切った顔をしている。この人は、一体いつ眠っているのだろうかと、滝沢はふと不思議になった。どう見ても滝沢よりも年長なのに、何日くらい徹夜の出来る人なのだろうか。

「いいだろう」

管理官が頷く。

「話させてくれたら、飲み物を運ぶからと言います」

「方法は」

「外から——上から吊して、取れるように」

滝沢は、鶴見の電話番号を選んだ。気弱なボクサー崩れの声を聞いてみたい。何なら励ましてやっても良いと思った。緊張が高まる。小さな携帯電話のボタンを押すのがもどかしいほどだ。少し間を置いて、コール音が聞こえてくる。滝沢の会話を聞いている他の捜査員たちも全員が息を殺していた。

「——もしもし」

やがて、男の声が出た。管理官がすかさず、確かめるように紙に書き込まれた鶴見の名を指さす。滝沢は目顔で頷いた。

「滝沢っていうもんなんだがね」

「――ああ？　誰だ、あんた」

「そこにいる、女刑事のさ、仲間なんだ」

「――そりゃあ、そうだろう。あんたら皆、仲間じゃねえか」

「いや、俺は特に仲がいいんだよ。コンビだったんだ」

「――コンビ」

「ああ、タッグを組んでた。あんた、鶴見だろう？」

相手の声はかすれ気味に「ああ」と答える。小さな電話機を押しつけている耳が、早くも汗ばんでいた。もう片方の手で握り拳を作りながら、滝沢はモニター画面を睨み付けていた。

「なあ、ちょっとでいいから、音道の声、聞かせてくれねえか」

「そんな必要、ねえ」

「話させてくれたら、飲み物を差し入れる。何がいい、酒でも何でもいいぞ、好きな物を言ってくれ」

相手が一瞬、黙り込んだ。

「そこは暑いだろう、ええ？　ただでさえ、この陽気だ。おまけに窓を閉め切ってりゃあ、息苦しいんじゃないか？　約束する。飲み物を運び入れるだけだ。絶対に下手な真似はしない」

「――本当か」

「ああ、どうする。ドアの外に置こうか？」

モニター画面の中で、鶴見がそわそわと周囲を見回している。井川が、鶴見に向かって手を差し出していた。電話を代われというつもりらしい。鶴見がそれに応じてしまう前に、滝沢は急いで「何がいい」と続けた。

「――冷たい――ウーロン茶、缶コーヒー、ビールだ。全部缶だぞ」

「分かった。全部、缶でだな、届けよう。だから、なあ。ちょっとでいいんだ、声、聞かせてくれねえか」

数秒の沈黙が続いた。苛立ちと緊張とで、また腹が痛くなりそうだ。滝沢は、唇を噛んで相手の反応を待った。その時、女の声が「もしもし」と言った。画面の中で鶴見が動き、それに応じるように、身動き一つしなかった女が動いた。一瞬、髪の毛が逆立つのではないかと思うような感覚が身体を駆け抜けた。音道だ。生きている、音道だ。

「久しぶりだな、立川中央にいた滝沢だ」

「滝沢――さん」

間違いなく、音道の声だった。クソ生意気で無表情の、何を考えているか分からない女刑事の声が、消え入るように滝沢の名を呼ぶ。

「災難だったな。だが、俺らがついてる。何があっても、救い出すからな」

「――はい」

「それまで、頑張れるか」

「――分かりません」

今度は、首筋から耳までが、ぞくぞくとしてくる。あの音道が、こんなに気弱な反応しか出来ないとは。いつだって、絶対に弱みを見せないようにしていたはずの女ではないか。まずい。相当な追い詰められ方だ。

「俺らを信じろ、なあ。音道、聞こえるか」

「――分かりません」

「何だって?」

「もう――分かりません」

何が分からないのだ、警察が信じられないというのだろうか。そこまで追い詰められているのか。ああ、焦れったい。壁を突き破って、今すぐに飛び込む方法はないのだろうか。自分でも予想もしなかった。胸が詰まって、涙が出そうだ。

「音道――電話を離すな。よく聞くんだ」

「――」

「今、飲み物を差し入れる。こっちの要求を呑めば、食い物も差し入れると伝えるんだ」

「――もう、喉が渇いて」

「分かってる。これは、取引だ。俺たちが何よりも大切なのは、お前なんだぞ。ええ、いいか。お前を守るため、そこから助け出すために、皆で来てるんだからな、分かるなっ」

「――多分」

こっちが熱くなればなるほど、音道の声そのものから体温が奪われていくように感じられた。

「それより、音道、怪我はしてないのか、ええ？　出血してるような怪我は」

「もう――止まりました」

何ということなのだ。声は音道に間違いがないと思う。だが、滝沢の知っている音道とは、まるで別人のようではないか。改めて怒りが湧いてきた。このままでは、あいつは壊れてしまう。もう、限界が近い。

「いいな、音道、俺がついてる。皆もいる。信じろ。待つんだ」

音道が返事をしたかどうか、分からなかった。何度でも繰り返して声をかけたいと思ったのに、滝沢の耳に、「もう、いいだろう」という声が届いた。今度は鶴見ではなく、井川の声だった。

「ドアの外は駄目だ。他の方法を考えろ。いいな、十分以内に持ってこい」

それで電話は切れた。全身、汗みずくになったまま、滝沢はしばらくの間、呆けたようになっていた。音道の「分かりません」と言った声が、耳にこびりついて離れなかった。

午後六時五十分、ほとんど暗くなりかけた窓の外に、バケツに入れられた数本の飲み物が届けられた。井川たちは、飲み物を要求した時点で、まず窓を細く開けて外の様子を窺った。その結果、ベランダも手すりもない窓の外は、がらんと開いていて、隣の建物までも相当な距離があることが分かった。飲み物が届いたとき、夕方からはほとんど喋らなくなっていた犯人たちは、加恵子も含めて飛びつくようにして飲み物をあさった。貴子にも、スポーツドリンクが与えられた。まるで、焼けた砂浜に水をまくように、ドリンクは一気に喉を伝ったかと思うと、まだ癒えない渇きだけを残した。

「生き返った——ああ、助かったな」

顎に滴る飲み物を手の甲で拭いながら、深いため息と共に呟いたのは、鶴見だった。堤にライフルを向けられ、それに逆上して相手に殴りかかったときには、ほとんど狂ったように見えたものだが、その後は比較的、落ち着いている。さっきまで彼は、自分の半生を語っていた。プロボクサーになるために上京してきたこと、才能はあると言われたが、対戦相手には恵まれなかったこと。別れた妻との間に子どもがいること。いつか、その娘をブラジルに呼び寄せてやりたいと思っていること——。

「あんたがいる限り、俺たちは、日干しになることはないってわけだ」

どこか皮肉な口調で言われて、貴子は複雑な心境になっていた。そうだ。自分がいれば、彼らは無事でいられる可能性が高い。それならば、ずっと傍にいてやっても良いのではないかという気がしてきている。そうすれば、彼らはここから出て、さらに遠くまで逃げ延びることだって出来るかも知れない。貴子の覚悟次第では、彼らの夢は途切れないかも知れないのだ。

——何を考えてるんだろう、私。

自分で自分が分からなくなっている。とうに空になったスポーツドリンクの缶を持ったまま、貴子は呆けたように宙を眺めていた。

——滝沢。

皇帝ペンギンのように腹を突き出して歩く、嫌味で不潔たらしい中年の刑事。人を小馬鹿にして、女だというだけで、ろくに口もきいてくれなかった親父だ。あの滝沢が、どうしてこんな場所にいるのだろうか。それにしても、どうして滝沢なのだろう。何故、捜査本部の人たちや、機捜の仲間は来てくれないのだろうか。それを考えると、情けなさが募った。

——俺たちが何よりも大切なのは、お前なんだぞ。

確か、滝沢は、そんなことを言っていた。大切ですって。笑わせてくれる。大切にしてくれているのなら、どうしてもっと早く動いてくれないのだ。何故、もっと迅速に救い出すことが出来ないのだ。それも、あんな滝沢などを寄越すなんて、日本の警察はどうかしている。

午後七時過ぎ、予《あらかじ》め電話で告げられていた通り、窓の外が明るくなった。昨夜の投光器ほどではないが、小さな窓から白い光が飛び込んでくる。

「俺たちが不自由しないようにってさ。勝手なこと吐《ぬ》かしやがって」

井川が吐き捨てるように言った。だが、彼がもはや何の頼りにもならず、貴子を利用するにしても何のアイデアも思い浮かばないらしいことを、鶴見も、そして堤も勘付き始めているようだった。実際、井川は「考えてる」を連発しながら、さっきから何の案も出してはいない。

午後八時過ぎ、再び鶴見に電話がかかってきた。しばらくの間、「うん」とか「いや」を繰り返した後、彼はまた、貴子の耳に電話を押しつけてきた。

「滝沢だ」

例のしわがれ声が聞こえてきた。貴子は小さく「はい」としか答えなかった。言葉など見つからない。聞きたいのは、あんたの声なんかじゃないのにと思った。

「今、食い物を差し入れる交渉をした。三分間、話をする条件でな。音道、聞こえるか」

「――はい」

「頑張ってくれ、頼む。いいか、お前から連中に言って欲しいことがある。鶴見には別れた女房がいる。今、近くまで来てる。井川には息子がいる。これも、来てる。中田加恵子には亭主が来てるし、堤には親父だ。全員、説得のために呼んできた。それを、連中に伝えるんだ。自分たちが馬鹿なことをしたら、家族に迷惑がかかるっていうことを分からせろ」

すぐに返事が出来なかった。そんなエネルギーは残っていない。それに、家族まで呼び寄せていると言ったら、彼らはかえって逆上するのではないかという気がした。

「聞こえるか、音道」

「――はい」

「出来るな。いいな、説得するんだ」

「――分かりません」

相手が口を噤んだのが分かった。鶴見が自分の時計に目を落としている。

「しっかりしろっ、音道！　お前は刑事なんだぞっ」

「――はい」

返事はしている。だが、反射的に口が動いているだけだった。もう、どうなっても良いような気がするのだ。とにかくこの状態から解き放たれるのなら、目をつぶり、何も考えずに休めるのなら、たとえばそれが死ぬことを意味しても、構わないような気がしてきている。

「音道、聞こえるか。ご両親も心配なさってる。だが、我々と、音道を信じると仰《おっしゃ》って、ここには来ないで、自宅で待機しておられるんだ」

心の底が疼いた。両親。妹たち。自分は一人ではないのだと、久しぶりに思い出した。

「もう少しの辛抱だ。頼む、頑張ってくれ」

「――話せば、いいんですね」

「そうだ。だから、馬鹿な真似はやめて、自分から出てくるようにと説得するんだ。そうでなけりゃあ、いずれ強行策に出なけりゃならん。怪我人は出したくない。そっちの様子は、モニターで監視できている」

この期に及んで、まだそんなことを言っている。いずれですって。いずれって、いつなの。自分に説得できるくらいなら、とっくにやっていることを、どうして分かってくれないのだろう。

「――出来るかどうか」

「出来る。音道、たった一人でいいから、心を摑め。相手の気持ちを取り込むんだ。中田加恵子はどうだ？　女同士で、何か通ずるものがあるんじゃないのか、ええ？」

ぼんやりと、加恵子の姿が浮かび上がっている。彼女は、堤がさんざん殴られているのを見て、泣いていた。そして、自分のために鶴見が買ってきた薬を、彼の傷に塗りつけ、それ以来、ほとんど傍を離れなくなっていた。

「無理だと――思います」

「諦めるな、音道！　お前らしくないだろうが！　じゃあ、鶴見はどうだ、井川はっ」

滝沢という男は、こんな声をしていただろうか。覚えている声と、どこか違う気がした。だが考えてみれば、貴子は滝沢と電話で話したことなど、ほとんどないのだ。無線でやり取りをしたことはあったが、確か電話では、一度くらいしか話したことがない。

「俺たちがついてる。その部屋のすぐ外にいるんだよっ。何とかして中に入れる方法を探ってる」

「――はい」

「音道、いいか、よく聞け。はいか、いいえで答えるだけでいい。ドアの内側は、どうなってる。バリケードでも作ってあるか」

「はい」

「バリケードだな」

「はい」

「分かった」

滝沢がそこまで言ったとき、電話は取り上げられた。目の前に立った鶴見は、低い声で「はい、三分」と言った。貴子は素直に手を下ろし、俯いた。

——この部屋を選んだのは、私だ。

自分で自分の首を絞めている。それは分かっていた。あのまま上の大浴場にいれば、今頃はもうとっくに助け出されていたかも知れないのに。一体、自分がどうなってしまったのかが分からない。疲れ果てて、空っぽになりそうな自分の中に渦巻いている思いがあるとしたら、それは怒りだけだ。

「滝沢っていったよな、あんたとはコンビだったたって?」

もとの位置に戻ってから、鶴見が話しかけてきた。冗談じゃない、たった一度、短い期間、組まされただけのことだ。

「どんな、奴だい」

「——しつこくて、陰険で、意地悪い人。見た目は、お腹が突き出してて、頭が薄くなってきて、ずんぐりむっくりの、脂ぎった感じの中年男だわ」

薄明かりの中で、鶴見は一瞬ぽかんとした表情になり、それから声を出して笑った。

「そんな、おっさんと組んでるのかい。可哀想になあ。せめて、もうちょっと若くて見栄えのいい刑事さんてえのは、いないのかね。ドラマみたいなわけには、いかないのか」

急に星野を思い出した。見た目は結構なものだった。背も高く、一見スマートに笑う男だった。だが、そんな男と組んだお陰で、こういうことになったのだ。あいつだけは生涯、許すまいと思う。何があっても、絶対に許さない。どういう形でも、きっと復讐してやりたい。

——それに比べれば。

滝沢と組んだときのことを思い出した。とっつきにくい、あんな嫌な親父はいないと思ったが、後から考えると、意外なほど不快な思いは残らなかった。ひどいことも言われたが、滝沢は、絶対に貴子を見放したりはしなかった。どんな場面でも、腹の中では何を考えていたとしても、彼は必ず、貴子を見ていた。その滝沢が、今、部屋の外にいるという。諦めるなと、彼は言った。

——あいつに弱みは見せたくない。

ふと、そう思った。こんなに疲れ果てていても、滝沢にだけは、弱り切った自分を見せたくなかった。刑事でありながら、ただおろおろするしか能のない女だなどとは思われたくないのだ。不甲斐《ふがい》ない、情けない奴だと言われたくない——だが、どこまで力が残っているだろうか。

——たった一人でいいから、心を摑め。相手の気持ちを取り込むんだ。

それを加恵子にするつもりだった。だが加恵子は、まるで召使いのように、堤に仕えるばかりではないか。もう、こちらを見ようともしなくなっている。

滝沢は、それぞれの家族が来ていることを言ってみろと言っていた。だが、それを全員に話しても良いものか、誰に言うのが、もっとも効果的かを考える必要がある。別れた妻。捨てた夫。父親。息子——。

「タイへは、一人で行くつもりだったの」

呟くように話しかけてみた。ずっとうなだれていた井川が、ゆっくりと顔を上げる。

「家族は」

「——何だ、いきなり」

井川の声はかすれていた。光の加減もあるのだろうが、目は落ちくぼみ、憔悴し果てた顔に見える。

「鶴見さんは、いつかブラジルに、娘さんを呼び寄せるつもりだったんでしょう。あなたは」

「俺は——そういうつもりはない」

「じゃあ、息子さんは」

井川の肩がぴくりと動いた。眼鏡の奥の目をわずかに細めて、彼は貴子を睨み付けている。つい目を逸らしそうになる。それだけで恐ろしいと思ってしまう自分に苛立つ。冗談じゃなかった。こう見えても、こんな状態になっても、貴子は警察官だった。気の迷いでも、彼らを逃がしたいなどと考えたのは間違いだ。

「——何を聞かされた」

井川の声が、独特の凄みを持って響いてくる。呼吸が乱れそうになるのを、深呼吸して誤魔化し、貴子は「来てるそうよ」と呟いた。

「心配して、来てるって」

静寂が重い。やがて、「嘘だ」という囁きが聞こえた。

「そんなはずがない。あいつが俺のために来るなんて、そんなはず、ないんだ」

「——嘘じゃないと思うわ。さっき電話で、そう言ってたもの」

「信じられるかっ！」

「じゃあ、確かめてみればいいじゃないっ」

自分でも驚くほど大きな声が出た。ああ、もう駄目だと思っているはずなのに、この肉体は、まだ何の機能も失ってはいなかった。

「——これだけ、時間が過ぎてるのよ。警察だって、ただ手をこまねいてるだけのはずがない。あなたの息子さんだけじゃなくて、きっと、色んな人を呼び寄せてるはずだわ」

「冗談じゃねえっ！」

突然、叫んだのは堤だった。その声を聞いただけで、貴子は反射的に身構えた。狂犬が目を覚ましたと思った。

「何で、そんなことするんだよ！　俺が勝手にやったことで、どうして親父まで呼ばれなきゃ、ならねえんだっ！」

堤の自慢の顔は、見る影もなかった。瞼は両方とも膨れ上がり、唇も腫れ、痣が広がっている。さっき、鶴見に殴られた時、彼は血を吐いた。自分の腹を押さえ、変形した顔を歪めながら、堤はぐらりと立ち上がった。そして大股で、こちらに近付いてくる。貴子は思わず後ずさって「来ないで！」と叫んでいた。

「あなた――お父さんが来てると思うの」

「うるせえっ！　お前ら、どうしてそういう卑怯な真似、するんだ！　親父なんか呼んで、どうしようっていうんだっ」

次の瞬間、脇腹に強い衝撃があった。貴子は思わず、その場にうずくまった。今度は背中に、また腹に、「くそっ」「くそっ」と言いながら、堤の足が蹴り込まれる。

「よせって！　馬鹿野郎っ」

内臓を吐き出すかと思ったとき、井川の声がした。貴子は布団の上に倒れ込み、全身を小さく丸めた。こんな奴を逃がしてやろうと思ったなんて。一瞬でも、自由にさせてやりたいと思ったなんて。愚かにもほどがある。

「もう、おしまいだっ！　もう、駄目だっ！」

きつく目を閉じたまま、何とか痛みをやり過ごそうとしている貴子の耳に、堤の悲鳴のような声が聞こえた。

「畜生ぉ――死にたくねえ――死刑なんて、真っ平だぁ！　親父なんかに、会いたくねえよぉ――」

半分、泣きべそをかいているような堤の声に、覆い被さるように、加恵子の「健ちゃん」という声がする。だが、堤の嗚咽《おえつ》の方が勝っていた。泣いている。助かりたくて、泣いている。さんざん人のことは痛めつけておいて。五人もの生命を奪っておいて。

「俺は、死刑なんて、嫌だよぉ、絶対にロスに行くんだぁ――親父なんかに、会いたくねえ――」

「健ちゃん、きっと大丈夫よ。きっと、行かれるから、ねえ」

「気休め言うなっ！　クソババアッ、あっち行ってろっていうんだ！」

鈍い音がする。また加恵子が殴られたのだろう。ごめんなさい、ごめんなさいと、哀願する声と、どす、どす、と殴る音の饗宴。

「健ちゃん――やめて。お願い」

このまま、いつまでもこんな状態が続いては、生きて出られたとしても、気が変になる。

――どうすれば、いい。どうしたら、チャンスが出来る。しっかりするのよ。刑事なんだから。

腹を押さえてうずくまったまま、貴子は「刑事なんだから」という言葉ばかりを、何度も繰り返して自分に言い聞かせていた。あまりの痛みに滲《にじ》んだ涙が、目尻から伝って落ちる。その温かさが、やはりまだ生きていると伝えていた。

II

為す術《すべ》がない。手も足も出ないとは、このことだった。滝沢たちに出来ることといえば、不鮮明な画像とマイクを通して、痛められ続ける音道を見守ることしかなかった。

「野郎、絶対にただじゃおかねえ」

世の中に腹の立つ奴は少なくないが、ここまでホシを憎んだことはないと思った。このままでは、遠からずして音道は殺されるだろう。どうにか生きているうちに発見できたというのに、このまま見殺しにするような形になったのではたまらない。

「銃さえ、持っていなけりゃな」

滝沢だけではない、唇を噛み、握り拳を震わせながら、捜査員たちは自らの不甲斐なさを感じ、悔しさを露わにしていた。わずか数メートルの距離にいながら、こんな情けない話があるだろうか。説得も結構、差し入れも結構だが、そんな生ぬるいことをしている間にも、音道の生命は、確実にすり減っている。

「せめて音道が動ければな。身動きならん上に、銃が二丁もあるんじゃあ――くそっ」

時間ばかりがいたずらに過ぎる。井川一徳は、息子と話すことに応じなかった。管理官からも再三にわたって電話をかけてみたが、彼は「冗談はやめてくれ」「絶対に話さない」などと答えるばかりで、その都度、すぐに電話を切ってしまった。

午後八時四十分。前回と同様の方法で、五人分の弁当と新しい飲み物が差し入れられた。一時は、弁当に薬でも仕込めないかという案が出たが、相手もそれなりに知恵を働かせているらしく、弁当はすべてコンビニエンスストアーで売られている、パッケージの切れていないものにせよと指定してきた。

――どうした、刑事さんは食わないのか。

――腹が痛くて食えないんだろう。

――まったく。おい、堤。お前、本当に考えた方がいいぜ。そんなに強くもねえくせに、相手が女とみると、すぐにそうやって暴れるっていうのは。

――うるせえ。そんなこと言うんだったら、てめえも、やってやろうか。どうせ俺は、ここから出たらおしまいなんだ。

――いいのか、そんなこと言って。さっきで分かったろう。俺は素人じゃないんだよ。

――油断するなよ。俺には武器がある。ライフルは取り上げたかも知れねえが、まだ、これは持ってるんだからな。

――馬鹿。これ以上、仲間割れしてどうすんだ。

――言ったろう。仲間なんかじゃねえ。くそったれ。汚えとこは全部、人に押しつけやがって。

――それは、若松の指示だったんじゃないか。俺らが決めたことじゃない。

――だから、野郎もああいう目に遭ったんじゃねえか。俺をだましたり裏切ったりする奴は、ああいうことになるんだよ。結局、損をするのは俺だけだ。仲間だって言うんなら、俺と一緒に死刑になるかよ、ええ？

不鮮明なモニター画面の中で、確かに鈍く光る物が見えた。ナイフだ。

「やっぱり、いちばん危険なのが、堤か。完璧に自棄《やけ》になってる」

「野郎を何とかすれば、どうにか出来るかも知れないんですがね」

「撃ち殺しても飽き足らないような奴ですよ」

「だが、あの部屋じゃあ、どうしようもない。よくもあんな場所にこもってくれたもんだ」

彼らの様子を観察している捜査員の間から、ため息混じりにそんな言葉が洩れる。狙撃班も待機はしているのだ。追い詰められ、前後の見境もなくなって、犯人がいつ、差し入れを行っている窓から外に向けて発砲するかも知れないから、それに対しては十分に警戒している。だが、連中は覚醒剤中毒でも、錯乱者でもなかった。無闇に発砲するつもりはないらしい。だが、現状を打開するためには、むしろ、そういう手段に出てくれた方が良いようなものでもあった。人質の精神状態を考えても、もう強行策しか残っていないのだ。管理官は上のクラスと、その方法を協議し始めている。粘り着くような疲労感と焦燥感が、汗になって滲んでくる。滝沢は、ひたすらモニターの画面を睨み付けていた。音道は、さっきからほとんど動かなくなった。差し入れられた弁当にも手をつけず、ずっとうずくまったままなのだ。

ひょっとして、内臓に損傷でも受けただろうか。または骨が折れたか。痛々しくて、見ていられたものではなかった。せめて、自分が身代わりになってやれないものだろうかと思う。だが、相手はとにかく扉を開かないのだ。ただ、見ているだけ。ただ様子を窺うだけ。こんな焦れったい話があるものだろうか。

午後九時三十分。ようやく管理官から、今後の方針が伝えられた。強行突入だ。

「機動隊員が天井裏から伝って倉庫と手洗いに潜入、催涙弾を使う。連中が怯んだ隙を狙って、内側からバリケードを撤去、同時に我々が突入する。ただし、きっかけを作らなくてはならん。まったく音をたてずに、それだけのことをするには無理がある。かなり危険な賭けだ。気付かれれば、相手は間違いなく発砲してくるだろう」

捜査員たちは、固唾を呑んで管理官を見つめていた。

「連中だって人間だ。そのうち油断もする。弁当を食って腹も膨れたことだし、眠くなってくるかも知れん。こんな緊張状態が、そういつまでも続くものじゃない」

管理官がそこまで言ったとき、犯人との交渉用の電話が鳴った。固い表情のまま、管理官が電話をとる。通話を聞くためのイヤホンを通さなくても、相手の声は、天井裏にしかけたマイクを通して滝沢たちにも聞こえてきた。

「テレビかラジオが欲しいんだがね」

井川の声だ。

「テレビかラジオ？　どっちだ」

「テレビがいいかな。俺たちのこと、ニュースでやってんだろう？」

「やってるなんてもんじゃない。どこの局も特別報道番組って奴で、大騒ぎしてるさ」

「——そうか。じゃあ、テレビだ。あんたたちの動きも、分かるだろうからな」

「分かった。用意しよう」

しばらくの沈黙。モニター画面の中では、井川らしき人影が立ち上がって室内をうろうろと歩き回っている。

「俺らの名前も、もう出てるのか」

「今現在は、発表は差し控えてる。こっちが発表しなけりゃあ、マスコミだって報道のしようがないからな」

「じゃあ——俺の場合なら、息子以外には、まだ知られてないんだな」

「そういうことだ」

「息子は——どうした」

そのひと言を聞いて、捜査員たちがにわかに慌ただしく動き出した。チャンスかも知れない。向こうから何か言い出したときは、心が揺れ始めている証拠だ。息子の説得に応じて、諦めて出てきてくれるなら、それに越したことはない。

「もう、帰したのか」

「いや。親父を心配して、ずっと外で待機してる」

「ちょっと、話したいことがあるんだが」

捜査員の一人が、外に待機している警察官に連絡をとっていた。管理官は、それらを確認しながら「いいだろう」と答えている。

「どうだ、直接、話してみないか。今、連れてくるから」

「いや——電話でいい」

「分かった。少し、待ってくれ——ああ、それから、音道に代わってくれないか」

また沈黙があった。そして、「駄目だ」という声。

「いいか、テレビだ。用意が出来たら、話させてやる」

電話は切れた。ほう、と、室内にため息が洩れた。管理官が誰をともなく振り返る。柴田係長が、すかさず「今、連れてきます」と言った。

「井川が投降する気になれば、あとは何とかなりますかね」

「息子に説得してもらうしかないが」

数分後、捜査員に伴われて、ひょろりとした面長の二十二、三に見える青年が、固い表情のまま前線本部に現れた。「井川の息子さんだね」と確かめると、小さく頷く。それから問われるままに、青年は井川宗一郎と名乗った。

「立派な名前だ。お父さんがつけたのかい」

「ああ――はい。よく知りません」

緊張しているのだろう、声は震えており、顔が真っ赤に紅潮していた。

「お父さんが、話をしたがってる」

「――はい」

「そこで、君に頼みがあるんだ。こんなことをしていても、何の解決にもならないっていうことを、分からせてくれないか。今なら、まだ遅くはない。悪いようにはしないから、そこから出てくるように、君から説得して欲しい」

井川宗一郎は、何度も喉仏《のどぼとけ》を上下させながら管理官の話を聞いていた。

「お父さんだって、つい、はずみで、こういうことになったんだと思う。出てくるきっかけが摑めなくなってね。こういう言い方をしては悪いが、一人で勝手に立てこもってるっていうんなら、警察だってこんなに騒ぎはしない。だが、中には人質がいる。若い女性だ」

青年の顔がわずかに歪む。彼は唇を嚙み、何度も肩を上下させていた。

「人質にもしものことがあったら、お父さんだって今以上に、ただでは済まん。せめて人質を無事に解放して欲しい、こっちの願いは、まず、それなんだ」

井川宗一郎は素直に頷いている。苦悩に満ちた顔。馬鹿な男だ。こんなに若い息子に、何という思いをさせるのだ。滝沢は、つい自分も倅《せがれ》のことを思い出しながら、立てこもり犯の息子を眺めていた。

「君は、お父さんと同居してるのかな」

「いえ――僕は、もう結婚してるんで」

「じゃあ、お父さんはお母さんと?」

「母は――もう亡くなりました。父とは、もう何年も会ってません」

まだ学生のように見えるのに、青年は、昨年の暮れには子どもが生まれたとも言った。つまり、井川には孫がいるということだ。滝沢たちは、青年の話を聞きながら、密かに期待を抱き始めていた。息子がいて、孫がいる。そんな男が、そういつまでも無茶なことをするとは思えない。息子が説得してくれれば、きっと気持ちを動かされるに違いないという気がした。

「じゃあ、お父さんに電話するからね。冷静に。落ち着いてね。頼むよ」

管理官は、静かな口調で語りかけ、井川宗一郎がゆっくり頷くのを確かめてから、彼を伴って隣の部屋に向かった。ここでは、滝沢たちが室内の様子を探っているのが分かってしまうからだ。滝沢たちは二人の後ろ姿を見送り、早速、ボリュームを下げていたスピーカーの音量を上げた。

——井川だね。

少しして、まず管理官の声が聞こえてきた。

——宗一郎くんが、ここにいる。今、代わるからな。

他人の会話を盗み聞きするというのは、ただでさえ、ある程度の緊張を伴うものだ。その上、あの青年の言葉次第で事件の成り行きが変わるのだと思うと、否応なしに身体が固くなってくる。

——もしもし、親父?

——ソウか。

——何、やってんだよっ！　こんなところで、何しようっていうんだよっ！

突然、ヒステリックな怒鳴り声が聞こえた。滝沢は思わず隣室の方を見ながら「馬鹿っ」と声に出していた。管理官の説明を聞いていなかったのか。

——あんた、どれだけ俺たちに迷惑かければ気が済むんだよっ！　あんたのお陰で、俺や母さんが、どんな思いしてきたか、分かってんのか！

——ソウ、聞いてくれないか。

——冗談じゃねえからなっ！　毎日、必死で、真面目に働いてるんだ。やっと少しはまともに暮らせるようになったんだ。それを、どうしてまた、あんたにぶち壊されなきゃなんねえんだ！

宗一郎の声は、明らかに涙を含んでいた。あの青年を責めることは出来ないと、滝沢は重苦しい気分で考えていた。よほどのことがあったのだろう、辛い思いをさせられてきたのに違いない。あの若さで、こんな場所まで連れてこられて、冷静に父親を諭すなど、無理な要求かも知れなかった。

——済まないと、思ってる。

——嘘つくなよっ！　あんた、いつだってそうじゃないか。夢みたいなことばっかり言って、結局は周りに嘘ばっかりついて、迷惑かけて。

——だから、父さんは今度こそ。

——今度こそ、何なんだよ。今度こそ、何したと思ってんだよっ。

そこで会話は切れた。誰からともなくため息が洩れる。無理もないとは言いながらも、恨めしい。管理官に伴われて戻ってきた井川の息子は、少年のように泣いていた。管理官が、その肩をぽんぽんと叩いているが、彼は激しく泣きじゃくり、手の甲で涙を拭っていた。そして、声を詰まらせながら、「すみません」「すみません」を連発する。

「四年ぶりだったんだそうだ。どこにいるかも分からなくて、どうしてるかと思っていたら、こういうことになったって」

諦めたような表情で、管理官が言った。その間も宗一郎は声を出して泣いている。滝沢は、思わず胸のふさがれる思いで、青年を眺めていた。あの父親の元に生まれたのは、何も彼の意志ではない。

「下まで、送ってきますわ」

とにかく、いつまでもここに残しておくわけにもいかない。管理官から宗一郎を預かる形で、滝沢は今度は自分が彼の肩に手を置き、ゆっくり歩き出した。骨っぽい肩をしている。青年とはいえ、まだ少年のようだ。そう言えば、自分の息子の肩はどうだったろうと思う。もうずい分、息子の身体になど触ったことはない。

「まあ、しょうがないわな」

歩きながら、滝沢は呟いた。隣からは、まだ鼻をすする音が聞こえてくる。

「あんまり、いい親父さんじゃ、なかったんだな。おふくろさんも、苦労したんだろう」

長く薄暗い廊下を歩き、制服の警察官が立つ角を曲がる。バリケードに使用していた什器類が散らばる階段を、ゆっくり下りる間に、「でも」という小さな声がした。

「小さい頃は——可愛がってくれたんです」

それだけ言って、宗一郎はまた泣いた。滝沢に出来ることは、その肩に手を置いてやることだけだった。この青年には何の罪もない。本人の言う通り、おそらく人一倍真面目に、地道に暮らしているのだろう。女房と子どもを守って、必死で日々を過ごしているのに違いない。それなのに、こんな目に遭わなければならない。

「そういう、小さい頃の親父さんのことだけ、思い出すようにするんだな。そのうち、許す気になるときも来るさ。親父さんだって、あそこまで言われりゃあ、今度という今度は、考えるだろう」

翠海荘の建物を出て、中継本部になっている駐車場まで送り届けると、宗一郎は涙で濡れた目をこちらに向けた。

「父は——死刑になりますか」

滝沢は思わず微笑《ほほえ》みながら、首を振った。

「親父さんは、確かにやっちゃいけないことをやった。だが、人を殺したり、そんなことはしてない。心配するな」

宗一郎の顔に、初めて安堵の色が浮かんだ。だからこそ今のうちに、お前の力を借りたかったんだぞ、という言葉は、ついに口に出来なかった。彼を担当の警察官に預け、さて翠海荘にとって返そうとしたとき、意外な人間が視界に飛び込んできた。

「何、してんだ。こんなところで」

滝沢は思わず眉をひそめて、その男に近付いた。嫌な相手に見つかったというように、星野は顔を背け、肩を縮めて「いえ」と言う。

「いえ、じゃねえだろうが。何、してんだって聞いてんだよ」

「ですから――上の指示で。応援に」

応援だと？　笑わせることを言うではないか。滝沢は、ぐいと星野に歩み寄り、ほとんど腹が当たりそうな位置まで近付いて、「そうかい」と唸った。

「だったら、応援してもらおうか」

「――」

「お前なあ、今、音道がどういう目に遭ってるか、知ってるか」

「――」

「犯人どもに殴られたり蹴られたりして、死にかかってるよ。可哀想に、あいつはもう、ぼろぼろだ」

目の前で、星野の喉仏が大きく動く。その首を、今すぐにでも捻り上げたい衝動が突き上げてきた。

「応援してくれるっていうんならな、お前、音道の身代わりになれ」

星野は何も答えなかった。答えられるはずがないのだ。滝沢は、思わず彼の足下に唾を吐き出すと、行く手をふさがれているわけでもないのに「どけ」と奴の胸を突き飛ばした。翠海荘に戻りかけ、ふと思い付いて振り返る。そして、真っ直ぐに星野を指さした。

「いろよ。絶対」

「――分かってます」

プレスのきいたスーツなんか着やがって。こっちは、汗と脂でどろどろだっていうのに。

「音道が助け出されるまで、必ずいろ。いいな。音道は、きっとお前に用があるはずだ」

もう一度、唾を吐いて、滝沢は再びきびすを返した。

前線本部に戻ると、管理官が、既に機動隊に対して上階での待機を要請しているところだった。

「こっちも準備に取りかかる。まず、テレビを運び入れるときに音道を電話口に呼んで、連中をよく見ておくように言い含める。このカメラの位置では、奴らが寝てるか起きてるか分からないからな」
いよいよだ。滝沢は、思わず大きく息を吸い込んだ。隣にいる保戸田も、他の捜査員たちも、一様に目をぎらつかせている。

「下に、星野がいやがった」

テレビが調達できるのを待つ間、滝沢は煙草をふかしながら唸るように言った。仲間たちは一様に顔をしかめ、今、この場に星野が来たような視線を向けてきた。

「あの、クソ野郎が。『僕も応援に』、とか吐《ぬ》かしたよ」

どの面下げて来られるのだ。誰の応援をするつもりなのだろうか。ふざけやがって。口々に吐き捨てるように言い、やり場のない苛立ちを抑えるように、腕組みをする者、舌打ちをする者がいる。滝沢も、室内を歩き回っていた。土足で畳の部屋を踏むのは、どうも気色が悪いものだ。足下がぶわぶわとして落ち着かない。その上、マスコミがカメラを向けている可能性があるから、窓はすべてふさいでいた。本当なら、窓の外には海が見えているはずだ。そういえば、熱海に来てから、まだ一度も波の音さえ聞いていない。おそらく、音道もそうなのだろう。いや、もしかすると熱海にいることさえ、分かっていないのかも知れない。

――何だよ、馬鹿にしょげちゃって。

鶴見の声が聞こえてきた。

――息子に、何か言われたのかい。

――まあな。

――まあ、しょうがねえんじゃねえの。こんな騒ぎまで起こしゃあ、さ。

――話しておきたいことが、あったんだ。

――今さら、用はないってか。分かるんだ。多分、俺だって娘がもう少しでかくなってたら、そう言われるんだろうな。

——話なんて、しなきゃよかった。

その後、井川はまた黙り込んでしまった。時折、鶴見が誰にともなく「テレビはまだか」などと言っているが、答えるものもいなかった。

午後十時五十分。ようやく液晶小型テレビが用意できた。管理官の指示で、今度も滝沢が鶴見の携帯電話を鳴らした。

「何だよ、馬鹿に待たせるじゃねえかよ」

鶴見は開き直っているのか、元来が馬鹿なのか、妙に自信たっぷりの声で電話に出た。

「時間が時間だったんでな、店が開いてなくて、苦労したんだ。約束だ、音道と代わってくれ」

滝沢の言葉に、彼は「三分だぞ」とだけ言った。そして、また音道の声が聞こえてきた。だが、「もしもし」というその声は、さっきよりもさらに弱々しく、かすれて聞こえる。

「滝沢だ。誰も、盗み聞きしてないな」

「——はい」

「よく聞いてくれ。こちらの準備は完了してる。だが、外からじゃあ、きっかけが摑めん。分かるか。強行突入だ」

「——はい」

「上を見るなよ。カメラは取り付けてあるが、天井だ。だから、連中の表情までは分からんし、眠っちまってたとしても、見えない。だから音道、いいか、合図は、お前が送るんだ」

「——分かりません」

またか。滝沢は苛立ち、受話器を握る手に力を込めた。

「分からないって、どういうことだよ、おい。芝居してるのかっ」

「——はい」

意外な返答だった。周囲で会話を聞いている捜査員たちも、互いに顔を見合わせている。声の割には、しっかりしているのかも知れない。

「芝居なんだな。俺の言うこと、分かるな」

「――そうです」

思わず周囲と頷きあう。

「だったら、そうだな――何か、叫べ。今だと思ったら、『今だ』でもいいし、人の名前でもいい」

管理官が隣から、「決めておけ」と囁きかけてくる。滝沢は慌てて頷き、「名前を決めよう」と提案した。日常会話に使うような言葉では、下手なときに口にしてしまう可能性がある。チャンスは一度きり、失敗は許されない。

「恋人の名前でもいいし――いや、この際だ、大嫌いな奴の名前でもいいぞ。今、お前が思い浮かぶ名前で、金輪際、もう二度と口にしたくもないような名前でもいい。それなら、思い切り大声で怒鳴れるだろう。誰かいないか。思いつかないか」

「――星野です」

「星野だなっ」

「――はい」

ぞくぞくするような喜びとも興奮ともつかない感情がこみ上げてきた。そうだ。怒れ。怒って当然なのだ。その怒りをエネルギーにして、爆発させろ。

「音道、だったら、今だと思ったときに、野郎の名前を叫べ。いいか。目一杯だ。それを合図に、俺たちは一斉に入る。心配するな、もう少しの辛抱だ」

「――はい」

「ああ、いいこと、教えてやろう。あいつは今、ここに来てる。お前に殴られるのを、待ってる」

「――はい」

音道の声は、あくまでも静かなものだった。あいつは、そういう奴かも知れん。追い詰められれば追い詰められるほど、肝が据わってくるのだ。そして、そんじょそこらの野郎どもではかなわないような力を発揮する。

「音道」

「はい」

「俺らを信じろ。俺らも、お前を信じてる」

「――はい」

会話はそれで終わった。午後十一時ちょうど。犯人たちの部屋にテレビが差し入れられた。同時に、滝沢たちは鉄の扉の前に詰めた。これからは、物音ひとつも立てるわけにはいかない。ひたすら音道の合図を待つ。それだけだった。

12

星野が来ているという。一体、どういうつもりなのだろうか。滝沢からの電話の後、貴子は布団に寄りかかり、うずくまったままで考えていた。

――でも、皆には分かってる。

それが、意外なほど嬉しかった。凍りついていた心の底に、久しぶりに温かいものが流れ始めたような気がする。それは、確かに健やかな、心穏やかになる温もりとは異なっている。だが、胸の底が熱くなり始めているという点では同じだ。それに、あの滝沢から星野の話を聞くとは思わなかった。滝沢は確かに、彼を「野郎」と呼んだ。貴子に殴られるのを待っているとも言った。貴子は誤解されていない。それが分かっただけでも、胸が震えるほど、嬉しかった。

さっきから、男たちは小さなテレビの画面に見入っている。貴子のいる位置からは画面などは見えないが、彼らがどのチャンネルを回してもこの事件に関する報道番組が流されていることだけは間違いないようだ。

「——すげえな。これ全部、サツカンか」

「そうだろうな」

「とんでもねえ数だぜ。俺らのために」

テレビからは、熱海、二十三時間、人質、安否、交渉などといった言葉が聞こえてくる。犯人たちでなくとも、それらすべてが自分に関係していることだとは、にわかには信じがたいくらいだ。ここに、こうしている自分を、外から見ている人たちがいる。電波に乗って日本中に伝えられているなんて、どうも実感が湧かない。だが、実家では両親や妹たちも見ていることだろう、昴一のところへだって、きっと連絡は行っている。何しろ、さっき滝沢は、「恋人の名前でもいい」と言った。

——さらし者。

そうなったのはすべて、星野のお陰だ。目をつぶり、呼吸を整えながら、貴子はあらゆる場面での星野の顔を思い浮かべ、胸の底に流れ出した熱いものを、丁寧に、注意深く育て始めた。あらん限りの声で、あいつの名前を叫んでやる。その時を待つのだ。滝沢は、信じろと言った。そして、自分たちも貴子を信じていると言った。ほんのわずかでも、彼らを憎み、呪い、裏切ろうとした貴子を、彼らは命がけで救い出そうとしている。犯人と仲間たちと。どちらを選ぶかなど、考える必要さえない。

——私は、刑事だから。

人質ではあるし、被害者ではあるが、その一方では、仲間と協力して、容疑者の検挙にあたるべき立場にいる。

〈——午前零時を回りました。引き続き、静岡県熱海市で起きました、人質立てこもり事件について報道特別番組を続けます〉

男たちがチャンネルを替える度に、聞こえてくる声は違っている。だが、話している内容はほとんどが同じ、この事件に関するものだった。

〈なお、犯人グループはテレビの差し入れを要求しておりまして、午後十一時過ぎ、警察官が届けたという情報が入りました。繰り返します。立てこもり犯人たちは、テレビの差し入れを要求したということです。現在、この番組を見ているのかも知れません〉

声には聞き覚えがあった。民放のチャンネルの、女性アナウンサーだ。

〈ええ——では、ここでこれまでの事件の概要につきまして、まとめてありますので、ご覧いただきたいと思います〉

何か不吉な雰囲気の音楽が流れた。男の声が語り始める。

「——六月六日。杉並区阿佐谷で、男性の射殺死体が発見された。殺されたのは元銀行員の若松雅弥さん。自宅マンションで、腹部と頭部を散弾銃で撃たれているという、むごたらしい姿だった。その後の警察の捜査により、事件現場にいち早く駆けつけていたはずの女性刑事の行方が分からなくなっていることが発覚。翌日になっても行方が分からないことから、警察では若松雅弥さんを殺害した犯人に連れ去られたものとみて捜査を開始した——」

そんな簡単な説明では言い切れないことが山ほどある。貴子は、阿佐ヶ谷の駅に降り立ち、曖昧な住所を頼りに、足を引きずるようにして歩いた晩のことを思い出していた。腹が立っていたし、とにかく疲れていた。そんなときに、加恵子と会った。加恵子は、今にして思えば不思議なほどに幸福そうな笑みを浮かべていた。そして、人生をやり直したかったなどと言ったと思う。

「何だ、最初から分かってたってことじゃねえのか」

「指紋は全部、拭き取ってきたって言わなかったか」

鶴見と井川が口々に言っている。

「加恵子が、ちゃんとやったはずなんだ」

「それにしても、最初から分かってて、昨日まで見つけられなかったっていうのも、結構、間抜けな話だよな」

「あと一日。本当になあ、あと一日だけ、見つけるのが遅れてくれりゃあ、こんなことにはならなかったのによ」

テレビを見ながら、男たちはいかにも悔しそうだった。そして、この建物の外観や、周囲を慌ただしく動き回る警察官の姿が映し出される度に感心したような声を上げた。

どのチャンネルを回しても、報道されている内容に大きな違いはないようだった。犯人は女性一人を含む四人組。四月末に武蔵村山市内で発生した占い師殺人事件にも関与しているとみられる。その後、容疑者のうち二名は占い師の銀行口座から現金二億円を引き出している――。架空名義口座であることも銀行名も明かされてはいなかった。

〈ええ――容疑者の身元については、既に判明している模様です。繰り返します。容疑者については、捜査本部では既に身元の割り出しは済んでおり、現在、各容疑者の身内が、説得のために待機しているとの情報が入りました〉

男たちが次第に無口になってゆく。午前一時を回った。民放の各局は、ほとんどが通常通りの深夜の番組に戻ったが、NHKだけは同じ内容を何度も繰り返し、ニュースを続けていた。男たちに寝る気配はない。どうしたら、彼らの隙を突けるのだろうか。滝沢たちは、本当にドアの外で待機してくれているのだろうか。

痛む腹の、その奥は、もう十分にエネルギーを貯め込んだと思う。それなのに、テレビのお陰でチャンスが訪れなかった。彼らは、この部屋に移ってきてから午前中のかなりの時間、眠っている。それだけに、体力の限界は、まだ遠いのかも知れない。

――早く。早く、眠って。

時折、誰かが放屁をする。うんざりしたようなため息を洩らすこともあった。だが、彼らは動かなかった。

〈――時刻は、午前二時を回りました。ここで五分間、ニュースをお届けします。静岡県熱海市で発生しております、人質立てこもり事件につきましては、二時五分から、引き続きお伝えします――〉

加恵子は男たちから少し離れて、ぼんやりと布団に寄りかかっている。無表情というよりも呆けたような顔で、彼女は誰のことも見てはいなかった。まるで、自分たちのことがテレビで報道されていることにさえ気付いていないかのように、彼女はただ虚ろな目を宙に向けている。考えることも、感じることも、すべてを放棄したような顔にも見えた。

〈――繰り返してお伝えいたします。静岡県熱海市で発生しました人質立てこもり事件は、事件発生から七日目の朝を迎えようとしておりますが、依然、犯人と警察とのにらみ合いが続いております――〉

七日。いつから数えて七日なのだろう。七日間という時間は、こんなに長かっただろうか。せっかく内側に貯め込んだエネルギーが、どこからか洩れていってしまいそうだ。テレビ局が、いつまでもこんな番組を流しているせいだ。いや、テレビを差し入れた方が悪いのだろうか。すべては八つ当たりなのだろうか。本当は、いちばん駄目だったのは、自分自身なのではないか――そこまで考えそうになって、慌ててその思いを振り捨てた。今、そんなことを考えている場合ではない。ここでしぼんでしまっては、チャンスを作れない。仲間が待っているのだ。貴子を信じて、外にいる。

――信じる。

自分にまだそんなエネルギーが残っているかどうか、分からなかった。だが、仲間たちは、最大限の力で貴子を信じている。ただ、ここで手をこまねいているだけでは、あまりにも不甲斐なさ過ぎる。きっかけが生まれないのなら、自分から作るしかない。

「――いつまで見てても、一緒じゃないの」

声に出して呟いてみた。男たちはゆっくりとこちらを見た。

「あなたたちが動かない以上、いくらテレビを見てたって、何も変わりはしないでしょう」

そりゃあ、そうだなと一人で納得した顔になったのは鶴見だった。井川は忌々しげな顔をしたが、またテレビの方を向いてしまう。

「それに、いちばん面白いところは、あなたたちには見られない」

「いちばん、面白いところ？」

鶴見の言葉に、貴子は無理に微笑んで見せた。まだ腫れの引いていない頬が痛む。小さく息を吐き出そうとするだけで、腹も痛いのだ。

「もちろん。あなたたちが捕まるところでしょう。テレビを見てる人たちは、その瞬間が楽しみで、こんな夜中まで起きてるんだから」

男たちの顔が一瞬、強張った。井川が苛立ったように舌打ちをする。そして、すっと立ち上がった。身構える貴子の方は振り向きもせず、彼はそのまま手洗いに行った。不躾《ぶしつけ》な放尿の音、そして、水を流す音が続く。

「流すなって、言わなかったか」

戻ってきた彼に、鶴見が不審そうな表情で言った。

「もう、どこにいるか知れちまってるんだから、隠す必要もない」

ああ、そうか、と鶴見が呟く。テレビからは、今度は貴子の安否についての報道がされていた。怪我をしている可能性はあるが、生存は確認出来ている。音道貴子巡査長。警視庁刑事部勤務。交通部時代は白バイ隊員だった経験もある――何も、こんなことまで教えなくても良いではないか。

「あんたも、災難だったよな」

鶴見が疲れた声で呟いた。

「俺らだって、まさか、こういうことになろうとは、夢にも思ってなかった」

貴子は、黙って鶴見を見つめていた。今度は井川が口を開いた。

「金が、欲しかった。それだけだ。どうしても、このままで人生を終わりにしたくなかった――そりゃあ、まっとうな稼ぎ方じゃないことくらい百も承知だ。だが、金を貯めた方だって、まっとうな貯め方をした金じゃないかも知れん。少なくとも、若松は俺たちに、そう言った。『そんな連中から、ただ銀行に預けてあるだけの金を引き出したところで、世の中の誰が困るっていうんだ』ってな」

「それが、まさか、こんなことになろうとはよ。ただの泥棒っていうのと、まるっきり違っちまったもんなあ」

鶴見が大きくため息を吐き、背をそらして天井を見上げた。それだけで貴子はひやりとした。天井のどこかには、カメラが設置されている。それを見つけられたら、また状況が変わってしまう。だが、鶴見は何も気付かなかったらしく、また姿勢を元に戻した。

「ゼロからやり直すったってさ、この世の中、何もないところまで戻るのさえ、そう楽なことじゃない。俺の人生は、マイナスだよ、マイナス。大赤字だ。それを、ちゃらに出来るだけでも、御の字だと思ったんだがな」

「ゼロからやり直せるのは、若いうちだ。もう、俺くらいになっちまってたら、何もないところからは、とてもとても、身動きはとれん」

そうかも知れない。貴子の友人がぼやいていたことがある。かつては仕事仲間だったが、今は自分で店を持っているゲイだ。あんたは公務員で幸せね。自分がいくら守られてるかって、感じたこともないでしょう。だけど、この世の中っていうのは、ただ息して暮らしてるっていうだけで、金がかかるように出来てるのよ。やれ税金だ、保険料だ、年金に、受信料だなんだって。

彼は、自分は世間から何一つしてもらっているわけではないと言った。それでも、ただ、ひっそり暮らしてるだけで、ある程度の金額が出ていく。何も払わないというわけにはいかない——。その時の貴子は、そんなに文句を言うのなら、警察をやめなければ良かったではないか、などと言い返した記憶がある。確かに、生活の保証がなされているという点では、恵まれているとは思う。だが貴子は、ことに警察官としての仕事は、それだけでは済まされないだけの犠牲を払う覚悟がなければ務まらないものだと思ってきた。生活の心配をしたり、年金の支払いのことなど思い悩んでいたのでは、全力で市民の生活を守ろうなどという気にはならなくなるではないか。

「だが、もう――どうしようもないな。ここまで来ちまったら。俺たちは、日本中に名前の知れ渡った、強盗殺人誘拐立てこもり犯だ。馬鹿に長い名前がついちまった――もう、これ以上、息子に迷惑もかけられん」

井川の言葉に、肩の力がわずかに抜けそうになった。そういう気になってくれたのなら、何よりも有り難い。強行突入などしなくても、自分たちから扉を開けて出てくれれば、こんなに助かることはないはずだ。「そうよ」と言いかけ、口を開きかけたとき、堤の身体がさっと動いた。井川が自分の肩にもたせかけて抱えていたライフルを奪い取り、彼は「嫌だっ」と叫んで立ち上がった。

「勝手に決めんなよ、ええ？　あんたらは、いいだろうよ。ここでも得点かせいで、そうすりゃあ、少しでも懲役が軽くなるとでも思ってんのか。だが、俺は違う。誰のために、五人も殺《や》ったと思ってんだっ！　お前らだって、短い間でも、いい思いをしたんだろうが」

「おい、堤――」

鶴見が腰を浮かせかけた。だが、堤の「動くなっ」という悲鳴に近い声が、それを制した。

「俺の将来を何とかしろよ！　お前ら全員で、分担しろ！　それなら、出ていってやってもいいさ。だが、今のまんまじゃあ、絶対に駄目だ！」

「何、言ってんだ！　大体、こんなことになった原因は、全部、お前にあるんじゃないか。勝手にデカなんか連れてくるから、こういうことになったんだ！」

堤も負けじと怒鳴り返す。

「うるせえっ！　この場所なら、絶対に誰にも見つからないって言ったのは、どこのどいつなんだっ！　俺に任せておけっていったのは、誰なんだよ！」

貴子は、恐怖と緊張とで全身を強張らせながら、追い詰められた男たちのやり取りを聞いていた。鶴見もまたライフルを構えている。相打ちか。だが、こんな場所で発砲されたのでは、たまらない。

「大体、最初から気に入らなかったんだ。俺らの計画に、女連れなんかで加わるなんて、どうかと思うって、俺は若松に言ってたんだっ！　見てみろ、その女の何が役にたった？　足手まといなだけじゃねえかよ。それで結局、その女が顔を知られてたから、こういうことになったんだろうっ！」

それまで気配を消していた加恵子が、わずかに背筋を伸ばした。男たちの視線が自分に向けられていることに初めて気付いたかのように、彼女は怯えた表情になり、わずかに手を伸ばして、堤にすがろうとした。

「——そうだよな。元はと言えば、加恵子が悪いんだ。この、クソババアがよ」

堤の声が、急に静かなものになった。貴子は息を呑んで、彼らを凝視していた。もうすぐ、合図を送るきっかけがあるに違いない。その時を、絶対に見逃してはならない。心臓が苦しい。手足が震えそうだった。

13

「そうだよ。なあ、加恵子」

堤は、ゆっくりと加恵子の前に立ち、ライフルを構えたままで、その銃口を彼女に向けた。加恵子は信じられないといった表情で、銃口と堤の顔とを見比べている。

「お前が、そこの刑事と顔見知りなんかじゃなかったら、こういうことにはならなかったんだ。なあ」

「健ちゃん——やめて。危ないじゃない」

「そう、思わねえか？　なあ、加恵子。俺は最初、この仕事は一人でするからって、そう言っただろう？　それを、お前が、離れていたくないからって言ったんだよな。ずっと一緒にいたいからって」

貴子は固唾を呑み、堤の手元だけを見つめていた。今はまだ、指は引き金にかかってはいない。

「そう、言ったわ——言ったけど、私だって、まさか健ちゃんが人殺しまでするなんて、思ってなかったし——」

「その言葉を使うなって言ってんだよ！　誰のお陰で、そうなったと思ってんだよ、ええ？　お前が、こんな国は捨てて、亭主もガキも全部、忘れて、どこか遠い国に行きたいって、そう言ったんだぞ」

「ア——アメリカに行きたいって言ったのは健ちゃんじゃないの——私は、何とか夢をかなえさせてあげたいと思ったから、だったら、私も、どこへでもついていくって——一緒に行こうって言ったのは、健ちゃんでしょう？」

貴子の角度からでは、堤の腫れ上がった顔は、はっきりと見ることは出来なかった。ピアスをした耳と、わずかに横顔が見える程度だ。その横顔の、頬の辺りが動いたのが分かった。確かに、彼は、笑っている——。

「一緒にな。なあ、加恵子、お前、そんなに俺が好き？」

「何——言ってるの」

「好きかって、聞いてんだよっ！」

「——好きよ」

すると、堤は加恵子の前に身体を屈めた。井川も鶴見も、今はテレビそっちのけで二人の方を向いている。貴子は、そっと後ずさり、手探りで自分をつないでいる鎖をたどった。ヒーターの陰にパイプが通っている。そのパイプに、鎖が回されている。南京錠。

——本当に、外れてる。

貴子の指先で、U字形の金具の下の四角い南京錠が回った。加恵子は、本当に外してくれていたのだ。喉が鳴る。貴子は、音を立てないように南京錠を鎖から外し、そっと、少しずつ鎖を手繰り寄せた。

「だったら、なあ、加恵子。こうしないか」

堤の声は、背筋が寒くなるほど柔らかい囁きに変わっている。

「殺したのは、お前っていうことにするんだ」

加恵子の細い目が精一杯に見開かれた。貴子は、気付かれない程度に手を脇に回し、指先だけで、少しずつ鎖を引き寄せていた。ああ、焦《じ》れったい。手錠のお陰で、これ以上、動くと、気取られる心配があった。

「そうしろよ、ね、加恵子」

「そんな――」

「だって、目撃者なんて、いないんだ。俺たちにしか分からないことだろう？　いいか、加恵子、五人を殺したのは、加恵子だ。俺は止めたけど、興奮したお前が、つい、やった」

加恵子の顔が小さく左右に揺れる。

「そんなの――無理だわ。それに、刑事さんには、分かってるじゃないの」

怯えたまなこが、こちらを向いた。貴子は全身を強張らせ、動きを止めた。堤は、ちらりとこちらを振り返り、ふん、と鼻を鳴らした。

「あんな女、始末すれば、それまでさ。勿論、撃ったのは、お前ってことにしてな。お前は全部で六人殺ったことになるんだよ」

なあ、と言いながら、彼は今度は井川たちを振り返った。彼らは、やはり表情を強張らせたまま、「お前」と呟いただけだった。

「この期に及んで、まだ、そんなことする気なのかよ」

鶴見は呆れた表情で呟いた。

「当たり前だろうっ。お前らに俺の気持ちが分かってたまるかよ！　俺は、死刑なんて、いやなんだ。絶対に生き延びてやる！　お前らが、それを認めないっていうんなら、お前らの生命も、ないからなっ！」

「私――いやよ」

加恵子が震える声で言った。堤は再び加恵子の方に向き直る。

「何が、いやなんだよ。俺のためなら何でもするって言ったのは、あれは嘘だったのかよ、ええっ。俺のことが好きなんだろう？　俺が死刑になんかなっちゃっても、いいと思ってんのか？」

加恵子は、小さく嫌々をするように首を振っている。その目から涙がこぼれた。さんざん殴られ、利用されて、その上、今度は殺人の罪まで着せられようとしている女は、小さな声で「いやよ」を繰り返した。

「あの刑事さんを殺すなんて——出来っこない。もう、やめて。ねえ、健ちゃん、もう、無理だわ」

「何が、無理なんだよ。お前は俺の夢をかなえさせたいんだろう？　それが、お前の夢でもあるんだろう？」

そうだけど、そうだけど、という加恵子の声は激しく震えていた。

「大体、お前みたいな女を、誰が本気で相手にすると思う？　てめえみてえな、冴えない不細工なババアをよ」

「——健ちゃん——だって——」

「俺はなあ、まともにつましく暮らしてる奴っていうのが、たまらなく嫌いなんだよ。ちんまりまとまって、小せえことで文句とか愚痴ばっかりこぼしながら、結局は仕事が終わると亭主が迎えに来てるみたいな、そういうお前を見てたらな、全部、ぶち壊してやりたくなったんだ。馬鹿が。ちょっとからかったら、すぐ本気になりやがって。お前はなあ、俺が今まで付き合った女の中で、記録的に最低の女だよ。何を好き好んで、そんな女とロスに行かなきゃならねえんだ、ああ？　冗談じゃねえや」

加恵子は、声を出さずに泣いていた。痣《あざ》に囲まれた細い目から、じくじくと涙がしみ出てきている。

星野も憎いと思っている。生涯、許すまいと思っている。だが、もっとも憎むべき相手は、今、目の前にいた。人の生命、人の人生、何もかもを玩具《おもちゃ》にして、一体、この男は何のために生まれてきたのだ。

「さあ、話は決まった。朝になりゃあ、デカどもも動き出すだろう。その前に、決めようぜ」

ライフルを構えたまま、堤がこちらを向いた。笑っている。鶴見に殴られて、腫れて、切れて、変形して、その顔は異様な迫力を生み出していたが、それでも堤は、にやにやと口元を歪めていた。

「せっかく人質になってもらったんだ。味見は出来なかったけど、せめて、これくらいで役に立ってもらわなきゃな」

堤が呟きながら、こちらにライフルの銃口を向けかけたときだった。貴子が思わず顎を引き、背を反らした瞬間、堤はふいにバランスを崩した。反射的に目をつぶった貴子が次に見たのは、堤の足下に食らいついている加恵子だった。

「駄目っ、この人に、そんなこと、させないっ！」

堤は振り返るなり、「てめえっ」と言いながら、ライフルの尻で加恵子を殴り、次の瞬間には蹴り上げた。この薄暗い明かりの中でも、加恵子の口元から血が飛び散ったのが見えた。

「なに、デカの味方してんだよっ！　てめえ、俺を裏切るんだなっ。それなら、てめえから殺ってやる！」

貴子に背中を見せ、堤がライフルを構えた。咄嗟に、貴子は立ち上がって両手のひらに包み込んでいた鎖を鞭のように堤の背中に振り下ろした。確かな手応えを感じるのと、堤の「痛てえっ」という声が上がるのが同時だった。貴子は、もう一度、両手を振り上げ、輪にした鎖を振り向きざまの堤に向かって振り下ろした。

「それが、あんたの正体なんじゃないのっ！　人の人生を弄《もてあそ》んで、生命を奪って！」

堤の顔に、確かに鎖の当たったのが見えた。

「星野！」

力の限りの声で叫んだ。額から血を流した堤が、驚いたようにこちらを見た。彼の口がわずかに開き、何か言いかけたとき、部屋の外でがたん、という音がしたかと思うと、突然、宙を何か黒いものが飛んだ。どん、と鈍い音がして、室内に煙が充満した。

14

午前三時四十五分。部屋の中が大分、騒がしくなっているという無線が入った直後だった。頭上でガタガタという音がしたかと思うと、耳の中で「突撃っ」という声が響いた。滝沢たちは、予め施錠を外しておいた鉄製の扉のノブを回し、一気に肩からぶつかっていった。

だん、だん、と音がする。扉の向こうからも、ガタガタという音が響いていた。ほんのわずかな隙間が出来たと思った瞬間、その隙間は大きく開かれ、滝沢たちは我がちになだれ込んだ。

「音道っ！」

この四時間近く、たまりにたまっていた声が、爆発するように出た。室内には催涙ガスが充満し、激しく咳き込む声が聞こえてきている。

「音道っ！」

背後からも、様々な怒号が聞こえてくる。誰かが滝沢の背を押した。肩を押す奴もいる。だが滝沢は、誰よりも先に、室内に飛び込んだ。

「無事かっ、音道っ！」

片手でハンカチを口元に押し当て、もう片方の手は宙を掻くようにして大股で突き進む。手前にうずくまる男の姿が見えた。その向こうに、立ち尽くしている男がいる。そして、その男の背後から、「ここです」という声がした。滝沢は二人の男を蹴飛ばすようにしながら、音道に駆け寄った。痣の出来た顔を催涙ガスのために苦しげに歪め、髪も乱れている音道が、すがりつくようにこちらを見た。その瞬間、滝沢は何も考えずに堤を突き飛ばし、音道に抱き付いていた。すると、腕の中から「いたたたたた！」という悲鳴が上がった。だが、なだれ込んできた捜査員たちが、四方八方から走り寄ってきて、音道を押し潰さんばかりの勢いで飛びかかってくる。こらえにこらえていたエネルギーを爆発させ、この時のために血をたぎらせてきた捜査員たちの「てめえ」「この野郎」という怒号が溢れかえっていた。

「痛い！　痛いってば！　お願い、痛いですっ！」

さらに音道が悲鳴を上げる。その時になってようやく、滝沢たちは押し潰されそうな音道から少し身体を離した。

「お前――」

改めて見て、滝沢は言葉を失った。手錠を回された音道の手首から、血が滲んでいる。その手は一本の鎖をしっかりと握りしめ、その鎖は、堤の身体に回されていたのだ。

「おい、誰か手錠の鍵っ！」

滝沢は仲間を振り返り、声を上げた。すぐに若い捜査員が飛んできて、音道の手錠を外しにかかる。その間も、音道を中心にして、まるで押しくら饅頭のような状態が続いた。手錠が外され、堤と引き離されて初めて、音道の身体から力が抜けたのが感じられた。滝沢たちは、その彼女を数人で取り囲むようにして、足早に部屋を出た。とにかく催涙ガスのお陰で、目が痛くてかなわない。背後ではまだ、仲間たちの怒号と咳き込む声とが続いていた。

廊下には、前線本部に陣取っていた管理官を始め、それまで建物の外に待機していた捜査員たちまでが溢れかえっていた。それらの人々にもみくちゃにされながら、とにかく滝沢は音道の傍からは絶対に離れなかった。

「とにかく、目を洗え。目をな」

予め用意してあった生理食塩水のボトルを差し出し、滝沢は初めて正面から音道を見た。

「久しぶりだな」

音道は、小さく頷いただけで、あとは俯いたまま滝沢の手から水の入ったボトルを受け取り、客室の外れにしつらえられていた流し台に向かった。滝沢は、その後ろ姿を、ずっと眺めていた。この数日の間に、さらに痩せたのに違いない。細っこい、今にも折れそうな姿だ。この身体で、よくも七日間も持ちこたえた。

音道は、いつまでも目を洗っていた。もう良いのではないかと思い、彼女の様子を眺めて、滝沢は、初めて気がついた。彼女は、洗面台に手をかけて、全身を震わせていた。滝沢は、その背中に手を置いてやりたい思いを堪えていた。あいつが抱きしめられたいのは、この自分ではない。あの後ろ姿に、どんな声をかけてやれるというのだ。彼女が体験した恐怖や屈辱は、とても滝沢などに吸い取ってやれるものではない。

「辛かったな。よし、よくやった」

すっと隙間に割り込んできたのは柴田係長だった。滝沢が呆気に取られている前で、係長は音道の背中に手を回し、埃っぽく汚れた頭を撫でてやっている。音道は、崩れ落ちそうな風情で、係長に抱き留められていた。畜生。やっぱり、俺が行けばよかった。だが、やはり、どう考えても柄ではない。無論、あの柴田係長にしても、とても似合った図とは言えないが、まあ上司でもあることだ。我慢することにしようと自分に言い聞かせた。

「怪我はどうだ、どこか痛むか、うん?」

こんな猫撫で声を聞いたのは初めてだった。それに対して、音道はやはり「分かりません」と答えている。まだ緊張しているのだろう。大怪我をしていても、気がつかない場合もあるものだ。

「とにかく、これから病院へ搬送する。もう少し、待てるか」

「大丈夫です」

「今、外もすごい騒ぎなんでな。ちょっと整理してから、すぐに運んでやるから」

音道は、このつぶれた旅館のどこからか探し出してきたソファーに横たえられた。廊下の外には、まだ人が溢れている。順番に一人ずつ、容疑者を連れ出さなければならないが、それに際しても、マスコミとの申し合わせもあり、すぐにというわけにはいかないのかも知れない。何しろ、まだ四時を過ぎたところだった。

――四時、か。

つまり、突入そのものは五分とかからなかったということだ。その五分のために、どれほどの時間を費やしたことかと思う。それにしても、あんなに興奮したのは、生まれて初めてのことかも知れなかった。自分の口から発せられている声が、自分の声とも思えなかったし、目で見ていたものも、結局、音道の姿以外は何も覚えていないくらいだ。

平嶋が、冷たい濡れタオルを持ってきて音道の目の上に置いてやった。音道の口から「すみません」という小さな声が洩れた。それ以降、音道はおとなしくソファーに横になっていた。片手を額にあて、もう片方の手は腹の上に置いて、彼女はぴくりとも動かない。その手首に滲んだ血が痛々しい。滝沢は、彼女の傍から離れがたい気持ちで、何となく傍をうろうろとしていた。無線の交信が頻繁に行われている。管理官の電話が鳴り、係長も大声を上げながら何かの指示を出している。誰も彼も、疲労の極地にいるはずだった。それでも、意外に足取りが重くないのは、こうして無事に音道が救出されたからだ。

「滝沢、さん」

何分くらい過ぎただろうか。ようやく廊下が静かになった頃、聞き覚えのある声が滝沢を呼んだ。滝沢は「ああ」と振り返った。音道は、タオルをのせたままの格好だ。

「ご無沙汰しました」

タオルからはみ出した彼女の細い顎が動いた。滝沢は、また「ああ」と答えた。

「でも、どうして、ですか」

「俺か？　どうして、ここに来たかってか。柄でもないんだが、俺は今、ＳＩＴにいてな」

ＳＩＴというのが、特殊班の通称だ。何でもかんでも英語みたいな言い方をするのは好きではないが、一応は、そういう言い方をすることになっている。音道の首がわずかに動いた。

「どういうわけだかなあ。向いてるとも、思えんのだがね。俺は所轄で、のんびり小悪党を追っかけてる方が好きなんだがな」

「でも――」

手首に痣を作った音道の手が、その腹の上で大きく上下した。細い首が脈打っている。

「有り難うございました」

音道の声は小さく、しかもかすれていた。

「滝沢さんの声を聞かなかったら、私――自分が警察官になったことを後悔して――刑事であることも、忘れていたと思います」

胸が詰まった。こんな、ちっぽけな娘っこが、よくも耐えたものだと思う。全国にあまたいる警察官の中でも、あの状況で、あそこまで自分の職務に忠実に動ける奴は、そうはいないのではないかという気さえした。だが、そんなことを口に出来るはずもない。

「その割には、俺のこと、何だかんだって言ってたじゃないか。頭が薄くて、腹が出てて、って」

「それは――その通りですから」

「それ言っちゃあ、おしめえだろうが」

言った後で、音道の腹がわずかに震えているのが分かった。よかった。こいつはまだ、笑う元気が残ってる。滝沢はようやく少しだけ安心して音道に近付ける気になった。椅子を引き寄せてきて彼女の傍に座り、煙草に火をつける。うまかった。

「これからしばらくは、まあ、大変だな」

「――はい」

「落ち着いたら、また、戻るんだろう」

「――今は」

「分かりません、か。まあ、それもいいさ」

普通の娘なら、こんな経験はせずに済んだのだ。バツイチとはいえ、恋人がいるというのだから、この際、平凡な女の幸せというものでも追いかけてみれば良い。ただし、組織としては、惜しい人材を失うことになるだろう。そして、後にはクソのような奴だけが残るのだろうか。

「ああ、そう言えば、星野に会うかい」

ふと思い出して言ってみた。

「思い切り殴るなり、指つめさすなり、やっていいぞ」

だが音道は、小さく首を振っただけだった。

「――死ぬまで、死んでも、二度と会いたくありません。それに今、あの顔を見たら――今度は私が犯罪者になるかも知れませんから」

音道の声は静かだった。静かな分、青い炎のような怒りが見える気がした。数分後、救急車が来たという連絡が入った。滝沢は「よし」と言いながら腰を上げた。

「お迎えだ。ゆっくり休めや」

音道は顔の上のタオルを外して、ひどく辛そうな表情で身体を起こした。

「歩けるか。担架で、運んでもらうか」

彼女は小さく首を振り、顔を上げているのさえ辛そうな表情のまま、「中田さんは」と呟いた。

「中田？　中田加恵子かい」

「彼女の怪我の方が、ひどいはずなんです。もしも、まだでしたら、彼女の手当を先にしてもらえないでしょうか」

それは滝沢の一存では、どうすることも出来ない。だが音道は、腫れぼったい痣だらけの顔のままで、必死でこちらを見つめてくる。

「いつも、堤の暴力にさらされていました。あの人は全身、ぼろぼろのはずなんです」

「そうは言ってもなあ――被疑者を優先するっていうこともなあ」

滝沢は首筋を掻きながら、顔をしかめた。

「係長か管理官か、その辺に聞いてみねえと」

「あの人は——生命の恩人なんです」

だが音道は、頑として譲らない表情で、必死でこちらを見上げてくる。突入直前の室内でのやり取りは、滝沢たちには聞こえていなかったから分からない。その間に、何かあったのだろうか。音道は、がっくりと疲れ果てたようにうなだれて、「生命の、恩人です」と繰り返した。

「彼女がかばってくれなかったら、私は確実に、殺されてました。あの時、私は——もう目の前に、ライフルを突きつけられていたんです。鎖の南京錠を解いておいてくれたのも、あの人なんです」

再び顔を上げた音道の目は確かに潤んでいた。滝沢は、思わず自分の方が目をそらした。相変わらず頑固で融通がきかない女だ。だが、筋は通っている。滝沢は「待ってろ」とだけ言い残して、管理官を捜しにいった。この、胸のざわめきは何なのだろう。身体の奥から震えてくるような、この感覚は何なのだ。腹を揺すり、薄暗い階段を駆け下りる間も、妙に心臓がばくばくと波打っている気がする。

——女にしておくのは、もったいねえな。

この数日間、音道が実際にどんな目に遭い、どんな思いをしてきたのか、具体的なことはほとんど知らない。最後の数時間を知っているだけだ。だが彼女の存在が、明らかに滝沢の胸に響いていることだけは確かだった。ああいう奴と短い間でも組めたことは、幸せだった。同じ刑事として、誇れる存在だと思った。

午前四時二十七分、音道は救急車に乗せられ、そのまま都心の病院へと運ばれていった。救急車には、音道と中田加恵子との両方が乗せられていた。音道本人の、たっての希望だったからだ。管理官も、その上のお歴々も「前例がない」と渋い顔をしたらしいが、何しろ、ここまで頑張った音道への、それが小さな褒美なのかも知れなかった。

——信じて、良かったと思います。

救急車に乗せられる直前、音道が滝沢に残した言葉だ。痣だらけの垢まみれ、ぼろ雑巾のように疲れ果てた音道は、そう言って最後に薄く笑った。

「風呂、入って帰りたいですねえ」

今までどこに消えていたのか、ふいに保戸田が近付いてきて言った。

「入りてえなあ。がっとビール飲んで、マッサージ呼んでな、大の字になって眠りてえ」

東の空から夜明けが近付いてきていた。カラスが、都心で聞くよりは長閑な印象の声で、それでもやはりやかましく鳴いている。一日半にわたって、昼夜の別なくライトに照らされ、人々に取り囲まれていた翠海荘は、ようやく静寂に包まれつつあった。

エピローグ

年老いたその二人は、何度も涙を拭い、肩を震わせていた。こっつん、こっつん、と柱時計の音が聞こえてくる。広々とした和室は、柱や天井などを見る限り、いかにも時を経てきた重みが感じられた。床の間と違い棚の周辺には人形や色紙、貴石の置物など、細々とした物が置かれ、脇にはカラオケセットもあるものの、その他には余計な家具などもなく、すっきりとしている。雪見障子の向こうには縁側が伸びており、窓を隔てて広々とした庭が望まれる。庭木が育ち、大きな庭石なども置かれてはいるが、全体には土がむき出しの部分が多くて、いかにも何かの作業をするための空間、または、子どもたちが遊ぶのに、もってこいの空間だった。

「そろそろ、お暇《いとま》します」

冷めた茶を一口だけ飲み、貴子は手元の時計に目を落としてから、わずかに背筋を伸ばして口を開いた。ずい分長い間、お互いに言葉を発していなかったのに、その途端、二人の老人は、すがりつくような表情でこちらを見た。

「突然、こんなお話をいたしまして、申し訳なかったと思います」

薄茶色のポロシャツを着た老人は、目を逸らし、横を向いてため息をついた。きつく結んだ口元や、そう多くはないが、深く刻まれた皺《しわ》に、その人の人生が現れている。隣にいる妻の方も、淡い紫色のブラウスを着て、ただ目元の涙を拭い続けていた。

「ですが、あまり時間がありません。出来ましたら、早めにご決心いただきたいんです」

どうぞ、よろしくお願いしますと、畳に手をつき、深々と頭を下げる。頭の上から、「そんなこと、なさらないで下さい」という、嗄《しわが》れた声が被さってきた。貴子は、ゆっくりと顔を上げて、改めて目の前の二人を見た。特に妻の方に、面影があると思うのだ。その目元、口元が、加恵子に本当によく似ている。初めて会った瞬間に、貴子は「ああ」と思った。言葉にならない切なさと、本当のことを話していた彼女の哀しさが、胸に迫った。

「怪我が回復すれば、中田さんは逮捕されます。そうなれば、送検、取調べと続いて、起訴されるでしょう。裁判を受けることになります。それまでに、あの人の人生を、きちんと一本にしておきたいんです。今のままでは、あの人は切れ切れの生き方をしてきたまま、中田加恵子という名前のままで、裁かれることになります。彼女が心に負っている傷は、もしかすると生涯、消えないものかも知れません。でも、その傷の根っこの部分に、こんな悲劇があったこと、それが結局は、今回の事件につながったことは、十分に情状酌量の材料になるんです。今のままでは——あの人は、何のために生まれてきたのかも分からないまま、死んでいるのと同じです」

二人は一層、苦しげな表情になってうなだれた。四十年近くも前に消えてしまった娘が生きていたと聞かされ、その上、その娘がほんの少し前に世間を騒がせた事件の犯人の一人だったと知らされれば、動揺しないはずがない。彼らはしばらくの間、直子という長女は死んだのだと言い張り、次には、もう、諦めているとも言った。だが貴子が、あまり刺激的にならないように気をつけながら、その後の彼女の人生を語ると、真っ先に母親の方が肩を震わせて泣き始めた。

「あなただって——大変な思いをされたんでしょうに」

この家を訪ねる前に、予め電話をかけたとき、例の事件の話をしただけで、先方はすぐに「ああ、あの」と言ったものだ。それほど、貴子はある種の有名人になってしまっていた。貴子は小さく微笑んで腰を浮かせた。

「これから、また病院に戻ります。実を言いますと、内緒で抜け出してきたものですから」

老夫婦は驚いた顔で小さく頷いた。

「必要でしたら、血液鑑定でも何でも出来ます。私に出来ることでしたら、可能な限り、お手伝いさせていただきます」

どうして、と、老婆が小さな声を出した。

「その――加恵子さんという人は、犯人なんでしょう？　あなたを、ひどい目に遭わせた人なんでしょう。それなのに、どうして、こんなことをしてやるんです」

浮かせかけた腰をもう一度、下ろし、貴子は少し間を置いてから「約束したんです」と答えた。

「犯人ですし――裏切られた思いも、腹立たしい思いも、まるでないわけではありません。でも彼女は、私の生命の恩人でもあります。監禁されている間、私は何回も、助けてもらったんです」

老夫婦は揃って、髪の大半が白くなっていた。顔は陽に焼け、皺も深くて、確かに都心に暮らす人たちとは違っていた。ことに母親の方は、身体に比べて手だけがずい分、大きく見える。年齢と共に、身体が小さくなってしまった証のように思えて、切なくなる。ふと、両親を思った。事件以来、まだ二回しか会っていない。マスコミがうろうろしていることもあるし、心労のあまり、母が具合を悪くしたからだ。

「あの人には今、生きる希望も何もありません。自分のことさえ、信じられずにいるんです。信じるということが分からないとも言っていました。罪は償わなければなりません。でも、せめてこれからの人生は、本当の彼女に戻って、生きていって欲しいんです」

玄関口で、最後にそれだけ言って、貴子はその家を辞した。門を出て振り返ると、老夫婦は玄関先まで出て、寄り添ってこちらを見ていた。

周囲には、似たような造りの可愛らしい建て売り住宅が並んでいる。広々とした、長閑な郊外の住宅地といった風情だ。だが、かつては緑の田畑が広がっていたのに違いない。今でもところどころに、豊かな緑が残っている。

——待ってて。きっと会えるから。きっと会わせてあげる。

細いアスファルトの道を、ゆっくり歩く。田圃《たんぼ》に挟まれたその道は、かつて加恵子が妹と出くわした道なのだろうと思った。そのお下げ髪の少女は、今は近くに嫁いで三人の子どもの母親だそうだ。その下の妹は仙台にいるという。あの家は末っ子の長男が継いでいて、本当に、どこから見てもごく平凡な、平和な家庭に見えた。

細かい雨が、霧のように降り出した。電柱の立つ角を曲がったところに、赤いワンボックスカーを見つけると、貴子は足早に近付いた。助手席のドアを軽くノックする。シートを倒して眠っていたらしい昂一が跳ね起きた。

「早かったじゃないか」

彼は、助手席のドアを開けるなり言った。

「そう長い時間、抜け出してるわけにいかないから。往復だけでも時間がかかるもの」

貴子がドアを閉めるのと同時に、昂一はキーを回してエンジンをかける。そして、車は滑るように馴染みのない道を走り始めた。

「どうだった」

「驚いてた。当たり前だけど」

「会うって、言ったか」

「少し、考えさせてくれって」

緩やかに伸びる細い農道を、車はゆっくりと進む。久しぶりの外出だったせいか、緊張したせいもあるのか、どっと疲れが出る。貴子はわずかに車のシートを倒して、ぼんやりと窓の外を眺めていた。

——この景色を見て、普通に育っていたら、あんな人生にはならなかった。

加恵子は全身に及ぶ打撲傷の他、足の火傷痕が膿《う》んでおり、しかも足首の骨にはひびが入っていた。その上、最後に堤に殴られた時、顎の骨も砕けたのだという。すぐに逮捕、送検しても、通常の取り調べが不可能であることから、現在は警察の監視下に置かれて入院加療という措置を受けている。彼女が入っている病院は、貴子がいる病院とは異なっていた。

「どんな人たちだった。似てたか」

「似てた。特にお母さんがね。写真を見せたら、向こうは首を傾げてたけど、本人同士で会えば、検査なんかしなくても、分かると思うわ」

「会わせて、やれるといいな」

そこで初めて、貴子は昂一の方を向いた。彼に会ったのは四月以来だった。貴子が入院してからも、彼の方からは連絡がなかった。すぐにでも駆けつけてきて、馬鹿野郎、刑事などやめてしまえ、組織はどう責任をとってくれるのだと、ものすごい剣幕で怒られるかと思ったのに、三日たっても連絡がないから、仕方なく貴子の方から電話をした。その時は「よう」などと言い、「もう落ち着いたか」と言った程度だったのに、貴子が手伝って欲しいことがあると切り出して、加恵子が話していた新聞記事などを探してもらって、ようやく今朝、久しぶりに会ったとき、あまりに面やつれしていて驚いた。だが、髭だらけの顔で、彼は「スマートになったろう」と笑っただけだった。もっと緊張するか、ぎこちない再会になるかと思っていたのだが、その笑顔が、貴子を楽にしてくれた。

今、彼は穏やかな横顔を見せて、静かにハンドルを握っている。貴子の視線を感じたのか、彼はちらりとこちらを見て、「うん？」と言った。

「ありがとね」

「久しぶりのドライブだ。俺の方が、ありがとうだよ」

「仕事の方、大丈夫なの」

「お陰さんでね、あんなに刑事につきっきりでいられりゃあ、仕事に精でも出してるより他、なかったからな。納期より前に仕上がったのなんて、初めてだ」

貴子の行方が分からなくなった直後から、昂一のところにも捜査員が出向き、いつ貴子から連絡があるかも分からないからという理由で、ずっとつきっきりだったのだという。

「俺の方が監禁されてる気分だったよ」

たちの悪い冗談だ。それでも彼が言うと、不思議に腹が立たなかった。第一、ひと回りも小さくなったように見える彼の顔が、言葉に出さない心労を物語っている。やせ我慢。貴子は深く息を吐き出し、髪を掻き上げながら、また窓の外を眺めた。

不思議なものだ。両親に会うより、妹たちに会うより、こうして昂一といた方が心が安まる。やっと、ゆっくり眠れるような、そんな気がしてくる。

「眠くなったら、寝てていいぞ」

「大丈夫。ぼんやりしてるだけ」

昂一の声は耳に心地良かった。柔らかく貴子を包み込んで、恐怖心を抱かせない。彼の声が、井川や鶴見、堤の誰とも似通っていなかったことを、貴子は密かに感謝していた。声質など自分で選べるものではないにしろ、少しでも似ていたら、貴子はこうして言葉を交わす気にさえならなかったことだろう。

あの、夜明けの救出劇から十日が過ぎていた。マスコミの騒動も収まって、貴子の顔からも痣が消えた。だが、それでも、眠れない晩が続いていた。担当の医師は薬を出しましょうかと言ってくれる。だが、睡眠薬と聞いただけで、すべての始まりとなった、あの夜のことを思い出すのだ。自然の眠りとは異なる、暗闇に引きずり込まれるような眠りは、もう嫌だった。だから貴子は、眠れないままに、毎晩を過ごしていた。

外傷は大したことはなかった。ただ、ひどく殴られたせいもあり、ストレスもあって、内臓の機能がかなり弱っているというのが、貴子に下された診断だった。その上、不眠が続く、寝汗をかく、自分でも知らない間にぼんやりしたり、突然、目の前にまざまざと堤の顔や、あの部屋の様子が浮かび上がってきて、飛び上がりたいほどの恐怖感に襲われる。医師は、そんな症状にPTSDと病名をつけた。しばらくの間は心と身体を休めて、カウンセリングも受けるべきだという。これまでただの一度も病院のベッドなど経験したことのなかった貴子にとっては、入院そのものもストレスになるのだが、それは仕方がないことだと諭された。

捜査本部からは、一日に何度も誰かが顔を出して、取り調べの状況などを話してくれた。貴子自身に対する事情聴取は、大まかな部分だけが済んでいて、後はもう少し貴子の体調と気持ちが落ち着いてから行うことになっている。今はまだ、最初の事件である御子貝および内田夫妻の殺害、関東相銀からの金の引き出しに関しての取り調べが進んでいるという状況だった。

井川一徳は、自分を美術ブローカーと名乗っており、かつては地方の旧家などを回って、蔵に眠っている絵画などを掘り出してきては、画商に売りつけるような仕事をしていたのだという。店舗を持たない、流しの美術商のようなものだが、時には買い手を見つけてやると言って個人から絵画を預かり受けたまま、どこかに流してしまったり、贋作を売りつけたりすることもあって、画商の世界では悪評の立っている男だったらしい。事実、かつて一度だけ詐欺罪で服役したこともあるのだが、実際に彼の働いてきた詐欺行為は、数え上げればきりがないはずだというのが、警察の見方だった。

何をやっても長続きのしない鶴見はインターネットで、労せずして大金を手にしたいタイプの堤と井川は、それぞれ競輪場で若松と知り合い、濡れ手で粟のような儲け話に飛びついた。それぞれが、現在の生活に行き詰まりを感じていた矢先だったのだろう。

若松が殺害された理由については、まだ詳しい取り調べは始まっていないが、金の取り分について、仲間割れが起こったらしいというようなことを、堤ではなく鶴見が匂わせる供述を行っているという。堤は、自分は人まで殺しているのに、鶴見や井川と取り分が同じなのでは不公平だというようなことを言っていたという。

一方、堤本人は、最初は自分は誰一人として殺害などしてはおらず、すべては加恵子のやったことだと言い張っていた。それが、立てこもっていた室内でのやり取りを警察がすべて傍受し、録音もしていたと聞かされて、初めて最初の四人の殺害だけは認めた。それでも、加恵子にそそのかされた結果であり、自分には殺す気はなかった、若松雅弥殺害に関しては、本当に自分がやったわけではないと言い張っているそうだ。

――あの男とは、法廷で対決しなきゃならなくなる。加恵子も。私も。

加恵子に対する暴行傷害、貴子に対しての傷害罪でも、堤を起訴することは可能だった。だが貴子は、五人に対する殺人で起訴されれば、少なくとも自分の件での起訴は見送ってもらえないものかと思っている。公判が長引くばかりだし、貴子自身も法廷に呼び出されて証言するようなことになれば、本当にいつまでも、事件のことを引きずらなければならなくなりそうだからだ。憂鬱というよりも、それが怖かった。今でも貴子の中では、堤に対しては怒りや憎しみよりも、まだ恐怖心の方が勝っている。おそらく、加恵子もそうなのではないかと、貴子は考えていた。

――あなたを守れなかったら、もう、死のうと思ってた。

救急車の中で、加恵子は苦しげな息の中で、そう言っていた。口からの出血は止まらなかったし、二人が寝かされているストレッチャーの隙間には救急隊員と警察官が乗り込んでいたから、それ以上の会話は出来なかったが、救急車が病院に着いて、隊員たちが先に降りた隙に、彼女は確かにそう言った。腫れて、痣だらけで、その上、変形もしていて、とても表情など分からないはずなのに、あの時、貴子は、確かに彼女の瞳の奥が、柔らかく揺れたように思った。

だから、貴子も彼女との約束を守る。何としてでも、彼女にもう一度、新しい人生を歩んでもらいたい。彼女のためというよりも、それは貴子の願いのような気がしていた。そうでなければ、この世の中はあまりにもむごすぎる。たとえ加恵子でなくとも、何を信じれば良いか、分からなくなる。

「起きてるか」

常磐自動車道に乗り、すいている高速道路を東京に向かって走り始めたところで、昂一が口を開いた。貴子は小さな声で「うん」と答えた。

「あのさ」

「なあに」

「貴子さ」

「うん」

「警察、やめないだろう？」

「――どうして」

さっきまで細かく降り続いていた雨はやんだようだった。いつの間にか路面も乾き始めて、遠くには雲間に青空が見え始めている。

「やめない方が、いいと思ってさ」

首を巡らし、貴子は昂一を見上げた。今すぐにでもやめろと言われると思っていた。それなのに、まるで正反対のことを言う。

――面倒は、見切れないっていうこと。

やめろと言ってしまえば、まるで自分が貴子の人生を引き受けるように聞こえるかも知れない。それを、彼は警戒しているのだろうか。まさか、そんなことは頼むつもりはないのに。頼んで引き受けてもらえるものとも、思ってはいない。だが、こんな風な拒否のされ方は、やはり切ない。何も、そんな遠回しな言い方をしなくても良いではないか。愛想が尽きた、心配するのはもう嫌だ、そんな風に言われる方が、まだましだ。

「どうして、そう思うの」

道路の継ぎ目が、時折、ごとん、ごとん、と振動を伝えてくる。左車線から、気が狂ったような猛スピードを出して、黒い車が追い抜いていった。貴子は「危ない」と思わず呟いた。

「俺って、意外に正義の味方が好きなわけよ」

言いながら、昂一はウィンカーを点滅させ、左の車線に寄る。

「でさ、そういう正義の味方が活躍するところを、近くで見てるってのも、なかなかいいもんだしな」

思わず自分が上目遣いになったのが分かった。まったく。この人は何を言っているんだろう。つまり、貴子を正義の味方と言いたいわけだろうか。

「ああ、俺って正義の味方を抱いてるわけか、すると、正義の味方の味方って感じかな、なんて思える男、そうはいないだろう」

内心ひやりとした。昂一には、細かい話は聞かせていない。だが、思い出したくないことだらけだということは言った。レイプはされていないけれど、気持ちとしては、されたのと変わらないとも。

「――当分、正義の味方は誰にも抱かれたくないみたい」

「まあ、そんなときもあるだろう。でも、添い寝くらいなら、出来るよな」

ああ、添い寝をしてくれたら、どんなに嬉しいだろうか。あの無味乾燥な病院のベッドから抜け出して、馴染みのある自分の部屋の自分のベッドで、日がな一日、ずっと昂一とくっついていられたら。

「試して、みようか」

つい、言っていた。だが即座に「駄目」という言葉が返ってくる。

「身体をきっちり治してからだ。そうしたら、添い寝でも何でもしてやるから。風呂にも入れてやるし、髪も洗ってやるし。何だったら、マニキュアでも塗ってやろうか」

「昂一が?」

「塗装はうまいんだぜ。シンナーの匂いにも強いしな」

その時の様子を想像して、つい嬉しくなった。そんな日が来れば良い。いや。来る。来るようにする。

「いいよなあ、正義の味方の背中を流す男」

「まだ言ってる」

「お前、幸せだよ。運がいいよ」

「どうして？　あんなひどい目に遭ったのに？」

「だって、俺がもう少し若くて血気盛んだったら、ただの添い寝じゃ我慢出来なかったろう」

「じじいで良かったっていうこと？」

「そうそう」

病院までの道は、楽しかった。昂一のお陰で、貴子は久しぶりに声を出して笑い、窓の外の景色を新鮮な思いで眺めることが出来た。病院に戻り、看護婦に少しばかり小言を言われる間も、昂一は傍にいてくれた。

「たまには、来てくれる？」

「ここへか。それは、今日だけにしておく。警察の人が年中、来てるだろうし、貴子の家族も来るだろう」

「会いたくない？」

「何だかな。皆の気持ちが、不安定な時だろうから」

その代わり、電話でならばいつでも話せるではないかと励まされて、二人で病室に向かいかけたときだった。大きな花束を持った男が、廊下の向こうから歩いてきた。その途端、貴子の足は凍りついた。笑いながら何かを言いかけていた昂一が、耳元で「どうした」と囁く。

「――死んでも会いたくない奴」

答えている間に、星野は大股でこちらに近付いてくる。急に鼓動が激しくなってきた。手と足が細かく震え出す。やがて、向こうでも貴子に気付いたようだ。無表情だった顔がわずかに動き、妙に人なつこい笑顔に変わった。

「やあ、音道巡査長。抜け出してデートできるくらい元気なんじゃないか。これなら職場復帰も――」

その時、貴子は頰に小さな風を感じた。気がついたら昂一が貴子の前に走り出ている。そして次の瞬間、星野の身体は廊下に倒れていた。バサッと耳障りな音がして、恥ずかしいほど大袈裟な花束が飛んでいる。仁王立ちになっている昂一は、次には星野を引きずり起こし、襟元をねじ上げながら廊下に押しつける。星野よりも大柄な昂一は、そのティーシャツの背中で、星野の姿を完全に隠していた。

「ほら、見えないだろう。今のうちに病室に入れっ」

貴子は小さく頷いて、小走りに二人の前を通り抜けた。背後で、「どの面下げて来やがった」という声が聞こえた。

個室の病室に戻り、まだ動悸が治まらないままうろうろとしていると、すぐに昂一が現れた。髭もじゃの顔が真っ赤に紅潮している。目は、かつて見たこともないくらいに、ぎらぎらと燃えていた。仁王立ちのまま、彼は身体の脇で拳を作っていた。

「さっきの話だ」

「――何だっけ」

「お前、警察、やめるな」

昂一の顔は、そのまま貴子まで殴られるのではないかと思うくらいに怖かった。貴子は目を逸らすことも出来ずに、その顔を見つめていた。

「やめるな。いいな。貴子が警察やめたら、俺、テロリストになって、警視庁の建物ぶっ壊しにいくからな。俺は、正義の味方は好きだけど、はっきり言って、警察は嫌いなんだ。ああいう野郎がいると思うと、前よりももっと嫌いになったんだから」

「じゃあ――やめない。その時に、昂一の取り調べ、してみたいから」

「馬鹿。やめなかったら、テロには走らないんだよ」

太い眉を寄せ、目をぎょろぎょろとさせて、昂一は大威張りで言った。あまりに恐ろしすぎて、つい笑いそうになったとき、看護婦が慌ただしく駆け込んできた。すっかり顔なじみになった、小柄でよく動く看護婦だ。年齢はまだ若いが、彼女を見る度に、貴子は加恵子を思い出す。白衣の彼女は、もう二度と見られないかも知れない。だが、加恵子は結局、看護婦のままだったとも思う。

「困ります。病院内で、あんなこと。あの方、口から血、流してましたよ」

「じゃあ、手当してやったら。薬なら売るほどあるだろう」

昴一は澄ました顔で答える。だが看護婦は、彼はもう帰ってしまったと言った。

「花束、落ちてましたけど」

「うちじゃないからね、捨ててよ」

「でも、あの方は、音道さんの病室を訪ねて来られたんじゃあ――」

「いい？　教えておくけど、あいつがね、この綺麗で優しいお姉さんを、こんな風にした原因なの。分かる？」

若い看護婦が驚いた顔になる。

「だって、あの方も警察の――」

「警察にもさ、色んな奴がいるじゃない。あいつはね、給料泥棒みたいな奴なんだから。今度また来ても、追い返すくらいのこと、してくれなきゃ駄目だからね」

貴子は思わず微笑みながら、のしかかるような姿勢で看護婦と話す昴一を眺めていた。彼が、どれほどの怒りを貯め込んでいたか、どれほど我慢していたか、それが改めて感じられた。そして、その彼の思いは、そのまま貴子への思いに通じている。それが感じられることが嬉しかった。

――立ち直ってみせる。絶対。

目を丸くしている看護婦と昴一との珍妙なやり取りを聞きながら、貴子は自分に言い聞かせていた。実家の母は、今度こそ仕事をやめろと言っている。だが、ここに味方がいる。一人でも味方がいるのなら、踏みこたえられそうな気がする。

「退院したら、今度こそどこか、行こうね」

病院を立ち去る前の昴一に、貴子はベッドの中から話しかけた。彼は「おう」とだけ答え、手を振って出ていった。静かになった病室で、貴子は白い天井を見つめていた。

●新潮ミステリー倶楽部特別書下ろし●鎖《くさり》●著者・乃南アサ（のなみ・あさ）●発行者・佐藤隆信●発行所・株式会社新潮社・郵便番号162―8711東京都新宿区矢来町71／電話・編集部03（3266）5411・読者係03（3266）5111●印刷所・二光印刷株式会社●製本所・加藤製本株式会社●価格はカバーに表示してあります●乱丁・落丁本は、ご面倒ですが小社読者係宛お送り下さい。送料小社負担にてお取替えいたします。

●発行・2000年10月25日
●5刷・2001年11月10日

ISBN4-10-602766-6 C0393